六朝の遊戯文学

福井佳夫著

汲古書院

目次

Ⅲ　西晋の遊戯文学

Ⅳ　南朝の遊戯文学

Ⅵ　かくれた遊戯文学

まえがき

一

あまりしられていないが、六朝は、ユーモラスな文学、つまり遊戯文学が盛行した時代でもある。当時の文学批評家、劉勰はその風潮に応じて、『文心雕龍』にわざわざ「諧讔」という、ユーモラスな文学を専門的に論じる篇をたてたほどである。このことは当時、遊戯文学が無視できないほど、たくさんかかれていたことをしめしている。その諧讔篇によると、その盛行ぶりは、

潘岳「醜婦賦」や束晳「売餅賦」のごとき、価値なきふざけを非難しながら、じっさいはそれを模した作が、百篇ほどもあって、魏晋ではこっけいな文風が、さかんにあおりたてられたのだ。……これらは、下劣な文章であり、作者の品位のわるさをしめすものだろう。

というものだったという。潘岳「醜婦賦」（佚）や束晳「売餅賦」のごとき、下劣で価値にとぼしい遊戯文学だけでも、魏晋で百篇ほど存していたのである。すると、劉勰の推奨する諷刺性を有した遊戯文学までふくめれば（後述）、六朝全体では、その何倍かの量がかかれていたと推定してよかろう。これはすくなくない量であり、たしかに、盛行

した時代だったといって、さしつかえあるまい。

本書は、そうした六朝のさまざまな遊戯文学をとりあげ、考察をほどこしたものである。考察した範囲は、劉勰の同篇にならって、原則として賦や文章にしぼり、詩や小説の類はのぞいた(1)。また、この書では「遊戯」の語をつかったが、似たようなことばとして、滑稽、娯楽、諧謔、ユーモア、冗談などがあり、また中国では、詼諧、俳諧、諧隠などの語もつかっている。それゆえ本書の書名にも、「滑稽文学」や「諧謔文学」などの語を使用してもよかったのだが、本書では後述するような理由があって、右のうち、もっとも含意がひろそうな遊戯の語をつかった。

では、六朝の遊戯文学とは、具体的にはどのような文学をさし、どのぐらいのこっているのだろうか。じっさいに作品名をあげようとすると、あんがいむつかしい。というのは、漱石の「吾輩は猫である」を想起するとわかりやすいが、当該の作が百パーセント諧謔味だけであって、それ以外の要素はいっさいないというケースは、ほとんどありえないからである。じっさい、六朝以前の詩文では、諧謔（お笑い、ユーモア）のみをめざした、純粋な遊戯文学というべき作はほとんど現存していない。漱石の「猫」が、ユーモアの奥にゆたかな文明批評をふくむように、六朝の遊戯文学のおおくは、諷刺や皮肉、揶揄、自嘲、嘲笑、追従、諂諛などの要素をふくみ、諧謔味はその糖衣として利用されているにすぎないのである。

それゆえ、当該の作を遊戯文学だと主張するためには、諧謔味がその他の要素をおさえて濃厚でなければならない。しかし当該の作が、諧謔味がつよいのか、諷刺性がつよいのか、それとも自嘲がつよいのか、そのへんの判断は、なかなかむつかしい。たとえば、本書では左思「白髪賦」を遊戯文学の一篇とみなしたが、いや、これは世俗諷刺の要素がつよいので、諷刺文学に属させるべきであり、遊戯文学だとみなすのは不可だ、という主張も可能だろう。

こうした事情も勘案して、本書では、遊戯文学をおおざっぱに「一部に諧謔ふう要素をふくむ文学」ぐらいの意で、理解することにした。これは、定義としてはあいまいだし、間口のひろげすぎかもしれないが、あえてあいまいにし、間口をひろげて、より広範な立場から、遊戯性や遊戯文学を考察してみようとかんがえたのである。こうした考えかたなら、左思「白髪賦」は、一部に諧謔味をふくんでいるのはまちがいないので、これを遊戯文学にかぞえても、とくに問題が生じることもなくなるだろう。

右のような考えかたによりつつ、私なりに漢魏六朝の遊戯文学をえらんでみると、

○前漢の遊戯文学

王褒「僮約」「責鬚髯奴辞」、東方朔「答客難」、揚雄「逐貧賦」「酒賦（箴）」「解嘲」

○後漢の遊戯文学

崔駰「博徒論」、載良「失父零丁」、張衡「髑髏賦」、蔡邕「短人賦」「青衣賦」、張超「誚青衣賦」、張儼「犬賦」、張純「席賦」、朱異「弩賦」、辺韶「対嘲」、繁欽「明□賦」「三胡賦」「嘲応徳璉文」

○魏晋の遊戯文学

曹丕「借取廓落帯嘲劉楨書」、応璩「与広川長岑文瑜書」、曹植「鷂雀賦」「釈愁文」「誥咎文」「髑髏説」、麋元「弔夷斉文」「譏許由」、陸雲「牛責季友文」「嘲褚常侍」、左思「白髪賦」、石崇「奴券」、張敏「頭責子羽文」、魯褒「銭神論」、張湛「嘲范寧」、王沈「釈時論」、束晳「餅賦」「勧農賦」「近遊賦」「玄守釈」、摯虞「新婚箴」、潘岳「答摯虞新婚箴」、皇甫謐「釈勧論」、夏侯湛「抵疑」、弘君挙「食檄」、劉謐之「与天公牋」「龐郎賦」、劉思真「醜婦賦」、朱彦時「黒児賦」

○南朝の遊戯文学

范曄「和香方序」、何長瑜「寄宗人何勗書」、袁淑「鶏九錫文」「驢山公九錫文」「大蘭王九錫文」「常山王九命文」

「勧進牋」、孔稚珪「北山移文」、卞彬「謡言」「蚤虱賦序」「蝦蟆賦」「禽獣決録」、呑道元「与天公牋」、韋琳「䱉表」、沈約「脩竹弾甘蕉文」、呉均「檄江神責周穆王璧」「食移」「餅説」、陶弘景「授陸敬遊十賚文」、張纘「妬婦賦」、蔵彦「弔驢文」

などがあげられよう。魏晋だけでも百篇あった遊戯文学のうち、現存するものは、六朝全体でわずかこの七十篇程度にすぎない。(2) おそらく劉勰がいうように、「下劣な文章であり、作者の品位のわるさをしめすもの」が大多数だったため、淘汰されてしまったのだろう。本書では、時間の淘汰をかいくぐったこれらの作は、詳略はさまざまだが、なるべく言及するようつとめた（第一〜十三章）。

二

さて、これらの遊戯文学を考察した結果、六朝の遊戯文学は、内容的におおきく三種類にわけられることがわかった。それは、

(1)諷刺ふう遊戯文学
(2)嘲笑ふう遊戯文学
(3)社交ふう遊戯文学

の三つである（第四章参照）。まず(1)諷刺ふう遊戯文学は、政治や社会への批判や憤懣を、ユーモアの糖衣でつつみこんだ文学をさす。西晋の左思「白髪賦」や魯褒「銭神論」などがこれに該当しよう。また(2)嘲笑ふう遊戯文学は、他人をからかったり嘲笑したりする、いわば毒のあるユーモア文学である。このグループは、作中の批判が、政治批判

や世俗諷刺などの社会的広がりをもたず（あるいは希薄で）、私的なからかいや中傷に終始しがちだという特徴を有する。前漢の王褒「僮約」あたりからはじまり、魏の繁欽「嘲応徳璉文」や西晋の劉思真「醜婦賦」などがこれに属している。また(3)社交ふう遊戯文学は、サロンの場で主君や同輩へのあいさつとしてつくられる、娯楽ふうな文学である。後漢の張儼「犬賦」などからはじまり、南朝にいたってから流行した。

もっとも、六朝の遊戯文学のすべてが、この三つに截然と分類できるわけではない。いや、本書でとりあげる作のおおくは、この三種のどれも強弱さまざまにそなえており、右の分類は、比較的めだった傾向に着目して、かりに仕わけしてみた程度の、おおざっぱな弁別にすぎない。それゆえ、考えかたとしては、この三種がつよくなったりよわくなったり、また融合したり影響しあったりしながら、それでもおおきくみると、ひとかたまりとなって、遊戯文学という流れをかたちづくっている、としてよかろう。

ただ、遊戯文学の定義をあいまいにし、間口をひろげたとはいっても、右の諸作は、ユーモアにこだわったという点で、なお狭義の遊戯文学に属している。私見によれば、これら以外に、「かくれた遊戯文学」と称すべきものもありそうだ。それは、表面上は諧謔味が感じられないものの、創作（公表）の状況や作者の姿勢からみて、遊戯文学とみなしうる作品のことである。具体的には、文学サロンでの同題競采や即興的競作、ごっこ文学とでも称すべき代作や模擬的手法によった詩文、そして架空の恋愛をうたった艶詩などのたぐいである。これらの諸作は、右の三つの種類にあてはめると、おおくが(3)社交ふう遊戯文学にふくまれるものであり、文学と社交と、そして遊戯性とを密接にかかわらせた、いかにも六朝らしい作品群だといえよう（第四・十四章参照）。本書では、これらも「かくれた遊戯文学」として、考察の対象にとりあげた。いや、むしろ重点は、こっちのほうにあるといってよく、本書が、「滑稽文学」や「諧謔文学」などユーモア限定の語をつかわず、もっとも含意がひろい「遊戯文学」の語を使用した理由のひとつは、このあたりにあったのである。

こうして視野をひろげてみると、六朝期にかかれた文学作品、とくに五言詩では、その過半が「かくれた遊戯文学」に属しており、六朝遊戯文学の主流は、むしろこの「かくれた遊戯文学」のほうにあるのではないかと、推測されるにいたった。くわえて、いっけんシリアスそうな作品のなかにも、一部の内容や字句表現に、修辞であそぼうとする遊戯的な精神が存していたのは、私にとっても意外なことであった（第十四・十七〜十九章）。中国の古典文学では、政治による教化や経世済民の志を重視するといわれてきたが、六朝期の文学に関するかぎりは、かならずしもそうではなく、むしろ娯楽や諧謔味など、要する遊戯性を底にたたえた文学が、主流をしめているといってよい。こうした遊戯ごのみの風潮は、文学だけでなく、六朝の人びとの思想や行動パターンなど、もっと広範なところからみなおされ、再検討されてよいのではないかとおもう。

本書は、六朝遊戯文学の展開を、この「かくれた遊戯文学」もふくむ、右の三種の消長というふうにとらえてみた。もとより厳密な遊戯文学発展史を意図したわけではないので、本書での考察は、ごくおおざっぱに俯瞰した程度のものにすぎない。それでも、右の三種類の消長を、あえて時間軸にそって整理してみれば、つぎのようになろうか。すなわち、漢末魏初のころは、まず(2)嘲笑ふう遊戯文学が先行した。六朝にはいるや、西晋の一時期に(1)諷刺ふう遊戯文学の傑作が目だったが、やがて南朝にはいるとともに、(3)社交ふう遊戯文学が主流となってきた——という流れである。

すこし補足しておこう。まず漢末魏初は、曹操らによる清新にして闊達な気風が発生して、長幼の序を墨守する儒教精神が衰微した時期であった。そうした闊達な気風の一環として、他人をからかったりわらったりする(2)嘲笑ふう遊戯文学が、盛行してきたとかんがえられる。ところが西晋の時期になると、政治腐敗がとくにはげしかったので、

六朝遊戯文学の消長

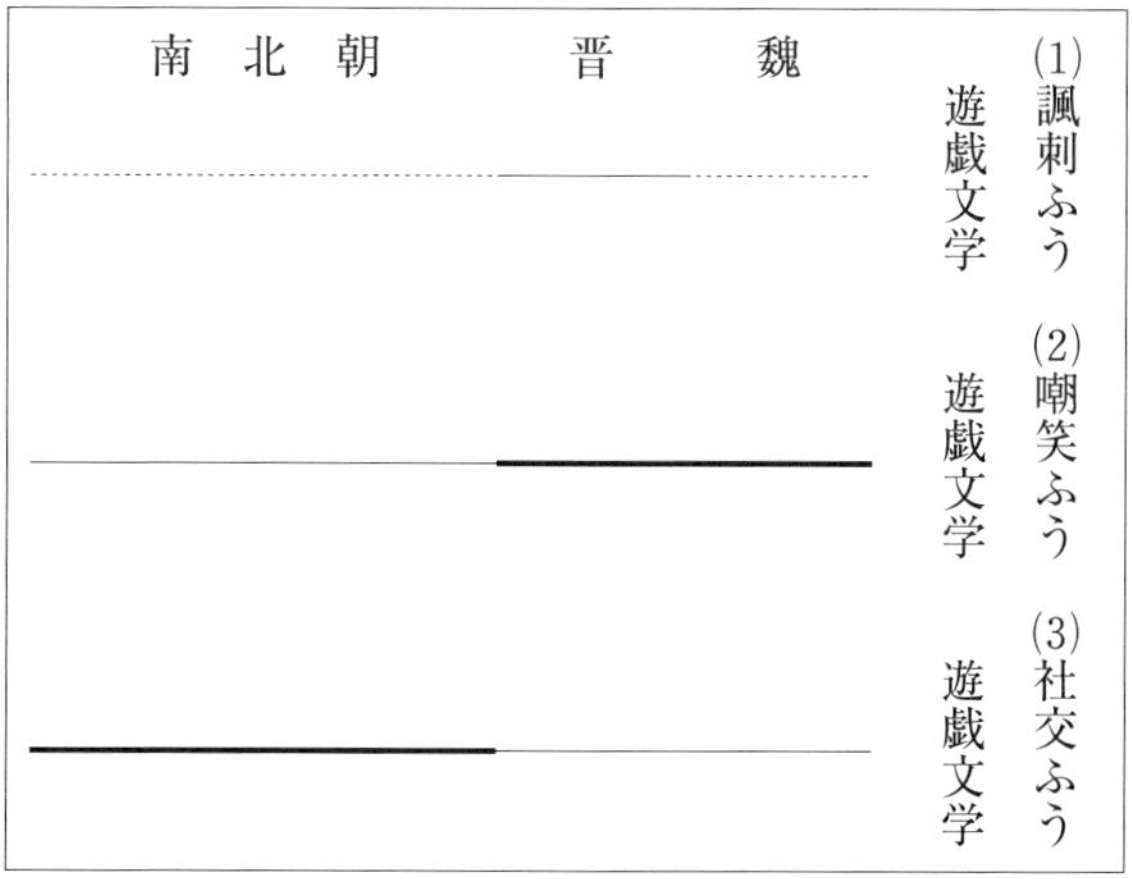

	魏	晋	南北朝
(1)諷刺ふう	低調	すこし盛行	低調
(2)嘲笑ふう	盛行	盛行	すこし盛行
(3)社交ふう	すこし盛行	すこし盛行	盛行

その反動で、時勢批判を内包した(1)諷刺ふう遊戯文学が、あいかわらず盛行する(2)にまじってかかれるようになった。だが、そうした時期をすぎ、南北朝の対立が固定して貴族社会が相対的に安定してくると、文学サロンを中心として、(3)社交ふう遊戯文学（「かくれた遊戯文学」もふくむ）が流行してきたのである。これを要するに、いずれの遊戯文学の流行も、当時の政情や世相に敏感に対応しつつ、遊戯性の質が変化してきた結果だといってよかろう。

三

ここで本書の構成、および内容を概観しておこう。本書の構成は、全体が「Ⅰ」から「Ⅵ」まで、おおきく六つの部分にわけられ、そのなかに、付論もふくめて二十の章が属している。

まず、「Ⅰ　前漢の遊戯文学」から「Ⅳ　南朝の遊戯文学」までの十三章は、遊戯文学のながれを時代順に考察していったものである。その考察の中心は、六朝の遊戯文学を論じた「Ⅱ・Ⅲ・Ⅳ」の十章にあるといってよい。だが、その前段階として、漢代の遊戯文学もみわたしておく必要があり、「Ⅰ」の三つの章をたてておいた。これらの十三章では、現存する主要な遊戯文学に言及しながら、その遊戯性や遊戯手法を考察し、また文学史上での意義を検討している。その意味で、この部分は、前漢から南朝までの代表的な作例を紹介しながら、その遊戯性や文学史的な価値を論じた、通史ふうの遊戯文学各論に相当しよう。

まず第一章では、王褒「僮約」をとりあげた。この作は、洗練されざる土俗的な遊戯文学として、めずらしい作例だとおもう。いままで文学的な立場からは、あまり検討をくわえられていないので、その遊戯性や享受のされかたをかんがえてみた。

つづく第二章は、新出土の尹湾漢簡「神烏賦」をとりあげてみた。無名氏の手になるこの賦は、敦煌俗賦の先蹤として、これからの文学史で重視されつづけるだろう。内容的には悲劇じたてなので、ふつうの意味では遊戯文学の範疇にはいらない。だが本章では、作品を享受する立場から、「娯楽としての悲劇」という考えかたを提起してみた。

第三章は、揚雄「逐貧賦」をとりあげ、その遊戯文学史上での位置づけをかんがえたものである。この賦が採用した、諷刺をユーモアの糖衣でつつむ手法は、以後の遊戯文学に多大な影響をあたえている。そのほか、擬人法や対話の利用などいろんな点で、後代への影響力がおおきかった遊戯文学の傑作だといえよう。

第四章は、漢末魏初の遊戯文学を論じたものである。この時期は、嘲笑ふう遊戯文学が盛行しているが、「かくれた遊戯文学」として、同題競采と悲しみごっこ文学も発生している。この「かくれた遊戯文学」という概念は、本書で重視した論点のひとつであるが、後続する南朝の社交ふう遊戯文学をさきどりしたものとして、注目されるべきだろう。

第五章は、蔡邕「青衣賦」をとりあげた。この賦は、古詩や建安詩と類似した内容をもち、しかも社交ふうな応酬をしていた［と推測される］点で、注目されてよい。謹厳な儒者にして大学者という従前の蔡邕イメージは、そろそろ再考されてしかるべきだろう。

第六章は、曹植「鷂雀賦」をとりあげて、その解釈を論じてみた。外見は民間文学ふうの寓話賦だが、内実は粛清の危機を反映している、ということを指摘したものである。粛清の危機を反映するにしても、悲劇的な生涯をおくったイメージのつよい曹植に、「鷂雀賦」のような遊戯ふう文学があったことは、私には意外な発見だった。

第七章は、諷刺文学としてもしられる、魯褒の「銭神論」をとりあげた。この作は、孔方兄（銭の別称）という語をうんだことで著名だが、日本では文学的な立場から考察をほどこした論考は、ほとんどかかれてこなかった。そのため本章では、せいぜい多様な方面から、その文学的な価値や意義を検討するようつとめた。

第八章は、西晋における諷刺ふう遊戯文学の盛行について、文学史的な立場から考察したものである。諷刺とユーモアの結合という遊戯文学の理想が、この時期に定着したことをのべた。さらにこの章では、西晋文学を「権力への向背」の視点で二分し、ややもすれば軽視されがちな「向権力」（権力にしたがう）ふう文学のほうを弁護しておいた。

「背権力」（権力にそむく）の文学が是で、「向権力」の文学は非だと、明快にわりきれないところが、文学研究のむつかしいところであり、またおもしろいところだろう。

第九章は、一時期に発生し、すぐきえていった嘲というジャンルについて、その性格や消長の原因を論じたものである。遊戯文学の有する「からかい」の要素が、こうした独特なジャンルをうんだといってよかろう。

第十章は、卞彬の遊戯文学をとりあげて、その文学史的な位置づけをかんがえたものである。卞彬の遊戯文学は、彼のエキセントリックな性格が、遊戯性をまねきよせたが、しかしそれは真の抵抗精神とはいいがたいのではないか、とのべた。

第十一章では、諷刺精神が衰微した現象についてかんがえてみた。六朝では、西晋の諷刺ふう遊戯文学を例外として、諷刺精神はあまりふるわず、いっけん諷刺のようにみえても、その実体は他人批判や俳優ふうおどけだったのではないか、と推測してみた。せっかく西晋の一時期にもえあがった諷刺精神も、それ以後は継承されることなく、ややもすれば、じめじめした陰鬱な笑いに堕しがちだったのは、不幸なことであった。

第十二章は、孔稚珪「北山移文」について論じている。本書収録論文のなかでは、もっともはやい時期の執筆であり、今回収録するにあたって、かなり手をいれた。この論考で私はなにげなく、北山（鍾山）の擬人化を、小説中の山岳の擬人化とからめて論じたのだが、そのことが、のちに譚家健氏に好意的に言及されたのは、意外なことであった（四一三頁参照）。私はこれまで、自信ある大発見？があっさり無視され、なにげなくかいた記述が予想外の反響をよぶということを、何度か経験しているが、これもそのひとつであった。

第十三章は、呉均「檄江神責周穆王璧」をとりあげて、その遊戯性を論じたものである。関連資料がほとんどないので、諷刺意図の解明はできなかったが、先行文献を渉猟しているうちに、祈禱文のパロディではないかという推測をえ、韓愈「鱷魚文」の先蹤になったのではないかと想定してみた。本章の末尾でも指摘したが、韓愈と六朝の遊戯文学との関連は、予想以上にふかいものがあるようだ。

つづく「Ⅴ　遊戯文学の精神と技法」の三つの章は、六朝遊戯文学を底でささえている精神と技法とを、分析したものである。本書では、やや理論めいたものに属しているが、私自身としては、もっとも力をそそいで執筆した部分である。

まず第十四章は、修辞主義とあそびとの相関を論じたものである。私は以前から、「六朝の修辞主義はあそびの要素を包含するはず」という仮説をもっており、ここでその仮説をおもいきり展開してみた。その意味で、この章は第十一章とともに、本書中でもっとも野心的な意見をのべたものといってよい。この章のおわりで、蕭綱らが艶詩の創作に熱中するようすを、カラオケのマイク片手に、女心をうたった演歌を思いいれたっぷり熱唱している姿に、かさねあわせてみたが、これはなかなか適切な比喩ではないかと、自分では気にいっている。

第十五章は、押韻とあそびの関係についてかんがえたものである。ふつう、押韻はあそびとは関係づけられていない。だが、この期の韻文をこまかく吟味してみると、押韻は口調のよさだけでなく、あそびふう要素（ごろあわせやシャレ、さらには皮肉や嘲笑など）もふくんでいることに気がついた。そこで諸資料を整理して、自分なりの考えをのべてみたものである。

第十六章は、即興とあそびとの関係について考察してみた。両者の関連は、集団による詩文競作では自明のことであって、それほど目あたらしい論点ではない。ここでは、即興創作のメカニズムや、その功罪について、多少の私見をのべられたのが収穫だった。

最後の「Ⅵ　かくれた遊戯文学」の三つの章では、ふつうにかんがえれば遊戯文学とはいいがたい作を、あえてとりあげてみた。そして、「遊戯ふう意図もあるのではないか」という推測のもとに、その遊戯性の実体をさぐってみたものである。内容的には、第四章や第十四章の議論を継承している。

第十七章は、庾信「燈賦」をとりあげて、かくれた遊戯文学の可能性をさぐったものである。本文でものべたが、もしこの種の作まで遊戯文学だとみとめたならば、遊戯文学の範囲はずっと拡大することだろう。

第十八章は、劉孝標「広絶交論」をとりあげ、やはりかくれた遊戯文学の一篇ではないか、とのべたものである。諷刺ふう遊戯文学とみなすこともできようが、遊戯性の糖分がすくないので、「かくれた遊戯文学」とみなした。ただしこの作は、遊戯文学としては失敗作であった。この失敗した遊戯文学は、諷刺をユーモアで内包するのは、かなり危険な、そしてむつかしいわざであったことを、ものがたっていよう。

第十九章は、江淹「恨賦」について論じたものである。本書収録論文のなかでは、はやい時期の執筆であり、かなりの補筆をほどこした。この論文（初出時）の構想中、私は「恨賦」のごとき真摯な作品にも、その創作精神の奥に遊戯性がひそむことに気づいた。いまからおもえば、そのときの気づきが、本書を執筆する遠因になったようにおもう（第十四章は、この論文の延長上でかかれた）。その意味で、私にとっては記念すべき論文となった。

また付論は、江淹「恨賦」の模擬作である蕭綱「悔賦」の立場から、原作たる「恨賦」の特質やその傑作たるゆえんを、浮きぼりにしようとしたものである。その意味ではこの章も、一種の「恨賦」論だといってよかろう。ただ、「悔賦」じたいは真摯な作で、遊戯文学とはいえないので、付論としてここにおさめた。

四

オランダの歴史家ホイジンガは、その著『ホモ・ルーデンス』において、人間の遊戯という行為に着目した。そして「文化は遊びのなかで発生した」と主張し、高次の文化の萌芽として、遊戯という行為をたかく評価した(3)。だが、こうした、あそびに文化創造の効能をみいだす視点は、中国の古典文学の世界ではきわめてとぼしい。儒教の影響がつよい伝統的文学観のもとでは、文学は政治的教化に役だってこそ価値があるとされた。その点で、ひとをわらわせ、愉快にさせる遊戯の文学は、政治的教化との関わりが希薄だとして、不まじめで価値がとぼしいと、みなされやすかったのである（第四・十四章参照）。もし遊戯性に意義をみとめるとすれば、政治的諫言をのべるさいの糖衣として役だったばあいだけであった。

こうした事情のせいか、ふるい中国では、遊戯性をふくんだ文学は重視されてこなかった。それは近時の文学研究にもおよび、現代の中国でも、遊戯文学の研究ははなはだすくない。とくに漢魏六朝の遊戯文学にかぎると、一九八〇年代後半ごろから単発的に、関連の論文が出現しはじめた程度にすぎない。そのため、本書でとりあげた遊戯文学のおおくは、［「銭神論」などの例外をのぞいて］ほとんど専論がかかれておらず、ここではじめて本格的にとりあげた作品もすくなくない(4)。読者のかたも、本書ではじめてその名（作品）をしった、というばあいもおおかろう（日本でも、漢魏六朝遊戯文学の研究は、ほとんどなされていない）。そのためもあって、本書に遊戯文学を引用するさいは、書きくだし文でなく訳文を提示し、また解説もていねいにしたつもりだが、非力な私のことゆえ、誤訳や勘ちがいがおおいのではないかと、心配している。

そうしたなか、暗闇の灯として、よく私の足元をてらしてくれたのが、以下の先行論文（個別的な作品研究はのぞく）である。

○王運熙「漢魏六朝的四言体通俗韻文」（『古典文学論叢』第四輯　斉魯書社　一九八六）

○龔斌「建安諧隠文学初探」（「許昌師専学報」一九八九―三）

○秦伏男「論漢魏六朝俳諧雑文」（「青海師範大学学報」一九九〇―一）

○朱迎平「漢魏六朝的遊戯文」（「古典文学知識」一九九三―六　のちに『古典文学与文献論集』〈上海財経大学出版社一九九八〉に収録）

○譚家健「六朝詼諧文述略」（「中国文学研究」二〇〇一―三　のちに「六朝詼諧文研究」と改題して、『六朝文章新論』〈北京燕山出版社　二〇〇二〉に収録）

○伏俊璉「漢魏六朝的詼諧詠物俗賦」（「西北師大学報」二〇〇三―五）

これらの御論は、研究の蓄積がほとんどないなか、未開の荒地に鍬入れしたものばかりだといってよい。そうした開拓者ふう論考の特徴というのだろうか、いずれも個別的な追求や議論の深化をあえてめざさず、大局的見地から漢魏六朝の遊戯文学を腑分けし、把握しようとしている（第四章第六節を参照）。私には、そうした遊戯文学への大局的な見とおしこそが、ありがたい暗闇の灯となったのだった。もしこれらの先行論文が前方をてらしてくれなかったら、私は荒地開墾の困難さに臆して、この分野にすすめなかったかもしれない。いずれも、面識のない中国の研究者のかたがたであるが、つつしんで感謝もうしあげる。

なお、引用文中での押韻の有無や指摘は、主として于安瀾『漢魏六朝韻譜』（河南人民出版社　一九八九）によって判断したが、ばあいによっては自分で推定したものもある。第十五章でものべたように、この押韻のくふうも、遊戯性とかかわることがおおい。そのため、遊戯文学の原文を引用するばあいは、なるべく押韻も明示するようつとめた。

最後に、本書のもとになった拙稿の初出情報をしめしておこう。

Ⅰ　前漢の遊戯文学

第一章　王褒「僮約」論
　王褒の「僮約」について―遊戯文学論（四）―
「中京大学文学部紀要」第三七―二号（二〇〇二年一二月）

第二章　尹湾漢簡「神烏賦」論
尹湾漢簡「神烏賦」をめぐって―遊戯文学論（二）―
「中国中世文学研究　四十周年記念論文集」（二〇〇一年一〇月）

第三章　揚雄「逐貧賦」論
揚雄の「逐貧賦」について―遊戯文学論（一）―
「中京大学文学部紀要」第三五―三号（二〇〇一年三月）

Ⅱ　後漢・三国の遊戯文学

第四章　漢末魏初の遊戯文学
漢末魏初の遊戯文学―遊戯文学論（六）―
「中京大学文学部紀要」第三八―一号（二〇〇三年七月）

第五章　蔡邕「青衣賦」論
蔡邕の「青衣賦」について―遊戯文学論（五）―
「中京国文学」第二二号（二〇〇三年三月）

第六章　曹植「鷂雀賦」論

曹植の「鶺雀賦」について—遊戯文学論（三）—
「中京国文学」第二一号（二〇〇二年三月）
Ⅲ　西晋の遊戯文学
第七章　魯褒「銭神論」論
西晋の遊戯文学（上）—遊戯文学論（十一）—
「中京大学文学部紀要」第三九—三号（二〇〇五年三月）
第八章　諷刺ふう遊戯文学の定着
西晋の遊戯文学（下）—遊戯文学論（十四）—
「中京大学文学部紀要」第四〇—一号（二〇〇五年七月）
第九章「嘲」ジャンル論
「嘲」のジャンルについて—遊戯文学論（七）—
「中京国文学」第二三号（二〇〇四年三月）
Ⅳ　南朝の遊戯文学
第十章　卞彬の遊戯文学
六朝の遊戯文学（上）—遊戯文学論（十五）—
「中京大学文学部紀要」第四〇—二号（二〇〇五年一二月）
第十一章　諷刺精神の衰微
六朝の遊戯文学（下）—遊戯文学論（十六）—

「中京大学文学部紀要」第四〇―三号（二〇〇六年三月）
第十二章　孔稚珪「北山移文」論
孔稚珪の「北山移文」について
「中京大学文学部紀要」第二四―三号（一九九〇年三月）
第十三章　呉均「檄江神責周穆王璧」論
呉均の「檄江神責周穆王璧」について―遊戯文学論（十七）―
「中京国文学」第二五号（二〇〇六年三月）
V　遊戯文学の精神と技法
第十四章　修辞主義とあそび
六朝修辞主義文学の遊戯性をめぐって（上）―遊戯文学論（八）―
「中京大学文学部紀要」第三八―三号（二〇〇四年三月）
六朝修辞主義文学の遊戯性をめぐって（下）―遊戯文学論（九）―
「中京大学文学部紀要」第三九―一号（二〇〇四年七月）
第十五章　押韻とあそび
あそびとしての押韻技法―遊戯文学論（十三）―
「中国中世文学研究」第四七号（二〇〇五年三月）
第十六章　即興とあそび
六朝の即興創作に関する一考察

「松浦友久博士追悼記念中国古典文学論集」(二〇〇六年三月)

VI　かくれた遊戯文学

第十七章　庾信「燈賦」論

庾信の「燈賦」について——遊戯文学論(十)——

「中国中世文学研究」第四五・四六合併号(二〇〇四年一〇月)

第十八章　劉孝標「広絶交論」論

劉孝標の「広絶交論」について——遊戯文学論(十二)——

「中京国文学」第二四号(二〇〇五年三月)

第十九章　江淹「恨賦」論

江淹の「恨賦」について

「東方学」第九一輯(一九九六年一月)

付論　蕭綱「悔賦」からみた「恨賦」

蕭綱の「悔賦」について——江淹「恨賦」との比較——

『古田教授頌寿記念中国学論集』(一九九七年三月)

注

(1)『世説新語』などの小説(笑話もふくむ)の類は、当時では、まっとうな文学とみとめられていなかった。『文選』には一篇も採録されず、『文心雕龍』でもほとんど言及されていない。本書では、そうした当時の実情にしたがって、小説の類は考察の対象からのぞいた（第四章の注10も参照）。ただ、小説は、ユーモアやジョークの宝庫というべきジャンルであり、これを放置しておくのは、いささかもったいない。将来的には、遊戯文学史のなかでなく、六朝の精神史や文化史を考察する一環として、これらの資料もとりあげてみたい。

（2）秦伏男「論漢魏六朝俳諧雑文」によると、漢魏六朝をあわせて、五十篇ほどの遊戯的な作品が現在にまでつたわっているという（秦論文の標題に「俳諧雑文」とあるので、五十篇というのは、俳味をおびた文章作品のことをさし、詩作品は除外しているようだ）。この五十篇という量は、私のかぞえた篇数よりすくないが、これはおそらく、秦氏が「俳諧」にこだわったため、社交ふう遊戯文学のたぐいを除外したからだろう。

（3）多田道太郎「ホイジンガからカイヨワへ」（ロジェ・カイヨワ『遊びと人間』訳者解説　講談社文庫　一九七三）を参照。

（4）ただし、中国で刊行された鑑賞辞典の類には、ときに遊戯ふう文学もとりあげられ、親切な解説や注解がほどこされている。いちいちはあげないが、本書の執筆において、それらの記述もおおいに参照させていただいた。

I　前漢の遊戯文学

第一章　王褒「僮約」論

前漢の中期、宣帝（在位は前七四～前四九）の治下に活躍した王褒、あざなは子淵は、文学史のうえでは、賦作をもって宣帝につかえた宮廷文人としてしられている。『文選』には「洞簫賦」「聖主得賢臣頌」「四子講徳論」の三篇が採録され、なかでも楽器の簫を題材とした「洞簫賦」は、詠物ふう賦作品の祖とあおがれ、後代におおきな影響力をもった。こうした作品によって、彼は司馬相如や揚雄とならんで、「辞賦の英傑」（『文心雕龍』詮賦）のひとりと称されるにいたっている。

もっとも、賦家としての王褒は、揚馬（揚雄と司馬相如）の両人にくらべると、やや地味な存在にみえるためか、現代の研究者のあいだでは、あまり重視されていないようだ。というのも、王褒には司馬相如「子虚上林賦」や揚雄「甘泉賦」のような、いかにも漢賦らしい散体大賦がないので、ややもすれば揚馬のあいだに埋没しやすかったからだろう。

だが私見によれば、おなじ宮廷文人とはいっても、王褒の資質やその文学は、揚馬のもたぬ独自の性格を有している。それは、ことば遣いや内容のうえで、鄙俗さや遊戯性をさけないという特質であり、つまり王褒の諸作は、民間文学との関連をつよく示唆しているのである。その意味で王褒の文学は、いわゆる諷諫性を重視する正統的賦文学の流れ（こうした側面も、もちろん有している）とは、いささかことなった位置づけがなされる必要があるようだ。そこで本章では、「洞簫賦」等の正統的賦文学への検討はひとまずおき、鄙俗さや遊戯的作風を代表する「僮約」という作品に焦点をしぼって、初歩的な文学史的考察をおこなってみたいとおもう(1)。

王褒および彼の文学については、現時点でも本格的な論文はすくないが、例外的に「僮約」については、歴史的立場から考察をくわえた宇都宮清吉「僮約研究」(『名古屋大学文学部研究論集(史学)』第五号　一九五三)がかかれていて、唯一の本格的研究としてながく屹立していた。最近になって、ようやく中国において、王褒の諸作に詳細な注解をほどこし、また関連資料もこまめに収集した王洪林『王褒集考訳』(巴蜀書社　一九九八)が出現して、王褒や「僮約」の研究も格段にやりやすくなってきた。テキストに難があって読解しがたい「僮約」が、なんとか意味をとれるようになったのは、これらの研究のおかげであり、本章もこの二業績に負う点がおおい。

一　王褒の人となり

まず王褒の人となりを、かんたんにみておこう。彼は、『漢書』巻六十四下王褒伝に

王褒、字は子淵、蜀の人なり。

とあり、司馬相如や揚雄とならんで蜀の出身である。前漢を代表する三賦家がすべて蜀の出身であり、もって当時の蜀のたかい文化水準をうかがうことができよう。

王褒のわかいころの事績については、本伝には記録がないが、彼じしんのつぎのような発言によって、ある程度は推測がつく。すなわち「僮約」に、

資中の男子の王子淵。

とあり、彼は蜀のなかでも片いなかたる、犍為郡の資中県の出身であった（司馬相如と揚雄の二人は、蜀の郡城であり、大都会でもあった成都の出身である）。また「聖主得賢臣頌」では、王褒みずから、

臣僻在西蜀、生於窮巷之中、長於蓬茨之下。無有游観広覧之知、顧有至愚極陋之累。

臣は僻遠の西蜀の出身で、むさくるしい場末にうまれ、ぼろ家で成長しました。ですから、ひろい見聞ももちあわさず、ただ愚鈍で固陋という欠点があるだけです。

といっている。これは、宣帝に奏上した作品中での発言なので、もとより謙遜もあろうが、しかし多少は事実も反映していよう。こうした王褒じしんの発言から、彼は司馬相如や揚雄よりも、もっと片いなかの、そしてもっと庶民にちかい階層で、うまれそだったと推測してよかろう。こうした王褒の出自は、その文学の濃厚な鄙俗性ともかかわっているようにおもわれ、記憶されておいてよい。

では、そうした王褒は、故郷の蜀でどんな日々をおくっていたのだろうか。『漢書』地理志下のなかに、このあたりをうかがわせる一節があるので紹介しよう。

景武間、文翁為蜀守、教民読書法令、未能篤信道徳、反以好文刺譏、貴慕権勢。及司馬相如游宦京師諸侯、以文辞顕於世、郷党慕循其迹。後有王褒厳遵揚雄之徒、文章冠天下。繇文翁倡其教、相如為之師。

景帝と武帝のころ、文翁が蜀の大守となって、民衆に学問や法令をおしえた。それでも、民衆は道徳をまもらず、かえって外面をかざって相手を誹謗し、権勢に尾をふるだけだった。ところが［この地出身の］司馬相如が京師や諸侯につかえ、文学で名声をあげるや、若者たちはその生きかたを追慕するようになった。のち、王褒や厳遵、揚雄らがつづき、その文学は天下に冠たるものとなったが、それは文翁が教育をさずけ、相如が彼らの手本となったことに、起因するのである。

この地理志の文は、当時の蜀地のようすを説明したものである。これによると、文翁という人物が蜀の郡守となってから、当地での本格的な教化がはじまった。やがて、司馬相如が文学で名声をかちえたことから、王褒・厳遵・揚雄らの俊才もぞくぞく輩出してきた。それらはすべて、文翁の教化と司馬相如の活躍とのおかげだった――という。

すると、詳細は不明ながらも、わかいころの王褒は、故郷の英雄である偉大な賦家、司馬相如を目標とし、都にでて仕官することを夢みながら、賦作をまなんでいたのだろう。ただ、ともに吃音だった揚馬の二人とちがって、王褒は吃音どころか、［ひろい意味での］音楽的才能にめぐまれていたようで、彼は後日に辞賦の才腕とともに、音楽の才にもたすけられて、立身の階段をかけのぼってゆく。おなじ蜀出身の賦家といっても、司馬相如は撃剣をまなんで武騎常侍の官につくなど、武芸のほうにかたむいていた。また、揚雄は儒学に耽溺するなど、学問のほうを志向した。それに対し、王褒のばあいは、音楽や即興の才などの俳優的技芸（後述）のほうに、よりおおく比重をかけていたようだ。

さて、王褒の立身のきっかけは、その音楽の才とかかわりがあった。すなわち、ときの天子宣帝は、自身が音楽好きだったので、丞相の魏相に命じて音楽家の趙定や龔徳などを推挙させた。これに応じて、益州（蜀の地をふくむ）刺史だった王襄も、音楽によって民衆を感化しようとおもいたったのである。そのとき、王襄は王褒の才あるを耳にし、彼に「中和」等の詩をつくらせ、さらに「鹿鳴」の旋律をこれに付して、歌手の何武らにうたわせた。この何武らの歌声がすばらしかったので、宣帝の上聞に達し、やがて彼は帝の御前でうたう光栄に浴したのだった。何武らがうたう王褒の詩を耳にするや、宣帝は

此盛徳之事、吾何足以当之。

この歌の詩は、天子の盛徳ぶりをのべたものだ。私ごときがどうして、この歌詩にふさわしかろうか。

といったという。このことが、王褒の名が宣帝に記憶されるきっかけとなった。

王褒はこのあと、「中和」詩などの注釈というべき「四子講徳論」をつくったが、これによって王襄は、ついに王褒の俊才ぶりを天子に推薦するにいたる。かくして、故郷から都の長安に到着した王褒は、さっそく名篇「聖主得賢臣頌」をつづって宣帝に奏上し、信任をえることに成功したのだった。王褒はこれ以後、劉向や張子僑らとともに、金馬門で宣帝の詔をまつ身分となり、宮廷文人として得意の日々をおくることになる（のち、諫大夫に抜擢される）。

こうした王褒の後半生で、史書が記録するエピソードはふたつ。ひとつは、宣帝はしばしば王褒らの宮廷文人をしたがえて遊猟にでかけた。行幸先の宮館につくたびに、歌頌（当時は賦とおなじ）をつくらせ、作品の出来ぐあいに応じて、差をつけて絹をたまわっていた。これを浮華で不急のことだとする議論もあったが、宣帝はこれに対し、有名な辞賦弁護の議論を展開した。すなわち、

「不有博弈者乎、為之猶賢乎已」。辞賦大者与古詩同義、小者弁麗可喜。辟如女工有綺縠、音楽有鄭衛、今世俗猶皆以此虞説耳目。辞賦比之、尚有仁義風諭、鳥獣草木多聞之観、賢於倡優博弈遠矣。

「賭博というものがあるではないか。これをするのは、しないより、まだましだよ」（孔子の語）というぞ。辞賦は、大にしては古詩と意義をおなじくし、小にしては口調がよく、ひとをよろこばすことができる。女性の仕事に絹のスカーフがあり、音楽に鄭衛の淫声があるようなもので、世間の連中はこれで耳目をよろこばせておる。辞賦はそれらにくらべると、仁義や諷刺にとみ、鳥獣草木の名称もおおくしられるし、俳優や賭博よりはいいものだぞ。

とかたったという。この宣帝のことばは、いっけん辞賦を弁護しているようだが、結論は「俳優や賭博よりはいいものだ」というものであり、現代では、むしろ当時の賦文学の低評価をしめすものとして、よくしられている。

もうひとつは、ときの太子（のちの元帝）が憂鬱症にかかったときの話。王褒らはこのとき、宣帝の詔によって太子の宮殿によばれ、朝な夕なに奇文や自作の文を誦読した。これによって太子の病気はめでたく治癒したが、太子はとくに王褒の「甘泉頌」「洞簫頌」をこのみ、後宮の貴人らに誦読させたという（第二章も参照）。

この話は、宮廷文人としての王褒の卓越ぶりを、如実にものがたっている。ときの天子に気にいられ、その心をたのしくさせる文辞は、太子の憂鬱症もいやすことができたのである。さらに、太子が後宮の貴人たちに誦読させたという話からすると、王褒の文章は内容だけでなく、誦読しても口調がよく、ひろい意味での音楽性にすぐれていたのだろう。

王褒の生没年は、はっきりしない。生年はまったく手がかりがないが、没年に関しては前六一年とされることがおおい。これは『漢書』本伝に、

方士言「益州有金馬碧鶏之宝、可祭祀致也」。宣帝使褒往祀焉。褒於道病死。上閔惜之。

ある方士が、「益州に金馬・碧鶏の宝がある。ぜひこれを祭祀し、宮廷に献上させるべきだ」と主張した。そこで宣帝は［同地出身の］王褒に命じて、益州にいって祭祀させることにした。ところが、王褒はその途上で病死した。宣帝は王褒の死を哀惜した。

とあり、また同書郊祀志下によれば、方士が益州に金馬と碧鶏の宝があるといいだしたのが、前六一年だと推測されるので、王褒の死んだ年も同年に比定しているわけだ。だが、「僮約」が前五九年の作なので（後述）、前六一の没年説は否定されねばならない。宣帝が王褒の死を「哀惜した」とあるので、前四九年（宣帝の没年）以前の死去であるのはたしかだが、これ以上のことは不明であり、けっきょく没年は前五九〜前四九のあいだということしかわからない。

二　「僮約」の内容

右の概観によると、王褒は、いわば成功した宮廷文人としての生涯を、まっとうした人物だったといってよかろう。司馬相如のように途中で主君がかわったり、揚雄のように「投閣」で世の笑い者になったりすることもなく、名君の誉れたかい宣帝の手あつい庇護を、ずっとうけつづけることができた。死にさいしても、ときの天子が「哀惜した」というのは、まことに幸福な一生だったろう。彼の伝記やその作品をよんでも、［揚雄のように］自己の宮廷文人としてのありかたに、疑念を感じたような形跡はみあたらず、内外ともにあかるい日差しにつつまれた文人であった。

彼の作品中、いかにも宮廷文人ふうな作としては、「四子講徳論」があげられる。辞賦に類した形式で、架空の人物の対話によって一篇が構成されており、その内容は手ばなしの漢室賛美で終始している。いっぽう「聖主得賢臣頌」のほうは、適宜に諷刺（宣帝の神仙ごのみを諷する）もおりこんでおり、美刺をこととする儒教ふう文学の典型だといってよい。さらに「洞簫賦」は彼の音楽的素養を駆使したもので、後代に詠物賦の祖とあおがれる名篇である。

さて、以上は王褒の表芸であるが、宮廷文人としての活動には、伝統的ともいうべき裏芸があった。それはいうまでもなく、俳優としての活動である。そもそも宮廷文人は、宋玉や東方朔、枚皋がそうだったように、こっけいな所作や言論で宮廷びとをわらわせる道化的存在でもあった。そうした役わりを彷彿させるものとして、本章が注目する「僮約」があげられる。この「僮約」は神爵三年（前五九）の作だが（後述）、この時期は王褒が宮廷文人として、活躍していたころだったと推測される(2)。太子の憂鬱症をなおしたという文辞も、おそらくこの種のこっけいな文学だったろう。以下では、この「僮約」という作品を検討し、文学史的な位置づけをこころみてゆくことにしよう。

この「僮約」という題だが、「僮」は家奴で「約」は契約書の意だから、「僮約」は「家奴の売買契約書」の意味になろう。そして通例の作品命名法から判断すると、「約」はジャンル名ということになる。だが、徐師曾『文体明弁』序説に、

古無此体。漢王褒始作僮約、而後世未聞有継者。

古代には、約ジャンルはなかった。漢の王褒がはじめて「僮約」をつくったが、後代に後継作がかかれたとは、きいたことがない。

というように、「僮約」以外には、「約」の作例がみあたらない。

いっぽう、この約は「券」とも称されていたようで、『文心雕龍』書記篇では、「券」について、

券者、束也。明白約束、以備情偽、字形半分、故周称判書。古有鉄券、以堅信誓。王褒髯奴、則券之諧也。

券は束の意である。約束を明白にして、真偽の混乱にそなえるジャンルである。文書の字形が半分にわけられるので、周代では判書とも称した。ふるくは鉄製の券もあって、誓約を厳格にしていた。王褒の髯奴は、こっけいな券の文章である。

といっている。ここでいう「王褒の髯奴」は「僮約」をさすというのが、龍学研究者の通説である。すると劉勰は「僮約」を、「券」ジャンルの作だと理解していたようだ。じっさい「僮約」をよんでゆくと、序文らしき部分のあとに「券文に曰く」とあって、以下に契約の内容がつづられている。こうかんがえると、「約」と「券」は異名同実のジャンルだったとかんがえられ、すると、西晋の石崇「奴券」という後継作品も、みつかることになる（第七章参照）。

さて、この「僮約」はつぎのようにはじまる（『王褒集考訳』のテキストによる。訳は同書と宇都宮論文のものを参照しながら、戯文ふうにつくってみた）。

蜀郡王子淵、以事到湔、止寡婦楊恵舍。恵有夫時一奴名便了、子淵倩奴行酤酒、便了捍提大杖上冢巓曰、「大夫買便了時、只約守冢、不約為他家男子酤酒也」。子淵大怒曰、「奴寧欲売邪」。恵曰、「奴大忤人、人無欲者」。子淵即決買、券之。奴復曰、「欲使便了、皆当上券。不上券、便了不能為也」。子淵曰、「諾」。

やつがれ、蜀郡の王子淵は、あるとき仕事でもって、湔《せん》の地まで出張つかまつり、途中で後家の楊恵さんのお家に宿をとりました。この楊恵さんのお宿には、死んだ旦那のころからのご奉公という家奴がいて、名を便了とやらもうします。

さて、やつがれ、その家奴にお酒をかってこいと命じたところ、なんとこの便了、杖を手にとり、死んだ旦那のお墓のてっぺんさして、「死んだ旦那があっしをこうたとき、墓もりをやれとのお約束。よその旦那の酒なんざ、こうてこいとはいわなんだ」とぬかすじゃありませんか。やつがれ、すっかり頭にきて「この家奴、私にお売りになりませんか」とたずねれば、楊恵さん「この家奴ったら、おおきくなったいまとなりゃ、たてついてばかりの困り者。これをかいたいというご仁など、いったいどこにおりやしょう」。

そこで、やつがれ、その場でかうことときめて、さっそく証文づくり。便了が「あっしをこきつかう算段なれば、みな証文にかいておくこった。証文にないこと、あっしはやりませぬ」とほざけば、やつがれ「とくと承知」といいました。

ここまでが、「僮約」の序文に相当しよう（宇都宮論文はこの部分も韻文だとされるが、その推定音にはやや疑問があり、私は無韻だとおもう）。この部分、王褒が用事で旅にでて、未亡人の楊恵の家に宿をとったときの話だとされている。この設定が事実かどうかはわからないが、固有名詞がでてくることや、本文での具体的な描写などからみると、すべてが想像の所産ともいえないだろう。旅先でじっさいあったできごとを題材にしつつ、虚構もまじえてつくったものか。

右のような事情で、王褒は便了をかうことになり、さっそく「券文」、つまり売買契約書をつくった。以下にその契約書の内容がつづくが、それが同時に「僮約」の本文（韻文）になっている。

券文曰、神爵三年正月十五日、資中男子王子淵、従成都安志里女子楊恵、買亡夫時戸下髯奴便了、決賈万五千。
奴当従百役使、不得有二言。

かくしてかきあげたその証文は、つぎのようでございます。
神爵三年（前五九）正月十五日、資中県の男子王子淵は、成都県安志里の女子、楊恵から、亡夫のときからのひげ家奴、便了をかいとることとし、その値は一万五千ときめた。家奴たるものは、山のような仕事をひきうけて、口答えはまかりならぬぞよ。

まず契約書らしく、いつ、だれが、だれから、なにを、いくらでかうのかが、明示されている。おかげで、この「僮約」の創作年が月日まできちんとわかるし（当時は干支による紀日がおおく、数字によるものはめずらしい）、また王褒の出身地も明確になった。こうした点は、創作情況が不明なものがおおい古代の作品としては、例外的なことに属する。「僮約」が、当時の家奴売買契約書のパロディとしてつづられているので、こうした僥倖がもたらされたわけだ。

さて、売買契約書たる「券文」では、王褒は「家奴たるものは、山のような仕事をひきうけて、口答えはまかりならぬぞよ」（奴当従百役使、不得有二言）と家奴の心構えをのべてから、つづく「晨起洒掃、食了洗滌」以下の部分で、便了のなすべき仕事がえんえんと列挙されてゆく。いわく、朝はやくおきて水まきと庭掃除をし、ご飯をたべおわれば食器はきれいにあらえ。いつも臼で米をつき、ほうきをたばねろ。お椀をつくり酒杓をつくれ。溝をさらい生垣をつくれ。畑にすきをいれ、あぜ道はたいらにせよ。枝道はふさぎ低地には土をうめろ。木をきり縄をあんで棚をつくれ。竹をまげて杷をつくり、木をけずって轂《こしき》をつくれ……。この部分、基本的に四言のリズムを多用し、不規則ながら韻もふんでいる。内容は俗っぽいものの、文辞はそれなりに整斉されているのだ。

以下には、荘園での農作業を命じた一節を引用しよう。

捶鉤刈芻。結葦躐纑。汲水酪、佐咀醭。織履作粗、黏雀張烏。結網捕魚、繳雁弾鳧。登山射鹿、入水捕亀。後園縦養、鴈鶩百余。駆逐鴟鳥、持梢牧猪。種姜養芋、長育豚駒。糞除堂廡、餧食馬牛。鼓四起坐、夜半益芻。

鎌をきたえてワラをかれ。葦《あし》をむすんで布をつくれ。水をくんで乳酪をねり、おいしいチーズをつくれ。履物《はきもの》をあみ、わらじもつくれ。雀はとりもち、カラスは網でつかまえろ。網をつくって魚をつかまえ、雁は射おとし、鴨はパチンコでうちおとせ。山にのぼって鹿をうち、水にもぐって亀もとれ。荘園に池をほり、鴨とあひるを百種かえ。フクロウはおっぱらい、竹竿ふるって豚もふとらせろ。生姜をうえ芋をつくり、子豚や子馬もおおきくしろ。小屋をしっかり掃除して、馬と牛に餌をやれ。四更にはおきだして、夜中にまぐさをわすれるな。

このあたりで引用をとどめるが、ここでの便了のなすべき仕事の内容は、きわめて苛酷なものだといってよい。これは、序文の「あっしをこきつかう算段なれば、みな証文にかいておくこった。証文にないこと、あっしはやりませぬ」という、便了の捨てぜりふに対応したもので、それならばというわけで、買いぬしたる王褒が、これでもかこれでもかと、苛酷な要求をかきつけたわけだ。

この部分、便了のなすべき家事や仕事が詳細に叙されているが、これによって後代、当時の農民や家奴の生活実態が推測されてくるという、予想外の効能がでてきた。つまり「僮約」の文章は、前漢社会の政治、経済、民俗、物産、食生活、農業などをしるのに、貴重な資料を提供しているのである。たとえば、文中に「お茶をわかして椀をそろえろ」（烹茶尽具）や「武陽ではお茶をかってこい」（武陽買茶）の一節があるが、これによって当時は茶がのまれ、また商売の対象となっていたことがわかる。これは茶の歴史では画期的な資料であって、茶研究史上でも重視されている文献なのである。また、便了の売買値段「賈万五千」によって、地方豪族の経済規模も推定されるし、詳細な農作業の叙述によって、当時の農業生産の具体的なありかたもわかってくるのだという。近代になって、梁啓超『中国歴史研究法』は、歴史研究の立場から、

在漢人文中、蔡邕極有名之十余篇碑誄。其価値乃不敵王褒之一篇遊戯文学滑稽的僮約。

漢人の文章中、蔡邕の十余篇の碑誄はきわめて有名になっている。だが、その価値たるや、王褒のユーモラスな一篇の遊戯文学「僮約」におよばない。

と指摘し、また宇都宮清吉氏が、文学者にさきんじて歴史資料として注目したのも、こうした「僮約」の特殊な性格のためだったろう(3)。

さて、王褒にかいとられると、こんな苛酷な仕事をせねばならぬとしった便了、びっくり仰天して、王褒にこれまでの無礼をわびるのが、結尾の部分である。

読券文適訖、詞窮咋索。仡仡扣頭、両手自搏、目泪下落、鼻涕長一尺。「審如王大夫言、不如早帰黄土陌、蚯蚓鑽額。早知当爾、為王大夫酤酒、真不敢作悪也」。

証文をよみおわるや、便了ものもよういわず、へらず口もたたけない。ひたすら頭を地面にうちつづけ、両手で自分の顔をたたくだけ。そのうえ目からはポタポタの涙、鼻からはダラダラの鼻水一尺というしまつ。

「ほんとうに旦那のおおせのとおりなら、あっしははやくくたばって、黄土にうもれてミミズに額をくわれたほうが、ましでございます。こんなこととはやくしってりゃ、王の旦那のために酒もかいにゆき、ほんま不

埒なこともせんかったですのに」。

ここでおもしろいのは、家奴たる便了の豹変ぶりである。序文では傲慢な態度をとっていたのに、結尾ではすっかりしょげかえって、あわれっぽく王褒に許しを乞うている。「ほんとうに旦那のおおせのとおりなら」云々のセリフが、冒頭の傲慢さと好一対をなし、その対比に読者はおもわずわらってしまうことだろう。

三　鄙俗なユーモア

さて、「僮約」の内容を概観してきた。この作品は、要するに、反抗ばかりするなまいきな楊家の家奴を、王褒が女主人にかわって、こっぴどくおどしつけてやった——というストーリーだといってよい。こうした内容から判断すると、この作品に対しては、古代の奴隷制社会における非人間的な抑圧体制が反映されたもの、という社会学的な意義をみいだすこともできるかもしれない。

だが、この作品は、そうしたシリアスな解釈をされることはほとんどなく、じゅうらいは、なまいきな家奴を嘲笑したこっけいな文学だと理解されてきた（第四章の分類でいえば、第二の「嘲笑ふう遊戯文学」に相当しよう）。たとえば、さきの劉勰の「王褒の髯奴は、こっけいな券の文章である」の発言は、「僮約」を諧謔ふうの作品だとみなしたものだったし、また『南斉書』文学伝にいたっては、この作の諧謔ぶりを積極的に評価して、

王褒僮約、束晳発蒙、滑稽之流、亦可奇瑋。

王褒の「僮約」と束晳の「発蒙」は、滑稽文学の流れに属しており、奇抜な作だといえよう。

と称賛している。こうした議論は、「僮約」の内容（未亡人の家への宿泊、家奴たる便了がなすべき苛酷な仕事、そして便了

のあわれな許しごいなど）を、しくまれたユーモアだとみとめたうえでの好意的な見かただろう。

こうした議論は、王褒の創作意図を的確にみぬいた解釈だと評してよい。私も、これとおなじ見かたをする者であって、「僮約」をすなおによむかぎり、奥に社会批判や自己の鬱屈を寓した「内心では怨みをもっているが、表面上はおどけたなりをする」（「内怨為俳」『文心雕龍』諧讔）作ではなく、ただ家奴を嘲笑して笑いをとろうとする、こっけいな遊戯文学だとみなしてよいとおもう。つまり宮廷文人たる王褒は、支配者階級に肩いれして家奴を虐待しているのでもなく、非人間的な奴隷制度を告発しているのでもなく、ただこっけいな作品をつくることによって、自分がつかえている宮廷びとに、愉快なお笑いを提供しようとしているのだろう。(4)

こうした作風に対しては、ユーモアを解する立場からの好意的評価と、道学ふう立場からの批判的評価とが、こらい対立しあってきた。この「僮約」もその例にもれず、右のようにユーモアを好意的に評するいっぽうで、道義的立場から批判をくわえることも、ないではなかった。たとえば、北斉の顔之推『顔氏家訓』文章篇は、

自古文人、多陥軽薄。……王褒過章僮約、揚雄徳敗美新。

むかしから文人はおおく、軽薄な行為をしでかしてきた。……王褒のあやまちは「僮約」に明瞭だし、揚雄の徳は「劇秦美新」でそこなわれてしまった。

と、王褒を批判している。ここの「王褒過章僮約」句に対しては、宋の沈揆が注をつけて、

褒有僮約一篇、自言到寡婦楊恵舎。故言「過章僮約」、下対「揚雄徳敗美新」。

王褒に「僮約」の作があるが、そこで彼は「寡婦の楊恵の家にとまった」といっている。だから、顔之推は「［王褒の］過《あやま》ちは僮約に章《あき》らかなり」といって、下句「揚雄の徳は美新に敗れたり」と対《つい》にしているのだ。

と解説している。この注によると、顔之推は、王褒が旅の途上で、未亡人の家に宿をとったことを、不道徳な振るま

いだと、非難したことになる。私見によれば、顔之推の批判は、たんなる道学者的な非難ではなく、「僮約」を遊戯文学だとみなしたうえで、なおその反道義的な設定に、苦情をもうしたてているのだろう。(5) こうした道義的立場からの批判は、現在からみれば、文学への評価としてピントはずれといわざるをえないが、司馬相如の生きかた（卓文君とのかけおち）や揚雄の処世（投閣の自殺未遂）に対しても、同種の非難がくりかえされてきたことをおもえば、「僮約」にこうした批判がくわえられるのも、やむをえないことなのかもしれない。(6)

このように、よってたつ立場によって褒貶はさまざまだったが、いずれにしろ、「僮約」が遊戯的傾向をおびた作であることはまちがいない。では、「僮約」を遊戯文学とみなしたとき、そのユーモアにはどのような特徴があるのだろうか。以下では、「僮約」の有するユーモアの特質についてかんがえてみよう。

第一に、家奴のなすべき仕事を、題材にしていることに注目したい。この題材じたいが、きわめて異常である。というのは、当時の文学、とくに賦ジャンルでは、宮殿や狩猟、山川、宴遊、美女などが、ふつうの題材であった。それに対し「僮約」では、家奴の売買契約書のパロディの形をとって、後代の歴史家が注目するほど、家奴の仕事ぶりを詳細につづっている。こうした鄙俗な題材をとりあげることじたい、当時の文学としては異様にうつり、ひいては意表をついたユーモアだとうけとられたことだろう。

第二に、作品中に作者の王褒を登場させ、自己を道化にして笑いをとろうとしている。これは、戦国や前漢の滑稽者流の人びと（戦国の淳于髠や優孟、前漢の枚皐や東方朔など）が、幇間として主君のまえでこっけいな話や所作をしておどけていた、名ごりだったのではないかとおもわれる。なかでも、「僮約」中の未亡人の家に宿をとるような反道義的な設定は、古代中国の滑稽者流の人びとが採用した、常套的なお笑い手法でもあった。

たとえば、戦国の淳于髠が、斉の威王の「淳先生はどれくらい酒をのめば、酔っぱらうか」という問いに、「宴席の場で夜がふけ、やがて深夜にうつくしい女主人とふたりきりになったとき、この髡めはすっかりうれしくなって、一石の酒でものんでしまいます」とこたえた話、あるいは宋玉「登徒子好色賦」において、宋玉と登徒子とはどちらが色好みかをめぐって、悪口をいいあった話など。これらは、話者や作者（おおく、当該の作品の主人公でもある）の周辺に、なにほどかのインモラルな雰囲気をただよわせながら、露悪ふうなユーモアをつくりだしている。王褒「僮約」も、こうした過去の滑稽者流の手法にのっとりつつ、みずからを、未亡人をねらう色好みの道化におとしめて、宮廷びとの笑いをとろうとしているのだろう。こうした笑い手法の相似は、王褒が、先秦の淳于髡や宋玉、さらにはそれをつぐ前漢の「滑稽の雄」東方朔（『漢書』東方朔伝巻六五）や、「頗《すこぶ》る詼笑《かいしょう》す」る枚皋（『漢書』枚乗伝附枚皋伝巻五一）などに類した、幇間ふう宮廷文人だったことを、示唆するものであろう。

第三に、俗語や口語的語法、さらには反切ふう謎語がひんぱんにあらわれて、鄙俗ぶりをいやましている。たとえば「僮約」には、農作業に関連する難解な字句、「杜髀埤地」（枝道やひくいところを土でうめる）、「被隄杜疆」（土をかためて境をうめる）、「焚槎発疇」（枝をやいて灰をまき畑をひらく）などが頻出するが、これらはおそらく当時の農民たちの常用語だったとおもわれ、読者に鄙俗な印象をあたえたことだろう。「盂」（お皿の意）「鉤」（鎌の意）など、揚雄『方言』にとりあげられた語も散見する。これらも、意識して地方色をだそうとしたものだろう。

また口語的と目される語法も、全篇に散見している。これは、いままで引用した「僮約」の文章をみても一目瞭然だが、なかでも「食了」（たべおわれば）、「事訖欲休」（仕事がすんでやすもうとすれば）、「奴不聴教、当笞一百」（いうこときかにゃ、笞うち百回じゃ）、「早知当爾」（こんなこととはやくしってりゃ）、「真不敢作悪」（ほんま不埒なこともせんかったですのに）などは、その尤なるものといえよう（注1にあげた胡適『白話文学史』が、「僮約」中にみえる口語的語法にとくに注目している）。

さらに注目すべきなのは、後世の反切の原理によく似た謎語である。たとえば、「僮約」中の「披薜戴子公」（薜《かずら》を披《かぶ》り子公を戴《いただ》く）句の「子公」の語は難解だが、近人の范文瀾氏はこの句について、清の兪正燮『癸巳類稿』の議論によりながら、つぎのような解説をほどこしている。すなわち、「子公 zigong」の二音をつづめて発音すると、「椶 zong」（棕櫚《しゅろ》の笠《かさ》、の意）の音がでてくる。するとこの句は、「蓑を身にまとい笠をかぶる」という意味だろう――と（『文心雕龍』書記篇注）。こうした二音をつづめて一音をだす（二合音という）例としては、じゅうらい「之乎→諸」「而已→耳」「不律→筆」などがしられ、音韻学の分野では反切の起源をなすものとして注目されてきた。『王褒集考訳』によると、こうした二合音と目される事例が、「僮約」中にはこれ以外にも、「振頭→走」「馬戸→幕」「紡堊→磨」などとみえているという。これらは、語学史の貴重な資料ではあるが[7]、ほんらいは笑いをとるための悪ふざけや、ことばあそびの類であったろう（後述）。

以上、「僮約」のユーモアをかんがえてきた。要するにそれは、鄙俗な題材や道化、露悪趣味、口語、謎語などを駆使したもので、いわば品のわるい帮間ふうお笑いだといってよい。したがって「僮約」の笑いは、たとえば前漢末の揚雄「逐貧賦」のごとき、自嘲ふうユーモアにおおわれた、にがいペーソスではないし（第三章参照）、また六朝斉の孔稚珪「北山移文」のごとき、修辞技法や批判精神によって諷刺をきかせた、洗練されたユーモアでもありえない（第十二章参照）。ただ、ひたすら滑稽のための滑稽を目ざした、鄙俗であり、無思想であり、また多少のいかがわしさもふくんだ、帮間ふうお笑いだったといってよかろう。

四　漢賦との類似

では、そうした幇間ふうお笑いに終始した「僮約」は、ほかに類をみぬ孤立した遊戯文学だったのかというと、かならずしもそうとはいえない。というのは、同種のユーモアをふくんだ作品が、当時ほかにもたくさんかかれていたからだ。それはなにかといえば、一連の賦作品のことである。

王褒のころの賦が、名目上は政治的諷諫を標榜していたものの、実態は勧百諷一の娯楽的な作風にかたむきがちだったことは、現在では周知のことといってよい。当時の賦を注意ぶかくよみといてゆけば、その行文の奥に、「僮約」と同種のユーモアがひそんでいることが、透かしみえてくることだろう。(8) 当時の賦ジャンルが、娯楽性やユーモアを志向していたとすれば、同様な性格をもち、韻もふんだ「僮約」を賦作品とみなすことは、それほど奇異な見かたとはいえない。じっさい、「僮約」を賦の仲間だとみなす意見も、研究者のあいだではすくなくないのである（後述）。では、「僮約」はどんな点が漢賦に似ているのか、「僮約」と漢賦との類似点を検討してみよう。

すると、第一に全体の構成があげられよう。「僮約」はさきにみたように、おおきくは序文・本文・結尾の三部からなっているが、この構成は、主客対話形式をもった漢賦、つまり枚乗「七発」や司馬相如「子虚賦」「上林賦」などの構成と、きれいに対応している。これら典型的な漢賦では、まず序文で登場人物が勢ぞろいし、やがてそのうちのひとりが長広舌をふるいはじめ、それがそのまま賦の本文になる、という形式をとる。いっぽう「僮約」では、冒頭から「やつがれ〈とくと承知〉といいました」までの部分が、漢賦の序文に相当するが、ここでもやはり三人の登場人物（王褒、楊恵、便了）が勢ぞろいして、家奴の売買契約書を作成するきっかけをつくっている。そして、「かくしてかきあげたその証文は、つぎのようでござります」（券文曰）以下は、もちろん賦本文の長広舌に対応している。

また「僮約」結尾では、すっかりしょげかえった便了が、王褒に許しを乞うというユーモラスな結びでおわるが、漢賦でも同種のおわりかたをすることがおおい。司馬相如「上林賦」を例にとれば、その末尾の部分は、

於是二子愀然改容、超若自失、逡巡避席曰、「鄙人固陋、不知忌諱。乃今日見教、謹受命矣」。

そこでふたりは、顔色をかえ態度をあらためた。茫然自失して後退して席からおり、つぎのようにいった。「いなか者の我われは見聞がせまく、自慢してはならぬこともしりませんでした。今日ようやく教えをうけましたので、以後はつつしんでご命令にしたがいたく存じます」。

という、似たような結末でおわっている。

漢賦と「僮約」との相似は、こうした構成だけではない。第二に描写のしかたをみてみよう。「僮約」では便了のなすべき仕事に対して、煩瑣な、そして誇張した描写が、えんえんと展開されてゆくが、こうした叙法は、漢賦の鋪陳描写を応用したものではないだろうか。つまり、「僮約」における「朝おきては……、来客があったときは……、用事でとおくへいったときは……、農作業をするときは……、おいぼれたときは……」のごとき仕事の列挙は、あたかも漢賦の「その山は……、その土は……、その石は……、その東は……、その南は……」の列挙法を、そのままひきうつしたかのように感じられるのだ。これらの列挙で誇張的にえがかれる各様の描写は、ひとを瞠目させるほど、苛酷だったり（僮約）、雄壮だったり（漢賦）するが、しかし同時に、そうしたおおげさな表現は、現実ばなれした要求や描写であるだけに、かえって一篇中にたくまぬユーモア（僮約）や、新鮮なおどろき（漢賦）をかもしだしているのである。

さらに、第三に用字法をみてみると、漢賦が難字や奇字を列挙して、高踏な表現を志向するのに対し、「僮約」の

ほうは俗語や謎語を駆使して、漢賦とは似ても似つかぬ鄙俗な用語を多用している。いっけん正反対のようにみえるが、しかしこれも漢賦の高踏的表現を横目にみながら、意識的に俗っぽい語を多用した、パロディふう技巧だったろうとおもわれる。いわば対偶における反対《はんつい》のようなもので、これはこれで、対極的な位置から対応しあった用字法だとみなしてよかろう。

五　帮間ふう遊戯文学

このように「僮約」は、鄙俗なユーモアと漢賦への類似（パロディ）という両面をあわせもっているのだが、それではこの作品は、文学史的にみたばあい、どのように位置づけられるのだろうか。

近時の研究では、この「僮約」は、遊戯ふう文章作品とみなされたり、賦、なかでも俗賦の先蹤だと、みなされたりすることがおおいようだ(9)。この「僮約」、賦という標題こそもたないが、さきにもみたように、構成や叙述のしかたの面で、漢賦との親近性がひじょうにつよいからである。なかでも最近、有力になっているのが、俗賦との関連を強調する見かただろう。この「俗賦」については、本書第二章で詳論するので、ここでは説明を略すが、要するに唐代民間で流行した無名氏「燕子賦」「晏子賦」「韓朋賦」などに代表される、白話体の俗っぽい賦文学（敦煌俗賦と称される）をいう。たしかに「僮約」は、四言韻文のスタイルや口語まじりの俗っぽい語法、ユーモア、ゆたかな物語性などを有しており、同様の特徴をもつ俗賦ジャンルの先蹤的位置にあるのはまちがいない。

だが、それでは「僮約」は、「燕子賦」「晏子賦」「韓朋賦」等の敦煌俗賦や、前漢成帝期の民間に流布していた「神烏賦」（第二章参照）などと、同種の存在だったとみなしてよいかといえば、それはまったくそうではない。というのは、この王褒「僮約」は、民間文学ふう性格を有していることはまちがいないが、しかし、その内容から判断するかぎり、この作品は、民衆のなかでつくられ、民衆のあいだで愛好された文学、という意味での民間文学では、ありえないからである。家奴を嘲笑する態度、自己を道化にする幇間ふうユーモア、漢賦ふう鋪陳技法――これら「僮約」の諸特徴は、民衆にこのまれるようなものではない。むしろやんごとなき宮廷びとのあいだでこそ、歓迎される性質のものだろう。その意味でこの「僮約」は、王侯貴族を享受者に想定した、民間文学的要素をとりこんだ宮廷娯楽文学であり、また幇間ふう遊戯文学だと理解すべきだろう。機械的に俗賦（俗文学）イコール民間文学だと、短絡してはならないのである。

もっとも、この「僮約」が、ほんとうに前漢、長安の宮廷で歓迎されたかどうかについては、ざんねんながら、それを証する手だてがない。そもそも前漢の高祖たる劉邦は、町のやくざあがりの人物であり、それほど高貴な身分ではなかった。だから、その宮廷でも、高尚な文学的好みはなかったろう――ぐらいの想像は可能だが、しかしこれとても、けっきょくは想像でしかない。まして高祖以後の宮廷も、ずっとおなじだったという保証は、どこにもないのである。

だが、王褒の時期の宮廷ということをかんがえるとき、注目されてくるのが、王褒がつかえた天子、宣帝（前九一～前四九）の育ちとその人となりである。すなわち、宣帝こと劉病已はもともと、武帝の長男だった戾太子の孫として、この世に生をうけた。ところが不幸なことに、祖父の戾太子は三十六歳のときに、巫蠱の乱（前九一）にまきこまれて、殺害されてしまう。そのとき生後数カ月だった病已は、周辺の人びとの尽力によって、からくも害をまぬがれることができた。そして運よく大赦にあうことができ、祖母の史良娣の実家でそだてられたのである。

かく宮廷のそとで成長したためだろう、彼は庶民生活の甘苦によく通じていたようだ。『漢書』宣帝紀の、

亦喜游俠、鬭鶏走馬、具知閭里奸邪、吏治得失。

彼はまた遊俠をこのみ、鶏をたたかわせたり馬をはしらせたりした。そして市井の悪事や政治の得失に、よく通じていた。

という記事は、劉病已という若者の活動的で利発な人となりを、率直につづっている。そうした若者が、昭帝（在位前八七～前七四）の早世や昌邑王賀の廃立等の混乱をきっかけに、当時の漢朝の実力者、霍光によって、その英才をみいだされたのだった。ときに元平元年（前七四）、劉病已十八歳のときであった。こうしてひょんなことから帝位についた宣帝は、みずから下情に通じていたためか、積極的に恤民のための政策をおしすすめた。なかでも、有能な地方官を後おしして、貧窮農民に土地や種食を貸与したり、穀価を調整するための常平倉を設置したりしたが、これらの政策は、民衆の生活を安定させるのに寄与したとして、政治史上でもたかく評価されている。

このように宣帝は、民間の事情によく通じ、その生活向上に努力をおしまなかった人物だった。すると、そうした宣帝にとって、華麗さや諷諫（辞賦）だけでなく、鄙俗さやユーモア（僮約）もあわせもった王褒の文風は、幼少時の民間での日々を想起させるものとして、このましくうつったのではないだろうか。あるいは、宣帝が宮廷のそとでそだち、民間の諸事情にくわしいことを耳にするや、王褒はめざとくも、あえてこの種の俗臭ふんぷんたる作品をつくって、宣帝をよろこばせようとしたのかもしれない。このようにみてくると、王褒とその文学が宣帝の心をしかととらえ、終始そのあつい庇護をうけつづけることができたのも、両人が民間ふう鄙俗さへのシンパシーを共有していたから、ということもじゅうぶんかんがえられよう。

六　かたり文芸の可能性

ところで、文学史的な興味として、もうひとつ、この「僮約」の受容のされかたも注目される。ここでいう受容のされかたとは、具体的には「僮約」がいかなる場で、いかなる形態で、いかなる読者層に享受されていたのか、ということをさす。

この問題については、私は本書の第二章で、当時の賦文学全体に対して、おおむね、つぎのように推測しておいた。すなわち、当時の賦文学は目でよまれるよりも、宮廷や郡署のような場で、朗誦の名手によって、朗々とかたられていただろう。したがって、享受者たる王侯貴族たちは、賦の受容にあたっては読者というよりも、むしろ聴取者として、音声面から享受していたのではないか――と。賦の仲間というべき「僮約」の受容のされかたも、ほぼこの推測にかさなる。つまり私は、「僮約」は当時、宣帝の宮廷において、天子や王侯貴族たちの面前で、朗々とかたられていたのではないか（ときには、身ぶりや手ぶりもまじえて、演じられていたかもしれない）とかんがえるのだ。

もちろん、こうした推測は、私がはじめておもいついたものではない。よりはやい指摘として、一九三五年に公表された容肇祖「敦煌本韓朋賦考」の論文があげられる。この論文で容肇祖氏は、「韓朋賦」等の敦煌俗賦と「僮約」とが、ともに白話による韻文という共通性を有することを指摘する。そして「僮約」は、物語をかたってゆく敦煌俗賦の、とおい源流だったのではないかと推測し、さらに王褒の当時において、物語をかたってゆく白話の賦が存在していた可能性にまで、論及しているのだ（容論文の詳細は、第二章を参照）。この容論文の指摘は、三十年代という時代をかんがえれば、瞠目すべき慧眼だと称してよかろう。そういえば、「僮約」以前のユーモラスな話柄、たとえば淳于髡のこっけいな弁舌や、東方朔のとっさの機智なども、もとはかかれた文章ではなく、口頭でのことばだった。すると、王褒「僮約」のごときも、口頭でのかたりという形式で、受容されていたのではないかという推測も、じゅうぶん可能だろう。

くわえて、さきに「僮約」のユーモアとして、俗語や口語的語法、反切ふう謎語（二合音）などを指摘したが、こうした技法は、書面文学として目で黙読するよりも、かたり文芸として口頭で朗誦してこそ、より効果があがってくるものであることに注意しよう。なかでも、反切ふう謎語、つまり二合音は注目される。この二合音は反切の起源とも目されているが、そもそも反切なるものは、趙元任氏や小川環樹氏の指摘によると、ほんらい社会的下層の人びとのあいだで、口頭で隠語ふうに使用されることばだったという。すなわち、小川環樹氏は「反切の起源と四声および五音」と題する論文（『中国語学研究』所収　岩波書店　一九七七）の注12において、趙元任氏や陳志良氏の論文を引用しながら、反切を使用する階層の人びとについて、つぎのようにのべられている。

……趙氏によれば、これら反切語（一音節を二音節で代用すること、その際に一定の方式があって、各地方により少しずつ異なる）は秘密語として各地（ペキン、蘇州、カントン、福州その他六箇処）の盲目のうらない者、小学生、ごろつき、盗賊のあいだで行なわれている。また陳氏によると、この外、ある種の俗曲うたい（唱灘黄的）、仕立屋、道士その他もこれを用いる。反切語は一定の方式があるので、その原則を知りさえすれば、その地方の方言に通じている人ならばたやすく了解することができるそうである。だから、しだいに隠語としての価値はとぼしくなっている。陳氏は、これら使用者の社会の地位が、すべて（小学生をもふくめて）はなはだ低いと言っている。けれども、趙氏がその使用者として盲目のうらない者（算命瞎子）を、陳氏が道士をあげていることは注意を要する点であってそれらの人々はやはり隠語の発生しやすいような特殊な職業団体にぞくしてはいるが、同時に、そのような団体の中ではある種の習慣はきわめて根づよく保持されて長くつたえられる傾向があることも認めるべきである。かれらがこのような隠語を使いはじめたのは意外に古い時代であったかも知れない。

これは二十世紀前半における、民間の反切についての考察であるが、同種のことが王褒「僮約」当時における二合音についても、該当するのではないだろうか。つまり、「振頭→走」のような二合音は、やはり当時においても特別の団体や地域のなかで使用される、隠語ふうのことばだった。蜀の辺地で成長した［と推定される］王褒は、こうした民間特有のことばになじんでいたので、あえてそれを宮廷びとのあいだにもちこんで、いっぷうかわった鄙俗な風趣を提供しようとした——とかんがえられないだろうか。

この二合音は、二音の短縮語というべきものであり、原理的には畳韻との関わりもふかいという（注7にあげた慶谷氏論文を参照）。すると、二合音のごとき技巧は、双声や畳韻がそうであるように、目で黙読するよりも、口頭でじっさいに発声してこそ、かくされた意味もわかり、おもしろさが実感されてくるものだといってよかろう。

正確に拍をきざむ四言のリズム、間歇的におなじ響きがあらわれる押韻。こうした整然とした音の流れのなかに、とつぜん俗語や二合音が挿入されると、宮廷びとはその俗っぽい語やなぞめいた音のあそびにハッとおどろき、つい呵呵大笑してしまった……。こうした推測があたっているとすれば、「僮約」が目でよむ書面文学としてではなく、耳できくかたり文芸（あるいは身ぶりを目でみ、朗誦を耳できく演劇文学）として享受されていたことは、じゅうぶん想定できることだとおもう。

七　枚皋の賦作のばあい

さきにも漢賦との類似を指摘したが、「僮約」のごとき幇間ふう遊戯文学は、前漢当時ではそれほど例外的な存在でなく、けっこうかかれていたのではないかと想像される。たとえば、王褒より半世紀ほどはやく、武帝期に活躍した枚皋の活動をかんがえてみよう。枚皋は、その本伝（『漢書』巻五一）によると、

不通経術、詼笑類俳倡、為賦頌、好嫚戯。以故得媟黷貴幸、比東方朔郭舎人等。

［枚皋は］経術に通ぜず、そのおどけぶりは俳優に似ており、賦や頌をつくっても、下品な笑いがおおかった。そうした軽佻さのため、［貴顕から］馬鹿にされながらも寵愛されたという点で、東方朔や郭舎人らに比較できよう。

という人物だった。それゆえ、文学史では典型的な幇間ふう宮廷文人としてしられているが、本伝にはまたつぎのような記事がある。

游観三輔離宮館、臨山沢、弋猟射馭狗馬蹴鞠刻鏤。上有所感、輒使賦之。為文疾、受詔輒成、故所賦者多。司馬相如善為文而遅。故所作少而善於皋。皋賦辞中自言為賦不如相如。又言為賦乃俳、見視如倡、自悔類倡也。

武帝は、三輔の離宮や離館を見物し、山沢にあそんで、弋猟、弓射、馭狗馬、蹴鞠、刻鏤などをたのしんだ。そのさい、なにか関心をひくものがあれば、武帝はそのたび［随行していた］枚皋に命じて、それの賦をつくらせた。枚皋は賦作がはやく、詔をうければすぐにつくったので、作品数もおおかった。司馬相如のほうは、賦がうまかったが、完成するのがおそかった。だから賦作の量はすくないが、その腕前は枚皋よりもすぐれて

いた。枚皐は自分の賦中で、賦作は相如におよばないといっている。彼はまた、賦作はおどけ仕事にすぎないので、俳優のようにみられるともいい、俳優の仲間になったことを後悔している。

この文章は、前漢ころの賦家やその賦作品が、俳優やそのおどけと同類だったことをしめす資料として、しばしば言及されるものである。ここで紹介されている枚皐の事蹟が、本章でみてきた王褒の事蹟と、よく似かよっていることに注目してみたい。

すなわち、右の資料によると、枚皐は武帝の巡行にしたがっていたが、武帝は「弋猟」や「射」のあそびをして、ふとなにかに感興をもよおすや、そのたびに、枚皐に賦詠を命じた。すると枚皐は、速筆であっというまにかきあげたという。ここの記述は、さきにみた王褒伝の記述、すなわち、宣帝はしばしば王褒らをしたがえて遊猟にでかけた。行幸先の宮館につくたびに、歌頌（当時は賦とおなじ）をつくらせ、作品の出来ぐあいに応じて、差をつけて絹をたまわった――という話と、よく似ている。こうした両者の相似は、彼らが同種の宮廷文人として天子につかえていたことを、ものがたるものだろう。

両者の共通点で興味ぶかいのは、彼らの賦作が、その場その場での即興的創作だったということだ。すなわち、両人とも主君の行幸に随従し、その行幸先でいきなり賦詠を命じられるが、ともにその命によく応じて、とっさの間に賦をかきあげている。こうした臨機応変の即興的創作ができることが、賦作をもって侍従する必須の資質だったのだろう。この即興的創作によってこそ、彼らは武帝や宣帝に気にいられ、重宝されたのである。

そうした即興的創作の結果として、枚皐がつくった賦の作品数もおおかったという。やはり『漢書』枚皐の伝には、

其文……頗詼笑、不甚間靡。凡可読者百二十篇、其尤嫚戯不可読者尚数十篇。

枚皐の文たるや……、たいへんおどけたものだが、柔弱すぎるわけでもない。よむにたえる作はつごう百二十

篇あり、さらにとりわけ下品な笑いにみちて、よむにたえぬ作が数十篇あった。

とある。この「百二十篇プラス数十篇」という分量は、当時の賦家としては突出しておおいものである。『漢書』芸文志に著録された他の賦家の篇数を検してみると、たとえば陸賈の賦は三篇、賈誼の賦は七篇、枚乗の賦は九篇、司馬相如の賦は二十九篇が著録されているにすぎない。さらに、前漢につくられた賦の総数が千四篇だった（芸文志による）ことをかんがえれば、「とりわけ下品な」作の数十篇をのぞいても、前漢につくられた賦の十に一以上が、枚皋の作だったことになる。こうした枚皋賦の突出したおおさは、「賦作がはやく、詔をうければすぐにつくったので、作品数もおおかった」という事情とともに、枚皋の賦が武帝をはじめとする当時の宮廷びとのあいだで人気があり、需要がおおかったことをしめすものだろう。

だが、こうした即興的創作は、通常しられている賦の作りかたとは、そうとうことなっている。ここでいう、通常しられている賦の作りかたとは、たとえば司馬相如の賦作に関する

司馬相如為上林子虚賦。意思蕭散、不復与外事相関。控引天地、錯綜古今、忽然如睡、煥然而興。幾百日而後成。（『西京雑記』巻二）

司馬相如が「子虚上林賦」をつくるにさいし、彼は精神を冷静にたもち、外事との関係をいっさいたった。そして［心中に］天地をひきよせ、古今に想いをはせ、急にねむったかとおもえば、はっきりと目ざめたりした。この状態が何百日かつづいて、ようやく完成できたのである。

という逸話や、またすこしおくれる揚雄の

子雲亦言。「成帝時……詔令作賦。為之卒暴、思精苦。賦成、遂困倦小臥。夢其五蔵出在地、以手收而内之。及覚、病喘悸大、少気病一歳」。由此言之、尽思慮、傷精神也。（『桓子新論』佚文）

揚雄はまた、つぎのようにいった。「成帝のとき……帝は詔をくだし、私に賦をつくるようお命じになりました。忽々につくらねばならなかったので、私はひどくくるしみ、賦を完成させるや、疲労困憊して床についてしまったのです。そのとき私は、自分の五臓が地面にとびだし、あわてて手でそれを腹のなかにいれるという夢をみました。目がさめると、喘息がちで動悸もはげしく、すっかり元気をなくして一年ほど病臥してしまったほどでした」。こうしたことからみれば、賦をつくることは、本人の思慮をつくし、精神を疲弊させるほどの難事なのである。

という発言にしめされた賦の創作法をさす。一言でいえば、知力のかぎりをつくした彫琢的創作法とでもいえようか。こうした司馬相如の壮大な賦作意図や、揚雄の凄絶な創作態度にくらべると、おなじ前漢の賦家といっても、幇間的文人たる枚皋や王褒らは、ごく気らくに賦をつづっていたことがわかる。

枚皋らの賦が、こうした気らくな即興作だった以上、それらの作が文字にかきとめられ、後世まで伝誦されてゆくことなど、まったく期待できなかったろう。彼らにとっては、その場その場の即興が主君のおメガメにかない、たっぷりごほうびにありつけさえすれば、それでじゅうぶんだったのであり、自分の賦作が後世に伝誦されてゆくなど、夢にもおもっていなかったに相違ない。

そうした気らくな創作の必然的な帰結として、枚皋の賦作で現在にまでつたわっている作品は一篇もない。現存する当時の賦作品は、「［心中に］天地をひきよせ、古今に想いをはせ」てつづった司馬相如の作とか、「賦を完成させるや、疲労困憊して床についてしまった」というほど尽瘁した揚雄の賦であって、［とうぜんといえば、とうぜんのことではあるが］天才が精根をかたむけた鏤骨の作だけが、時間の淘汰をかいくぐって、現在にまでつたわっているのである。

しかもおもしろいことに、枚皐の即興的賦作に対する軽視と亡佚は、すでに当時からはじまっていたようだ。すなわち、枚皐の賦は「よむにたえる作はつごう百二十篇あり、さらにとりわけ下品な笑いにみちて、よむにたえぬ作が数十篇あった」はずなのに、『漢書』芸文志の詩賦略をひもといてみると、「枚皐賦百二十篇」と著録されているにすぎない。明確な数字の一致からして、おそらく、「下品な笑いにみちて、よむにたえぬ」数十篇が、とるにたらないものとして著録からはずされてしまったのだろう。これによって、すでに班固のときから、枚皐賦［の一部］は貶価的判断をくだされ、意識的に排除されていたことがわかる。さしずめ、枚皐の賦は、現代の大衆小説のごとく、はかなくもうつろいやすい、一過性の人気作だったのだろう。

こうした、著録すべき賦と著録からはずすべき賦との判別は、枚皐だけでなく、ほかの文人の賦作に対しても、おこなわれたとかんがえねばならない。おそらく「下品な笑いにみちて、よむにたえぬ」作は、のきなみ排除の対象となっただろうし、また近時に発見された無名氏「神烏賦」のたぐいも、班固から（あるいは、『漢書』芸文志のもとになった『七略』の作者、劉歆から）みれば俗なる作品として、著録からはずされたのに相違ない。

以上、枚皐の賦作についてざっとみわたしてきた。これによって、前漢における宮廷文人やその賦作のありかたが、ほぼ了解できたこととおもう。おそらく、右の枚皐と同様のことが、本章でとりあげた王褒についてもあてはまり、そしてその「僮約」も、枚皐の幇間ふう賦作品の後裔だったとかんがえてよかろう。

もっとも、『漢書』芸文志に著録される王褒の賦は、わずか十六篇にすぎない。宣帝の宮廷につかえた幇間的文人たる王褒も、「宣帝が行幸先の宮館につくたびに、王褒に歌頌をつくらせた」という賦作ぶりだった以上、枚皐とおなじように、即興の賦を多作していたはずである。だが、著録数はわずか十六篇。やはり武帝期の枚皐のばあいとどうよう、あまりにもお手がるな作は、班固から除外されてしまったのだろう。このようにみてくると、「僮約」という遊戯的な作品が、きびしい淘汰の波をかいくぐって、現在の我われの目のまえに残存しているのは、むしろ奇跡的なほどの幸運にめぐまれた結果だとかんがえねばなるまい。

これを要するに、王褒「僮約」は、班固らの漢儒によって美刺だの諷諫だのという、しかつめらしい道徳の仮面をかぶせられるまえの、滑稽だけをめざして自由につくられ、娯楽として気らくに享受されていた時期の、素朴な賦の姿をよく体現した作品だったといってよかろう。

注

（1）王褒「僮約」に対する、従前の文学史的位置づけの一例として、胡適『白話文学史』（一九二八刊）の記載をひいておく（拙訳による。以下おなじ）。

王褒には「僮約」という作がある。これは家奴の売買契約書であるが、ユーモラスな白話文学でもある。この文章によって、我われは当時の長江上流の白話がどんなものだったかを、しることができるのだ。（第四章　漢朝的散文）

ここにいうような「ユーモラスな白話文学でもある」という見解は、胡適だけにかぎられず、以後の研究者のあいだでもうけつがれており、いわば「僮約」への定説だといってよかろう。

（2）「僮約」序文に、「神爵三年正月十五日」とあることから、「僮約」の創作年代がわかる。ただし「僮約」を収録した『古文苑』の章樵注は、ここに「宣帝即位之十六年也……此文当作於未薦召之前」とのべて、「僮約」創作の年（神爵三年）を、王褒が宮廷に招致される以前に想定している。神爵三年（前五九）を宮廷招致以前とするか以後とするかは、王褒の生卒年や宮廷招致の時期がわからぬ以上、しょせん不明というしかない。本章では、「僮約」の道化めいた内容から宮廷招致以後、つまり王褒後半生の作だと推定して、以下の論をすすめてゆく。

（3）梁啓超の発言は、宇都宮論文によってしった。また、「僮約」に似た内容を有するものとして、漢代楽府の「孤児行」があげられる（注1の『白話文学史』も指摘する）。こうした民間文学たる漢代楽府との相似も、「僮約」に民衆の生活状態が反映している証拠だろう。

（4）ただし「僮約」に対し、べつの見かたをする研究者もいないではない。たとえば、近時あらわれた本格的な王褒研究に、徐宗文「論王褒賦的特点及貢献」（『社会科学戦線』一九九三―三）があるが、この論文では宮廷文人としての王褒像ではなく、旧套を打破して新風をふきこんだ賦家、賦の創作で「仁義」を中心とし、諷諫を目ざした賦家という、あたらしい王褒像を強調している。そして「僮約」についても、

「僮約」は諧謔味があふれており、その風格は東方朔の作によく似ている。だが、諧謔のなかに悲しみがおりこまれ、惻隠の情や古詩の義もふくんでいる。これをよめば、憐憫の心や仁義の情をおこさない者はいないだろう。

と評している。私じしんは、こうした解釈にはくみせないが、こうした見かたもあるということは紹介しておきたい。

（5）梁の劉孝綽「昭明太子集序」にも、

子淵淫靡、若女工之蠹、子雲侈靡、異詩人之則。

王褒の文の淫靡さは、紡織に害をなす虫のごときだし、揚雄の賦の過剰な描写は、『詩経』の創作法にそむくものだ。

という一節がある。「淫靡」の語からして、やはり道義的立場から批判したものだろう（おそらく「僮約」がターゲットだろう）。なお、『顔氏家訓』文章篇と劉孝綽「昭明太子集序」は、ともに王褒（子淵）と揚雄（子雲）を対《つい》にしてそしっているが、これは偶然ではあるまい。おもうに、この王褒と揚雄のふたりは、活躍時期がちかい辞賦の名手であり、また昔から毀誉褒貶がともにあるという類似点があるので、対にならべやすいのだろう。

（6）もし、未亡人の家に宿泊する王褒の行為を、道徳にそむいた「王褒の過ち」だと解すれば、「僮約」中でそれに反抗する家奴の便了は、むしろ儒教道徳にかなった志操堅固な忠僕ということになろう。じっさい、そうした見かたをするばあいもあった。銭鍾書『管錐編』によって、「便了＝忠僕」という見かたをした事例を紹介しておこう。

李詳『媿生叢録』巻二では、家奴の便了の忠義を称賛し、王褒が「自分の品格をきずつけ、節操をうしない」、「よその男でありながら、寡婦の家に宿泊した」ことを、非難している。これは「名教に関連がある」からだろう。李詳のいう「名教」とは、『意林』巻五所引『郷子』の「寡門には入宿せず、甑《こしき》に臨みて塵を取らず。嫌《うたがい》を避くるなり」のような

のをさすのだろう。（九五一頁）

（7）反切、および反切と二合音との関係については、慶谷壽信「中国音韻学史上の一問題―顧炎武の二合音について―」（『入矢・小川教授退休記念論文集』一九七四　筑摩書房）を参照。また簡宗梧「先秦両漢賦与隠語関係之考察」（『第四届漢代文学与思想学術検討会論文集』　二〇〇二）も、賦ジャンルにおける二合音の事例を提示している。

（8）前漢のころの賦ジャンルの遊戯性については、小尾郊一「漢代の辞賦とその娯楽性―問答体と架空人物―」（『真実と虚構―六朝文学』汲古書院　一九九四　初出は一九七五年）、興膳宏「宮廷文人の登場―枚乗について―」（『乱世を生きる詩人たち―六朝詩人論―』研文出版　二〇〇一　初出は一九七七年）などを参照。

（9）近時の主要な辞賦研究書から、「僮約」を賦もしくは俗賦とみなすものをひろえば、「僮約」を賦とみなすものに、馬積高『賦史』（上海古籍出版社　一九八七）、姜書閣『漢賦通義』（斉魯書社　一九八九）があり、また俗賦とみなすものに、曹道衡『漢魏六朝辞賦』（上海古籍出版社　一九八九）がある。

第二章　尹湾漢簡「神烏賦」論

標題の「神烏賦《しんうふ》」とは、近時に出土した作者不詳の賦作品のことをいう。一九九三年二月に中国江蘇省連雲港市東海県の尹湾村で、前漢末期の墓群六基が発掘され、そのいわゆる「尹湾漢墓」の第六号墓から、おおくの簡牘がみつかった。この墓中の簡牘を解読することによって、尹湾漢墓に埋葬されていたのは、東海群の功曹史だった師饒、あざなは君兄という人物であり、またその死去した時期も、前漢の元延三年（前一〇）だったろうと推定されるにいたった。そして、そのおなじ六号墓の簡牘のなかに、この「神烏賦」という賦作品もふくまれていたのである。

この二千年前の貴重な出土物に対して、さっそく熱心な研究が開始され、はやくも九十年代後半ごろから、「文物」などに釈文や論文が陸続として発表されはじめた。かくして、まずは一九九七年に、簡牘の写真と釈文とを中心にした報告書『尹湾漢墓簡牘』（中華書局）が、刊行されるにいたった。これは、出土地の連雲港市博物館と東海県博物館、そして中国社会科学院簡帛研究中心、中国文物研究所の共編によるもので、尹湾漢簡の研究をこころざす者にとっては、必須の基礎的資料となるものである。その二年後、あとをおうようにして、論文集『尹湾漢墓簡牘綜論』（科学出版社　一九九九）が出版された。この論文集は、考古学や歴史学など各方面からの研究をまとめたもので、中国学界におけるこの新資料への関心のつよさを、よくしめしたものだといえよう。

日本でも、この尹湾漢墓出土の簡牘に対する関心がたかまっており、すでにこの簡牘を利用した論文が何篇か公表されている。ところが、それらのおおくは、歴史学関連の出土資料によった研究であって、尹湾漢墓の簡牘のうち、唯一の文学作品というべき「神烏賦」については、わが国ではまだあまり紹介されていないようだ。

この六百六十余字からなる「神烏賦」の概要を、『尹湾漢墓簡牘』の「前言」によって説明すれば、この「神烏賦」は、二千年以上も亡佚していた、骨格そろった前漢の賦である。その作風は、現存するおおくの上層文人による漢賦とは、ことなっている。題材はいうまでもないが、賦の内容や技巧の点からみても、民間文学にちかづいている。この賦は四言を主とし、擬人法によって鳥の物語をかたっており、曹植「鷂雀賦」や敦煌出土「燕子賦」（四言を主としている）などと、まったく軌を一にしている。「神烏賦」の発見によって、こうした俗賦の歴史が二百余年もひきあげられたわけであり、古代文学史上での意義は、いわずともあきらかだろう。

ということである。たしかに、この新出土「神烏賦」は、同時期の漢賦をみわたしても類似の作がみあたらず、文学史的にも注目すべき価値を有するようにおもわれる(1)。そこで本章では、この「神烏賦」について、その独特の性格や研究史を紹介しながら、初歩的な文学史的考察をこころみてみたいとおもう。

一 「神烏賦」の内容

まずは、「神烏賦」の内容を概観してみよう。「神烏賦」の簡牘は、出土物にありがちな仮借字や異体字がおおいうえ、判読困難な字もすくなくない。だが、中国人研究者の熱心なご努力によって、現在ではほとんどの文字は判読され、また詳細な注釈も何種か出現している。以下では、『尹湾漢墓簡牘』の釈文に依拠しながら、まず「神烏賦」の試訳をおこなってみよう（なお原文中の略体や異体の字は、印刷の便宜を考慮して適宜に通行の字体にあらためた）。

試訳をおこなうにさいしては、以下の三論文にふくまれる注釈から、おおくの裨益をこうむった。それは、万光治「尹湾漢簡神烏賦研究」（「四川師範大学学報」一九九七―三、のち些少の修正をして『辞賦文学論集』〈江蘇教育出版社　一九九九〉に再録）、裘錫圭「神烏傅（賦）初探」（「文物」一九九七―一、のち些少の修正をして『尹湾漢墓簡牘綜論』に再録。なお押韻の判定は、この論文によった）、王志平「神烏傅（賦）与漢代詩経学」（『尹湾漢墓簡牘綜論』所収）の三篇である。仮借字の解釈や賦中の典故などは、ほとんどこの三篇に依拠している。したがって、なぜこの字句がこんな訳文になるのか、疑問をお感じになったかたは、この三篇の論文にあたっていただければ、その理由が了解できることだろう。

(1)惟此三月、春気始陽。衆鳥皆昌、蟄虫彷徨。蠉飛之類、烏最可貴。其性好仁、反哺於親。行義淑茂、頗得人道。

(2)今歳不祥、一烏被殃。何命不壽、拘麗此咎。欲循南山、畏懼猴猿。去危就安、自託府官。高樹輪囷、枝格相連。府君之徳、洋溢不測。仁恩孔隆、沢及昆虫。莫敢摳去、因巣而処。

(3)為狸狌得、圍樹以棘。道（遂？）作宮持、雄行求材。雌往索菆、材見盗取。未得遠去、道与相遇。見我不利、忽然如故。□□発忿、追而呼之。「咄盗還来。吾自取材、於彼深萊。止行□腊、毛羽墮落。子不作身、但行盗人。雖就宮持、豈不怠哉」。

(4)盗鳥不服、反怒作色。「□□洎涌、家姓自□。今子相意、甚泰不事」。亡烏曰、「吾聞君子、不行貪鄙。天地綱紀、各有分理。今子自己（已？）、尚可為士。夫惑知反、失路不遠。悔過遷臧、至今不晩」。盗鳥□然怒曰、「甚哉、子之不仁。吾聞君子、不意不□（信？）。今子□□□、毋□得辱」。亡烏彿然而大怒、張目揚眉、奮翼伸頸、襄而大……。洒詳車薄（簿）。「汝不亟走、尚敢鼓口」。遂相拂傷、亡烏被創。

(5)墮起撃耳、昏不能起。賊□捕取、繫之于柱。幸得免去、至其故処。絶繫有余、環樹欋棟。自解不能、卒上傅之。不□他拱、縛之愈固。其雄惕而驚、扶翼伸頸、比（仰？）天而鳴。「蒼天蒼天、視彼不仁。方生産之時、何与其

□」。顧謂其雌曰、「命也夫。吉凶浮泭、願与汝倶」。雌曰、「佐（嗟?）子佐（嗟?）子」。涕泣侯（疾?）下。「何□亙家、□□□巳。□子□□、我□不□。死生有期、各不同時。今雖随我、将何益哉。見危授命、妾志所持。以死傷生、聖人禁之。疾行去矣、更索賢婦。毋聴後母、愁苦孤子。詩云『云云青蠅、止於杆（樊?）』。幾自君子、毋信讒言』。懼惶向論、不得極言」。遂縛両翼、投于汚廁。肢躬折傷、卒以死亡。

(6)其雄大哀、趥（躑?）躅徘徊。徜徉其旁、涕泣縦横。長炊（歎?）太息、憂懣嘑呼、毋所告愬（訴）。盗反得免、亡鳥被患。遂棄故処、高翔而去。

(7)伝曰、「衆鳥麗於羅罔（網）、鳳皇孤而高羊（翔）。魚鱉得於茈笱、蛟龍蟄而深臧（藏）。良馬仆於衡下、騏驥為之徐行」。鳥獣且相憂、何況人乎。哀哉哀哉、窮通其菑。誠写懸以意賦之。曾子曰「鳥之将死、其鳴哀」。此之謂也。神烏賦

(1)さて三月ともなれば、春の陽気が活発になります。たくさんの鳥がなきだし、地中の虫もはいでてきます。こうした生き物のうちでは、烏《からす》がもっとも高貴でございます。その性は仁をこのみ、親への孝の情もあつい。その行いはただしく、人の道にかなっておりまする。

(2)ところが今年は不祥な年で、一羽の［雌］烏が災厄にみまわれるのです。なんと命はかないことでしょう、［高貴な烏が］そんな禍いにかかるとは。じつは［その烏の夫婦］、南山にすもうとしたのですが、猿につかまるのがおそろしい。そこで危険をさけ安全をもとめて、府君さまをたよったのです。［府君の庭の］樹はたかだかとそびえ、枝はつらなっています。府君さまの徳たるや、はかりしれぬほどすぐれ、その仁恩のあつきこと、昆虫まで恵みがおよぶほどです。烏の夫婦、ここならだれにも手だしされまいと、巣をつくってすむことにいたしました。

(3)まずは狸猩につかまらぬよう、樹のまわりを棘でおおいます。それから巣の支えをつくろうと、雄烏が材料をとりにいきます。いっぽう雌烏、あさがらをとりにゆきますが、巣材が盗鳥にぬすまれたのです。その盗鳥、まだとおくへゆかぬうち、道でバッタリと雌烏にはちあわせました。…二句未詳…。雌烏はいかって盗鳥をおいかけ、声をはりあげます。

これ、ぬすっと鳥、もどっておいで。あたしはあの荒れ地から、自分ではこんできたんだよ。おかげで足はよれよれ、羽もぬけてしまった。おまえは自分ではたらかず、ひとさまのものを横どりするだけ。巣の支えをつくりたいのだろうが、なんと怠け者なことかいな。

(4)だがこの盗鳥、おそれいるどころか、かえって色をなしていかります。

…四句未詳…。

［巣材を］ぬすまれた雌烏はいいました。

「君子はひどいことをせず、この天地には法度がある」というじゃないか。もしぬすっと行為をやめれば、おまえはりっぱな男のままだよ。まちがってもあらためればいいし、道にまよっても、まだやりなおせるさ。でき心をあらためて、正道にもどりなさいな（『易経』益卦）。いまでもおそくはないよ。

ところが、この盗鳥、憤然といかっていいます。

ひどいぞ、おまえもわるい奴だ。オレだって、「君子はうたがわず、でまかせをいわない」ってきいてるぞ（『論語』子罕）。いま、おまえが…二句未詳…。

雌烏はムッとしておおいにいかり、目をみひらき眉をさかだてます。そして羽をふるい首をのばして、たかくとびあがり…二句未詳…

おまえはにげもせず、へらず口をたたいてばかりだよ。

ついにこの二羽、翼をふるって攻撃しあいますが、雌烏のほうが傷をおってしまいました。(5)…一句未詳…、［傷ついた雌烏は］昏倒してたちあがれません。すると［府君の］警邏が雌烏をつかまえ、縄で柱にくくりつけてしまいました。雌烏は［縄がちぎれて］運よくにげだせ、もとの営巣の樹へかえりつきます。だが、ちぎれた縄が身体にまとわりついて、樹のまわりをヨタヨタめぐるだけ。自分では縄をほどけず、雄烏が樹上にたすけあげて介抱します。…一句未詳…、だが、縄はきつくなるいっぽうです。雄烏はこれをなげいて、雌烏をかばいつつ頸をのばして、天をあおいでうったえます。

天よ天よ、なんとむごい仕うちではありませんか。万物が成長するこの春の時節に、どうしてこんな厄難をくだされるのですか。

さらに、妻の雌烏にむかっていいます。

なんという運命だろう。でも、どうであれ、筏で海にのりだそうと（『論語』公冶長）、私はおまえといっしょだよ。

雌烏のほう、「ああ、あなた、あなた」といいつつ、涙がポロポロこぼれおちます。

…四句未詳…。死ぬも生きるも定めがあります。いつもいっしょというわけにはいきませぬ（『論語』顔淵）。私といっしょに死んで、どうしてよいはずがありましょう。危急の事態にあえば命をなげだすことは（『論語』子張）、私もかねがね覚悟しております。でも、死にゆく者が生ける者を道づれにすることは、聖人も禁止されています（『孝経』喪親章）。はやくこの場をたちさって、［私のかわりに］よい女烏を妻におむかえください。でも、継母が孤児たちをいじめないよう気をつけてね。『詩経』小雅青蠅にも「あちこちへとぶ蒼蠅は樊《まがき》にとまる。君子たる者は讒言を信じるな」といいます。…一句未詳…、なかなかおもうようにいえませぬ。

かくして雌烏は両翼をおさめ、厠にむかって身を投じてしまったのです。四肢や身体が、ぽっきりおれて傷だらけとなり、ついに死んでしまいました。
(6)雄烏はたいへんかなしみ、その場でウロウロするばかりです。付近をさまよいながら、涙がとまりません。長嘆してため息をつき、なげきつつ妻をよばわるも、うったえるすべがありません。盗烏はぶじにげだし、雌烏のほうが災いをこうむったのです。やがて雄烏はその場に見きりをつけ、たかだかとびさってゆきました。
(7)ふるい言いつたえに、「衆鳥は網にかかるが、鳳皇だけはひとり高翔する。魚鱉は魚籠《びく》にかかるが、蛟龍だけは土にもぐって隠棲する。良馬は馬車の軛《くびき》のしたで死ぬが、騏驥だけは徐行する」とあります。鳥獣でさえこれをかなしむのに、人においてはいうまでもありませぬ。かなしいかな、かなしいかな。…一句未詳…。曾子は「鳥の死なんとするや、その鳴き声はかなしそうだ」といいましたが（『論語』泰伯）、それはこのことをいうのでしょうか。神烏賦

二　研究史の概観

さて、「神烏賦」の試訳を提示して、その全体を概観してみた。この賦を要約すれば、善良な農民（＝烏の夫婦）が、酷薄な地主（＝盗烏）に搾取され、しいたげられるようすを、烏に仮託して告発した作品——ということになろうか。

そして、その特徴を観察してゆくと、つぎの五点が指摘できそうだ。

①一句は三言や六言もまじるが、原則として四言である。
②押韻するが、韻の踏みかたは毎句韻あり隔句韻ありで、不規則である。
③ことば遣いは、口語的口調がまじるなど、通俗にかたむく。
④擬人化された鳥どうしの対話で話が進行するなど、寓話ふう内容をもつ。
⑤ゆたかな物語性を有している。

こうした特徴を有する「神烏賦」の文学史的な位置づけについては、すでにいくつかの見解が提出されている。ここでは、出土以後の研究史を要領よくまとめた、藍旭「尹湾漢簡〈神烏賦〉研究綜述」(『文史知識』一九九九―八)によって、じゅうらいの見解を紹介してゆこう。

まず、この賦の創作年代と作者について。墓主である師饒が埋葬されたのが元延三年(前一〇)であり、また行文が俗っぽいところから、ほぼ前漢の中頃から後期にかけての時期につくられ、作者は比較的ひくい地位にいた知識人だったろう、と推定されている。裘錫圭論文(前出)は、この賦が『詩経』『論語』『孝経』などを引用することから、儒教が独尊的地位を確立した時代の知識人を作者に想定しているが、万光治論文(前出)はさらにふみこんで、地方色の濃さから、作者は当地の出身で、当地の郡署に任ぜられていた下級吏員ではないか、と推測している。

また右の①～⑤の特徴から、研究者のおおくは、この「神烏賦」は民間で流行していた俗賦(後述)の一篇だったろう、とみなしている。この俗賦については、じゅうらい敦煌で発見された「燕子賦」や「韓朋賦」などの存在から、唐代に発生していたことは確認されていたが、それがどの時代までさかのぼれるかについては、諸説がわかれていた。通常は、せいぜい魏の曹植「鷂雀賦」あたりまでが、俗賦の上限だとみなされていたが、研究者のなかには、俗賦の発生をもっとはやい時点に想定し、前漢の王褒「僮約」「責鬚髯奴辞」までさかのぼらせるべきだと主張する者もいた（後出の容肇祖論文など）。しかし、王褒の二篇を賦作品とみとめるかどうかで意見がわかれ、俗賦の源流問題は決着をつけることができなかった。そこへ、このたびの「神烏賦」新出土があったわけであり、これによって俗賦の歴史は、確実に曹植「鷂雀賦」から二百年以上も、過去にさかのぼることになったのである。

さらに、漢賦の発展のしかたに対しても、散体大賦や騒体賦だけではなく、口語まじりの俗賦の存在も視野にいれつつ、あらたにかんがえなおす必要が生じてきた。たとえば万光治論文は、「神烏賦」におおくの仮借字や異体字がみえることから、当時、賦は雅化してゆく趨勢にあったものの、それでもまだ雅俗折衷的な特徴を完全にはすてさっていなかった、と指摘している。こうした見かたは、賦に対する「彫琢のかぎりをつくした貴族文学」という、じゅうらいの見かたに異をとなえるものであり、当時の賦文学が、民間の俗文学という広大なすそ野を有していた可能性を、示唆するものだろう。

こうした賦の流れに対する新見解は、これまで衆訴の府だった賦の起源の問題にも、一石を投じることになった。賦の起源については、『詩経』にはじまるとか、『楚辞』に起源をもつとか、戦国の縦横家の弁論の影響があるとか、諸説が紛々として決着がつかなかった。そうした諸説のひとつに、賦は民間の［俳優の］隠語にもとづくという説があった。なかでも胡士瑩『話本小説概論』上冊は、俳優たちの大衆性に着目して、「秦漢時代における豊富で活発な説話芸術は、あたらしい文学現象をうんだ。それは韻文と散文とが結合した文体、つまり賦である。……賦は民間の言語芸術（説話芸術をふくむ）の基礎にたって、口頭文学から発展してきた書面文学である」と主張していた。

そうしたところへ、この「神烏賦」が発見されたわけで、その結果、賦の民間文学起源説が有力になりはじめた。たとえば伏俊璉「従新出土的神烏賦看民間故事賦的産生、特徴及在文学史上的意義」（「西北師大学報」一九九七―六）は、「神烏賦」の諸特徴から逆に民間の賦の特徴を推測し、これによって民間の物語賦の存在を論証しようとしている。その基本的な立場は、「賦は民間に起源をもち、民間の物語と歌謡とが融合して、神烏賦のような物語賦を形成した」というものである。

三　漢代楽府との類似

以上、藍旭「尹湾漢簡〈神烏賦〉研究綜述」によりながら、「神烏賦」に関する中国での研究史を概観してみた。もっとも、右の研究史概観は、従前の「神烏賦」研究のほんの一瞥にすぎず、ここでふれなかった論文においても、注目すべき指摘はすくなくない。そこで以下では、これ以外の指摘も紹介しながら、「神烏賦」およびその関連論文をよんで気づいた若干の私見を、あわせてのべてゆくことにしよう。

まず、「神烏賦」のごとき作風は、同時期の賦ジャンルのなかでは、類似したものをみいだしにくいが、しかしいっぽう、古楽府とも称される漢代の楽府作品をみわたしてみると、それらのなかに「神烏賦」と類似した特徴が散見されているのに気づく。なかでも④擬人化しての対話や、⑤ゆたかな物語性などは、両者でよく共通するものである。こうした方面での両者の相似は、もちろん中国人研究者も気づかれている。ここでは、譚家健「漢魏六朝隋唐時期禽鳥奪巣作品考略——神烏賦源流漫論」（『六朝文章新論』所収　北京燕山出版社　二〇〇二　初出は「中国文学研究」一九九八—二）によりながら、両者の相似を確認してみよう（第六章も参照）。

まず「神烏賦」の話柄の骨子は、「鳥《とり》が厄難に遭遇する」という話だと理解してよいが、それと類似した内容が漢代楽府にもみえている。たとえば鼓吹曲辞「雉子班」は、雉子が人間にとらえられる話だし、また鼓吹曲辞「臨高台」では、黄鵠が弓で射おとされるという筋だてをもっている。

また相和歌辞「烏生」では、親烏が放蕩息子によって射おとされる悲劇をえがくが、その歌辞中には、「南山」という「神烏賦」と共通する地名がみえている。さらに、この「烏生」のなかで、

人民生各有壽命　ひとはきまった壽命をもって　この世にうまれている
死生何須復道前後　死生のあとさきなど　いうてもなんにもならぬ

という諦観めいた心情が表白されているが、こうした心情は、「神烏賦」中の(5)「死ぬも生きるも定めがあります。いつもいっしょというわけにはいきませぬ」という雌烏のことばと、ひびきあうものがあろう。

「神烏賦」との内容的相似がきわだつのは、相和歌辞「艷歌何嘗行」である。この楽府は、「白鵠の夫婦が群れとともに移動する途中、妻鵠が急病にかかって飛行できなくなり、やむなく夫鵠は妻鵠をすててとびさってゆく」という筋をもつ。この歌辞のうちで、夫鵠の悲しみを叙した部分、

五里一反顧　五里すすんではふりかえり
六里一徘徊　六里いってはうろうろするばかり
吾欲銜汝去　わしはおまえをくわえていきたいが
口噤不能開　口がとじてしもうて　ようあけぬ
吾欲負汝去　わしはおまえをおぶっていきたいが
羽毛何摧頽　羽がボロボロで　ようおぶえぬ

は、離別をかなしむ夫鵠の心情が、擬人法によりつつたくみに表現されている。これは、「神烏賦」における夫婦烏の離別を叙した部分、(6)「雄烏はたいへんかなしみ、その場でウロウロするばかりです。付近をさまよいながら、涙がとまりません。長嘆してため息をつき、なげきつつ妻をよばわるも、うったえるすべがありません」と、よく似た

内容をもっている。

また相和歌辞「婦病行」は、臨終の床にいる妻が夫をよび、「私の死後、子供たちをやさしくしてやって」とたのむ話であるが、その「婦病行」中の

属累君両三孤子　この二三の子をあなたにたのみます

莫我児飢且寒　腹をすかせたりこごえたりしないようにしてください

有過慎莫莨笞　わるさをしても笞でたたいたりしないでね

の部分は、やはり「神烏賦」で死にゆく雌烏が雄烏にむけて遺嘱したことば、(5)「継母が孤児たちをいじめないよう気をつけてね」と、よく似かよっている。(2)

「神烏賦」と漢代楽府との相似は、こうした内容の面だけにかぎられるのではない。③口語的口調の混入ということでも、両者はよく相似している。このことも、中国人研究者がそろって指摘するところである。一例をあげれば、「神烏賦」の

咄盗還来。吾自取材、於彼深萊。

これ、ぬすっと烏、もどっておいで。私はあの荒れ地から自分ではこんできたんだよ。

の「咄」字の用法が、相和歌辞「東門行」の「咄行吾去為遅」(チェッ、いくぞ。オレの出発がおそくなったぞ)と、よく似ていることが、馬青芳「神烏賦的生命価値観及其悲劇意義」(「青海民族学院学報」一九九七—三)や後出の潔芒論文に指摘されている。

この「咄」は、当時の口語だったと推定されるが、そのほかにも、(2)「自託」「相連」、(3)「遠去」「相遇」「還来」、(4)「相意」「自己(已)」「相拂傷」、(5)「免去」「自解」などの口語めいた用語が、やはり「神烏賦」のなかで使用さ

れている。なかでも、傍点を付した助字の類は、おおく四字句への整斉のために、埋草ふうに使用されているようだ。

こうした助字の多用は、漢代楽府はもとより、後代の『世説新語』の文章なども想起させるものである。「神烏賦」や漢代楽府に口語的口調がおおいことは、両者とも民衆のあいだで発生してきたことに由来するだろうが、しかし直接的には、両者に直接話法による対話がおおいことに起因しよう。一篇中に対話、しかも直接話法による対話がおおければ、発言の内容をそのままうつしとろうとして、ややもすれば口語的口調が作品中に侵入してきやすくなるわけだ（漢代楽府の名篇「孔雀東南飛」が、対話によって筋が展開してゆくことも想起しよう）。

さらに注目したいのは、両者の思想的バックボーンに、［君臣の序を重視する］儒家の教えが横たわっていることである。たとえば相和歌辞「雁門太守行」では、王煥という太守の善政や徳望ぶりをほめたたえて、

外行猛政　そとではきびしい政治をしかれたが
内懐慈仁　うちでは仁愛あふれる心をおもちだった
文武備具　文武の徳をかねそなえられ
料民富貧　民草の貧富をよく配慮された

という。こうした記述は、後漢に流行した碑文の内容と類似するものであり、儒教の影響をうけた類型的な太守賛美だといってよい。ところが、そうした儒教ふうな太守賛美は、「神烏賦」にもまた、

(2)去危就安、自託府官。…二句略…府君之徳、洋溢不測。仁恩孔隆、沢及昆虫。
そこで危険をさけ安全をもとめて、府君さまをたよったのです。…二句略…府君さまの徳たるや、はかりしれぬほどすぐれ、その仁恩のあつきこと、昆虫まで恵みがおよぶほどです。

とみえているのである。両篇のこうした類似は、作者たちが儒教の教えに忠実だったことをしめしている。こうした

大守賛美の発言は、もとより類型的で陳腐なものではあろう。しかし陳腐は陳腐なりに、当時の［漢代楽府や「神烏賦」の作者と推定される］人びとをとりまく思想状況（儒教的教学がひろく浸透してきている状況）を、よく反映したものであり、やはり注目されてよいであろう。

以上、「神烏賦」と漢代楽府との類似点をあげてきた。両者の相似ぶりは、語彙や語法の類似はもとより、擬人法や対話形式などの表現手法をへて、夫婦の離別や子供の遺託などの話柄の一致、さらには太守賛美の発想や儒教道徳の浸透などの思想の一致にまでおよぶ、かなり広範なものであることがわかった。こうした相似は、「神烏賦」が漢代楽府とおなじく、民間のなかから発生してきた文芸であることを、暗示するものだろう。(3)

四　敦煌俗賦の先蹤

では、賦ジャンルの流れからみたとき、この「神烏賦」はどのように位置づけられるだろうか。これに関しては、「漢代に流行した、うしなわれた民間の俗賦の一篇である」ということで、研究者の意見は一致している。ここでいう民間の「俗賦」とは、口語的口調やゆたかな物語性を特徴とする、文字どおり通俗的な賦作品だとかんがえてよい（とうぜんながら、「神烏賦」の諸特徴ともほぼ一致している）。

もっとも、この俗賦という分野は、漢代の賦文学をかんがえるさいは、散体大賦や騒体賦の影にかくれて、あまり論及されてこなかったものであった。曹明綱『賦学概論』（上海古籍出版社　一九九八）によると、この「俗賦」は、唐代に民間でおこなわれていた白話体の賦、「燕子賦」「晏子賦」「韓朋賦」などが敦煌の蔵巻から発見されてから、はじめて研究者のあいだで本格的に注目され、重視されるようになってきたという（二四六〜六一頁）。それゆえ当初は、

「俗賦＝敦煌俗賦」の見かたがつよかったのだが(4)、こうした敦煌俗賦への関心は、やがて「その源流はどこにあったのか」という疑問へ波及していった。その結果、「敦煌俗賦の淵源と目される」漢魏六朝の一部の賦も、この「俗賦」の語をもちいて呼称するようになったのである。

漢代のころ、この俗賦の諸作は「敦煌俗賦がそうであったように」、士人クラスの文人から、無視されていたようだ。当時の書籍目録というべき『漢書』芸文志には、著録されていないし、また著録されてしかるべき場所も、『漢志』中には容易にみつからない。万光治論文は、『漢志』詩賦略「雑賦」類のなかに、「神烏賦」と類似の作があったかもしれないと推測されているが、口語的口調をまじえ、また物語性にもとんだ「神烏賦」にとっては、そうした場所でも居ごこちはよくなさそうだ。

すると、潔芒「尹湾漢墓出土神烏賦初探」(「内蒙古師大学報」一九九八―一)の、

「神烏賦」のような俗賦は、華麗典雅をよしとする当時の風気のなかでは、文学の大雅の堂にのぼれなかった。民衆のあいだでは流行し、師饒のような官員にも珍重されたけれども、当時の賦文学をになった文人士大夫の雅正さにくらべれば、けっきょくは傍流であり支流であり、また潜流だったのだろう。

という見かたのほうが、むしろ正鵠を射たものだろう。おそらく、「神烏賦」のごとき俗賦は、当時たくさんつくられ、愛読されていたに相違ない。だが、民間文学の影響がつよいこれらの俗賦は、「文学の大雅の堂にのぼ」って『漢志』に著録されることなく、やがて時間の経過とともに淘汰されていったのだろう。

ところで、この俗賦の一篇たる「神烏賦」については、さきにのべたようにおおくの研究者は、唐代の敦煌出土の無名氏「燕子賦」から魏の曹植「鷂雀賦」へさかのぼり、そして前漢末のこの「神烏賦」へと連絡させている。これにくわえて、「神烏賦」のさらなる源流に、前漢の王褒「僮約」「責鬚髯奴辞」(後者は黄香の作ともいう。両篇とも押韻

されており、賦とみなすことが可能である）や、戦国の荀子「賦篇」を想定する研究者もすくなくない。これらの作は、当時の民間文学からの影響をおもわせる点で、共通した傾向を有するからである。

もっとも、こうした俗賦の流れのなかに「神烏賦」をおいたとき、ひとつだけ、ほかの作品とちがった特徴がみいだせる。それは「神烏賦」だけが、ひとり悲劇的な内容をもっているということだ。いっぱんに俗賦の類は、「燕子賦」や「鴟雀賦」「賦篇」などがそうであるように、ユーモアの要素を有した作品がおおい。それに対しこの「神烏賦」は、純然たる悲劇じたての筋だてを有している。これは俗賦の歴史においてはもちろん、同時期の賦文学のなかにおいても、めずらしい事例だといえよう。このことが文学史的にいかなる意味をもつのか、悲劇的俗賦たる「神烏賦」の出現は、これから研究がすすむにしたがって、ますますその重要性をたかめてゆくことだろう。

五　かたりによる賦の享受

さて、「神烏賦」の内容や文学史的位置づけについて概観してきたが、私がもっとも注目したいのは、当時における享受のされかたである。前漢末の地方の官員だった師饒（?～前一〇）が、ほかでもなくこの「神烏賦」を自分の墓中にいれさせたほどだから、この賦が官員クラスの人びとに愛好されていたことは、容易に予想できよう。では、この「神烏賦」は、具体的にはどのような形態で享受されていたのだろうか。現在の我われが、書物を手にして黙読するように、師饒ら当時の知識人も、みずからの書斎で木簡を手にとりながら、目で賦の字句をおいかけていたのだろうか。

賦の文学に対しては、「賦は古詩の流なり」とか「百を勧《すす》めて一を諷す」など、おおくの言及がある。だが、享受のしかたという視点からかんがえたとき、班固『漢志』の「歌わずして誦する、之を賦と謂う」という指摘が、とくに重視されるべきだろう。近時は、この記述をもとにして、「賦は口頭で［ある種の特殊な節まわしによって］朗誦されるものだった」という考えかたが、有力になってきている。

この説はどうやら、范文瀾氏が『文心雕龍注』（詮賦篇注三）において、『漢志』の語句に注目して、賦の名称は「朗誦する」の意に由来すると、提唱したことにはじまるようだ。それをうけて、李伯敬「賦体源流弁」（「学術月刊」一九八二―三）、褚斌杰「論賦体的起源」（「文学遺産」増刊一四輯）などがこの説に論及し、さらに駱玉明「論〈不歌而誦謂之賦〉」（「文学遺産」一九八三―二）が出現して、「賦は朗誦方式から拡大して、ジャンルの名称となった」と主張するにいたったのである（くわしくは曹明綱『賦学概論』四～八頁を参照）。日本でも、清水茂「語りの文学――賦と叙事詩」（『語りの文学』筑摩書房　一九八八）が駱論文を引用しつつ、そうした「かたり」としての賦のありかたを追求し、ついで釜谷武志「賦に難解な字が多いのはなぜか」（「日本中国学会報」第四八集　一九九六）も、当時の賦は「他人が朗誦するのをきく」という楽しみかたをしていたはず、という見解を披瀝されている。

私も、こうした見解に賛同する者であって、あの難解な字句でつづられた漢賦を、当時の人びとがほんとうに目でよんで（黙読して）たのしんでいたとは、かんがえにくいようにおもう。たとえば、

○宣帝時……徴能為楚辞九江被公、召見誦読。

宣帝の時……『楚辞』に精通した九江郡の被公をめして、引見して朗誦させた。

○太子体不安、苦忽忽善忘、不楽。［宣帝］詔使［王］褒等皆之太子宮虞侍太子。朝夕誦読奇文及所自造作、疾平復、乃帰。太子喜褒所為甘泉及洞簫頌、令後宮貴人左右皆誦読之。

太子（のちの元帝）は身体の調子がわるく、虚脱して物わすれがはげしく、鬱状態になってしまった。そこで

宣帝は王褒らに詔をだし、太子の宮にいって心をなぐさめるよう命じた。王褒らが、朝夕に奇文や自作の文を朗誦したところ、太子の病気は平癒したので、王褒らはかえることができた。太子は王褒の「甘泉賦」や「洞簫頌」が気にいり、後宮の貴人や家来たちに朗誦させた。

などの資料（ともに『漢書』王褒伝）をよむと、当時の賦が黙読されるよりも、朗誦されるものだったことが、よく理解できよう。

それゆえ、賦文学を享受しようとしたさい、賦をささげられた天子や諸侯王などは、読者というよりは、むしろ聴取者として、だれか朗誦の名手（職業的朗誦者であるかどうかは、べつとして）に命じて、朗々と読誦させていたとかんがえてよかろう。そして、賦中にしかけられた双声や畳韻、あるいは押韻などのかもしだす音楽的な響きに、ここちよく耳をかたむけ、またみずからの功績を称賛する内容に、うっとりときいっていたのではないだろうか。

このようにかんがえると、「神烏賦」の享受のしかたについても、おおよそ見当がついてくるようだ。すなわち、王褒らのつくった賦が、宮殿のなかで天子や皇太子の気ばらしとして朗誦されたように、「神烏賦」のごとき俗賦の類も、やはり地方官や官員（たとえば、東海群の功曹史だった師饒のごとき人物）などを聴取者に想定しつつ、娯楽として提供されたのではないだろうか。もうすこし具体的にいえば、彼らは、自分が勤務する郡署や官舎のなかで、配下の者に「神烏賦」を朗誦させ（あるいは「神烏賦」の作者じしんが、朗誦者をつとめたかもしれない）、その朗々たる音声に耳をかたむけていたのだろう。「神烏賦」は、散体大賦のような双声や畳韻のくふうにはとぼしいが、行文がほぼ四言にととのい、押韻もされているので、それなりにききやすい作品だったに相違ない。

六　娯楽としての悲劇

「神烏賦」など俗賦の享受のしかたについて、さらに推測をめぐらせてみよう。いっぱんに、漢賦は雑賦にせよ散体大賦にせよ、一義的には天子や諸侯王など、要するに主君ひとりを享受者として想定すればよかった。だが「神烏賦」などの俗賦においては、師饒クラスはもちろんだが、もっと社会的下層の人びと（文盲もおおくいただろう）も、享受者として想定していたに相違ない。すると、そうした俗賦の享受においては、「他人が朗誦するのをきく」やりかたはとうぜんとしても、朗誦をきくさいには、さらに大衆的なやりかたが採用されたろう。

このようにかんがえたとき、はやい時期にかかれた容肇祖「敦煌本韓朋賦考」（『敦煌変文論文録（下冊）』所収。原載は一九三五年出版の『慶祝蔡元培先生六十五歳論文集』）の予言的な指摘が参考になろう。

「韓朋賦」など［敦煌俗賦］の作は、白話によってつづられた韻文の賦である。こうしたジャンルは唐代以前にはみつけにくいが、しかし存在しなかったとはいえない。前漢の宣帝のころの王褒「僮約」は、この文体によく似ている。宣帝のころ民衆のあいだに、こうした物語を叙してゆく文体があり、それが王褒によって採用されたのか。それとも、そのころ民衆のあいだで、口頭で物語をかたるようなことがおこなわれていたのか。しかもそのかたりが韻をふんでいて、王褒「僮約」のように人がききやすく、また暗記しやすいものだったのか――こうしたことは、現在では考察すべくもない。あるいはまた、漢魏の時代、貴族が文学の玩弄物として賦をさかんにつくっていたころ、民衆のあいだでは、物語をかたってゆく白話賦が存在していたのだろうか。「韓朋賦」などの作は、そうした漢魏の白話賦の形式を、わずかにとどめているのである。

容肇祖氏はこの論文のなかで、敦煌俗賦の源流として王褒「僮約」を想定し、さらに、押韻のくふうで耳にはいりやすく、また暗唱もしやすい物語ふう白話賦が、口頭でかたられていたのではないか——という大胆な推測をおこなっている。一九三〇年代の公表ということをかんがえれば、賦ジャンルのかたりを想定したこの容論文は、まことに画期的な論考だったといえよう。

この容論文の論旨にしたがって、さらに推測をひろげてみれば、かたられた作品や場所だって、俗賦や郡署だけに限定する必要はないのではないか。たとえば、当時の小説類は「街に談じ巷《ちまた》に語り、道に聴き塗《みち》に説く」ものだったという説はあまりにも有名だが、この記述も理解のしかたによっては、「小説は街頭でかたられていた」とかんがえることもできよう。こうした、街頭での［非韻文の］かたりについては、日本でも、宮崎市定「身振りと文学」（全集第五巻　初出は一九六五年）が、はやい時期に提起している。すなわち、宮崎論文は、『史記』の「鴻門の会」のような名場面は、都市の「市《いち》」において娯楽的にかたられており、司馬遷はそれらのかたりを取捨選択して『史記』のなかにかきこんでいった、と主張されているのである。すると、「神烏賦」の享受に関しても、こうした『史記』の［もとになったと推定される歴史的故事の］かたりとどうよう、民衆のあいだ、とくに市におけるかたりなども、考慮にいれてよいのではないだろうか。

このように「神烏賦」が、都市の市でもかたられていたとすれば、その文辞には、民衆にうけいれられようとするくふう（いかに聴き手の歓心をかい、いかに聴衆の涙をしぼるか等）も、積極的にほどこされただろう。すると、「神烏賦」冒頭ちかくの

(2)今歳不祥、一烏被殃。何命不壽、拘麗此咎。

ところが今年は不祥な年で、一羽の［雌］鳥が災厄にみまわれるのです。なんと命はかないことでしょう、［高貴な鳥が］そんな禍いにかかるとは。

などは、そうしたくふうの一環ではないかと推測される。この部分、いかにも、「さあ、これから烏のかなしい物語をはじめますよ。みなさん、よーく耳をすませてくださいよ」という、語り手の前口上のようにきこえないだろうか。また「神烏賦」が、郡署で朗誦されたとすれば、主人たる府君やその周辺への「あいさつ」も、必要になってこよう。すると、さきにもあげたが、冒頭ちかくの

(2)府君之徳、洋溢不測。仁恩孔隆、沢及昆虫。

府君さまの徳たるや、はかりしれぬほどすぐれ、その仁恩のあつきこと、昆虫まで恵みがおよぶほどです。

の部分は、そうした箇所に相当しよう。つまり、この「府君さまの徳たるや」云々のことばは、いわば聴き手たる郡守や、郡署の官員らへのリップサービスだったとかんがえられる。さらに「神烏賦」が、賦中に知識人ごのみの経書を引用して、衒学的雰囲気をかもしだそうとするのも、同様のサービスだったろう。無学な民衆だけを相手にかたるのだったら、こうしたくふうは必要なかったとおもわれるからである。

いっぽう、善玉悪玉の別が明快な人物設定や、擬人法や寓話ふう筋だてのほうは、下層の聴衆（市での聴き手）を意識したテクニックだったろう。さらに想像をたくましくすれば、こうした技巧は、ときとばあいに応じて変更されつつ、かたられていたかもしれない。宮崎論文も、民間でのかたりにおいては、かたりやすいように物語の細部が改造されたり、添加されたりしただろう、と推定している。

また、こうした俗賦の享受に関しては、当時における賦文学の社会的位置も、考慮にいれておく必要があろう。賦文学やその作者たちの地位がひくかったことは、第一章でも資料をひいてのべておいたが、ここで再度、煩をいとわ

ず引用してみよう。すなわち、前漢の武帝につかえた賦家の枚皐に関して、

武帝は、三輔の離宮や離館を見物し、山沢にあそんで、弋猟、弓射、馭狗馬、蹴鞠、刻鏤などをたのしんだ。そのさい、なにか関心をひくものがあれば、武帝はそのたび［随行していた］枚皐に命じて、それの賦をつくらせた。枚皐は賦作がはやく、詔をうければすぐにつくったので、作品数もおおかった。司馬相如のほうは、賦がうまかったが、完成するのがおそかった。だから賦作の量はすくないが、その腕前は枚皐よりもすぐれていた。枚皐は自分の賦中で、賦作は相如におよばないといっている。彼はまた、賦作はおどけ仕事にすぎないので、俳優のようにみられるともいい、俳優の仲間になったことを後悔している。

というエピソードがのこっていたし（『漢書』巻五一）、また宣帝につかえた王褒の伝にも、

「賭博というものがあるではないか。これをするのは、しないより、まだましだよ」（孔子の語）というぞ。辞賦は、大にしては古詩と意義をおなじくし、小にしては口調がよく、ひとをよろこばすことができる。女性の仕事に絹のスカーフがあり、音楽に鄭衛の淫声があるようなもので、世間の連中はこれで耳目をよろこばせておる。辞賦はそれらにくらべると、仁義や諷刺にとみ、鳥獣草木の名称もおおくしられるし、俳優や賭博よりはいいものだぞ。

という宣帝のことばが記録されていたことを想起しよう（『漢書』巻六四下）。このように、賦の文字は「おどけ仕事にすぎないので、俳優のようにみられる」ほどのものであり、またたかくみつもっても、せいぜい「俳優や賭博よりはいいものだぞ」といわれる程度の存在にすぎなかったのである。漢代の宮廷に侍した賦家たちの目的は、そうした娯楽的な賦を天子や諸侯王に奉呈して、気分転換をはかってもらう（さらにその功によって、自己の存在価値をたかめる）ことにあったのだ。

このように、文学史に名をのこすような、著名な文人たちがつくる賦作品でさえ、気ばらし程度の遊戯文学にすぎなかった。すると、地方の郡署や都市の市《いち》でかたられた［とおぼしき］「神烏賦」だけが、当時の遊戯ふう賦文学とはことなって、悪辣な地主を告発したシリアスな文学だったと主張することは、いささか無理があるといわねばならない。それゆえ私は、その悲劇的な内容から判断して、「神烏賦」をユーモア文学に属させることには賛成できないものの、しかしそれでも、作品享受という面からかんがえれば、この賦は、広範な聴衆［や読者］を意識しつつ、広義の娯楽や遊戯性を意図して、郡署や市でかたられた、あるいは、そうした享受のしかたを予想して創作されたのではないか——と推測しているのである（悲劇をかたって、聴き手に涙をこぼさせることも、一種の娯楽の提供だろう）。

近時、小南一郎「語から説へ—中国における小説の起源をめぐって」（「中国文学報」第五〇冊　一九九五）という論文がかかれ、そこで小南氏は、西周のころ、「語」というかたりの伝統があり、それは瞽史の口承に由来し、歴史故事をとおして若者に教訓をさずけるものだった。ところが戦国時代になると、それは「説」という形態に変化し、戦国諸子の遊説の手段となっていった——という考えを提示された。そして同論文はさらに、この戦国諸子による「説」のかたりは、しだいに芸能化していって、いっぽうで通俗的な「小説」の基盤となり、またいっぽうで、漢代の賦文芸の表現にもつながっていった、と論じすすめている。

西周の「語」をついだ戦国の「説」。そしてその「説」の延長上に、遊説家の弁論や小説、さらには賦文芸の萌芽をみいだそうとする、この小南氏の考えかたは、私にはひじょうに魅惑的なものに感じられる。この卓論にしたがうとすれば、本章でとりあげてきた「神烏賦」こそは、賦文芸が戦国遊説家の弁論（「神烏賦」の特徴①②④が、これに似る）や、通俗的な小説（「神烏賦」の特徴③⑤が、これに似る）とかかわっていたことを、裏うちする資料になりうるのではないかとおもう。その意味で、尹湾漢墓から出土した「神烏賦」は、賦の発生や享受のしかた、さらに賦とかたりの関係をかんがえるのに、貴重な資料になることだろう。

注

（1）二十一世紀になって、中国で刊行された古典の名作集や文学史の類には、しばしばこの無名氏「神烏賦」が採録されたり、言及されたりするようになった。この「神烏賦」、日本の学界では、まだあまり注目されてないようだが、これから以後は、前漢俗賦の代表作として、注目されつづけることだろう。

（2）「神烏賦」と漢代楽府については、両者のあいだに「弱者への共感」や、「残酷な運命への諦観」の心情が共存することも、重要な類似点として無視できないだろう。なお、漢代楽府の特質については、小西昇「漢代楽府詩の叙事性」（『熊本大学教育学部紀要』第一四号　一九六六）にすぐれた考察がある。

（3）近時にあらわれた伏俊璉「敦煌俗賦的体制及其審美価値」（『敦煌文学文献叢稿』所収　中華書局　二〇〇四）や、曲徳来「由神烏傅（賦）論及有関文学史的幾個問題」（『出土文献与中国文学研究』所収　北京広播学院出版社　二〇〇〇）では、「神烏賦」を民間でおこなわれていた漢代の物語賦（原文は「故事賦」）だと断じて、その文学史的価値に論及されている。すると漢代には、「孔雀東南飛」のごとき五言の物語詩とならんで、四言の物語賦というジャンルも存在していたことになり、将来的に文学史の書きなおしも必要になってくるかもしれない。

（4）一例をあげれば、金振邦『文章体裁辞典』（東北師範大学出版社　一九八六）でも、俗賦を「唐五代民間芸人的一種説唱底本」と規定し、具体的には敦煌俗賦のことをいう、とする（三六五頁）。

第三章　揚雄「逐貧賦」論

前漢末から新にかけて活躍した揚雄、あざなは子雲（前五三〜後一八）は、思想家や文学者として著名な人物である。その思想史上での貢献はさておき、文学者としての業績は、やはり「甘泉賦」や「羽猟賦」などの、いわゆる散体大賦の創作が第一にあげられるべきだろう。だが、揚雄にはそうした大賦とはべつに、めだたぬ小篇でありながら、注目すべき特徴をもった賦も現存している。それが、本章でとりあげようとする、「逐貧賦」という作品である。

この「逐貧賦」のあらすじを紹介すると、揚雄じしんと目される「揚子」が、貧窮生活にたえかねて、家にいすわる貧乏神にむかって、「おまえのために貧乏になってしまった。もう我慢できない、家からでてゆけ」と宣言する。だが、貧乏神はこれに反論して貧窮生活の功徳を強調し、両人のあいだで論争となる。その結果、揚子がいいまかされて、けっきょく貧乏神に「このままわが家にとどまってくだされ」とおねがいしてしまった——という話である。

こうしたユーモラスな筋だてをもった「逐貧賦」に対して、現代の銭鍾書氏は、

揚雄の賦では、私は、この「逐貧賦」が最高傑作だとおもう。標題や内容は独創的で、まったく他人と似ていない。彼の「解嘲」もすぐれているが、構成の点で東方朔の後塵を拝しているし、また「逐貧賦」のごときユーモアも不足している。後代、「逐貧賦」の模擬作がたくさんあらわれ、顔でわらって心でなき、文辞に託しつつ世間を難じてきた。韓愈「送窮文」や柳宗元「乞巧文」、孫樵「逐痁鬼」などは、そうしたなかでの傑出した作で

ある。

と評している（『管錐編』九六一頁）。こうした好意的な見かたは、近時になってとくにおおくなっているようだ。私見によれば、後代への影響力からみて、この「逐貧賦」は韓愈「送窮文」や柳宗元「乞巧文」のみならず、中国における遊戯文学の鼻祖と称すべき作であり、遊戯文学史上でたかい位置をしめるようにおもう。そこで本章は、この「逐貧賦」を考察しながら、意義や価値をさぐってみることにしよう。

一　「逐貧賦」の内容

この「逐貧賦」の創作年は不明だが、内容が「解嘲」や「解難」に似ていることや、貧窮生活が話題になっていることから、揚雄晩年の作だと推測できよう。たとえば陸侃如『中古文学繫年』（人民文学出版社　一九八五）は、この作品の創作年を王莽新の始建国四年（後十二）、揚雄の六十五歳のときにかけている（ただ陸侃如も、とくに明確な根拠があったわけではないようで、「疑うらくは当《まさ》に暮年窮愁の際に作りしならん。故に此に附す」というだけである）。もっとも、揚雄は生涯にわたって、貧窮生活を余儀なくされた人物であり、晩年だけ貧乏になったわけではない。そういう意味では、晩年の作と断定することはできず、董作賓「方言学家揚雄年譜」のように、若年の作とみなすこともできなくはない（「中山大学語言歴史研究所周刊」八五～八七　一九二九）。

このように、「逐貧賦」の創作年は、けっきょく推測はできても、確定はできないだろう。『揚雄集校注』（上海古籍出版社　一九九三）を撰した張震沢も、創作時期については匙をなげるかのように、「作りし期は確定する能わず」というだけだ。それゆえ、ここでは揚雄が貧窮生活をおくっていた某時期、自分の貧しさにたえかねて、この賦をつくったとかんがえておこう。

それでは、「逐貧賦」を概観してみよう。私見によれば、この賦は内容的にみて、四つの段にわけられるようにおもう。それは、

［第一段］貧窮に苦しむ揚子が、貧乏神をよびだす。
［第二段］揚子が貧乏神を非難する。
［第三段］貧乏神が揚子に反論する。
［第四段］両者が和解する。

の四段である。そこで以下でも四つの段にわけて、内容を概観してゆこう（テキストは張震沢『揚雄集校注』をもちいる）。

第一段は、この賦の舞台を設定したものである。

揚子遁居、離俗独処。左鄰崇山、右接曠野。鄰垣乞児、終貧且窶。礼薄義弊、相与群聚。惆悵失志、呼貧与語。

揚先生こと私は隠遁し、世俗をはなれてすんでいる。左方には高山がすぐ接し、右方には広野がひろがっている。隣家との垣根のしたには物乞いがいて、貧乏でやせおとろえている。私は礼節おとろえ道義もすてさり、その物乞いと仲間になっているしまつ。我ながら失望し理想もみうしないがちだったので、［わが家にいすわっている］貧乏神をよびつけ、議論したのだった。

揚雄じしんとおぼしき「揚子」が、貧窮生活にたまりかね、擬人化された「貧」（本章では「貧乏神」と訳す）をよびだしている。この部分、以下の揚子と貧乏神との対話をひきおこす、舞台設定の役わりをはたしており、いわば賦全体の序文に相当しよう（ただし、ここも押韻している）。もっとも、貧乏神が実在するわけがなく、子虚や烏有先生のた

ぐいにすぎない。ここでは、おそらく貧乏神は揚雄の分身であって、揚子と貧乏神の対話も、作者たる揚雄の自問自答だとみなすべきだろう。(1)

つづく第二段から、「逐貧賦」は本文にはいる。賦の本文は、押韻した四言体でつづられている。この第二段は、揚子が貧乏神に対して非難をくわえ、「いつまでも私の家にいすわるな」と、おいだそうとする場面である。


汝在六極、投棄荒遐。好為庸卒、刑戮是加。匪惟幼稚、嬉戯土砂、居非近鄰、接屋連家。

恩軽毛羽、義薄軽羅。進不由徳、退不受呵。久為滞客、其意謂何。

人皆文繡、余褐不完、人皆稻粱、我独藜飧。貧無宝玩、何以接歓。宗室之燕、為楽不槃。

徒行負笈、出処易衣。身服百役、手足胼胝。或耘或耔、霑体露肌。朋友道絶、進官凌遅。厥咎安在、職汝為之。

舍汝遠竄、崑崙之顛、爾復我随、翰飛戾天。舍爾登山、巌穴隠蔵、爾復我随、陟彼高岡。舍爾入海、汎彼柏舟、爾復我随、載沈載浮。

我行爾動、我静汝休。豈無他人、従我何求。今汝去矣、勿復久留。


「おまえは六凶（夭死・病・憂・貧・悪・弱）のなかにいて、荒蕪の遠地に配流された。他人の庸卒となり、刑戮をくわえられてとうぜんの存在だ。我われは、幼時からいっしょに砂あそびした仲ではない。住まいが近所だったこともない。我われの友情は毛羽よりかるく、義理だって薄絹よりうすい。私の官位がすすんでも、おまえのおかげではないし、官位をうしなったとて、おまえに説教される筋あいもない。それなのに私の家に長逗留しているのは、いったいどういう料簡じゃ。

他人はみな刺繡いりの美衣をきているのに、私はそまつな褐《ぬのこ》さえよれよれだ。他人はみなうまい白米をたべるのに、私だけはまずい藜《あかざ》をかじっている。貧乏で高級品ひとつなく、どうやって友人と交際してゆけよう。親戚の宴席にでても、［はずかしくて］たのしもうにもたのしめない。

［車馬がないので］あるいては書箱を背おってゆき、［一張羅しかないので］外出すればそのたび服を着がえねばならぬ。わが身は雑役に従事するので、手足にタコができてしまった。草むしりや種うえで、身体じゅう汗びっしょりで生肌をさらしている。朋友とのつきあいも途だえ、官につく希望も先ぼそりするばかり。こうした原因はどこにあるかといえば、すべておまえのせいじゃ。

おまえと縁切りして、とおく崑崙のてっぺんににげだせば、私をおっかけて空をとんでくる。おまえと縁切りして、山にのぼって岩穴にかくれれば、私をおっかけて高山をのぼってくる。おまえと縁切りして、海で柏舟にうかべば、私をおっかけて海中で浮きしずみしておる。私がうごけばおまえもうごき、私がうごかねばおまえもうごかぬ。ほかにひとがないじゃない、私にばかりつきまとってどうするつもりじゃ。さあ、でていけ、いつまでもいすわるな」。

悲惨な貧窮生活を縷々のべたあと、その原因たる貧乏神と縁切りしようとした。だが、その貧乏神、揚子につきまとってたちさってくれない。揚子の怒りが爆発し、「さあでていけ」とどなりつける場面である。いっけん深刻そうな描写だが、揚雄はここでもくすぐりを挿入して、読者をわらわせるのをわすれない。揚子が「私の家に長逗留しているのは、いったいどういう料簡じゃ」と詰問したり、「他人はみなうまい白米をたべるのに、私だけはまずい藜をかじっている」と愚痴をこぼしたりするのが、それだ。それゆえ、いかに揚子の貧窮生活が強調されても、気のどくがる読者がいるはずもない。むしろ揚子のドタバタぶりをおもしろがりながら、よみすすんでゆくことだろう。なお、「おまえと縁切りして」（舍汝遠竄）以下では、排比ふうの構造のなかで、揚子と貧乏神のおいかけっこを、「とおく崑崙のてっぺんに……」「山にのぼって岩穴に……」「海で柏舟に……」などと、誇張しながらユーモラスに列挙している。このあたりは、漢賦の鋪陳技法を援用したものとかんがえられ、この作品が「逐貧文」でなく、「逐貧賦」と題された一因でもあったろう。

くわえて、この部分では、俗っぽい内容に反して、経書の典故をつかった格調たかい表現がおおいことにも、注意すべきだろう。たとえば、「六極」は『尚書』洪範にもとづく語であるが、『詩経』の句をそのまま借用したケースもおおい。すなわち、「或耘或耔」句は小雅甫田に、「翰飛戻天」句は小雅小宛に、「陟彼高岡」句は周南巻耳に、「汎彼柏舟」句は邶風柏舟に、「載沈載浮」句は小雅菁菁者莪に、「豈無他人」句は鄭風褰裳や唐風杕杜、あるいは羔裘に、それぞれ使用されていた字句を、なんの加工もくわえずそのまま借用している(2)。このように、この部分はユーモラスな内容であるにもかかわらず、表現のうえでは、経書の典故を多用した字句で、格調たかくつづられているのだ（ほかの段でも、典故を利用した表現はおおい）。これはおそらく、意図的な表現だろう。つまり、俗なる内容と雅なる語句とをくみあわせることで、雅俗混淆によるアンバランスなおもしろさをねらっているのだろう。

こうした揚子の一方的な非難に、貧乏神のほうもだまっていない。つづく第三段では、揚子の非難に対する貧乏神の反論が展開されている。

貧曰唯唯。主人見逐(3)、多言益嗤▽。心有所懐、願得尽辞▽。

昔我乃祖、宗其明徳。克佐帝堯、誓為典則。土階茅茨、匪彫匪飾。爰及季世、縦其昏惑。饕餮之群、貪富苟得。
鄙我先人、乃傲乃驕。瑶台瓊榭、室屋崇高。流酒為池、
積肉為崤。是用鵠逝、不践其朝。
三省吾身、謂予無諐。処君之家、福禄如山。忘我大徳、
思我小怨。
堪寒能暑、少而習焉。寒暑不忒、等壽神仙。桀跖不顧、
貪類不干。
人皆重蔽、子独露居、
人皆怵惕、子独無虞。

貧乏神がいった。「ごもっともです。ご主人さまがおいだそうとされているのに、あれこれと弁明すれば、ますます嘲笑されましょう。ですが、小生にも多少おもうことがありますので、ひとつ、おもう存分いわせてくださいな。

むかし、小生の先祖は、たかき徳をこころざし、よく帝堯を補佐して、世の模範になろうと祈念いたしました。だから家の土階や茅茨には、ぜいたくな彫刻や装飾はいっさいしませんでした。ところが、やがて濁世になると、人びとは気ままにふるまい、貪欲なやからは、財富を不当な方法で手にいれたのです。

そして小生の先祖をいやしめ、傲慢にしておもいあがるしまつです。瑶台や瓊榭を建造し、室屋は豪壮をきわめ、酒をくんでは池のよう、肉をつんでは崤山のようでした。そこで小生の先祖は鵠のようにとびあがり、朝廷に別れをつげたのです。

さて、わが身を三省しても、なんら恥じることはありませぬ。小生が貴殿の家にいたおかげで、貴殿は山のような福禄にあずかっているのですぞ。それなのに小生の大恩をわすれ、小怨ばかりをいいたてます。貴殿が寒さや暑さにもまけないのは、幼少のころから［小生がいたための貧窮生活で］なれているからです。寒暑にへこたれないので、神仙とおなじぐらい長いきできます。［貧乏なので］桀王や盗跖のような連中は見むきもしませんし、貪欲なやからも相手にしません。

人びとはみな家を厳重に戸じまりしますが、貴殿だけはあけっぱなしで生活できます。人びとはみな内心ビクビクですが、貴殿だけはなんの心配もありません」。

貧乏神の反論は、自分の先祖の話からはじまる。「小生の先祖は、たかき徳をこころざし」云々と、まず先祖自慢が展開する。ここでユーモラスなのは、貧乏神が、尭帝の「土階茅茨、匪彫匪飾」（『韓非子』五蠹、『史記』李斯伝）という故事を利用して、貧窮生活を質素倹約という美徳におきかえていることだ。貧乏神が倹約につとめるとは、奇妙な価値転換をおこなったものであり、おもわずわらってしまう。

また「やがて濁世になると……肉をつんでは峭山のようでした」の部分で、貧乏神が「貪欲な輩」（饕餮之群）への批判を展開しているのにも注目したい。これは、揚雄のころの貪欲な連中を、とおまわしに批判したものだろう。滑稽の糖衣でつつんでいるので、気づきにくいが、この部分こそ、「逐貧賦」の主題（貪欲な輩への批判）を示唆したものので、重要な箇所だといってよかろう。賦中でこうした世俗批判をおこなうことは、諷諫を重視しながらも、実質は勧百諷一だった当時の賦としては、めずらしいことに属する。こうした、世俗批判をユーモアでつつみこんだ作風は、後代の遊戯文学に影響をあたえるものであり、記憶されておいてよい（後述）。

やがて、話題を先祖から現在の自分のことにうつすや、貧乏神は「小生が貴殿の家にいたおかげで、貴殿は山のような福禄にあずかっているのですぞ」と、常識の逆手をとるような理屈をのべて、揚子への反論をはじめる。私がいたおかげで、暑さ寒さにまけぬ健康体になれたし、泥棒に侵入される心配もなくなった、という理屈は逆説ふうユーモアにとんでいる。もし貧乏神が真に反論する気であれば、『論語』の顔回や原憲の故事でも引用して、儒教的な安貧楽道の理念を堂々と展開したことだろう。しかし、貧乏神はそうした正統的な反論をしようとはせず、「こっけいではあるが」だれがみても本気とはおもえぬような、ふざけた屁理屈をならべるだけだった。こうした肩すかしが、この「逐貧賦」の遊戯文学らしさをいやましている。

最後の第四段は、全体の結末である。

言辞既罄、色厲目張。摂斉而興、降階下堂。誓将去汝、適彼首陽。孤竹二子、与我連行。
予乃避席、辞謝不直。請不貳過、聞義則服。長与汝居、終無厭極。貧遂不去、与我遊息。

貧乏神の発言がおわるや、その顔つきはきびしく眼光もするどかった。服のすそをつまんでたちあがり、階段をおりて堂からおりた。そして「貴殿のもとをさって、首陽山にいきます。あの孤竹国の兄弟なら、小生の仲間になってくれることでしょう」といった。

そこで私は、座布団からおり、自分の心得ちがいを陳謝した。そして、二度と過ちをくりかえさず、道理を耳にすれば、それにしたがいます。これからもそなたといっしょにいて、ずっと邪険にあつかったりしません——とねがった。そこで貧乏神はたちさることなく、私とともにあそんだり休息したりしたのである。

貧乏神はいいおわるや、おこって首陽山にすむ孤竹国の兄弟（伯夷と叔斉）のもとへゆこうとする。しかし、揚子が非をさとって謝罪したので、ふたりは和解し、以後もいっしょにくらすことになった——とむすばれる。貧乏神が伯夷と叔斉のもとへゆこうとしたのは、「貧窮にたえて節をまもる義人」というイメージの類似からだろう。

こうした、主客の議論と、その結果としての片方の勝利は、対話を主体とした漢賦によくある常套的な構成法であって、めずらしいものではない。また、貧乏神が議論で勝利した結果、やぶれた揚子が貧窮生活をよしとし、貧乏神と共存してゆく決意をするという結びも、儒教的な「貧に安んじ道を楽しむ」理想に合致するもので、これまた予想されたものといってよかろう。このように揚雄は、当時の漢賦の定型的手法をおそって、このユーモラスな作品をむすんでいるのである。

二　貧窮への嫌悪

以上の概観から、揚雄「逐貧賦」が、こっけいな作であることが確認できた。もっとも右でもふれたように、この賦は、遊戯ふう性格だけに注目すればよいという、単純な作品ではない。貧窮という題材の特異性や、ユーモアのうらにひそむ意図等については、なお検討すべき余地がのこっている。それゆえ、「逐貧賦」の遊戯文学としての性格に言及するまえに、それ以外の方面について考察をくわえておこう。

はじめに、この「逐貧賦」が貧窮という題材を、文学作品としてはじめてとりあげたことを、まず確認しておきたい。貧窮が、深刻かつ切実な問題として、こらい人びとをくるしめてきたことは、いまさら贅言を要しない。『論語』や『史記』仲尼弟子列伝をひもとけば、孔子の弟子（とくに顔回や原憲）が貧窮にくるしんだ話題が散見しているし、またその他の史書や諸子の書をよんでも、貧窮にくるしむ話柄にはことかかない。

だが、文学の題材、つまり詩や賦の材料として、この貧窮の話題をとりあげることは、揚雄「逐貧賦」以前ではなかった。これ以前の文人、たとえば屈原や宋玉、あるいは賈誼や司馬相如の文学においては、憂憤の情を表白したり、壮麗な都城や可憐な美女をえがいたりすることはあっても、貧窮という醜悪かつ深刻な題材を、正面だってとりあげることはなかった。それなのに、揚雄にいたって、この貧窮という問題が、賦というジャンルで正式にとりあげられたのである。(4)

その結果、この「逐貧賦」は、あとにつづく束晳「貧家賦」や陶淵明「有会而作」詩、「詠貧士」詩、朱超「詠貧」詩などの、貧窮をテーマとした文学の先駆けをなしたといってよい。そうした系列のなかに、日本の山上憶良「貧窮問答歌」もくわえれば、揚雄が創始した「貧窮文学」は異国の地でも、またいっぷうかわった花をさかせたことになろう。(5)どうして揚雄がそうしたことをなしえたのか、その文学史的意義はどうなのか――などの問題も、なかなか興味ぶかいテーマではあるが、しかし「逐貧賦」の遊戯ふう性格を考察する本章では、これ以上ふかく追求してゆく余裕がない。ここでは、揚雄「逐貧賦」は貧窮という問題を、経済論や道徳論の方面からではなく、文学の方面からはじめてとりあげたものであり、将来、貧窮文学論を研究しようとするさいは、重要な作例になるはずだという指摘だけして、さきにすすもう。

つぎに、「逐貧賦」における作者揚雄の、貧窮への対応のしかた、そしてそれから生じる、この賦の主題はなにかという問題について、検討してみよう。この「逐貧賦」という題からすると、ふつうなら「逐貧」（貧乏神をおいだす）が主題だと予想できる。ところがこの賦は、主人公たる揚子が貧乏神をおいだそうとしたものの、貧乏神との議論にやぶれてしまった。そこで、貧乏神をおいだそうとした自分の非をさとって、以後もいっしょにくらすことにした――とおわっている。この結末だけをみれば、「逐貧賦」の主題としては、逐貧とは反対の「安貧」（貧乏神となかよくする → 貧窮にやすんじる）のほうがふさわしいだろう。

この、安貧を主題とする見かたは、いっけんただしいかのようだ。たとえば、『論語』雍也の子曰く、賢なるかな、回や。一箪の食《し》、一瓢の飲《いん》、陋巷に在り。人は其の憂に堪《た》えざるも、回や、其の楽しみを改めず。

に典型をみるように、じゅうらいは「貧に安《やす》んじ道を楽しむ」生きかたが称揚されてきた。儒教的教義にあっては、こうした安貧楽道の思想は、君子たる者の理想的な生きかたとして、つねに推奨されてきている。くわえて、揚雄本人も、

不汲汲於富貴、不戚戚於貧賤。不修廉隅以徼名当世。家産不過十金、乏無儋石之儲、晏如也。

富貴をあくせくもとめず、貧賤にもくじけない。また廉潔さをたもって、それで名声をあげようともおもわない。財産はわずか十金にすぎず、一、二石の米穀もなくても、それでも恬淡としている。

と、安貧楽道の生きかたにあまんじるような発言もしている（『漢書』巻八七）。こうしたところから、この「逐貧賦」の主題は逐貧ではなく、安貧にあるという見かたは、つよい説得力をもつであろう。

では、この作品は、ほんとうに安貧楽道の賛歌なのかといえば、それは疑問だろう。近時の中国人研究者の諸説をみわたしてみても、主題を安貧だとみなすことには、むしろ反対するような意見がおおい。そうした最近の見かたを要約してみると、この「逐貧賦」は、貧を徳とする儒家的理想への思慕（安貧につながる）と、ゆたかな生活への率直なあこがれ（逐貧につながる）という、相反する二つの欲求の矛盾や葛藤をえがいたものであり、当時の知識人たちの鬱屈した心情をよく反映している——と解釈されることがおおいようだ。(6)そして、さらにすすんで、「逐貧賦」の真の主題は、そうした矛盾や葛藤をとおして、「当時の軽薄な世俗への批判」（第三段で「饕餮之群」への批判をおこなっていた）と、その裏がえしである「自分の不遇さへの憤懣」とをのべるところにあった、とかんがえる論者もでてきている。(7)私もこうした見かたに賛成であり、揚雄の心情は「逐貧」にかたむき、その真の主題は「当時の軽薄な世俗へ

の批判」や、「自分の不遇さへの憤懣」をうったえるところにあったろうとかんがえている。以下、私なりにその論拠を提示してゆこう。

まず第一に、第二段における揚子の貧乏神批判が、ユーモアにつつんでいるものの、なかなか真にせまっており、揚雄の貧乏ぎらい、つまり「逐貧」の心情は、かなり本気だったのではないかとおもわれることだ。じっさい、

他人はみな刺繡いりの美衣をきているのに、私はそまつな褐さえよれよれだ。他人はみなうまい白米をたべるのに、私だけはまずい藜をかじっている。貧乏で高級品ひとつなく、どうやって友人と交際してゆけよう。……わが身は雑役に従事するので、手足にタコができてしまった。草むしりや種うえで、身体じゅう汗びっしょりで生肌をさらしている。朋友とのつきあいも途だえ、官につく希望も先ぼそりするばかり。（第二段）

の部分など、ひじょうに率直なものいいであり、たんなる戯れごととして、かたづけにくいように感じられる。

明の謝榛は『四溟詩話』巻四において、この「他人はみな刺繡いりの」云々の箇所をとりあげて、

此作辞雖古老、意則鄙俗。其心急於富貴、所以終仕新莽、見笑於窮鬼多矣。

逐貧賦たるや、高古な文辞とはうらはらに、心情は卑俗きわまるものである。揚雄は内心、富貴をのぞんでいたのだろう。だから王莽の新につかえたり、貧乏神から嘲弄されたりしたにちがいない。

と非難している。この謝榛の発言は、作品だけでなく人格までも攻撃した、きびしい批判である。もっともこの批判は、宋学の発生以後、道学者たちが揚雄を腐儒よばわりする風潮のもとでの、一種のいいがかりだといってよく、多少わりびいて理解すべきだろう。

ただ、この批判で興味ぶかいのは、謝榛がなぜ揚雄を「内心、富貴をのぞんでいた」と非難したのか、ということだ。私見によると、それはおそらく、揚雄の「他人はみな刺繡いりの云々」の発言が、つよい実感をともなっていた

からだろう。「逐貧賦」は構成的にみれば、第二段で揚子が貧窮生活の苦しみを詳述し、嫌悪感を表明している。この部分で、貧窮への嫌悪が強調されればされるほど、第三段における反転、すなわち貧乏神の反論があざやかに印象づけられることになり、やがて第四段における貧乏神の勝利による両者の和解へと、話がスムーズに展開してゆくことになる。こうした文章法は、古典修辞学では「欲擒故縦法」（擒《とら》えんと欲して故《ことさら》に縦《はな》す法）とか、「先抑後揚」（先に抑《おさ》え後に揚《あ》ぐ）とかよばれる手法に相当し、おそらく揚雄もそうした効果を意識して、こうした構成をとったのだろう。ところが謝榛は［たぶん「揚雄＝腐儒」の先入観のためだろうが］、そうした全体の構成を無視して、第二段の揚子の発言だけをとりあげている。だから「内心、富貴をのぞんでいた」という批判も、なりたったのである。だがこのことは、逆にいえば第二段の揚子の「逐貧」発言が、あまりにも実感がこもりすぎていた、つまり揚雄の貧窮生活への愚痴が、謝榛の曲解をよびおこすほど真にせまっていた、ということを意味していよう。

　このことから私は、「逐貧賦」における第二段の揚子発言（貧窮生活に対する嫌悪感の表明）は、表面上はコミカルな体裁をよそおっているものの、しかしじっさいは、揚雄の本音をのぞかせた部分ではなかったか、とおもう。いっぽんに漢代の賦は、名目上は諷諫を標榜していながら、じっさいは勧百諷一、つまり歓楽をいざなうほうにながれやすかった。それとどうよう「逐貧賦」も、表面上は達観めいた安貧を標榜しながら、じっさいは逐貧のほうに傾斜していたのではないだろうか。すると謝榛の批判は、「内心、富貴をのぞんでいた」はいいすぎにしても、すくなくとも、本心から安貧を理想としていたわけではなかったという点では、あたらずといえどもとおからずだったと、いってよいであろう。

　揚雄の心情が「逐貧」にかたむき、「逐貧賦」の主題も「当時の軽薄な世俗への批判」や、「自分の不遇さへの憤懣」にあったとかんがえる理由の第二として、「逐貧賦」で指摘するような奢侈の風や富の偏在が、じっさいに存在していたことがあげられよう。近時に刊行された龔克昌『漢賦研究』（山東文芸出版社　一九八四）は、そうした社会学的な見地から、この揚雄「逐貧賦」をよみといている。

龔氏はまず、揚雄がいきていた前漢末は、「逐貧賦」で指摘するような奢侈の風や富の偏在が、じっさいに発生していたと指摘する。その一例として、王莽「限田禁奴婢」のつぎのような一節を引用している。

父子夫婦終年耕芸、所得不足以自存。故富者犬馬余菽粟、驕而為邪。貧者不厭糟糠、窮而為姦。

「重税のため、当時の民衆は」父子夫婦で年中、田畑をたがやしても、生活できるほどの所得はえられない。かくして金持ち連中は、その犬馬さえ豆や穀物をたべのこし、おごって悪事をなすようになるが、いっぽう貧乏人のほうは、糟糠でさえじゅうぶんたべられぬため、やはり窮して悪事にはしることになるのである。

この文章は、前漢末における深刻な貧富の差を、よくしめしていよう。こうした混乱した社会の実相をふまえたうえで、龔氏は、「逐貧賦」中で貧乏神がかたった、

……やがて濁世になると、人びとは気ままにふるまい、貪欲なやからは、財富を不当な方法で手にいれたのです。そして小生の先祖をいやしめ、傲慢にしておもいあがるしまつです。瑶台や瓊榭を建造し、室屋は豪壮をきわめ、酒をくんでは池のよう、肉をつんでは峭山のようでした。（第三段）

ということばに注目する。そして、「ここでの〈濁世〉は、まさに揚雄がいきていた時代をさすのではないか。すると、貧乏神の〈濁世〉批判は、まさに揚雄じしんの〈濁世〉批判ではないだろうか。……揚雄の賦はまちがいなく、当時の人びとの生活の真実と時代の弊害とを、広範かつ赤裸々にうつしだしているのである」と結論づけられるのである（同書一〇七～九頁）。

この龔論文の見かたは、従前の研究にとぼしかった、社会史や政治史の流れのなかで「逐貧賦」を解釈したもので

ある。この龔氏の主張にしたがえば、揚雄の心情が逐貧にかたむいたのも、それなりに社会的な必然性があったといえよう。すると「逐貧賦」の主題も、当時の金もうけにはしる「饕餮之群」への批判と、そして「それとは反対に、貧窮のなかであえぎつづける」自分の不遇さへのうったえにあったことが、よく納得されてくることだろう。

もっとも、心情が逐貧にかたむいていたとしても、揚雄はけっしてはじる必要はない。それは、巴蜀の地から中年すぎに上京してきたいなか者（揚雄）の率直さをしめすもので、むしろ長所だと評されてしかるべきだろう。後述するが、「逐貧賦」の影響力はひじょうにおおきく、後世にたくさんの模擬作がうみだされている。その主要な原因は、この作品の有する遊戯文学ふう諧謔味にあったろうが、同時に、安貧の理想と逐貧の本音とのあいだでゆれる、なまなましい心情表出が、後世の失意文人の共感をひきおこしたからでもあろう。その意味で、この作が安貧楽道の達観めいたポーズで終始していたなら、逆に後代の文人たちの共感をよぶこともなかったに相違ない。

三　擬人化・対話・自嘲

前節では題材や主題を検討してきたが、この節では、「逐貧賦」の遊戯ふう性格をかんがえてみよう。私見によれば、「逐貧賦」の遊戯性は三つにわけて説明するほうが、つごうがよさそうだ。その三つとは、第一に、貧窮という抽象物を擬人化したことであり、第二に、その擬人化された貧窮が「揚子」とこっけいな対話をすることであり、そして第三に、「揚子」こと揚雄じしんをコミカルにえがいて、自嘲性をただよわせていることである。それゆえ以下では、この三つにわけて検討してゆこう。

まず第一に、貧窮の擬人化についてかんがえてみよう。文学史的にみれば、人間以外のものの擬人化は、とりたててめずらしいことではない。たとえば動物を擬人化して、あたかも人間のようにものをいわせたりした事例は、『詩経』豳風鴟鴞あたりからみえている（鳥を擬人化して、鴟鴞《ふくろう》〈悪鳥〉に巣をこわしてくれるな、と懇願させる内容。第六章参照）。こうした伝統をうけてか、前漢の賈誼「鵩鳥賦」や古楽府でも、しばしば擬人化された禽獣が登場している。さらに、動物の擬人化で有名なのは、なんといっても先秦の諸子百家における寓話だろう。周知の「虎の威をかりる狐」や「鷸蚌の争い」「三虱、彘を食う」などの話は、当時の擬人化技法の洗練ぶりをよくしめしている。

だが「逐貧賦」では、動物ではなく、貧窮という抽象的なものを擬人化している。こうした擬人化は比較的めずらしいが、しかしこれも先例がないではない。たとえば先秦諸子のひとつ『荘子』は、寓話の宝庫というべき書物だが、その寓話のなかに、「逐貧賦」の「貧」とどうよう、抽象的なものを擬人化した事例がみられる。たとえば、『荘子』外篇「知北遊」中の寓話においては、知識を擬人化した「知」や、「知者は為《な》さず謂《い》わず」の思想を擬人化した「無為謂」などが登場しており、ほかにも「泰清」（「道」の意）「無窮」「無為」「無始」などの抽象的な語が、それぞれおなじ名をもった人物に擬人化されている。また雑篇「盗跖」では、「苟《かりそめ》に得るに満足する」の意をもつ「満苟得」、「足《た》ること無き貪欲さ」の意の「無足」、さらには「中和を知る」の意を擬人化した「知和」などが登場して、人と会話したり、さまざまな交渉をもったりしている。ここでは例として、「知北遊」の一節をあげてみよう。

於是泰清問乎無窮曰、「子知道乎」。無窮曰、「吾不知」。又問乎無為。無為曰、「吾知道」。曰、「子之知道、亦有数乎」。曰、「有」。曰、「其数若何」。無為曰、「吾知道之可以貴、可以賤、可以約、可以散、此吾所以知道之数也」。……於是泰清中而歎曰、「弗知乃知乎。知乃不知乎。孰知不知之知」。

そこで泰清は無窮にたずねた。「あなたは道をしっているかな」。無窮は「しらないよ」とこたえた。無為におなじ質問をすると、無為は「しってるよ」といった。泰清が「あなたがしっている道には、道理があるのかい」

とたずねると、無為は「あるよ」とこたえた。また「どんな道理かな」とたずねると、無為はいった。「道はたっとくもなるし、いやしくもなる。集約もできるし、拡散もできる。これが、私のしっている道理だよ」。……そこで泰清は、途中で嘆息していった。「しらないほうが、よくしっていて、しっているほうは、わかっていない。いったいだれが、〈しらないほうが、ほんとうはよくしっている〉ことに気づいているのだろうか」。

「泰清」たちの対話はなおつづくが、右の引用だけでも、『荘子』の擬人化手法の特徴が、ほぼわかってこよう。これら抽象物の擬人化の特色をまとめてみれば、

(1)思想や哲学めいた議論をするために、設定される。

(2)擬人化された抽象概念が、概念そのままの化身である。

(3)「歎じて曰く」のように、喜怒哀楽を表現させることもないではないが、擬人化動物のような活発な動きは概してすくない。

ということになろうか。

こうした特徴をもつ『荘子』寓話中の擬人化は、揚雄「逐貧賦」の擬人化に、よく似かよっている。つまり「逐貧賦」における「貧」の擬人化も、(1)思想や哲学めいた議論（儒教的「安貧楽道」の是非）をするために、設定されたとかんがえられるし、(2)擬人化された抽象概念が、概念そのままの化身でもあるし（「貧」が貧窮の意をもつ）、(3)また「貧乏神の発言がおわるや、その顔つきはきびしく眼光もするどかった」のような感情表現もみえるが、動物の擬人化にくらべるとやはり動きはすくない――などの特徴を有しているのである。

このように、「逐貧賦」中の擬人化は、『荘子』寓話のそれによく似ているが、そうした『荘子』への近似は、また諧謔味のとぼしさにもつながっている。というのは、『荘子』寓話をみるとよくわかるが、そこでの擬人化は、哲学

的議論をわかりやすくするための手段であって、ユーモアをかもしだすものではない。つまり哲学をかたるための便宜であって、ユーモアのための技法ではないのである。そういう意味では、「逐貧賦」中での貧窮の擬人化も、それじたいユーモアをかもしだす根源的要素とはいいにくく、いわば促進的要素にすぎないと理解すべきだろう。

では、「逐貧賦」の遊戯性の第二として、揚子と貧乏神のこっけいな対話についてかんがえてみよう。賦の文学が、作品全体の枠ぐみを設定するため、文中に主客の対話スタイルを導入することは、とくにめずらしいことではない。司馬相如の賦はもちろん、すこしまえの枚乗「七発」でも対話体が利用されており、さらにさかのぼれば、宋玉の賦や『楚辞』のいくつかの作品にまで、たどりつくこともできよう。

だが、それら従前の作での対話では、遊戯性はあまりつよくなかった。さきにみた『荘子』寓話における対話でもそうだったが、枚乗「七発」や司馬相如賦でも、その対話にはあまりユーモアが感じられない。それらでは、戦国遊説家の流れをくむ、説得術としての対話に重きがおかれがちだし、主要な関心は、鋪陳技法を駆使した侈麗閎衍の行文のほうにあって、対話は、それをひきだす誘いみずにすぎないからだ。もちろん、そうした誘いみずふう対話とて、遊戯的性格をまったく排除するものではないが（たとえば宋玉の賦中における対話は、かなりユーモラスである）、しかし、「逐貧賦」におけるユーモラスな対話とくらべると、やはり見おとりしているといってよい。

それに対し、揚雄「逐貧賦」における対話は、それじたいがユーモアにみちている。そのユーモアとしては、縁切りしようとにげる揚子とおいかける貧乏神との大仰なドタバタぶり、雅俗混淆ふう表現によるアンバランス、貧乏神が質素倹約につとめるという奇妙な価値転換、貧乏神が自己の功徳を礼賛する屁理屈ぶり——などがあげられよう。これらは、枚乗「七発」や司馬相如賦のそれとはことなり、明確な意図のもとでくふうされ、つくりだされたユーモアだといってよかろう。

これに関連して、「逐貧賦」の遊戯性の第三としてあげたいのが、対話の奥にひそむ自嘲性である。この自嘲性はなんといっても、揚子が貧乏神と論争してまけてしまうという、一篇全体の筋だてに起因している。なかでも、貧乏神にいいまかされ、「このままわが家にとどまってくだされ」とお願いしてしまう第四段は、そうした自嘲的ユーモアがつよくでた箇所だろう。こうした、みずからを戯画化して、笑い者にしようとする揚雄の姿勢が、賦中の対話をユーモラスにし、また擬人化をこっけいなものにしたてている。その意味で、「逐貧賦」のユーモアの根源は、この自嘲性にこそ存しているとせねばならない。

では揚雄は、こうした自嘲的ユーモアをどこからまなんだのだろうか。この自嘲的ユーモアの源流をかんがえたとき、散逸をおしまれるのが、第一章でもふれた、武帝期の宮廷文人、枚皐の賦作である。すなわち『漢書』枚皐伝によると、

又言為賦乃俳、見視如倡、自悔類倡也。故其賦有詆娸東方朔、又自詆娸。其文……頗詼笑、不甚閒靡。凡可読者百二十篇、其尤嫚戯不可読者尚数十篇。

彼（枚皋）はまた、賦作はおどけ仕事にすぎないので、俳優のようにみられるともいい、俳優の仲間になったことを後悔している。それゆえ枚皋の賦には東方朔を非難したものがあり、また自分で自分をそしったものもある。枚皋の文たるや……、たいへんおどけたものだが、柔弱すぎるわけでもない。よむにたえる作はつごう百二十篇あり、さらにとりわけ下品な笑いにみちて、よむにたえぬ作が数十篇あった。

とある。この記事からすると、自分が俳優にみなされたため、枚皋はやや自虐ぎみになったのだろうか、「自分で自分をそしった」賦も、つくっていたようなのだ。つまり、枚皋の娯楽的な賦のなかには、自分［の不徳さや無能さ］を自分で嘲笑することによって、滑稽味をだした作品が存在していたのである。枚皋のこの種の賦が現存しないのが

残念だが、揚雄が「逐貧賦」を構想したとき、それらの賦群がモデルになったのではないかと、私は推測している(8)。

もっとも、賦ジャンルにおける自嘲的ユーモアは、枚皐だけの特徴ではない。むしろ先秦や前漢の宮廷文人や賦家の作に、共通した性格だといってよい。第二章でものべたように、当時の賦は貴人をよろこばせるために提供される娯楽のひとつであり、宮廷文人や賦家も俳優と同種の存在にすぎなかった。だから枚皐は「賦作はおどけ仕事にすぎないので、俳優のようにみられるともいい、俳優の仲間になったことを後悔」したのである。さらに揚雄じしんも、自分の賦作をふりかえって、

頗似俳優淳于髡優孟之徒、非法度所存。

［賦をつくるのは］俳優の淳于髡や優孟の徒のわざに似て、法度のある仕事ではない。

と自嘲的にかたり（揚雄本伝）、また後漢の蔡邕にいたっても、

其高者頗引経訓風喩之言、下則連偶俗語、有類俳優。

賦のすぐれた作は、経訓や風喩の言をよくつらねるが、くだらぬ作ともなると、俗語を対にならべたりして、あたかも俳優のことばに似ている。

というような発言を、せざるをえなかったのである（上封事陳政要七事）。

このように、前漢末から後漢にかけても、下級レベルの賦作品には、俳優の言に類するものが、依然としておおかったようだ。すると、いま文学史上にのこる京都賦や騒体賦の下層には、この種の俳優ふうおどけや自嘲的ユーモアをふくんだ遊戯的賦文学が、広大なすそ野のように横たわっていたことと想像される。かつて民国の顧実氏は、その労作『漢書芸文志講疏』において、『漢書』芸文志の詩賦略のなかに著録される「雑賦十二家二百三十三篇」に対して、

此の雑賦は尽《ことごと》く亡んで徴すべからず。蓋《けだ》し多く詼諧を雑え、荘子の寓言の如き者ならんか。

という推測をされた。これは、遊戯的性格を有した一群の賦の存在を指摘したものだが、氏のいわれる「詼諧」のなかには、「逐貧賦」のごとき自嘲的ユーモアもふくまれていたのではあるまいか。

四　ユーモアでつつんだ憤懣

さて、ここまで揚雄「逐貧賦」について、世俗批判の主題やユーモアの性格をあきらかにしてきたが、「逐貧賦」のさらなる特徴として、その両者のたくみな融合があげられるべきだろう。つまり、世俗批判や世にいれられぬ憤懣を露骨にいわず、ユーモアの糖衣でやわらかくつつみこむという特徴である。こうした手法は、いったいなにに由来するのだろうか。賦以外のジャンルにも視野をひろげて、その源流をさぐってみよう。

この諷刺をユーモアの糖衣でつつみこむ手法は、じつは遊戯文学の分野では、つとに理想的な叙しかたとして、ひろく推奨されてきたものであった。遊戯文学を総合的に論じた『文心雕龍』諧讔篇は、この手法やそれを採用した作について、つぎのようにかたっている。

昔華元棄甲、城者発「睅目」之謳。臧紇喪師、国人造「侏儒」之歌。並嗤戯形貌、内怨為俳也。……昔斉威酣楽、而淳于説甘酒、楚襄讌集、而宋玉賦好色。意在微諷、有足観者。及優旃之諷漆城、優孟之諫葬馬、並譎辞飾説、抑止昏暴。

むかし華元が鎧をすててにげかえると、労務者たちは「でか目」の謡言をうたい、臧紇が戦いやぶれ兵士を死なせると、国民は「こびと歌」で悲憤をうったえた。どちらも、ひとの形状を嘲笑したもので、内心では怨みをもっているが、表面上はおどけたなりをしたものだ。……

むかし、斉の威王が酒におぼれたとき、淳于髡は美酒の害を説いた。また楚の襄王が宴席をひらいたとき、宋玉は「登徒子好色賦」をつくった。これらは、意図が婉曲な諷刺にあり、よむにたる遊戯文学だといえよう。秦の二世皇帝が城に漆をぬろうとしたのを優旃が婉曲に非難し、楚の荘王が馬の葬式をしようとしたのを優孟が諫止したケースは、ともに婉曲なことばや装飾した発言によって、暴挙をふせいだものだ。

ここで劉勰がいう「内心では怨みをもっているが、表面上はおどけたなりをした」や、「婉曲なことばや装飾した発言によって」などが、諷刺をユーモアの糖衣でつつみこむ手法に相当しよう。この手法を採用した作として、劉勰は、淳于髡らの弁論や宋玉「登徒子好色賦」などを、かんがえているようだ。この両者を比較したばあい、ふつうなら「逐貧賦」の直接の先蹤としては、おなじく賦のジャンルに属する「登徒子好色賦」のほうを重視すべきだろう（この作を好色をいさめた諷刺文学だと、みとめたうえでの話だが）。

だが、「登徒子好色賦」を「逐貧賦」の先蹤とかんがえるには、すこし問題がある。それは、両者の文体がことなっているということだ。「逐貧賦」が四言体の韻文で終始しているのに対し、「登徒子好色賦」は三言体や五言体、さらには「兮」字をつかった騒体などを混用している。この文体の異同は、「逐貧賦」の文学史的な位置づけをかんがえるとき、無視できない重要な要素だとおもわれる（第四・五章参照）。その意味で、ユーモアのなかに諷刺をつつみこむ手法の源流としては、韻文ではあるが四言体ではない宋玉「登徒子好色賦」よりも、四言を主体とし、韻もふんだ淳于髡らの弁論のほうを、もっと重視せねばならないだろう。

淳于髡ら滑稽者たちのユーモラスな弁論は、『戦国策』におおく収録されているが、ここで注目すべきなのは、『史記』滑稽列伝のなかにあつめられたものだろう。あまたある滑稽者の弁論のなかから、司馬遷が「[こっけいな]談論であっても、すこしでも道理にあたっておれば、[六経とおなじように]きちんと世の紛争を解決できるのだ」という信念のもとに、真摯な諷刺性を内包した弁論をあつめてくれたものであるからだ。そうした滑稽列伝中の弁論のなかで、私は、劉勰も言及していた、淳于髡が斉の威王を諷した弁論を、揚雄「逐貧賦」の先蹤をなすものとして、とくに注目してみたい。

斉の威王は、長夜の宴をこのんでいた。あるとき後宮で酒宴をひらくや、威王は淳于髡にも酒をたまわり、「先生はどれくらい飲酒すれば、酔うか」とたずねた。すると淳于髡は、威王にむかってつぎのように弁じたのである。

……若乃州閭之会、男女雑坐、行酒稽留、六博投壺、相引為曹、握手無罰、目眙不禁、前有墮珥、後有遺簪。髡窃楽此、飲可八斗、而酔二参。日暮酒闌、合尊促坐、男女同席、履舄交錯、杯盤狼藉、堂上燭滅、主人留髡而送客、羅襦襟解、微聞薌沢。当此之時、髡心最歓、能飲一石。故曰「酒極則乱、楽極則悲」。万事尽然。言不可極、極之而衰。

……村里の集会で、男女がいりまじってすわり、酒をのんでひきとめあう。また六博や投壺をしてあそび、たがいに仲間となる。相手の手をにぎってもしかられず、ジッとみつめてもよい。まえには耳飾りがおち、うしろには簪《かんざし》がおちている——こんな状態になると、私はよろこんで、八斗ほども酒をのみ、すこしよっぱらってきます。日暮れとなって酒がゆきわたり、酒だるをあつめ膝をつきあわす。男女が同席し、履物がいりまじる。杯や食器がちらかり、堂上の明かりもきえた。主人の美女が私だけをひきとめ、ほかの客人はおくりだす。美女のうすい下着の襟《えり》ははだけ、ほのかに香りがただよってくる——こうしたときになって、私はもっともうれしく感じ、一石の酒ものんでしまいます。ですから「酒がすぎるとみだれ、楽しみがすぎるとかなしくなる」というのです。万事はこのようであり、物事というものはすぎてはならない、すぎるとダメになるというわけです。

滑稽列伝では、この弁論を引用したあと、「これは威王を諷諫したのである。威王はよしといって、長夜の飲をやめ、髡を諸侯の接待役に任命した」とつづけている。つまり司馬遷は、この淳于髡の弁論を、たんなるこっけいな話というだけでなく、ぜいたくな長夜の飲をひらく威王への諷刺だった、とみとめているわけだ。その意味で、この淳于髡の弁論は、揚雄「逐貧賦」とおなじく、ユーモアのなかに諷刺を内包したものだといってよい。また文体も、完全な四言体ではないが、四言体を基調とした句造りであり、さらに不規則ではあるものの、押韻もほどこしている。つまり、この淳于髡の弁論は、四言韻文の文体をとりながら、諷刺をユーモアでつつみこんでいるのだ。その意味で、たしかに「逐貧賦」の先蹤をなすものといえ、揚雄がこの種の弁論からまなんだ可能性はたかかろう。さらに、こうした両者の類似は、先秦の俳優ふう存在（淳于髡）と、前漢の宮廷文人ふう存在（揚雄）との相関も暗示するものではないかとおもわれ、なかなか興味ぶかい現象だといえよう(9)。

こうした、四言韻文による諷刺内包の遊戯文学を想定したとき、揚雄には、その条件に適合した作品が、もう一篇存在している。それが「酒賦」（「酒箴」とも）という作品である。

子猶瓶矣。観瓶之居、居井之眉。処高臨深、動常近危。酒醪不入口、臧水満懐、不得左右、牽於纆徽。一旦叀礙、為瓽所轠。身提黄泉、骨肉為泥。自用如此、不如鴟夷。鴟夷滑稽、腹如大壺。尽日盛酒、人復借酤。常為国器、託於属車。出入両宮、経営公家。繇是言之、酒何過乎。

貴殿は井戸のつるべそっくりじゃ。つるべはどこにあるかといえば、井戸のなか。たかいところにあるかとおもえば、いちもくさんに最深部。水をくむときは、いつも命がけ。おまけにこのつるべ、酒も口にできず、水をのんでお腹をみたすだけ。左右にもうごけず、ただジッと縄にぶらさがる。いったんひっかかり、井戸の内壁に激突したならば、あっというまにあの世ゆき、その骨肉は泥と化す。つるべのかくなる身のうえは、酒ぶくろにもおよばぬぞ。
酒ぶくろと漏斗とは、壺のような腹をもつ。ひねもすうまい酒をもり、ひともこれで酒をかう。いつも国の宝器としておおいばり、天子の馬車にものりほうだい。皇宮に出入りし、公侯の家もゆききできまする。こうだとすれば、酒になんの罪があるといえようか。

この「酒賦」、一読して内容的にしり切れとんぼの感がいなめず、おそらく完篇ではあるまい。ただ完篇ではなくても、「逐貧賦」と比擬してゆけば、ほぼ内容の見当はついてきそうだ。すなわち、この作はおそらく、酒飲みと礼儀の士との論争を、叙したものだったろう。すると、この一節のまえに、礼儀の士（「瓶《へい》」〈井戸のつるべ〉にたとえられる）が、酒飲み（「鴟《し》夷《い》」〈酒ぶくろ〉にたとえられる）を非難した一節があって、そうした非難に対する酒飲み側の反論が、この現存の文章だったのではないかとおもわれる。

この「酒賦」、右のような断片しかのこっていないためか、その創作意図についても、よくわかっていない。班固は、この作は酒飲みが礼儀の士を難詰する内容をとりつつ、じつは揚雄が、成帝の酒好きを諷諫したものだという。そのいっぽうで班固はまた、遊俠の徒だった陳遵がこの作をこのみ、放埒にいきる自分を「鴟夷」（酒ぶくろ）に、謹厳実直な儒者の張竦を「瓶」（井戸のつるべ）にたとえ、損ばかりしている生まじめな張竦をからかった——という話柄も紹介している（ともに『漢書』游俠伝）。つまり班固の時代において、すでにこうした両様の見かたが存在していたのだ。寓話ふうな作だけに、いろんな意味づけが可能なのだろう。現代における解釈の一例として、葉幼明『新訳揚子雲集』（三民書局　一九九七）の見かたを紹介しておこう。

この「酒賦」は、深遠な寓意をもった詠物小賦である。「瓶」は正道をゆく剛強不屈のまっすぐな人物をさし、「鴟夷」は世俗のままに浮沈し、付和雷同する小人を暗示している。表面上は前者ではなく、後者に肩いれしているようにみえるが、じっさいは、はげしく世俗をいきどおった作なのだ。（「酒賦題解」一二二頁）「酒賦」の諷刺内容がなんであれ、この作が「逐貧賦」や淳于髠の弁論とどうよう、諷刺内包の遊戯文学であることはまちがいない。この「酒賦」と「逐貧賦」との類似点をあげれば、四言体の韻文を基調とすること、両人の対話で構成されていたらしいこと、擬人的手法をつかうこと、内容に世俗批判をふくむこと、そしてなによりも、その世俗批判をユーモアでつつみこんでいること――などがあげられる。それゆえ、この「酒賦」も「逐貧賦」とおなじく、四言韻文による諷刺を内包した遊戯文学だとみなしてよいだろう。(10)

五 「釈愁文」への影響

こうした「逐貧賦」、およびその世俗批判や憤懣をユーモアの糖衣でつつみこむ手法は、後代の文人たち、とくに失意文人たちのあいだで共感をよび、しばしば模倣されていくことになった。こうした手法じたいは、先秦の淳于髠のころから存していたが、しかし「逐貧賦」のばあいは、滑稽者流のうさんくさい弁論のたぐいではなく、司馬相如とならぶ賦家にして大儒の揚雄が、賦という正統的文学ジャンルのなかで、そうした手法を活用してみせたのである。後代文学への影響力という点からみたとき、淳于髠の弁論など問題にならぬほど、おおきかったはずであり、その意味で、遊戯文学史上における意義は、とくに重視されてしかるべきだろう。

それでは以下、揚雄「逐貧賦」が後代文学にあたえた影響を、ざっとみわたしていこう。まず後代の文学批評のなかから、「逐貧賦」についてふれたものをひろってみよう。

唐以前では、揚雄の大賦（「甘泉賦」や「羽猟賦」など）に言及した評言がおおいが、宋代になると、この「逐貧賦」

にふれたものもあらわれてくる。たとえば、宋の章樵が『古文苑』（巻四に「逐貧賦」を収録する）に附した注釈のなかで、「此の賦は文を以て戯《たわむれ》を為す」と指摘したのは、はやいほうの部類に属するだろう。ここの「戯を為す」の語は、「おどけていて内容にとぼしい」の意なのか、それとも「世俗批判をおどけの糖衣でつつみこんでいる」のニュアンスもふくむのか、にわかには判じがたいが、それにしても「逐貧賦」がもつ「戯」の性格を、指摘したものであるのはまちがいない。

おなじく、やはり宋のひと洪邁は、『容斎続筆』巻十五において、

韓文公「送窮文」、柳子厚「乞巧文」、皆擬揚子雲「逐貧賦」。

韓愈の「送窮文」と柳宗元の「乞巧文」とは、いずれも揚雄の「逐貧賦」に模擬した作である。

といい、また王楙『野客叢書』巻六も、この洪邁の説を引用したうえで、

［孫］樵又有「逐痁鬼文」甚工、其源正出於「逐貧賦」。

唐代の孫樵に「逐痁鬼文」という作があって、ひじょうに巧妙につくられている。その源は「逐貧賦」からでたものだろう。

と指摘している。これらの評言は、「逐貧賦」を源流として、韓愈「送窮文」や柳宗元「乞巧文」などの諸作がつくられたとするものであり、「逐貧賦」を世俗批判を寓した遊戯文学の祖だとみなしたものだろう。

以後の時代では、こうした見かたが定着したようで、同種の評言がつづいてゆく。たとえば、明の張溥『漢魏六朝百三家集題辞』揚侍郎集題辞は、

「逐貧賦」長於「解嘲」。「釈愁」「送窮」、文士調脱、多原於此。

「逐貧賦」は「解嘲」よりすぐれている。後代、曹植「釈愁文」や韓愈「送窮文」において、文人たちはから

かったり、通脱だったりしているが、それはこの「逐貧賦」に源流があったのだ。

とのべ、文人たちの「調脱」（からかったり、通脱だったりする）の文風はここからはじまる、と明確にいいきっている。おなじく明の王世貞『芸苑卮言』巻二が、

子雲「逐貧賦」固為退之「送窮文」梯階、然太単薄、少変化。

揚雄「逐貧賦」が、韓愈「送窮文」の先蹤なのはまちがいない。だが、単調でうすあじすぎて、変化にとぼしいきらいがある。

と評するのは、「逐貧賦」にはきびしい見かただが、韓愈の名作とくらべられると、やむをえないというべきか。また清の浦銑『復小斎賦話』巻下の、

揚子雲「逐貧賦」、昌黎「送窮文」所本也。至宋明而「斥窮」「駆戇」「礼貧」之作紛紛矣。

揚雄「逐貧賦」は、韓愈「送窮文」がもとづいた作だ。宋明においては、「斥窮」「駆戇《くとう》」「礼貧」などの後継作がつぎつぎとでてきた。

という指摘は、宋や明における模擬作の盛行をものがたるものだろう。

以上、「逐貧賦」に言及した後代の文学批評をみてきた。つづいて右の評言を参考にしながら、「逐貧賦」に影響をうけたとおもわれる作品をじっさいに検討して、後代における影響関係を検証していくことにしよう。

右の批評において、「逐貧賦」から影響をうけたとされる最初の作品は、張溥が指摘する魏の曹植「釈愁文」である。この「釈愁文」の作者、曹植は、兄の曹丕（魏の文帝）との確執によって、不遇な後半生を余儀なくされた人物としてしられる。そうした境遇やイメージによってか、この「釈愁文」も、政治的に不遇な日々をおくっていた曹植が、晩年に道家思想への憧れをいだき、みずからの憂患をなぐさめようとしたものと解釈されることがおおい。たと

えば趙幼文『曹植集校注』巻三は、この作を曹植晩年の太和年間の作とし、

曹植が政治上で追求した「他の侯国と力をあわせて、民衆に恵みをあたえる」宿願は、絶望のふちにたち、精神的につらいときも、なお重視されるべきものであった。そうした名利の桎梏からのがれるために、社会的意識に支配されながらも、曹植は道家や方士などの長生観にかたむいたのだ。そして、それによって鬱状態を解消し、うさばらししようとしたのである。

と解している。

ところが、明の張溥はそうした「釈愁文」に、「逐貧賦」と相似した「調脱」（「からかったり、通脱だったりする」の意　→　遊戯文学に通じる）さをみいだしているのである。この「釈愁文」は、ほんとうに「逐貧賦」ふうの「調脱」さを有しているのだろうか。まずは曹植「釈愁文」をみてみよう。

予以愁慘、行吟路辺。形容枯悴、憂心如焚。
有玄霊先生見而問之曰、「子将何疾、以至於斯」。
答曰、「吾所病者、愁也」。
先生曰、「愁是何物、而能病子乎」。
答曰、「愁之為物、唯惚惟恍、不召自来、推之弗往。
尋之不知其際、
握之不盈一掌。
寂寂長夜、或群或党。去来無方、乱我精爽。
其来也難退、
其去也易追。
臨餐困於哽咽、
煩冤毒於酸嘶。
加之以粉飾不沢、
飲之以兼肴不肥。

「温之以金石不消、摩之以神膏不希。
授之以巧笑不悦、楽之以絲竹増悲。
医和絶思而無措、先生豈能為我蓍亀乎」。

先生作色而言曰、

「予徒弁子之愁形、未知子愁何由為生。吾独為子言其発矣。

方今大道既隠、子生末季、
沈溺流俗、眩惑名位。
濯纓弾冠、諂諛栄貴。

坐不安席、食不終味。
遑遑汲汲、或憔或悴。
所鬻者名、所拘者利。
良由華薄、凋損正気。

吾将
贈子以無為之薬、給子以澹薄之湯、
刺子以玄虚之針、灸子以淳朴之方、
安子以恢廓之宇、坐子以寂寞之牀、

使
王喬与之遨遊而逝、黄公与子詠歌而行、
荘子為子具養神之饌、老耼為子致愛性之方。
趣遐路以棲迹、乗青雲以翺翔」。

於是精駭魂散、改心回趣。願納至言、仰崇玄度。衆愁忽然、不辞而去。

私は愁《うれ》いのあまり、路をゆきながら吟じていた。その姿はやせおとろえ、憂心はもえるかのようだった。

玄霊先生がこれをみかけて、たずねた。「そなたはなにをくるしんで、これほどになったのかね」。

私はこたえた。「私がくるしんでいるのは、愁いです」。

先生「愁いとはなんじゃ。それがどうして、そなたをくるしめるのか」。

私はこたえた。「この愁いたるや、茫々としてとりとめもなく、まねかずしてやってき、おせどもうごきません。さがしてもありかはしれず、手でにぎろうにもにぎれません。しずまった深夜、それは徒党をくんでやってきます。いずこともなく去来し、私の神経をみだすのです。

この愁い、やってくればおいはらうこともできず、さってゆくときにおっかけられるだけです。おかげで私は食卓にのぞんでも、ものもようたべず、愁いにとらわれると頭痛にくるしむばかりです。さらに、白粉をぬっても肌はうるおわず、魚肉をたべてもふとりません。火をおこしてあたためても、愁いはけせませんし、薬をぬってもなおりません。魅力的な美女の笑みをみても心おどらず、きれいな音楽をきいても悲しみがつのるだけです。名医の医和も、もはや手のほどこしようもありません。先生、どうか私によき方策をおさずけください」。

玄霊先生は顔色をかえていった。「余は、そなたがうれえていることはわかるが、それが発生してきた原因はようわからぬ。じゃが、そなたのために、ひとつ助言でもいたそうか。

いま世間は大道すたれ、そなたは濁世にうまれついた。おかげでそなたは俗風にそまり、名誉欲にとらわれておる。纓《ひも》をあらい冠のちりをはらって、高貴な身分をうかがっておるじゃろう。おかげで坐してはおちつかず、食事もようたべきれぬありさま。汲々として心あせり、心身ともクタクタじゃ。もとめるものは名声、こだわるものは利益。そうしたうわついた心が、そなたの正気を害しておるのじゃ。

余は、そなたに無為の薬をおくり、淡泊の湯をさずけよう。玄虚の鍼《はり》でもってさし、淳朴の灸《きゆう》をすえてしんぜよう。広大な空間で休息し、寂寞《せきばく》の椅子にすわらせてあげよう。また王子喬にたのんでともに手をたずさえてあそび、黄公にたのんでともに歌を詠じてゆかせよう。荘子に命じてそなたに養神の餐をそなえさせ、老子に命じてそなたに養生の処方をつくらせよう。そうして遠路におもむいて隠居し、雲にのって空の彼方へとびさってゆくとよかろう」。

このことばをきくや、私の精神はおどろき魂魄は四散して、いままでの考えをあらためた。そして玄霊先生の至言を心に銘記し、その妙理を服膺した。すると、私にとりついていた愁いは、離別のことばもいわず、ふいにたちさったのである。

この曹植「釈愁文」を一読すると、たしかに趙幼文氏が指摘するような、道家思想からの影響がうかがえる。たとえば、「玄霊先生」という虚構人物の造形や、その先生の「余は、そなたに無為の薬をおくり」云々の発言がそれである。道家思想をふくむ『楚辞』漁父からの典故も、なかなかおおい。

しかしながらいっぽうで、私と玄霊先生との対話形式や、愁いから解放された篇末部分の描写などには、「当時では娯楽文学だった」枚乗「七発」やその影響下にある漢賦からの影響がよみとれよう。そうしたなかで、「逐貧賦」との関係で注目したいのは、「愁」にとりつかれた曹植が苦悩する、

さがしてもありかはしれず、手でにぎろうにもにぎれません。しずまった深夜、それは徒党をくんでやってきます。いずこともなく去来し、私の神経をみだすのです。この愁い、やってくればおいはらうこともできず、さってゆくときにおっかけられるだけです。おかげで私は食卓にのぞんでも、ものもようたべず、愁いにとらわれると頭痛にくるしむばかりです。

という部分である。この文章と比較したいのが、さきにみた「逐貧賦」中の

おまえと縁切りして、とおく崑崙のてっぺんににげだせば、私をおっかけて空をとんでくる。おまえと縁切りして、山にのぼって岩穴にかくれれば、私をおっかけて高山をのぼってくる。おまえと縁切りして、海で柏舟にうかべば、私をおっかけて海中で浮きしずみしておる。

という箇所である。「逐貧賦」のこの箇所は、貧乏神が揚雄につきまとったようすを叙したものだった。いっけん深刻そうにみえるが、じつはユーモアをにじませた文章であるのは、先述したとおり。

このふたつの文章をくらべてみると、ともに、つかまえどころのない抽象物（「貧」と「愁」）が、影のように主人につきまとってはなれないようすを叙したものであり、その発想や描写のしかたが相似しているように感じられる。

銭鍾書『管錐編』も、「逐貧賦」のこの部分に対して、

ここでの描写たるや、貧乏神が揚雄に対して、影のごとくつきまとい、疽のごとく骨にくっつき、とおくてもさがしまわり、どんな穴でもおいかけていくようすが、叙されている。曹植「釈愁文」は、こうした描写にみちびかれたのだろう。（九六三頁）

とのべて、「釈愁文」への影響を指摘している。この銭氏の指摘も考慮すれば、曹植が「逐貧賦」のコミカルな行文を模して、この部分をつづった可能性はじゅうぶんあるといってよい。明の張溥がこの両篇のあいだに、「調脱」（からかったり、通脱だったりする）なる相似点をみいだしていたのも、このあたりをさすのだろう。そうすると曹植「釈愁文」は、創作意図はともあれ、叙法においては、枚乗「七発」や揚雄「逐貧賦」を意識した、遊戯まじりの文章だと理解してよかろう。

六　「白髪賦」への影響

さきにあげた一連の評言によれば、「逐貧賦」に影響をうけた作品としては、曹植「釈愁文」のあと、いっきに唐の韓愈「送窮文」にとんでしまうことになる。しかし現代の研究者は六朝、とくに魏晋の時期に、「釈愁文」に踵を

接するようにして、「逐貧賦」の影響をうけた作があらわれたと主張している。たとえば、曹道衡『漢魏六朝辞賦』（上海古籍出版社　一九八九）によれば、つぎのようである。

この「逐貧賦」は、文学史上におおきな影響をおよぼした。後代の嵇康「太師箴」は、統治者の専制や暴虐ぶりを批判するのに、これと類似した手法をもちいている。また、西晋の左思「白髪賦」や張敏「頭責子羽文」が採用した［白髪や頭による］仮託手法も、「逐貧賦」に源をもつものである。唐代の韓愈「送窮文」は、一篇全体が「逐貧賦」を模している。だが現実批判の意義からみれば、これらは「逐貧賦」の明瞭な批判ぶりにはおとっている。すると「逐貧賦」は、揚雄の辞賦において、重要な地位をしめるといわねばならない。（六七頁）

曹道衡によれば、「逐貧賦」に影響をうけた魏晋の作品として、魏の嵇康「太師箴」、西晋の左思「白髪賦」や張敏「頭責子羽文」などをあげている。嵇康「太師箴」はシリアスさがめだつ作なので、ここでは除外してもよかろうが、左思「白髪賦」と張敏「頭責子羽文」の二篇は、諷刺性や遊戯性の点で、あきらかに「逐貧賦」からの影響がうかがえる。私見によれば、さらに陸雲「牛責季友文」と魯褒「銭神論」の二篇も、これにつけくわえてよかろう。

これら四篇のうち、「逐貧賦」の「軽薄な世俗への批判」の側面をうけついだのは、魯褒「銭神論」と張敏「頭責子羽文」だろう。前者の「銭神論」は、「元康以降、道義が瓦解してしまった。魯褒は、時勢が貪欲で下品になったのをうれえた。そこで、姓名をかくして「銭神論」をあらわし、時勢を諷刺した」（『晋書』魯褒伝）という情況でつくられたという。じっさいこの作品は、金銭万能の世の中に対する強烈な皮肉が、篇中にあふれており、六朝諷刺文学の傑作としてつとに有名になっている。その強烈な批判精神は、あたかも「逐貧賦」の批判精神を、より先鋭化させたかのような印象がある（第七章を参照）。また後者の張敏「頭責子羽文」のほうは、子羽といううだつのあがらぬ男の頭部だけを擬人化させ、その頭が子羽本人の無能ぶりを批判するという作である。その批判をとおして、おべっかだけで出世できる軽薄な時勢を諷している。さらに、当人の頭だけを擬人化するという奇抜な着想や、頭と本人とのユーモラスな対話など、「逐貧賦」からまなんだとおもわれる点はおおい（第九章を参照）。

いっぽう、「逐貧賦」の「自分の不遇さへの憤懣」の側面をよりおおくうけついだのが、陸雲「牛責季友文」と左思「白髪賦」だろう。前者のほうは、荷車をひく牛が擬人化されて、出世できぬまま年老いてゆく主人（季友）を難詰する、という体裁をとった諧謔的な文章である。なかでも、一篇全体にただよう自嘲的性格（牛に難詰されるあわれな主人は、陸雲その人を暗示しよう）が、「逐貧賦」によく相似していて、陸雲とその文学をかんがえるうえでは、無視できぬ作品だろう（第八章を参照）。

だが、具合がわるいことに、これら三篇はいずれも文体の面からみると、「逐貧賦」とは多少の距離がある。というのは、これらはいずれも賦体をとるものの、しかし全体からみれば雑言体の文章であり、「逐貧賦」のような整然とした四言の韻文とはいいにくいからだ。その意味で、これらの作品は「曹植「釈愁文」もふくめ」、内容的には「逐貧賦」に似た傾向を有するものの、やはり文体の面からみると、直系の作品とはいいにくいだろう。

それゆえ、魏晋の時期にかかれた遊戯文学のなかで、内容からみても文体（四言韻文）からみても、文句なく揚雄「逐貧賦」の直系作品と判断されるのは、左思「白髪賦」だろう。以下に、「白髪賦」の全篇を紹介してみよう。

星星白髪、生於鬢垂。雖非青蠅、穢我光儀。策名観国、以此見疵。将抜将鑷、好爵是縻。

白髪将抜、惄然自訴。

「稟命不幸、値君年暮。逼迫秋霜、生而皓素。始覧明鏡、惕然見悪。朝生昼抜、何罪之故。

予観橘柚、一皓一曄。貴其素華、匪尚緑葉。願戢子之手、摂子之鑷」。

「咨爾白髪、観世之途▲。靡不追栄、貴華賤枯▲。

赫赫閶闔、弱冠来仕、甘羅乗軫、英英終賈、高論雲衢▲。抜白就黒、此自在吾▲」。白髪臨欲抜、瞋目号呼▲。

藹藹紫廬▲。童髫献謨▲。子奇剖符▲。

「何我之冤、甘羅自以弁恵見称、不以髪黒而名著□。

何子之誤。賈生自以良才見異、不以烏鬢而後挙□。

聞之先民、国用老成■。二老帰周、周道粛清■。何必去我、然後要栄■」。

四皓佐漢、漢徳光明■。

「咨爾白髪、事各有以▽。爾之所言、非不有理▽。

曩貴耆耋、皤皤栄期、皓首田里▽。雖有二毛、河清難俟▽。随時之変、見歎孔子▽」。

今薄旧歯▽。

髪乃辞尽、誓以固窮▼。昔臨玉顔、髪膚至昵、尚不克終▼。聊用擬辞、比之国風▼。

今従飛蓬▼。


ポツポツと白髪がわが双鬢にはえてきた。あのいやな青蠅ほどではないけれど、わがうるわしの美貌にはチト目ざわりじゃ。官途について国事をみんとするに、不つごうなことになりかねん。ここはみぐるしき白髪などはぬきとって、高位高禄をのがさぬがカンジンじゃ。

ところがこの白髪、いざぬきとられんとするや、かなしげにうったえかける。

「私は不幸な星のもと、ご主人さまの老年期にうまれてしまい、秋霜にせまられ、うまれるやもう白髪という姿でございました。ご主人さまは鏡で私をひとめご覧になるや、お嫌いになることひとかたならず。かくして朝にうまれ昼にぬかれてしまうとは、私がいったい、いかなる罪をおかしたというのでしょう。橘《たちばな》や柚子《ゆず》をみれば、まっしろで、つややかにひかっています。人びとはその白華をよろこび、緑葉をきらっているではありませんか。どうかその手をとどめ、毛抜きをおしまいくださいな」。

「ああ、なんじ白髪よ、世間をみよ。栄華をおい、若年をよろこび、老醜をきらわぬ者はおらぬぞよ。堂々たる宮殿、たちならぶ官舎、若者はそこに弱冠にして出仕し、わかいころから天子に献策しておるぞ。秦の甘羅は［十二歳で他国へ使者としてゆく］馬車にのっていたし、斉の子奇は［十八歳で主君じきじきの］割符を手にしたという。また俊英だった漢の終軍と賈誼も、わかくして官途につき、りっぱな政論をぶちあげた。じゃによって、白髪をぬいて黒髪だけに［して若づくり］するのは、わしとしてもとうぜんのことじゃ」。

ところがこの白髪、いざぬかれんとするや、目をいからせ大声でさけびあげる。

「ああ、なんとあわれなこの私、なんと心得ちがいのご主人さま。甘羅はその弁才夙慧で称賛されたのであり、頭髪の黒さで名声をえたのではありませぬ。賈誼はその俊才でぬきんでたのであり、双鬢の漆黒さで推挙されたのではありませせぬ。

私は先人から、国は老成のひとを任用するもので、むかし二老が周にかえるや、周の王道はうるわしくなり、四皓（四人の老人）が漢を補佐するや、漢徳はひかりわたったときいておりまする。どうして白髪たる私をすてて、栄華をもとめようとなさるのか」。

「ああ、なんじ白髪よ、ものごとにはかならず原因があるものぞ。なんじのいうことも道理がないではない。じゃが、以前は老人を尊敬してくれたが、現在となってはさっぱり相手にしてくれぬ。白髪まじりの栄啓期などは、いなかで馬齢をかさねるがオチじゃ。白髪まじりまで長いきしても、年寄りによい時代などいつやってこようぞ。ときの変化にしたがうこと、これは孔子さまも痛感された、だいじなことじゃ」。
白髪はここでことばに窮し、困窮しても節操はうしなわぬとちかうだけ。そのむかし、わかき玉顔につかえた頭髪も、あわれ、いまは飛蓬とともに空のかなたにとびさった。頭髪と皮膚とはなかよしだったが、よき最期はまっとうできなかった。ここにこの賦を草して、世俗の風になぞらえたしだい。

一読して、「逐貧賦」からの影響があきらかだろう。文体の面では四言韻文による文章スタイルが（僅少の例外あり）、内容的には世俗批判や遊戯性、自嘲性が、また表現手法の面では擬人法や対話形式が、それぞれ「逐貧賦」の模倣としてすぐ指摘できよう。(11) こうした作品の相似にくわえて、左思と揚雄との両人のあいだには、共通した点もおおい。たとえば、好学の士でありながら出世できず、生涯にわたって貧窮生活をおくったこと、その鬱屈を文学の場でもらしていること（この両篇以外に、揚雄には「解嘲」があり、左思には「鬱鬱《うつうつ》たり澗底《たにそこ》の松、離離たり山上の苗」の名句をふくむ「詠史詩」がある）、才気煥発型ではなく地道な努力型だったこと、時間をかけた大作の賦で成功したこと、さらに両人とも吃音だったこと——などである。

また、つぎのような話柄もある。左思が「三都賦」をかいていると耳にするや、陸機はこれをあざけって、弟陸雲への手紙で「完成するのをまって、その原稿を酒甕《さけがめ》のふたにしてやろう」といったという（『晋書』左思伝）。ここでいう酒甕のふた云々の悪口は、じつは揚雄が『太玄経』をつづったとき、友人の劉歆からからかわれたときのことば（作品がだれからも尊重されないたとえ）なのだ。このように、左思が「三都賦」を執筆するといううわさをきいたとき、陸機がとっさにおもいうかべたのが、この揚雄の故事だったということは、当時の人びとのあいだでも、左思と揚雄との類似性は、なんとなくみとめられていたのかもしれない。

以上、揚雄「逐貧賦」が影響をあたえた、魏晋の遊戯文学をみてきた。もっと時代をさげていったならば、こうした、世にいれられぬ憤懣や世俗批判を、ユーモアの糖衣でつつみこんだ作品は、なおぞくぞくと発掘できるだろうし、そしてそのうちの何篇かには、「逐貧賦」からの影響がみいだされてくることだろう。そのことは、この揚雄「逐貧賦」が、後代の文人たち、とくに失意の文人たちのあいだで、おおくの関心をよび、共感をもたれてきたことを、雄弁にかたるものだといってよい。くわえて、本章では深いりしなかった、「貧窮文学」としての側面もあわせ考慮したならば、さらにおおくの文学作品に、その影響のあとをみいだすことができるにちがいない。こうした見地からすれば、この揚雄「逐貧賦」の文学史上での意義は、彼の散体大賦とはちがった意味で、また重視されてしかるべきだろう。

注

（1）「逐貧賦」の「貧」（貧乏神）は、韓愈の模擬作「送窮文」では、「窮鬼」として登場する。この「窮鬼」、『韓昌黎集』の五百家註引洪興祖注によれば、伝説時代の顓頊や帝嚳のころまでさかのぼることができ、そうとうふるくから、その存在を想定されていたようだ。一種の疫病神であり、唐代には、それをおいはらう厄払い行事が、正月晦日におこなわれていたという。韓愈「送窮文」は、その行事にひっかけて、つくられているのである。すると、この揚雄「逐貧賦」も、当時の同種の行事と関係があったのかもしれない。

（2）もっとも、こうした、経書の語句を加工せず、そのまま借用する典故利用は、両漢の文章ではめずらしくない。揚雄のほかの作品では、「百官箴」にとくにそうした利用法がめだっている。くわしくは拙稿「揚雄の百官箴について」（大修館書店「漢文教室」第一四三～四号　一九八二～三）を参照。

（3）「主人見逐」の「見」字は被動をあらわす助動詞なので、この句は「主人がおいだされる」の意となる。だが、ここでは「主人がおいだす」（あるいは、貧乏神が主人においだされる）の意でなければならず、通常なら「主人逐我」（あるいは「見逐於主人」」とつづるべきだろう。すると、ここの「見」字は、西田太一郎氏のいわれる、「自分に対してどうであるかを表示する」特殊な用法である可能性がたかい（「白髪賦」の「惕然見悪」もおなじ使用例だろう）。こうした「見」字を、「われ」と訓じる西田氏の便法にしたがえば、この「主人見逐」句は「主人見《われ》を逐《お》う」と訓じることになろう（『漢文の語法』角川書店　一九八〇　二二三～九頁）。また呂叔湘「見字之指代作用」（呂叔湘文集第二巻『漢語語法論文集』）も参照。

（4）袁行霈『陶淵明研究』（北京大学出版社　一九九六）は、陶淵明詩における「固窮」「安貧」の主題について、

固窮や安貧の思想は、それほど新奇なものではないが、固窮と安貧を詩の主題とすることは、新奇なことだ。陶淵明以前では、詩中でこれほど集中的に固窮や安貧をかたったことはなかった。

と指摘している（一一七頁）。たしかに詩のジャンルでは、この議論はただしいだろうが、しかし文章ジャンルもふくめたならば、貧窮をテーマとした文学の祖としては、淵明詩ではなく、この揚雄「逐貧賦」をあげるべきだろう。

（5）小島憲之『上代日本文学と中国文学（中）』（塙書房　一九六四）九七七頁を参照。

（6）『歴代辞賦鑑賞辞典』「逐貧賦」の条（李生龍執筆　安徽文芸出版社　一九九二）、郭維森・許結『中国辞賦発展史』（江蘇教育出版社　一九九六）一四四頁、『古文鑑賞辞典』「逐貧賦」の条（章滄授執筆　上海辞書出版社　一九九七）、葉幼明『新訳揚子雲集』「逐貧賦」の条（三民書局　一九九七）、『歴代小賦観止』「逐貧賦」の条（龔愛蓉執筆　陝西人民教育出版社　一九九八）など。いっぽう以下は、「逐貧賦」を「逐貧」欲求と「安貧」欲求との、矛盾葛藤をえがいたものとする点ではおなじだが、右の諸論とはちがって、揚雄は儒教的な「安貧」のほうにかたむいている、という立場にたつ。馬積高『賦史』（上海古籍出版社　一九八七）九四～八頁、『古文鑑賞集成』「逐貧賦」の条（曹明綱執筆　文史哲出版社　一九九一）、曹道衡主編『漢魏六朝辞賦与駢文精品』「逐貧賦」の条（執筆者未詳　時代文芸出版社　一九九五）、兪紀東『漢唐賦浅説』「逐貧賦」の条（東方出版中心　一九九九）など。

（7）龔克昌『漢賦研究』以外に、つぎのようなものがある。『中国歴代著名文学家評伝第一巻』「揚雄」の条（李慶甲執筆　山東教育出版社　一九八三）、周振甫編『漢賦精萃』「逐貧賦」の条（趙慧文執筆　山西古籍出版社　一九九六）など。

（8）揚雄には「逐貧賦」「酒賦」以外にもう一篇、「解嘲」というユーモラスな作品がある。この作品は劉勰によって「揚雄の

解嘲は、雑《まじ》うるに諧謔を以てす」（『文心雕龍』雑文篇）と評されるほど、滑稽味にとんでいる。だが、この「解嘲」はたんなるユーモア文学と解するには、あまりにも複雑な性格をもっていて、なかなか一筋縄ではとらえがたい作品である。第九章も参照。また、やはり揚雄の「長楊賦」は［あまりユーモラスではないが］、筆墨を擬人化して「子墨客卿」「翰林主人」と称するなど、「逐貧賦」に似た手法をもちいている。こうした作品がかかれていることは、当時における賦文学の遊戯的性格というおおきな潮流とともに、やはり揚雄個人の文学的資質とも関わりがあるかもしれない。

（9）賦ジャンルと淳于髠ら戦国の滑稽者たちとの関連は、すでにおおくの研究者たちによって指摘されている（そうした研究史については、曹明綱『賦学概論』〈上海古籍出版社　一九九八〉三七～四三頁にくわしい）。たとえば一例として、褚斌杰『中国古代文体概論』（北京大学出版社　一九九〇）の議論をあげれば、文学史上最古の賦は、荀子がつくったものだが、そのさい荀子は、淳于髠らが得意としたユーモラスな「隠語」（本章でもとりあげた、「酒をのむと」云々の弁論もこれに属する）にもとづき、それをさまざまに改造しながら、彼の「賦篇」を創造していった――とのべている（増訂本　七五～六頁）。こうした中国人研究者の議論は、賦文学の本質やその発展経路をかんがえてゆくうえで、参考になるだろう。

（10）揚雄「酒賦」に関する諸説をあげておく。曹植「酒賦」に「余覧揚雄酒賦、辞甚瑰瑋、頗戯而不雅。聊作酒賦、粗究其終始」とあり、張溥『漢魏六朝百三家集』揚侍郎集題辞に「酒賦滑稽、陳遵見而拊掌、豈譲淳于髠説酒哉」とある。また近人の馬積高『賦史』では、「私は、この酒賦は、揚雄がこの作に仮託して、対処しがたい内心の苦悶や矛盾の心情を吐露したものだとおもう」とのべている（九三頁）。また「酒賦」の専論として、滝本正史「揚雄の酒賦と蘇軾」（『集刊東洋学』第五七号　一九八七）がある。

（11）左思「白髪賦」に対する現代研究者の批評を紹介しておく。馬積高『賦史』に、「白髪賦は遊戯文学ではあるが、その作中には、門閥制度下で志をえられない寒門士人のつらい涙が、にじみでている。……この賦は行文がいきいきしており、晦渋な字句はまったくない。華麗な文風を重視した西晋において、新境地をきりひらいたものだ」（一六八～九頁）とあり、曹道衡『漢魏六朝辞賦』では、「これは、寓話の形式をかりつつ、出仕できぬ不遇なおもいをうったえた作品であり、華麗な装飾にはとぼしい。……憤懣を吐露しており、その創作意図は揚雄の逐貧賦に似ている。文風の面では曹植の鷂雀賦などにちかづいており、俗賦の影響をうけたものかもしれない」（一三六頁）といっている。

Ⅱ　後漢・三国の遊戯文学

第四章　漢末魏初の遊戯文学

一　劉勰の遊戯文学観

中国の古典文学の世界では、儒家思想の影響をうけて、文学においても政治性や道徳性を重視すべしとする主張が、しばしば喧伝されてきた。

○［毛詩大序］風風也、教也。風以動之、教以化之。
（『詩経』国風の）「風」とは諷することであり、おしえることだ。諷して人びとをうごかし、おしえて人びとを教化するのである。

○［論語為政］詩三百、一言以蔽之、曰、思無邪。
『詩経』の三百篇、一言でその性質をかたれば、「心情にまがったものがない」だろう。

などの著名な言説は、政治化、道徳化されてしまった中国文学の性格を的確にいいあてている。その結果、逆に政治や道徳と関係せぬものは、文学の主流からはずれてしまった。たとえば、恋愛文学や小説のジャンルなどは、政治性や道徳性とは関わりが希薄で、個人的だったり反道徳的だったりしがちだったので、どうしても軽視されやすかった。

そしてこれらとならんで、儒家的文学観から軽侮されがちだったジャンルが、ユーモアをふくんだ遊戯文学だった。やはり政治や道徳と関わりが希薄だということで、文学の片隅においやられてしまいがちだったのである。

だが、ユーモアは文学の世界から、ずっと排斥されてきたわけではない。たとえば古代では、［文学の範疇にいれてよいかどうか、微妙なところだが］諸子百家の議論、とくに『荘子』や『韓非子』『戦国策』などにちりばめられた、たとえ話や寓話のたぐいに、ユーモアの萌芽をみいだすことができる。周知の「矛盾」や「蛇足」の話などは、皮肉な笑いをふくんでいるし、また戦国期に活躍した淳于髠や優孟などのこっけいな弁論も、あきらかに遊戯精神にみちたものである。

これら古代のユーモアに対する積極的な評価として、司馬遷『史記』のものがしられている。前漢の司馬遷は、古代のユーモリストたちの伝記をつづって、それを「滑稽列伝」と称して『史記』中に収録しているが、その冒頭におかれた発言は、司馬遷のユーモアへの評価をよくあらわしている。

孔子曰、「六芸於治一也。礼以節人、楽以発和、書以道事、詩以達意、易以神化、春秋以義」。太史公曰、天道恢恢、豈不大哉。談言微中、亦可以解紛。

孔子は「六経は、政治への効能がある点では、おなじである。『礼』はひとに節度をもたせ、『楽』はひとに和合をもたらす。『書』は事実をかたってくれ、『詩』はひとの思いをつたえてくれる。『易』は変化を神秘づけ、『春秋』は大儀をのべてくれる」といわれた。太史公はいう。天道はひろびろとして、なんと広大ではないか。［こっけいな］談論であっても、すこしでも道理にあたっておれば、［六経とおなじように］きちんと世の紛争を解決できるのだ。

司馬遷は、六経をたたえる孔子の発言を引用しながら、それに補足するかのように、こっけいな談論だって、世の紛争を解決できると主張している。これは、ユーモアそれじたいを評価するわけではないが、ユーモアに「世の紛争を解決できる」効能をみとめ、そのかぎりにおいて、六経に準じる価値をみいだしたものである。ここの「世の紛争を解決できる」とは、政治や教化に役だつことをいい、広義の諷刺性もふくまれる。こうした、政教への効用によってユーモアを肯定する考えかたは、司馬遷だけのものではなく、おそらく旧時の士大夫たちの見かたを代弁したものだろう。

では、そのユーモアをふくんだ文学、つまり遊戯文学に対しては、どのような見かたがなされていたのだろうか。遊戯文学を正式にとりあげ、その価値を論じた書物としては、司馬遷よりはるかに時代がくだるが、六朝梁の劉勰『文心雕龍』の諧讔篇に指を屈するべきだろう。篇名の「諧讔」のうち、「諧」はユーモア文学に、「讔」はなぞなぞに、それぞれ相当し（劉勰はこの二ジャンル以外に、文字遊戯というべき「謎語」もとりあげている）、要するに遊戯文学全般について論評したものである。

この諧讔篇における論評は、いろんな点で興味ぶかいが、まず確認しておきたいのは、司馬遷とどうよう、劉勰もやはりユーモアそれじたいではなく、政教に役だつ諷刺性に、遊戯文学の価値をみいだしていることだ。たとえば、

○苟可箴戒、載于礼典。故知諧辞讔言、亦無棄矣。

［おどけた話でも］内容が戒めになるようだったら、きちんと『礼記』に記載されている。だから滑稽譚や隠語のたぐいも、すてさるわけにはゆかぬ。

○会義適時、頗益諷誡。空戯滑稽、徳音大壊。

道義にかない時勢に適したなら、［ふざけといえども］諷刺に効果があろう。だが、わるふざけだけにおわったならば、ことばの徳はおおいにそこなわれるだろう。

などの発言は、劉勰の諷刺性重視の文学観をよくしめしている。これは、劉勰が伝統的な儒教ふう文学観にたっていることを明示するものであり、その意味ではそれほど斬新なものではない。

劉勰の遊戯文学観でユニークなのは、これ以外のつぎのような点だろう。すなわち、

(1)一書中に諧讔篇をもうけて、遊戯文学を経書（宗経）や詩賦（明詩・詮賦）とならべて一篇としている。

(2)それほど遊戯文学を重視していながら、古代の策士たちの諷諫的弁論をのぞいては、おおむね非難している。

(3)遊戯文学の源流のひとつを「賦」と関連させて説明したり、遊戯文学を「九流」（戦国の諸子百家）中の「小説」になぞらえたりしている。

などである。

これらの特徴について、解説をくわえてゆこう。まず(3)遊戯文学を賦や小説と関連させていることを確認しておくと、劉勰は諧讔篇で

漢世『隠書』十有八篇、歆固編文、録之賦末。……文辞之有諧讔、譬九流之有小説。蓋稗官所采、以広視聴。

［讔の先例として］漢代に『隠書』十八篇という書があるが、劉歆や班固が図書目録を編纂したときは、これを賦の末尾に著録した。……文辞のなかに諧や讔などのユーモア文学があるのは、たとえれば九流の学問のなかに小説があるようなものだ。稗官の採録した小咄だって、ひとの見聞をひろめることができる［ように、諧や讔もすこしは役だつ］だろう。

と主張している。右の前半で、劉勰は遊戯文学中の「讔」の先例を、『漢書』芸文志詩賦略雑賦の「隠書十八篇」にもとめ、また後半では、やはり『漢書』芸文志諸子略の「小説家流は、蓋《けだ》し稗官より出づ」云々をふまえつつ、遊戯文学を小説に比擬している。こうした、遊戯文学と賦・小説ジャンルとの関連は、文学史的にもなかなか興味ぶかい

（後述）。

つぎに、⑴と⑵の特徴、つまり遊戯文学を重視していながら、非難がおおいことに注目しよう。そもそも『文心雕龍』という書物は、当時に流行していた文学の全ジャンルを、網羅的に考察しようとしたものである。だが、とりあげられた各ジャンルの扱いについては、とうぜん軽重の差がある。たとえば、経書を論じた「宗経」や『楚辞』を論じた「弁騒」が一篇をなすのは、それらの書物の重要度からみてとうぜんだろう。いっぽう、対問や七や連珠などのジャンルは、「雑文」篇に統合して論じられ、また「書記」篇では、書簡文にくわえて、譜、籍、簿、録など二十四ジャンルが、ひとしなみに一括されている。いわば、かるくあつかわれているわけだ。すると、遊戯文学を論じた「諧讔」が、きちんと一篇にたてられているのは、かなり意外なこととすべきであり、劉勰の遊戯文学重視の姿勢をしめしていよう。

ところがその諧讔篇では、遊戯文学が非難されることがおおい。同篇で批判されない作品は、春秋戦国の淳于髡の弁論や、宋玉「好色賦」、伍挙のなぞなぞなど、要するに先秦の作だけであって、前漢以後の東方朔や枚皋らの諸作は、のきなみに非難されているのだ。

本体不雅、其流易弊。於是東方枚皋、餔糟啜醨、無所匡正、而詆嫚媟弄。故其自称、為賦迺亦俳也、見視如倡、亦有悔矣。至魏文因俳説以著笑書、薛綜憑宴会而発嘲調、雖抃推疑誤席、而無益時用矣。

遊戯文学は本質的に品がよくないので、末流の作ともなると鄙俗な内容にながれやすい。そういうわけで、東方朔や枚皋は、先例のかすをくらい、汁をすするだけで、是正することもなく、悪口やふざけに終始するだけだった。だから枚皋は、賦をつくっても、おどけ仕事にすぎないので、俳優のようにみられるといって、俳優の仲間になったことを後悔したのだ。

魏の文帝がこっけいな話をもとにして『笑書』(1)をあらわし、薛綜が宴席の場でわるふざけをした話などは、座興になることはあっても、時勢に役だつことはない。

おおむね、この調子である。わざわざ遊戯文学のために篇をたてておきながら、こんなに非難ばかりするのは、まことに奇妙な印象をあたえる。それほど価値のないものなら、無視すればよい。それなのに、なぜわざわざ一篇をもうけて、非難せねばならないのだろうか。

これについては、つぎのようなことがかんがえられよう。すなわち、劉勰当時では、遊戯文学が無視できないほど、盛行していた。それは、劉勰が右の引用につづけて、

然而懿文之士、未免枉轡。潘岳醜婦之属、束晳売餅之類、尤而效之、蓋以百数。魏晋滑稽、盛相駆扇。遂乃応場之鼻、方於盗削卵、張華之形、比乎握舂杵。曾是莠言、有虧徳音。

ところがりっぱな文人でも、［諷刺の］規範からはずれがちだった。潘岳「醜婦賦」や束晳「売餅賦」のごとき、価値なきふざけを非難しながら、じっさいはそれを模した作が、百篇ほどもあって、魏晋ではこっけいな文風が、さかんにあおりたてられたのだ。かくして、応場の鼻をくずれ卵にたとえたり、張華の頭を杵になぞらえたりするしまつ。これらは、下劣な文章であり、作者の品位のわるさをしめすものだろう。

というほどだった。魏晋のころに百篇あったというから、それ以後の作もふくめれば、劉勰の時代には、無視しえぬ量の遊戯文学が累積していたに相違ない。しかし劉勰の文学観は、五経の伝統を重視する保守的なものであり、遊戯文学は「九流の学問のなかに小説があるようなもの」として、あまりたかく評価していなかった。だから、そうした価値のとぼしい遊戯文学は、できれば無視したかったのだが、遊戯文学が現にこれほど盛行している以上、それらを無視することはできない。それゆえ、諧讔篇をたてて遊戯文学を論じることは論じたが、そこでの批評はややもすれ

ば辛口にかたむきがちだった――という事情ではなかっただろうか。

このようにかんがえれば、六朝の四百年間は、遊戯文学盛行のひとつのピークをなした時期だったとみなしてよかろう（じっさい現在でも、百篇にはおよばないものの、相当数の遊戯ふう文学が残存している。「まえがき」参照）。くわえて六朝（とくに六朝後期）の文学は、文学集団における「賦得」の競作や、時間をかぎっての即興にみるように、ほんらい遊戯性とふかい関係を有している（第十四章参照）。その意味で、六朝文学の性格をトータルにときあかすためにも、この遊戯文学の内実とその影響を考察することは、ひじょうに重要なことといえよう。そこで本章では、六朝の遊戯文学をかんがえる第一歩として、まず漢末魏初の遊戯文学について、おおざっぱなスケッチをこころみてみた。六朝遊戯文学の発展をきりひらいた出発点として、この時期の遊戯文学が重要だとかんがえるからである。

二　儒教の衰退と遊戯文学

漢末魏初の遊戯文学を概観するまえに、それを発生させ、成長させた土壌、すなわち当時の思想的潮流のほうを、さきにかんがえてみよう。漢末魏初の時期、遊戯文学はいかなる思潮のなかから、発生してきたのだろうか。私見によれば、それは、儒教の衰退という当時のおおきな思想的変動と、かかわりがあるのではないかとおもわれる。

周知のように、漢の武帝が諸学をしりぞけて、儒学一尊のほうへ舵をきって以来、思想的にはほぼ儒教一色にぬりつぶされてしまった。その意味では、しばらくは安定した思想潮流がつづいていたが、やがて後漢後半にいたるや、あたらしい潮流がわきおこってきた。すなわち、この時期、宮廷のなかで外戚や宦官が跋扈し、それまで安定していた漢王朝の支配構造が破綻をみせはじめる。そうした政治的混乱に応じて、儒教いっぺんとうだった思想界にも、あたらしい風潮がおしよせてきた。それが、反儒教的で自由闊達な気風であった。この気風は、ときに清峻とよばれ、ときに通脱と称されつつ、漢末魏初の思想や文学の世界に、じゅうらいなかった清新さをおくりこんできたのだった。ユーモアへの嗜好、さらにはそのうえに発生してきた遊戯文学は、こうしておくりこまれた清新さのひとつだったとかんがえられる。『太平広記』巻二百四十五からはじまる数巻は、ユーモラスな話柄(詼諧)をあつめており、そうした後漢から六朝にかけての遊戯的風潮をうかがうのに、つごうがよい文献である。なかでも、つぎにしめす後漢の辺韶の話柄は、ユーモアが儒学の衰微とかかわっていることを、よくつたえるものだろう。

後漢辺韶字孝先、教授数百人。曾昼日仮寐。弟子私嘲之曰、「辺孝先、腹便便。懶読書、但欲眠」。孝先潜聞之。応曰、「辺為姓、孝為字。腹便便、五経笥。但欲眠、思経事。寐与周公通夢、静与孔子同意。師而可嘲、出何典記」。嘲者大慙。(巻二四五)

後漢の辺韶、あざなは孝先は、数百人の学生に講義をほどこした。あるとき彼は、昼間からウトウトねむってしまった。ある弟子が、こっそり悪口をいった。「辺孝先は、お腹が[いっぱいで]つきでて、勉強するのもものうくなって、おねむりなされたぞ」。

辺孝先はこれを耳にするや、つぎのように弟子に応じた。「辺は姓、孝はあざなじゃ。わしのお腹がでているのは、五経がいっぱいつまっているからで、わしはひとねむりして、経書の解釈をかんがえようとしたのじゃ。ウトウトしては夢で周公と議論し、横になっては孔子と意気投合しておったのじゃ。そもそも師をからかってよいとは、いったいどの経典にかいておるのかの」。

からかった弟子は、すっかりはじいってしまった。

弟子が、師たる辺韶のいねむりをからかうが、さすがは大学者の辺韶(桓帝〈在位一四六～一六七〉のときのひと)、すこしもさわがず、とっさの機転で弟子をやりこめた、という話である。この師弟間のエピソードは、当時ひろまりつつあった自由で闊達な雰囲気を反映している。儒教全盛の時代だったら、そもそも弟子が師をこのように批判することはゆるされなかったろう。つまり、こうした話柄が発生し、しかも、それが記録にとどめられたことじたい、儒教ふうの厳格な師弟の序がくずれはじめたことを、暗示しているのである。このユーモラスな話、もとの出典が『啓顔録』であるところからすると、やや内容の真実性に疑問なしとしないが、しかし『後漢書』本伝（文苑伝）にも、同種の話柄があるので、あながち作りばなしともいいきれないだろう（第九章も参照）。

同種の話をもうひとつ紹介しよう。

［世説新語文学］鄭玄家奴婢皆読書。嘗使一婢、不称旨。将撻之、方自陳説。玄怒、使人曳著泥中。須臾、復有一婢来、問曰、「胡為乎泥中」。答曰、「薄言往愬、逢彼之怒」。

鄭玄の家の奴婢は、みな書物がよめた。あるとき、主人の鄭玄がひとりの婢女に用事をさせたが、仕事ぶりが気にいらなかった。そこで鞭でうとうとすると、くどくど弁解する。鄭玄はいかって、その婢女を泥中にひきすえさせた。

しばらくして、もう一人の婢女がやってきて、「どうして泥中にいるの」（邶風式微の一節）とたずねた。すると、その婢女は「ちょっと恨みごとをいったら、あのかたの怒りにふれてしまったの」（邶風柏舟の一節）とこたえた。

この話でも、漢末の大儒たる鄭玄や、経書の語句を引きあいにだしながら、儒教の権威をからかっている。この話、婢女たちが『詩経』の詩句を引用しあって問答するのが、まずよむ者の意表をつく。鄭玄につかえるだけあって、婢女でさえ学識があったということだろう。ところが、その婢女たちの引用たるや、『詩経』の本義からとおくへだたった、断章取義もいいところなのだ。前者の「胡為」云々は、亡国の君につかえる臣下が、君のためでなければ、どうして泥まみれになって苦労しようか、とのべた一節である。おなじく後者の「薄言」云々は、憂いをもったひとが、兄弟に辛さをうったえたところ、かえって怒りをかってしまった、と苦衷をのべた一節である。このように、引用された詩句はほんらい悲痛な内容をもつのだが、婢女たちの引用では、そうした悲劇性はあっさり無視され、卑近なからかいや冗談に変質されている。そのはげしい落差が、ユーモアをうみ、ひいては儒教権威への揶揄を発生させているのである。この話でも、内容の真偽うんぬんより、こうした話柄が書物に記録されたことのほうが、私にはもっと興味ぶかく感じられる。

右の二話のような自由闊達な話柄をうみだし、それを記録にとどめた原動力こそ、窮屈な儒教的教学にあきたらぬ、あたらしい思想的潮流だったとかんがえてよい。そうした潮流を積極的におしひろげ、かつ利用したのが、「治世の能臣、乱世の姦雄」たる魏の曹操であった。彼こそは、じゅうらいのかたぐるしい儒教的しめつけをひっくりかえし、大胆に新時代をきりひらいた人物である。この曹操においては、人材登用にあたっての唯才主義（家柄より本人の才能を重視するリクルート法）がよくしられているが、その重視した「才」のひとつが文学的才能であり、そしてその才を適宜に発揮しうる機智だった。そうした「才」にまつわる話には、ユーモラスなものがおおく、曹操周辺の闊達な雰囲気をよくつたえている。

○［魏志巻一注引九州春秋］時王欲還、出令曰「鶏肋」。官属不知所謂、主簿楊脩便自厳装。人驚問脩、「何以知之」。脩曰、「夫鶏肋、棄之如可惜、食之無所得。以比漢中、知王欲還也」。

そのとき、曹操は軍をかえそうとおもって、「鶏肋」という令を発した。部下はその意がわからなかったが、主簿の楊脩はすぐに帰還の準備をはじめた。ひとがおどろいて、「どうして意味がわかったのか」とたずねると、楊脩はいった。「鶏の肋《あばら》は、すてるにはおしいが、これをたべても腹のたしにはならぬ。曹公はそれを漢中の地にたとえられたのだから、［おしみながらも］軍をかえされるおつもりだとわかったのだ」。

○［世説新語捷悟］楊徳祖為魏武主簿、時作相国門。始搆榱桷、魏武自出看、使人題門作「活」字、便去。楊見、即令壊之。既竟、曰「門中活、闊字。王正嫌門大也」。

楊脩が曹操の主簿だったとき、丞相（曹操）の役所の門をつくっていた。門のたるきがくまれるや、曹操がやってきてそれをみ、門に「活」字をかかせて、そのまま立ちさった。楊脩はこれをみると、すぐその門をこわさせた。こわしおわると、楊脩はいった。「門のなかに〈活〉があると、〈闊〉の字（ひろい、の意）になる。曹公は門がおおきすぎるのを［漢朝簒奪の意ありとうたがわれるので］いやがられたのだ」。

○［世説新語捷悟］人餉魏武一桮酪。魏武噉少許、蓋頭上題「合」字以示衆。衆莫能解。次至楊脩、脩便噉曰、「公教人噉一口也、復何疑」。

あるひとが曹操に、盃いっぱいのヨーグルトをおくった。曹操はすこしのむと、蓋のうえに「合」字をかいて、周辺の者にしめした。人びとは意味をげしかねた。楊脩のところにまわってくるや、彼はそれをさっさとのんで、「曹公は、みなに一口ずつのまそうとしているんだよ（「合」字は〈人ごとに一口〉とよめる）。どうして遠慮するのかね」といった。

○［世説新語仮譎］魏武行役、失汲道、軍皆渇。乃令曰、「前有大梅林。饒子甘酸、可以解渇」。士卒聞之、口皆出水、乗此得及前源。

曹操が行軍していたとき、水のわく道をみうしない、軍の兵士たちはみな渇きにくるしんだ。曹操は令を発した。「前方に梅林があるぞ。梅の実はたっぷりとして、あまずっぱいから、喉のかわきがいやせるぞ」。兵士たちはこれをきくや、みな口中に唾がわいてきた。これに乗じて、彼らは前方の水源にたどりついたのである。

これらの話柄には、いかにも曹操らしいちゃめっ気と、そして当時の闊達な気風とがよく反映している。どの話をみても、機略にとみ、狡智をくりだす曹操の姿がじつに新鮮だ。「君は君たり、臣は臣たり」に代表されるような、かたぐるしい儒教ふう君臣関係にはとらわれぬ、いきいきとした精神の躍動がつたわってくるかのようである。

もとより、これらの話には信をおきがたいものもないではない。だがここでも、いちいちの話の真偽より、こうした話柄が当時このまれ、流布していたという事実のほうに注目すべきだろう。これらの話、曹操とその周辺の人びとはもちろんのこと、記録した人びとも、曹操や楊脩らの言動をおもしろがっていたにちがいない。だからこそ世に流布し、裴松之や劉義慶らによって収集され、現在までつたわっているのである。私はそうした話柄の伝承のなかに、当時の人びとの［あいだに蔓延していたであろう］遊戯への嗜好を感じとるのだ。

ところで、右のような曹操を中心とした遊戯的話柄を概観してくると、そうした闊達な気風をうみだした土壌として、もうひとつ、有力者のサロンが重要な役わりをはたしていることに気づく。すなわち、右の話柄はいずれも、曹操のような有力者のまわりに、楊脩のごとき知識人があつまってきて、その機智をひけらかしあっている――という構図をもっているのである。つぎにしめす呉の薛綜に関する話柄なども、そうした事例のひとつだろう。

［呉志巻八薛綜伝］西使張奉於権前、列尚書闞沢姓名以嘲沢、沢不能答。綜下行酒、因勧酒曰、「蜀者何也。有犬為獨、無犬為蜀。横目苟身、虫入其腹」。奉曰、「不当復列君呉邪」。綜応声曰、「無口為天、有口為呉。君臨万邦、天子之都」。於是衆坐喜笑、而奉無以対。其枢機敏捷、皆此類也。

蜀の使者の張奉が、孫権の御前で呉の尚書、闞沢の姓名を分解し、［意地わるい解釈で］嘲笑した。だが闞沢は、やりかえすことができなかった。そこで薛綜は席からおりて酒をついでまわり、酒をつぐのにかこつけて、張奉に「蜀の字はいかがでしょうか。犬がいると獨《ひと》りになり、犬がいないと蜀となります。横目で身を句《かが》め、お腹に虫がはいっておりますぞ」といった。すると張奉が「貴国の呉の字は、分解しないのですかな」というや、薛綜はすぐに応じた。「口がなければ天となり（吴）、口があると呉になります。万邦に君臨して、天子の都なのです」。

同座の人びとはおおよろこびし、張奉はいいかえすことができなかった。いざというときの薛綜の機略ぶりは、すべてこのようであった(2)。

この話は、三国鼎立期における、呉蜀間の外交上の逸話のひとつである。呉臣である薛綜は、蜀の使者の張奉にむかって、国名の「蜀」字と「呉（吴）」字とを分解して、巧妙な解釈をほどこした。その解釈が、相手国の蜀をおとしめ、自国の呉を称賛したものだったので、呉の人びとには快心の勝利だとうつり、「同座の人びとはおおよろこび」したわけだ。

この張奉と薛綜の応酬は、春秋時代において各国の外交官が、経書の知識を駆使して、交渉にのぞんだことに比擬できるかもしれない。じっさい、張奉と薛綜とは蜀と呉とを代表して、おのが国家の威信をかけてやりあっており、かなり緊張した場面ではあったろう。しかし、それでもこの話の実体は、文字分解をタネにした、たわいない笑話にすぎない。両人のやりとりしだいで、交渉結果が左右されるというわけではないのだ。それは、劉勰が「魏の文帝がこっけいな話をもとにして『笑書』をあらわし、薛綜が宴席の場でわるふざけをした話などは、座興になることはあっても、時勢に役だつことはない」というとおりだろう（前出）。つまりこの話柄も、さきにあげた曹操中心の話柄とどうよう、気がるで軽妙な機智をきそいあっているにすぎないのである。

ちなみに、劉勰はこの話を魏文帝の『笑書』（笑話ふう小説集の一種だろう）と同一視していたが、こまかく吟味して

みると、多少の相違もないではない。というのは、薛綜のことばは口頭の発言ではあるが、その字句を分析してみると、

○有犬為獨、横目苟身、虫入其腹。
　無犬為蜀、
○無口為天、君臨万邦、天子之都。
　有口為呉、

のように、一句がすべて四字にととのえられ、また対偶や押韻もほどこされている。つまり薛綜は、即興的に四言韻文にととのえて発言しているわけで、だからこそ、同座の人びとはその機智に感心し、「おおよろこびし」たのである。こうした修辞をこらした四言韻文は、曹操のユーモラスな話柄［や魏文帝『笑書』などの無韻の文］にくらべると、文学的に高度なものだといってよく、口頭でのお笑いが、修辞をこらした「文学」にちかづいてゆくプロセスを、しめすものといえよう（さきの辺韶と弟子との対話も、二句ごとに押韻しているが、一句の字数は整斉していない）。

さて、すこし話題がそれたが、そうした機智的発言をきそいあう舞台が、「孫権の御前」、つまり孫権が主催した呉の宴席の場だったことに注意したい。これによって、さきの曹操の話柄とどうよう、有力者が主催する宴席やサロンの場が、闊達な遊戯的風潮の温床となっていたことが推測できる。そもそも、この有力者のサロンという舞台は、漢魏六朝においては闊達な遊戯ふう談論のみならず、文化活動いっぱんにとって、重要な役わりをはたしていた。すなわち、先学の詳細なご研究(3)によると、漢末ではこの有力者のサロンを舞台として、「談論」の風潮が活発に展開され、やがてのちに名だかい清談として発展していったし、また三国以降ではこのサロンが、集団による文学競作のステージとして利用されていたという。

こうした有力者が主催するサロンが、口頭での談論の舞台であるとともに、即興的な文学創作（集団による文学競作）の場でもあったことは、「口頭での冗談　→　書写された遊戯文学」の発展を暗示するかのようで、なかなか興味ぶかい（本章が注目する漢末魏初の時期においては、談論ではその最盛期にあたり、集団による文学競作では、その初期のころに相当しよう）。そもそもユーモアや遊戯文学というものは、その本質からかんがえて、十年の構思をかさねてつくりだすのではなく、当意即妙の機智によって、即興的にうみだされてくるものである[4]。それゆえ、右のような機智的発言は、有力者のサロンで即興的につくられ、その場ですぐに披露されていたと想像される。そしてそれらのなかで、とくに印象ぶかい話柄が、当時の人びとの脳裏にきざまれ、いくばくかの時間をおいて紙に記録され、やがて『世説新語』のような逸話集に収録されたり、［後述の張儼「犬賦」のように］短篇の遊戯文学として、各書に引用されていったりしたのだろう。

以上、漢末魏初の遊戯文学をめぐって、いかなる土壌から発生してきたのかを概観してきた。これを要するに、それは、儒教の衰退というおおきな思潮の変動を背景とし、闊達な通脱の気風を追いかぜとしながら、直接には後漢中期ごろから活発に展開されてきた口頭での「談論」をふまえて、有力者のサロンという温室のなかではぐくまれ、成長してきたものだ――とかんがえてよかろう。

三　諷刺ふう遊戯文学

右のようにして、漢末魏初の遊戯文学が発生したとおもわれるが、以下、その遊戯文学の概要をみわたしてゆこう。個々の作品を検討して、遊戯文学の全体像を帰納してゆくことも可能だろうが、ここでは、まず遊戯文学をおおざっぱに三分類し、そして各類に該当する作品や作風を紹介してゆきたいとおもう。こうした遊戯文学の分類や紹介においては、なにを「遊戯的」とし、なにを「笑い」とみなすか、そしてその遊戯や笑いが、いかなる性格をもち、いかに分類されるべきか――などは、立場によって、また考えかたによっても、それぞれことなってくることだろう。以下では、遊戯文学を「一部に諧謔ふう要素をふくむ文学」だと規定したうえで（本書の「まえがき」を参照）、私見によって笑いの内容を三種にわけながら、漢末魏初の諸作を概観してゆこう。

まず第一は、自分の不平や憤懣を、ユーモアの糖衣でつつんだ遊戯文学である。これらは、最終的には時勢批判に帰着することがおおいので、諷刺ふう遊戯文学とよぼう。これに属する諸作には、道家や儒家思想にもとづく思想性のつよいものや、各様の抑圧に対する抗議の意図を有したものがおおい。そうした不平や憤懣を露骨に表明すると、いろいろ差しさわりがでてきやすいから、ユーモアの糖衣でやわらかくつつみこんで、とおまわしに表現しようとするわけだ。劉勰が諧讔篇であげる、華元や臧紇をからかった春秋時代の謡辞などが、まさにそうした事例であり、「内に怨みて俳《おどけ》を為す」（内心では怨みをもっているが、表面上はおどけたなりをする、の意）ものだろう。

これらの作は、時勢批判をふくみやすいので、ユーモアで諷刺性をつつんだものとして、「個人的な不平不満から発したものであっても、それが世俗批判につながるものであれば」好意的に評されることがおおい。その意味では、遊戯文学の正統派と称してよいかもしれない。これに属する作品としては、ふるくは戦国の滑稽者たち（淳于髠や優旃など）の弁論のごく一部がそうであり、くだって前漢には、揚雄「逐貧賦」「酒賦」という傑作がかかれ、後漢にもこれと同種の崔駰「博徒論」があり、また思想的主張（道家思想）がつよくでた張衡「髑髏賦」などがある。また設論ジャンルのうち、初期のもの、たとえば宋玉「対楚王問」、東方朔「答客難」、揚雄「解嘲」などは、諷刺ふう遊戯文学にふくませてよかろう[5]。

本章が注目する漢末魏初の時期はどうかといえば、作例として、曹植「鷂雀賦」「釈愁文」「髑髏説」「詰咎文」などがあげられよう。だが、これら曹植の作は、揚雄「逐貧賦」「酒賦」などにくらべると、ユーモアの糖度が不足しており、漢末魏初にかぎっては、この種の遊戯文学は低調だったといってよい。「逐貧賦」のあとをつぐような、遊戯性と諷刺性とを兼備した真の傑作は、西晋の左思「白髪賦」や魯褒「銭神論」、陸雲「牛責季友文」あたりまでまたねばならない。

それゆえ、ここでは例として、漢末魏初をすこしさかのぼった後漢中期のひと、崔駰（?〜九二）あざなは亭伯の「博徒論」をあげておこう。

博徒見農夫、戴笠持耨、以芸蓼荼。面目驪黒、手足胼胝。膚如桑朴、足如熊蹄。蒲伏壟畝、汗出調泥。
乃謂曰、「子触熱耕芸、背上生塩、脛如焼椽、皮如領革、錐不能穿。行歩狼跋、脚戻脛酸。
謂子草木、支体屈伸。謂子禽獣、形容似人。何受命之薄、稟性不純」。
（『太平御覧』巻三八二）

博打《ばくち》うちが農夫をみかけるや、農夫は笠をかぶりクワをもって、けんめいの草むしり。顔はまっくろ、手足はマメやタコだらけ。桑の皮のような肌と熊の蹄《ひづめ》のような足。畑にはいつくばって、汗まみれの泥だらけ。

そこで博打うちは、農夫にはなしかけた。

「貴殿はこの暑熱のなかで精をだし、背には塩がふきでるしまつ。脛《すね》はやけた椽《たるき》、肌は皮のようで、錐《きり》でも穴をあけられぬ。あるくのも難渋で、足はまがり脛はいたそうだ。貴殿を草木かとおもえば、四肢がうごいて妙じゃし、禽獣かとおもえば、あまりにも人間そっくりじゃ。なんとまあ、あしき運命のしたにうまれ、不敏な性分にうまれついたものかいな」。

馬積高『賦史』はこの作について、

この「博徒論」の佚文に、「紫唇素歯、雪白玉暉」「燕臛羊残、炙雁煮鳧、鶏寒狗熱、重案満俎」などがある。それらの描写からみると、おそらく作者は博打うちの贅沢な暮らしぶりをえがくことによって、農夫の憔悴ぶりを強調しているのだろう。この作は後漢初期の賦において、意義ある新主題をきりひらいたものだ。その文風は王褒「僮約」を継承し、さらに蔡邕「青衣賦」や魯褒「銭神論」へとつながるものであり、賦の歴史において新旧のかけ橋となっている。（一一六頁）

と評している。この「博徒論」では、きびしい労働にあえぐ農民の姿がえがかれており、その意味では、たしかに「僮約」中の奴僕の辛苦ぶりによく似ていよう。だが、この「博徒論」と「僮約」のあいだには、明白な相違点がある。それは、諷刺的意図の有無である。すなわち「僮約」のばあいは、弱者への同情なき嘲笑に終始していたが、この作では、［博徒からみた］からかいめいた描写の奥に、諷刺のとげをひそませている。つまり「博徒論」は、その佚文も考慮すると、おそらく［馬氏が指摘するように］博打うちの自適さと農夫の憔悴ぶりとを対比的にえがいて、不公平な時勢を批判しようとしているのだろう。その意味において、この作は、蔡邕「青衣賦」（社会的弱者への恋情を吐露する）や、魯褒「銭神論」（時勢批判をおこなう）につながるといってよい。もしこの崔駰「博徒論」が完全なかたちでのこっていれば、後漢中期の諷刺ふう遊戯文学の傑作として、もっと重視されていただろうにと、完篇でないのがおしまれる。

四　嘲笑ふう遊戯文学

さて、遊戯文学の分類の第二として、他人をからかったり嘲笑したりする、いわば毒のあるユーモア文学があげられよう。遊戯ふうの文学には、こうしたからかいや嘲笑がふくまれやすく、さきの諷刺ふう遊戯文学の作例にも、この種の意図がないではなかった。だが、そのむかう対象が、政治諷刺や世俗批判などの社会的広がりをもたず、私的な誹謗や中傷に終始しがちなのが、ここでいう嘲笑ふう遊戯文学である。こうした、誹謗や中傷をこととした作を遊戯文学と称してよいか、疑問がないではない。だが、からかいや悪意に発するものではあっても、それなりにユーモアの糖衣や修辞の美衣でつつみこんでいるので、いちおう遊戯文学のなかにいれておこう。

この嘲笑ふう遊戯文学には、「気にくわないのでからかってやろう」というかるいものから、悪意にみちた嘲笑まで、さまざまなレベルがありうる。いずれにしても、あまり好意的とはいいがたい意図からつくられた、からかいや嘲笑を目的とする文章だといってよい。この種の遊戯文学も、古代からたくさん存在していただろうが、書面の文学としては、前漢の王褒の「僮約」や「責髯奴文」などが、最古の事例だといってよかろう。まず、後者の「責鬚髯奴辞」（後漢の黄香の作ともいう）をあげてみよう。

［王褒責鬚髯奴辞］我観人鬚、長而復黒、冉弱而調。離離若縁坡之竹、因風披靡、鬱鬱若春田之苗。随身飄颻。

爾乃附以豊頤、表以蛾眉、発以素顔、呈以妍姿、約之以紕綫、潤之以芳脂、莘莘翼翼、靡靡綏綏、振之発曜、黝若玄珪之垂。

於是　揺鬢奮髭、則論説虞唐、内育瓌形、相如以之都雅、
　　　鼓髻動鬣、則研覈否臧。外闡宮商。顓孫以之堂堂。
豈若子髯、既乱且赭、枯槁禿瘁、汗垢流離、汚穢泥土、傖囁穣擩、与塵為侶。
　　　　　　　　　　　劬労辛苦。
無素顔可依、動則困於惣滅、
無豊頤可怙、静則窘於囚虜。
薄命為髭、正著子頤。為身不能庇其四体、
　　　　　　　　　　為智不能御其形骸。
癩鬢痩面、常如死灰、曾不如犬羊之毛尾、為子鬚者、不亦難哉。
　　　　　　　　　　　　　狐狸之毫厘。

私がひとのヒゲをみるに、みなながく、くろぐろとし、またやわらかく、きちんとならんでいる。坂道にならぶ竹のようにしげり、春田の苗のようにこんもりだ。風のふくままなびき、身体の動きのままゆれうごく。

ヒゲはゆたかな下顎あたりにはえて、［美女の］蛾眉と好一対をなし、しろい［貴族の］顔に生じて、［美女の］艶姿をきわだたせる。ヒモでゆわえて、芳油をぬれば、ゆたかにはえそろい、整斉とたれさがる。ゆれれば光沢がかがやいて、くろい宝石のようだ。こうしてひとは、ヒゲをゆらして堯舜を論じ、ヒゲをふるって善悪を議する。ヒゲはひとの容貌をかざり、見識をたかめるので、司馬相如はこれで男ぶりをたかめ、子張も堂々たる外貌になったのだ。

ところがおまえのヒゲときたら、でたらめにはえて、赤土のようだ。ひょろひょろでまばら、そのうえ苦労で

やつれはてている。汗や垢にまみれ、泥でよごれほうだい。おそまつで不潔なさまは、塵そっくりだ。おまえには、ヒゲがたよるべきしろい［高貴な］顔もなく、ゆたかな下顎もない。そとでは盗賊におどされ、うちでは囚人にいじめられるしまつ。

ヒゲは運わるくも、そんなおまえの顎にうまれついてしまった。そんな非力なヒゲでは、身体をまもることもできず、かざりたてるほどの知恵もあるまい。やせづらのやせヒゲは、あたかも火の気のない灰のようで、犬羊のシッポ、狐狸の毛ほどの価値もない。おまえのヒゲにうまれついたとは、なんと運のわるいことか。

この「責鬚髯奴辞」は、ひげ面の奴僕を嘲笑している。第一章で検討した「僮約」とどうよう、この作も、嘲笑のなかに世俗批判を託そうとする意図などなく、ただからかってよろこんでいるだけだろう。

漢末魏初になると、同種の作として、侏儒をからかった蔡邕「短人賦」や、胡人の異相を嘲笑した繁欽「三胡賦」などがかかれている。おそらく当時は、社会的地位のひくかった人びとを嘲笑した、一連の遊戯文学が存在していたのだろう。ただ、これらはともに、四言を中心とした有韻の文でつづられている。その意味で、あやしげな怪文書のたぐいではなく、文学ふうな外観をそなえた作だといってよい。

もうひとつ、こんどは漢末魏初の作として、繁欽（?～二一八）の「嘲応徳璉文」をみてみよう。これは、自分の同僚をからかった作品である。

［繁欽嘲応徳璉文］応温徳云、昔与季叔才倶到富波、飲於酒肆、日暮留宿。主人有養女、年十五、肥頭赤面、形似鮮卑。偶悦之、夜与姦通、便生足下。

応温徳がいった。「むかし季叔才といっしょに富波へいったとき、酒肆で酒をのんだところ、日没になったので、そこに一泊した。酒肆の主人にはひとりの養女がいて、歳のころは十五、顔つきはふっくらとして赤みがかり、鮮卑族のような姿かっこうをしていた。わし（または、季叔才か？）はこの娘をすっかり気にいり、その夜のうちに密通し、こうしておまえをうんだのじゃ」。

この「嘲応徳璉文」は、引用したこの断片だけしかのこっていないので、すこし意味がとりにくい。とくに、文中にでてくる人物関係がよくわからず（「応温徳」なる人物は応瑒の父親のようによめるが、応瑒の父は応珣、あざなは季瑜である。では、文中の「季叔才」なる人物が応瑒の父なのかもしれないが、これもよくわからない）、いささか隔靴掻痒の感がないではない。しかし標題からして、この作は、建安七子のひとりである応瑒、あざなは徳璉（？～二一八）の出自を嘲笑したものだと、推定してよかろう(6)。

この文、他人の秘事をあばいた品のわるい内容だが、真に罵倒しようというのではなく、冗談半分のからかいだと理解すべきだろう。第九章で詳論するが、「嘲」の標題をもった作品には、文字どおりの「あざけり」ではなく、他人をユーモラスにからかった戯笑ふう内容がおおいからである。すると、からかわれた応瑒のほうも、「うーん、一本とられたな。よし、いまにみてろ」とおもって、繁欽に反論したり、逆襲をしかけたりしたのではあるまいか（そもそも、この「嘲応徳璉文」じたいが、それ以前に応瑒がかいたからかい文への、逆襲なのかもしれない）。サロンふう雰囲気のなかで、冗談半分のからかいや嘲笑めいた議論がとびかっていた、建安文人たちのやりとりが目にうつるかのようである(7)。

右が、通常の嘲笑ふう遊戯文学であるが、いっぽう、漢末魏初には、これらとはちがう、新タイプの嘲笑ふう遊戯文学が発生している。それは、自分より社会的地位がうえの者に対して、あえてからかいの言をはき、反抗しようとする文学である。いわば権威への抵抗とでもいえようか。そうした作品の例として、やや時代がくだるが、魏の麋元がかいた「弔夷斉文」「譏許由」の二篇があげられよう。

この虆元なる人物、委細が不詳であるが、『隋書』經籍志に「魏散騎常侍繆襲集五巻」とあって、その注に「散騎常侍虆元集五巻」とある。すると、繆襲（一八六～二四五）とどうよう、魏のひととかんがえてよかろう。その虆元の両篇は、ずっと尊敬されてきた古人（夷斉と許由）に対して、妙な理屈をこねて批判めいた言辞を弄している。ここでは、「弔夷斉文」のほうを紹介してみよう。

少承洪烈、従戎于王。側聞先生、餓于首陽。敢不敬弔、寄之山岡。嗚呼哀哉。

夫 五徳更運、如有絶代之主、
　 天秩靡常。必有受命之王。

故 堯徳終于虞舜、且夏后之末祀、亦殷氏之所亡。若周武為有失、則帝乙亦有傷。
　 禹祚殄于成湯。

子不棄殷而餓死、何独背周而深蔵。是識春香之為馥、而不知秋蘭之亦芳也。

所行誰路、而子渉之。
首陽誰山、而子匿之。
彼薇誰菜、而子食之。

行周之道、読周之書、飲周之水、而謗周之主、
蔵周之林、弾周之琴、食周之芩、　謂周之淫。

是 誦聖之文、居聖之世、而異聖之心。嗟乎二子、何痛之深。
　 聴聖之音、

わかくして「父祖の」大功を継承しながら、王の地位をゆずりあって戎の地へにげだした。もれきくところ

によると、貴殿らおふたりは首陽山で餓死されたとか。どうして埋葬した山にたちよって敬弔せずにおられよう。ああ、かなしいことだ。

そもそも五行は変化し、天命も常なきものだ。世継ぎのたえた国主もおれば、天命をうけた君主もいる。だから堯の天下も［子孫でなく］虞舜がつぐことによっておわったし、禹の血統も［殷の］湯王によってとだえた。夏王の末祀は、殷によってほろぼされたし、周の武王が天命をうしなった殷を征伐したので、殷の帝乙（紂王の父）はかなしんだ。ところが［こうした天命の変化にもかかわらず］貴殿らは殷をみすてることなく、殷のために餓死されたが、なぜ周の天下に背をむけ、山の奥ぶかくかくれたのか。それはけっきょく、春香の馥郁さだけをしって、秋蘭の芳香をしらなかったからではないか。

［周が天下の王となった以上］貴殿らがあるいたのは、だれの道なのか［周の道である］。それなのに貴殿らは周の道をあるいた。［貴殿らがかくれた］首陽山は、だれの山なのか［周の山である］。それなのに貴殿らは周の山にかくれた。［貴殿らがたべた］蕨《わらび》はだれの野菜なのか［周の野菜である］。それなのに貴殿らは周の蕨をたべた。

周の道をあるき、周の林にかくれ、周の書物をよみ、周の琴をひき、周の水をのみ、周の芩《きん》をたべておりながら、それでいて周の天子をそしり、周を道にそむくといいたてる。これは、聖人の文章をとなえ、聖人の音楽をきき、聖人の世にすんでおりながら、それでいて聖人のみ心にそむく、ということではあるまいか。ああご両人よ、なんといたましいことだろうか。

この作品は、時勢批判の意図をふくむものかもしれないが、麋元の経歴や創作の事情が不明なので、よくわからない。ただこの「弔夷斉文」では、『史記』以来ずっと義人として尊敬されてきた伯夷・叔斉に対し、底意地のわるい理屈でもって批判しているのが注目される。こうした批判のしかたは、外見こそ「弔う文」であるが、じっさいは権威に反抗し、あえて嘲笑の言をつづったものだろう。

こうした新タイプの嘲笑ふう遊戯文学の、極北ともいうべき位置に、孔融、あざなは文挙（一五三～二〇八）の諸作が存している。彼の遊戯ふう諸作のうち、韻文によるものは「離合作郡姓名字詩」という文字あそびの詩一篇だけで、それ以外は、すべて口頭での発言か、無韻の書簡ジャンルかのどちらかである。なかでも、現存する発言や書簡文には、彼の辛辣な嘲笑意欲が、きわめてストレートなかたちで表現されていて、現代の我われがよんでも、ギョッとさせられるものがおおい。

孔融の辛辣な嘲笑意欲は、わかいころから有名だった。まずは十歳のときの発言を紹介しよう。

［世説新語言語］孔文挙年十歳、随父到洛。時李元礼有盛名、為司隷校尉、詣門者皆俊才清称及中表親戚乃通。文挙至門、謂吏曰、「我是李府君親」。既通、前坐。元礼問曰、「君与僕有何親」。対曰、「昔先君仲尼与君先人伯陽、有師資之尊、是僕与君奕世為通好也」。元礼及賓客莫不奇之。太中大夫陳韙後至、人以其語語之。韙曰、「小時了了、大未必佳」。文挙曰、「想君小時、必当了了」。韙大踧踖。

孔融は十歳のとき、父にしたがって洛陽にやってきた。そのころ、李膺はたいそう名声があり、司隷校尉をしていた。彼の家をおとずれるものは、俊才の誉れを有するか、父母の親戚にあたるものだけが、門のなかへとおされたのだった。孔融はその門前にやってくるや、門番にいった。「私は李府君の親戚の者です」。孔融はとおされて、李膺の前にすわった。李膺が「君と僕とは、どういう親戚かね」とたずねると、孔融は「むかし、わが先祖の孔子は、あなたの先祖の老子を師としました。ですから私とあなたとは、代々のつきあいがあったことになります」といった。李膺とその客人たちは、みなこの返答をすばらしいとおもった。

そこへ、太中大夫の陳韙《ちんい》がおくれてやってき、座中のあるひとが、この孔融の機智をかたった。すると陳韙が「ちいさいときに頭がよくても、大人になってからもよいとはかぎらない」というと、孔融は「おじさんもちいさいころは、きっと頭がよかったんでしょうね」といった。陳韙はたじたじとなった。

『世説新語』から引用したが、『後漢書』本伝にも同種の話柄がのせられているので、おそらくは実際の話だろう。孔融が少年のころから、機智と嘲笑の才にめぐまれていたことが、よくわかる。

長じて漢末の混乱下、孔融は地方官となって各地を転戦するが、情勢利あらず、けっきょく曹操にくだって、彼の庇護をうけることになった。しかし孔融の舌鋒は、庇護者たる曹操に対してこそ、もっとも辛辣であった。以下、『後漢書』孔融伝とその注から、顕著なものを二例ひろってみよう。

○［嘲曹公為子納甄氏書］曹操攻屠鄴城、袁氏婦子多見侵略、而操子丕私納袁熙妻甄氏。融乃与操書、称「武王伐紂、以妲己賜周公」。操不悟、後問出何経典。対曰、「以今度之、想当然耳」。

曹操が鄴城を攻略するや、袁一族の婦女がおおく略奪され、曹操の息子の丕は、袁熙の妻の甄氏をこっそり自分のものにした。孔融は曹操に書簡をおくって、「むかし、周の武王が殷の紂王を征伐したとき、妲己《だっき》を弟の周公にたまわりました」といった。曹操は［孔融書簡の皮肉に］気づかず、あとで「あの武王云々の話は、どの経典にのっていたのか」とたずねた。すると、孔融は「当世の事から推測すると、そんなこともあったろうとおもっただけです」とこたえた。

○［難曹公禁酒書］以酒亡者、実如来誨。雖然、徐偃王行仁義而亡、今令不絶仁義。燕噲以譲失社稷、今令不禁謙退。魯因儒而損、今令不棄文学。夏商亦以婦人失天下、今令不断婚姻。而将酒独急者、疑但惜穀耳、非以亡王為戒也。

［曹操が禁酒令をだしたのに対して］酒が原因で亡国におちいった例は、お説のとおりです。ですが、徐の偃王は仁義をつくしたためにほろびましたが、曹公どのは仁義をつくすなとは命じられません。燕の噲は謙譲すぎたために社稷をうしないましたが、曹公どのは謙譲するなとは命じられません。魯は儒学のために国力をよわめましたが、曹公どのは学問をするなとは命じられません。夏と商は女性のために天下をうしないましたが、曹公どのは婚姻をするなとは命じられません。それなのに酒だけを禁止されるのは、ただ穀物がおしいだけなのでしょう。曹公どのは亡国の王の事例を、自己の戒めとされてはおりませぬ。

右の二書簡にも、時勢諷刺の意が存すると、主張できなくはないかもしれない。しかし、孔融の人がらからみて、そうした見かたは好意的すぎ、やはりこの二書簡は、偏屈者の偏屈な反抗だというべきだろう。こうした反抗をくりかえした結果、彼はけっきょく曹操に大逆不道の罪をきせられて死刑に処せられるのだが、その処刑理由につかわれた発言も、また孔融らしい。

［路粋枉状奏孔融］与白衣禰衡跌蕩於言、云「父之於子、当有何親。論其本意、実為情欲発耳。子之於母、亦復奚為。譬如寄物缻中、出則離矣」。

［路粋は孔融を弾劾して］孔融はさきに、無官の禰衡《でいこう》なる人物と、でたらめな放言をくりかえし、「父は子になんの情愛ももっていない。本質をいえば、じっさいは情欲の結果でしかない。子の母に対する関係も、たいしたものはない。たとえれば、瓶のなかに物をいれておくようなもの。そとにでれば、それでおしまいだ」といいました。

こうした書簡文［や発言］の類は、諷刺と嘲笑のあいだにあるというよりは、はるかに嘲笑（むしろ毒舌というべきか）にちかいところに、位置しているといわねばなるまい。いや、そもそもこれらを文学の範疇にいれてよいかについても、疑念があることだろう。そうではあるが、私は、これらの孔融の書簡文［や発言］は、麋元「弔夷斉文」とおなじく、漢末の自由闊達な気風を過剰なまでにもった作例であり、やはり当時の新タイプの嘲笑ふう遊戯文学に属させてもよいのではないかとかんがえる。

五　社交ふう遊戯文学

さて、遊戯文学の分類の第三として、主君や同輩の者にむけたあいさつとしての遊戯文学があげられねばならない。これは、サロンや宴席などの場において、いわば社交の具としてつくられ、披露される遊戯文学だといってよい。この種の作例としては、愉快な話題を提供してその場をなごやかにしようとか、宴席の座興に供しようとかの、いわば、かるい気もちからしくまれた小話や、軽妙な短賦のたぐいがあげられよう。

ただし、かるいジョークだとしても、主君や同輩に気のきいたあいさつをして、わるかろうはずがない。そのためもあって、この種の社交ふう遊戯文学は、ややもすれば自己の栄達や保身を目的とした、媚びや追従《ついしょう》のほうにかたむきやすかった。戦国期、諸侯の宮廷にいた滑稽者たちの弁論の大多数や、宋玉、枚皋、東方朔など幇間のユーモラスな作品群が、その典型だろう。さらに、うしなわれた淮南王群臣の賦や、梁の孝王が「忘憂の館」に文人をあつめてつくらせたという賦（『西京雑記』におさめるが、偽作の可能性大）なども、おそらく同種のものだったろう。そうした社交の場での笑いには、［分類の第一に属する］時勢諷刺を意図したものもあったかもしれないが、それは例外であって、おおむねは栄達や保身を目的とした追従的笑いだったろう。その意味ではこの種の笑いも、ふるい来歴をもっているといってよい。

もっとも、右のうちの滑稽者や幇間による笑いは、漢末魏初の時期になると、ほとんど跡をたっている。この時期には、淳于髡や東方朔のごとき古代的な幇間のたぐいは、もはや存在する余地がなくなったのだろう。そうしたなか、三国呉に活躍した諸葛恪の話柄は、例外的にこれにちかい。『呉志』諸葛恪伝およびその注（巻六四）から、いくつか引用してみよう。

○［孫］権問［諸葛］恪曰、「卿父与叔父孰賢」。対曰、「臣父為優」。権問其故。対曰、「臣父知所事、叔父不知。以是為優」。権又大噱。

孫権が諸葛恪に「あなたの父君（呉につかえる諸葛瑾）と叔父うえ（蜀につかえる諸葛亮）とでは、どちらが賢明かな」とたずねると、恪は「臣の父のほうがすぐれております」とこたえた。孫権がその理由をたずねると、「臣の父はおつかえすべき所をきちんとしっておりますが、叔父はしりませぬ。よって父のほうがすぐれているのです」とこたえた。孫権はまたおお笑いした。

○権嘗問恪、「頃何以自娯、而更肥沢」。恪対曰、「臣聞〈富潤屋、徳潤身〉。臣非敢自娯、脩己而已」。

かつて孫権が諸葛恪に「このごろどんな楽しみがあって、ますます恰幅がよくなられたのかな」とたずねた。すると恪はこたえていった。「臣は〈富は家をうるおし、徳は身をうるおす〉ときいております。臣はたのしみにふけっているのではなく、徳をおさめているだけでございます」。

○太子嘗嘲恪、「諸葛元遜可食馬矢」。恪曰、「願太子食鶏卵」。権曰、「人令卿食馬矢、卿使人食鶏卵何也」。恪曰、「所出同耳」。権大笑。

呉の太子がかつて諸葛恪に、「貴殿は馬の糞をたべるとよかろう」とからかった。すると諸葛恪はいった。「太子さまは鶏卵をおたべください」。孫権が「ひとが馬の糞をたべさそうというのに、そなたはどうして鶏卵をたべろというのか」とたずねると、恪は「その出どころはおなじですから」といった。孫権はおお笑いした。

諸葛恪の人がらについて、本伝注引『江表伝』は、

恪少有才名。発藻岐嶷、弁論応機、莫与為対。権見而奇之、謂瑾曰、「藍田生玉、真不虚也」。

わかいころから名声がなりひびいていた。あでやかなことばを駆使し、臨機応変に議論できて、ならびたつ者はいなかった。孫権はこの諸葛恪を称賛し、父の諸葛瑾に「藍田に玉が生じる（よき家系によき人材がうまれる、の意）というが、このことばは嘘ではないぞ」といった。

という記事をのせるが、右の三話をみてみると、たしかに「臨機応変に議論でき」る機智的資質が、よく了解できよう。

こうした逸話だけをみていると、彼は淳于髡や東方朔と同類の幇間だったとおもわれるかもしれない。だが諸葛恪は幇間などではなく、れっきとした政治家であった。草創まもない呉の重臣として、政治や軍事の方面で重きをなした人物なのである。ただ、右のような口舌の才があったため、しばしば外交の場にかりだされていたようだ。つぎにしめす話も、内容こそ幇間ふうではあるが、舞台は蜀の使者を招待した宴席の場なのである。

［呉志巻六四注引諸葛恪別伝］権嘗饗蜀使費禕、先逆敕群臣、「使至、伏食勿起」。禕至、権為輟食、而群下不起。禕啁之曰、「鳳皇来翔、騏驎吐哺、驢騾無知、伏食如故」。恪答曰、「爰植梧桐、以待鳳皇、有何燕雀、自称来翔。何不弾射、使還故郷」。禕停食餅、索筆作麦賦、恪亦請筆作磨賦、咸称善焉。

孫権はかつて、蜀使の費禕《ひい》を饗応したことがあった。そのとき、孫権はあらかじめ群臣に、「蜀使が到着しても食事しつづけて、たちあがるではないぞ」と命じておいた。

蜀使の費禕が到着すると、孫権は食事をやめたが、群臣はだれもたちあがらない。費禕がからかっていった。

「鳳凰がやってくると、麒麟は食事をやめたが、驢馬《ろば》や騾馬《らば》どもはおろかだから、まだたべつづけておるぞ」。すると［群臣のひとり］諸葛恪がこたえていった。「梧桐の木をうえて、鳳凰のおこしをまっていたら、どうしたことか燕雀がやってきて、鳳凰がやってきたと称しておるぞ。矢を射かけて、故郷へおいかえせねばなるまい」。

［費禕を饗応した宴席で］費禕は餅《へい》をたべていた手をやすめて、筆をもとめて「麦賦」をかいた。すると諸葛恪も筆を要求して「磨《うす》賦」をつくった。ともにすばらしいと称賛された。

さきにみた張奉と薛綜の応酬もそうだったが、孫権の宮廷では、しばしばこの種の軽口や冗談がとびかっていたようだ。この話でも、蜀の使者たる費禕と、呉の家臣である諸葛恪とのあいだで、即興によるからかいの応酬が展開されている。ただ、このいっけんたわいない応酬でも、張奉と薛綜のそれのように、一句が四字に整斉され、韻をふむという修辞的くふうがほどこされている。外交の宴席における社交的ユーモアとしては、当時でも突出していたとおもわれ、諸葛恪のゆたかな機智や文学の才をしめしている。

もっとも、この話にでてくる費禕「麦賦」と諸葛恪「磨賦」は、ざんねんながら現存しない。ただ、題の「麦」は餅の原料であり、「磨《うす》」は餅をつくる挽《ひ》きうすなので、宴席の場にあった餅にひっかけた作だったはずである。おそらく、彼らの機智にみちた会話をそのまま筆にのせたような、軽妙な短賦だったことだろう。

この費禕と諸葛恪の賦は現存しないが、同種の即興的短賦の実例がべつにのこっているので、社交ふう遊戯文学の典型として紹介しておこう。

［呉志巻五六注引文士伝］張惇子純与張儼及［朱］異倶童少、往見驃騎将軍朱據。據聞三人才名、欲試之、告曰、「老鄙相聞、飢渇甚矣。夫騕褭以迅驟為功、鷹隼以軽疾為妙。其為吾各賦一物、然後乃坐」。儼乃賦犬曰、「守則

有威、出則有獲、韓盧宋鵲、書名竹帛」。純賦席曰、「席以冬設、簟為夏施、揖讓而坐、君子攸宜」。異賦弩曰、「南嶽之幹、鍾山之銅、応機命中、獲隼高墉」。三人各隨其目所見而賦之、皆成而後坐、據大歓悦。

張惇の息子の張純は、張儼や朱異らとともに、まだちいさな子どもだったが、あるとき三人そろって驃騎将軍の朱據にあいにいった。朱據は、三人の子供たちの俊才ぶりをきいていたので、ためそうとおもっていった。「この爺《じい》は、おまえたちのうわさをきいて、あいたくてたまらなかったよ。騕褭《ようじょう》の名馬は駿足で功をたて、鷹《たか》や隼《はやぶさ》は軽快さで称賛されるが、おまえたちも、この爺のためになにかを賦に詠んで、それから席についてくれないかね」。

すると、張儼が犬を賦した。「守りにつけば威厳があり、野にでれば獲物をとらえる。韓盧《かんろ》や宋鵲《そうじやく》の名犬は、その名が歴史にきざまれている」。張純は席《むしろ》を賦した。「蒲《がま》のムシロは冬につかい、竹のムシロは夏にしく。一礼し謙譲しあってすわるのが、君子のたしなみなるぞ」。朱異は弩《いしゆみ》を賦していった。「南岳の竹製の矢柄に、鍾山の銅の矢尻《やじり》、しかけをひけばみごとに命中し、高壁のうえの隼も射おとすぞ」。三人はおのおの目についたものをそのまま賦に詠み、りっぱに完成させてから席についた。朱據はたいそうよろこんだ。

これは、呉の張儼、張純、朱異の三人が、幼時のころからすぐれた才能を発揮した話である。その意味では、一種の神童譚と理解すべきだろうが、社交の場における即興創作の内実をうかがう例としても、また貴重な資料だといってよい。この話では、まず年長者の朱據が、三人の子供に「この爺のためになにかを賦に詠んで、それから席についてくれないかね」と提案し、それに応じて、三人の子供が即興で短賦をつくっている。その三篇は、

〔張儼犬賦〕「守則有威、韓盧宋鵲、書名竹帛。
　出則有獲、

〔張純席賦〕　席以冬設、揖譲而坐、君子攸宜。
　　　　　　簟為夏施、
〔朱異弩賦〕　南嶽之幹、応機命中、獲隼高墉。
　　　　　　鍾山之銅、

というもので、いずれも賦とみなすには、あまりにも短小な字句である。しかも内容も、要するに「犬はむかしから役にたってきました」、「席には一礼してから、すわりましょう」、「弩の機能はすごいものです」というもので、なにほどの意義ももたぬ短句にすぎない。もし散文でかかれていたら、文学でもなんでもなかったろう。

ところが、そうした浅薄な内容であっても、一句をすべて四字句に整斉し、初二句を対偶にし、また隔句に韻をふむことによって、文学ふうな行文になっている。さらに「韓盧」「宋鵲」という古代の名犬の名をもちだし、また「揖譲」など典故（『論語』など）をちりばめることによって、意味的にも奥ゆきをもった箴言ふう文章になっているのに注意したい。つまり、平凡な内容しかもたぬ短句であっても、修辞をこらすことによって、みごとなほど機智や遊戯にみち、シャれた短賦に変貌しているのだ。[8] かくして「朱據はたいそうよろこ」び、また張儼ら三人の子どもは、神童として名がひろまっていったのである。

こうした、社交の場における即興的短賦の発生は、漢末魏初における文学風潮の変化を暗示していよう。前代の両漢においては、賦ジャンルは全盛期にあたっており、

〔西京雑記巻二〕　賦家之心、苞括宇宙、総覧人物。

　賦家の精神は、宇宙をつつみこみ、人や事物のありようをみとおすのだ。

のように、壮大な意気ごみでとりくむべきものとされていた。しかも、それは

［班固両都賦］或以抒下情而通諷諭、或以宣上徳而尽忠孝。

［賦家は］民草のおもいを叙して天子に諷諭し、また天子の徳望ぶりをひろめて忠孝をつくさせた。

のごとく、政教に資するべきだとも意識されていた。そうした大文学であった賦が、漢末魏初では軽妙な社交の文学として、即興的につくられているのである。これは賦ジャンルの変容というだけでなく、文学の役わり全体にかかわる変化だといってよかろう。

こうした張儼「犬賦」などの短賦は、漢末魏初の当時においても、かるい遊戯文学だとおもわれていたに相違ない。そのためだろうか、当時ではこうした軽妙な即興作が、たくさんつくられていたはずだが、現存する作品としてはこれ以外にのこっていない。おそらく口頭での即興がほとんどだったので、文字に記録されないまま、宙にきえてしまったのだろう。現存する遊戯文学の基底には、こうした宙にきえさった社交での即興作が存在していたはずであり、漢末魏初のみならず、魏晋六朝の遊戯文学をかんがえるうえで、つねに念頭においておく必要があるだろう。(9)

その他、社交ふう遊戯文学として、書簡中における、親しみをこめた冗談のたぐいが、いくつかのこっている。一二の例をしめすと、たとえば曹丕「借取廓落帯嘲劉楨書」は、臣下の劉楨に「廓落帯」（ベルトの一種）の借用をもうしでた書簡文である。そのなかで、曹丕は

今雖取之、勿嫌其不反也

いま、これを借用するが、かえしてもらえないと心配するにはおよばぬぞ。

と冗談をいって、劉楨をからかっている（『魏志』巻二一注）。また、応璩「与広川長岑文瑜書」では、友人の岑文瑜（広川の長官をしていた）に対し、応璩は冗談めいたことばをつづって、「広川の地が、日照りでくるしんでいる。貴殿が雨乞いをしたそうだが、効きめがなかったようだね。どうも貴殿の真心が、不足していたんではないのかな」といっ

ている（『文選』巻四二）。

このように、書簡文を利用した遊戯文学もないではない。しかし、これらは遊戯性それじたいを目的にしたものではなく、親しさのあまり、つい書簡中で嘲戯めいた文辞をつづってみた、という程度のものにすぎない。しかも、無韻の文でもあるので、遊戯文学としてみたばあいは、やや周縁に属するものといってよかろう。

六　遊戯文学研究史

さて、ここまで私見によりつつ、「笑い」の内容に着目して、漢末魏初の遊戯文学を三つにわけて説明してきた。この三つのうち、漢末魏初においては、第二の嘲笑ふう遊戯文学がもっとも盛行しており、これこそがこの時期を代表する遊戯文学だといってよかろう。

ただし、遊戯文学の分類は、これだけにかぎられるわけではなく、ほかの分類のしかたもありえる。そこでこの節では、遊戯文学研究史の概観もかねながら、先学による分類の試みをふりかえってみることにしよう。

まず、秦伏男「論漢魏六朝俳諧雑文」（一九九〇　「まえがき」参照）の分類からみてゆこう。この秦論文では、遊戯文学をおおきく、口頭の作と書面の作との二種にわけている。この二大別は、創作時の状況を基準として、分類した試みだといえようか。

いっぽう、朱迎平「漢魏六朝的遊戯文」（一九九三　「まえがき」参照）も、やはり遊戯文学を二つにわけているが、ここでは、外見は遊戯的だが、内実は真摯な意図を有した「戯《たわむれ》を以て文を為す」文学と、外見内実ともユーモアに徹した「文を以て戯を為す」文学との二種に大別している。この分類は、笑いの性質に着目したものといってよかろう。

この朱論文の延長上にあるのが、譚家健「六朝詼諧文研究」（二〇〇一「まえがき」参照）である。ここでも、笑いの性格に着目して、六朝の遊戯文学を分類しているが、その分類がいっそう精密になっている。すなわち、譚論文では遊戯文学を、寓話の形式で不遇への憤懣をもらすもの、無生物の擬人化で現実を批判するもの、純粋のあそび心でかかれたもの――の三種にわけて、くわしい解説をほどこしている。この譚論文は、じゅうらいの遊戯文学研究もふまえてかかれた力作であり、本章もおおくの示唆をあたえられた。

もっとも、これら以外に、遊戯文学の分類方法がないわけではない。たとえば、当該作品が採用した技法（比喩、寓話、パロディ、俗語、擬人法、対話、隠語、文字分解）の相違によって、遊戯文学を整理してゆくこともできるだろうし、あるいは、よってたつ思想（儒教的立場や道教的立場など）を基準として、分類してゆくこともできなくはあるまい。ただ、こうした遊戯文学の整理や分類は、それじたい手段にすぎなく、最終的な目的ではありえない。整理や分類をすることによって、錯綜する遊戯文学の全体像を的確にみとおし、その視点からあたらしい知見をみいだしてゆくほうが、もっとたいせつなことなのだ。そうした意味で、有益な知見をあたえてくれる整理法として、ジャンルによる遊戯文学の分類があげられよう。この分類法を実践したのが、やや時代的には前後するが、龔斌「建安諧隠文学初探」（一九八九「まえがき」参照）という論考である。

龔論文では建安の遊戯文学を、俗賦・散文・笑話・隠語（謎語）の四種にわけている。このうち、まず後半の笑話と隠語（謎語）の二つは、邯鄲淳『笑林』や『世説新語』『太平広記』等にふくまれるエピソードのたぐいを想定しており、要するに小説とかんがえてよいようだ。これによって、小説のジャンルが遊戯性とふかい関係にあることが、あらためて浮きぼりになってこよう。その意味で、これからの小説研究においては、遊戯性との関わりは、とくに注目されねばならない。これらの例として、龔論文が笑話としてあげる話柄（『太平御覧』巻四九九所収）を、ひとつだけしめしておこう。

［邯鄲淳笑林］平原陶丘氏、取勃海墨台氏女。女色甚美、才甚令、復相敬。已生一男而帰。母丁氏年老、進見女婿。女婿既帰而遣婦。婦臨去請罪。夫曰、「曩見夫人、年徳已衰、非昔日比。亦恐新婦老後、必復如此。是以遣、実無他故」。

平原の陶丘家では、渤海の墨台家の娘を嫁に迎えた。彼女はたいへんうつくしく、しかも聡明だったので、夫婦の仲はむつまじかった。彼女は男の子を一人うんでから、［夫もつきそって］里帰りした。妻の母の丁氏は年とっていたが、婿にあいにでてきた。

ところが、夫は妻の里からかえるや、妻を離縁した。妻は自分の里にかえされるにあたって、自分がどういう過ちをおかしたのかとたずねた。すると夫はいった。「先日、おまえの母上にお目にかかったところ、すっかりお年をめされて、昔日とはくらべものにならなかった。おまえも年をとってから、きっとこうなるにちがいないとおもって、離縁することにした。それだけだよ」。

このように、小説の話柄には、たしかにユーモラスなものがおおい。しかし、当時の文人たちは、それらの話柄を遊戯文学と認識していたのかといえば、おそらくそうではあるまい。これらの話柄のおおくは、遊戯性をふくんだ文学というよりも、［皮肉やからかい等もふくんだ］ユーモラスな逸話だとうつったことだろう。劉勰が『文心雕龍』諧讔篇で、これら小説のたぐいをほとんど無視していたことも勘案すれば、これらの話柄は、きちんとした文学の仲間とはみとめられていなかった、とかんがえねばならない(10)。

つぎに、龔論文の分類の二番目にくる「散文」の例をみてみよう。ここで龔論文は、書簡ジャンルの作品をおおく例示し、なかでも孔融の書簡文を代表的な作例だとみなしている（本章第四節を参照）。この書簡文は、韻をふむ必要がなく、当時の文人たちにとっては、卑近でかきやすいジャンルとして重宝されていた。おそらく、そうした手がるさや気やすさが、遊戯性をよびよせやすいのだろう。その意味で、これから書簡文を研究するさいには、遊戯性との関連も軽視されてはならない。ただ、前述したように、文学としてみたばあいは、書簡ジャンルも周縁に位置するものであり、小説とどうよう、当時では重視されていなかったろう。

そうした見かたからすると、分類の第一にくる「俗賦」のジャンルこそは、もっとも文学らしい分野だといえよう。龔論文はこれら「俗賦」の例として、曹植「鷂雀賦」「釈愁文」、繁欽「三胡賦」などをあげ、「これら俗賦の作品群は、〈潤色鴻業〉の正統的な辞賦とはまったくへだたっており、心や目をたのしませてくれる娯楽作品である」とのべている。たしかにこれらの俗賦は、正統的な辞賦とはちがって、かるい娯楽ふう文学であることはまちがいない（小説・書簡文にせよ、俗賦にせよ、いずれもかるいジャンルであることは、当時の遊戯文学のひくい位置を暗示している）。だが、それでも「遊戯文学」の文学という点に比重をかけてみたとき、やはりこのジャンルは広義の賦に属し、押韻や四言体への整斉がほどこされるぶん、小説や書簡文よりは正統的な文学にちかいといってよい。それゆえ、漢末魏初の遊戯文学をかんがえるには、この俗賦ジャンルがもっとも注目されねばならないだろう。このように、龔論文がおこなったジャンルによる分類は、遊戯文学の研究をすすめるうえで、いろいろ有益な視点を提供してくれているのである。

ところで、「遊戯文学には、俗賦ジャンルの作がおおい」という事実に注目し、いちはやく研究者の注意を喚起してくれたのが、龔論文より三年ほどまえに発表された、王運熙氏の「漢魏六朝的四言体通俗韻文」（一九八六）という論考であった（「まえがき」参照）。そもそも、龔論文もふくめ、さきに紹介した漢魏六朝の遊戯文学関連の諸論文は、明示するとしないとにかかわらず、この王論文にみちびかれたものではないかと推察される。それほどこの論考の影響力はおおきく、漢魏六朝の遊戯文学を論じようとすれば、無視するわけにはいかないだろう。そこで、この王論文の内容をざっと紹介してみよう。

この王運熙氏の論文は、もとは俗賦や遊戯文学の研究をこころざしたものではなかった。その序文によると、これ以前に程毅中「関于変文的幾点探索」(『敦煌変文論文録』所収)なる論文がかかれていて、敦煌俗賦と「僮約」「鷂雀賦」等のあいだに、継承発展の関係があると指摘していた。王氏は、その程論文の指摘を肯綮にあたったものとかんがえ、みずからも漢魏六朝における関連文献を渉猟してみたという。その結果、当時の四言韻文の作品群のなかに、「僮約」「鷂雀賦」らと同種の作例を、たくさん発見されたのだった。

その王氏による四言韻文の探索ぶりは、従前のジャンル区分をこえた、融通無礙なものであった。すなわち、「僮約」や「鷂雀賦」から出発しながらも、ふるくは戦国の淳于髡の弁論(四言韻文)から、漢の王褒「責鬚髯奴辞」、揚雄「逐貧賦」、張衡「髑髏賦」、蔡邕「短人賦」「青衣賦」、魏の繆元「弔夷斉文」「譏許由」をふくみ、また晋の束晳「餅賦」、魯褒「銭神論」、石崇「奴券」、南朝の袁淑「誹諧文」、韋琳「䱉表」など、賦以外のジャンルまでつつみこんでいた(「神烏賦」は、王運熙氏が論文を執筆された時点では未発見)。さらに、前漢の焦延寿『易林』のごとき卜占用の四言韻文や、漢魏六朝の四言体の楽府(「孤児行」「雁門太守行」などの相和歌辞)までふくんでおり、詩賦や文章ジャンルの区分をこえる、広範囲の渉猟ぶりであった(王氏は、これらを「四言体の通俗韻文」と称される)。

くわえて王運熙氏の烱眼は、そうしたクロスオーバーな視点を確保したうえで、これらの「四言体の通俗韻文」のなかに、共通する特徴をみいだされた。その共通する特徴のひとつが、本章で問題にしている「ユーモアにとむ」ということであった。王論文の関鍵部分を引用しよう(二八五頁)。

以上の四言体通俗韻文の紹介から、漢魏六朝時代には遊戯文学がそうとう流行していたことがわかる。現存するものはすくないが、それでもこの種の遊戯文学の継承発展の筋道は、たどることができる。これらは一部で賦と称されるが、それ以外は、文、券、箋、表、論、説などの名称をもちいている。だが、その性質からすれば、おおむね賦体をとっており、さらに内容的に叙事がおおい、鋪陳手法をこのむ、句形はととのい、四字句がおおい、しばしば押韻する――などの特徴がある。漢魏六朝の韻文は賦以外、たとえば頌、賛、銘、箴、類、碑などでも四言を採用している。詩では、この時期は五言詩が主流をしめていたが、韻をふんだ文では四言体が主流だった。だから、これらユーモラスな文章が、おおく四言をとるか四言を中心としているのは、きわめて自然な現象なのである。これらの遊戯文学は、おおくは著名な文人の手になっているが、当時の民間文学の影響をうけており、ことば遣いは俗っぽい。そして程度のちがいはあるが、おおむねストーリー性がゆたかである。

当時の下層社会には、通俗的な雑賦の類が流行していた。だが、それらは内容が鄙俗だったので、上層の文人たちから軽視されて諸書に記録されず、けっきょく逸亡してしまった――と推測できよう。唐代のおおくの通俗作品とて、もし敦煌石窟が発見されなかったら、世間につたわることもないままだったのではなかろうか。

以上、王運熙論文の概要を紹介した。この論考は、従前のジャンル区分にとらわれぬ自由な発想にたって、四言体の通俗韻文のなかから、ユーモアという特徴を抽出してきたものであり、じつに卓抜したものだといえよう。王論文の意図は、もともとは魏晋六朝の「四言体の通俗韻文」の発展史を考察してゆくことにあった。だが、魏晋六朝の「四言体の通俗韻文」としてあげた諸作が、おおくユーモラスな性格をもっていたことから、結果的に当時の遊戯文学の研究にもなりえたわけだ。この構想雄大な王論文で展開されるおおくの論点のうち、とりわけ、遊戯文学には賦（俗賦）ジャンルがおおい、おおく四言韻文のスタイルをとる、口語的口調など民間文学との関係がふかい――などの指摘は、本書との関連からみて、ひじょうに興味ぶかいものといえよう。

しかしながら、王論文は右の論点を論じるさい、現象の指摘や事例の捜求には卓抜な手腕をしめしているが、そうした現象の本質や盛行の原因については、なお説明がじゅうぶんではないようだ。たとえば、四言韻文とはそもそもどんな文体なのか、四言韻文と民間文学とは、どういう関係にあるのか、四言韻文の賦（俗賦）はなぜ遊戯性をもちやすいのか、通俗とはいいがたい四言韻文（たとえば碑銘の文）の存在をどのように説明するのか——等の問題に対して、あまり明快な説明がなされていないのである。本章では、以下でこうした点をおぎないながら、多少の私見をのべてみたいとおもう。

まず第一に、四言韻文は当時どんな文体だったのだろうか。四言韻文の特徴として、四言体であること、隔句に韻をふむこと、の二点があげられる。このうち、後者の隔句押韻については、自明のことでとくに問題はない。すなわち、響きをおなじくする字を規則的に布置することによって、音声上の諧調感をつくりだす技法である。こうした音声の諧和によって、当該の文辞は詩に一歩ちかづいたことになり、文学化された印象を有することになる。その意味で、この押韻の技法は、当該文辞を文学化させる手段として、とうぜんありうべき修辞だといってよかろう。

四言韻文の特徴で問題にすべきなのは、むしろ前者の四言体のほうだろう。一般論でいえば、この四言体は漢末魏初のころは、詩の分野でも文の分野でも、ごくふつうのスタイルだったといってよい。周知のように、漢末魏初は五言詩が発展した時期だったが、しかし四言詩も依然としてつくられていたし、また文章方面では、有韻無韻をとわず、四言のリズムはもっとも多用されたスタイルだった。謹厳さを要求される碑誄や銘箴ジャンルではもちろんのこと、詔勅や奏議などの無韻の文でも、四言体が主体になっている。当時において、五言体が詩や楽府に、六言体を中心にした騒体が辞賦に、それぞれかたよって使用されていたことを想起すれば、四言体はなんでもこいの、いわば汎用性のたかいスタイルだったといってよかろう。

さて、それでは第二に、当時ごくふつうだった四言韻文のスタイルは、民間文学とつよい関係があったのだろうか。結論的にいえば、そうとはいえないだろう。たしかに、民間文学たる無名氏「神烏賦」はもとより、王褒「僮約」、曹植「鷂雀賦」などは、内容の鄙俗性や口語的口調の多用などの点で、民間文学との関係を暗示させるものである。しかしいっぽうで、さきにみた張儼「犬賦」などの短賦は、〔子どもとはいっても〕知識人による手すさびというべき作であり、民間文学との関連はみいだしにくい。さらに、蔡邕ら高度な士人の碑銘文学まで考慮にいれれば、四言韻文を民間文学と関連づけることは、なおさらむつかしくなってこよう。それゆえ、四言韻文のスタイルは、なるほど民間で多用されたには相違ないが、しかし知識人のあいだでも多用されていたのであり、いわば雅俗兼用のスタイルだったというべきだろう。

では第三に、当時の四言韻文の賦は、はたして王運熙氏のいうように、遊戯性とつよい関係があったのだろうか。結論的にいえば、これもそうとは断定できないだろう。賦はもともと娯楽ふう文学であり、さらに「僮約」（賦ととれなくもない）や「逐貧賦」「鷂雀賦」が有するごとき、ユーモアの伝統もないではなかった。これだけをみれば、たしかに四言韻文の賦は、遊戯性と関連があるといってよい。だがいっぽうで、「神烏賦」のような悲劇的内容を有した四言韻文もあるわけであり、その意味では「四言韻文の賦＝ユーモラスな文学」とは、かならずしも断定できない。両者のつながりは比較的つよいとはいえるかもしれないが、しかしやはり断定はできかねるのである。

以上を要するに、漢末魏初の四言韻文は、いろんな意味においてふつうの文体であり、雅俗兼用にして内容多彩なスタイルだったといってよかろう。では、四言韻文と遊戯文学との関連を主張する王氏の説は、妥当性を欠いたものかといえば、それはそうではない。王運熙氏の主張をかんたんにいえば、「漢魏六朝には民間文学に由来する通俗的四言韻文が存在し、それらは後代の通俗唱本の前駆であった」となろう。この指摘じたいは、同論に引用された作例を検したかぎりでは否定すべくもなく、洞察にみちた卓論だといってよい。ただ問題なのは、漢魏六朝期には、王氏のいう「通俗的四言韻文」以外の四言韻文もたくさんある（たとえば、碑銘の文は、叙事的でもなく、物語性ももたず、またユーモラスでもない）が、これらの存在をどう説明するのか、ということだろう。

すると、やや折衷的な気がしないでもないが、当時の四言韻文には、ふたつの系統の流れが並立していたと、かんがえたほうがよいのではないだろうか。すなわち、ひとつは、王氏のいう「通俗的四言韻文」の流れであって、これは民衆のあいだで多用され、民間文学ふうの通俗的な諸特徴を有していた（経書としての『詩経』ではなく、民間歌謡としての『詩経』の流れも、くんでいるのかもしれない）。そのため、ややもすれば、民衆がこのむ楽観的でユーモラスな傾向をもちやすかった。もうひとつは、知識人たちが常用していた安定感のある四言韻文の流れであって、これはおもに典雅さや荘重さを重視する碑誄や箴銘のジャンルで、使用されていた。したがって、内容的にかたぐるしいものになりやすく、遊戯性とは関わりがなかった――ということになろう。

この二系統の流れは、当時たがいに影響をあたえあっていたに相違ない。たとえば、宮廷文人たる王褒の「僮約」や知識人たる曹植の「鷂雀賦」には、あきらかに通俗的四言韻文の影響が濃厚にみられるが、いっぽう、通俗的な無名氏「神烏賦」のほうにも、ときに知識人ごのみの典故や、地方官を賛美したりする語句がかいまみえていた（第二章参照）。これらの雅俗の混淆ぶりに、二系統の四言韻文の交流のあとをみいだすことは、じゅうぶん妥当性があるであろう。こうした二系統のまじりあいの詳細については、六朝期における四六駢儷文（とくにそのなかの四字句）との関連も考慮せねばならず、ひとすじなわではゆかぬ複雑な問題ではあるが、それらはまたべつの機会にかんがえてみたい。

七　同題競采の遊戯性

さて、ここまで漢末魏初の遊戯文学やその研究史を概観してきた。以上を要するに、当時の遊戯文学は、

①儒教の衰退という思想潮流を背景としている。

②有力者の主催する宴席やサロンの場で、即興的につくられた。

③相手を辛辣にからかう嘲笑ふう文学が、もっとも盛行した。

④四言韻文のスタイルをとることがおおかった。

というふうにまとめてよかろう。

ところで、ここまでみてきた遊戯文学の事例は、おおむね遊戯性が明瞭なものであった。しかしいっぽうで、漢末魏初の時期には、これらとはちがって、遊戯性が不明瞭な遊戯文学も発生しているようだ。それは、一見すると遊戯文学にはみえないが、しかしじっさいは奥底に遊戯性を有しているという意味で、「かくれた遊戯文学」と称してよかろう（当時の人びとも、それらが遊戯文学だとは自覚していなかったかもしれない）。

では、その「かくれた遊戯文学」とは、具体的にはなにをさすのかといえば、おおきくいえばふたつある。第一は、三曹（曹操・曹丕・曹植）や建安七子などを中心としたいわゆる建安文学のうち、同題で競作しあった作品群である。この建安期における同題による競作については、つとに王瑶「擬古与作偽」（『中古文人生活』一九五一　のちに『中古文学史論集』にも所収）が指摘し、さらに鈴木修次『漢魏詩の研究』（大修館書店　一九六七）が本格的に考察して以来、おおくの言及があって、現在では周知のことだといってよい。ただ、これらの創作を遊戯性のこい文学活動ととらえ

た研究は、あまりおおくなかったようだ。ところが近時、廖国棟『建安辞賦之伝承与拓新』（文津出版　二〇〇〇）という書物が出現して、建安期の辞賦文学には、遊戯的な作品がおおかった旨を明確に指摘した。なかでも同書の二五八～三〇三頁では、「遊戯主題」という総称のもとに、建安辞賦のいくつかの主題のうち、廖氏が遊戯的だとかんがえるものを四つ、すなわち畋猟、宴遊、巧芸、同題競采をあげる。そしてそのうえで、これらにふくまれる諸作を分析しながら、当時の辞賦における遊戯性について詳述しているのである。

　ここでの記述のうち、畋猟、宴遊、巧芸の三つは、辞賦の題材じたいが遊戯的だという議論だが、最後の同題競采（廖国棟氏の語。同題で賦を競作しあうこと、またその作品）は、題材や内容ではなく、文人たちの創作精神に遊戯性をみいだしたものである。その意味で、この同題競采への考察は、漢末魏初における遊戯的な創作精神に、果敢にきりこんだものといえよう。以下では、この廖国棟『建安辞賦之伝承与拓新』の議論にみちびかれながら、建安期の同題競采を「かくれた遊戯文学」とみなす根拠を、いくつか提示してみよう。

　では、当時の同題競采のようすについて、まず具体例をみてゆこう。

(1)［曹丕登台賦序］建安十七年春、□遊西園、登銅雀台、命余兄弟竝作、其詞曰。
　建安十七年春、西園で宴遊し、銅雀台にのぼったが、そのとき父君（曹操）はわれら兄弟に、銅雀台を賦詠するよう命じられたのである。そのおりの賦はつぎのとおり。
　［魏志陳思王植伝］時鄴銅爵台新城、太祖悉将諸子登台、使各為賦。植援筆立成、可観、太祖甚異之。
　そのとき、鄴都の銅爵台が完成したばかりだったので、太祖（曹操）は諸子をひきいてその台にのぼり、各自に賦をつくらせた。曹植は筆をとってすぐ完成させたが、りっぱな内容だったので、太祖はたいそう感心した。

(2)［曹丕瑪瑙勒賦序］瑪瑙、玉属也。出自西域、文理交錯、有似馬脳。故其方人因以名之、或以繋頸、或以飾勒。

余有斯勒、美而賦之、命陳琳、王粲並作、其詞曰。

瑪瑙《めのう》は宝石の一種である。西域より産し、きめが縦横に交錯して馬の頭部に似ている。だから当地のひとは瑪瑙とよび、首にかけたり、勒《くつわ》のかざりにしたりする。私はこの瑪瑙でかざった勒をもっていたが、これを気にいって賦によみ、あわせて陳琳と王粲にも一詠を命じた。その賦はつぎのとおりである。

(3)［曹丕槐賦序］文昌殿中槐樹、盛暑之時、余数遊其下、美而賦之。王粲直登賢門、小閣外亦有槐樹、乃就使賦焉。

文昌殿に槐樹がはえている。盛夏のおり、私はよくその樹下であそんだが、その樹を気にいって賦に詠じた。そのとき王粲が登賢門に宿直していたが、宿舎のそとにやはり槐樹がはえていた。そこで王粲にも、槐の賦をつくらせた。

(4)［曹丕敍詩］為太子時、北園及東閣講堂并賦詩。命王粲、劉楨、阮瑀、応瑒等同作。

曹丕が太子だったころ、北園や東閣の講堂で詩をつくった。そのおり、王粲や劉楨、阮瑀、応瑒らにも同作を命じた。

(5)［劉楨瓜賦序］楨在曹植坐、厨人進瓜。植命為賦、促立成。其辞曰。

劉楨が曹植のそばに坐していたとき、料理人が瓜をだしてくれた。そこで曹植は彼に、その場ですぐ瓜の賦をつくるよう命じた。その賦はつぎのようなものである。

右の例は、当時の有力者たる三曹が、いろんな機会をとらえては、周辺の者に詩賦の同作を命じていたことをしめしている。(1)は、ふたつの資料を勘案すれば、銅雀台が完成した建安十七年の春、曹操は息子の曹丕や曹植らをひきつれてその台にのぼり、あわせて息子らにその台を賦せよと命じたようだ。曹操にも「登台賦」の断片が現存することからすると、曹操じしんもこのとき同題の賦をつくったのかもしれない。(2)は、曹丕が瑪瑙《めのう》のかざりがついた勒《くつわ》を題材にして、自分とともに陳琳と王粲にも同作させている。(3)も、曹丕が槐樹を題材にして、自分とともに王粲にも同題の賦詠を命じている（曹植にも、同題の賦がある）。(4)は詩の創作であるが、やはり曹丕が王粲、劉楨、阮瑀、応瑒らに命じて同作させていたことがわかろう。(5)では、曹植が劉楨に瓜の賦詠を命じているが、その賦詠のしかたが「その場ですぐ瓜の賦をつくるよう命じた」、つまり即興的な創作だったことが、よくわかる資料である。

これらの資料は、当時の文学活動のおおくが、親近な者どうしでの同作であり、また主君の命による競作でもあったことを、ものがたっている。それらは(5)のように、即興的な創作のばあいもおおかっただろう。同題競采がこうした雰囲気ですすめられたとすれば、その創作の周辺に、たがいに詩賦をつくりあってたのしむ遊戯的気分が生じてくるのは、さけられなかったことだろう。

このことを、(3)曹丕「槐賦」を例にして説明しよう。このケースは、同作した曹丕と王粲の作がともにのこっていて、具体的に比較しやすいという便宜があるからである。まず曹丕の「槐賦」は、

有大邦之美樹、惟令質之可嘉。託霊根于豊壌、被日月之光華。周長廊而開趾、夾通門而駢羅。承文昌之邃宇、望迎風之曲阿。修幹紛其漼錯、緑葉萋而重陰。上幽藹而雲覆、下茎立而擢心。伊暮春之既替、即首夏之初期。鴻雁遊而送節、凱風翔而迎時。天清和而温潤、気恬淡以安治。違隆暑而適体、誰謂此之不怡。（『芸文類聚』巻八八）

魏国にはえた槐樹たるや、称賛にあたいするほどりっぱだ。その根を豊壌にはらせ、日月の光にもめぐまれている。その槐樹、長廊をめぐってたち、門をはさんでずらっとならぶ。おくぶかい文昌殿の建物にむかい、迎風観のすみにたっている。ながい幹はいくつかにわかれ、緑葉はしげって影をつくっている。うえの梢あたりはうっそうとして雲でおおわれたようで、したの茎はすっくとたって地中ふかくにくいこんでいる。

さて、暮春もすぎさり、夏がおとずれるころとなった。鴻雁がとんで春をおくり、凱風がふいて夏の日々をむかえた。だが［この槐樹のしたでは］、空はすみきって温潤、空気はおだやかで平和だ。夏の暑さをさけて快適にすごすには、この槐樹の陰にいこうのがいちばんだ。

というものである。この賦では、ズラッとならびたつ槐樹を称賛し、その木陰は暑さをさけるのにつごうがよいとのべている。いっぽう、この曹丕の作に同作した王粲の「槐樹賦」は、

惟中唐之奇樹、稟自然之天姿。超疇畝而登殖、作階庭之華暉。形禕禕以暢條、色采采而鮮明。豊茂葉之幽藹、履中夏而敷栄。既立本于殿省、植根柢其弘深。鳥願棲而投翼、人望庇而披襟。（『芸文類聚』巻八八、『初学記』巻二八）

中庭のうるわしき槐樹は、天より英姿をさずけられた。田畝のなかですっくとそびえたち、階庭のなかでひかりかがやくようだ。その姿はりっぱで枝もよくのび、色もあざやかで鮮明だ。葉もよくしげってうっそうとし、夏をむかえて花もさいている。幹は宮殿のそばにどっしりたち、根は土中ふかくくいこんでいる。鳥はこの槐樹にすんで翼をやすませようとし、ひともこの樹を庇がわりにして襟をゆるめる。

というものである。この王粲の賦でも、やはり槐樹のうるわしいすがたを称賛し、あつい夏ともなれば、鳥もひとも、槐樹の木陰で一息つきたがる、と叙している。

さて、この両篇、ともに槐樹のこのましさを叙しており、構成や内容がよく似ているのに気づく。序文によると、曹丕がさきに「槐賦」をつくり、臣下たる王粲に同作を命じたのだから、おそらく王粲が意識して曹丕の作に似せたのだろう。こうした類似した内容は、現代的な見かたからすると、平凡で独創性に欠けたものとして、あまり好意的に評価されないだろう。だが、当時ではおそらく評価は逆で、似ていることは、むしろこのましいことだったにちがいない。なぜなら、似たような賦を唱和することによって、自分たちが息のあった同志であり、文学上の仲間だとい

う連帯感を確認しあえるからである。かくして意気投合したふたりは、「若ぎみ、おみごとです」とか、「王先生の作もすばらしいですね」とかいいあって、酒杯をくみかわしたり、文学談義にふけったりしたことだろう。(11) このように、同題競采の背後には、文雅なあそびをたのしむ、遊戯的な気分が存在していたと推測される。そうだとすれば、この期の同題競采による諸作は、表面上に遊戯性はなくても、その創作態度からみれば、「かくれた遊戯文学」とみなすことができよう。

八　悲しみごっこ文学の遊戯性

つぎに、「かくれた遊戯文学」の第二として、悲しみごっこ文学とでも称すべき、代作による作品群があげられよう。おのが家族や愛するひとの死去に際会し、また離別を余儀なくされれば、ひとはかなしいにちがいない。そうした悲しみが、文人たちのインスピレーションを刺激し、結果的にすばらしい文学に昇華することは、文学史上ではよくあることである。ただ、そうした創作においては、かなしむひとは常識的には、作者そのひとであろう。そうであってこそ、真にひとの心をうつ悲しみの文学がうまれてくるのだ。

ところが、この漢末魏初の時期、死去や離別をいたみ、それが機縁となって創作される悲傷の文学において、他人による代作がおこなわれていた。つぎにしめす事例は、事情はさまざまにしろ、いずれも、悲痛な思いにとらわれた人物をみて、他人（曹丕）がそのひとになりかわって、悲しみの情を表白したものである。

(6)［曹丕代劉勲出妻王氏詩］翩翩床前帳　可以蔽光輝／昔将爾同去　今将爾共帰／緘蔵篋笥裏　当復何時披

ベッドのそばでユラユラゆれるとばり、夜はこれで灯の明かりをさえぎってくれた。むかし私は、このとばりとともに嫁にきたが、いまはいっしょに実家にかえらねばならぬ。箱のなかにしまったら、いつまたとりだすだろうか。

(7)〔曹丕於清河見輓船士新婚与妻別〕与君結新婚　宿昔当別離／涼風動秋草　蟋蟀鳴相随／冽冽寒蟬吟　蟬吟抱枯枝／枯枝時飛揚　身体忽遷移／不悲身遷移　但惜歳月馳／歳月無窮極　会合安可知／願爲雙黄鵠　比翼戯清池

結婚したばかりなのに、とつぜん妻のおまえと別離させられてしまった。涼風が秋の草をふるわせ、コオロギはしきりになく。さむざむとしたヒグラシの鳴きごえ、そのセミは枯枝にしがみついている。もし枯枝が風にふかれれば、ヒグラシはよそにとばされるだろう。〔そのように〕わが身がよそにうつるのはかなしくないが、でもおまえにあえぬまま歳月がすぎるのはつらい。歳月ははてしなく、いつになったら再会できるのだろう。できれば、おまえとつがいの黄鵠になって、翼をならべて清池でいっしょにあそびたいものだ。

(8)〔曹丕寡婦賦序〕陳留阮元瑜与余有旧、薄命早亡。毎感存其遺孤、未嘗不愴然傷心。故作斯賦、以叙其妻子悲苦之情、命王粲並作之。

陳留の阮瑀は私とふるいつきあいがあったが、不幸にして若死にしてしまった。のこされた彼の家族のことをおもうたびに、私は気のどくで心がいたんでならぬ。そこでこの賦をつくって、のこされた妻子の悲痛の情をのべてみた。あわせて王粲にもいっしょにつくるよう命じた。

まず(6)の詩では、離縁をもうしわたされた妻が、そのつめたい仕うちをなげいている。『玉台新詠』巻二によると、王宋という女性は、平虜将軍たる劉勲の妻だったが、嫁入りしてから二十余年後に離縁をもうしわたされた。おもてむきは、王宋に子どもができなかったことが理由だが、じっさいは、劉勲がわかい娘を愛するようになったからだという。そうした事情があったにしろ、注目すべきなのは、この詩の作者は、離縁をもうしわたされた王宋そのひとではなく、直接には関係のない曹丕であるということだ。どういう事情があったのかはわからないが、この詩は、標題に「劉勲、妻の王氏を出だすに代わる詩」とあるように、曹丕が離縁をもうしわたされた王宋にかわって、その悲痛な思いを代作したものなのである。[12] それは(7)も同様であって、これもやはり曹丕（徐幹ともいう）による代作である。このばあいは、別途に資料はないが、その標題によると、「清河県で船曳きが新婚の妻と別離することになったが、それを偶然みかけた曹丕が、船曳きにかわって別離のつらさを叙した」という事情であるようだ。

さらに注目すべきは、(8)の「寡婦賦」の代作である。この賦序によると、建安七子のひとり阮瑀が、わかくして死去した。すると、その阮瑀と交遊のあった曹丕は、のこされた遺族（妻とその子）の悲しみをおもいやって、遺族のかわりに「悲苦の情を敘」したものであるという。つまり、この作もやはり、阮瑀の妻になりかわって、その悲しみの情をつづっているのだ。曹丕はこのとき、王粲にも同作を命じているので、ふたりによる「寡婦賦」の同題競采でもあったことになる（曹植と丁翼妻にも「寡婦賦」がのこっている。すると、彼らも、このときかどうかはわからないが、やはり同作したのだろう）。

ここで、曹丕と王粲の「寡婦賦」をしめしてみよう。

［曹丕寡婦賦］惟生民兮艱危、在孤寡兮常悲。人皆処兮歓楽、我独怨兮無依。撫遺孤兮太息、俛哀傷兮告誰。三辰周兮逓照、寒暑運兮代臻。歴夏日兮苦長、渉秋夜兮漫漫。微霜隕兮集庭、燕雀飛兮我前。去秋兮既冬、改節兮時寒。水凝兮成冰、雪落兮翻翻。傷薄命兮寡独、内惆悵兮自憐。

ひとの生涯は苦しみがつきものですが、孤児や寡婦ともなるといつも悲しみばかり。他人がたのしくくらしていても、私だけはせつなく、頼りにするものもおりません。私は遺児をなでては嘆息し、悲痛にくれてもうったえる相手がおりません。星辰はめぐりゆき、寒暑もうつってゆきます。夏日には暑さがいつまでもつづき、秋夜はながすぎます。やがて霜が庭におりてきて、燕雀も私のまわりからさってゆきます。そして秋がおわって冬となり、節気もあらたまって寒気がひどくなります。水はこおって氷となり、雪がふって空にまいだしました。私は夫の短命をいたんで孤独なまま心中かなしみ、みずからあわれむのです。

［王粲寡婦賦］闔門兮卻掃、幽処兮高堂。提孤孩兮出戸、与之歩兮東廂。顧左右兮相怜、意悽愴兮摧傷。観草木兮敷栄、感傾葉兮落時。人皆懐兮歓豫、我独感兮不怡。日掩曖兮不昏、朗月皎兮揚暉。坐幽室兮無為、登空床兮下幃。涕流連兮交頸、心憯結兮増悲。

寡婦たる私は、門をとじて掃除もせず、ただ高堂のなかにひっそりくらしています。子供をつれて戸から外へでても、ただ東屋敷あたりをうろつくだけ。周囲をみわたしても悲しみがつのり、わが思いは悲愴なままにしずみこみます。草木に花がさくのを目にしても、葉がおちるときを想起してしまい、他人が春の到来をよろこんでも、自分だけはたのしむ気になれません。日がくれてもくらくならず、明月がしらじらとあかるい夜となりました。幽室に坐してなにもせず、空の寝床にはいってカーテンをおろすと、涙が首すじまでつたいおち、かなしき思いが心中にわきおこるのです。

この両篇には、「我」という一人称が使用されているが、それは寡婦（阮瑀の妻）のことをさしている。つまりこの両篇は、阮瑀の妻が自作したという体裁をとっているのである。曹丕と王粲のふたりは、どうして、このような代作をおこなったのだろうか。当時、楽府［の作りかえ］など代作ふう創作の伝統が存していたことも、背景としてはあっただろうが、彼らの創作心理に即していえば、おそらくのこされた阮瑀妻への同情心がつよかったため、彼女の心情に一体化して、悲しみを表現しようとしたためだろう。

だが私見によれば、それにくわえて、曹丕らの心理の奥には、遊戯めいた意図、すなわち寡婦の心になりきって、いかにかなしいか、いかにつらいかを演出し、強調しようとする意図も、またひそんでいたのではないだろうか。私はこうした心理を、一種の仮装願望であり、「ごっこあそび」だとみなしてよいのではないかとおもう。そして、文辞の表面にただよう哀傷ふう雰囲気にもかかわらず、こうした「寡婦ごっこ」「悲しみごっこ」に、なにかしら遊戯的な気分を感じるのである。

そもそも、曹丕や王粲にかぎらず、いっぱんに漢末魏初の文人たちには、感傷ごのみとでも称すべき志向があるようだ。それは、このんで悲しみや憂いなどのネガティブな感情にひたり（そうした感情がないケースでも、あるというふうに仮定して）、そのなかで低徊しようとする志向のことである。いわば、悲しみをたのしみ、憂いに興じようとする精神とでもいえようか。しかも卓越した文才をもつ彼らは、そうしたネガティブな感情にひたった自己の姿や心情を、みずからきりはなして客体化し、悲哀感あふれたセンチメンタルな文学に昇華させてゆくことをこのんだ。こうした志向を、かつて高橋和巳氏は六朝の感傷主義と称し、潘岳や江淹の文学、具体的には「秋興賦」や「恨賦」「別賦」を、その代表とかんがえた。私は、これをもうすこし以前の時期にさかのぼらせて、この建安期における曹丕らの悲しみごっこ文学に、その源流をみたいとかんがえるのである。

高橋氏は明確には指摘されていないが、私は、曹丕らの感傷主義文学の奥に、遊戯的な気分がひそんでいるにちがいないとおもう。悲しみや憂いは、ふつう、ひとにとってうれしいものではない。だが、曹丕たちの行為やその文辞をみていると、このんで悲しみの情緒のなかにひたり、憂いのなかで興じているとしか、おもえないような印象がある。離縁をもうしわたされた妻や、新婚の妻と別離を余儀なくされる船曳き男、さらに夫と死別した寡婦——そうした気のどくな立場の人物に、みずからすすんでなりきり、悲しみごっこ文学を創作することが、その顕著な事例であるが、もうひとつ、つぎのような話柄も注目されよう。

(9)［世説新語傷逝］王仲宣好驢鳴。既葬、文帝臨其喪、顧語同遊曰、「王好驢鳴、可各作一声以送之」。赴客皆一作驢鳴。

王粲は驢馬《ろば》の鳴きごえがすきだった。彼の葬儀がおわるや、魏文帝（曹丕）は柩にちかづき、友人たちをふりかえっていった。「王粲は驢馬の鳴きごえがすきだった。各自がその鳴きごえを真似て、彼を葬送しようではないか」。葬儀にあつまった人びとは、みな一声ずつ驢馬の鳴きごえをあげたのだった。

これも曹丕たちのエピソードであるが、悲しみをたのしみ、憂いに興じる典型的な行動だといってよい。曹丕らは王粲の葬儀の場で、故人のすきだった驢馬の鳴き声をまねるという行為を、あえておこなっている。こうした行為はいっけん不見識で、奇妙な振るまいのようにみえるだろう。しかし彼らは、こうした場ちがいな行為をあえてすることによって、ネガティブな感情にひたり、悲しみをなぐさめていたのだろう。こうした行為は、当時の文人たちの心性として、悲しみとあそびとが一体化していたことを暗示している。このように、曹丕らの悲しみごっこ文学のうらには、悲しみをたのしみ、憂いに興じる遊戯性が密着していたにちがいないと、私は推測しているのである。(13)

九　カイヨワ遊戯論の適用

さて、漢末魏初の「かくれた遊戯文学」について、同題競采の諸作や悲しみごっこ文学も、うらに遊戯性を秘めているのではないか、と推測してきた。この推測を補強する論拠として、ロジェ・カイヨワ『遊びと人間』（清水幾太郎・霧生和夫の訳　岩波書店　一九七〇）の理論が、適用できるのではないかとおもう。このカイヨワの理論は、近時、出色のあそび論として著名になっているが、要するに、あそびの原理を競争《アゴーン》、偶然《アレア》、模擬《ミミクリー》、眩暈《イリンクス》の四種に分類し、あそびがこの四種の組みあわせで成立すると主張したものである。右にあげた同題競采や悲しみごっこ文学は、このカイヨワのいう四種をすべて体現しているようにおもわれる。

まず、アゴーン（競争）。カイヨワによると、明確なルールのもとでのスポーツ競技等が、この典型だという。このアゴーンについては、同題競采の諸作はまったく問題なく該当しよう。中心的な有力者をかこんで、複数の文人が同題、あるいは同テーマ、同題材で詩や賦などを競作しているからだ。このばあい、その中心人物が権勢を有していたなら、ごほうび目あての期待もたかまり、競争もはげしくなったことだろう。

たとえば、さきにあげた(1)「登台賦」の同題競采では、曹操をかこんで、曹丕と曹植のふたりは、つよい競争意識をもちながら、自慢の才腕をきそいあったことだろう。太子選定の争いもからんだとすれば、その競争意識はさらに白熱化していったに相違ない。このときの同題競采の結果について、『魏志』陳思王植伝は「曹植は筆をとってすぐ完成させたが、りっぱな内容だったので、太祖はたいそう感心した」という。すると、このときの競作は曹植の優勢でおわったようだが、その理由について、廖国棟氏は両者の現存する「登台賦」を比較しながら、つぎのように推測している。「曹丕の作は、ただ登台について賦詠するだけである。それに対し、曹植の作は、銅雀台の壮麗さを描写するだけでなく、父たる曹操の賢明さや勲績をも、適宜に称揚している。だから、この競争はとうぜん曹植の勝ちとなって、曹操の激賞をかちえたのだ」（同書二二七頁）。また(2)「瑪瑙勒」では、曹丕をかこんで陳琳と王粲とが、(4)のケースでも、曹丕をかこんで、王粲、劉楨、阮瑀、応瑒らが、それぞれ即興の腕をきそったことだろう。主君に命じられて同僚と競作する以上、いろんな意味でスリリングな雰囲気にみちていたに相違ない。遊戯めいてたのしそうな同題競采ではあるが、ときにはこうしたアゴーンふう雰囲気もおびつつ、おこなわれていたのである。

いっぽう、代作による悲しみごっこ文学のばあいでも、代作する側に、かなしむ当人と悲しみ吐露の競争をしている、という感覚が存していたと想像される。それは、「当人になりかわって、当人がかなしむよりもっと切実に、もっと印象的に、その悲痛な思いを表現してやろう」という意識といってよかろうか。こうした意識も、広義のアゴーンだと称してよかろう。

第二にアレア（偶然）。サイコロ賭博のような、偶然性が重要なあそびをいう。右の例のうち、たとえば(5)の劉楨「瓜賦」のケースをみてみよう。このばあい、曹植のそばにいた劉楨は、料理人が瓜をもってきたとき、とつぜん曹植から「瓜賦」を即興するよう命じられている。劉楨にとっては、これは準備するいとまもない不意うちだったことだろう。そうしたとつぜんの命令は、(3)の王粲「槐樹賦」や(8)の王粲「寡婦賦」のばあいでも、おそらくおなじだったろう（(9)の鳴きごえ競争も、とつぜんの提案だったろう）。不意に主君から賦詠を命じられた彼らは、「やれやれ、それならそれで、予告しておいてくださいよ」と内心ぼやいたかもしれない。もちろん、あらかじめ題材があたえられていたばあいもあったろうが、主君が興にまかせて、不意に賦詠を命じることも、またおおかったに相違ない。それらは、主君の気まぐれに左右される、まさにアレアそのものの文学創作であり、まことにスリリングなあそびだったことだろう。

第三にミミクリー（模擬）。カイヨワによると、自分とはべつの他者になりかわることで、物まねとか仮装とかが、これに相当するという。すると、(3)「槐賦」の同題競采では、王粲は曹丕「槐賦」に模した作をつづっていた。これはあきらかにミミクリーに相当するといってよい。さらに、(6)「代劉勲出妻王氏詩」(7)「於清河見輓船士新婚与妻別」(8)「寡婦賦」などの悲しみごっこ文学では、ミミクリーの原理がいっそう明瞭である。他人になりきって、その心情を詩や賦につづる曹丕らの代作行為は、あきらかに他者の物まねであり、仮装でもあり、つまりはミミクリーだといってよかろう。

こうした模擬的創作は、時空をへだててもおこなわれる。曹丕から約百年のちの晋の潘岳は、友人の任子咸が死んだとき、そののこされた妻のために、やはり「寡婦賦」をつくっている。その序で潘岳は、

昔阮瑀既歿、魏文悼之。並命知旧、作寡婦之賦。余遂擬之、以叙其孤寡之心焉。

むかし阮瑀が逝去するや、魏文帝はその死をいたんだ。そこで知友の者に命じて、阮瑀の妻のために「寡婦賦」をつくらせた。私は、その事例にならって、任子咸の妻の心情を叙してみたしだいである。

とのべて、曹丕「寡婦賦」にならってつくる旨を言明している。つまり潘岳は時間をへだてて、曹丕「寡婦賦」を模した同題の賦をつづったのである。曹丕らの作がヨコの模擬だとすれば、この潘岳のばあいは、タテの模擬だといえようか。

このようにミミクリーによる創作は、中国の古典文学の世界では、きわめて普遍的なものだった。詩ジャンルをとりあげても、模擬詩の創作や楽府の作りかえなど、ミミクリーを主とした創作事例は、じつに幅ひろい分野におよんでいる。こうした模擬文学をかんがえるさいには、フィクション設定のおもしろさはもちろんだが、さらに伝統への尊崇や古人との各様の競争意欲、(14)そしてそれらにくわえてこの遊戯的性格という要素も、無視してはならないだろう。

第四にイリンクス（眩暈）。一種の興奮状態におちいることをさす。(1)〜(5)のような同題競采が、参加者たちの心中に、興奮をもたらすことはいうまでもない。だが、この方面では、代作による悲しみごっこ文学のほうが、より強烈な興奮状態をひきおこすだろう。たとえば、(8)「寡婦賦」のケースでは、曹丕らは阮瑀の妻の心情になりきって、夫にとりのこされた寂しさや悲しさの情を叙している。こうした創作においては、他者になりきればなりきるほど、沈痛なムードにひたってゆけたことだろう。おそらく、彼らの代作行為においては、そうしたネガティブな感傷にひたり陶酔すること、それじたいも目的のひとつだったに相違ない。こうした感傷にひたり陶酔することは、そのまま

カイヨワのいうイリンクスに通じるといってよかろう。

このようにみてくれば、建安期における文学活動、とくに同題競采と悲しみごっこ文学の諸作には、カイヨワのいうあそびの四原理がそろっているといってよい。もっとも、この四原理は、どのばあいにもすべてそろっているわけではなく、私は、建安文学をすべて遊戯ふう文学だったといいたいのではない。ただ悲憤慷慨にあふれた、骨力ある作風だとされてきた建安期の文学には、いっぽうでこうした遊戯的性格も、また濃厚だったことを指摘しておきたいのである。

こうした同題競采と悲しみごっこ文学の諸作は、さきの遊戯文学三分類にあてはめると、第三の社交ふう遊戯文学に属していよう。ただ、おなじ社交の作でも、張儼らの短賦のばあいは、『文士伝』の記事によって遊戯的な創作であるのが明瞭だったが、これら建安期の二種の諸作は、すくなくとも表面的には、遊戯的文学であることがよみとりにくい。その意味で、曹丕らの作は、「かくれた遊戯文学」とよばれてしかるべきだろう。

こうした三曹を中心とした「かくれた遊戯文学」は、後続する六朝の文学におおきな影響をあたえている。すなわち、六朝における集団での遊戯的競作は、この同題競采のあそびから発展し、また六朝の感傷主義も、曹丕らの悲しみをたのしみ、憂いに興じる悲しみごっこ文学に、端を発するとかんがえられるからである。すると、六朝における文学創作の大わくは、この建安の「かくれた遊戯文学」から成長してきたといってよかろう。建安文学はふつう、骨力ある悲憤慷慨ふう性格が強調される。だが、六朝文学にあたえた実質的な影響という点からみれば、そうした剛健なますらおぶりではなく、この遊戯的な文学のほうが、はるかにおおきかったというべきだろう（建安期の「かくれた遊戯文学」は、真戯融合の精神によってささえられている。詳細は第十四章第七節を参照）。

建安文学のこうした遊戯的な側面を指摘した六朝の文人は、ほとんどいなかったといってよい。ただ隋の李諤が、

「上書正文体」（『隋書』巻六六）のなかで、建安文学が六朝文学へあたえた影響について、つぎのような意見をのべているのは、注目されてよいだろう。

其有上書献賦、制誄鐫銘、皆以褒徳序賢、明勲證理。苟非懲勧、義不徒然。降及後代、風教漸落。魏之三祖、更尚文詞、忽君人之大道、好雕虫之小芸。下之従上、有同影響、競騁文華、遂成風俗。江左斉梁、其弊弥甚、貴賤賢愚、唯務吟詠。遂復遺理存異、尋虚逐微、競一韻之奇、争一字之巧。連篇累牘、不出月露之形、積案盈箱、唯是風雲之状。世俗以此相高、朝廷拠茲擢士。禄利之路既開、愛尚之情愈篤。

古代では、上書したり賦を献じたり、誄《るい》をつくったり銘文をほったりするのは、すべて君子の徳望をほめ、賢人の功績を叙し、勲功を明確にし、道理を証明するためであった。勧善懲悪のためでなければ、そんなことはしなかった。

ところが時代がくだると、風教の美風がしだいにおとろえてきた。魏の三祖（曹操、曹丕、曹植）になると、文学をたっとぶあまり、君子の［風教重視の］大道をおろそかにして、ただ雕虫のごとき小芸だけをこのんだ。下の者が上の者にしたがうのは、影や響きと同様であり、人びとは華美な文飾にはしって、ついに天下の風俗となってしまった。

とくに江左の斉・梁の時代にその弊害がいちじるしく、貴賤も賢愚もただ吟詠にいそしむしまつだった。かくして道理をわすれて異ばかりをいいたて、また虚をたずね微をおいかけ［て些細な技巧を追求し］、一韻の奇抜さをきそい、一字の巧みさをあらそったのである。そのため、どの作品も月露の形態をうたい、机や箱にあふれた諸作は、すべて風雲のようすをえがいたものだった。世間はこうした能力をたかく評価し、朝廷もこの文学の能力で士を抜擢した。これによって、文学によって禄をえる路がひらかれ、文学愛好熱はますますたかまっていった。

六朝において修辞の美をきそい、月露風雲ばかりをおいかけるようになったのは、魏の三祖（曹操、曹丕、曹植）にはじまる、というのが李諤「上書正文体」の主張である。遊戯性じたいに言及したものではないが、骨気や慷慨の精神のみに目をうばわれやすかった批評のなかでは、建安期の文学の多様な性格や、六朝文学にあたえたこのましくない影響を、冷静にみすえたものだといってよかろう。

このようにみてくると、建安期に発生した同題競采や悲しみごっこ文学は、たんに遊戯文学の方面で注目するだけでは、じゅうぶんではないようだ。これらの「かくれた遊戯文学」は、ばあいによっては建安文学の作風の見なおしをせまってくるかもしれないし、さらに建安文学の六朝文学への影響をかんがえるうえでは、もっともっと重視される必要があるだろう。

注

（1）魏文帝の『笑書』とは、魏文帝撰とされる小説集『列異伝』か、もしくは同時代の邯鄲淳の『笑林』のたぐいをさしていよう。

（2）『呉志』薛綜伝注引『江表伝』では、この話は蜀の費禕と呉の諸葛恪との会話だとされている。

（3）漢末魏初の時期における談論や、集団による文学競作を論じたものとしては、以下のようなものがある。斯波六郎「後漢末期の談論について」（『六朝文学への思索』創文社　二〇〇四　初出は一九五五年）、岡村繁「後漢末期の評論的気風について」（「名古屋大学文学部研究論集（文学）」第二二号　一九六〇）、鈴木修次『漢魏詩の研究』（大修館書店　一九六七）、胡大雷『中古文学集団』（広西師範大学出版社　一九九六）、劉季高『東漢三国時期的談論』（上海古籍出版社　一九九九）など。

（4）遊戯文学と即興創作とは、ふかい関連があるように推察される。そのことについては、本書第十六章を参照。

（5）設論ジャンルでユーモアが濃厚なのは、前漢までの作にすぎない。後漢以後になると、設論の諸作は真摯な外観を呈するようになって、遊戯文学らしさがよわまってくる。設論ジャンルに属する班固「賓戯」、崔駰「達旨」、張衡「応間」、蔡邕「釈誨」などは、ユーモアの要素がほとんどなくなっており、遊戯文学の範疇からはみでてしまったような印象がある。それはそれで意義のあることであり、進歩したというべきかもしれないが、ただ文学としての風趣の面からみると、皮肉や自嘲などの要素がとぼしくなったぶん、出処進退に関するきまじめな主張が展開されるだけの、やや退屈な内容になってしまっているように感じられる（ただし、西晋の夏侯湛「抵疑」ではユーモアが復活しており、設論とユーモアとの関連が皆無になったわけではない。初唐の『芸文類聚』では、巻二十五「嘲戯」に設論の主要作をあつめており、設論とユーモアとの関連は、なお意識されていたようだ）。

（6）応場については、『文心雕龍』諸讔篇でも「応場の鼻をくずれ卵にたとえる」（応場之鼻、方於盜削卵）と言及している。応場は、からかわれやすい風貌をしていたのかもしれない。

（7）繁欽「嘲応徳璉文」における応場への嘲笑のしかたは、他人の秘事を暴露するという点で、やはり建安七子のひとり、陳琳が曹操を攻撃した「為袁紹檄豫州」中の有名な、

　贅閹遺醜、本無懿徳。

　曹操のやつは、いぼのごとき宦官の醜悪な子孫で、もとよりろくでもないやつだ。

という悪態を連想させる。「嘲応徳璉文」中の嘲笑にしろ、「為袁紹檄予州」中の悪態にしろ、じゅうらい口頭では応酬されていただろうが、書面に記録されることはなかった。それが記録されたということに、漢末魏初のあたらしい時代風潮をよみとるべきだろう。清峻とよばれ、また通脱とも称される、当時の自由闊達な気風のうらには、こうしたはげしい側面もひそんでいるのである。

（8）張儼らの短賦における修辞技法は、たんなる文学的な装飾だけではなく、機智や遊戯性をかもしだす効能も、はたしていることに注意したい。こうした修辞技法と遊戯性との関連は、ふだんはあまり表面にでてこない［したがって、人びともあ

まり気がついていない」のだが、じつは水面下では密接にかかわりあっている。こうした文学の深部における、修辞技法と遊戯性との秘めやかな交流は、後代の六朝修辞主義文学の本質をさぐるうえでも、重要なポイントになってくるだろう。第十四章も参照。

（9）張儼「犬賦」などの短賦の創作は、六朝の文学集団による即興創作の先蹤だとみなせよう。

（10）劉勰のいう遊戯文学は、諧讔篇をみるかぎり、文人による文言の作品に限定されており、口語まじりの小説（『世説新語』や『捜神記』など）や民間文学のたぐいは、念頭になかったようだ。すると、劉勰のかんがえる遊戯文学は、かなりせまい範囲のものだったと推測してよい。こうした考えかたは、ひとり劉勰だけでなく、当時いっぱんの文人たちの認識でもあったのだろう。王運熙「文心雕龍為何不論述漢魏六朝小説？」（『慶祝王元化教授八十歳論文集』所収　華東師範大学出版社　二〇〇一）、劉中文「論劉勰的民間文学観」（『北方論叢』二〇〇一―三）なども参照。

（11）こうした曹兄弟をめぐる同志的連帯感については、拙稿「曹丕の与呉質書について―六朝文学との関連―」（『中国中世文学研究』第二〇号　一九九一）を参照。

（12）曹丕「出婦賦」と曹植「棄婦篇」の二篇も、悲運にしずむ女性の立場でつくられており、劉勲から離縁された王宋のための代作だった可能性がある。王宋の気のどくな境遇は、当時の文人たちのあいだでは、流行の題材だったのだろう（もっとも、こうした棄婦をテーマにした作品は、『詩経』の谷風や氓などから存在しており、けっして目あたらしいものではない）。そもそも文人が、かなしむ他人にかわって、その悲痛な心情を詩賦につづるという代作行為は、司馬相如「長門賦」の例にみるように（ただし擬作の疑いあり）、建安以前にもないではなかった。しかし、この種の作品が急増したのは、やはり建安の曹丕のころからなのである。

（13）曹丕らの悲しみごっこ文学の延長上に、江淹「恨賦」や香奩《こうれん》三部作（何遜「為衡山侯与婦書」、伏知道「為王寛与婦義安主書」、庾信「為梁上黄侯世子与婦書」）、陳後主「与詹事江総書」なども、位置させてよいだろう。これらの作品にも、なにかしら、曹丕「寡婦賦」らと同種の作為や遊戯性が、感じられるからである。第十九章や注（11）の拙稿を参照。

（14）林文月「陸機的擬古詩」（『中古文学論叢』所収　大安出版社　一九八九）は、陸機「擬古詩」の創作動機について、「芸高胆大的遊戯性或挑戦性」にあったのではないかと推測されている。林論文は陸機「擬古詩」に対する議論ではあるが、林氏が指摘される「遊戯性」や「挑戦性」は、曹丕らの「ごっこあそび」ふう文学とも通底する性格だろう。

第五章　蔡邕「青衣賦」論

後漢後半に活躍した蔡邕（一三三〜一九二）、あざなは伯喈は、経学はもとより、天文、暦法、史学などの学問、さらに音楽や書道をはじめとする芸術方面でも、当時の第一人者だった人物としてしられている。また文学の方面でも、詩賦や文章の名作をおおくのこしている。とりわけ、彼は碑銘の文学を得意としており、『文心雕龍』誄碑篇では、

才鋒所断、莫高蔡邕。……察其為才、自然而至。

碑文創作の才の鋭さたるや、蔡邕以上のものはいない。……その才腕の由来たるや、天与のものだろう。

とたかく評価されている。

そうした蔡邕の文学方面での業績のうち、本章がとりあげようとする「青衣賦」は、婢女への恋慕の情を叙したものであり、蔡邕個人のみならず、当時の賦文学全体のなかでも、特異な作だといってよい。この「青衣賦」が注目されることによって、現代の研究者のあいだでは、蔡邕の人物像について、博識の大学者ではあるが、同時に「果敢に旧套を打破した熱血のひとであり、進歩的な思想の持ちぬしでもあった」（馬積高『賦史』一三三頁）という見かたが、ひろまってきているようだ(1)。

しかしながら、蔡邕が活躍した時期（建安文学の直前）の文学風潮をかんがえると、この「青衣賦」に対しては、気らくにかかれた虚構の遊戯文学だと、みなすこともできるのではないだろうか。本章では、こうした私見もまじえな

がら、この「青衣賦」に対する若干の仮説を、提示してみようとするものである。

一　「青衣賦」の内容

標題の「青衣」は、もとより青色の衣服の意だが、当時は、下賤な召しつかい女が身にまとうものであった。それゆえ青衣は、「［青衣を身にまとった］婢女」の意となる。この青衣については、すこし時代はくだるが、『晋書』懐帝紀のつぎの記事をよむと、その社会的地位のひくさがよくわかる。すなわち、匈奴の俘虜となった西晋の懐帝（在位三〇六～三一一）が、北方の平陽に連行されたとき、勝者たる匈奴の劉聡が宴会をひらいた。そのさい、劉聡は懐帝に「青衣」をきせ、酒の酌をさせたので、侍中の庾珉が号哭してしまったという。天子が下賤な女の青衣をきせられ、しかも酒の酌までさせられるという二重のはずかしめをうけたので、臣下の庾珉は号哭せざるをえなかったのである。こうした話柄によっても、青衣、およびそれを身につけることの低劣な位置づけがうかがえよう。ところが、著名な儒者であり、世にしられた大学者でもあった蔡邕が、よりによって、その身分のひくい青衣に想いをよせ、恋慕の情を叙した「青衣賦」をつくったのである。これによっても、この「青衣賦」の異様さが了解できよう。

さて、まず「青衣賦」の内容を概観しよう。この作品は、『芸文類聚』巻三十五と『初学記』巻十九におさめられているが、いずれも完篇ではない。いま、これらを統合した『全漢賦』（北京大学出版社　一九九三）のテキストによって、「青衣賦」全文を提示し（ただし疑問の箇所は、私意によってあらためた。また対偶はひろめにとった）、あわせて口語訳をそえてみよう。

金生沙礫、歎茲窈窕、産于卑微。盼倩淑麗、皓歯蛾眉。玄髪光潤、領如蝤蠐。

珠出蚌泥。縦横接髪、葉如低葵。

脩長冉冉、碩人其頎。綺袖丹裳、躡蹈絲韋。盤跚蹴蹀、和暢善笑、動揚朱脣。

坐起昂低。

都冶嫵媚、卓礫多姿。精慧小心、趣事若飛。中饋裁割、莫能双追。

関雎之潔、不陥邪非。察其所履、世之鮮希。宜作夫人、為衆女師。

伊何爾命、在此賤微。代無樊姫、楚荘晋妃。感昔鄭季、平陽是私。故因錫国、歴爾邦畿。（以上、前半）

雖得嬿婉、舒写情懐。寒雪繽紛、充庭盈階。兼裳累鎮、展転倒頽。

昒昕将曙、飭駕趣厳、将舎爾乖。矇冒矇冒、思不可排。停停溝側、我思遠逝、
鶏鳴相催。噭噭青衣。爾思来追。

明月昭昭、当我戸扉。河上逍遥、徙倚庭階。

條風狎獵、吹予床帷。

南瞻井柳、非彼牛女、隔于河維。思爾念爾、惄焉且饑。（以上、後半）

仰察斗機。


黄金は沙礫《されき》から産し、真珠は蚌泥《ほうでい》から生じる。［その黄金や真珠にも比すべき］窈窕たるそなたが、なんと婢女の生まれとは。そなたは、すんだ瞳に笑顔がうつくしく、しろい歯と蛾眉《がび》がきれいだ。黒髪はつややかにひかって、首すじはしなやか。髷《まげ》は黒髪をたばね、葵《あおい》がこうべをたれたかのよう。すらっとして柔弱で、うつくしく背もたかい。あやぎぬの袖《そで》がついた赤裳を身にまとい、絲でかざった鞋《くつ》をはいていた。

ゆるゆるとあるき、立ち居も優雅そのもの。なごやかでよくほほえみ、そのたび朱唇がうごく。洗練されてあでやかなさまは、衆にぬきんでている。頭もよく注意ぶかいし、なにをするにもすばやい。料理や裁縫も達者で、ならぶ者なしの腕前。関雎の徳をもち、非礼なことはしない。その言動をみれば、世にもまれな存在だ。そなたをめとって妻とすれば、女性の模範となろう。ところがなんたる運命か、そなたは青衣といういやしき生まれ。もし春秋の世に樊姫がいなかったら、楚の荘王は［婢女ではあっても］そなたを妃としたことだろうに。さらにむかし、漢の鄭季が平陽侯の婢女と私通し［て衛青がうまれ］たこともおもわれる。その婢女との私通［でうまれた衛青の活躍］のおかげで、鄭一族は侯国をたまわり、その封土は天下に歴然たるものとなったのだ。（以上、前半）

きれいなそなたを手にいれて、わが思いがかなったとおもいきや、つめたい雪が空にまい、庭や階段にふりつもる。…二句未詳…。まさに夜があけんとし、鶏の鳴きごえがうるさくなった。車馬をととのえ衣服を身につけ、いよいよそなたともお別れだ。わが心はおおいにみだれ、そなたへの未練がたちきれない。堀のそばにすっとたたずみ、なきつづけた青衣よ。私が遠地へさらんとすると、そなたはついてきたがってやまなかったものだ。

［やがて季節がうつり］皓々たる月の光は、わが部屋の窓にさしこみ、春風はそよそよと、ベッドわきの帳にふきよせる。私は河のほとりをうろつき、庭や階段をさまよう。南のかた井柳の星座をながめ、斗機の星をみあげる。私とそなたとは牽牛織女でもないのに、天の川にへだてられてしまった。そなたのことをおもいつづけること、まるで飢餓にくるしむかのようだ。（以上、後半）

二　古詩の世界との類似

意味をとりにくい箇所もあるが、いちおう右のように訳してみた。ここでの青衣は、「あやぎぬの袖《そで》がついた赤裳を身にまとい、絲でかざった鞋《くつ》をはいていた」という身なりからすると、貴人につかえる年わかい婢女か、もしくは歌舞音曲に従事する妓女のようにみえる。この賦はそうした年わかい青衣への、恋情告白なのである。こうしたつやっぽい賦が、後漢という儒教全盛の時代に、しかも熹平石経や「性は篤孝たり」という孝行ぶりで名だかい蔡邕によって、つくられているのだ。いったい、蔡邕はなぜこんなつやっぽい賦をつくったのか、そもそも彼は本気で青衣に恋していたのか——などの疑問がすぐ生じてくるが、それらはひとまずおき、まずは「青衣賦」への詳細な分析がさきだろう。

この「青衣賦」は、女性への恋情を主とするので、賦の分類からすると、神女賦の系統にちかいとかんがえられる。じっさい、程章燦『魏晋南北朝賦史』（江蘇古籍出版社　一九九二）は、「青衣賦」を建安期の応瑒、王粲、楊脩、陳琳らの「神女賦」や、曹植「洛神賦」の先蹤だと主張している（四〇～四四頁）。蔡邕の諸賦が建安賦のさきがけとなったことは周知の事実であり、たとえば、蔡邕「霖雨賦」は応瑒や王粲、曹植らの「愁霖賦」に、また蔡邕「述行賦」「蟬賦」は曹植らの同題の賦に、そして蔡邕「検逸賦」（「静情賦」ともいう）は応瑒「正情賦」、阮瑀「止欲賦」などに、それぞれ継承されている。程章燦氏はこれらにくわえて、「青衣賦」と建安の神女賦とのあいだにも、同種の連続性をみとめようとするわけだ。たしかに、女性への思慕を告白するという点で、両者のあいだには相関がみとめられるが、蔡邕の賦では、思慕される女性が神女ではなく、青衣だというのがめずらしいといえよう。

さて、この「青衣賦」は、青衣のイメージを中心にみてゆくと、二つの部分に大別できそうだ。まず前半は、冒頭から「歴爾邦畿」句までで、ここは青衣の美しさや聡明さ、そして精励なはたらきぶりを称賛した部分である。ここで注目すべきなのは、婢女たる青衣が、儒教道徳にのっとった女性としてえがかれていることだ。そうしたイメージは、青衣の容姿や性質が、『詩経』の詩句を多用して描写されていることから生じている。

たとえば、「嘆茲窈窕」句の「窈窕」は、『詩経』周南関雎の「窈窕淑女、君子好逑」にもとづき、そして「関雎之潔」句は、おなじ関雎の詩全体をふまえよう。これらの典故によって、青衣は高貴な后妃のイメージをかぶせられている。さらに賦の「盼倩淑麗、皓歯蛾眉。玄髪光潤、領如蝤蛴……脩長冉冉、碩人其頎」あたりは、やはり『詩経』衛風碩人の「碩人其頎……領如蝤蛴、歯如瓠犀。螓首蛾眉。巧笑倩兮、美目盼兮」にもとづこう。碩人のこの部分は、美人の描写として有名な語句であり、その意味では、それをつかった青衣の描写は、女性美の常套的表現だといってよい。

もっとも、こうした『詩経』典故の利用は、後漢が儒教全盛の時代だった以上、めずらしいことではない。蔡邕は、彼が得意とした碑銘のジャンルでも、『詩経』『書経』等からの経書語彙を多用しながら、当該人物を伝統的な儒教規範にそった高貴な存在にえがいていた。すると、こうした『詩経』の典故多用は、得意の碑銘の叙法を、そのまま「青衣賦」に適用させたものといってよかろう。

ところが、後半の「雖得嬿婉」以下では、前半とはうってかわって、謹厳な儒教道徳とはことなった、情熱的な発言がめだっている。まず、後半冒頭の「きれいなそなたを手にいれて、わが思いがかなったとおもいきや……夜があけんとし、鶏の鳴きごえがうるさくなった」の部分では、主人公と青衣のあいだに一夜の交情があったことが暗示されており、この賦にしっとりした情趣をそえている。さらに「車馬をととのえ衣服を身につけ、いよいよそなたともお別れだ。わが心はおおいにみだれ、そなたへの未練がたちきれない」の部分では、大学者にして至孝でしられた蔡邕らしからぬ、奔放な恋慕の情がめんめんとつづられている。これをうけて青衣のほうも、前半の貴婦人ふうイメージとはうってかわって、情熱的な恋する娘に変身し、「私が遠地へさらんとすると、そなたはついてきたがってやまなかった」と、遠地へさらんとする蔡邕においすがって、別れをかなしんだのである。

さらに注目したいのは、青衣と離別したあとの、「明月昭昭」以下の部分である。まず「皓々たる月の光は、わが部屋の窓にさしこみ、春風はそよそよと、ベッドわきの帳にふきよせる。河のほとりをうろつき、庭や階段をさまよう」は、蔡邕が月光のもと、かつて情をかわした青衣のことをおもいつつ、そとをさまよう場面であるが、この部分、じつは古詩十九首（第十九）や古楽府「傷歌行」の内容によく似ている。

〔古詩十九首第十九〕明月何ぞ皎皎たる　我が羅《うすもの》の床幃を照らす／憂愁して寐《い》ぬる能わず　衣を攬《と》りて起きて徘徊す／客行は楽しと云うと雖も　早《つと》に旋帰するに如かず／戸を出でて独り彷徨するも　愁思当《まさ》に誰に告ぐるべき／領《うなじ》を引いて還りて房《へや》に入らば　涙下りて裳衣を沾《うるお》す

〔傷歌行〕昭昭たり素明の月　暉光我が牀《とこ》を燭《て》らす／憂人寐《い》ぬる能わず　耿耿《こうこう》として夜何ぞ長き／微風閨闥《けいたつ》に吹き　羅帷《らい》自から飄颻《ひょうよう》す／衣を攬《と》りて長帯を曳《ひ》き　屣履《しり》して高堂より下る

また、やはり後半の「南のかた井柳の星座をながめ、斗機の星をみあげる。私とそなたとは牽牛織女でもないのに、天の川にへだてられてしまった」では、蔡邕と青衣との別離を七夕伝説にかさねて表現している。だが、この七夕伝説じたいが、そもそも古詩のなかでうたわれる題材なのである。

〔古詩十九首第七〕南に箕あり北に斗有り　牽牛も軛《くびき》を負わず／良《まこと》に盤石の固きこと無くんば　虚名復た何の益あらんや

〔古詩十九首第十〕 迢迢《ちょうちょう》たる牽牛星　皎皎たる河漢の女／繊繊として素手を擢《ぬ》きんで　札札《さつさつ》として機杼を 弄《もてあそ》ぶ／終日なるも章《あや》を成さず　泣涕零《お》つること雨の如し／河漢は清く且つ浅し　相去ること復た幾許《いくばく》ぞ／盈盈《えいえい》たる一水の間　脈脈として語るを得ず

これによって、「青衣賦」後半の内容は、古詩や古楽府の文学世界にちかづいていることがわかろう。くわえて、建安文学をよみなれたひとには、同種の文学的雰囲気をたたえた詩のいくつかも、すぐ想起されてくるに相違ない。

〔曹丕雑詩〕 漫漫として秋夜長く　烈烈として北風涼し／展転として寐《い》ぬる能わず　衣を披《き》て起《た》ちて彷徨す／……／俯《ふ》しては清水の波を視て　仰《あお》いでは明月の光を看る／天漢迴《めぐ》りて西に流れ　三五正に従横たり

〔阮瑀七哀詩〕 川に臨めば悲風多く　秋の日は苦《はなは》だ清涼たり／客子戚《うれ》いを為し易く　此れに感じて用て哀傷す／衣を攬《と》りて起ちて躑躅《てきちょく》し　上のかた心と房とを観る／三星故次《こじ》を守り　明月未だ光を収めず／鶏の鳴くは当《は》た何れの時か　朝晨は尚お未だ央《なかば》ならず／還り坐して長く嘆息し　憂憂として安くんぞ忘るべき

〔曹植雑詩〕 西北に織婦有り　綺縞何ぞ繽紛たる／明晨より機杼を乗《と》り　日昃も文《あや》を成さず／太息して長夜を終え　悲嘯して青雲に入る

はじめ二つの詩は、いずれも明月のしたで、ねむれぬまま外をさまよいあるき、三つめの詩は、七夕伝説をふまえつつ、旅にでた夫がかえってこないのをかなしんでいる。これら建安期の三詩、いずれも「青衣賦」後半によく似た雰囲気をもっていることがわかろう。

右の曹兄弟や阮瑀など建安の文人たちが、古詩や古楽府の語彙や感情にまなびながら、彼らの文学世界をかたちづくっていったことは、文学史の常識だといってよい。その意味で、建安文学の雰囲気が古詩や古楽府の世界に類似しているのは、とうぜん予想されることだろう。ところが、その古詩や古楽府との類似が、建安にさきだつ蔡邕「青衣賦」［の後半部分］にまで、およんでいるのだ。このことは、「青衣賦」と建安文学とが、古詩や古楽府を介しつつ、兄弟関係にあったことを暗示するものであり、「青衣賦」の性格を特徴づけるものとして、記憶されておいてよい。

以上、青衣のイメージを中心に、蔡邕「青衣賦」を二つにわけてみてきた。青衣が、前半では儒教規範にそった窈窕たる淑女ふうにえがかれながら、後半では、情熱的な恋する娘に変貌していることが、確認できたようにおもう。前半の青衣イメージを、うつくしいがやや退屈な肖像画だとすれば、後半は命をふきこまれた生身の女性とでもいえようか。こうした両様の女性像が、木に竹をつぐようにして接合されているのが、この賦の特徴なのである。

もっとも、こうした両様イメージの併存は、読者に混乱した印象をあたえかねない。この「青衣賦」が、文学史上で重視されなかった理由のひとつとして、身分のひくい婢女を題材にしたこととならんで、このあたりの青衣イメージの混乱もあげられてよいであろう。

三　「誚青衣賦」による批判

このように、蔡邕「青衣賦」後半部分は、古詩や古楽府などの文学世界にちかづいており、庶民的で率直な恋情吐露をおこなっている。建安期の「神女賦」や「定情賦」系の諸作では、おなじく女性への思慕を表白しても、

始則蕩以思慮、而終帰閑正。（陶淵明「閑情賦序」）

はじめは自制できず妄想をくりひろげるが、最後には正道にたちかえる。

のがふつうである。だが、この「青衣賦」では、青衣と一夜までともにし、離別したのちも、未練をたちきれぬまま、「そなたのことをおもいつづけること、まるで飢餓にくるしむかのようだ」と告白しているのだ。

さらにじゅうらいの諸賦とことなるのは、「青衣賦」にえがかれる女性が、『詩経』典故で装飾される（前半）にせよ、古詩や古楽府の語彙と共通する（後半）にせよ、思慕の対象が神女でもなく貞女でもなく、青衣つまり身分のひくい婢女だということである。当時の考えかたからすれば、こうした女性を思慕の対象とすることは、ありえないことであり、そもそも「高貴な青衣」「聡明な青衣」という表現じたい、形容矛盾だとうつったに相違ない。

一例をあげれば、やや時代がさかのぼるが、青衣と同類の「奴」（奴僕）が、文学の題材になったことがある。それが前漢、王褒の「僮約」だが、王褒はこの作品で、奴僕（名は便了）を、

（原文は第一章参照）

証文をよみおわるや、便了ものもよういわず、へらず口もたたけない。ひたすら頭を地面にうちつづけ、両手で自分の顔をたたくだけ。そのうえ目からはポタポタの涙、鼻からはダラダラの鼻水一尺というしまつ。「ほんとうに旦那のおおせのとおりなら、あっしははやくくたばって、黄土にうもれてミミズに額をくわれたほうが、ましでございます。こんなこととはやくしってりゃ、王の旦那のために酒もかいにゆき、ほんま不埒なこともせんかったですのに」。

と描写している（第一章参照）。こうした、侮蔑や嘲笑の対象たるべき存在が、王褒の脳裏にあった奴僕［や青衣］のイメージだったのである。(2) そして、それはおそらく、蔡邕当時でも同様だったに相違ない。そうした「青衣＝下賤な者」イメージがふつうだった時代に、蔡邕は青衣を美麗、聡明、勤勉なる存在として称賛し、そしてあろうことか、青衣への恋情を吐露しているのである。

この「青衣賦」は、当時の知識人たちにつよいショックをあたえたようだ。というのは、標題や内容から判断して、「青衣賦」への反論としてかかれた［と推測される］作品が、いまに残存しているからである。それが、後漢の張超

の手になる「誚青衣賦」である。この反論［と推測される］作品は、当時における「青衣賦」への反響をうかがうのに好つごうなので、ここでその内容を概観してみよう。

この「誚青衣賦」の作者、張超については、くわしいことはわからない。ただ『後漢書』文苑伝下に、

張超、字《あざな》は子並。河間鄚の人なり。留侯良の後なり。文才有り。霊帝の時、車騎将軍の朱儁に従いて黄巾を征し、別部司馬と為る。賦、頌、碑文、薦、檄、牋、書、謁文、嘲、凡そ十九篇を著す。超は又た草書を善くし、時人に妙絶す。世《よ》よ共に之を伝う。

という記事があって、おおよその輪郭は推測できる。この記事によると、張超は霊帝（在位一六八～一八九）のときに、車騎将軍の朱儁にしたがって黄巾を征伐している。すると、蔡邕と同時代のひとだったことはまちがいない。さらに前漢王朝の創業の功臣、張良の子孫であり、草書にたくみだったともあるが、しかし本伝が文苑伝中にある以上、当時では文人だとみなされていたのだろう（同時期に活躍した広陵太守の張超とは、別人である）。

さて、その張超の「誚青衣賦」であるが、まず、標題の解釈が問題になってこよう。つまり標題の「誚青衣賦」を、「青衣を誚《そし》る賦」と解するか、「〈蔡邕の青衣賦〉を誚る賦」の意にとるべきか、判然としないのである。だが、「誚青衣賦」の冒頭に「いったいだれか、青衣の艶姿をよろこぶ者は」とあり、青衣の「艶姿」をよろこぶ蔡邕を非難したものととれる。また、そのつぎの「文章はすばらしいが、心根はいやらしいぞ」の部分は、蔡邕の賦は文辞こそりっぱだが、その内容は下劣だと、そしったものとかんがえられる。さらに、

蔡賦「珠出蚌泥」　↓　張賦「何必汚泥」
蔡賦「産于卑微」　↓　張賦「志鄙意微」
蔡賦「葉如低葵」　↓　張賦「堂溪刈葵」

など、張超があえて蔡邕の賦に韻字を対応させたのではないかと、目される箇所も散見している。こうした点からみると、この張超「誚青衣賦」は、青衣一般を非難したものではなく、蔡邕「青衣賦」を非難したものであり、その標題も「〈蔡邕の青衣賦〉を誚る賦」の意だと判断してよさそうだ。

それでは、以下に「誚青衣賦」の概要をひこう。


彼何人斯、悦此艶姿。麗辞美誉、雅詞斐斐。文則可嘉、志鄙意微。鳳兮鳳兮、何徳之衰。

高岡可華、何必棘茨。隋珠弾雀、鴛鶵啄鼠、何異于鴟。歴観古今、禍福之階、多由孽妾淫妻。

醴泉可飲、何必汚泥。堂渓刈葵。

書戒牝鶏、三代之季、皆由斯起。晋獲驪戎、……蟹行索妃、……

詩載哲婦。旁行求偶。

生女為妾、歳時醊祀、詣其先祖。或於馬厩、厨門灶下。……

生男為虜。

綺婉歓心、各有先後。臧獲之類、蓋不足数。古之贅婿、尚為塵垢。況明智者、欲作奴父。

勤節君子、無当自逸。宜如防水、守之以一。……


いったいだれか、青衣の艶姿をよろこぶ者は。[「青衣賦」で婢女を]美辞でほめたたえ、典雅なことばはあざやかだ。その文章はすばらしいが、心根はいやらしいぞ。鳳よ鳳よ、なんと徳義のおとろえたことか。

高山にきれいな花がさきほこるのに、なぜ棘茨《いばら》をもとめるのか。醴泉《れいせん》の水をのめばいいのに、なぜ汚泥をすするのか。高価な宝玉をなげつけて雀をとらえ、貴重な名剣をふるって葵《あおい》を刈ってどうするのか。崇高な鴛鶵とて腐鼠をくらってしまえば、悪鳥の鴟《ふくろう》とおなじになってしまうぞ。

古今の歴史を通観すれば、美姫や淫妻が災禍の原因になっておろう。『書経』に牝鶏をいましめ、『詩経』に哲婦の災いをのせるが、夏殷周三代がほろんだのも、すべて女が原因じゃ。そもそも、むかし晋の献公は……ところが［貴公は］礼をやぶって青衣をもとめ、これを妻にしようとしておる。……これでは子供がうまれても、女子は妾となり、男子は奴となるだけだ。歳時の祭祀をおこなおうにも、馬小屋や台所で先祖をお迎えするしかあるまい。……

青衣の美貌や恭順さは、ひとのこころをとろけさすので、きちんと節度をたもたねばならぬ。奴僕のやからは、まったく話にならぬ連中ぞ。むかしは入婿でさえ、塵芥のようにかるくみられたものじゃ。ましてや［貴公のごとき］明智の士が、なぜ［青衣とのあいだで子供をうみ］奴婢の父親になろうとするのか。

徳望をみがく君子は、放縦にながれぬよう心すべきだ。そして水をふせぐがごとく、専一に礼法をまもらねばならぬぞ。……

この賦のいわんとするところは、はなはだ明確である。張超はあきらかに、礼教主義の立場から、「青衣賦」を断罪しようとしている。その標的はもちろん、青衣へ恋情をよせる蔡邕の行為である。そして、なんじの礼法やぶりの行為は、わざわざ棘茨をもとめ、汚泥をすするにひとしい愚行であり、子孫を社会の最下層に沈淪させ、祖先にあわせる顔をなくしてしまうぞ——と戒告するのだ。これを要するに、君子は水をふせぐがごとく礼法をまもり、放縦にながれぬよう自制せよというのが、この賦の結論だろう。

このように張超「誚青衣賦」は、礼法に合致するかどうかを規準にして、文学のよしあしを論じたもので、儒教道徳を賦にしたような作品だといえよう。文学としての興趣からみれば、説教くさくて、おもしろみに欠けたものだといってよい。しかし、こうした硬直した反論をよむことによって、逆に、身分ちがいの青衣を懸想する蔡邕の行為が、当時、いかに大胆で破廉恥な振るまいだったかが、よく了解されてこよう。その意味で、この張超「誚青衣賦」は、当時の儒教的礼法の強固さを再認識させてくれる、貴重な資料だといってよい。「青衣賦」における蔡邕の行為は、［賦の内容を額面どおりに理解すれば］まちがいなく階層秩序をゆるがすような礼法無視であり、非難に価するものだったのである。

四　虚構ふうロマンス

では、蔡邕はなぜ、こんな秩序破壊的な賦をつくったのだろうか。そもそも、彼は本気で青衣を称賛し、恋情をいだいたのだろうか（蔡邕と青衣とのロマンスは、蔡邕伝をはじめ文献には記録がない。もっとも、その種の個人的なことは記載されにくいだろうから、記録の有無はそのまま事実の有無を意味しない）。

この問題をかんがえるとき、「青衣賦」後半が古詩や古楽府の世界に相似していたことが、ヒントになりそうだ。さきにもみたが、「青衣賦」後半の「きれいなそなたを手にいれて、わが思いがかなったとおもいきや」以下の、青衣との交情を暗示させる表現、明月の下でねむれぬままさまよう場面、さらには七夕伝説をふまえた字句——これらは、古詩や古楽府、さらには建安文人たちの文学世界にちかづいたものであった。すると、この「青衣賦」は、蔡邕の［青衣に恋情をいだき、一夜をともにした］じっさいの体験を、赤裸々につづった作品というよりも、［建安文人たちがそうだったように］古詩的世界をなぞりつつ、古詩や古楽府に頻出する惜別ふうロマンスを仮構したもの、と理解することもできるのではないだろうか。そしてその底には、虚構の物語をつくりあげて、そのなかにひたってたのしもうとする余裕ある態度、つまり遊戯的な創作精神があったのではないかと、私はおもう。

こうした推測には、多少の根拠らしきものもないではない。まず蔡邕と古詩古楽府との相関については、古楽府「飲馬長城窟行」が蔡邕の作に擬されていることが、すぐ想起されよう（『玉台新詠』巻一）。この有名な古楽府は、遠地に旅する夫をおもいやっていた妻が、あるとき鯉魚の腹中から夫からの手紙を発見する、という内容である。庶民の男女の別離をうたうという点で、いかにも民間文学ふうな雰囲気を感じさせよう。

もっとも、この古楽府が真に蔡邕の作かどうかについては、疑問の余地がないではない。いや、それどころか、日本では「この作品を蔡邕作とするのは、おそらくは信ぜられないだろう。古詩十九首の一部の作品を玉台新詠において枚乗作とするのと似ているであろう」（鈴木修次『漢魏詩の研究』四六六頁）のように、蔡邕の作にあらずとみなす意見がつよいようだ。しかし、さきにみたように、蔡邕は音楽にも造詣がふかかった人物でもあり、当時じっさいにうたわれていた古楽府に無関心だったとはかんがえにくい。こうした点、そしてなにより「青衣賦」［の後半］じたいが、蔡邕の古楽府への関心を明示している以上、古楽府へのなんらかの関与（たとえば改作など）も、あながち否定しきれないのではないだろうか。これを要するに、古詩古楽府に関心のあった蔡邕が、その雰囲気を自作の「青衣賦」のなかにとりこんで、虚構の恋情の世界をつくりあげたという推測は、それほど的はずれなものではないだろう。

つぎに、「青衣賦」の創作には、遊戯的な側面もあったのではないかという推測については、第四章でも紹介した王運熙「漢魏六朝的四言体通俗韻文」（「まえがき」参照）が説得力ある意見をのべているので、その発言に耳をかたむけてみよう。

王運熙氏はこの論文で、漢魏六朝の「四言体の通俗韻文」に、ユーモラスな作がおおいことに注目して、そのいちいちを引用してゆく。王氏によってユーモラスな内容をもつとされた四言韻文は、戦国の淳于髡の弁論からはじまり、漢の王褒「僮約」、揚雄「逐貧賦」、張衡「髑髏賦」、蔡邕「短人賦」にいたり、さらに本章が問題にする「青衣賦」

もこれにふくまれる。そして蔡邕以後では、魏の曹植「鷂雀賦」や六朝期の「銭神論」「驢山公九錫文」「鼬表」などにもおよんでいる。こうしたユーモラスな四言韻文の一例として、やはり蔡邕がつくった「短人賦」をあげてみよう。

侏儒短人、僬僥之後。出自外域、戎狄別種。去俗帰義、慕化企踵。遂在中国、形貌有部。名之侏儒、生則象父。唯有晏子、在斉弁勇。匡景拒崔、加刃不恐。其余尫幺、劣厥僂窶。嚧嘖怒語、与人相拒。矇昧嗜酒、喜索罰挙。酔則揚声、罵詈恣口。衆人患忌、難与並侶。

侏儒がこびとなのは、僬僥の後裔であるからだ。彼らは化外の地の出身だが、戎狄とはべつの種族だった。おのが風俗をすてて中華に帰順し、教化されたいと懇望したあげく、この中華の地において、肉体的特徴をもった一部族として編入された。そして侏儒と名づけられ、息子は代々父親そっくりのこびとだった。ただ晏子だけは、斉で口弁や勇気をふるった。そして景公をいさめ崔杼の野心をくだき、刃をむけられても動じなかったのである。だが、それ以外の侏儒どもは、いずれも劣等で奇形ぞろい。声をはりあげて怒号し多弁を弄して、いつもひとと悶着をひきおこす。愚鈍で酒好きで、お縄をちょうだいするようなことばかり。大酒くらっては声をはりあげ、罵詈雑言はいいほうだい。かくして世の人は彼らをきらって、いっしょにいたがらぬ。

この賦は、青衣や奴僕と同類の地位にあった侏儒（夷狄出身だったとすれば、社会的地位はさらにひくい）を題材として、その矮躯や欠点を嘲笑ふうにえがいたものである。漢代のころは、この種の人びとが都会にあつめられて、貴人たちの見せ物になっていたようで(3)、張衡「西京賦」などにも、そうしたようすが描写されている。このように社会的弱者をからかうという点で、蔡邕「短人賦」は、王褒の「僮約」や「責鬚髯奴辞」に相似している。これらの諸作、現代の我われにはユーモラスとはおもわれないが、当時の人びとには滑稽に感じられたのだろう。

王運熙氏は、この「短人賦」と「青衣賦」について、漢末、蔡邕の「短人賦」も、四言韻文によるユーモア文学である。…（「短人賦」の引用）…「短人賦」の末尾には、さらに兮字をもちいた七言詩が付せられており、侏儒の醜悪な形状を熱心に描写している。蔡邕には、また「青衣賦」という作もあって、四言によって歌舞に従事する年わかい妓女を描写している。そのユーモラスな作風は「短人賦」に接近しているが、表現のしかたはもうすこし淵雅である。

とかたっておられる。蔡邕のこの両篇、作品の基調は恋情（青衣賦）と嘲笑（短人賦）というふうに、対照的なものだといってよい。しかしその根底では、たしかに王運熙氏のいわれるように、ユーモラスな作風という点で、通底するものがあるように感じられる。

さらに「青衣賦」を詳細に検討してみれば、先行する遊戯文学である王褒「僮約」や揚雄「逐貧賦」に、いろんな点で類似している。たとえば、

(1)身分のひくい青衣と『詩経』典故という、水と油のような組みあわせは、「逐貧賦」でも、醜悪な貧乏神と『詩経』典故というとりあわせで、すでにみえていた。これは、故意にミスマッチをねらって、滑稽味をだそうとしたものだろう。

(2)「青衣賦」は婢女を題材とするが、「僮約」「逐貧賦」の二作も、家奴と貧乏神というマイナスイメージの題材をとりあげている（さらに蔡邕「短人賦」も、夷狄出身の侏儒を題材とする）。

(3)「僮約」「逐貧賦」「青衣賦」の三篇とも、作者じしんを主人公とした、虚構［と目される］の物語である。

(4)しかも、その主人公（＝作者）は、貧乏神にいいまかされたり（逐貧賦）、未亡人をねらう好色漢だったり（僮約）、また婢女に恋情をいだいたり（青衣賦）するなど、反道徳的だったり三枚目ふうだったりする。

などである。

以上、王運熙氏の所説によりながら、「青衣賦」の遊戯的性格をさぐってきた。このように、王氏のいう「四言体の通俗韻文」の流れを想定してみると、「青衣賦」がその一環に位置づけられ［したがって、一篇中に遊戯的な創作精神が存す］る可能性は、じゅうぶんあるといってよい。すると、「青衣賦」に対する読みかたも、すこしかわってくるだろう。我われは、この賦をじっさいのできごとと解する必要はなく、建安文人たちが古詩や古楽府を模擬したように、蔡邕も古詩や古楽府の世界を模した虚構の物語をつくりあげて、そのなかにひたってたのしんでいる――と理解してもよいのではないか。さらにふみこんだ推測をすれば、この賦は、大学者たる蔡邕（＝主人公）が、おとなげなくも、年わかく魅惑的な青衣（たぶん歌舞を業とする妓女）にたぶらかされ、翻弄されてしまったという、［「逐貧賦」と同種の自嘲的ユーモアをもった］遊戯ふうフィクションだと解することもできるのではないだろうか(4)。

五　社交の具としての賦

さて、蔡邕「青衣賦」について、古詩や古楽府を模した虚構のロマンスであり、遊戯的性格もあわせもった作品ではないかと推測してきた。では、蔡邕はなぜ、そうした遊戯的な作品をつくったのだろうか。そもそも蔡邕がいきていた漢末の時期に、そうした遊戯的な文学をつくり、またそれを受容するような土壌があったのだろうか。

こうした問題をかんがえるには、「青衣賦」以外の蔡邕賦についても、一瞥しておかねばならない。蔡邕の賦を概観するには、近時に発表された顧農氏の「蔡邕論」（「揚州師院学報」一九九四―一）という論考に依拠するのが、もっとも適切だろう。この周到な論文において、顧農氏はまず蔡邕の名作「述行賦」について、「社会問題に対する感慨を直叙し、なかでも民衆の苦しみぶりをするどく描写しており、中国賦史上で重要な意義を有する」と評する。ついで、それ以外の賦について、結婚や恋愛ふう題材に熱心であること、娯楽的な詠物や詠人の短賦がおおいこと——の二つの性格を指摘する。前者に属するものとして、「協和婚賦」「検逸賦」「青衣賦」をあげ、後者に属するものとして、「筆賦」「琴賦」「弾棋賦」「円扇賦」「蟬賦」「瞽師賦」「短人賦」をあげている。そうしたうえで顧農氏は、こうした蔡邕賦の二つの性格は、儒教的倫理からの人間性解放（原文「人性解放」）をしめすものであり、また鴻業を潤色したり諷諫をこめたりする拘束からまぬがれ、芸術のための芸術にちかづいたものでもあって、建安文学の先駆になっている、と主張されるのである。

しかしながら、私見によれば、蔡邕賦のそうした性格は、人間性解放とか芸術のための芸術とかいうよりも、社交やあいさつのためにかかれたことに由来すると理解したほうが、もっとわかりやすいのではないだろうか。このことが了解しやすい例として、前者の結婚や恋愛を題材とした作品から、「協和婚賦」をあげてみよう。「協初婚賦」ともよばれるこの賦は、婚姻の意義や新婚の喜びをうたいあげた内容をもつ。だが、じっさいにこの賦をよんでみると、作中に好色めいた描写がすくなくないのである。

其在近也、若神龍采鱗翼将挙。　立若碧山亭亭豎、衆色燎照、視之無主。
其既遠也、若披雲縁漢見織女。　動若翡翠奮其羽。
面若明月、　色若蓮葩、……
輝似朝日。　肌如凝蜜。
長枕横施、　莞蒻和軟、……粉黛弛落、髪乱釵脱。(5)
大被竟床。　茵褥調良。

［花嫁のうつくしさたるや］ちかづけば、神龍が彩鱗をかがやかせて、天に羽ばたくがごときであり、とお

くからみれば、雲をけちらし、天の川から織女をみいだしたかのようだ。たちすがたは青山がすっくとそびえるがごとく、うごけば翡翠が羽をふるったかのよう。その化粧ずみの姿の輝かしさたるや、一目みれば心がうつろになるほどだ。

その面は明月のごとく、その輝きは朝日にも似る。顔色は蓮の花をおもわせ、肌は凝蜜のようだ。……［花嫁のまえには］長枕が横ざまにしかれ、掛けぶとんがベッドにかかっている。莞蒻の坐ぶとんはやわらかく、敷きぶとんはちょうどの弾力だ。……［交合がおわった花嫁は］粉黛がはげおち、髪はみだれ釵《かんざし》がぬけおちている。

こうした描写、とくに後半の「長枕が横ざまにしかれ」云々の表現を、我われはどう理解すればよいのだろうか。顧農氏はこれを、人間性を解放するものだと好意的に解しているが、いっぽう銭鍾書氏は、蔡邕の「協和婚賦」は残欠だろう。首節（引用略）は婚姻の儀礼を叙したもので、それなりのまとまりをなしている。ついで、新婦の艶麗ぶりを描写した部分（「ちかづけば～肌は凝蜜のようだ」の部分）が、なお十二句ほど現存している。その後半には、「長枕が横ざまにしかれ、掛けぶとんがベッドにかかっている。莞蒻の坐ぶとんはやわらかく、敷きぶとんはちょうどの弾力だ」、および「粉黛がはげおち、髪はみだれ釵はぬけおちている」という計六句の部分がある。この後半部分は、おそらく、花嫁が花婿の家の門から堂にはいり、堂から室へすすみ、さらにたがいに拝礼しあって、やがて交合するにいたる——そうした婚礼の経緯を、順に描写したものだったに相違ない。つまり、「長枕が横ざまにしかれ」以下は、古代ギリシャ以来の「婚夜曲」が詠じた内容に相当するのだ。いまは「粉黛がはげおち」云々の部分が残存するだけだが、上文の描写と対応させると、「その前後の箇所では」さぞかし猥褻な内容が叙されていたろうと想像される。……このようにみてくれば、蔡邕を猥褻文学の創始者だとかんがえることも、できなくはあるまい。

とのべ、猥褻文学を創始したものだという見解を、提示されているのである（『管錐編』一〇一七〜八頁）。

このように、「協和婚賦」中の好色ふう表現への見かたは、現代でもさまざまである。ただ、人間性を解放するものととるにせよ、猥褻文学を創始したものととるにせよ、これらは、現代的視点からみた褒貶ふうの解釈であるにすぎない。ここでは、そうした褒貶ふうの視点ではなく、「蔡邕はいったいなんのために、こんな賦をつくったのか」という視点からかんがえてみよう。すると、その直接的な目的としては、人間性を解放するためでも、猥褻文学を創始するためでもなく、社交つまり、友人や知人との交遊のために、こうした賦をつくったのではないだろうか(6)。

もっとも社交といっても、蔡邕の時代に、のちの建安期におけるような同題競采の場を想定することは、なかなか困難である(7)。「協和婚賦」の創作をめぐって、私がかんがえる社交とは、日常の生活のなかで、なにか節目になるような慶事がおこったさい、祝賀用として賦をつづって、贈呈しあうようなケースである。そうした社交のための賦の先駆としては、前漢の枚皋の例がある。すなわち、漢の武帝が二十九歳のときに、皇太子がうまれ、群臣たちはおおいによろこんだ。そこで枚皋と東方朔は、詔をうけて「皇太子生賦」等の作をつくった——という話である（『漢書』巻五一）。これによって、賦の用途のひとつとして、慶事のさいの祝賀があったことがわかる。私はこれ以後、賦文学にこの種の社交的用途が、しだいにひろまってきたのではないかと推測する。そして後漢の「協和婚賦」のごとき作は、そうした社交としての賦の創作や贈呈が、天子の宮廷や王侯貴族の雅宴から、蔡邕クラスの士大夫たちへとひろがってきたことを、暗示するものではないだろうか。つまり私は、「協和婚賦」は社交の一環として、婚礼をあげた知友のだれかに、祝意［や、ばあいによっては冷やかし］を表さんとして、つくられたのではないかと、想像するのである(8)。

賦の創作や贈呈の場として、こうした知友間での社交を想定したばあい、「筆賦」「琴賦」「弾棊賦」などの詠物ふう短賦は、文雅な具を題材にした作として、蔡邕周辺の文人のあいだでこのまれたことだろう。おなじように、「協和婚賦」や「検逸賦」など結婚や恋情を題材とした作も、つやっぽいあそびの文学として、好意的に受容されたのではないだろうか。たしかにこれらの賦中には、

［協和婚賦］［花嫁のまえには］長枕が横ざまにしかれ、掛けぶとんがベッドにかかっている。莞蒻の坐ぶとんはやわらかく、敷きぶとんはちょうどの弾力だ。……［交合がおわった花嫁は］粉黛がはげおち、髪はみだれ釵がぬけおちている。

［検逸賦］余心悦于淑麗、愛独結而未并。情罔象而無主、意徙倚而左傾。昼騁情以舒愛、夜託夢以交霊。

私は心中にその美女に恋いこがれているが、その想いはこちらからの一方通行なのがせつない。恋の情にうごかされて気もそぞろ、心はみだれてさだまらぬ。昼は昼とて妄想にふけって情愛を発散させ、夜は夜とて夢のなかで想いをとげるのだ。

等のきわどい語句が頻出している。だが、これらの語句とて、しょせん社交的ユーモアであり、冗談めいた冷やかしだということで、とくに問題になることもなかったのではないか。だいいち、この種の男女の情や閨房での営みを暗示する語句は、宋玉「登徒子好色賦」や司馬相如「美人賦」以来、めずらしくないものなのだ。じっさい、蔡邕にちかい後漢の時代でも、張衡に「同声歌」や「定情賦」などの作があり、また辺譲「章華台賦」でも、似たような語句がつづられているのである。

このようにかんがえたなら、「青衣賦」中の青衣への恋情吐露も、額面どおりに解釈すれば、たしかに礼教破壊の

作ということになるが、しかし、古詩古楽府を模した遊戯的な作品だと理解すれば、それほど目くじらをたてることもなくなるだろう。この種の、いっけん反礼教ふうな作は、王褒「僮約」（未亡人の家への宿泊）や揚雄「逐貧賦」（安貧の拒絶）などの前例もあるわけだし、猥褻な字句とても、右のようにめずらしいものではなかったのだ。これを要するに、蔡邕「青衣賦」は、礼教を破壊するけしからぬ作として弾劾されることはなく、過去の遊戯文学を模した、社交のための虚構ふう文学だとみなされて、好意的に受容されたのではないか、と推測されるのである。(9)

六　賦唱和の可能性

このように「青衣賦」を、社交の一環としてつくられた虚構の遊戯文学だとかんがえれば、さきの張超「誚青衣賦」に対しても、またべつの解釈がなされねばならない。

本章ではさきに、「誚青衣賦」の内容を蔡邕賦への批判だとうけとめた。こうした見かたは、もちろん可能である。この見かたにそいつつ、張超「誚青衣賦」の創作事情を想像すれば、おそらくつぎのようなものだったろう。すなわち、蔡邕の「青衣賦」が公表されるや、当時の礼教重視の知識人たちはつよい不快感をいだき、儒教道徳を破壊しかねない危険な作だとおもった。その結果、とりわけユーモアを解さず、ゴリゴリの礼教守護者だった張超が、その代表としてたちあがり、みずから「誚青衣賦」をつづって蔡邕を批判した――。

だが右でみたように、「青衣賦」が社交でかかれた遊戯ふうフィクションであり、張超もそれを承知していたとすれば、張超「誚青衣賦」の執筆動機に対しても、もうひとつべつの見かたが可能になってきそうだ。それは、この張超「誚青衣賦」も、蔡邕「青衣賦」とおなじく、社交としてつづられた遊戯的な作だったのではないか、という見かたである。

　こうした見かたに対しては、ささやかながら、いくつか傍証らしきものがないではない。第一に、その文章スタイルである。本書第四章において、王運熙氏の「漢魏六朝の遊戯文学は、四言体の韻文（とくに賦）のスタイルをとることがおおい」という説を紹介したが、じつは、四言体の韻文という点では、張超「誚青衣賦」もおなじスタイルなのだ。その意味では「誚青衣賦」も、形態的にはじゅうぶん遊戯文学としての資格をそなえているのである。

　第二に、これは傍証ともいえないような、主観的な印象なのだが、「誚青衣賦」の行文じたいに、冗談めいた［とおもわれる］部分がみえるということである。それは、さきにもひいた冒頭の「いったいだれか、青衣の艶姿をよろこぶ者は。［「青衣賦」で婢女を］美辞でほめたたえ、典雅なことばはあざやかだ。その文章はすばらしいが、心根はいやらしいぞ」の部分である。ここで蔡邕［らしき人物］にむけて、こうした批判的言辞をつづったあと、張超は『論語』微子篇の「鳳兮鳳兮、何徳之衰」を引用して、「鳳よ鳳よ、なんと徳義のおとろえたことか」と慨嘆している。この部分、私はうまく説明できないのだが、いかにも大袈裟でわざとらしい言いかたであり、かえって冗談めいた雰囲気が感じられないだろうか。「誚青衣賦」では、全体的に礼教的立場からの非難がめだち、それが張超のガンコぶりをきわだたせているが、それらの表現は、むしろ意図的な誇張によって、逆に諧謔味をかもしだそうとしているのではないか、とさえおもわれる。

　くわえて第三に、さきにみた張超伝を再度よみかえしてみよう。すると、

　　［張超は］……賦、頌、碑文、薦、檄、牋、書、謁文、嘲、凡そ十九篇を著す。

とあって、彼には「嘲」ジャンルの文章があったことがわかる。この張超の「嘲」作品は現存しない。だが、同時期のひと、辺韶に「対嘲」という作品が、またすこしのちの繁欽に「嘲応徳璉文」という作品が、それぞれのこってお

り、それらの作をよんでみると、「嘲」はどうやら、からかいや冗談をふくんだユーモラスなジャンルだったようだ（くわしくは第九章を参照）。すると張超は、諧謔的な文学を得意にしていたとも想像され、こうしたことも、「誚青衣賦」をからかいや冗談をふくんだユーモラスな作品だと解することへの、多少の傍証になるかもしれない。

このように、「誚青衣賦」を諧謔まじりの遊戯文学だったとすれば、蔡邕「青衣賦」と張超「誚青衣賦」の創作に関して、つぎのような場面も想像できるのではないだろうか。すなわち、蔡邕は気のおけない仲間たちと、気らくな交遊をたのしんでいた（雅宴をひらくこともあったろう。注（7）の岡村論文参照）。そうしたさい、社交の一環として、自作の賦を披露しあうこともあった。彼じしんもかつて、艶情ふうの「協和婚賦」や「検逸賦」などをたわむれにつづって、仲間におくったこともあった。賦ジャンルには宋玉や司馬相如以来、艶情的内容をもりこむ前史があったし、また当時は、賦を社交として遊戯的につくっていたからである。そうした遊戯的な賦創作の延長上で、彼はあるとき、あたらしい趣向として古詩や古楽府の雰囲気をとりこんで、虚構の恋情の世界をつくってみた。そして、それを雅宴の場で披露したところ、青衣への恋情を叙した大胆さに仲間たちはおどろき、顔をしかめる者もいたが、しかし、おおむねは風流な作品だとして好評を博した。ところが、その場にいた（あるいは、後日にこの賦を目にした）仲間のひとり、張超はこれをよんで、ふだん堅ぐるしいことをいっておきながら（蔡邕には「女誡」や「女訓」の作もある）、こんな大胆な賦をかいた蔡邕を、ひとつからかってやれとおもついた（あるいは、「これは、すこしやりすぎだぞ」という忠告の意図も、多少はあったかもしれない）。そこで彼は後日、得意の「嘲」ジャンルの叙法を応用しつつ、わざと、きまじめな礼教重視の立場にたって、蔡邕をとっちめる「誚青衣賦」をつづってみた――。

以上、蔡邕「青衣賦」と、その反論ふう作品「と推測される」張超「誚青衣賦」について、ともに社交としてかかれた遊戯的な作品ではないか、という推測をのべてきた。もしこうした推測があたっていたとすれば、蔡邕「青衣賦」

と張超「誚青衣賦」との創作は、一種の唱和的文芸だったといってよかろう。こうした推測が当をえているかどうかは、大方のご判断にまちたい。

ただ、最後にいいそえておきたいことは、この種の社交にかかわる遊戯ふう文学は、これでおわらず、建安以後にますます発展していったということだ。すなわち、建安期、三曹を中心にした社交ふう文学として、同題競采の風が盛行するが、その風は六朝全体をとおして、集団文学として継続され、いっそう盛行している。すると、蔡邕と張超の両賦の創作形態が、もし唱和とよべるようなものだったとすれば、この両賦の応酬は、のちに展開する同題競采や集団文学の先河としての意義を、有しているといってよいだろう。

注

（1）碑文の名手や大学者としての蔡邕像に対し、はじめて疑念を表明したのは、近代の魯迅である。彼は「題未定草（六至九）」（『且介亭雑文二集』所収）で、つぎのようにいう（訳文は、学習研究社『魯迅全集8』による）。

たとえば、蔡邕は、編選者が、大抵、彼の碑文だけを取った結果、読者は、彼が格式ばった重厚な文章の作者だとしか思っていないが、ぜひ『蔡中郎集』の「述行賦」（『続古文苑』にもある）を見る必要がある。その、

窮工巧于台榭　台榭《うてな》に技巧をきわめているが
民露処女而寝湿　民は露店に住み湿地に寝ている
委嘉穀于禽獣兮　穀物を鳥や獣にやっているのに
下糠秕而無粒　下々《しもじも》は糠ばかりだった

という句（手元に書物がないから、記憶の違いがあるかもしれない。あとで訂正したい）によっても、彼が単なる老学究でなくて、熱い血の通った人だったことがわかるし、そのときの状況がわかり、彼が確かに死を求める道にあったこ

とがわかる。

これをうけ、現代の中国人研究者もおおく、魯迅と同様の見かたをしているようだ。本章がとりあげた「青衣賦」に言及したうえで、蔡邕について同種の意見をのべた研究書としては、［私が確認できた範囲で］郭維森・許結『中国辞賦発展史』一九九頁があり、また単行の論文に、斉天挙「漢末文風転変中的代表作家蔡邕」（「文学遺産」一九八六―二）、呉明賢「蔡邕賦論」（「四川師範大学学報」一九九〇―四）、鄭安生「蔡邕的思想与文化成就」（「天津師大学報」一九九九―五）などがある（本文で引用したものはのぞく）。ただし、「青衣賦」に関する専論は、日中ともまだでていないようだ。なお、蔡邕・張超の両賦の翻訳にさいしては、『歴代賦広選新注集評』（遼寧人民出版社　二〇〇一）も参照した。

（2）『芸文類聚』では、巻三十五「人」部の「奴」に王褒「僮約」を採録し、おなじく同巻同部の「婢」に蔡邕「青衣賦」を採録している。こうした接近した採録は、奴と婢とが同類の存在だと意識されていたことをしめしている。

（3）「短人」らは、労役以外にも各種の雑技に従事し、都会の盛り場での見せ物などにも出演していた。越智重明『日中芸能史研究』（中国書店　二〇〇一）の第一編第二章「漢時代の庶民の娯楽」を参照。「青衣賦」の青衣や「短人賦」の侏儒も、あるいはこの種の歌舞や見せ物に従事していた、雑技芸人のたぐいだったかもしれぬ。

（4）ただし、鄭安生『蔡邕集編年校注』（河北教育出版社　二〇〇二）は、「青衣賦」中の青衣との恋をフィクションではなく、蔡邕の体験にもとづいた実話だと理解している。鄭安生氏の議論を紹介すると、青衣との恋は建寧四年（一七一年　蔡邕三十九歳）、郭泰碑の建立にかかわって介休県へいった、その旅行の途上でのことだったという（一四七頁）。すなわち同書は、「青衣賦」本文の「故因錫国」を「故因楊国」に校定したうえで（一四九頁）、

蔡邕が楊国（いまの山西省洪洞県の東南）の地をよぎったとき、当地の婢女と愛しあうようになったが、出発の時間がせまって、離別せざるをえなかった。そこで蔡邕は、相思の情を回想して叙したが、その恋情はおさまらなかった。

賦中に「河のほとりをうろつき、庭や階段をさまよう。南のかた井柳の星座をながめ、斗機の星をみあげる」という部分があるが、ここの「井柳の星座」は分野でいうと秦の地域に相当する。また「春風はそよそよと、ベッドわきの帳にふきよせる」という一節があって、初春の景物を叙している。こうした賦中の場所や季節は、蔡邕の扶風行と一致し

ている。そうだとすれば、この「青衣賦」は、扶風への旅途での作にちがいあるまい。と主張しているのである（五九九頁）。するとこの賦は、後日の扶風への旅途（鄭氏はなにもいわぬが、介休県への旅の帰途にたちよったのだろうか）に、楊国の地での婢女とのロマンスを回想して、かかれたものということになろう。

この議論は、「青衣賦」の内容を事実だと認定したうえでの推論である。賦中の事跡をフィクションだと推測する本章とは、そもそも立論の土台がちがっている。だが、そうした立場の違いはべつとしても、この鄭氏の推論は、よってたつ論拠がとぼしいように感じられる。というのは、同書では「錫→楊」とあらためているが、このように校定すべき論拠は、この賦の記述だけなのだ。つまり鄭氏は、賦中の青衣との恋は事実であるという前提にたって、その時期を推定し、そして字句をあらためてまで、ロマンスの場所を「楊国」に特定しているのである。こうした考証のしかたは、はじめに結論ありきの、強引なやりかただといわざるをえない。私見によれば、この「故因錫国」句は文脈上からみると、すぐうえの鄭季の典故との関連で、理解すべきだろう。すると、「鄭一族は侯国をたまわった」の意となる「錫」字のほうを、むしろ是とすべきであり、「錫→楊」の校定には疑問がある（「青衣賦」の創作時期を、分野や季節の一致から扶風への旅途だと推測するのも、いささか唐突すぎよう）。

そもそも、蔡邕と青衣とのロマンスなるものも、この賦中での記述以外には傍証がないのだが、鄭氏は事実だと信じてうたがっていない。つまり鄭氏は、「賦中に青衣と恋をしたとかいているから、恋をしたのだろう」と断じて、その辻褄あわせをしているにすぎないのだ。文学の有する虚構性というものに顧慮をはらわず、賦中の記述をすべて事実だとかんがえるので、こうした強引な論証になってこざるをえないのだろう。

（5）テキストによっては、この一節を「協初賦」として独立させている。だが、ここでは鄭安生『蔡邕集編年校注』にしたがって、「協和婚賦」の一部だとみなしておく。

（6）曹明綱『賦学概論』（上海古籍出版社　一九九八）二九四～三〇四頁も、社交としての賦文学の効用を論じている。

（7）岡村繁「蔡邕をめぐる後漢末期の文学の趨勢」（『日本中国学会報』第二八集　一九七六）は、蔡邕を領袖とする文学集団の発生を推測している。すなわち同論文は、『魏志』王粲伝の「時［蔡］邕才学顕著、貴重朝廷、常車騎塡巷、賓客盈坐」の記事を引用して、「これら多くの賓客の中において、すでに蔡邕を領袖とする一種の文学的な集団が形成されていた可能性を示唆するものではないだろうか」とのべている。たしかに、そうした集団ができていた可能性もないではない。だが、のちの建安期のように、文人が一堂に会して同題で競作するような場面は想像しにくく、偶発的かつゆるやかな集団だったろう。

（8）新婚の友をひやかす作品として、西晋の摯虞に「新婚箴」があり、ひやかされた潘岳のほうも、「答摯虞新婚箴」をつづってやりかえしている。典型的な社交の文学である。後漢の蔡邕のころも、この種の冷やかしの意図をもって、「協和婚賦」のごとき作品を贈呈しあっていたのかもしれない。

（9）「青衣賦」中の青衣イメージは、一篇すべてを「古詩ふうの庶民的な娘」でおしとおしてもよかった。ところが蔡邕は、前半を「儒教ふう理想像」、後半を「古詩ふうの庶民的な娘」として、青衣イメージをやや分裂気味に二分させてしまっていた。こうした中途半端なイメージにしてしまったのは、儒教全盛期という時代的制約とともに、微温的な社交ふう文学なるがゆえの限界でもあったのだろう。

第六章　曹植「鵠雀賦」論

漢末魏初に活躍した曹植（一九二～二三二）は、当時の代表的な文人として著名である。彼の文学上の名声は、主として卓越した詩人としての業績によるが、賦のジャンルでも名作「洛神賦」をはじめ、おおくの作品をのこしている。そうしたなかで、本章がとりあげる「鵠雀賦」は、六十余句にすぎぬ小篇であるが、彼のあまたある作品中でもユニークな性格をもった佳作として、近時おおくの研究者によって注目されてきている。

もっとも、この曹植「鵠雀賦」への解釈のしかたは、現在でも一様ではない。また、文学史上での位置づけについても、諸説が並立したままで、なお定説というべきものは確立していないようだ。そこで本章では、じゅうらいの諸説を整理しつつ、遊戯文学の立場から「鵠雀賦」の意義をかんがえてみたいとおもう。

一　「鵠雀賦」の内容

まずは、曹植「鵠雀賦」の内容を概観してみよう。標題の「鵠雀」は一語ではなく、「鵠《はしたか》と雀《すずめ》」の意のようだ。すると「鵠雀賦」は、「鵠と雀とについての賦」だと理解すべきだろう。みじかいものなので、全体の口語訳をしめしてみよう。

鴟欲取雀。雀自言、「雀微賤、身体些小、肌肉瘠痩、所得蓋少。君欲相噉、実不足飽」。鴟得雀言、初不敢語。「頃来轗軻、資糧乏旅。三日不食、略思死鼠。今日相得、寧復置汝」。雀得鴟言、意甚怔営。「性命至重、雀鼠貪生。君得一食、我命是傾。皇天降監、賢者是聴」。鴟得雀言、意甚怛惋。「当死斃雀、頭如顆蒜。不早首服、捩頸大喚、行人聞之、莫不往観」。雀得鴟言、意甚不移。依一棗樹、藂蘽多刺。目如擘椒、跳蕭二翅。「我当死矣、略無可避」。鴟乃置雀、良久方去。二雀相逢、似是公嫗。相将入草、共上一樹。仍叙本末、辛苦相語。「向者近出、為鴟所捕。頼我翻捷、体素便附。説我弁語、千條万句。欺恐舍長、令児大怖。我之得免、復勝於免。自今徙意、莫復相妬」。

鴟が雀をつかまえようとした。雀がいうには、「私は微賤な者で、身体もちいさく、肉づきもよくありませんので、手にいれてもしれています。私をたべたって、腹のたしにはなりませんよ」。

鴟は雀のことばをきいても、まったくとりあわない。「このごろは運がわるく、旅の途中で食糧もとぼしい。三日なにも口にしていないので、死鼠でもたべたいところだ。今日おまえをつかまえたからには、どうしてむざむざにがそうか」。

雀は鴟のことばをきいて、はなはだおそれた。「命はたいせつで、雀や鼠もこれをおしんでいます。貴殿が私をたべれば、私はその命をなくしてしまうのです。天もご覧になっておりますし、賢者もお許しになりませんよ」。

鴟は雀のことばをきいて、すごく心配した。「くたばりぞこないの雀め、大蒜《にんにく》のような頭をしおって。往生ぎわがわるく、首をまわして大声をあげやがる。道ゆく連中がこれを耳にすると、みな見物にやってきかねんぞ」。

雀は鴟のことばをきいても、にげだす考えはかわらなかった。棗樹にかくれるや、枝がしげって棘《とげ》もおおかった。雀は「その棘のあいだから」椒のようなほそい目でにらみつけ、二つの羽をおおきくうちならした。「どうも死ぬことは、まちがいなさそうだ（でも最期まであきらめんぞ）」。

ついに鴟は雀をあきらめて、しばらくしてからとびさった。二羽の雀がバッタリであったが、一羽は「さきほどの」雄で、もう一羽は雌のようだった。この二羽、つれだって草むらのなかにはいり、さらに樹上にとびあがった。そこで雄雀はこれまでのできごとをはなし、苦労話をするのだった。

「以前ちかくへ外出したとき、オレは鴟につかまった。でもオレは動作がすばやいし、うまれつき弁もたつ。オレはことばをつくして千言万句、弁じたててやったよ。…二句未詳…。オレが鴟からにげおおせたのは、兔よりもすばやかったからだ。これから以後は心をいれかえて、オレをやっかんだりするんじゃないぞ」。

この「鷂雀賦」は錯簡や脱簡があるようで（おそらく「略無可避」のあとに脱簡があろう）、意味をとりにくい箇所もあるが、いちおう右のように訳してみた。(1) 一羽の雀が、猛禽の鴟にあやうくつかまりかけたが、やっとのことで危地を脱することができた。ところがその雀、あとで仲間の雌雀（妻？）にであうや、あわれっぽく命乞いしていたときとはうってかわって、自分のすばしこさや弁舌の才を誇張して、「どうだ、えらいだろう」と自慢する——というストーリーだろう。そしてこの賦の特徴として、

①四言の韻文を主体とする。
②口語ふうなことば遣い（傍点を附した）がおおい。(2)
③擬人化された鳥どうしの対話で話が進行する。
④物語性をもった寓話ふう内容である。

などがあげられよう。

二　三つの解釈

さて、この「鷂雀賦」に対する近時の解釈は、私見によれば、ほぼ三とおりにわけられるようだ。以下、その三とおりの解釈を紹介してゆこう。

まず第一は、右の①～④の特徴から民間文学からの影響をよみとり、とくに唐代俗賦との関連に注目しようとするものである。こうした見解をとるものに、曹道衡『漢魏六朝辞賦』（上海古籍出版社　一九八九）、郭維森・許結『中国辞賦発展史』（江蘇教育出版社　一九九六）などがある。以下に、関係部分を訳出しておこう。

［漢魏六朝辞賦］この「鷂雀賦」は、のちに敦煌で発見された俗賦によく似ている。おそらく曹植のころ、こうしたスタイルが発生していたのだろう。『魏志』陳思王植伝の注には、曹植が「街談巷議にも、必ず采《と》るべき有り」（与楊徳祖書）といったことをひき、また同書巻二十一注にひく『魏略』には、邯鄲淳がはじめて曹植にあうや、曹植が「俳優の小説数千言を誦す」という話柄をのせている。これによって、曹植が民間の文芸を重視していたことがわかろう。（一一三頁）

［中国辞賦発展史］この賦は口語をもちいて寓話ふう物語を叙しており、活発でいきいきしている。こうした寓話作品は世界文学中でも、それほどおおくはない。辞賦の発展からみれば、この賦は民間文学の養分を吸収して、賦の叙事的機能をよく発揮しており、独創性を有している。このまま発展してゆけば、説唱文学や叙事文学に成長してゆくこともできたろう。だが、文人のおおくは伝統の影響をうけて、高雅な表現を追求し、こうした文体

を重視しなかった。唐代俗賦になってから、すこしだけその遺響がうかがえたが、その後はまたすておかれた。これは、おしむべきことだった。（二二七頁）

これらの解釈はいずれも、敦煌の蔵巻から発見された唐代俗賦（「燕子賦」「晏子賦」「韓朋賦」など）との関連を重視するものである。「鷂雀賦」に民間文学からの影響をよみとろうとすれば、とうぜんそうした見かたになるだろう。これらはいわば、文学史的にこの賦を位置づけようとした解釈だといってよい。

第二は、この賦にみられる鷂と雀との争いを、たんなる架空の寓話とせず、「七歩の詩」と同種の、なんらかのシリアスな現実を投影させた作だと解釈するものである。こうした見解をとるものとしては、趙幼文『曹植集校注』、何沛雄「現存曹植賦考」（『漢魏六朝賦論集』所収　聯経出版事業公司　一九九〇）などがある。より端的なものいいをしている後者のほうを訳出しよう。

［漢魏六朝賦論集］この賦は詠物の作ではなく、雀と鷂の対話を仮設して、意見をのべようとしたものだろう。……黄初二年、役人は、曹植が「酒に酔って不遜な態度をとり、朝廷の使者を脅迫した」として、その罪をさばくべき旨を奏上したが、太后のとりなしで罪をまぬがれた。「鷂雀賦」の末尾で、雀は「オレが鷂からにげおおせたのは、兔よりもすばやかったからだ。これから以後は心をいれかえて、オレをやっかんだりするんじゃないぞ」というが、ここに曹植の想いが明白にのべられている。したがってこの「鷂雀賦」は、おそらく黄初年間につくられたのだろう。（一〇二頁）

この何沛雄の見かたは、兄の魏文帝（曹丕）との確執に関連させて、「鷂＝文帝、雀＝曹植」とみなすものだろう。そして、黄初二年におこった飲酒による不遜事件にからめて、曹丕とその周辺とが曹植を粛清しようとした経緯を投影している、と解している。これという確定的な論拠はないものの、状況証拠を整理しながら、その創作年代まで推定したものであり、うがった解釈を提示したものといえよう。

第三は、「鵲雀賦」の諧謔味を重視し、一篇をユーモア文学として理解しようとするものである。こうした見かたをとるのが、銭鍾書『管錐編』（第三冊　中華書局香港　一九七九）である。

［管錐編］私がおもうに、この「鵲雀賦」は遊戯の文学であり、華麗な文飾をつかわずに、情趣や感情を表現している。その創作意図は、『敦煌掇瑣』の四「燕子賦」に似ている。雀がぶじにげおおせたあと、雄と雌の雀がかたりあうが、そのにげおおせた雀は「オレは動作がすばやいし、うまれつき弁もたつ」云々と自慢する。その雀の話は、『孟子』離婁下で、斉人が外出先から帰宅して妻妾に自慢することと似ており、後世の小説におけるユーモア手法の先駆といえよう。曹植の詩賦では「洛神賦」がもっとも有名である。この賦はたしかにすぐれた箇所があるものの、しかし宋玉の賦の後塵を拝したものにすぎず、「鵲雀賦」が新境地をひらいたのにおよばないだろう。（一〇六〇頁）

右で銭氏が言及される『孟子』離婁下の話を紹介すれば、斉のある男、外出するたびに酒肉に堪能してかえり、いつも家にいる妻妾に「貴人と会食してきたのだ」と自慢していた。ところが、その貴人なる者は、いちどもわが家を訪問したことがない。それをふしぎにおもった妻、あるとき外出した夫のあとをつけてみた。すると、夫はなんと墓前祭の残飯をもらって、腹をふくらましていたのだった。満腹の理由をしった妻は、帰宅して妾にそのことをはなし、ふたりして夫のなさけなさに愛想をつかし、なきだしてしまった。そうとしらぬ夫は、例によって意気揚々と家にかえり、また妻妾に自慢をはじめた――という話である。この離婁下の話のユーモアは、斉人がありもしない貴人との交際をよそおって、妻妾に自慢していたこと、そしてそれがバレたのも気づかず、あいかわらず自慢しつづけていることに起因している。

銭氏は、にげおおせた雀の「オレは動作がすばやいし」云々の自慢話に注目し、それを『孟子』の話と同種の、間のぬけたホラ話だとみなしているようだ。じっさい、賦中の雀は「命はたいせつで、雀や鼠もこれをおしんでいます」云々と、あわれっぽく鴟に命乞いしていたにすぎない。だが、いったんにげおおせたとなると、その雀は仲間の雌雀（妻？）に対して、いばりくさって「オレは動作がすばやいし、うまれつき弁もたつ」云々と自慢している。こうしたユーモラスな話柄は、賦ジャンルではあまり例をみないものであり、たしかに後代の小説でのユーモア手法の先駆といえるかもしれない。

このように、曹植「鴟雀賦」に対しては、おおきくわけて右の三とおりの解釈が存在している。だがそうとはいっても、近時では、第一の解釈、すなわち民間文学との関連や唐代俗賦との継承関係については、これに直接ふれないことはあっても、あたまから否定してかかるような論者は、もはやいなくなっているようだ。したがって、第一の解釈は諸説のひとつというよりも、「鴟雀賦」を理解するうえでの大前提として、ほぼ承認され定着しているとかんがえてよい。たとえば、つぎの馬積高『賦史』（上海古籍出版社　一九八七）の見かたは、第一の解釈をふまえたうえで、第二の解釈に肩いれしたものだろう。

［賦史］「鴟雀賦」は、民間の寓話にもとづいてかかれたに相違ない。ことば遣いは口語的で（『顔氏家訓』書証では、一篇中の「果蒜」は世俗のことばだと指摘していた）、ひじょうにいきいきしている。完全に文人賦の常套からぬけでており、蔡邕「青衣賦」よりも、さらに一歩すすんだ段階にある。曹植に「野田黄雀行」という詩がある。そこでは、黄雀が鷂におわれ、みずから網のなかにはいっていったが、少年が「剣をぬいて網をきりはらってくれた」ので、ようやくにげだすことができた――という話をえがいている。「鴟雀賦」の構想は、その「野田黄雀行」詩とよく似ており、おそらくこれによって、曹丕やその配下の者たちを諷諭したものだろう。後世の唐代

俗賦は、あきらかにこの賦と継承関係がある。（一五五頁）

そうすると、問題になってくるのは、むしろ第二と第三の解釈の相違のほうだろう。この両者の相違は、民間文学との関連を前提としながら、さらに「鷂雀賦」の内容を精細に分析していったとき、よりおおくシリアスな現実（魏文帝との確執）の反映をよみとるか（第二の解釈）、ユーモア感覚をよみとるか（第三の解釈）のちがいだといってよかろう。

三　粛清危機の反映

「鷂雀賦」に関するじゅうらいの見解は、ほぼ以上のとおりであった。しかし最近、有力な新説があらわれて、第二の、シリアスな現実を投影させた作だとする解釈が、有力になってきたようだ。その新説とは、程章燦氏が発表された「石学与賦学――以唐宋元石刻中的賦為例」（『辞賦文学論集』所収　江蘇教育出版社　一九九九）という論考である。

この程論文は、張仲炘『湖北金石志』巻三の記事に依拠しながら、以下のようにいう。すなわち、曹植「鷂雀賦」は隋代のころに石に刻されていた。その石に刻された賦文のまえに、隋煬帝の手になる「陳思王、魏宗室子也」という序があり、また賦文のあとには「黄初二年二月記」という題記があった。この「黄初二年二月記」の題記は、曹植集もしくは「鷂雀賦」原文にもとからあったはずであり、するとこの「黄初二年二月記」という文字は、そのまま「鷂雀賦」の創作年月を意味している可能性がたかい――と。

隋代の石刻資料を、じっさいに手にとって確認できないのが残念だが、程章燦氏の論考は、じゅうらいみおとされていた新資料にもとづいて立論されたものであり、つよい説得力を有している。したがって、この石刻資料［に関する記事」や程論文の所論を支持するかぎり、「鶺雀賦」は黄初二年二月の執筆だと理解すべきだろう。「鶺雀賦」の執筆がこの時期とすれば、その解釈にもおおきな影響をあたえることになる。

この黄初二年前後は、まさに曹植が危機的な状況に瀕していた時期であった。その危機的状況は、つぎの『魏志』巻十九陳思王植伝の記事によって了解できよう。

文帝即王位、誅丁儀丁廙并其男口。植与諸侯並就国。黄初二年、監国謁者灌均希指、奏「植酔酒悖慢、劫脅使者」。有司請治罪、帝以太后故、貶爵安郷侯。其年改封鄄城侯。三年、立為鄄城王、邑二千五百戸。

［曹操が逝去した直後］曹丕は魏王の地位につくや、丁儀丁廙兄弟を誅殺し（二二〇　建安二五年二月）、同族の男子もころした。曹植は諸侯とともに領国にかえった。翌黄初二年（二二一）、監国謁者の灌均は文帝（曹丕）の意に迎合して、「曹植は酒によって傲慢となり、朝廷の使者を脅迫しました」と奏上した。有司は曹植の処罰を申請したが、文帝は母后（丕植兄弟の母）への遠慮によって、爵を安郷侯におとしただけだった。その年に鄄城侯に改封した。黄初三年、曹植を鄄城王として、邑は二千五百戸とした。

丁儀丁廙兄弟が誅殺されたのは、ちょうど「鶺雀賦」執筆の一年まえの、建安二十五年二月であった。この丁兄弟は、曹植の片腕というべき存在で、ともに曹植の立太子のために尽力していた。それがうとまれ、魏王となった曹丕によって、すぐ害されたのである。さらに右の記事によると、同年十月（黄初と改元される）に践祚して文帝となった曹丕は、翌黄初二年、こんどは曹植を害さんとして、灌均に植の罪を上奏させたが、母后への遠慮によって、かろうじて曹植殺害をおもいとどまっている。すると「鶺雀賦」は、自身が粛清されようとする、まさにその危機的状況のさなかで、執筆されたと推測してよかろう。そうだとすれば、たんなる遊戯文学とはかんがえにくく、やはりこの賦は、粛清の危機を反映したシリアスな作として解釈されねばならないだろう。

この第二の解釈の妥当さをしめす傍証がある。それが、やはりこの時期にかかれたと推定される楽府「野田黄雀行」である。まず、この楽府を紹介しよう。

高樹多悲風　海水揚其波　高樹に悲風がふきつけ　海原に波がたつ
利剣不在掌　結友何須多　利剣が掌になければ　おおくの友がなんの役にたとう
不見籬間雀　見鷂自投羅　垣根の雀をごらん　鷂をみて自分から網にとびこんだ
羅家得雀喜　少年見雀悲　持ち主は雀を手にいれてよろこんだが　少年はそれをあわれんだ
抜剣捎羅網　黄雀得飛飛　抜剣して網をきりはらい　雀は網からにげだせた
飛飛摩蒼天　来下謝少年　青空にかけあがったが　降下して少年に感謝しているよ

一読して、この「野田黄雀行」の内容が、「鷂雀賦」によく似ていることに気づこう。「鷂」や「雀」が登場するのはもとより、鳥を人間になぞらえつつ、なにかをかたろうとする寓話的作風は、そのまま「鷂雀賦」の作風と軌を一にしている。清代の朱緒曾の「此れ（「野田黄雀行」のこと）は鷂雀賦と意を同じくす」（黄節『曹子建詩注』所引）の指摘をまつまでもなく、両篇の相似は明瞭だといってよい。

楽府の内容をこまかくみてゆこう。まず初二句は、どうやら『詩経』の比興を模した措辞らしい。趙幼文『曹植集校注』巻一によれば、「曹丕政権（高樹）にはきびしい法律（悲風）がしかれ、その群臣（海水）は迫害を拡大している（揚其波）」の意が寓されているという。つづく「利剣」二句は、おそらく「権力（利剣）が我が手にない以上、知りあいがたくさんいても、なんの役にもたたぬ」という感慨をのべたものだろう。そして第五句以下に、寓話めいたストーリーがつづく。それは、垣根にいた雀は、おそろしい鷂を目にするや、自分のほうから人間のしかけた網にとびこんでいった。網の持ちぬしはおおよろこびするが、少年は網中の雀を気の毒がって、剣をぬいて網をきりはらい、雀をにがしてやった。雀は大空へまいあがったが、またおりてきて少年に感謝するのだった――という筋である。

こうした筋だては、ただの空想とはかんがえにくく、なんらかの寓意を秘めているものと想像される。「鷂」や「雀」「少年」とはだれか、さらに雀をすくった少年の行為は、なにを意味するのか――これらの比擬が解明できれば、「野田黄雀行」はもとより、それに類似する「鷂雀賦」の寓意解明にも、ヒントがあたえられよう。

この「野田黄雀行」の寓意について、先学のおおくは、やはり曹丕が魏王の地位にたってまもない建安二十五年二月のできごとに、関連づけて説明している。その代表的な見解として、近人の黄節の説（『曹子建詩注』巻二）を紹介してみよう。その黄節の解釈は、

『魏略』につぎのようにいう。「太子（曹丕）が魏王の地位にたつや、丁儀を処罰しようとした。まず丁儀を右刺奸掾に転任させ、自殺させようとした。だが丁儀は自殺できず、彼は中領軍の夏侯尚に叩頭して、憐れみを乞うた。夏侯尚は彼のために涙をこぼしたが、それでも丁儀の命をすくうことはできなかった。のち、曹丕はついに職責の件で罪をこじつけて投獄し、丁儀をころしてしまった」。

詩中でいう垣根の「雀」は、おそらく丁儀を暗示しよう。また「少年」とは、たぶん夏侯尚だろう。丁儀が夏侯尚に憐れみを乞うと、夏侯尚は涙をこぼしたが、それはちょうど詩中で、少年が雀をあわれんだのとおなじことだろう。曹植がこの楽府をつくったのは、曹丕が丁儀をとらえて投獄する直前だったはずだ。曹植は、詩中の少年が雀をすくうかのように、夏侯尚が丁儀の命をすくうことを、つよく期待していたのである。

というものである。この黄節の説を参考にすれば、楽府「野田黄雀行」の創作意図や主題は、きわめて明確である。黄節の見かたをさらに敷衍していったならば、「雀＝丁儀」「少年＝夏侯尚」だけでなく、「鷂＝曹丕」「羅家＝［曹丕の息のかかった］役人」の比擬もなりたつかもしれない。

このように「野田黄雀行」は、曹丕に親友（丁儀）を害されようとしていた曹植の危機感を、そのまま反映した作であるようだ。とすれば、同種の寓話的作風を有し、またわずか一年をへだてただけの「鷂雀賦」に対して、「曹丕との確執を反映した作ではない」と断定するのは、そうとうむつかしいだろう。この一年、兄との確執は深刻化こそすれ、緩和することはなかったのだから。その意味で、「鷂雀賦」中の「鷂」は、やはり曹丕（文帝）を暗示し、そして「雀」のほうは、［「野田黄雀行」中の雀（＝丁儀）とはちがって］曹丕の魔手からひとまず脱出できた（ころされなかった）自分じしんを、比擬しているとかんがえられよう。

曹植の人となりについて、陳寿は『魏志』本伝の評で、

陳思文才富艶、足以自通後葉。然不能克譲遠防、終致攜隙。

曹植は文才がゆたかで、後世につたわる能力を有していた。だが謙譲して、将来の災禍をまぬがれることができず、けっきょくは曹丕と仲違いしてしまった。

とかたっている。陳寿はおそらく、曹植の卓越した文学的才腕と、そのあまりにも粗忽すぎる出処進退との齟齬をおしんで、かく評したのだろう。たしかに陳寿が指摘するように、曹植の性格は、よくいえばすなおで無邪気だし、わるくいえばあまりにも単純で無防備すぎた。後代、ひとの臧否を口にせず「至慎」と称され、その代表作「詠懐詩」も本意を推測しがたかった阮籍のような人物にくらべれば、この曹植はまさに対照的な性格だったといってよい。

そうした性格だった曹植は、文学創作においても、同様な無邪気さをしめしていたようだ。たとえば賦の創作のしかたについて、馬積高『賦史』は、つぎのような見解を提示している。それは、

曹植の賦は彼が自分でいうように、ほとんどは「なんらかのできごとに遭遇してつづ」ったものだ。だから、曹植がその生涯ででくわしたできごと、たとえば個人的な昇降、哀楽、親戚・友人との出会いや別れから、軍国

に関する重要案件にいたるまで、ほとんど賦につづらないものはなかった。彼はまた、かってきままな（原文「任性」）人間である。それゆえ、おのが情のおもむくところ、賦中で慷慨して悲歌したり、低徊して詠嘆したり、また発奮して激昂したり、陰々滅々とかなしんだりする。また、あでやかな文采をくりひろげるかとおもえば、口語のような闊達なことば遣いもするなど、多様な文学的風格をしめしているのだ。（一五三頁）

というものである。これによれば、賦の創作においても、曹植は沈思派ではなく、「おのが情のおもむくところ」のままつづるタイプだったようだ。つまり、曹植にとって賦ジャンルは、そのときどきの自己の想いや周囲の情況を、率直に反映させやすい器だったのだろう。

こうした賦創作のしかたに関して、私が注目したいのは、「鶺雀賦」を黄初二年の作だとしたばあい、曹植は自己の受難の体験を、間をおかずすぐ作品化したことになる、ということだ。もしこの「鶺雀賦」［や「野田黄雀行」］の内容が、曹丕やその周辺の者の目にふれたら、彼らはさぞかし不快なものに感じたであろうし、その結果、ばあいによっては、不測の事態をまねきかねなかっただろう。だが、曹植はそうしたことを顧慮せず、いや多少は顧慮したかもしれないが、それでも自制しきれず、けっきょくは自分が苦悶した体験を、［寓話ふうとはいえ］すぐに賦中に結晶化させてしまったのである。こうしたところがよくもあしくも、曹植の曹植らしいところだったといえよう。

四　民間文学からの影響

それでは曹植は、自己のつらい受難体験を、なぜほかでもなく、寓話のスタイルをとって表現したのだろうか。これについて、ひとつかんがえられることは、曹植にとって、あまりにも強烈すぎる恐怖だったので、それをシリアスにえがくことができず、非現実的な寓話ふうスタイルをかりる必要があった、ということだろう。では曹植は、そうした寓話ふうスタイルを、どこからどのようにまなんで、この「鷂雀賦」に利用することができたのだろうか。

この疑問についてかんがえるとき、「鷂雀賦」が民間文学の影響をうけていると指摘されたことが、あらためて想起されてこよう。すなわち、郭維森・許結の両氏は、「この賦は民間文学の養分を吸収して、賦の叙事的機能をよく発揮しており、独創性を有している」(中国辞賦発展史)といい、また馬積高氏は「鷂雀賦は、民間の寓話にもとづいてかかれたに相違ない。ことば遣いは口語的で、ひじょうにいきいきしている」(賦史)と指摘していた。『韓非子』などにふくまれる寓話のおおくは、民間にひろまっていた話から、採集されてきたものだとされている。すると、「鷂雀賦」の寓話スタイルと曹植当時の民間文学とのあいだにも、おそらくそれと同種の関係があったと推測してよかろう。

ただ、こうした民間文学との関連は、曹植だけではなく、建安文学全体についても該当することに注意したい。たとえば建安文学の中心だった三曹は、いずれも民間文学から栄養をすいあげている。父の曹操は、民間歌謡たる楽府のジャンルに、また兄の曹丕は、民間のうわさ話に端を発する小説のジャンル(『列異伝』の作者に擬されている)に、それぞれふかい関わりをもっている。曹植のばあいも、すぐれた楽府をたくさんかいているし、また淳于髡と交流したとき、「俳優の小説数千言を誦」したという話は、小説史のうえで看過できぬ話柄となっている。それらにくわえて、この唐代俗賦の系譜につらなる「鷂雀賦」が、つづられているのである(3)。

この曹植「鷂雀賦」と民間文学との関連においては、私はとくに鳥を擬人化させる手法に注目したいとおもう。この種の鳥の擬人化は、中国文学の世界ではずっと以前から存在しており、しかもそれらのおおくは、詩文の創作をなりわいとする専門的な文人ではなく、民間の無名氏によってなされている。そこで以下、鳥を擬人化した民間文学の流れを、ざっとみわたしながら、曹植が「鷂雀賦」をつづるさいにまなんだとおもわれる作を、推測してゆこう。(4)

まず、鳥擬人化の源流とされてきた作が、『詩経』豳風鴟鴞である。これは、

鴟鴞鴟鴞　鴟鴞《しきょう》よ　鴟鴞よ
既取我子　わが子をうばったうえに
無毀我室　わが巣までこわさないで
恩斯勤斯　いつくしみいたわってそだててきたんだよ
鬻子之閔斯　のこったこの雛があわれじゃないか

というものだ。親鳥を擬人化して、鴟鴞という悪鳥にむかって、「私の子供をうばったうえ、巣までこわしてくれるな」と懇願したものである。伝統的な解釈によると、「鴟鴞」(亡殷の武庚)が、「我が子」(周公の三人の弟)をそそのかして反乱をおこさせた。親鳥(周公)がその鴟鴞に対し、これ以上「我が室」(周王室)を混乱させてくれるなよ、とよびかけたものだとされている。周公云々の解釈はおくとして、この詩では、鳥が擬人化されていることに注目したい。

この「鴟鴞」をはじめ、『詩経』国風の詩は民間で発生した歌謡なのだが、そうした民謡的性格を継承したものとして、楽府古辞ともよばれたりする、一連の漢代の楽府作品がある。この諸作のなかに、鳥を擬人化したものが散見する。たとえば、鼓吹曲辞「雉子班」は、雉子が人間にとらえられる話だが、雉が擬人化されていて、とらえられた子雉を心配する親雉のようすが描写されている。相和歌辞「烏生」も同種の趣向をもち、擬人化された烏が、放蕩息子(人間)に射ころされた悲劇をえがいている。おなじく相和歌辞「艶歌何嘗行」は、「白鵠の夫婦が群れとともに

移動する途中、妻鵠が急病にかかって飛行できなくなり、やむなく夫鵠は妻鵠をすててとびさってゆく」という話である。白鵠の夫婦が擬人化されていて、なかでも離別をかなしむ夫鵠の心情が、人間に比擬されつつたくみに表現されている（第二章参照）。

これらは、鳥が擬人化された作例として、以前からしられていた作だが、近時に注目されはじめたあたらしい資料のなかにも、鳥が擬人化された同種の作品がみつかっている。そうした作の第一として、前漢の成帝期の作と推定される「神烏賦」が、まずあげられよう。

この新出資料の「神烏賦」については、第二章でくわしく論じたので委細は略するが、やはり擬人化された烏《からす》を主人公にした物語だといってよい。烏の夫婦がなかよく巣造りにはげんでいたところ、盗鳥に巣の材料をぬすまれた。夫婦烏のうちの雌烏がそれをなじったところ、逆に盗鳥に攻撃され、雌烏は重傷をおってしまった。夫の雄烏はこれをすくうことができず、けっきょく雌烏は死んでしまい、雄烏は悲しみにくれるばかり――という悲劇的な筋だてをもっている。

この「神烏賦」では、その悲劇的な内容が、「外面的には」ややコミカルな印象をあたえる曹植「鷂雀賦」とは、ことなっている。そうではあるが、鳥の擬人化という点で相似しているし、それ以外にも、①四言の韻文を主体とする、②口語ふうなことば遣いがおおい、③擬人化された鳥どうしの対話で話が進行し、④物語性をもった寓話ふう内容である――などにおいて、両者は共通している。その意味で、曹植「鷂雀賦」の先行作品として、有力な作例だといってよかろう。

もうひとつ、近時に注目されはじめた鳥擬人化の作例として、やはり前漢の宣帝時代のひと、焦延寿が編纂した『易林』（以下、『焦氏易林』）中の四言の韻文がある。この『焦氏易林』中の四言韻文はほんらい、『易経』の卦爻を説明した、占卜のことばとしてつくられたものだが、当時の民衆の生活と密接した内容を有し、しばしば擬人化された鳥が登場している（鳥以外に、獣も擬人化されている）。その意味で『焦氏易林』も、無名氏の作ではないものの、やはり民間文学との関わりがふかいといえよう。このなかに、つぎのような四言の韻文がある（ただし、韻の踏みかたはきわめて不規則である。②にいたっては、無韻である）。

①［無妄・明夷］千雀万鳩、与鷂為仇、威勢不敵、雖衆無益、為鷹所撃。
雀や鳩の群れが、鷂と対決しようとした。だが力およばず、束になってもかなわないで、鷂にころされてしまった。

②［大有・萃］雀行求食、出門見鷂、顛蹶上下、幾無所処。
雀が食べものをさがしにでたところ、門前で鷂にであった。雀は上下にとびはねてにげようとするも、にげ場所なく進退きわまった。

③［益・革］雀行求粒、誤入網罭。頼仁君子、復脱帰室。
雀が米つぶをさがしにでて、つい網にとらわれてしまった。だが仁君子の助けによって、なんとか網からぬけだして巣にかえった。

④［革・蠱］鷹鷂欲食、雉兎困急、逃頭見尾、為害所賊。
鷹や鷂が雉や兎をくおうとおそいかかり、雉や兎はにげまどった。だが頭かくして尻かくさず、けっきょくころされてしまった。

⑤［復・遯］仲冬兼秋、烏鵲困憂、困于米食、数驚鸇雕。
仲冬や秋は、烏鵲がくるしむ時節だ。米粒がないし、また鸇や雕にしばしばおそわれるからだ。

⑥［帰妹・無妄］鶏方啄粟、為狐所逐、走不得食、惶惧喘息。
鶏が粟をたべようとして、狐におそわれた。やっとにげたが食べものもなく、ゼエゼエとあえいでいる。

これらは、いずれも鳥類を主人公にしている。これらの表現は、厳密にいえば擬人法といいにくいものもあるが、内容的には、曹植「鷂雀賦」とよく似ていることが確認できよう。なかでも②と③の話柄は、「鷂雀賦」や「野田黄雀行」の内容と酷似していて、曹植の両篇と民間文学たる『焦氏易林』との、濃厚な相関ぶりをものがたっていよう。(5)

以上、鳥擬人化の手法に注目しながら、「鷂雀賦」以前における民間無名氏（あるいはそれに準じる）の諸作を概観してきた。右は鳥に限定したが、よりおおきく「禽獣の擬人化」としてさがしていったなら、もっとおおくの作例が発見できることだろう。さらに擬人化以外の手法、たとえば比喩や虚構、対話の多用、口語的口調などに着目すれば、右とべつの方面から「鷂雀賦」と民間文学との関連が、うかびあがってくるに相違ない。(6)

このように、曹植が「鷂雀賦」をつづろうとしたさい、彼のまえには、右のごとき民間無名氏の寓話ふう作品群が、きちんと存在していたのである。これら諸作のうち、『詩経』や漢代楽府等はよくしられているが、それ以外の「神烏賦」や『焦氏易林』中の四言韻文などは、じゅうらい文学史の表面にあらわれてきにくかった。しかし、曹植など士人たちの文学の下層には、こうした民間文学の伝統が脈々とながれていたのである。

曹植が、これら「神烏賦」をはじめとする民間無名氏の諸作から、ほんとうに寓話ふうスタイルをまなんだかどうかは、現時点ではしかと肯定できる資料はない。だが、曹植は「与楊徳祖書」において、

夫街談巷説、必有可采、撃轅之歌、有応風雅。匹夫之思、未易軽棄也。
街なかのうわさ話にも、きっと役だつものがあるし、民衆の「撃轅の歌」も、風雅の道にかなったところがあります。ですから匹夫の考えだって、むげに無視してよいものではありません。

とのべており、民間の文学も排除しなかった文人だった。そうした創作態度からすれば、彼の読書対象のなかに、「神烏賦」や『焦氏易林』のたぐいもはいっていて、「鴇雀賦」をつづるさい、そうした作品群が脳裏にうかんでいたという想定は、それほどとっぴなものとはいえないだろう。おそらく曹植ら建安期の文人たちは、こうした民間文学の伝統に対し、ときに無視したり、ときに活用したりしながら、みずからの文学活動を展開していたのだろう。

五　諷刺とユーモア

ここまで、曹植の「鴇雀賦」創作をめぐって、いろいろな方面から検討をくわえてきた。右の検討から、私は「鴇雀賦」の創作について、つぎのようにかんがえたいとおもう。

すなわち、粛清危機のさなかにいた黄初二年の時点では、いくら曹植といえども、自己の恐怖や憤懣の情を、詩文のなかになまなましく表白することはできなかった。もしそうした詩文が兄の文帝一派の目にふれたなら、どんな災禍がおそいかかってくるか、しれなかったからだ。しかし彼は、本来的に「おのが情のおもむくところ、賦中で慷慨して悲歌したり、低徊して詠嘆したり、また発奮して激昂したり、陰々滅々とかなしんだりする」（馬積高氏の語）タイプの文人だった。そのため、どうしても自己の体験を、文学に昇華させずにはおれなかった。そうした矛盾した感情の妥協策として、民間文学に似せた寓話ふうスタイルをとり、本音をユーモアの糖衣で韜晦させながら、さりげなく心情を吐露した。そして、それによって文帝［やその周辺の人びと］の同情をひきおこし、あわせて一種の鬱憤ばらしをおこなおうとした――と。

「鴇雀賦」がこのようにつづられたとすれば、さきの銭鍾書『管錐編』に代表される第三の解釈、すなわち諧謔味を重視し、ユーモア文学だと理解する解釈は、不利になったかのようにおもわれる。では、こうした見かたは否定されるべきかといえば、そうではない。「鷂雀賦」が兄の文帝との確執を反映し、深刻な内容を寓するにせよ、その作品の外見がユーモアの糖衣でつつまれていることは、うたがいようのない事実であるからだ。あわれっぽく命乞いしたりして、かろうじて危地を脱した雀が、あとで仲間の雌雀にであうや、うってかわって自分のすばしこさや弁舌の才を自慢するという筋だては、たしかに『孟子』離婁下の斉人の話によく似ていて、よむ者をニヤリとさせずにはおかぬユーモアをもつ。つまり「鷂雀賦」は、内容的には深刻な訴えかけをふくむ（第二の解釈）ものの、外面的にはあきらかに、ユーモアの糖衣でつつまれている（第三の解釈）のである。

ここで確認しておきたいのは、中国文学の歴史では、シリアスな内容をユーモアの糖衣でつつみこんだ作品は、けっしてめずらしくないということだ。戦国の諸子中にちりばめられた寓話や、淳于髡など滑稽者流の人びとのこっけいな弁舌、さらには揚雄「逐貧賦」など、そうした例にはことかかない。つまり旧時の文学においては、真摯な諷刺や憂悶を表現しようとしたさい、ユーモアはしばしばその隠れ蓑になってきているのである。

そのためか、中国の遊戯文学では、純粋のユーモアのためのユーモア文学はごくすくない。では、どのような遊戯文学がおおいのかといえば、この「鷂雀賦」のごとく、いっけんユーモラスな内容であっても、その底にべつの意図を秘めたような作である。底に秘められたべつの意図は、作品によってさまざまで、ときに世俗批判だったり、攀援期待の追従《ついしょう》だったりするが、なかでも政治諷刺を底に秘めた遊戯文学が、もっとものぞましいものとされた。梁の劉勰が、

むかしのユーモアは危機をすくい苦しみをいやした。絹や麻などの役だつものがあったとしても、菅や蒯などの役だたぬものをすててはならぬ。道義にかない時勢に適したなら、「ふざけといえども」諷刺に効果があろう。

だが、わるふざけだけにおわったならば、ことばの徳はおおいにそこなわれるだろう。

と指摘したのは、そうしたユーモアと諷刺とのありうべき関係を反映していよう（第四章も参照）。

このように古典文学の世界では、ユーモアはしばしば諷刺と共存することによって、その存在価値をたかめてきた歴史を有している。このことは、中国文学のおおきな特徴、すなわち「現実の政治や社会に参与してゆこうとする〈志〉の文学」をよしとする士人ふう文学観の根強さを、あらためて確認させるものだといえよう。こうした、諷刺や「志」を重視する文学観は、中国文学にある種の偏向をうんでしまい、その功罪については、多様な方面から議論がなされねばならない。だが私は、この曹植「鷂雀賦」に関するかぎり、たんに民間文学を模したユーモア作品とみなすよりは、その底に右のような含意（ひろい意味での、政治諷刺だといってよかろう）を有した「志」ある作品だとみなしたほうが、より奥ゆきのふかい、そして曹植じしんの意図にも即した、作品解釈になるのではないかとかんがえるのである。

注

（1）本章中の「鷂雀賦」の本文は、趙幼文『曹植集校注』（人民文学出版社　一九八四）にもとづくが、同書の校語などによって一部、字をあらためた。

（2）「鷂雀賦」中には、「相噉」「相得」「相逢」「相将」など、「相○」の複合語がめだつ。これらの「相」字は「たがいに」の意ではなく、他動詞であることをしめす助字であり、後代の『世説新語』の文章などと相似した使用法である。また『顔氏家訓』書証篇では、「鷂雀賦」中の「頭如蒜顆」について、「俗間常語耳」と指摘している（ただしこの句は、趙幼文の校語が指摘するように、ほんらい「頭如顆蒜」につくっていたはずである。そうでないと、前後の「惋」「喚」「観」字と押韻できなくなってしまう）。

（3）曹植の作品では「鷂雀賦」以外に、「蝉賦」「蝙蝠賦」「髑髏説」「誥咎文」「釈愁文」なども、民間文学からの影響を髣髴させている。くわえて、近人の王瑶氏は「擬古与作偽」論において、「曹植が邯鄲淳にむかって誦した〈俳優小説〉とは、洛神賦や七啓の類だったろう」という浦江清の説を紹介したうえで、「誠に確見なり」と賛意を表しておられる（『中古文人生活』所収）。すると、浦江清や王瑶氏の考えにしたがえば、「洛神賦」や「七啓」などのいっけんシリアスそうな文学も、じつは民間文学の影響をうけた作品だったことになろう。また建安七子の文学も、同様に民間文学との関連を推測させるが、そうしたことについては別稿を用意したい。

（4）鳥を擬人化した作例や、その特徴については、譚家健「漢魏六朝隋唐時期禽鳥奪巣作品考略――神烏賦源流漫論」（『六朝文章新論』所収　北京燕山出版社　二〇〇二年　初出は「中国文学研究」一九九八―二）からおおくの知見をえた。

（5）近時、陳良運氏の手になる労作『焦氏易林詩学闡釈』（百花洲文芸出版社　二〇〇〇）が刊行されて、ひさしく文学史の底に埋没していた感のある『焦氏易林』が、その正当な位置づけを主張しはじめたようだ。著者の陳氏によれば、『焦氏易林』中の四言韻文はおおくの擬人的表現をふくんでいて、寓話詩の歴史のなかでも画期をなすものだという（中編「五　中国古代寓言詩之始興」）。なお、本章で引用した『焦氏易林』中の四言韻文も、同書によったものである。

（6）たとえば、福山泰男「曹植のアレゴリー」（「山形大学紀要（人文科学）」第一三―二号　一九九五）は、アレゴリーの手法から「鷂雀賦」と民間文学との相関を予想している。

Ⅲ　西晋の遊戯文学

第七章　魯褒「銭神論」論

一　西晋遊戯文学の概観

本章は、第四章「漢末魏初の遊戯文学」をうけて、西晋における遊戯文学について、その概要をみわたしてみようとするものである。まずは、西晋の遊戯文学をリストアップし、分類することからはじめよう。

第四章において、漢末魏初の遊戯文学を、

⑴諷刺ふう遊戯文学
⑵嘲笑ふう遊戯文学
⑶社交ふう遊戯文学

の三種に分類してみた。この三分は、もとより厳密な分類ではなく、個々の作品の比較的めだった傾向に着目して、かりに仕わけしてみた程度の、おおざっぱな分類にすぎない。それゆえ、ある作品を「⑴諷刺ふう遊戯文学」に分属させたとしても、それは、⑴の傾向が排他的に百パーセントをしめたからではなく、どちらかといえば⑴がつよかったから、という程度のものでしかない。つまり、「⑵嘲笑ふう」や「⑶社交ふう」の傾向もすこしはあるのだが、しかし「⑴諷刺ふう」が比較的めだったので、とりあえず⑴にいれておいた――ぐらいの、ゆるやかな分類にすぎないのである。だが現時点でも、それ以上の知恵がおもいうかばないので、ここでもおなじ分類法にしたがっておこう。

そこで、西晋の遊戯文学をおなじく三分すれば、「⑴諷刺ふう遊戯文学」が多数をしめ、「⑵嘲笑ふう遊戯文学」や「⑶社交ふう遊戯文学」は、ごく少数にすぎない、という結果になった。こうした⑴諷刺ふう遊戯文学のおおさは、魏晋六朝の時期ではめずらしいことといってよく、注目されてよい（もっとも、この結果は、「現存するもの」にかぎってであり、じっさいの動向はこのとおりではなかったろう。「まえがき」を参照）。以下、この三分類にしたがって、各類の内容を概説しておこう。

まず、多数をしめる「⑴諷刺ふう遊戯文学」からみてゆくと、これをさらに三つにわけることができそうだ。第一は、賦ジャンルに属する遊戯文学である。左思「白髪賦」、束晳「勧農賦」「近遊賦」の三篇が、これに該当しよう。

はじめの左思（二五二？～三〇六？）の「白髪賦」は、作者とおぼしき主人と、その頭にはえた「擬人化された」白髪との、ユーモラスな対話で構成されている。主人が、みぐるしい白髪がはえては、出世にさしつかえると心配して、白髪をぬこうとする。いっぽう白髪は、ぬかれてはかなわない。出世は才能の有無によるのであり、毛髪の白黒とは関係ないと抗弁するが、けっきょくは、うむをいわさずぬかれてしまった――という話である。白髪あたまの老人が相手にされず、わかさなど、外見の美だけを重視する世相を諷したものだろう。左思じしんが「貌は寝《みに》くく、口は訥なり」（『晋書』本伝）だったことを想起すれば、なかなかあわれぶかく感じられる（第三章も参照）。

つぎの束晳（二六二？～三〇二？）の「勧農賦」は、下級役人の腐敗ぶりを諷した作品である。「勧農」とは、農事を勧奨する職務の役人をさす。その勧農が、自分へのワイロの多寡によって、村民の租税の額をかってにきめてゆくようすを、皮肉たっぷりに描写している。また「近遊賦」は、『楚辞』遠遊や司馬相如「大人賦」のパロディというべき作で、天界を周遊する壮大な「大人」ではなく、小市民的な生活に安住する逸民の姿をえがいている。誇大な言をはく空疎な清談の徒を、とおまわしに諷したものか。この二篇には、ともに皮肉なユーモアがただよっている。

さて第二は、設論とよばれるジャンルに属する諸作である。具体的には、皇甫謐「釈勧論」、束晳「玄守釈」、夏侯湛「抵疑」の三篇があげられる。この三篇に対しては、真摯な作であって、遊戯文学の範疇にはいらない、という見かたもあろう。だが『芸文類聚』では、「嘲戯」(巻二五)の項に設論の主要作をあつめており、遊戯性もふくむと判断しているようだ。あそびまじりの作か、真摯な文章か、なかなか判断がむつかしい。ただ設論ジャンルの特徴として、形式では主客問答(主はおおく作者である)や韻文スタイルが指摘でき、内容では出処進退をめぐる論争があげられよう。私見によれば、真にシリアスな議論をするのだったら、娯楽や装飾にかたむきやすい問答体や押韻などを、採用する必要はなかったとおもわれる。とすれば、これらの作はなんらかの意味で、広義のあそびを志向したものと推測され、設論ジャンルを遊戯文学に属させても、よいのではないかとかんがえる(1)。

はじめの皇甫謐(二一五〜二八二)の「釈勧論」は、晋王こと司馬炎が践祚して西晋王朝が開始されるや、作者の皇甫謐の同僚たちは、みな朝廷の召しに応じた。ところが皇甫謐だけは、病気を理由に出仕をこばんだため、親族や同僚たちが、天下大慶のときに出仕をこばむとはなにごとか、とせめたてる。その責めへの弁明としてかいたのが、この「釈勧論」である。一篇は、出仕をすすめる「客」(世俗を代表する)と、それをこばもうとする「主人」(作者たる皇甫謐、隠者を代表する)との対話で、なりたっている。

つぎに、束晳による「玄守釈」。この作も、やはり作者らしき「束子」と、その弟子たる「門人」との対話という形式をとっている。門人が世にでようとしない束子に、どうして出仕しないのかと難じる。すると束子が、その門人をたしなめつつ、隠逸の価値をとうとうと弁じてゆく——という体裁である。以上の二篇は、客や門人の非難に主人が弁明するという、東方朔「答客難」以来の定型パターンをおそった作品であるが、主人の弁明に自嘲味がうすくなったぶん、ユーモアの要素はとぼしくなっている。

のこる夏侯湛（二四三?〜二九一）の「抵疑」の作も、客人たる「当路子」と作者を彷彿させる「夏侯子」とのあいだで、出処すべきかいなかの議論が展開されている。だが右の二篇とことなって、主人の「夏侯子」がもらす愚痴めいた発言が、自嘲ふうな諧謔味をかもしだして、しばしば読者の笑いをさそっている。[2] その意味で、遊戯文学という点では、もっとも充実した作だといってよかろう。

第三は、右の賦と設論の中間にあたるもので、賦といえなくもないし、設論の仲間にいれられぬこともない、という諸作である。やはり広義の出処進退の議論を内容としている。陸雲「牛責季友文」「嘲褚常侍」、張敏「頭責子羽文」、魯褒「銭神論」などが、これに該当しよう。

はじめに、陸雲（二六二〜三〇三）の手になる「牛責季友文」をみよう。[3] この作品では、荷車をひく牛が擬人化されている。その牛は、出世できぬまま年老いてゆく主人の季友を、ことばするどく難詰する。ここで難詰される季友なる人物は、おそらく陸雲じしんの戯画だろうが、牛がその主人を難詰するという発想が、なかなかユーモラスである。出世できない季友に対する、牛の「なんとまあ、そなたは道と徳だけをたっとんで、高位や財産をかろんじられていることか」という非難は、道や徳をたっとぶことが、かえって出世のさまたげとなる軽薄な世相を、皮肉っぽく諷したものだろう（第八章も参照）。

おなじ陸雲の「嘲褚常侍」は、周囲を右顧左眄する小心者の小役人（褚常侍）を、意地わるく、またコミカルにからかったものである（この作だけは無韻）。また張敏（生没年未詳）の「頭責子羽文」は、秦子羽という出世できぬ男の頭部だけを擬人化させ、その頭が本人の秦子羽のふがいなさを難詰するという、やはり対話形式による遊戯文学である。秦子羽を非難するとみせかけて、じっさいは彼の立身を援助せぬ、つめたい友人たちを婉曲に諷したものであり、奇抜なユーモアという点では、この張敏の作がとくにすぐれている（ともに、第九章を参照）。

以上が、「⑴諷刺ふう遊戯文学」である。現存する西晋の遊戯文学では、この種の作が主流をしめていて、それ以外の作品は量的にもすくなく、また質的にもそれほど重要ではない。ただ、まったく無視するわけにもいかないので、ここで紹介だけしておこう。

「⑶社交ふう」の遊戯文学としては、わずかに束晳「餅賦」と弘君挙「食檄」の二篇が残存するのみである。このうち、前者の作が多少はしられている。標題の「餅」とは、うどんのような食物をさすようだが、その歴史をたどりつつ、料理のしかたや、できあがって食するひとのようすなどを、描写したものである。なかでも、餅にありつけぬ人びとをえがいた、

行人失涎于下風、童僕空嚼而斜眄。

通行人は風にのってきた匂いにうっかり涎をおとし、童僕はつい口をうごかして横目でみつめる。

の部分は、なかなかユーモアにとんでいる。この「餅賦」、時勢批判や嘲笑の意図をふくんでいるかもしれないが、すくなくとも文面からはよみとれないので、「⑶社交ふう」に分類しておいた。

つづいて、「⑵嘲笑ふう」の遊戯文学としては、石崇（二四九～三〇〇）の「奴券」があげられよう。この作は、前漢の王褒「僮約」の模擬作品である。その概要は、石崇が滎陽の東にいたころ、ちかくの住人が、「自分がかった羝の家奴が、大飯ぐいでこまる」とうったえていた。これを耳にした石崇は、この家奴をかいとった。すると、その家奴が「私は胡王の子で、本もよめる。証文にかいてある以外のことは、いっさいしないぞ」というので、石崇は証文をかいた。その証文の内容はつぎのとおり、として、さまざまな過酷な労役をならべてゆく——というものである。

主人公の石崇と羝奴のやりとり（フィクションだろう）が笑いをさそうが、「僮約」の二番煎じの感はいなめない。

右が、「⑶社交ふう」「⑵嘲笑ふう」に属する作である。もっとも、この三篇は現存する作というだけのことで、じっさいは、この種の作品は、もっとたくさんかかれていたにちがいない。そうした、いまにつたわらぬ作品群については、『文心雕龍』諧讔篇の

（原文は第四章を参照）

りっぱな文人でも、「諷刺の」規範からはずれがちだった。潘岳「醜婦賦」や束晳「売餅賦」のごとき、価値なきふざけを非難しながら、じっさいはそれを模した作が、百篇ほどもあって、魏晋ではこっけいな文風が、さかんにあおりたてられたのだ。……これらは、下劣な文章であり、作者の品位のわるさをしめすものだろう。

という発言が参考になろう。これによると、魏晋の時期には、潘岳「醜婦賦」や束晳「売餅賦」（さきの「餅賦」のことだろう）などのくだらない作品が、流行していたようだ。たしかに、「醜婦賦」（醜女をからかったものだろう）という標題からして、「作者の品位のわるさをしめ」していよう。その意味では、これら「⑶社交ふう」「⑵嘲笑ふう」に属する作が、淘汰されて現在までつたわらないのも、とうぜんのことだったとせねばならない。[4]

二　「銭神論」の内容

さて、西晋の遊戯文学について、「⑴諷刺ふう遊戯文学」を中心として、そのあらましを概観してきた。では、西晋においてはなぜ、こうした諷刺ふう遊戯文学が［ほかの時期にくらべて］おおくかかれたのだろうか。そしてそれらは、いかなる特徴を有しているのだろうか。ここでは、「⑴諷刺ふう遊戯文学」の代表として、さきの概観では略

した魯褒「銭神論」をとりあげ、そのあたりの事情をうかがってみることにしよう。

この魯褒（生没年未詳）の「銭神論」は、『芸文類聚』巻六十六、『晋書』隠逸伝、『太平御覧』巻八百三十六、『初学記』巻二十七などにおさめられている。だが、いずれも節略されたもので、完篇ではない。いまは、それらを総合した厳可均『全晋文』のテキストにしたがって、この作品を概観してゆこう。(5)

まず冒頭は、司空公子と綦毋《きぶ》先生との対話からはじまる。


有司空公子、富貴不歯。盛服而遊京邑、駐駕平市里。顧見綦毋先生、班白而徒行。

公子曰、「嘻、子年已長矣。徒行空手、将何之乎」。

先生曰、「欲之貴人」。公子曰、「学詩乎」。曰、「学矣」。「学礼乎」。曰、「学矣」。「学易乎」。曰、「学矣」。

公子曰、「詩不云乎、『幣帛筐篚、以将其厚意。然後忠臣嘉賓、得尽其心』。

礼不云乎、『男贄玉帛禽鳥、女贄榛栗棘脩』。易不云乎、『随時之義大矣哉』。

吾視子所以、観子所由、豈随世哉。雖曰已学、吾必謂之未也」。

先生曰、「吾将以清談為筐篚、以機神為幣帛。所謂『礼云礼云、玉帛云乎哉』者已」。


司空公子は、富貴なること、ならぶものがなかった。その公子、美服を身につけて都邑であそび、平市里に馬車をとめさせていた。ふとみると、綦毋先生が白髪まじりの頭で、街なかをテクテクあるいている。

公子「ああ、先生はもうお歳でいらっしゃる。それなのに「馬車にものらず」徒歩で、しかも手ぶらとは。

いったいどこにゆかれるのですか」。綦毋先生「貴人の家に［仕官をもとめに］ゆくのじゃ」。公子「では、『詩』はまなばれましたか」、先生「まなんだ」。公子「『礼』はまなばれましたか」、先生「まなんだ」。公子「『易』はまなばれましたか」、先生「まなんだ」。

公子「『詩』鹿鳴の序に〈礼物を箱にいれておくり、厚意をしめす。さすれば群臣も賓客も、主人に忠誠をつくす〉といいませんか。『礼』に〈男の礼物は玉帛と禽鳥、女の礼物は榛、栗、棘、脩〉といいませんか〈現存の『礼記』になし〉。『易』随卦彖伝に〈時勢にしたがうこと、この道理はだいじなことだ〉といいませんか。私が、先生の行動を拝見し、経歴をおききしたところ、どうして時勢にしたがっているといえましょう。先生は経書をまなびずみだといわれましたが、私のみるところ、まだじゅうぶんではありません」。

先生「わしは清談をもって［礼物をいれる］箱となし、機智をもって礼物となしておる。これが、『論語』陽貨にいう〈礼、礼というが、玉帛［のような高価な品］だけをさすのだろうか［精神がたいせつなのだ］〉ということじゃよ」。

ここまでは無韻であり、導入部に相当しよう。都邑であそびくらす富貴な司空公子〈司空の御曹司、の意〉と、清談が得意だが時勢にはうとい綦毋先生とが登場するが、この両人は、もちろん架空の人物にすぎない。こうした、架空人物の対話によって叙述をすすめてゆく叙法は、ふるく『荘子』あたりまでさかのぼれるが、文学史的にみれば、枚乗「七発」や司馬相如「子虚上林賦」など、漢賦の形式を模したものだろう。遊戯ふう文学にこうした対話形式が採用されると、いわば漫才のかけあいのような、こっけいな雰囲気がかもしだされやすい。この「銭神論」でも同様であり、さしずめ司空公子がツッコミで、綦毋先生はボケにあたろうか。通常なら、結尾にも同種の対話があって一篇が収束するはずだが、テキストの不備のため、ここしか対話が残存していないのはおしまれる(6)。

こうした導入部をうけて、つぎの「公子拊髀大笑曰」以下で、司空公子の長広舌がくりひろげられてゆく。この長広舌では、もっぱら銭の効能が誇張的にかたられるが、その銭の賛美こそ、作中もっとも辛辣なユーモアにあふれ、精彩をはなった部分だといってよかろう。

公子拊髀大笑曰、
固哉子之云也。既不知古、
又不知今。当今之急、何用清談。
時易世変、古今異俗。富者栄貴、
貧者賤辱。
而子尚質、
而子守実、無異于遺剣刻船、
膠柱調瑟。貧不離于身名、
誉不出乎家室、固其宜也。
昔神農氏没、黄帝堯舜、教民農桑、以幣帛為本。
上智先覚変通之、乃掘銅山、俯視仰観、鑄而為銭。故使内方象地、
外員象天。
大矣哉、銭之為体、有乾有坤。内則其方、
外則其円。其積如山、
其流如川。
動静有時、
行藏有節。市井便易、不患耗折。
難朽象壽、不匱象道。故能長久、為世神宝。

親愛如兄、字曰孔方。
失之則貧弱、
得之則富強。
無翼而飛、
無足而走。
解厳毅之顔、
開難発之口。
銭多者処前、
銭少者居後。
処前者為君長、
在後者為臣僕。
君長者豊衍而有餘、
臣僕者窮竭而不足。
詩云「哿矣富人、哀哉煢独」、豈是之謂乎。
銭之為言泉也。百姓日用、其源不匱。
無遠不往、
無深不至。
京邑衣冠、疲労講肄、
厭聞清談、対之睡寐、見我家兄、莫不驚視。銭之所祐、吉無不利。何必読書、然後富貴。……
由是論之、可謂神物。
無位而尊、
無勢而熱。
排朱門、
入紫闥。
危可使安、
死可使活。
銭之所去、貴可使賤、
生可使殺。
是故
忿諍弁訟非銭不勝。
孤弱幽滞非銭不抜。
怨仇嫌恨非銭不解。
令問笑談非銭不発。
洛中朱衣、当途之士、愛我家兄、皆無已已。執我之手、抱我終始。
不計優劣、
不論年紀。
賓客輻輳、門常如市。
諺云「銭無耳、可闇使」、豈虚也哉。又曰「有銭可使鬼」、而況于人乎。
子夏云、「死生有命、
富貴在天」、
吾以「死生無命、
富貴在銭」。

何以明之。銭能転禍為福、因敗為成。危者得安、死者得生。性命長短、相禄貴賤、皆在乎銭、天何与焉。……

公子はひざをたたいて、おお笑いしていった。

なんとガンコなことをおっしゃることか。むかしのこともしらず、いまのこともご存じない。このご時勢、どうして清談などが役だちましょう。時うつり世かわり、古今の世相はおおちがいです。いまは金もちが栄光につつまれ、貧乏人は恥辱にまみれています。それなのに先生は質素さにこだわり、実直さをまもっておられるが、それは、「舟中、剣をおとした箇所に印をつける」や、「琴柱に膠《にかわ》して弦を調節する」（ともに、融通がきかぬたとえ）と、おなじことですぞ。これでは先生の身から貧乏がさらず、家門が誉れでつつまれぬのも、むべなるかなです。

むかし神農氏がおかくれになるや、黄帝や堯舜が民草に農業や養蚕をおしえ、また幣帛《へいはく》を世の基本としました。賢者や先覚は、これを時代にあうよう変化させ、銅山から銅をほりだし、俯仰して天地のありさまを観察しつつ、銅銭を鋳造したのです。だから銭は、内側は地をかたどり、外側は天に似ています。

この銭の姿たるや、なんと偉大ではありませんか。天をふまえ地にかたどり、内側は四角で、外側はまんまるです。この銭、蓄積すれば山のよう、流通すれば川のようでした。適度のころあいをしり、きちんと節度をたもっています。市場では重宝このうえなく、損耗する心配もありません。その不朽さは長寿をおもわせ、無尽さは天道のごときです。かくして銭は永遠の命をもち、現世の神宝とあいなりました。人びとがこの銭にしたしむことは、あたかもアニキにしたしむかのようで、［人間のように］孔方というあざなまでつけました。ひとは、これをなくすと貧弱になりますが、これを入手すると富強になれます。この銭たるや、翼もないのに空をとべるし、足もないのにはしれます。いかめしい顔もほころばせ、無口者の口もひらかすことができます。銭がたくさんあれば、ひとはまえにしゃしゃりでますが、すくなければ、うしろにさがります。まえにでれば君長となり、うしろにさがれば家来になります。君長はゆたかで余裕がありますが、家来は貧乏でなにかと事欠きます。『詩』正月に「よきかな、金持ちは。かなしいかな、貧乏人は」とあるのは、このことではありませんか。

銭が「泉」とよばれるのは、人びとが日々つかっても、その源がつきることがないからです。どんな遠方へもゆき、どんな深奥へもいたります。都の貴族たちが講学につかれ、清談もききあきて、ついねむってしまっても、わがアニキ（銭）をみかけるや［眠気もふきとび］、ハッとみつめぬ者はおりませぬ。銭がくだす幸いたるや、めでたくないものはなく、どうして［先生のように］学問をおさめてから、富貴の道をもとめ［るような遠まわりをす］る必要がありましょうか。……

これからすると、銭は神物というべきです。地位なくしてたっとく、権勢なくしてつよいのです。貴族の朱門をおしひらき、朝廷の紫門にもはいれます。銭があれば、危険も安全となりますし、死者もいきかえります。逆に、銭がなくなれば、貴族も卑賤の身となり、生者も死んでしまいます。これでは、銭なしでは訴訟もかてず、不遇からもぬけだせません。憤懣や怨恨も、銭なしでははらせず、名声や談笑［の楽しみ］も、銭なしでは入手できないのです。

洛中の朱衣をまとった富豪や、いまをときめく貴人が、わがアニキ（銭）を愛することは、とどまることがありません。アニキの手をとり、ずっとだきしめたままで、才の優劣や歳の上下も関係ありません。客人はアニキのもとにおしかけ、門前はいつも市《いち》をなすいきおいです。諺の「銭に耳がないので、コッソリなんにでもつかえる」(?)も、まさにかくやとおもわせます。「銭があれば、鬼でもこきつかえる」ともいいますが、ひとであれば、いうまでもありますまい。

子夏は「死生は天命のままだし、富貴も天命のままだ」(顔淵篇)といいましたが、私は「死生は天命と関係ないし、富貴は銭しだいだ」とおもいますね。どうやって、この真理を説明しましょうか。つまり、銭は禍を転じて福となせますし、失敗も成功にかえられるからです。危険な目にあっているひとも、安全にしてあげられるし、死者もいきかえらせるからです。ひとの寿命の長短や、容貌・秩禄の多寡は、ひとえに銭の有無にかかっており、天命などどうして関係がありましょうか。……

司空公子の長広舌はなおつづくが、以上で大要はよみとれよう。はじめに司空公子は、綦毋先生の「むかしのこともしらず、いまのこともご存じない」迂遠な儒者ぶりをからかう。そこで比喩的に使用される「舟中、剣をおとした箇所に印をつける」は、『呂氏春秋』察今の有名な「刻舟求剣」であるが、綦毋先生の時代錯誤ぶりを表現した、巧妙な典故利用だと称せよう。

以下、銭が誕生した由来からはじまり、天地を模した外見や、市場への流通ぶり、重宝さ、さらには、その人気ぶりや社会的信用度などを、大仰にかたってゆく。なかでも、銭の力量や効能ぶりを叙した部分では、すっとぼけた皮肉や滑稽味がただよっていて、よむ者はおもわず苦笑せざるをえないだろう(後述)。

漢賦や設論ジャンルの通例の叙法だったら、この長広舌に対し、綦毋先生の反論がつづくはずだが、残念ながら、その部分は断片しかのこっていない。しかもその断片は、右と内容的につながりがわるいのだが、いちおうその断片をしめしておこう。

黄銅中方叩頭対曰、

「僕自西方庚辛、分王諸国、処処皆有。長沙越巂、僕之所守。黄金為父、白銀為母、鉛為長男、錫為適婦。伊我初生、周末時也。景王尹世、大鑄茲也。貪人見我、如病得医、飢饗大牢、未之逾也」。

黄銅中方（銭）が叩頭して、おこたえしていった。

「私は西方の庚辛の方角からやってき、封土を諸国に分与され、あらゆる国にすまうことになりました。長沙や越巂の地さえ、私の支配地域なのです。

この私は、黄金を父とし、白銀を母とし、鉛を長男とし、錫を妻としています。そもそも私がうまれたのは、周王朝の末期でした。このとき景王がご在世なされ、さかんにこの私、つまり銭を鋳造されたのです。貪欲な連中が私をみつめる視線たるや、病人が医者をほしがり、飢民がご馳走を目のまえにしたより、もっと切実な感じでしたね」。

司空公子と綦毋先生の対話である以上、この部分は「綦毋先生曰く」と開始されるべきだろう。それなのに、「黄銅中方叩頭して対えて曰く」とはじまっている。辻褄があわないので、この部分には、テキストのみだれがあるとせねばならない。

右の部分は、『太平御覧』巻八百三十六（また『初学記』巻二十七にも）によっている。『御覧』の当該部分をみてみると、この部分、じつは、

綦毋氏論銭曰、黄銅中方叩頭対曰、……

となっている。この引用のしかたからみると、『御覧』の編者はどうやら、冒頭の「綦毋氏論銭曰」六字を、出典をしめすことば（「綦毋氏」による、銭を論じた議論文）だとみなしているようだ。

だが、この「綦毋氏論銭曰」六字は、出典をあらわす語とみなさず、テキストそれじたいだと解することもできよう。するとこの部分は、「綦毋先生が銭について論じていった」の意となり、むしろこちらのほうが、意味がとおりやすい。すると、私なりに原テキストを推測したなら、この『御覧』所収の断片は、ほんらい「綦毋先生論銭曰」ではじまる魯褒「銭神論」の一部だった。だが、『御覧』編者はこの字句を、出典をしめすことば（綦毋氏による銭を論じた議論文、の意）だと勘ちがいしてしまった。そのため冒頭の数字を、出典ふうに「綦毋氏論銭曰」とあらため、そのうえで『御覧』のなかに編入してしまった――ということではないかと想像される。

右のようにかんがえれば、テキストのみだれは、なんとか合理的に説明できよう。ただこのように理解したとしても、依然として内容上の問題がのこっている。というのは、この部分はほんらい、綦毋先生による司空公子への反論でなければならないのに、いま残存する文章は、どういうわけか綦毋先生ではなく、擬人化された「黄銅中方」、つまり銭じしんが、叩頭して自分の出自をかたっている内容なのである。すると、この部分については、ほんらい綦毋先生の反論が展開されていたはずだが、その一部に、擬人化された「黄銅中方」が、おのが出自をのべたくだり（「僕は西方の庚辛より」云々の部分）がふくまれていて、たまたま、その部分だけが残存してしまった――と理解せねばならないだろう。(7) このように「銭神論」のテキストについては、なお、解決せねばならぬ問題が、いくつかのこっている。(8) 将来、晋代の古墓から完備したテキストが出土するのを、鶴首してまつことにしよう（後述するように、『晋書』隠逸伝は「時勢を批判するひとびとは、さぞかしその文章を伝写したことだろう」というから、その可能性はすくなくないとおもう）。

三　拝金主義の諷刺

この魯褒「銭神論」は西晋恵帝期、元康年間（二九一～二九九）に蔓延していた拝金主義の風潮を、諷刺した作として著名である。なかでも、文中の「人びとがこの銭にしたしむことは、あたかもアニキにしたしむかのようで、「人間のように」孔方というあざなまでつけました」（親之如兄、字曰孔方）に由来する「孔方兄」（孔方さん、の意）の語は、現代の中国でも「銭」、つまりお金の意で使用されているほどだ。馬積高氏の『賦史』では、「銭が神にも通じるという、銭神論があばいた状況は、当時の社会の病弊をついただけでなく、今日の世界においても、なお諷刺の意義をうしなっていない」（一六八頁）と、現代的な意義を強調されている。

この「銭神論」で諷される社会の腐敗は、恵帝のとき（在位二九〇～三〇六）にはじめて生じたものではない。恵帝より一代まえの武帝（在位二六五～二九〇）のころから、すでに三国統一の達成（二八〇）による安逸な気分が蔓延して、その政治はすっかり弛緩してしまっていたのだった。この、武恵両帝の無責任統治によって生じた腐敗ぶりは、歴史上でも有名なトピックであって、この時期をあつかった研究書や概説書においても、しばしば強調されている。ここでは森三樹三郎『六朝士大夫の精神』（同朋舎出版　一九八六）から、当該部分を引用してみよう。

晋の司馬氏が魏の禅りを受けるようになったのは、武帝の祖父司馬懿以来、朝政の枢機にあずかり、しかも貴族群の歓心を得るように務めた結果であった。従って晋の王朝は、戦国の英雄から起こった魏の王朝とは、最初からその性格を異にした。晋の武帝が寛容仁恕を以て知られたのも、個人の性格というよりは、王朝そのものの性格であったと言えよう。それでも南方の呉と対立していた時代には、武帝もなお政治に勤めるという風があったが、太康元年（二八〇）に呉を平定して天下の統一を完成してから後は、ようやく政治に倦み、当時の貴族界一般の風潮であった奢移生活に誘われて行った。後宮万人に近く、帝自らも行く所を知らず、羊車の往くに任せ、羊の止った所で宴寝する、といった生活であった。そうでなくても寛仁の政に狎れた貴族たちは、その経済力の充実と相俟って、誰れ憚るところない奔放な生活を始めた。

元康元年（二九一）、武帝についで即位した恵帝は、暗愚というよりは白痴に近い君主であったために、何らの実権もなく、そこに宗室と外戚との間に政権の争奪が生じた。けれども一般の貴族にとっては、かような政権争奪戦に深入りさえしなければ、無政府・無秩序の自由を享楽しうるわけで、ここに貴族生活はその爛熟の頂点に達した。いわゆる『元康』の風が、ここに生まれた。石崇や王済を先頭とする豪奢な貴族生活、何ものをも憚るところのない本能生活が、この時期を特徴づける。『正始』の清談家は、なお世間を憚るところがあり、儒教との妥協を忘れなかったが、『元康』の貴族の生活態度は、儒教はおろか、無欲恬淡の老荘の教を遙かに通り越したものであった。むろん政界は腐敗乱脈を極め、これが元康の風が悪評を買う理由の一つになっている。この意味では、元康文化はまさしく悪の華であったと言えよう。（二二一～三頁）

これによると、西晋王朝の寛仁な統治と放縦な生活が、社会を腐敗させたといってよさそうだ。その腐敗ぶりは、恵帝の暗愚さによって増幅され、賈后の専横や宗室どうしの角逐（八王の乱）にまでつづいてゆく。こうした政治や社会の腐敗が、北方遊牧民族の蹶起をうながし、けっきょく北中国は大混乱におちいって、晋王室の南渡にまでいたってしまうのである。

ひるがえって、「銭神論」が指弾する拝金主義の蔓延に焦点をしぼると、これも、元康期特有の現象だったわけではない。あるとき西晋の武帝が、自分は漢のどの皇帝にくらべられるかとたずねるや、劉毅は「後漢の桓帝と霊帝とは、売官をおこなって、その代金を国庫にいれましたが、陛下のほうは、そのお金を自分のふところにいれておられます。これからすると、［悪名たかい］桓帝や霊帝より、もっとひどいというべきです」とこたえたという（『晋書』劉毅伝）。このように、金銭をおいかけまわす風潮は、武帝のころから、天子みずから率先するかたちで、弥漫しつつあったのだ。こうした風潮が恵帝の元康期にいたって、王朝全体をおおう大規模な拝金主義へと拡大していったのである。

このいっぽうで、良識ある人びとのあいだから、そうした腐敗への反発がおこってきた。当時人望がたかかった張華（二三二～三〇〇）をはじめ、傅玄や傅咸などの硬骨の士が、しばしば拝金主義の風潮をうれえて、諫言をくりかえしたのである。さきの劉毅の［武帝を桓帝や霊帝に比擬した］発言などは、その尤なるものであった。そうした時勢批判の末端が、布衣のひとたる魯褒にまでおりてきて、「銭神論」のごとき諷刺ふう遊戯文学を誕生させたといってよかろう。

ところで、この拝金主義を諷刺した魯褒「銭神論」は、公表されるや、すぐ世にひろまったようだ。魯褒と直近のひとである東晋の干宝（?～三三六）は、元康期の腐敗ぶりを叙して、

［晋紀総論］覧傅玄劉毅之言、而得百官之邪、核傅咸之奏銭神之論、而覩寵賂之彰。

傅玄や劉毅の発言によって、当時の官吏の腐敗ぶりがわかるし、また傅咸の上奏文や魯褒「銭神論」を精査すれば、当時のわいろ横行ぶりがよくしれよう。

といっている。このことばは、東晋のはじめには、もう「銭神論」がわいろの横行ぶりを諷刺した作として、ひろく認知されていたことをしめしている。

さらに梁代では、武帝の弟である蕭宏に関して、『南史』巻五十一がつぎのような話柄をのせている。すなわち、

蕭宏はみずから金貸し業をいとなみ、返金がとどこおると、借り手の田地や邸宅を容赦なく押収していた。おかげで、都下の民衆で家産をうしなう者が続出した。のち、弟の悪行をしった梁武帝がこれを禁止したので、ようやくこれがおさまった――とあって、さらに、

［南史梁宗室伝上］晋時有銭神論。豫章王綜以宏貪吝、遂為銭愚論。其文甚切。帝知以激宏、宣旨与綜、「天下文章何限、那忽作此」。雖令急毀、而流布已遠。宏深病之、聚斂稍改。

晋のころに「銭神論」がかかれた。梁の豫章王蕭綜は、蕭宏が貪吝だったので、「その「銭神論」にならって」「銭愚論」という作をつづった。その文は、蕭宏をつよくそしっていた。武帝は、その作が蕭宏を諷していることに気づき、蕭綜に勅命をおくった。「この天下、どんな文章をかこうとかまわぬが、この作だけは、ほっておけぬぞ」。そして、「銭愚論」をいそぎ廃棄させたが、すでに世間にひろまってしまっていた。蕭宏はこれをひどく気にして、自分で回収して文辞をあらためたのである。

という話がつづいている。これによると、「銭神論」は、梁の蕭綜による「銭愚論」（現在は佚）のモデルになったようだ。つまり梁代において、「貪吝」ぶりを諷した作をつづろうとするや、魯褒「銭神論」こそが、第一に想起され、模擬されるべき手本だったのである。

北朝においても、「銭神論」は喧伝されていたようだ。北斉の樊遜「天保五年挙秀才対策」においては、文中で「銭神論」に言及し、

朝無銅臭之公
世絶銭神之論

朝廷に銅臭の士はおらず、世間に銭神の論はひろまらない。

といっている。ここで「銭神」は、「銅臭」（金銭によって官位をえた者をあざける語。『後漢書』列伝第四十二にもとづく）の語に、対応していることに注目したい。ここの「銅臭之公」は普通名詞なので、「銭神之論」の語もどうやら、普通名詞にちかづいているようだ。さらに『顔氏家訓』勉学篇に、あさましい耳学問を批判した一節があるが、そこで顔之推は、江南の社会で銭のことを「孔方」と称していることを、そうした耳学問の例にあげている。このようにみてくると、六朝末期のころには、「銭神」や「孔方」の語は、普遍的な概念として、六朝社会に定着していたようである。(9)

こうした六朝での「銭神論」受容をうけて、唐初に編纂された『晋書』では、魯褒の人となりや、彼が「銭神論」をつづった理由について、つぎのように説明している。

［晋書隠逸伝］魯褒字元道、南陽人也。好学多聞、以貧素自立。元康之後、綱紀大壊。褒傷時之貪鄙。乃隠姓名、而著銭神論以刺之。其略曰……。蓋疾時者共伝其文。褒不仕、莫知其所終。

魯褒、あざなは元道、南陽郡のひとである。彼は学問をこのみ博識だったが、家がまずしかったので、「仕官できず」みずから生計をたてた。元康以降、道義が瓦解してしまった。魯褒は、時勢が貪欲で下品になったのをうれえた。そこで、姓名をかくして「銭神論」をあらわし、時勢を諷刺した。その大略は……。時勢を批判するひとびとは、さぞかしその文章を伝写したことだろう。魯褒は仕官せずにおわり、その後をしるものはだれもいない。

［晋書恵帝紀］及居大位、政出群下、綱紀大壊、貨賂公行。勢位之家、以貴陵物、忠賢路絶、讒邪得志。更相薦挙、天下謂之互市焉。高平王沈作釈時論、南陽魯褒作銭神論、廬江杜嵩作任子春秋、皆疾時之作也。

恵帝が即位されるや、政治は［貪欲な］臣下どもに左右され、道義は瓦解し、ワイロが横行した。権門は家柄のよさで、他人をあなどった。かくして忠賢の君子は仕官の途をたたれ、邪悪な連中だけが立身できたのだった。彼らはたがいに推挙しあったが、天下の人びとは、それを「互市」（たがいに商売しあう、の意）と称した。このとき、高平郡の王沈が「釈時論」をつくり、南陽郡の魯褒が「銭神論」をつくり、廬江郡の杜嵩が「任子春秋」をつくったが、それらはすべて、時勢を批判した著作だった。

以上、東晋から唐初の諸資料を点綴しつつ、「銭神論」の浸透ぶりをみわたしてみた。これによって「銭神論」ははやい時期から、元康期の拝金主義の風潮を諷刺した作だとみとめられ、広範に受容されていたことが確認できた。

四　倒反・擬人法・断章取義

このように、魯褒「銭神論」は拝金主義を諷した作として有名だったが、では、なぜこの作だけが、これほど人口に膾炙したのだろうか。時勢を諷刺した文学といえば、理論的には、漢賦だって諷諫の要素をもっているわけだし、また本章の冒頭でもみたように、この時期の遊戯ふう文学には、なんらかの憤世嫉俗の情がふくまれるものがおおい。そうしたなかで、この「銭神論」だけがとくに言あげされてきたのは、どうしてだろうか。

私見によれば、それはおそらく、「銭神論」が一本調子に批判的言辞をはくだけではなく、それをユーモアの糖衣でうまくつつみこんでいたためだろう。じっさい、おなじ時勢批判をおこなった作でも、「銭神論」は傅咸「摂司隷上表」や王沈「釈時論」にくらべると、ユーモアぶりが突出しており、文章にゆたかな風趣をそえている。そのゆたかな風趣が、「銭神論」を魅力的なものにして、世間にひろまらせたのだろう。それゆえ、「銭神論」を十全に論じるには、諷刺精神もさることながら、その遊戯的性格にも注目せねばなるまい。以下、「銭神論」のユーモアについて、かんがえてみよう(10)。

「銭神論」のユーモアとして、第一にあげねばならないのは、全篇をおおう皮肉たっぷりの銭の賛美だろう。作者の魯褒はこの作で、正面だって「ワイロはよくない」とか、「銭にふりまわされるのは、恥ずべきことだ」などとは主張していない。そうした拝金主義への批判は、すべて胸のうちにおさめ、表面的には、司空公子の口をかりつつ、ひたすら銭の賛美をくりひろげるだけなのだ。

これからすると、銭は神物というべきです。地位なくしてたっとく、権勢なくしてつよいのです。貴族の朱門をおしひらき、朝廷の紫門にもはいれます。銭があれば、危険も安全となりますし、死者もいきかえります。逆に、銭がなくなれば、貴族も卑賤の身となり、生者も死んでしまいます。これでは、銭なしでは訴訟もかてず、不遇からもぬけだせません。憤懣や怨恨も、銭なしではならせず、名声や談笑［の楽しみ］も、銭なしでは入手できないのです。

これらの銭賛美は、ひじょうに饒舌であって、いかにも熱がはいっている。だが、いうまでもないが、魯褒の真の意図は、もとより逆、つまり拝金主義への批判のほうにある。つまり「銭神論」では、うわべで銭を賛美しながら、じっさいは拝金主義に反対するという、巧妙な批判のしかたをしているのである。

この、表面ではAに賛成しながら、じっさいは反Aを主張する手法は、現代中国の修辞学用語では、ふつう「倒反」とよばれている。たとえば陳望道『修辞学発凡』によると、倒反は

説者の口頭での発言と内心の気もちとが、まったく反対であるような表現のしかた、これを「倒反」という。

と説明されている。この書の説明でさらに注目したいのは、陳氏は倒反をさらに二類に細分して、一方を嘲弄や諷刺をふくまぬ「倒辞」、もう一方を嘲弄や諷刺をふくんだ「反語」としていることだ。そして後者の反語への説明で、

陳望道氏は、

ただ語意が反対であるだけでなく、嘲弄や識刺などの意を含有した表現、これを我われは「反語」と称している。

と解説している（積極修辞二）。

この、嘲弄や識刺をふくんだ「倒反」（反語）は、ふるくは淳于髠や宋玉など、先秦の幇間や宮廷文人たちが、得意とした手法だった。陳望道氏がしめす例をひとつ紹介すると、戦国楚の滑稽者だった優孟に関する、

楚の荘王には、気にいりの馬がいた。その馬が死んだ。王は群臣の反対をおしきり、大夫の礼でもって、その馬の葬儀をおこなおうとした。すると、優孟は天をあおいで大哭し、つぎのようにいった。「この馬は、荘王が寵愛されました。楚の堂々たる大国ぶりからすれば、大夫の礼での葬儀では簡略すぎます。人君の礼でもって、もっと盛大におこなうべきです。さすれば、天下の諸侯は、王がひとを粗末にして、馬をおもんじておられることをしることでしょう」。これをきいて、荘王は「私の過誤は、ここまでひどかったのか。どうすればよかろう」といった。……

という話である（『史記』滑稽列伝）。傍点を付した部分に、倒反の手法がもちいられている。つまり優孟の真意は、「馬の葬儀など、すべきではない」ということなのだ。魯褒は「銭神論」において、これと同種の倒反の手法を一篇中に活用して、表面上は銭を賛美しながらも、じっさいは、拝金主義への嘲弄や識刺を意図している。こうした表面と内実とのはなはだしいギャップが、この「銭神論」に皮肉っぽいユーモアをうんでいるのである。

「銭神論」のユーモアの第二として、比喩、なかでも活喩こと擬人法のおもしろさがあげられよう。まず比喩から例をあげれば、つぎのようなものがある。

この銭の姿たるや、なんと偉大ではありませんか。天をふまえ地にかたどり、内側は四角で、外側はまんまるで

す。この銭、蓄積すれば山のよう、流通すれば川のようでした。適度のころあいをしり、きちんと節度をたもっています。市場では重宝このうえなく、損耗する心配もありません。その不朽さは長寿をおもわせ、無尽さは天道のごときです。

ここは、銭の形態や、その世間への流通ぶりを叙した部分である。『易経』説卦「乾天也……坤地也」の典拠によりながら、銭の形態たるや、「天をふまえ地にかたど」ると称し、また銭のじょうぶさを、長寿や天道にもなぞらえている。これらの比喩は、もちろん適切といえないこともないが、同時におおげさすぎて、こじつけめいている感はいなめない。だが、これが魯褒の作戦なのだ。魯褒はこの大仰な比喩表現によって、当時の読者に強烈な皮肉を感じさせ、わらわせようとしているのである。

だが、この「銭神論」中で、とくに注目すべき比喩としては、やはり銭を擬人化した部分があげられるべきだろう。

○人びとがこの銭にしたしむことは、あたかもアニキにしたしむかのようで、「人間のように」孔方というあざなまでつけました。ひとは、これをなくすと貧弱になりますが、これを入手すると富強になれます。この銭たるや、翼もないのに空をとべるし、足もないのにはしれます。いかめしい顔もほころばせ、無口者の口もひらかすことができます。

○都の貴族たちが講学につかれ、清談もききあきて、ついねむってしまっても、わがアニキ（銭）をみかけるや［眠気もふきとび］、ハッとみつめぬ者はおりませぬ。銭がくだす幸いたるや、めでたくないものはありません。どうして［先生のように］学問をおさめてから、富貴の道をもとめ［るような遠まわりをす］る必要がありましょうか。……

○洛中の朱衣をまとった富豪や、いまをときめく貴人が、わがアニキ（銭）を愛することは、とどまることがありません。アニキの手をとり、ずっとだきしめたままで、才の優劣や歳の上下も関係ありません。客人はアニキのもとにおしかけ、門前はいつも市《いち》をなすいきおいです。

これらは、すっとぼけたユーモアが、よむ者の失笑をさそう。アニキ（銭）の無敵な能力や人気ぶりをえがいた箇所は、当時はもとより、現代の中国や日本でも通用しよう。いな、「向前看」（前むきにかんがえる、の意）をもじった「向銭看」（銭のほうをむく、つまり拝金主義のこと）ということばが、揶揄的にかたられる現代であればこそ、このいやみなユーモアは、いっそうきわだってくることだろう。じっさい、この部分は、金銭のもつ抗しがたい魅力を表現したものとして、皮肉ではなく文字どおりの意味で、時空をこえた真理をついているといってよい。

「銭神論」のユーモアの第三として、あまりめだたぬが、古典を下じきにしたこっけいな表現があげられる。この「銭神論」では、各所で経書からの典故（『易経』と『論語』がとくにおおい）を多用している。こうした古典にもとづいた表現は、六朝期の文学であればとうぜんのことであって、めずらしいことではないが、ただこの「銭神論」では、その使いかたが独特で、ユーモラスなものがおおい。

まえにでれば君長となり、うしろにさがれば家来になります。君長はゆたかで余裕がありますが、家来は貧乏でなにかと事欠きます。『詩』正月に「よきかな、金持ちは。かなしいかな、貧乏人は」（原文「哿矣富人、哀哉煢独」）とあるのは、このことではありませんか。

ここにひかれた『詩経』小雅正月の詩は、ほんらい大夫が乱世をうれえたものであり、引用された詩句の意は、

哿矣富人　たのしいだろうなあ、金もちは
哀此惸独　［それにくらべ］かなしいのは、このたよりなき独り者だ

というものである。ところが、「銭神論」中の「煢独」（「惸独」をすこしかえている）の語は、典拠どおりの独り者の意

ではなく、金をもっていないひと、つまり貧乏人の意にかえられて、使用されている。それゆえ、引用詩句の意味も、独り者の悲哀ではなく、貧乏人の悲しみをいう内容に変化しているのだ。こうした、ふるい詩文の一部をきりとって、原典とずれた意で利用することを断章取義というが、「銭神論」では、それを故意におこなっているのである。

おなじような例を、もうひとつしめすと、

公子「『詩』鹿鳴に〈礼物を箱にいれておくり、厚意をしめす。さすれば群臣も賓客も、主人に忠誠をつくす〉といいませんか……」。

が、あげられる。ここでは『詩経』小雅鹿鳴序をひいているが、この序は、ほんらい「主君が群臣に礼物をおくって、厚意をしめす。すると群臣や賓客は、主君に忠誠をつくすようになる」の意である。だが、ここでは、公子は、礼物をおくる主体をかえ、詩句全体の意味を変容させて、官位をもとめる者（綦毋先生）は、権貴の家にワイロをもってゆくべきだ、と主張しているのだ。

意味変容といえば、つぎの典故技法も、こっけいな変容をおこなっている。すなわち、冒頭の部分に、

公子「では、『詩』はまなばれましたか」、先生「まなんだ」……「私が、先生の行動を拝見し、経歴をおききしたところ、どうして時勢にしたがっているといえましょう。先生は経書をまなびずみだといわれましたが、私のみるところ、まだじゅうぶんではありません」。

とある。ここは、周知の『論語』季氏の話柄をふまえている。典拠の『論語』の該当箇所をみると、そこでは孔子が息子の孔鯉に、学問の進歩の度合いをたずねている。すると典拠どおりなら、たずねる者が年長で、たずねられる者は年少でなければならない。だが「銭神論」では、年少の司空公子が年長の綦毋先生に、勉強のすすみ具合をたずねている。これは、典故中の長幼を故意に転倒させて、諧謔味をだしているのだろう。

右にしめした例は、古典の知識を有する者だけが理解しうる技巧であり、一種の高雅なあそびだといえよう。だが、「銭神論」での典故のあそびは、わかる者だけがわかるというような、高度にひねったものばかりではない。つぎの例では、『論語』の発言に堂々と異をとなえている。

子夏は「死生は天命のままだし、富貴も天命のままだ」（顔淵篇）といいましたが、私は「死生は天命と関係ないし、富貴は銭しだいだ」とおもいますね。どうやって、この真理を説明しましょうか。つまり、銭は禍を転じて福となせますし、失敗も成功にかえられるからです。危険な目にあっているひとも、安全にしてあげられるし、死者もいきかえらせるからです。ひとの寿命の長短や、容貌・秩禄の多寡は、ひとえに銭の有無にかかっており、天命などどうして関係がありましょうか。……

子夏の発言は、死生も富貴もすべて天命しだいだ、という達観のことばだろう。だが、魯褒はそれを否定して、銭さえあれば死生も富貴もすべて意のままだと、主張しているのである。こうした主張は、もとより儒教の威信がよわまってきた思想状況を反映するものだろうが、しかしそれにしても、これをよんだ当時の読者は、あまりにも露骨な銭賛美の発言にとまどい、苦笑せざるをえなかったのではないだろうか。

そのほか、ユーモアの第四として、ことばあそびに類する、くすぐりもあげねばならない。たとえば、銭の異称たる「孔方兄」の「孔方」は、銭の円形方孔にもとづく語だが、この作品中で儒家の教えを揶揄していることからすると、あるいは孔子をもじったものかもしれない。おなじく、登場人物の名称のうち、司空公子の「司空」は「空《むな》しきを司《つかさど》る」、綦毋先生の「綦毋」は「まったく（＝綦）なし（＝毋）」の意をひっかけた、子虚や烏有先生と同種のあそびである可能性もあろう。

また、銭を泉に比擬した「銭之為言泉也」句も、『漢書』食貨志中の「故貨宝於金、利於刀、流於泉、布於布、束於帛」にもとづいた表現ではあるが、同時に、おなじ音にひっかけたシャレ（銭と泉は同音）でもあろう。さらに、擬人化された「黄銅中方」（銭）が、じぶんの出自を「私は西方の庚辛の方角よりやってきました」云々とかたる箇所では、五行思想をふまえている。ここの「庚辛の方角」は五行では金徳（方角は西）にあたっていて、「金属でできた」銭を暗示しているのだ。つまり、「黄銅、銭、西方、庚辛」は、五行思想をふまえて一種の縁語の関係になっているのである。

以上みてきたように、この「銭神論」では、さまざまな遊戯的叙法やくすぐりによって、批判の鋭鋒をやわらげている。そのため、拝金主義への批判が露骨なものにならず、諧謔ふうな印象をあたえているのである。こうしたユーモアが当時の人びとの心をとらえ、おなじ時勢批判の作ではあっても、傅咸の上奏文はもとより、王沈「釈時論」（後出）や杜嵩「任子春秋」などにくらべても、文学的な興趣にとんだものとして、人口に膾炙していったのだろう。

五　硬骨の士

この、諷刺性と遊戯性とを兼備した「銭神論」を的確に理解するには、作者たる魯褒の立場を、あきらかにしておく必要があろう。つまり魯褒は、「銭神論」の登場人物たる司空公子と綦毋先生とを、いかなる人物像として造型し、どちらのほうに肩いれしているのか（あるいは、どちらにも肩いれしていないのか）――ということだ。この立場いかんによって、「銭神論」における諷刺のありかたも、多少ちがってくることだろう。

「銭神論」の登場人物のうち、まず司空公子のほうからみてゆけば、彼は富貴な人物であり[11]、都邑であそびくらしている。さらに「綦毋先生への忠告のなかで」、貴人の家をたずねるさいには、礼物を持参せねばならぬと主張したり、銭の効能を賛美したりしている。すると、どうやら、この司空公子のほうが、銭を至上とする拝金主義者に設定されているようだ。

いっぽう、綦毋先生のほうは、経書をまなんでいることからして、おそらく、儒者をイメージしてよかろう。ところがこの綦毋先生、儒家の書をまなびながら、「わしは清談をもって［礼物をいれる］箱となし、機智をもって礼物となしておるのじゃ」といっていた。すると、純粋の儒者というよりは、当時流行の清談も兼修した人物であるようだ。こうした、儒者でありながら、清談もまなんで、その機略で権力者（司馬王室や、その周辺の人びと）にとりいろうとする人物は、この時期、けっこうおおかったのである。

「銭神論」が、当時蔓延していた拝金主義を諷する作である以上、批判されねばならぬのは、拝金主義の体現者たる司空公子だろう。だが、この作品では、［表面上は］司空公子は批判されず、むしろ実直な綦毋先生のほうが、司空公子から、そのいなか儒者ぶりを嘲笑されている。すると作者の魯褒は、司空公子（拝金主義の体現者）と綦毋先生（権門に迎合するいなか儒者）のどちらも善玉にすることなく、いずれの存在に対しても、ひややかな視線をむけている、とかんがえねばならない(12)。つまり、司空公子に対しては、倒反の手法で婉曲に拝金主義ぶりを諷し、綦毋先生に対しては、単刀直入にいなか儒者ぶりを批判しているのである。

では、こうした、銭賛美の拝金主義者にも、権門にとりいるいなか儒者にも、ともに批判的視線をおくる魯褒の姿勢は、いったい、いかなる思想的立場にたったものだろうか。ここで、作者の思想について、かんがえてみよう。

作者の魯褒についてしられるのは、さきにひいた『晋書』の二条の記事だけである。魯褒伝で、「家がまずしかったので、［仕官できず］みずから生計をたてた」というのは、おそらく家柄が寒門だったので、仕官できなかったことをいうのだろう。次章でものべるが、この時期には同種の事由で、辛酸をなめた人物は、なかなかおおかった。魯褒も、その種の寒門人士のひとりだったのだろう。そうした人びとは、立身をもとめてあがくケースがおおいのだが、魯褒は例外的な行動をとった。すなわち、彼は、元康の「時勢が貪欲で下品になったのをうれえ」て、匿名で「銭神論」をつづり、そして、さっさと出世をあきらめたのである。それが、「魯褒は仕官せずにおわり、その後をしるものはだれもいない」ということだろう。

ただ誤解されやすいのは、右のような事がらを叙した魯褒の伝が、『晋書』隠逸伝のなかに所属していることである。隠逸伝におさめられる以上、魯褒は隠逸の士であり、ひいては老荘思想を信奉していた人物だとおもわれやすい。じっさい、彼の生きかたが、隠者の行動様式にちかいことは事実だし、また「銭神論」のなかでも、儒家の経典を揶揄的に引用して、儒学的権威を嘲笑していた。これらの点から、魯褒について、「隠者→老荘思想→反儒教」の図式を想起するのは、やむをえないだろう。

ところが、「銭神論」をよくよむと、批判の矛先は、儒教の教えだけではなく、清談（老荘思想を根底とする）を兼修して権門にとりいろうとする［綦毋先生の］行為にも、むけられていた。すると、魯褒の姿勢はかならずしも、老荘思想の信奉者とはいいきれないようだ。そもそも、さきの魯褒伝をみても、彼が老荘や清談をこのんだという記事は、いっさいなかった。くわえて魯褒は、当初から出仕をこばんでいたわけではない。ただ「家がまずしかったので、［仕官できず］みずから生計をたてた」だけだし、また「時勢が貪欲で下品になったのをうれえ」て、匿名で「銭神論」をつづったにすぎないのである。

このようにみてくると、魯褒は世をすてた隠者ではあるものの、だからといって、ただちに反儒教や老荘主義者などのレッテルを、はりつけるわけにはいかないようだ。では彼は、いかなる人物だったのだろうか。私見によれば、彼は儒道のどちらというよりも、ただ、腐敗した世相がだいっきらいで、指弾せずにはおられぬタイプの硬骨の士だったのではないか。すると、魯褒が「仕官せずにおわり、その後をしるものはだれもいない」となったのも、老荘思想の影響によって隠遁したのではあるまい。むしろ、彼が「ワイロは不正だ」とか「貪欲はよくない」などの、ごくまともな倫理や正義感をもっていて、そうした人間には、当時の貪欲で下品な世相が憤懣にたえず、隠棲を決意せざるをえなかったのではないだろうか。

こうした硬骨の士タイプの人物は、当時ほかにもみうけられる。たとえば、〔『晋書』恵帝紀で「銭神論」とともに挙例された〕「釈時論」作者の王沈や、「任子春秋」作者の杜嵩も、おそらく同種の人物だったろうし、あとにみる劉伶や左思なども、似たような傾向を有していただろう。ここでは、そうした硬骨の士の代表として、魯褒より一世代のちのひとであるが、東晋の葛洪、あざなは稚川（二八三～三六三）をあげてみよう。

この葛洪は、『抱朴子』の作者として有名である。『抱朴子』は、恵帝後半期から執筆をはじめ、東晋の建武（三一七）ころに完成されたものだが、元康期のみだれた世相を的確に叙していて、魯褒「銭神論」と共通した態度がうかがえる。なかでも、その自叙篇をよんでみると、葛洪の立場が儒道のどちらにも色わけしにくいという点で、魯褒によく似ている。たとえば彼は、「私は憚りながら儒者の端くれ」（原文「洪忝為儒者之末」。傍点は引用者による。以下おなじ）といいながら、しかし、そのあとで、

其内篇言神僊、方薬、鬼怪、変化、養生、延年、禳邪、却禍之事、属道家。其外篇言人間得失、世事臧否、属儒家。

『抱朴子』の内篇は神仙の道、仙薬の処方、鬼怪変化の使い方、不老不死になる法、悪気を祓い禍を避ける術を述べるもので、道家に属する。その外篇は世人の得失、世事のよしあしについて述べるもの、儒家に属する。

とのべている。[13]つまり葛洪は、自身を儒者だといいながら、しかし道教（具体的には、仙界へのあこがれ）にも関心を

もっていることを、堂々と宣言しているのである。こうした、儒家的立場を基本としながら、しかし道家的関心もあわせもつ中立的なスタンスは、儒教的権威を揶揄しながら、清談で立身をねらう綦毋先生にも白眼をむける魯褒の姿勢と、〔肯定的と否定的との相違はあるが〕よく似かよっているといってよい。

くわえて、腐敗した世相に対するガンコなまでの批判的態度も、葛洪は、魯褒と軌を一にしている。たとえば、同書交際篇には、

窮之与達、不能求也。然而軽薄之人、無分之子、曾無疾非俄然之節。星言宵征、守其門庭、翕然諂笑、卑辞悦色、提壺執贄、時行索媚。勤若積久、猶見嫌拒、乃行因託長者以搆合之。其見受也、則踊悦過於幽繋之遇赦。

不遇と栄達とは運命である。人力で求められるものでない。しかるに軽薄な人間、身の程知らぬ若者は、一足飛びに出世する方法を憎み非とするという気が全くない。まだ夜も明けぬうちから権力者の門前に待ち伏せ、へらへらと諂《へつら》い笑い、空世辞とえびす顔をふりまき、酒を提げ手土産を携《たずさ》え、いつも出向いては御機嫌を伺う。こうして長い苦労の末、それでも嫌われ断わられると、今度はあちらこちら先輩の伝手《つて》をたどって取り持ってもらう。やっと受け入れられると、狂喜乱舞、そのさまは恩赦に遇った囚人以上である。

という一節がある。ここの「まだ夜も明けぬうちから権力者の門前に待ち伏せ、……いつも出向いては御機嫌を伺う」連中は、魯褒「銭神論」中で、仕官をもとめに貴人の家に伺候しようする綦毋先生を、おもいおこさせるだろう。綦毋先生は、清談の機略だけで官位にありつけると誤解して、手ぶらでゆこうとし、司空公子に、その世間しらずぶりを嘲笑されていた。この『抱朴子』の記事をみると、やはり、仕官をもとめる者は、「へらへらと諂い笑い、空世辞とえびす顔をふりまき、酒を提げ手土産を携え、いつも出向いては御機嫌を伺う」のが、ふつうだったようだ。すると、司空公子が綦毋先生を嘲笑したのは、とうぜんのことだったのだろう。

こうした軽薄な連中への批判は、疾謬篇でもはげしく展開されている。なかでも、

世故継有、礼教漸頽。敬譲莫崇、傲慢成俗。儔類飲会、或蹲或踞、暑夏之月、露首袒体。盛務唯在摴蒱弾棋、所論極於声色之間、挙口不踰綺繻紈袴之側、游歩不去勢利酒客之門。不聞清談論道之言、専以醜辞嘲弄為先。

世間の慣習はつぎつぎに伝えられてゆくが、礼儀の心はだんだん崩れてきた。謙譲の美徳を重んずる人はなく、傲慢無礼が普通になった。同輩の宴会に出ても、あぐらをかいたり、足を投げ出したり。夏の暑い日だと、冠をぬいだり、裸になったり。一生懸命にやるのは、博奕《ばくち》か弾棋《おはじき》。議論するのは歌姫・美妓の品定めだけ。ついて歩くのは薄物の上衣に太絹の袴をはいた貴族の子弟のあと。足踏み入れるのは勢力のある家、酒を振舞ってくれる人の門。道を探究し合う清談は一向に聞かれず、もっぱら聞き苦しい嘲弄ばかり。

の一節は、権門に蝟集する人びとの腐敗しきった生態を、なまなましく描写している。さらに交際篇でも、「銭神論」とどうよう、当時の拝金主義を批判して、

或有徳薄位高、器盈志溢。聞財利則驚掉、見奇士則坐睡。襤褸杖策、被褐負笈者、雖文艶相雄、学優融玄、同之埃芥、不加接引。若夫程鄭王孫羅裒之徒、乗肥衣軽、懐金挾玉者、雖筆不集札、菽麦不弁、為之倒屣、吐食握髪。

世間には徳は薄いが位は高く、器量以上に出世欲の強い人がある。そういう人は財利を耳にすれば、ぱっと奮い立つが、奇才に面会すれば、居睡りをする。ぼろをさげて杖をつき、褐《かつ》を着て笈《きゆう》を背負う客は、たとえ司馬相如・揚雄（ともに前漢の文人）にまさる文才と馬融・鄭玄（ともに後漢の大儒）にまさる学問があっても、塵芥も同然、引見しようとはしない。けれども程鄭・卓王孫・羅裒（ともに富豪）のような人人が肥えた馬に乗り軽い絹を着、黄金を懐中にし、宝玉を身につけて訪れれば、たとえ筆は一枚の竹簡をも書き得ず、知恵は豆と麦の区別もつかぬほどの人物でも、それがために、下駄をさかさにつっかけ、食べかけの食物を吐き出し、

洗いかけの髪を握って、あたふたと出迎えるであろう。

とのべている。ここの「そういう人は財利を耳にすれば、ぱっと奮い立つが、奇才に面会すれば、居睡りをする」の部分は、魯褒「銭神論」中の、

都の貴族たちが講学につかれ、清談もききあきて、ついねむってしまっても、わがアニキ（銭）をみかけるや［眠気もふきとび］、ハッとみつめぬ者はおりませぬ。

という描写を想起させるではないか。これからすると、魯褒が「銭神論」で揶揄的にえがいた状況は、推測や誇大な描写ではなく、当時じっさいにくりひろげられていたのかもしれない。

そして葛洪は、かく世相批判をくりかえす自分について、

洪尤疾無義之人、不勤農桑之本業、而慕非義之姦利。持郷論者、則売選挙以取謝。有威勢者、則解符疏以索財。或有罪人之賂、或枉有理之家。或為逋逃之藪、而饗亡命之人。或挾使民丁、妨以公役。或強収銭物、以求貴価。或占錮市肆、奪百姓之利。或割人田地、劫孤弱之業。摠恫官府之間、以窺掊尅之益、内以誇妻妾、外以釣名位。其如此者、不与交焉。由是俗人憎洪疾己、自然疏絶。故巷無車馬之跡、堂無異志之賓。庭可設雀羅、而几筵積塵焉。（自叙篇）

私が最も憎むのは道義心のない人、本業の百姓仕事には精出さず、不正な利益を貪る人である。郷里の輿論を支配できる者は、官吏に推薦してやるからといって謝礼をとる。権勢のある者は訴訟事件をもみ消してやるからといって金を要求する。悪い方から賄賂をとって正しい方を有罪にする者がある。逃散した民をかくまい、これを働かせて隠れた収入を挙げる者もいる。人民を私用に使役して公《おおやけ》の賦役を妨げる者がある。強引に品物を手に入れて値を釣り上げる者がある。市場を独占して人民の利益を奪う者がいる。人の田地を奪い、孤児

や弱い者の生業をおびやかし、役所のなかを走り廻って、公事《くじ》に勝とうとし、これで内には妻妾に誇り、外には名誉や地位を釣る者がある。このような者とは交際しない。俗人は、私が彼らを嫌っているもので、逆に私を憎み、自然に疏遠になる。それで前の露地には馬車のわだちもなく、奥の座敷には気にくわない客もいない。

庭は雀羅を張ることができるほど森閑としており、宴会用の机や筵には塵がつもっている。

と説明している。腐敗した世俗をにくんだ葛洪は、けっきょく「前の露地には馬車のわだちもなく、奥の座敷には気にくわない客もいない。庭は雀羅を張ることができるほど森閑としており、宴会用の机や筵には塵がつもっている」という、半隠者のような状況となって、日々をすごしていたのである。こうした姿勢をつらぬき、さらに徹底させていったなら、魯褒の

時勢が貪欲で下品になったのをうれえた。そこで、姓名をかくして「銭神論」をあらわし、時勢を諷刺した……仕官せずにおわり、その後をしるものはだれもいない。

という生きかたに、ちかづいてゆくにちがいない。これを要するに、魯褒は、この葛洪と同種の「儒道のどちらにも色わけしにくく、腐敗した世相をきらう」硬骨の士タイプの人物だったと推測してよかろう。

以上、西晋の遊戯文学、とくに諷刺ふう遊戯文学の代表として、魯褒「銭神論」をとりあげ、いろんな方面から考察してきた。西晋の文学を論じるばあい、ふつう、潘岳や陸機を代表とする修辞主義や、玄学の影響等がよく言あげされる。しかし、めだたぬ傍流として、ここにとりあげたような諷刺ふう遊戯文学もつづられ、ひろまっていたのである。西晋文学の一側面として、こうした文学動向も記憶されておいてよいだろう。

注

（1）譚家健「六朝詼諧文研究」（「まえがき」参照）も、西晋の設論ジャンルを、あそびまじりの作とみなしている。同論文によると、設論ジャンルは「主客問対の自嘲型の詼諧文」であり、つぎの五特徴をもつという。すなわち、第一に、東方朔「答客難」や揚雄「解嘲」にくらべると、思想的に儒と道とが混淆して、融通無礙になっている。第二に、貶に似てじつは褒、諷に似てじつは勧など、褒貶のしかたが巧妙である。第三に、世俗批判がつよい。第四に、対偶や排比を多用して賦スタイルに似る。第五に、ユーモアよりも抑鬱感のほうがつよすぎるので、読後感があまり愉快ではない――の五つの特徴である。

（2）こうした西晋の設論ジャンルについては、佐竹保子『西晋文学論』（汲古書院　二〇〇二）にくわしい。

（3）陸雲「牛責季友文」は、一方的な詰問ふう行文に終始している。だが、現存の文章は完篇でない可能性がたかく、もとは牛と季友による対話ふう作品だったかもしれない。

（4）西晋期の実在する遊戯文学として、ほかに劉謐之「与天公牋」「龐郎賦」などもあげられよう。だが、断片しかのこらぬので、ここでは略した。主要なものとしては、ほぼ以上だろう。もっとも、ひとによっては、もっとおおくの作品、たとえば劉伶「酒徳頌」や束晳「貧家賦」のたぐいも、遊戯文学の範疇にいれるべきだと主張されるかもしれない。「遊戯」の概念をいかに解するかによって、研究者によって「遊戯文学」の範囲が拡縮してくるのは、やむをえないだろう。「まえがき」参照。

（5）魯褒「銭神論」の創作年について、『晋書』では、漠然と「元康よりのち」や「［恵帝が］大位に居るに及んで」というにすぎない。それに対し、『資治通鑑』では、より限定して元康九年（二九九）の作だとする。もっとも『資治通鑑』のこの措置は、それほど明確な論拠があってのことではなさそうだ。

（6）司空公子と綦毋先生の対話は、『芸文類聚』所載のテキストのみに残存し、『晋書』所載の「銭神論」には、司空公子の発言しかひかれていない。もし『晋書』所載のテキストしか残存していなかったら、「銭神論」が対話からなっていたことは、わかりにくかったろう。

（7）綦毋先生の反論が、黄銅中方の発言をふくむとすれば、司空公子と綦毋先生の対話は、そうとうの分量になっていたろう。すると魯褒「銭神論」は、現存の二倍ほどの篇幅をもった、かなりの長篇だったとかんがえてよさそうだ。

（8）「銭神論」については、本文でふれたテキスト以外にも、なおべつの疑問が存している。たとえば、作者や作品の成立についても異論があって、魯褒以前に、成公綏（二三一～二七三　魯褒より以前のひとである）にも同題の「銭神論」があった、という説も提起されている。ただ、さいわいなことに、こうした諸問題については、厳密な資料批判、およびそれをふまえた詳細な分析や訳注が、福原啓郎氏によってなされている。それが、「『銭神論』の分析（上）」（「京都外国語大学研究論叢」第三九号　一九九二）、「魯褒『銭神論』訳注」（同五七号　二〇〇一）の二篇である。この二篇ほど厳密な研究は、本場の中国でもまだ出現しておらず、本章でもおおいに利用させていただいた（なお「銭神論」の翻訳には、もう一篇、小川晴久「資料紹介　銭神論」〈「自然と実学」第二号　二〇〇二〉がある）。

ただ、福原氏の議論中で、一点だけ疑念をおぼえる箇所がある。それはさきの、成公綏の同題の作にかかわる問題である。すなわち、「銭神論」の作者は魯褒とするのがふつうだが、『太平御覧』巻八百三十六には、西晋の成公綏の作とされる「銭神論」の断片を収録している。それは、「路中紛紛、行人悠悠、載馳載駆、唯銭是求、朱衣素帯、当塗之士、愛我家兄、皆無能已、執我之手、託分終始、不計優劣、不論能否、賓客輻湊、門常如市、諺曰銭無耳、何可闇使、豈虚也哉」の十七句である。厳可均もこれにしたがって、この十七句を「魯褒「銭神論」とはべつの」成公綏の「銭神論」だとみなして、『全晋文』巻五十九に収録している。

こうした文献操作を是認するとすれば、成公綏に、魯褒にさきだって「銭神論」と題する作が存在していた、ということになろう。福原氏の「分析（上）」の御論は、まさにこうした立場にたたれており、魯褒「銭神論」は、さきだつ成公綏「銭神論」をふくらませてかかれたのではないかと、推測されている（郭預衡『中国散文史』五七八頁や、譚家健「魯褒的『銭神論』及其影響」〈『六朝文章新論』所収　北京燕山出版社　二〇〇二〉も、おなじ立場をとる）。

しかしながら、この見かたは、すこしかんがえすぎではなかろうか。というのは、成公綏を作者とする十七句の字句をみてみると、じっさいは、ほとんど魯褒「銭神論」中の字句と一致しているのだ。すると魯褒「銭神論」は、成公綏「銭神論」をふくらませて執筆されたとかんがえるよりは、むしろ単純に、『御覧』の編者が、「魯褒銭神論曰」として引用すべきところ、あやまって「成公綏銭神論曰」と編入してしまった、とみなしてよいのではないだろうか。馬積高『賦史』一八三頁や、任重「魯褒『銭神論』対拝金主義的批判」(『山東大学学報』一九九一―四)、曹道衡・沈玉成『中古文学史料叢考』(中華書局　二〇〇三)一六九頁などは、そうした立場をとっている。

では、なぜ『御覧』が、魯褒「銭神論」の断片を、成公綏「銭神論」として誤編入したのかというと、諸家は、魯褒が「銭神論」を執筆したさい、「元康以降、道義が瓦解してしまった。魯褒は、時勢が貪欲で下品になったのをうれえた。そこで、姓名をかくして銭神論をあらわし、時勢を諷刺した」(『晋書』巻九四)という事情があった。この「姓名をかくして銭神論をあらわし」たという事情のため、あやまって「銭神論」の作者を成公綏としてしまったのだろう――と推測されている。私も、この推測が妥当だとおもう。

(9)「銭神論」に由来する「銭神」や「孔方兄」の語は、唐宋以後においても、普通名詞ふうに使用されつづけ、さらに明清の時期になると、俗文学の世界において、いっそう広範に使用されるにいたっている。その意味で、唐代以後では、「銭神」や「孔方兄」などの語は、いわば拝金主義の代名詞になっていたといってよい。

(10)「銭神論」中のユーモア表現についても、福原啓郎「魯褒『銭神論』訳注」はくわしい解説をほどこしており、おおいに参照させていただいた。

(11) 司空公子を富貴な人物だとみなすのは、冒頭に「有司空公子、富貴不歯」とあるからである。この二句を、福原氏は「司空公子(司空の御曹司)は富貴なることならぶものなく」と訳されており、本章もそれにしたがった。だが管見のかぎりでは、中国の研究者たちは、こうした解釈を採用しておらず、おおくは「富貴な人びとは、司空公子を歯牙にもかけていない」と理解している。

この両解釈は、語法的にはいずれも可能だろう。だが「銭神論」で、司空公子が仰々しく銭賛美をおこなう以上、彼の役どころとしては、自身も富貴であ〔り、かつ拝金主義を信奉す〕る人物だとしたほうが、辻褄があいやすい。それに対し、もし「富貴な人びとは、司空公子を歯牙にもかけていない」の解釈にしたがったならば、つづく「〔司空公子は〕美服を身につけて都邑であそび、市場で馬車をとめさせていた」と、意味上の連絡がつきにくくなってしまう。司空公子を富貴な人物であり、拝金主義の体現者としてこそ、以下につづく「美服を身につけて」云々や、銭賛美の発言と整合するのである。その意味で、福原氏の解釈のほうが、すぐれる。あまりめだたないが、こうした細部における的確な解釈も、福原氏のお仕事のすぐれた点だといえよう。

（12）ただし、朱迎平氏は、司空公子を作者たる魯褒の化身であって、富貴な人びとにおもねらぬ、反拝金主義の人物だとみなしている。

司空公子は、表面上は盛服してあそびくらし、まじめな処世をしていないものの、じっさいは塵世から屹立して、富貴など歯牙にもかけていない。口はたっしゃで対応は巧妙だし、談鋒のするどいことは、むかうところ敵なしである。……ときに反語をつかい、ときに諷刺をまじえ、さらに儒者の「むかしのこともしらず、いまのこともご存じない」世間しらずぶりを嘲笑するかとおもうと、銭をみると目をみひらいて「ハッとみつめぬ者はおりませぬ」という醜悪な姿をあばきだし、その喜笑怒罵の描写すべてが、りっぱな行文をなしている。この司空公子こそ、作者魯褒の化身なのである。

（『古文鑑賞大辞典』五〇〇頁　浙江教育出版社　一九八九）

さらに前半の傍点部からすると、朱迎平氏は、「銭神論」の「有司空公子、富貴不歯」の部分も、「司空公子が富貴「な人びと」を歯牙にもかけていない」の意で理解されているようだ。すると、司空公子（＝魯褒の化身）の本音は反拝金主義にあり、「銭神論」後半における司空公子の銭賛美も、反語的ニュアンスでかたられたものだと、解しているのだろう。こうした理解のしかたは、もとより本章の立場とはことなっているが、中国でもあまり同調者はいないようだ。

（13）『抱朴子』の訳は、本田済氏のものによる（平凡社『中国古典文学大系』）。氏の訳は、日本語としてよくこなれた暢達の文であり、名訳だといってよかろう。

第八章　諷刺ふう遊戯文学の輩出

西晋（二六五〜三一六）は、わずか半世紀しかつづかなかった短命の王朝である。そのみじかいあいだに、第七章でみたごとく、魯褒や左思、さらには陸雲、束皙、張敏のごとき、批判精神をもった文人があらわれ、あいついで諷刺ふう遊戯文学の傑作をかきのこしている。こうした状況は、魏晋六朝をとおしてみても、ほかにみいだしにくい現象である。(1) なぜこの時期に、これほどの密度で、諷刺ふう遊戯文学の傑作が発生してきたのだろうか。

この疑問に対しては、前章でいちおうの回答をのべておいた。すなわち、武恵両帝の寛仁（わるくいえば無責任）な統治と、それにともなう放縦な生活とが、社会を腐敗せしめ、拝金主義を蔓延させた。そうした腐敗への反発として、良識ある人びとが憤激の声をあげ、結果的に世俗諷刺の文学が、たくさんかかれることになった——ということである。すこしうがった見かたをすれば、武恵両帝の統治が寛仁だったぶん、一種の言論の自由というべき状況が生じ、結果的に諷刺ふう遊戯文学の盛行を誘発したといってよかろうか。本章では、こうした西晋の特異な時代性をさらにほりさげ、また「銭神論」以外の作にも目をくばりながら、この期の諷刺ふう遊戯文学の意義について、知見をふかめてゆきたいとおもう。

一　嘲戯の風

周知のように、魏の正始（二四〇〜九）のころから、老荘の学問（玄学）が流行し、いわゆる竹林七賢たちによる清談が、活発におこなわれるようになった。そのころから、老荘思想を基盤とした、よくいえば自由奔放だが、じっさいは放縦な風潮がひろがりはじめる。これがやがて、西晋の元康（二九一〜九）にいたって、もっともはなはだしくなり、極端な礼教無視や人欲解放が、すすんだのだった。

○［世説新語任誕注竹林七賢論］迨元康中、遂至放蕩越礼。
元康中になると、人びとは放蕩をこのんで、礼を無視するようになった。

○［応詹上疏陳便宜］元康以来、賤経尚道、以玄虚宏放為夷達、以儒術清倹為鄙俗。
元康以後は、儒教の教えを軽蔑し、道教の教えをたっとぶようになりました。そのため、玄妙だったり放蕩だったりするのを、さばけていると称賛し、儒術をまなんだり清倹だったりするのを、野暮なこととおもうようになったのです。

などは、そうした状況を端的に指摘したものである。

こうした貴族放縦の趨勢のなか、諷刺ふう遊戯文学との関係で注目したいのは、当時、嘲戯の風、つまり他人をからかってよろこぶ気風が、蔓延していたことだ。この嘲戯の風は、他人にたわむれ、からかうという点で、西晋の諷刺ふう遊戯文学の盛行と、ふかい関係があったと推察される。この気風に関しては、当時の人びとも注目していたようで、たとえば『世説新語』をひもといてみると、この種の話柄がたくさんあつめられている。なかでも、同書の

「排調」や「軽詆」は、嘲戯に関する話柄をあつめた篇といってよく、じゅうらいの謹厳な儒教道徳ではかんがえられなかったような、からかいのことばがとびかっている(2)。

○［軽詆］王太尉問眉子、「汝叔名士、何以不相推重」。眉子曰、「何有名士、終日妄語」。

王衍は、息子の王玄に、「おまえの叔父さんの王澄は名士なのに、どうして尊敬しないのかね」とたずねた。すると王玄は答えた。「どうして名士なはずがありましょうか。一日じゅう、でたらめをしゃべっているだけですよ」。

○［排調］王渾与婦鍾氏共坐、見武子従庭過。渾欣然謂婦曰、「生児如此、足慰人意」。婦笑曰、「若使新婦得配参軍、生児故可不啻如此」。

王渾が、妻の鍾氏と坐していたとき、息子の王済が、庭をとおりすぎるのがみえた。王渾はにっこりして、妻に「こんな息子がいると、私たちも心がなぐさめられるね」といった。すると妻は、わらっていった。「もし、わたしが王淪どのと結婚しておれば、この程度の息子ではなかったはずです」。

はじめの例は、甥が叔父の悪口をいい、あとの例は妻が夫をからかったものである。これらはいずれも、目下の者から目上の者にむけられた嘲戯であるのに注意しよう。前者の悪口は、儒教における長幼の序にそむくものだろう。また後者のからかいは、現代の我われがよんでも、ギョッとするような発言であり、儒教の婦徳の教えから、はるかに逸脱したものである。すぐまえの魏末のころは、名目的なものだったにせよ、儒教道徳、なかでも「孝」の教えを重視し、「不孝」の名によって、司馬氏にとってつごうのわるい人物や政敵を、つぎつぎと圧殺していた。それなのに、さほど時間をおかぬ西晋の時期には、これほど反儒教的な発言がゆるされているのである。儒教の教えが、いかに恣意的に利用されていたかが、よくわかろう。

ところで、こうした嘲戯の風は、右のような家庭内だけにかぎられず、当時の社会全体に弥漫していたようだ。たとえば、やや時代がくだるが、東晋初代の天子、元帝につぎのような話柄がのこっている。

［排調］元帝皇子生、普賜群臣。殷洪喬謝曰、「皇子誕育、普天同慶。臣無勲焉、而猥頒厚賚」。中宗笑曰、「此事豈可使卿有勲邪」。

元帝の皇子がうまれ、群臣に賜わりものがくばられた。殷洪喬が帝に、謝していった。「皇子がおうまれになり、天下あまねくよろこんでおります。臣は何の功績もございませんのに、賜わりものをいただき、恐縮に存じます」。すると、元帝はわらって、「今回のことで、貴公に功績をたててもらうわけにはいかんよ」といった。

元帝みずから、品のわるい冗談をいって、臣下をからかっている。この話柄、見かたをかえれば、君臣相和したユーモラスな会話だといえるかもしれないが、それにしても、天子においてさえ、礼節や君臣の序をまもろうとする意識が、希薄になっていたのである。いや、当時は希薄になるどころか、他人をからかうことをわるいこととおもわず、嘲戯の言を応酬しあって、たのしんでいたかのようだ。じっさい、右の例でもそうだが、この種の応酬のあいまには、しばしば「笑って曰く」の語が散見している。こうした、他人をからかってたのしむ気風が、「銭神論」のごとき文学と関連があることは、容易に推測されよう。つまり、当時の君臣をおおっていた嘲戯の風は、諷刺ふう遊戯文学が盛行する土壌を、かたちづくっていたのである。

ただ、右の例は、それほど深刻な嘲戯ではない。品のわるい冗談やからかいであるにせよ、けっきょく、わらってすませられるほどのものにすぎない。だがいっぽう、冗談ではすまない、深刻な嘲戯が応酬されるときもあった。それが、門地を対象とした嘲戯である。

この門地にかかわる嘲戯とは、たとえば、

〔排調〕諸葛令、王丞相共争姓族先後。王曰、「何不言葛王、而云王葛」。令曰、「譬言驢馬、不言馬驢。驢寧勝馬邪」。

諸葛恢と王導とが、たがいに門地の高下をあらそった。王導が「なぜ〔世間では〕葛・王とはいわないで、王・葛といっているのかな」というと、諸葛恢は、つぎのように応じた。「それは、たとえば驢馬といって、馬驢とはいわないのと、おなじようなものですよ。〔ただの習慣にすぎません。驢馬というからといって〕どうして、驢が馬よりすぐれているわけがありましょうか」。

のような話である。「葛王」とよぶか「王葛」と称するか、どうでもいいようなものだが、彼らは、併称するさいの先後が、門地の高下を暗示すると意識していた。それゆえ、王導は、「王葛」の併称が世間にひろまっていることを利用して、王一族の優勢ぶりを自慢しようとした。ところが、諸葛恢によって、うまくきりかえされてしまったのである。この諸葛恢のきりかえしが、あざやかだったので、名回答として人口に膾炙し、記録にとどめられたのだろう。

もうひとつ、門地にかかわる嘲戯の例をあげよう。それは、亡国の民として、西晋の都で辛苦をなめた、呉の陸機に関する話柄である。

〔方正〕盧志於衆坐問陸士衡、「陸遜、陸抗、是君何物」。答曰、「如卿於盧毓、盧珽」。士龍失色。既出戸、謂兄曰、「何至如此、彼容不相知也」。士衡正色曰、「我父祖名播海内、甯有不知。鬼子敢爾」。議者疑二陸優劣、謝公以此定之。

盧志は衆坐のなかで、陸機にたずねた。「陸遜や陸抗は、あなたのなんにあたるのかね」。すると陸機は、「君が、盧毓や盧珽にあたるのと、おなじ関係だよ」とこたえた。〔これをきいた弟の〕陸雲は、顔色をうしなった。門をでてから、陸雲は兄にむかって、「どうしてあんなにいったのですか。彼はほんとうに、しらなかっ

たかもしれませんよ」というと、陸機は、顔色をただしていった。「わが父祖の名は、天下にしれわたってい
る。どうしてしらぬはずがあろう。あやつは、わざと［父祖の諱をおかして］ああいったんだ」。ときの論者
たちは、陸兄弟の優劣をきめかねていたが、謝公はこのことによって、［兄が上だと］優劣をきめたのだった。

周知のように、当時では、相手の父祖の諱《いみな》をおかすことは、重要な禁忌のひとつだった。盧志はおおぜいのなかで、わざと陸機の父祖の諱を口にして、陸機［やその一族、さらには敗亡した呉国ぜんたい］を侮辱したのである。それに対して、陸機もひるまず、とっさの機略で、やはり相手の父祖の諱をおかして、いいかえしたわけだ。この話をよんですぐ気づくのは、優勢な［戦勝国の一員でもある］盧一族に対する、陸機のはげしい反発心である。陸機は、亡国の民とはいえども、自己の門地につよい名門意識をもっており、さればこそ、光輝あるおのが父祖や門地が、嘲戯の対象とされたことに、たえられなかったのだろう。この話では表面上、犯諱が問題になっているが、底には門地に関する自負心がからんでいるのである。

この門地の高下は、当時の士人たちには、君臣や長幼の序などよりも、もっと重要で、もっと深刻な問題だった。なんとなれば、九品官人法によるリクルートが定着していた当時では、門地の高下が、そのひとの立身の成否を、左右しかねなかったからである。「上品に寒門なく、下品に勢族なし」（劉毅「上疏請罷中正除九品」）という有名なことばは、そうした門地を重視する社会のいびつな状況を、みごとに喝破したものといえよう。

二　立身不遇と諷刺

嘲戯の風を土壌としてつづられた諷刺ふう遊戯文学にも、この門地がらみのものが、おおくなりやすかった。いや

それどころか、西晋にかかれた諷刺ふう遊戯文学のほとんどは、この門地や、それに起因する不公平な立身への、憤懣や反発心によって、つづられたといっても過言ではない。第七章でみた魯褒「銭神論」においても、「身から貧乏がさらず、家門が誉れでつつまれぬ」碁毋先生が、清談の機智だけで仕官しようとして、司空公子からその世間しらずを嘲笑されていたことも想起しよう。つまり「銭神論」は、拝金主義はもとよりだが、賄賂や門地がなければ立身できぬ不公平にも、諷刺の矢をはなっていたのである。つぎに紹介する魯褒と同時期のひと、王沈がつづった「釈時論」は、そうした、門地の高下で立身が左右される不公平さへの、明確な抗議の作だといってよかろう。

多士豊于貴族、四門穆穆、綜繻是盈。仍叔之子、皆為老成。
爵命不出閨庭。
賎有常辱、肉食継踵於華屋、談名位者以諂媚附勢、……
貴有常栄。疏飯襲跡於耨耕。挙高誉者因資而随形。
凡茲流也、視其用心、責人必急、徳無厚而自貴、眼罔嚮而遠視、
察其所安、于己恆寛。位未高而自尊。鼻髎鼽而刺天。
忌悪君子、敖蔑道素、心以利傾、姻党相扇、当局迷於所受、……
悦媚小人。懾吁権門。智以勢惛。毀誉交紛。聴採惑於所聞。
今以子孤寒、懐真抱素。志陵雲霄、偶景独歩。直順常道、関津難渡。
欲騁韓盧、時無狡兎。衆塗圮塞、投足何錯。

［東野丈人は、わかい冰氏之子にいった。……］多士は高貴な一族からのみ輩出し、爵命は門閥のそとにはでてゆかぬ。四門は穆穆として、勢族の子弟でみちあふれ、年少の者でも、みな老臣あつかいだ。寒門はつね

に侮辱されるが、勢族はいつも栄誉でつつまれる。［勢族は］御殿で世々美食をくらっておるが、［寒門は］田圃で代々粗食がつづくだけ。だから、高位をのぞむ者は、勢族にこびへつらい、名誉をほしがる者は、権門に賄賂をおくるわけじゃ。……

［立身をねらう］連中たるや、その考えかたをうかがい、思いを察してみたところ、他人にきびしいが、自分にはおおあまだ。徳もないくせに自分でえらいとおもいこみ、位もひくいくせにいばりちらす。目はウロチョロして高位をのぞきみ、鼻はうえむいて天上をうかがっておる。また君子をきらって、小人にこびへつらい、徳行は軽蔑するが、権門にはひれふしておる。やつらの心は利益によってぐらつき、知恵も権勢によってゆがみがち。さらに姻戚なかまで推薦しあい、自派をほめ他派をけなすことばが、とびかっておるしまつじゃ。かくして、中正の官はそれらの情報にまどわされ、調査官も伝聞にまよわざるをえぬ。……

いま、貴殿は寒人の出身ながら、純朴な心をいだいて、志は雲をしのぎ、自分の影だけを供としておる。そして立身の道をすすもうとしておるが、関所や渡し場は、なかなかこせぬぞ。韓盧のごとき名犬が活躍したくても、この時勢に兎はおらぬし、立身の道もとっくにふさがれて、足をふみだす余地など、どこにものこっておらぬのじゃ。（訳は福原啓郎「王沈釈時論訳注」〈「京都外大論叢」第五五号　二〇〇〇〉を参照した）

この王沈「釈時論」も、「銭神論」とおなじく、東野丈人と冰氏之子のふたりによる対話で構成されている。引用部分は、仕官をのぞむ冰氏之子（若者）に対し、東野丈人が、現実世界の汚濁ぶりを、おしえさとしている部分である。右の引用でもわかるように、この作の主題も、やはり門地の高下によって立身がきまる不公平さへの、憤懣だといってよい。ただ、この王沈の「釈時論」のばあい、「銭神論」にくらべると、主題の展開のしかたが、ストレートすぎるきらいがあるようだ。そのぶん、世俗批判のトーンはたかくなっているのだが、諷刺ふう遊戯文学と称するには、ややユーモアの糖衣が不足している。

その意味で、門地の高下で立身が左右される不公平さをうったえつつ、しかもそれをユーモアの糖衣でつつみこんだ西晋の作としては、やはり第七章の冒頭で紹介した、一連の(1)諷刺ふう遊戯文学があげられねばならない。たとえば、左思「白髪賦」をふたたびとりあげれば、この作は、ただ老人軽視の風潮を批判しただけでない。左思は、擬人化された白髪のユーモラスな愚痴にかこつけながら、じっさいは、自身をふくむ寒門人士たちの、不公平な立身に対する憤懣を、うったえているのだ。また設論のジャンルは、そもそもが士人の出処進退を主題としているので、いきおい、立身の遇不遇に言及することがおおい。たとえば、夏侯湛「抵疑」は、自分を卑下しつつ、脱俗をきどる高位の官僚たちを婉曲に揶揄しており、また束皙「玄守釈」は、権門にたよることを拒否し、出仕より隠逸を選択する希望を吐露しているのである。

もう一篇、陸機の弟で、やはり母国滅亡のあとに、かつての敵国たる西晋の都にでてきた陸雲がつくった、「牛責季友文」を紹介しよう。この作では牛が擬人化されて、諧謔味をかもしだしている。


今子之滞、年時云暮。

而冕不易物、車不改度。子何不使玄貂左弭、華蟬右顧。令牛朝服青軒、夕駕軺輅。望紫微而風行、踐蘭塗而安歩。

而崎嶇隴坂、息駕郊牧、玉容含楚、孤牛在疾。何子崇道与徳、而遺貴与富之甚哉。

日月逝矣、歳聿其暮。嗟呼季友、盛時可惜。……

子如不能建功以及時、予請迹於桃林之薄。

いま、そなたは立身もかなわぬまま、歳月だけがすぎてゆく。［出世できないので］冠冕もむかしとかわらず、馬車も以前のままだ。どうして［冠をかぶって］貂尾を左にたらし、蟬羽を右方にみるほど［の高官］になれぬのか。この牛たる私に命じて、朝は青車に身をつなぎ、夜は貴人の車をひかせればよい。王宮をめざしていそがせ、蘭の道をゆうゆうとすすませればよい。

それなのに山の坂でいきなやみ、郊外で一息いれさせるとは。そなたのお顔がくるしげにゆがむと、孤牛たる私も病気になってしまいそうだ。なんとまあ、そなたは道と徳だけをたっとんで、高位や財富をかろんじられることか。日月はすぎさり、今年もまたくれなんとする。ああ季友よ、いまの壮年をこそ、だいじにされよ。

……もしそなたがはやく功をたてられないのなら、私は［周の武王が放牧した］桃林の地に隠居してしまいますぞ。

この作も、牛の非難のことばにかこつけながら、じっさいは、季友のごとき「道と徳だけをたっとんで、高位や財富をかろんじ」るような篤実な人材が、まったく出世できない風潮を、諷したものだろう。牛に非難される季友とは、おそらく自分［や、呉国出身の立身ままならぬ人物］を、暗にさしていよう。ここでも、擬人化された牛の論難ぶりと、出世できない季友（＝作者）のだらしなさとが、自嘲的ユーモアをかもしだしている。この作にせよ、「白髪賦」にせよ、不公平な社会や立身をうったえるのに、ユーモアの糖衣でやんわりとつつみこんだところが、作者の苦心が存したところであり、諷刺ふう遊戯文学とみなされる所以だといえよう。

以上、諷刺ふう遊戯文学の諸作を、あらためて検討してきた。程度の差こそあれ、いずれの作にも、ユーモラスな表現や描写の底に、立身への憤懣や鬱屈がひそんでいるのがよみとれよう。不公平な立身に対する憤懣や鬱屈は、それほど深刻な問題として、当時の士人たちのうえに、のしかかっていたのである。のち、東晋がほろんで、貧民出身の劉裕が宋王朝をおこして以後は、寒門出身者も、軍事方面を中心にしながら、しだいに政官界のなかに進出してゆく。だが、この西晋の時期は、なお貴族制社会が強固に根をはっていて、門閥貴族たちが立身の道を独占していた。そうした時代性も、この種の作を盛行させた理由だったのだろう。

三　権力への向背

ここまで、西晋の嘲戯の風と、その風を土壌としてつづられた諷刺ふう遊戯文学について、ざっとみわたしてきた。では、これらの諷刺ふう遊戯文学は、西晋文学全体のなかでは、どのように位置づけられるのだろうか。ここでは、西晋文学における位置づけについて、かんがえてみよう。

西晋文学の展開をトータルに理解しようとすれば、さまざまな切りくちがありえよう。たとえば、修辞主義文学や復古主義文学という把握のしかたもあろうし、また北方文学と南方文学との対立融合とみなすことも可能だろう。さらには、形似や玄学をキーワードとして、きりこんでゆくこともできよう。このように、多様なアプローチのしかたが可能であり、またじっさいになされてもきたが、そうした切りくちのひとつとして、権力に対する向背を基準にして、二大別するやりかたも、ありえるのではないかとおもう。

すなわち、文人の創作態度に着目し、権力に積極的にちかづこうとする立場と、逆に権力から距離をおき、批判的態度を持そうとする立場とに大別し、対比的にかんがえてみようというわけだ。つまり「向権力↔背権力」の対比で、西晋文学をきりとってみようというのである。こうした図式的な二大別は、単純化しすぎるだけでなく、創作動機や政治的環境に重きをおきすぎるきらいもあって、文学の本質をみうしなってしまう心配もないではない。だが、西晋のような、政治と文学がふかくかかわる時代では、べつの切りくちではみえなかったところが、逆に鮮明になってくることもありえよう。

こうしたきりとりかたをすれば、後者の「背権力」（権力にそむく）の文学には、とうぜん、本章でとりあげてきた諷刺ふう遊戯文学のおおくが、ふくまれてこよう。では、いっぽうの「向権力」（権力にしたがう）の文学には、どのような作品群を想定すればいいのだろうか。すると、権力者が主催した文会に参加し、そこで応令や応命によってつくられた詩文のたぐい（「公讌」や「贈答」がおおい）があげられよう。それらの作には、主催者へのあいさつとして、追従めいた内容がおおくなりやすいからだ。

もっとも、その種の社交的なあいさつは、旧時の文学のありかたとして、とうぜんありうべき用途だったといってよく、それらをすべて向権力ときめつけるのは、いささか酷にすぎるかもしれない（後述するが、当時の文人たちが立身をもとめて、権門にちかづくのは、むしろ健康的な志向だったといってよい）。だが、そうだとしても、権門にちかづき、追従めいた詩文をつくる動機の奥には、「あわよくば」という攀援への期待があったことは、否定できないだろう。その意味で、それらの詩文を、［広義の］権力にちかづく文学だと規定することも、ゆるされるのではないだろうか。ここでは、そうした権門への接近を画策したグループとして、賈謐（？～三〇〇）をめぐる「二十四友」と、その文学とを紹介してみよう。

この賈謐の二十四友とは、当時の権力者、賈謐の周辺にあつまった文人たちの総称である。賈謐という人物は、西晋王朝の佐命の臣たる賈充の後継者であり、同時に恵帝の皇妃たる賈后の甥でもあった。そうした毛なみのよさのうえに、「権は人主を過」（『晋書』巻四〇）ぎるほど、勢威をほこっていた彼のもとには、おおくの士人たちが蝟集してきた。そうしたなかでも、とくに文学的才腕を有した二十四人を、文学史のうえで「賈謐の二十四友」と称するのである。

この二十四友については、『晋書』賈謐伝の

［賈謐］負其驕寵、奢侈踰度。室宇崇僭、器服珍麗、歌僮舞女、選極一時。開閤延賓、海内輻湊、貴游豪戚及浮競之徒、莫不尽礼事之。或著文章称美謐、以方賈誼。渤海石崇欧陽建、滎陽潘岳、呉国陸機陸雲……摯虞……左思……劉琨皆傅会於謐、号曰二十四友、其余不得預焉。

賈謐は勢威をたのみ、その奢侈ぶりは度をこしていた。邸宅は贅をきわめ、器物服装は豪華そのもの、歌僮や舞女は、当時の一流どころをつくした。彼が自宅を開放して賓客を招致するや、天下から雲集し、名だかい貴顕や外戚から、浮競の徒にいたるまで、礼をつくして屈従しないものはなかった。彼らのあるものは、文辞をつづって賈謐を称賛し、漢代の賈誼になぞらえるほどだった。渤海の石崇、欧陽建、滎陽の潘岳、呉国の陸機、陸雲……摯虞……左思……劉琨らは、みな賈謐のもとにあつまって、二十四友と称した。これ以外のものは、これに参加できなかったのである。

という記事がもっともくわしい。これによると、石崇、欧陽建、潘岳、陸機、陸雲、そして摯虞や左思、劉琨など、西晋文壇を代表するメンバーがならんでいる。もっとも彼ら二十四友は、ほんとうに賈謐の人格や識見にほれこんで、周辺に侍していたわけではない。みずからの立身や攀援に役だちそうな人物なら、だれでもよかったわけで、そのとき、たまたま賈謐が勢威をもっていたので、彼の周辺にあつまってきたにすぎない。だから、二十四友メンバーと賈謐との個々の親密さや、メンバー個々間の交流も、表面的なものにすぎず、たんなる儀礼的なもの以上ではなかったようだ(3)。

ただ残念ながら、賈謐主催の文会でつくられた作は、ほとんどのこっていない。右の記事に「文辞をつづって賈謐

を称賛し、漢代の賈誼になぞらえるほどだった」とあるからには、賈謐を賈誼に擬した詩がつくられたはずだが、それも現存しない。そうした寥々たるなかで、潘岳の作としてつたわる「於賈謐坐講漢書」詩は、賈謐へのおもねりぶりを暗示する作として、貴重なものだろう。

治道在儒　弘儒由人　　国家経営は儒術によるが　儒術はひとによってひろめられる
顕允魯侯　文質彬彬　　かがやかしき魯侯の賈謐どのは　文質彬彬なおかた
筆下摛藻　席上敷珍　　筆をとっては文采めでたく　席でも妙語がたえない
前疑既弁　旧史惟新　　疑問を論議し　旧史の新意をみつけ
将分爾史　既弁爾疑　　この史実を分析し　あの疑問を論議される
延我寮友　講此微辞　　［賈謐どのは］我らをまねき、精微なる論議をなされるのだ

この詩は、題によると、どうやら賈謐が主催した文会で、『漢書』を講じたことがあり、そのさいに潘岳が、即興でつくったものだと推測される（『晋書』左思伝に、「秘書監の賈謐は［左思に］請《こ》いて漢書を講ぜしむ」とあるので、このとき『漢書』を講じたのは、左思だったかもしれない）。「かがやかしき魯侯の賈謐どのは　文質彬彬なおかた」あたりに、賈謐への追従の意図がうかがえよう。

このほか、賈謐から詩（じつは潘岳の代作）をおくられた陸機が、返礼として賈謐にささげた「答賈長淵」詩にも、賈謐に対する諛辞がみられる。ながいので、該当する箇所だけをひけば、

○惟公太宰　光翼二祖　　魯公（賈充）は太宰となり　晋の二祖に協力なさった
　誕育洪胄　纂戎于魯　　また後継の貴殿を養育して　魯公の地位をつがせた
○公之云感　貽此音翰　　貴殿（賈謐）は感ずるありて　私に詩文をよこしてくれた

蔚彼高藻　如玉如蘭　　そのあでやかな作は、宝玉のようだ
○民之胥好　狷狂厲聖　　民でもたがいに自戒しあえば　狷介でも聖にちかづける
儀刑在昔　予聞子命　　古の聖人にならうかのごと　私も貴殿にしたがおう

などの詩句である。はじめの四句は、賈充が宰相として晋の太祖と武帝とをよく補佐し、跡継ぎの賈謐をそだてて、魯公の地位をつがせたことをいう。つぎの四句は、賈謐が自分におくってくれた詩がりっぱであることをいい、そのつぎの四句は、私は賈謐の教えにしたがうつもりだ、と決意をかたっている。儀礼的な応酬だから、詩中に相手を称賛した語があるのは、とうぜんだろう。その意味で、これらの詩句を諛辞だときめつけるのは、酷すぎるかもしれない。だが、この時期の陸機と賈謐との、懸絶した地位の差をかんがえたとき、これらの詩句はやはり、賈謐にむけた諛辞だったと推測してよかろう。

こうした権門への追従は、実生活では、つぎのような態度をうみだす。すなわち、

［晋書潘岳伝］岳性軽躁、趨世利、与石崇等諂事賈謐。毎候其出、与崇輒望塵而拝。
潘岳は軽薄なたちで、利益に目がなく、石崇らとともに、賈謐にへつらっていた。賈謐が外出するたびに、石崇とともに、その馬車がたてる塵に拝礼していた。

というもので、有名な「後塵を拝する」の出典である。この話、『晋書』石崇伝にも、類似した話柄が記録されているので、実話だとみなしてよかろう。この、馬車がたてる塵にむかって、うやうやしく拝礼する行為は、潘岳たちがきまじめに、そして懸命にやっているだけに、嫌悪感をとおりこして、むしろ戯画的な印象さえ感じさせる。じっさい、潘岳のこの行為は、「銭神論」中の

洛中の朱衣をまとった富豪や、いまをときめく貴人が、わがアニキ（銭）を愛することは、とどまることがあり

ません。アニキの手をとり、ずっとだきしめたままで、才の優劣や歳の上下も関係ありません。客人はアニキのもとにおしかけ、門前はいつも市《いち》をなすいきおいです。

というコミカルな場面を想起させよう。この両者、追従の対象が権門（賈謐）と銭との相違こそあるものの、権勢への卑屈なまでの屈従という点では、瓜ふたつである。その意味では、この「後塵を排する」話柄を「銭神論」のなかにくみこんでも、違和感が生じることはあるまい。潘岳は、哀切をきわめた悼亡や哀誄の作でしられるが、実生活では、こうした側面も有していたのである。

この潘岳らのいじましい追従ぶりも、彼らの立場によりそってみたならば、寒人出身者たちが攀援をもとめるための、けんめいな求職活動だったと、弁護できなくもなかろう。だが、そう弁護したとしても、やはり、この塵を拝するという行為は、いかにも阿諛追従という感じがして、後味のわるさはいなめないといってよい。

こうした向権力文人の醜態を、みせつけられればみせつけられるほど、これと対蹠的な背権力文人の生きかたや諷刺ふう遊戯文学が、その価値をいやましてこよう。なかでも、魯褒の

元康以降、道義が瓦解してしまった。魯褒は、時勢が貪欲で下品になったのをうれえた。そこで、姓名をかくして「銭神論」をあらわし、時勢を諷刺した。……魯褒は仕官せずにおわり、その後をしるものはだれもいない。

（『晋書』隠逸伝）

という処世には、潘岳とは正反対の潔癖さやいさぎよさが感じられる。権門に追従しない魯褒の毅然とした態度は、すこしまえの時代の阮籍や、すこしあとの陶淵明の事跡さえ、想起させるといってよかろう。

これを要するに、私は、西晋文学のおおまかな見とり図として、一方の極に、権力にちかづく（＝向権力）文学をおき、その対極に、権力に批判的態度を持する（＝背権力）文学をおきたいとおもう。そして、西晋のあらゆる文学

は、この両極のあいだで展開されており、向権力の極にかたむく文人もいれば、背権力の極のほうを志向した作品もあった——というふうに理解したいのである。

四　向権力文学の意義

西晋文学を右のように、「向権力↕背権力」の構造だと理解すれば、どうしても、魯褒ふうの背権力の文学だけがすぐれていて、潘岳ふうの向権力の文学は、価値とぼしき作品ばかりだとかんがえやすい。だが、そうした見かたは、かならずしも正鵠を射たものではない。そこで、いそいで注釈をくわえておこう。

注釈の第一は、向権力ふう文学、つまり権門主催の文会などでつくられる詩文が、追従めいた内容をふくむからといって、当時かろんじられることはなかった、ということだ（逆に、諷刺ふう遊戯文学のほうが、遊戯性をふくむために、かろんじられやすかった）。たとえば、『文選』の詩ジャンルの細目をみてゆくと、「公讌」や「贈答」など（追従やあいさつなど、向権力ふうの内容がおおい）には、たくさんの作がならんでいるのに、背権力に属する作としては、「勧励」が二首（韋孟「諷諫」、張華「励志」）あるくらいで、寥々たるものにすぎない。「諷刺」にいたっては、そもそも細目さえ存在しないのだ。これが象徴するように、当時では、内容が追従やあいさつにかたむくからといって、価値がないとされたわけではなかった。そもそも、当時の文人たちは、そのおおくが文会に出はいりする門閥貴族や、それにとりいろうとする寒門人士たちだった。そうした彼らが、公讌や贈答などの詩文を、いいかげんにつくるはずがなかったのである。

それゆえ、詩文創作の目的や動機が、権門への追従であり、攀援の期待だったとしても、結果的にできあがった作品が、［すくなくとも外見は］卓越した美的文学だったということは、じゅうぶんありえる。いやむしろ、権門への追従や攀援の期待が、当時の文人たちの創作力を刺激し、美的な表現や修辞的な錬磨をうながした、といってもよかろう。だからこそ、さきにみたような陸機「答賈長淵」詩をはじめとする、「公讌」や「贈答」に属する［『文選』にも採録された］傑作が、ぞくぞくとうまれてきたのである。西晋、いや六朝とは、こうした時代だったのだ。だいいち、六朝文学で、向権力ふう文学を、すべて価値なしとしたならば、では価値ある文学はどれほどあるのか、はなはだ寒心すべき現実に直面してしまうことだろう（数量のうえでは、七対三の割合で、向権力ふう文学がおおいだろう）。

第二に、本章でいう「向権力↕背権力」の対応は、固定的なものではなく、おなじ文人であっても、ある時期は追従ふう文学をつくり、ある時期は諷刺ふう文学をつづる、ということは、しばしばありうる。たとえば、さきに賈謐の二十四友の例をあげたが、彼らとて、生涯にわたってずっと追従ふう文学をつくったわけではない。じっさい、右に名前がでた二十四友のうち、左思は「世胄は高位を躡《ふ》み、英俊は下僚に沈む」の名句をふくむ「詠史詩」をつくっているし、諷刺にとんだ「白髪賦」の作者なのだ。同様に、兄の陸機とともに権門に接近して立身をはかった陸雲も、「牛責季友文」をつくっているのである。

このように、おなじ文人であっても、ときに権力に追従する文学をつくり、またときに権力を批判した詩文もつづっており、単純に文人Aは向権力ふう文人、文人Bは背権力ふう文人というふうには、わりきれないのである。これは、けっして矛盾というほどのものではなく、当時の文人たちは、だれもがそうした両様の志向をかかえて、ゆれうごいていたのだろう。その意味で、あるときは攀援を期待して権門にちかづき、あるときは門閥主義を批判するというのは、むしろしぜんなことだったのである。すると、右の「向権力↕背権力」の対応は、文人そのひとではなく、個々の文学作品によるものと理解すべきだろう。

第三に、当時の文人、とくに寒門出身の文人であれば、うだつのあがらぬ地位から脱して、立身しようとするのは、とうぜんのことであり、非難されるようなことではなかった。いや、経世済民を旨とした士大夫にあっては、そうした意欲は、むしろ健康的な志向だったといえよう。それかあらぬか、彼らの立身への希求ぶりは、我われがかんがえる以上に、真摯なものであり、また根づよいものだった。この時代の諷刺ふう遊戯文学のおおくが、出仕や立身の問題を主題としていることや、「出仕をよしとしないはずの」老荘思想や玄学をまなんだ人物であっても、仕官をつよくのぞんでいることも（綦毋先生がその一例）、そうした根づよい立身志向のあらわれだと解せよう。

だから、彼らは必死になって、得意とする技能をみがきあげて、立身をもとめていった。その得意技能が、ひとによって、政治実務の手腕だったり（張華など）、軍事的才腕だったり（劉琨など）、また詩文をつくる才能だったり（潘岳や陸機など）したが、そのめざすものはおなじ。すなわち、ひとしく立身をめざして、努力していったのである。

そして、そうした活動の結果として、成功した者もおり、挫折した者もおり、また門前払いをくらった者もいただろう。おもうに、魯褒は、その、門前払いされて、あきらめてしまった口だったのではないか。おそらく魯褒とて、当初から立身を希望しなかったはずがない（魯褒と同類の人がらと目される葛洪も、わかいころに石冰の乱平定に功をたてたりして、それなりの立身をはたしている。彼が羅浮山にはいって、仙道修行を実践したのは、晩年のことにすぎない）。だが彼は、左思や陸雲と同時代人でありながら、賈謐の二十四友のメンバーになっていない。いや、なっていないというより、おそらくなれなかったのだろう。どうしてか。それは、魯褒が根っからの隠者だったからではなく、おそらく、彼が賈謐のそばによりつけないほど、門地がひくかったか、あるいは、よほどの硬骨の持ちぬしだったか（第七章を参照）、のためだったろう。もし魯褒に、それなりの門地や協調性があったなら、「すくなくともいっときは」賈謐の周辺にちかづいて、攀援や立身の機会をうかがっていたにちがいない。

五　七賢の抵抗精神の継承

さて、西晋文学のなかでの位置づけをかんがえてきたが、こんどは、漢魏六朝の遊戯文学の流れからみると、西晋の諷刺ふう遊戯文学は、どのように位置づけられるのかについて、かんがえてみることにしよう。

まず形式面からいえば、西晋の一連の諸作は、諷刺ふう遊戯文学の定型を確立した功があるといってよい。その定型を具体的に指摘すれば、対話の枠ぐみ、擬人法、押韻の三つがあげられよう。この三つは、西晋以後の諷刺ふう遊戯文学に、例外なくそなわっているわけではない。だが、おおくの作は、そのうちの二つぐらい（擬人法と押韻がおおい）をそなえており、いわば諷刺ふう遊戯文学の骨格のごときものと称してよかろう（その意味で、諷刺ふう遊戯文学かどうかの識別にも、役だつかもしれない）。この三つ兼備の作は、漢の揚雄「逐貧賦」に端を発している。だが、その時点では作例がすくなく、まだ定型と意識されるほどではなかったろう。ところが西晋の時期に、その三つを兼備した作が集中的に出現したことによって、結果的に、それ以後の文人たちからも、この三つが「形式上の」定型だと意識されるようになったのだろう。じっさい、南朝ではこのあと、袁淑「誹諧文」、孔稚珪「北山移文」、沈約「脩竹弾甘蕉文」、呉均「檄江神責周穆王璧」などがつづられたが、これらの作はいずれも、三つのうちの擬人法と押韻とを踏襲している。さればこそ唐代の韓愈も、遊戯ふう文学である「送窮文」や「進学解」をつづるさい、その定型を襲用したのだとおもわれる（前者は三つをすべてそなえ、後者は対話の枠ぐみと押韻とを使用する）。

つぎに、内容面からいえば、西晋の諸作は遊戯性と諷刺性とを、結婚させた功績をもつといってよい。もとよりこれも、「逐貧賦」を継承したものであるが（さらに、先秦の滑稽者の弁論や、宮廷文人の設論にもさかのぼれよう）、そこではいわば、偶発的な出あいというほどのものにすぎなかった。それゆえ「逐貧賦」以後でも、つねに遊戯性と諷刺性とがむすびつくわけではなかったのである。

じっさい、魏晋のころの遊戯文学は、［第七章第一節でもみたように］諷刺性が希薄な「嘲笑ふう遊戯文学」のほうが多数をしめていた。前掲の劉勰のことばを再引すれば、「魏晋ではこっけいな文風（他人の嘲笑を目的とした文風のこと——引用者）が、さかんにあおりたてられたのだ。かくして、応瑒の鼻をくずれ卵にたとえたり、張華の頭を杵になぞらえたりするしまつ。これらは、下劣な文章であり、作者の品位のわるさをしめすものだろう」のように、遊戯性は諷刺性でなく、鄙俗性やからかいなどと結合しやすかったのである。

そうしたなか、西晋の諷刺ふう遊戯文学は、遊戯性と諷刺性とを結合させることによって、社会的にも意義のあるユーモアの形態を、みずからしめしたのである。その意味で、正規の理論づけは、すこしあとの劉勰にまたねばならぬが(4)、西晋の諷刺ふう遊戯文学は、「嘲笑だけで自足するような作は邪道であり、遊戯性と諷刺性とをかねさせることこそ、遊戯文学のあるべき王道である」という認識を、みずから実作としてしめし、定着させた功績を有するといってよかろう。

ところで、西晋の諷刺ふう遊戯文学を、右のように位置づけたばあい、もうひとつ、わすれてならぬことがある。それは、西晋でこうした諷刺ふう遊戯文学が輩出するにあたっては、魏末、老荘思想を基盤としつつ、欺瞞的な礼教のおしつけに抵抗した、竹林七賢らを中心とする人びとの影響が、おおきかったろうということだ。もっとも、彼らが清談や玄学に蔵していた抵抗精神は、後代のエピゴーネン（たとえば、「銭神論」中の綦毋先生や、西晋を亡国にみちびいた王衍）によって、立身の手づるや無責任なあそびに堕落させられてしまった。そのため、評判はかならずしもよくないが、しかし七賢らの抵抗は、ほんらい、司馬氏による偽善的な儒教倫理の強制に対し、アンチテーゼとして発生してきたものであった。そしてそれは、七賢のリーダー格、阮籍の言動に典型的にみるように、つよい苦悩や危機意識に裏うちされた、切実な抵抗でもあったのである。

ここで、西晋諷刺ふう遊戯文学の諷刺性と、魏末の［竹林七賢らの］抵抗精神との相関を明確にするため、竹林七賢たちがつづった文学を概観してみよう。つぎにしめすのは、竹林七賢のひとり、劉伶がつづった「酒徳頌」という作品である。


　有大人先生者。以天地為一朝、万期為須臾。日月為扃牖、八荒為庭衢。行無轍迹、居無室廬。

幕天席地、縦意所如。止則操卮執瓢、動則挈榼提壺。唯酒是務、焉知其余。

有貴介公子、縉紳処士。聞吾風声、議其所以。乃奮袂攘襟、怒目切歯。陳説礼法、是非鋒起。

先生于是方奉罌承槽、銜杯漱醪。奮髯箕踞、枕麹藉糟。無思無慮、其楽陶陶。

兀爾而醉、怳爾而醒。静聴不聞雷霆之声、熟視不見太山之形。不覚寒暑之切肌、利欲之感情。

観万物之擾擾、如江漢之載浮萍。二豪侍側焉、如蜾蠃之与螟蛉。


　大人先生という者がいる。彼は、天地開闢以来を一日となし、一万年を瞬時としている。また日月を扉とし、天下をわが庭にしている。道をあるいても、その跡をとどめないし、この世にすんでも、その居室は存しない。

天空をカーテンとし大地を敷物とし、おもうがままにふるまっている。先生は、とどまるも酒杯をはなさず、うごいても酒壺をわすれない。このようにお酒だけには熱心だが、それ以外のことは気にしない。

貴介公子と縉紳処士なる者がいる。わが大人先生の評判をききつけ、なぜ評判がよいのかを詮索せんとした。ご両人、袂《たもと》をふり襟《えり》をはらい、目をいからせ歯ぎしりし、礼法を強調して、あれこれ議論をふっかける。

先生はそこで、酒がめを手にもち、杯をふくんで濁酒をひとすすり。髭《ひげ》をひねってあぐらをくみ、麹《こうじ》をまくらにし酒かすのうえに横たわる。なにも思念することなく、たのしそう。うっとり酔うかとおもえば、さっぱり醒める。先生、耳をすましても雷の音がきこえないし、じっとみつめても泰山さえ目にはいらぬ。寒暑が肌をさすのも感じないし、利欲にも心はうごかない。万物がさわいでも、大河がうき草をうかべているのとおなじとみなし、二人の君子が自分のそばにいても、土蜂が桑虫を感化させるのとおなじことだった。

一読して、老荘思想、とくに『荘子』からの影響が感じられる。その意味で、清の何焯『義門読書記』の、

撮荘生之旨、為有韻之文、仍不失瀟洒自得之趣、真逸才也。

[「酒徳頌」の作は]『荘子』と『老子』の思想をくみとって、有韻の文章にしたてあげたものだ。それでいて[かたぐるしい思想的文辞にならず]、瀟洒な趣をうしなっていないのは、劉伶が真の逸才だったからだろう。

という評言は、この作の性格をよくいいえたものだろう。この「酒徳頌」では、酒びたりの劉伶じしんを大人先生に、また世俗の礼教を重視する儒者を貴介公子・縉紳処士に、それぞれ擬している。もちろん、貴介公子らのうるさい論難を相手にせず、酒をのみつづける大人先生こそ、偽善的礼教にとらわれぬ自由人の典型だろう。こうした対比によって、居丈高な礼教主義者（儒者）への抵抗や諷刺が表現されている。こうした礼教への抵抗や諷刺を有する点で、劉伶「酒徳頌」は、「銭神論」などの諷刺ふう遊戯文学の先蹤だといってよかろう。

この「酒徳頌」、諷刺性という点では、西晋諷刺ふう遊戯文学との相関に疑問の余地はないが、では、遊戯性という面ではどうだろうか。便宜的に、さきの定型、すなわち対話の枠ぐみ、擬人法、押韻の三つでみてみれば、「酒徳頌」が満足させているのは、押韻だけのようだ。対話の枠ぐみのほうは、「貴介公子と縉紳処士なる者がいる。わが大人先生の評判をききつけ、なぜ評判がよいのかを詮索せんとした」云々のところに、多少は対話らしき印象があるものの、すくなくとも明確な対話ではありえない。また擬人法も、劉伶じしんを大人先生に擬しているが、これは擬人法とはいえないだろう。

このように「酒徳頌」は、諷刺性のつよさにくらべると、遊戯性はとぼしいといわざるをえない。酒びたりの大人先生とか、礼教の士とか、遊戯性をかもしだす材料はそろっているのだが、それをうまく活用していないのだ。たとえば、「ご両人、袂《たもと》をふり襟《えり》をはらい、目をいからせ歯ぎしりし、礼法を強調して、あれこれ議論をふっかける」の箇所などは、礼教の士のうるさい論難ぶりを描写したもので、もうすこし大仰につづったり、皮肉をまじえたりすれば、からかいの気分がでてくるだろう。だが劉伶には、そうしたくふうをする気はなかったようだ。

こうした、遊戯性への無関心な態度は、この作のモデルになったと目される、阮籍の「大人先生伝」でもおなじである。やはり、方外のひとたる大人先生や、褌《ふんどし》のなかの虱《しらみ》（＝礼教をまもる儒者）の比擬など、遊戯性につながる材料は、ふんだんにでてくるのだが、一篇をおおいつくす強烈な抵抗精神のまえには、まったく影がうすい。それゆえ、一篇をよみおえたのち、ユーモラスな作品をよんだという感想は、ほとんどもてないだろう。心理的に余裕がなかったのか、思想的に純粋すぎたのか、阮籍「大人先生伝」や劉伶「酒徳頌」では、尖鋭な抵抗精神がむきだしのまま、権力者のほうにつきつけられているのである。

それに対し、魯褒「銭神論」など西晋の諷刺ふう遊戯文学では、世俗への憤懣や批判精神は有するものの、しかしそれらは、ユーモアの糖衣でやわらかくつつみこまれている。そのため、批判の棘はやわらげられ、「表面的には」ユーモラスな印象を有するにいたっているのだ。このように、とんがった批判の姿勢が表面にでず、内に蔵されていることが、いい意味でも、わるい意味でも、西晋の諷刺ふう遊戯文学の特徴だといってよい。それゆえ、阮籍や劉伶らの世俗批判や文学を、奇矯であり、やぶれかぶれであり、また薄氷をふむがごとき、あやういまでの抵抗だったとすれば、魯褒や左思、陸雲らのそれは、むしろ一歩あとにさがった人びとの、婉曲で余裕のある諷刺だったといってよかろう。

ただ、こうしたちがいがあったにせよ、その両者について、どちらの処世や文学がまさるのかなどと論じるのは、しょせん無意味なことだろう。魏末の奇矯な抵抗者たちも、西晋の諷刺ふう遊戯文学の作者たちも、ともに、あたえられた環境や時代のなかで、けんめいに権力側の恣意に抵抗し、諷刺をおこなったのである。それら、せいいっぱいにいきた人びとに対し、現在の我われが、軽々に批評したり、優劣をつけたりすることなど、できるはずもない。それゆえ本章では、

(1)魏末から西晋にかけて流行した老荘思想は、無力な清談や玄学をうんで、西晋王朝をほろぼすにいたったが、またいっぽうでは、諷刺性と遊戯性とを兼備した、諷刺ふう遊戯文学の傑作群をうみだした。

(2)阮籍や劉伶らの強靱な抵抗精神は、清談や玄学などではなく、この西晋諷刺ふう遊戯文学のほうにこそ、「ユーモアの糖衣でつつまれつつ」うけつがれている。

という二点だけを確認して、ひとまずは筆をおくことにしよう。

注

（1）南朝でも、いろんな遊戯文学が、かかれつづけている。ただ南朝においては、［残存するかぎりでは］散発的にポツポツとかかれたにすぎず、西晋期のごとき密度（短期間に、おおくの諷刺ふう遊戯文学の傑作がうまれた）では、輩出してきていない。その意味で、漢魏六朝をとおしてみても、西晋の時期こそが、諷刺ふう遊戯文学の最盛期だったといってよかろう。

（2）范子燁『中古文人生活研究』（山東教育出版社　二〇〇一）は、『世説新語』排調篇の六十五話について、「だれにむけた、どのような嘲戯なのか」を検討し、当時の嘲戯の風の実態に、するどい考察をほどこされている。それらのうち、「なにに対する嘲戯なのか」については、門地、出身地、生理・容貌、逆境、学識、宗教、性格などがあげられている（二九一～三一一頁）。もって、当時の嘲戯の傾向が推察できよう。

（3）二十四友の個々のメンバーは、政治的立場としては、対立する派閥に属することもあったようだ。そのためか、潘岳と陸機もたがいに、仲がよくなかったという。さらに陸機にいたっては、あろうことか、後年、賈謐を殺害する陰謀にくわわったらしい（賈謐は永康元年〈三〇〇〉に、趙王倫らのクーデターによってころされた。陸機は、そのクーデター仲間の一員だったようだ）。要するに、賈謐と二十四友、そして二十四友の内部でも、真の友愛でむすばれていたわけではなく、ただのよりあい所帯にすぎなかったのである。興膳宏『中国詩文選10　潘岳　陸機』（筑摩書房　一九七三）一七六頁を参照。

（4）『文心雕龍』諧讔篇。本書第四章第一節を参照。ただし、諷刺重視の主張は、前漢の司馬遷も、『史記』滑稽列伝のなかでおこなっている。すると、劉勰の主張は、べつに目あたらしいものではなく、司馬遷以来の常識的なかんがえを、あらためて確認した程度のものだったのだろう。西晋の諷刺ふう遊戯文学の価値は、そうしたかんがえを理屈ではなく、実作としてしめしたところにあったといえよう。

第九章 「嘲」ジャンル論

一 ジャンルとしての嘲

文学作品をジャンルによって分別するのは、漢末魏初のころからはじまった。それ以前にも、『詩経』では収録作品を風、雅、頌に大別し、また『尚書』でも典、謨、訓、誥、誓、命などの区別があった。くだって、『漢書』芸文志の詩賦略では、当時の代表的な文学だった賦を、屈原賦、陸賈賦、孫卿賦、雑賦の四種にわけていた。これらも、広義のジャンル分類だとみなせないことはない。だが多彩な文学作品を、明確な意図でジャンルにわけ、さらに各ジャンルの特有な性格に着目したのは、やはり漢末魏初のころだったとせねばならない。こうしたジャンル論の開始について、褚斌杰『中国古代文体概論』（増訂本　北京大学出版社　一九九〇）はつぎのようにのべている。

わが国のジャンル論は、だいたい魏晋ごろにはじまり、斉梁以後にさかんになった。魏晋南北朝は、わが国の文学が「自覚の時代」にはいりはじめた時期であり、おおくの文章家が出現した。詩文を得意とする文人たちは、みな自分の別集をもっていて、世にひろまっており、しかも、それらの別集は各ジャンルをそなえ、佳作もすくなくなかった。こうしたなかで、諸家の作品を収録した選集が出現してきたのである。『隋書』経籍志にも「選集［の出現］は、建安以後、辞賦がたくさんかかれ、諸家の別集が日ましに増加してきたことに起因する」としるされている。

諸家の各ジャンルの作品を収録した選集の出現は、ジャンルをいかに分類すべきか、という問題を提起することになった。さらに当時、文学がしだいに学術一般からはなれて独立してきたことから、専門に文学を論じた文学批評の著作も、これに呼応するかのように発達してきた。かくして、文学創作に関する問題を検討すると同時に、ジャンルの分類研究も正式に出現してきたのである（緒論第二節「中国古代文体的分類和文体論」）。

右のような総論ふうの解説につづけ、褚斌杰氏は曹丕の「典論」論文をとりあげて、ジャンル論を開始したものだと指摘されている。この「典論」論文によって、まず奏・議、書・論、銘・誄、詩・賦の四科八種が俎上にあがって、文学のジャンルとして認定されたのである。ついで陸機「文賦」によって、ジャンルは詩、賦、碑、誄、銘、箴、頌、論、奏、説の十種に増加し、さらに『文選』によって、三十九種のジャンルに拡大してゆく。『文選』のジャンルわけは、つぎのとおりである（ジャンルの名称やかぞえかたは、右の同書による）。

1賦	2詩	3騒	4七	5詔	6冊	7令	8教	9策	10表
11上書	12啓	13弾事	14牋	15奏記	16書	17移書	18檄	19難	20対問
21設論	22辞	23序	24頌	25賛	26符命	27史論	28史述賛	29論	30連珠
31箴	32銘	33誄	34哀文	35碑文	36墓誌	37行状	38弔文	39祭文	

ジャンルとしての認定や分類については、この『文選』のものが妥当な形態をそなえており、後代の規範となった。もちろん、これでジャンルの議論が収束したわけではなく、これ以外にも同時期の『文心雕龍』をはじめ、後続する各書において、ジャンルの増減や再分類の試みが継続的におこなわれてゆく。だが『文選』のばあいは、作品それじ

たいも収集した選集だったので、後代の選集編纂においては、有力な先行事例となって、あおがれていったのである。
ところで、増減や統廃合をくりかえすジャンル分類の歴史のなかで、六朝の一時期、ジャンルとして認定されながら、やがてきえさっていったものもすくなくない。本章でとりあげようとする「嘲」も、そうしたジャンルのひとつである。すなわち、この嘲は、劉宋のひと、范曄の手になる『後漢書』において、ジャンルとしてみとめられたが、それ以後の『文選』や『文心雕龍』ではジャンルにたてられることなく、そのままきえさっているのである。

周知のように范曄『後漢書』の列伝では、各文人がつづった著作について、「甲の著述せしもの、論、策、奏、教、書など十一篇」とか、「［乙は］賦、頌、碑文、薦、檄、牋など、凡《すべ》て二十三篇を著す」などのように著録している。そうして著録された作品には、詩、賦、奏、書のような通常のジャンルがおおいのだが、なかには祝文、七激、謁文、九咨など、いっぷうかわったジャンルもある。この嘲も、そうしたかわったジャンルのひとつとして、つぎのように著録されている。

［後漢書列伝第三三朱穆伝］［朱］穆、素より剛なり。意を得ざるや、居ること幾《いくばく》も無くして、憤懣して疽を発す。延熹六年に卒す。時に年六十四なり。……著す所の論、策、奏、教、書、詩、記、嘲ら凡そ二十篇あり。

［後漢書列伝第七〇下張超伝］張超、字は子並。河間の鄚の人にして、留侯［張］良の後なり。文才有り。……賦、頌、碑文、薦、檄、牋、書、謁文、嘲ら凡そ十九篇を著す。

これでみると、嘲も、論、策、奏、賦、頌などとならんで、一ジャンルとしてみとめられていたことがわかる。もっとも嘲ジャンルは、ここにしめした朱穆と張超（ともに後漢後半のひと）の両人の伝に著録されるだけで、その他の文人には著録されない。くわえて、嘲がジャンルとして認識されたのは、六朝期をとおして、この『後漢書』列伝だけにとどまるようだ。六朝以後のジャンル論や選集をみても、事情はおなじである。たとえば、ジャンルをもっとも広範に採録した、明の呉訥『文章弁体』や徐師曾『文体明弁』などの書物においても、嘲のジャンルは採録されていない。その意味では、この嘲は六朝の范曄『後漢書』においてだけジャンルとしてみとめられ、それ以後は「ごく少許の作例はあるものの」、文学史上で雲散霧消してしまったといってよいだろう。

論や奏や碑などは、陸機や蕭統によってジャンルとしてみとめられ、以後も継続的につくられていった。それに対し、嘲のほうは、ジャンルとしての認定もその作例も、ごく一時期に浮上しただけで、その後はずっと文学史の底にしずんでしまった。本章は、六朝の一時期にだけジャンルとみとめられ、以後はまったく衰微してしまった嘲について、そのとぼしい作例を検討しながら、ジャンルとしての性格や、文学史上で衰微してしまった原因について、かんがえてみようとするものである。

二　「嘲褚常侍」の内容

嘲とは、いかなる性格をもったジャンルだったのだろうか。名は体をあらわすように、ジャンルはその名称じたいが、みずからの内容を暗示することがおおい。その意味で、嘲が「あざける」の和訓をもっている以上、その内容も、相手を嘲笑するものだったと、まずは推測してよかろう。

しかし、この推測があたっているかどうかは、嘲ジャンルのじっさいの作例に即して、検討せねばならない。ざんねんながら、范曄によって著録された、さきの朱穆と張超との嘲作品は現存していない。だが、各種の類書や厳可均『全上古三代秦漢三国六朝文』などを検索してみると、嘲ジャンルの作例として、繁欽「嘲応徳璉文」、陸雲「嘲褚常侍」、張湛「嘲范寧」の三篇をみつけることができた(1)。そこで、まずはこの三篇を検討してみよう。

はじめの繁欽「嘲応徳璉文」については、第四章で検討しておいたので、ここでは省略する。標題や内容からみて、この作はおそらく、建安七子のひとり応瑒、あざなは徳璉の出自をからかった文章だったろう。希少な嘲ジャンルの作例ではあるが、あきらかに前後の部分が欠けた断片であり、全体の構成がよみとれないことを遺憾とする。

時代的につぎにくるのが、西晋の陸雲の手になる「嘲褚常侍」である。この作品は分量も比較的おおく、嘲ジャンルの作品としては、唯一といっていいほど、首尾一貫した内容を有している。くわえて冒頭に「六年正月」とあり、しかも「呉」という地名もでてくるので、創作年代の推定も容易である。すなわち、陸雲は北方の西晋へ出仕したあと、元康四年にいったん故郷の呉へかえって、呉王晏の郎中令となっている。この作品は、おそらく陸雲がその呉地ですごしていた時期、すなわち元康六年（二九六）の作だろう。

六年正月、前臨川府丞褚為常侍。

君子謂、「呉於是乎能官人」。

官人、国之所廃興也。古之興王、唯賢是与。

呂望漁釣、而周王枉駕。委斯徒而靡好爵、姫姜之族、非無人也。
甯戚叩角、而斉王忘寐。釈短褐而服龍章。親昵之愛、非無懐也。

取彼庸賤之徒、故九賢翼世、有命既集。夫唯能官人之所由也。
登之佐臣之列。五子佐時、匡霸以済。

褚氏大夫之常佐、才則邵矣、而抜出群萃、雖文王登師、亦何以加之。
遠邦之賤司。官実陋矣。超昇階闥。桓公取佐、

『詩』曰「済済多士、文王以寧」、言官人得才也。

褚常侍聞之喜曰、「君子之言、豈虚也哉。吾得此足矣」。

君子謂、「褚常侍於是乎不謙」。謙也者、致敬以存其位者也。謙之不存、徳無柄矣。

世之治也、君子自以為不足。故撙節以求役于礼、敬譲以求安于仁。

世之乱也、在位者自以為有余。故爵豊而求更厚、位隆而欲復広。世之治教、恒由此作。

今褚侯蟬蛻利木、鵠鳴玉堂。不庶幾夙夜、允集衆誉。

而意充於一善、心盈於自足。足則無求、盈則無戒。不求則善遠之、無戒則悪来之、亦何以為君子哉。

『詩』云「戦戦兢兢、如臨深淵」、慎之至也。

褚常侍聞是言也懼、謂之昌言也、而拝之。

君子曰、「褚侯其幾矣。聞善而喜過、又応之懼。嘉服義之賢、拝讜言之辱。規同禹迹、義均罪己。君子哉。呉無君子、斯焉取斯」。

元康六年（二九六）正月、臨川府の丞をつとめていた褚が常侍の官についた。君子は評した。「呉はこれではじめて、人を官に任じることができるようになった」と。

そもそも、人を官に任じることは、一国の興廃にかかわる。古の英主は、賢人だけを任用した。呂尚が魚釣りをしていると、周の文王はわざわざ駕をまげたし、甯戚が牛角を奏するや、斉の桓公は寝るのもわすれたほどだ。そして彼らに政治をゆだねて爵位もあたえ、ぼろ服をぬいで龍の文様の高級服を身につけさせた。姫や姜の一族に、他の才人がいなかったわけではなく、桓公の周辺に、お気にいりがいなかったわけでもない。それでも下層の民を任用し、彼らを重臣に列したのだ。おかげで、周では九賢がそろって世をおさめ、やがて天命がくだったし、また斉でもすぐれし五臣が補佐して、覇道をただして道をあやまらせなかった。周と斉の成功は、賢人を任用できたからこそなのである。

さて、この褚氏は大夫の補佐役で、辺地の下僚にすぎなかった。才幹はすぐれていたが、官はひくかった。ところが同僚のあいだから抜擢されるや、栄達の階段をいっきにかけあがったのである。文王が呂尚を任用し、桓公が甯戚をとりたてたことも、この褚氏の立身ぶりほどではなかった。『詩経』に「済々たる多士、文王は以て寧《やす》し」とあり、ひとを任用して賢人をえたことをいう。褚常侍はこのことばをきいてよろこび、「君子のおことばには、虚言があるはずはありません。私はこのことばをきいて、満足しています」といった。これで君子は評した。「褚常侍はここにおいて、謙遜さをうしなってきた」と。謙遜とは、よくつつしんでおのが官位をたもつことだ。そうした謙遜さがないのは、徳に基盤がないからだろう。

世がおさまるのは、君子がいつも過ちはないかと気にかけているからだ。だから法度をまもり礼によって政務にはげみ、謙遜して仁義によって安寧をもとめようとする。逆に世がみだれるのは、支配者が自信をもちすぎるからだ。だから爵位がありながら、より高爵をもとめ、官位がたかいのに、いっそう高官をもとめようとする。世の治績は、こうした姿勢の相違から発生するのだ。

いま褚侯は、樹枝にとまるセミの脱け殻のごとく、世俗から超越したふりをし、玉堂のなかで鵠のごとく鳴き声をあげている。夙夜努力などする気もないのに、名誉があつまってくるので、ちっぽけな善事で満足し、心はみちたりている。そもそも自足すれば向上心はなくなり、みちたりれば自戒することもなくなる。向上心がなくなれば、善事からとおざかってしまうし、自戒しなければ、悪事にそまりやすい。これではどうして君子などといえようか。

『詩経』に「戦々恐々として、深淵に臨む如し」とあるが、これは慎重の至りである。褚常侍はこのことばを耳にするや、おそれおののき、善言だとおもって重視している。これで君子はいわれた。「褚侯はこの境地にちかづいているぞ。善事をきいてはすごくよろこび、おそれつつしんでいる。彼は義人の徳望をよみし、忠言のにがさをおしいただいている。その模範ぶりは禹の事迹とおなじほどだし、その義人ぶりは自己を罰するほどだ。まことに君子だなあ。呉に［真の］君子がいなければ、とりあえずこの程度の人物でも任用するがよかろう」。

一読してわかるように、この作は、定見もなく右顧左眄するだけの褚常侍なる人物を、意地わるく嘲笑したものである。褚常侍の小役人ぶりは、たしかに「一言を聞けば則ち自ら勝《た》えず、一語を聴けば又懼《おそ》れて伏し拝む」（林芬芬『陸雲及其作品研究』〈文津出版社　一九九七〉一三二頁）と称されるにふさわしい。すなわち、作中の褚某なる人物は、微官から常侍の官につくという、異例の抜擢をこうむった（文中で、呼称を「褚→褚氏→褚常侍→褚侯」と段階的に上昇させているのは、官位の上昇を暗示させているのだろう）。ところが、彼は「済々たる多士、文王は以て寧《やす》し」の古言をきくや、すっかり自分を大人物だとおもいこんで、謙遜する気もちをうしなってしまう。かくして彼は、いまの地位に満足し、自戒の念もすっかりうしなってしまった。しかし、彼の小心なること、善言をきけば、おそれて恐縮することだけはわすれない――こうした褚某の描写をしたあと、陸雲は一篇の最後に、「君子」のことばに託して、つぎのような皮肉なことばを呈する。「君子哉。呉無君子、斯焉取斯」。おもてむきは、「君子だなあ」と賛嘆しているようにみせかけながら、すぐつづけて、「呉に［真の］君子がいなければ、とりあえずこの程度の人物でも任用するがよかろう」とからかっているのである。とうぜんながら、このからかいは褚常侍ひとりでなく、朝廷に跋扈する無能な小役人全体に対して、むけられたものだろう。

この作でおもしろいのは、そうした褚常侍の小役人ぶりが、各所にちりばめられた賢人の故事や、おもおもしい経書語彙（『詩経』を引用するが、『左氏伝』の語句もおおい。君子の評言を文中に挿入するのも、『左氏伝』の模倣だろう）によって、重厚にえがかれていることだ。こうしたわざとらしい「軽薄↕重厚」のアンバランスさが、文中の反語ふう語気（褚常侍をたたえているようで、じっさいは軽蔑している）をきわだたせ、作品全体に皮肉な雰囲気をかもしだしている。

つぎに、東晋の張湛の手になる「嘲范寧」をみてみよう。この作品は『晋書』巻七十五にのせられているが、つぎのようなまえがきふう記述がある。「范寧が眼疾をわずらった。そこで彼は、中書侍郎の張湛に眼疾の治療法をもとめた。すると張湛は、あざけっていった」。これにつづいて、張湛「嘲范寧」が引用されている。

その文章は、まず「古方」（ふるくからつたわる治療法）の来歴を、つぎのように仰々しく説明する。この「この古方は、宋の陽里子がわかいころにあみだして、魯の東門伯にさずけた。魯の東門伯はさらにこの術を左丘明にさずけ、世々つたわるようになった。漢の杜子夏、鄭康成、魏の高堂隆、晋の左思などは、みな眼疾をわずらっていたので、彼らもこの術をまなんだということだ」。では、この春秋以来の由緒ある「古方」なるもの、どんなすごい治療法なのかと気をもたせるが、じつは、つぎのようなものなのである。

用損読書一、減思慮二、専内視三、簡外観四、旦晩起五、夜早眠六。凡六物熬以神火、下以気簁、蘊于胸中七日、然後納諸方寸。修之一時、近能数其目睫、遠視尺捶之余。長服不已。洞見牆壁之外。非但明目、乃亦延年。

まずは読書しすぎないことが第一。かんがえすぎないことが第二。内心をおもんじることが第三。外見を簡略にすることが第四。朝はおそくおきることが第五。夜ははやく寝ることが第六。
　この六つを神火でぐつぐつ煮て、気簁（空気のふるい？）におろす。それを胸中につつみこむこと七日、そのあとで汝の心のなかに服用せよ。これを実行すれば、ちかくは目の睫毛もみわけ、とおくはむちの先端まで判別できることじゃろう。これをながくつづければ、牆壁の外もみとおせようし、また目によいだけでなく、長生きもできることじゃろう。

　この古方なるもの、なんのことはない、要するに「ほどほどにせよ」という治療法？　なのである。文中に道教ふうの言辞をまぶしているが、ふかい意図でつかったものでなく、たんなる文飾にすぎないだろう。おもうに、范寧はこの時期、いつも熱心に読書し、ふかくかんがえすぎ、そして夜おそく寝て朝はやく起床するという、精励恪勤なる日々をすごしていたのだろう。そうした范寧に対し、張湛は「そんなに根をつめて努力しているから、眼もいたくなるんだ。ほどほどにして、なまけたらどうか」と、ユーモラスにからかっているのである。

三　遊戯的なからかい文

　さて、残存する嘲ジャンルの三篇を概観してきた。これによると嘲の作品は、たしかに他人をあざけった内容を有しているといってよかろう。だが、そうとはいっても、これらの三作は、完膚なきまでに罵倒しようというのではなく、どこか微諧をただよわせた、揶揄やからかいというべきものだろう（前後が欠けた繁欽「嘲応徳璉文」も、おそらくはユーモアをこめた作だったろう）。その意味で嘲ジャンルは、むしろ「遊戯性をもったからかい文」だと、理解したほうがよいようにおもう(3)。

右の推測は、漢魏六朝期のできごとを叙した史書からも、傍証を補充できそうだ。すなわち、この時期の史書を検索してみると、とくに漢末魏初以後の時期に、とつぜん「嘲」字の用例がたくさん出現してきている。それら「嘲」字の用例は、会話の引用のさいに、「嘲りて曰く」のような形式でつかわれていることがおおい。比較的はやい時期の例をひとつしめしてみよう。

辺韶字孝先、陳留浚儀人也。以文章知名、教授数百人。韶口弁、曾昼日仮臥。弟子私嘲之曰、「辺孝先、腹便便。嬾読書、但欲眠」。韶潜聞之、応時対曰、「辺為姓、孝為字。腹便便、五経笥。但欲眠、思経事。寐与周公通夢、静与孔子同意。師而可嘲、出何典記」。嘲者大慙。韶之才捷皆此類也。

辺韶、あざなは孝先は、陳留の浚儀の出身である。学問で名をしられ、数百人の学生に講義をほどこした。彼はよく弁がたったが、あるとき、昼間からウトウトねむってしまった。すると、弟子がこっそり、あざけっていった。「辺孝先は、お腹が［いっぱいで］つきでて、勉強するのもものうくなって、おねむりなされたぞ」。辺韶はこれを耳にするや、つぎのように弟子に応じた。「辺は姓、孝は字じゃ。わしのお腹がでているのは、五経がいっぱいつまっているからで、わしはひとねむりして、経書の解釈をかんがえようとしたのじゃ。ウトウトしては夢で周公と議論し、横になっては孔子と意気投合しておったのじゃ。そもそも師をからかってよいとは、いったいどの経典にかいておるのかの」。

からかった弟子は、すっかりはじいってしまった。辺韶の口弁のすぐれたさまは、すべてこのたぐいであった。

昼寝をめぐる辺韶と弟子との、ユーモラスな対話である(4)。この話は『後漢書』第七十上文苑伝が初出だが、『太平広記』巻二百四十五「詼諧」や笑話集の『啓顔録』にも、採録されている（『太平広記』の文は第四章でも紹介した）。おそらく、ユーモラスな話として、当時から注目されていたのだろう。ここに「嘲りて曰く」とあるが、ユーモラスな内容や後代での扱いからかんがえて、「嘲」とあっても、それは文字どおりの「あざけり」ではなく、遊戯性をまじえたからかいふう発言だったと推測できよう。

さらに、漢末魏初の「嘲」字をともなう会話になると、いっそうユーモラスな話柄がおおくなる。それらについて、内容は略してその枠ぐみだけをあげてみよう。

○［魏志巻一六注］［吉］茂、［蘇］則に見《まみ》え、之を嘲りて曰く、「……」。則笑いて曰く、「……」。

○［魏志巻二一注］［魏文帝］書に因りて［劉］楨を嘲りて云う。「……」。楨答えて曰く、「……」。楨の辞旨巧妙なること皆な是《か》くの如し。是《これ》に由りて特に諸公子の親愛する所と為る。

○［蜀志巻四一注］［何］祇を嘲りて曰く、「……」。祇曰く、「……」。衆は之を伝えて、以て笑いと為す。

○［呉志巻四七注］魏文帝は酒酣《たけなわ》に因りて、嘲りて問いて曰く、「……」。［陳］化対えて曰く、「……」。帝曰く、「……」。化曰く、「……」。帝笑えり。

○［呉志巻五三］西使の張奉……［闞］沢を嘲るも、沢答うる能わず。［薛］綜は下りて酒を行い、因りて酒を勧めて曰く、「……」。是に於いて衆坐喜笑せり。

これらの用例によっても、「嘲」字をまじえた会話のおおくは、「笑いて曰く」や「親愛する所と為る」「衆坐喜笑せり」などの反応や結末を、みちびきだしていることがわかろう。じっさい、引用を略した……の会話部分は、さきの辺詔と弟子の話柄と同様の、ユーモラスな内容なのである。(5) つまり、漢末魏初の時期においては、「嘲《あざけ》りて曰《いわ》く」とあっても、その実態は嘲罵ではなく、「あざけり」というつよい語感でもなく、もっとやわらかい「からかい」ぐらいだったのだろう。このような「嘲」字の用例からみても、嘲ジャンルは「遊戯性をもったからかい文」だったと推定してよいようにおもう（形式的には、句形は雑言体。韻は、繁欽・陸雲・張湛の作は無韻で、辺韶「対嘲」は有韻。すると押韻は自由だったのだろう。また擬人法も使用していないので、諷刺ふう遊戯文学としては典型的とはいえない。第八章第五節を参照）。

かく「嘲」字の用例が、漢末におおく発生したのは、第四章でものべたように、この時期が、それまでの強固な儒教思想による束縛がよわまって、開放的で自由闊達な通脱の風潮がひろまっていたことと、かかわっているに相違ない。本章が注目している嘲ジャンルは、こうした「嘲りて問いて曰く……。対《こた》えて曰く……。帝は笑えり」のごとき会話がかわされている時期に、文章ジャンルとしての地位を確立してきたのである。

四　「解嘲」と嘲

では、「遊戯性をもったからかい文」たる嘲の文章は、時期的にみると、後漢後半の朱穆や張超らがつくったという作（とも現存せず）が、もっともふるいのだろうか。それ以前に、先蹤はありえないのだろうか。そうした疑問をもって、さらに「嘲」字の用例をさかのぼってゆくと、前漢末の有名な文人、揚雄の「解嘲《かいとう》」という作品にたどりつく。この「解嘲」（嘲りを解く）という名称は、さきの辺韶「対嘲」（嘲りに対《こた》う）と類似した標題をもっており、漢末魏初の嘲ジャンルともなにか関係がありそうだ。

この揚雄「解嘲」は、一篇全体が客と揚雄との対話で構成されている。まず冒頭に「客、揚子を嘲りて曰く」とあって、以下に客のあざけりのことばがつづいている。この客のあざけりは、辺韶「対嘲」における弟子の発言四句と同種のものだが、量的にはなかなかおおい。すると、この客のあざけりを、「嘲」の作例とみなすこともできよう。「解嘲」はそれじたい一篇の作品なので、ほんらい篇中の一部をとりあげるのは具合がわるい。だが、この「解嘲」中の「嘲」こそ、嘲ジャンルの源流のひとつではないかとおもわれ、これを無視するわけにはいかない。そこで、無理を承知のうえで、「解嘲」中の「客、揚子を嘲りて曰く」の部分を以下にあげてみよう。

> 吾聞上世之士、人綱人紀。不生則已、生則
>　　上尊人君、
>　　下栄父母、
> 析人之圭、懐人之符、紆青拖紫、朱丹其轂。
> 儋人之爵、分人之禄、
> 今子幸得遭明盛之世、与群賢同行、歴金門上玉堂、有日矣。
>　　処不諱之朝、
> 曾不能画一奇、上説人主、目如燿星、壹従壹衡、論者莫当。
>　　出一策、下談公卿。舌如電光、
> 顧黙而作太玄五千文、支葉扶疏、独説十余万言。
> 深者入黄泉、大者含元気、
> 高者出蒼天、繊者入無倫。
> 然而位不過侍郎、擢纔給事黄門。意者玄得毋尚白乎。何為官之拓落也。

私は、つぎのようにきいている。上代の士は、世人の模範だった。この世にうまれねばしかたないが、いったんうまれおちるや、上は人君を崇敬し、下は父母を顕彰した。そして主君と玉をわかちて爵位をたまわり、

割符をもって俸禄をいただき、青や紫の印綬をおび、朱塗りの馬車にのったものだ、とね。

いま君は、運よく盛世にであい、諫言しやすい朝廷におつかえしている。そこで賢者と仲間になったり、金馬門をとおって玉堂に出入りしたりして、もうずいぶんになるよ。それなのに、君は奇策ひとつ、朝廷に献じたことがないじゃないか。そのうえ君ったら、うえは主君に説き、したは群臣と議論する、目は星のようにかがやき、舌は電光のようにきらめく、合縦かとおもえば連衡し、論難者もまったく歯がたたぬ——そんなはたらきも、まったくダメだよね。

ところが、そんな君がひたすら沈黙し、『太玄』五千言をかきあげた。そこでは、くわしい議論を展開して、十余万言におよんでいる。そして、ふかきは黄泉までいたり、たかきは蒼天までいたり、おおきくは元気をふくみ、ちいさくは比類のないほどだよね。それなのに、君の地位はたかだか侍郎にすぎず、せいぜい給事黄門に抜擢されただけ。私がおもうに、「『太玄』をかいたりしているが」君のいう玄は、じつはまだシロイんじゃないのかな。どうしてそんなに、しがないポストのままなのかね。

これが、客の「嘲」である。揚雄「解嘲」はこの嘲のあと、主人の揚子の反論が「揚子笑いて之に応えて曰く」とつづく。こうした両者の応酬がつごう二回くりかえされて、一篇をかたちづくっているのである。ただ全体的にみたばあい、「解嘲」は、揚子の反論が分量的におおく、内容も充実しているといってよい。つまり、主客応酬によるこの「解嘲」は、実質的には主人側の反論が、中心部をしめているのだ。その意味で、客の「嘲」なる部分は、中心部たる主人の反論をよびおこす、一種の呼びみずの役わりをはたしているといえよう。

ところで、右の「嘲」の行文を検討してみよう。まず文章じたいをみれば、不規則ながら押韻し、対偶的句法もおおいことに気づく。前漢末という時代を考慮すれば、すばらしい装飾ぶりだといってよかろう。つづいて、内容のほうをみてみると、客のあざけりの趣旨は、揚子は盛世の朝臣となりながら、なんの功績もたてられない。『太玄』なる著作をつくったが、それでもあいかわらず官位はひくいまま。いったいなにをしているのか——ということである。このあざけり、表面上は文字どおり嘲笑の語気にみちているが、じつはその底には、べつの気分がながれている。それは、遊戯的な気分であって、客のあざけりの末尾、「意《おも》うに玄は尚《な》お白きこと毋《な》きを得んや」に、その語気がよくあらわれている。すなわち、ここの「玄」は、「奥ぶかい道理」の意をもつとともに、「くろい」の意もあわせもつ。揚雄はその両様の意にひっかけて、客に「〔『太玄』をかいたりしているが〕君のいう玄は、じつはまだ〔奥ぶかい道理にいたってなくて＝玄《くろ》くなくて〕シロイんじゃないのかな」と、皮肉をいわせているのである。このように揚雄は、双関のあそびをつかって、この「嘲」の文に遊戯的気分をおびさせているのだ。(6)

じっさい、この「解嘲」は、劉勰によって「雑《まじ》うるに諧謔を以てす」（『文心雕龍』雑文）と評されているように、ここ以外でも、篇中の各所にユーモラスな表現がおおい。その意味でこの「解嘲」は、じゅうぶん遊戯文学ふうな側面も有しているのである。これを要するに、「解嘲」は、

(1)「客嘲揚子曰……。揚子笑而応之曰……」のように、「嘲」と「笑」とが対応している。

(2)主客の応酬の行間に、しばしば遊戯的な表現がまじる。

の二点において、漢末魏初の遊戯的な会話や辺詔「対嘲」との類似がうかがえ、ひいては嘲ジャンルの先蹤ではないかとおもわれるのである。

この「解嘲」は、『文選』にも採録されているが、そこでは設論というジャンルに分属している。その設論ジャンルには、この「解嘲」のほか、東方朔「答客難」と班固「答賓戯」の二篇が採録されており、また『文心雕龍』雑文篇によると、さらに宋玉「対楚王問」という作品が、源流的作品として存在することになる。(7)では、この設論ジャン

ルと嘲ジャンルとは、どのような関係になるのだろうか。嘲ジャンルの先蹤さがしは、揚雄「解嘲」までさかのぼることによって、さらに、設論ジャンルとの関係はどうなのかという、あたらしい問題にぶつかったことになる。

もっとも、設論ジャンルの詳細については、近時に信頼するにたる研究が出現したので、いまはそれに依拠することにしよう。すなわち、佐竹保子『西晋文学論』（汲古書院　二〇〇二）二四～五〇頁の議論によりながら、設論ジャンルの性格をまとめてみれば、設論ジャンルは、(1)「（客の非難＋主人の反論）×n」という主客応酬の構造を基本とする。(2)内容は、官位の昇降や出処進退など、ひとの生きかたを主題とする。(3)原則として韻をふむ。(4)遊戯的な要素をもつ――という特徴をもっていることになろう。

こうした特徴をふまえながら、設論ジャンルの大要を説明してみよう。すると、設論では、まず客が主人（おおくは作者の分身である）の生きかたを攻撃する。そのさいは「嘲《あざ》ける」以外に、「難ずる」（東方朔「答客難」）、「戯れる」（班固「答賓戯」）、「譏《そし》る」（崔寔「答譏」）などの語もつかわれる。そうした客の非難に対し、主人のほうが反論する。この主客による一、二度の応酬をへながら（「答客難」や「解嘲」など初期の作においては、この応酬の行間にしばしばユーモアがちりばめられ、遊戯的な雰囲気をただよわせている）、けっきょくは主人の生きかたが弁明されたり、正当化されたりして一篇が結束する――ということになろう。

こうした設論の文章は、初期の賦ジャンル、つまり宋玉ら宮廷文人たちの手になる、遊戯文学ふうな韻文作品によく似ている。右の(2)生きかたが主題という点をのぞけば、設論と宋玉の賦とはほぼ一致するといってよい。すると、設論ジャンルは、発生当初の賦がそうだったように、王の目前で、第三者から素行を非難された宮廷文人や幇間たちが、ことばたくみにその非難に反論するという、対話形式による娯楽ふうの作品だったのだろう。そうだとすれば、設論ジャンルは、もともと宋玉「登徒子好色賦」などとかわりばえのせぬ、遊戯的な文学だった可能性がたかい（おなじ宋玉の作である「対楚王問」を、設論ジャンルの源流だとみなせば、ますます賦との親近性が実感されてこよう)。これを要するに、設論ジャンルの成立については、ひとまずつぎのようにかんがえておこう。すなわち、宋玉のころ、遊戯的文学だった賦ジャンルのなかで、みずからの帮間的生きかたを自己弁護した内容のものが、何篇かかかれていた。のち、それらがしだいに、ひろく生きかた一般を論じる文学へと収斂していって、独自のスタイルを形成しはじめた。やがて六朝期にはいると、それら一群の作を設論と称して、賦とはべつの独立したジャンルだとみなすようになった――と(8)。

「解嘲」を設論ジャンルの作だとし、さらに設論の成立を右のようにかんがえると、嘲ジャンルの成立経過も、おのずから浮きぼりになってくるようだ。つまり、第四章でのべたように、漢末魏初の時期になると、清峻さや通脱をおもんじる自由闊達な風潮が蔓延してくる。その風潮に刺激されるかたちで、当時の知識人たちは、じゅうらいの儒教的価値観へ、つよい疑念をいだくようになった。そうした批判精神おうせいな彼らには、「(客の非難+主人の反論)×n」の構造をもつ設論ジャンルのうち、とくに「客の非難」部分がおもしろく感じられ、重宝がられるようになった。その結果、この「客の非難」部分が肥大化し、ときに「客の非難」部分が分離して、単独でつくられるようになった。それがけっきょく、嘲[や、さらに同類の難や戯や譏など]のジャンルに発展していったのではないだろうか(9)。

五　成立と衰滅

だが、設論ジャンルから独立したかにみえた嘲ジャンルも、ながつづきしなかった。さきにもみたように、ジャンルとみとめたのは范曄『後漢書』だけであって、六朝期の選集や文学批評では、嘲をジャンルにたてていない。嘲の作品は散発的につくられたものの、［亡佚したものがあったとしても］ジャンルとしてみとめられるほどの分量では、なかったからだろう。(10)つまり、「遊戯性をもったからかい文」としての嘲ジャンルは、誕生したかとおもうと、すぐに衰微してしまったのだ。現代の我われからみれば、おもしろい内容をもち、いかにも発展してゆきそうにみえるこの嘲ジャンルは、なぜ継承されることなく衰微していったのだろうか。

第一に指摘すべきなのは、嘲ジャンルの構成的な不完全さだろう。設論がよい例だが、この種の文章は批判と弁明とがそろって、はじめて首尾一貫する文章であって、ほんらい単独ではなりたちにくいジャンルなのである。つまり、相手がたを一方的に批判するだけで、それに対する反論がいっさいなければ、内容的に完結していない印象をあたえやすいのだ。くわえて、主客応酬によって生じてくる遊戯性もなくなってしまい、文学としての興趣がとぼしくなってしまう。その意味では、嘲の母体となった［とおぼしき］設論ジャンルが、「（客の非難＋主人の反論）×n」という主客応酬を基本構造としていたのは、けっして偶然ではなかったのである。そうした、それじたい過不足なく調和した設論の構造のなかから、「客の非難」の部分だけをぬきだして一篇とすることは、そもそもが無理があったといわねばならない。

「（客の非難＋主人の反論）×n」の構造が、遊戯性をかもしだすのに重要だった好例として、嘲と同類だと目される責ジャンルの「頭責子羽文」（『世説新語』排調）をとりあげてみよう。これは、西晋の張敏による遊戯文学であり、嘲の「遊戯性をもったからかい文」という定義づけにも、じゅうぶんかなう作品である。この作がかかれた動機については、序文がその意図をよく説明している。すなわち、秦生、あざなは子羽という人物は、自分の売り込みがへたで、なかなか出世できない。そのくせ、志だけはたかく泰然自若としている。さらに、彼がわかいころに交際した六人の友人たちは、自分が立身しているのに、秦生をすこしもひきたててくれない。そこで秦生の友人たる私こと張敏は、秦生の容貌がりっぱなのにかこつけて、この文をつくって彼の六人の友人たちをからかった――という。こうした序文につづいて、本文がはじまるが、本文は設論に似た主客の応酬で議論が展開されてゆく。ここでは非難する客は、主人公の秦子羽のりっぱな頭（擬人化されている）であり、非難される主人は秦子羽そのひとである。

まず、冒頭では、秦生の擬人化された頭が、秦生本人をからかう「責」の文章がくる。

維泰始元年、頭責子羽曰、

吾託子為頭、万有余日矣。大塊 稟我以精、
造我以形。

我為子 植髪膚、安眉須、
置鼻耳、插牙歯、 眸子摛光、
双顴隆起。毎至 出入人間、
遨遊市里、 行者辟易、
坐者竦跽、

或称君侯、
或言将軍、 奉手傾側、
佇立崎嶇。 如此者、故我形之足偉也。

子 冠冕不戴、
金銀不佩、 釵以当笄、
帢以代幗、 旨味弗嘗、食粟茹菜、隈摧園間、糞壌汚黒、歳莫年過、曾不自悔。

子厭我于形容、
我賤子乎意態。 若此者乎、必子行己之累也。

子遇我如讎、
我視子如仇。 居常不楽、両者倶憂。何其鄙哉。

子欲為仁賢也、則当如皋陶后稷、保乂王家、永見封殖。
　　　　　　　　　　巫咸伊陟、
子欲為名高也、則当如許由子臧、洗耳逃禄、千歳流芳。
　　　　　　　　　　卞随務光、
子欲為遊説也、則当如陳軫蒯通、転禍為福、令辞従容。
　　　　　　　　　　陸生鄧公、
子欲為進趣也、則当如賈生之求試、砥礪鋒穎、以幹王事。
　　　　　　　　　　終軍之請使、
子欲為恬淡也、則当如老聃之守一、廓然離俗、志陵雲日。
　　　　　　　　　　荘周之自逸、
子欲為隠遁也、則当如栄期之帯索、棲遅神丘、垂餌巨壑。此一介之所以顕身成名者也。
　　　　　　　　　　漁父之瀺灂、
今子上不希道徳、塊然窮賤、守此愚惑。
　　中不效儒墨、
察子之情、退不能為処士、而徒翫日労形、習為常人之所喜、不亦過乎。（八十一句）
観子之志、進無望于三事。

（要約）私があなたに身を託して、あなたの頭となってから一万日（二十七年）あまり。せっかくりっぱな容貌にしたててあげたのに、あなたは私をいやがってばかり。そのうえ、あなたは立身の意欲がぜんぜんなく、なんの努力もしないので、いつまでたっても、うだつがあがらない。なんとまあ、なさけないことではないか。
こうした頭のあざけりに対して、秦子羽本人はふかくかんがえこんでしまい、つぎのようにこたえる。

于是子羽愀然深念而対曰、

凡所教敕、謹聞命矣。以受性拘係、不聞礼儀、設以天幸、為子所寄。

今 ┌欲使吾為忠也、即当如伍胥屈平。欲使吾為介節邪、則当赴水火以全貞。
　 └欲使吾為信也、則当殺身以成名。

此四者、子之所忌。故吾不敢造意。（十五句）

（要約）お説は、まことにごもっとも。だが、自分の名をあげるには、忠義をつくしたり、信義をまもったりせねばならぬ。私は、そんなつらいことは、とてもようしないのだ。

ふたたび頭が、秦子羽にいう。

頭曰、子所謂天刑地網、剛徳之尤。┌不登山抱木、
　　　　　　　　　　　　　　　　└則褰裳赴流。

吾欲┌告爾以養性、而以蟣蝨同情、不聴我謀。悲哉。倶寓人体、而独為子頭。
　　└誨爾以優遊、

且擬人其倫、喩子儕偶、子不如┌太原温顒、┌范陽張華、┌南陽鄒湛、
　　　　　　　　　　　　　　└潁川荀寓、└上郡劉許、└河南鄭詡。

此数子者、┌或謇吃無宮商、┌或淹伊多姿態、┌或口如含膠飴、
　　　　　└或尫陋希言語、└或讙譁少智諝、└或頭如巾齏杵。

而猶文采可観、意思詳序、攀龍附鳳、並登天府。

夫┌舐痔得車、豈若夫子徒令┌脣舌腐爛、
　└沈淵得珠。　　　　　　└手足沾濡哉。

居有事之世、而恥為権謀、譬猶鑿池抱甕、難以求富。嗟乎子羽。

何異┌牢檻之熊、石間飢蟹、竇中之鼠。事力雖勤、見功甚苦、
　　└深穽之虎、

宜其拳局煎蹙、至老無所希也。支離其形、猶能不困。非命也夫、豈与夫子同処也。（五十一句）

（要約）せっかく忠告してやっているのに、なんとまあ、強情なことか。あなたの六人のお友だちは、なんの才能もないのに、ただおべっかだけでもって、官位にありついているというのに。あなたは年寄りになるまで、そんな調子でやっていくつもりなのか。ああ、そんなあなたとは、私はとてもいっしょにやっていけない。

これでおわりである。すぐわかるように、この作は、擬人化された頭と秦子羽本人との応酬から構成されている。そして頭の「責」部分が二回あって、分量も百三十二句（八十一句＋五十一句）とおおいのに対し、秦子羽本人による反論は一回にすぎない。分量もわずか十五句で、内容的にもよわよわしい弁解でしかない。設論では、主人公の反論が中心になるはずだが、この作では、頭の「責」が中心になっており、主人公の反論のほうは付録のようなものにすぎない。この作が、設論と類似した内容や構成でありながら、「頭責子羽文」（頭　子羽を責《せ》むる文）と題されて、設論ふうの「答頭責」（頭の責むるに答う）や「解責」（責むるを解《と》く）のように題されていないのは、おそらくこのあたりに原因があったのだろう(11)。

この作品のユーモア（諷刺性のほうは、いまはかんがえない）は、つぎの二点に由来しよう。ひとつは、頭を擬人化し

て本人と対話させるという奇抜な発想であり、そしてもうひとつが、いま問題にしている主客応酬によるおもしろさである。前者の奇抜な発想も魅力的だが、ここでは後者、すなわち、この作品がわずかであるにせよ、秦子羽本人の弁解を消滅させず、主客応酬の形式を保持していることのほうに、注目したい。一篇の遊戯文学としてみたとき、この作品が主客応酬の枠ぐみをすてなかったことは、まことに適切な措置だったといってよい。というのは、この作は、頭の非難だけでなく、子羽の弁解もふくんでいたからこそ、

（頭）長大でつよい非難
⟷
（子羽）短小でよわよわしい弁解

の対比がよくきいて、皮肉たっぷりの遊戯文学の傑作となれたのだから。遊戯文学の流れからみれば、この「頭責子羽文」は、同時期の陸雲「嘲褚常侍」「牛責季友文」（ともに、一方的な非難の文章である）よりずっと有名であり、じっさいすぐれているといってよいが、その理由の一斑は、この主客応酬の枠ぐみの保持と、それがかもしだす諧謔味とにもとめられよう。それぐらい、この種の遊戯文学では主客応酬の構造が、遊戯性をかもしだすのに、重要なはたらきをしているのである。(12)

さて、嘲ジャンルが継承されることなく、衰微してしまった原因の第二として、ジャンルとしてのかけがえのなさがなかった、ということもあげねばならない。というのは、すでにみてきたように、嘲にはこれ以外に「設論で使用されていた」責、難、譏などの類似ジャンルがおおかった。その意味で、「遊戯性をもったからかい文」をつづろうとすれば、どうしても嘲ジャンルでなければならない、という必然性がとぼしかったのである。くわえて、メジャーなジャンルである賦や論（たとえば「逐貧賦」や「銭神論」）においても、嘲と同種の「遊戯性をもったからかい」の内

容を、もりこむこともできなくはなかった。これでは、嘲ジャンルの存在価値は、たかまってくるはずがなかっただろう。

だが第三に、嘲ジャンルが衰微した最大の、そしてもっとも根本的な原因としては、やはり中国文学における遊戯文学の軽視ということが、あげられねばならないだろう。本書の各所で論じてきたように、政教に資する文学をよしとした中国においては、そもそも遊戯性をもった文学じたいが、かろんじられていた。その意味で、嘲ジャンルが「遊戯性をもったからかい文」だった以上、あまり重視されなかったのは、とうぜんのことだったのである。

以上、嘲ジャンルについて概観してきた。本章でのべてきたことをまとめれば、嘲の文章は、もともとは、賦から枝わかれした［主客応酬や遊戯性を特徴とする］設論ジャンルの、さらにその一部分（客の非難部分）に端を発するようだ。ところが漢末魏初のころ、通脱の気風が浸透するに応じて、知識人のあいだで批判精神がたかまってきた。そうした機運に乗じて、いちどは設論から「嘲」ジャンルとして独立したかにもみえた。しかしこの種の文学は、［設論がそうであるように］批判と弁明とがそろってはじめて首尾一貫する文章であって、ほんらい単独では自立しにくいジャンルだった。そのため、ジャンルとして自立したかとおもうと、すぐさま衰微してしまった――ということになるだろう。

では、その後、嘲はまったく文学の世界からきえさってしまったのかといえば、それはそうではない。自立したジャンルとしてはあっけなく衰微したが、主客応酬の構造をもつ文学作品のなかで、主人の発言をよびおこしたり、遊戯性をかもしだしたりする、からかいふう行文として、この種の文章は［たとえ「嘲りて曰く」とは明示されなくても］、依然として有用でありつづけたのである。

注

（1）標題が「嘲〇〇」であるものをさがした。類似したものとして、北斉の無名氏に「戯嘲陽休之」という作例があり、また「責〇〇」などのたぐいもあったが、ここではいちおう除外しておく。

（2）陸雲「嘲褚常侍」でからかわれている褚常侍とは、だれをさしているのか未詳。陸雲の周辺には、褚陶（あざなは季雅）というひとがいるが、これは有能な人物であるし、元康六年に呉国の常侍の官についたという事迹もない（『晋書』巻九二文苑伝、『世説新語』賞誉）。この褚陶にむけて、冗談でこうした文章をつづった可能性もないではないが、やはりおそらくは別人の褚某（もしくは、まったくの架空の人物）に対する作だろう。

（3）嘲ジャンルに言及した論文に、龔斌「建安諧隠文学初探」（「まえがき」参照）がある。この龔論文でも、嘲ジャンルの性格について、「嘲はどのジャンルに属するのか、その作例が佚しているので、よくわからない。それでもユーモラスな文章だと断定してよかろう」と推定している。

（4）この辺韶と弟子との対話は、いっけん口頭のことばのようにおもわれる。だが厳可均『全後漢文』は、「弟子私嘲之曰……出何典記」の部分を、辺韶作の「対嘲」と題して採録している。揚雄「解嘲」もこれとおなじ構造を有しているので、書面文学として「対嘲」をとりあげるのも、ひとつの見識だろう。

（5）これら「嘲」をつかった会話は、口頭でのことばとみなされたせいか、厳可均の編纂した『全三国文』のなかには収録されていない。もっとも、厳可均が文章作品として採録する辺韶「対嘲」や繁欽「嘲応徳璉文」も、口頭のことばとみなせないこともなく、口頭の会話と書面の文章作品との弁別は、なかなかむつかしい。

（6）揚雄「解嘲」の文学的性格については、谷口洋「揚雄の解嘲をめぐって――設論の文学ジャンルとしての成熟と変質」（『中国文学報』第四五冊　一九九二）にくわしい。そこでは、「解嘲」の遊戯性についても論及されている。

（7）『文心雕龍』雑文篇では、宋玉「対楚王問」以下の作を設論ではなく、「対問」と名づけている。設論ジャンルの名称や定義づけは、当時もゆれていたようだ。

（8）設論のジャンルは、賦に包含されて論じられることがおおい。とくに、近時の中国の文学史関連の書物は、馬積高『賦史』

をはじめ、おおく設論の諸作を賦ジャンルとしてあつかっている。

（9） 嘲ジャンルを設論から分離したものとかんがえると、陸雲「嘲褚常侍」や張湛「嘲范寧」、さらには張敏「頭責子羽文」などの内容も、設論の特徴である生きかたの問題と、かかわっているように感じられなくもない。嘲ジャンルと設論ジャンルとの関連の、多少の傍証になろうか。

（10） 嘲ジャンルの作例はたいへんすくなく、六朝期の作で現存するものは、本章であげた三篇のみである。ただし、嘲と同類と目される責、難、戯、譏などのジャンルをふくめれば、作品数はもっとふえることになる。とくに難は、六朝後期の三教論争などにおいて、しばしば論とならんでこのジャンルが利用されており、作例はなかなかおおい。しかし、この種の難は純粋の論争用の文章であって、本章でいう「遊戯性をもったからかい文」とは、べつのものとせねばならない。

（11） 張敏「頭責子羽文」については、『文選』は採録せず、劉勰も『文心雕龍』雑文で言及していない。また『芸文類聚』では、巻二十五「嘲戯」に設論作品をあつめているが、この「頭責子羽文」はそこに収録されず、同書巻十七の「頭」の項におかれている。こうした編纂のしかたからみれば、「頭責子羽文」は設論とみなされていなかったようだ。これとどうよう、魯褒「銭神論」や王沈「釈時論」も、内容や構成からみると設論の仲間にいれてよさそうだが、やはり設論ジャンルだとみなされていない。これらの作には諷刺性がつよいので、設論とはちがうとみなされたのだろうか。

（12） 主客応酬が遊戯性を醸成するのに役だつという観点からすると、前漢の王褒「責鬚髯奴辞」（後漢の黄香の作ともされる）や、西晋の陸雲「牛責季友文」などの遊戯文学も、現存するのは「責」の部分だけだが、反論部分も存していた可能性もないではない。「頭責子羽文」が「責」と題しながら、篇中に反論もふくんでいたことをかんがえると、よけいにそうした感をつよくする。さらに、推測をたくましくすれば、嘲ジャンルに属する繁欽「嘲応徳璉文」などにも、うしなわれた部分に反論があった可能性があろう。また陸雲「嘲褚常侍」は、篇中の「君子」の発言が、やや批判ふう内容にかたむいており、もとは、褚常侍と君子との論争を意図した作品だったかもしれない。

Ⅳ　南朝の遊戯文学

第十章　卞彬の遊戯文学

この「Ⅳ　南朝の遊戯文学」は、前章までの記述を継承して、南朝遊戯文学の動向をみわたし、その本質をさぐってみようとするものである。もっとも、ひとくちに南朝の遊戯文学といっても、時期や作品によって、多様な傾向をしめしていることはいうまでもない。そうした個々の作風や作品に拘泥しすぎると、木をみて森をみない結果になりかねず、本質はもとより、動向をみわたすことさえ困難だろう。

そこで本章では、個々の作品をまんべんなくみてゆくのではなく、この時期を象徴する作品に注目して、南朝遊戯文学の動向をうかがってみたいとおもう。

一　宋朝下での謡言

右のような立場にたってみたとき、宋末から斉にかけて活躍した卞彬《べんひん》、あざなは士蔚（生没年は未詳。姜亮夫『歴代人物年里碑伝綜表』は、四四五～五〇〇と推定する）と、その作品とが、注目されてよさそうだ。この卞彬なる人物、『南斉書』と『南史』の文学伝に、その伝が編入されているので、文人だったとみなしてよかろうが、そこの記述をよむと、そうとう奇矯な人がらだったようである。

この卞彬で注目されるのは、本伝に引用された僅少の文学作品だろう。それらの作は、いかにも彼らしい偏屈さがただよっているが、同時に、奇矯な人がらから生じたユーモアふう要素もあって、遊戯文学としての性格もあわせもっている。私見によれば、その、偏屈さと奇矯なユーモアがブレンドされた卞彬の諸作と、それへの評価とは、ひとり卞彬の作のみならず、南朝の遊戯文学全体の傾向を暗示しているようにおもわれる。そこで、卞彬の遊戯文学を考察しながら、南朝遊戯文学の動向をうかがう突破口にしてみよう。

卞彬の文学のうち、詩については、鍾嶸『詩品』が下品にとりあげて、

王巾二卞詩、並愛奇嶄絶、慕袁彦伯之風。雖不宏綽、而文体勦浄、去平美遠矣。

王巾と二卞（卞彬と卞録）の詩は、ともに奇抜さをこのんで独創性がきわだっており、袁宏の風をしたっている。その詩風はおおらかではないが、スタイルは清浄そのものであり、通常のうつくしさとはかけはなれている。

と評している。「奇抜さをこのんで」や、「通常のうつくしさとはかけはなれている」などのことばから判断すると、その詩は、当時でもそうとう異彩をはなっていたようだ。だが、いかんせん、かんじんの詩が一篇ものこっていない以上、こうした評言をよんでも、隔靴掻痒のおもいをいだくだけである。

いっぽう、彼の文章作品のほうは、わずかながらも現存している。彼の本伝に引用されることによって、亡佚からまぬがれたのである。その引用は全篇ではなく、一部がひかれるにすぎないが、それでも卞彬の作風は、なんとかうかがうことができる。そこで、まず卞彬の本伝をよみながら、あわせて本伝にひかれた文章を検討し、その人がらや文風をうかがってゆこう。彼の本伝は、『南斉書』文学伝巻五十二と、『南史』文学伝巻七十二とに編入されているが、後者のほうが、ややくわしい。そこで、ここでは『南史』文学伝にひかれた卞彬伝を、とりあげることにしよう。

まず冒頭では、簡略ながら、先祖のことが叙されている。

卞彬字士蔚、済陰寃句人也。祖嗣之、中領軍。父延之、弱冠為上虞令、有剛気。会稽太守孟顗以令長裁之、積不能容、脱幘投地曰、「我所以屈卿者、政為此幘耳。今已投之卿矣。卿以一世勲門、而傲天下国士」。拂衣而去。

卞彬、あざなは士蔚、済陰の寃句のひとである。祖父の卞嗣之は中領軍だった。父の卞延之は弱冠で［会稽郡の］上虞令となったが、気がつよかった。会稽太守の孟顗は、高位をたのんで圧迫したので、卞延之は時がたつうちにがまんできなくなり、ずきんをとって地面にたたきつけていった。「わしがそなたに平伏せねばならぬのは、この［官位をしめす］ずきんのためじゃ。いま、このずきん、もうそなたにかえしたぞ。そなたは貴顗の出身であるのを笠にきて、天下の国士をあなどるつもりか」。こういって衣のちりをはらって、その場をたちさったのである。

ここでは、卞彬の父の卞延之の逸話が、紹介されている[1]。ここで、卞延之が［官位をしめす］ずきんをとって、地面にたたきつけた行為は、あたかも、五斗米のために腰をおらずといって、印綬をときさった陶淵明の故事を連想させるものであって、卞父子にながれる骨っぽい血筋をしめしていよう。

つづいて、卞彬本人の記述にうつる。彼も、父親ゆずりのはげしい気性を発揮したが、なかでも、当時権力を掌握しつつあった蕭道成（のちに宋を簒奪して斉をたて、高帝となる）に、いやがらせをおこなったのが注目される。

彬険抜有才、而与物多忤。斉高帝輔政、袁粲、劉彦節、王蘊等皆不同、而沈攸之又称兵反。粲蘊雖敗、攸之尚存。彬意猶以高帝事無所成、乃謂帝曰、「比聞謡云『可憐可念尸著服、孝子不在日代哭、列管暫鳴死滅族』。公頗聞不」。時蘊居父憂、与粲同死、故云「尸著服」也。「服」者、衣也。「孝子不在日代哭」者、褚字也。彬謂沈攸之得志、褚彦回当敗、故言哭也。列管謂蕭也。高帝不悦。及彬退、曰「彬自作此」。

卞彬は卓抜した才の持ちぬしだったが、ひとと衝突することがおおかった。［のちの］斉の高帝（蕭道成）が宋の天子を補佐するや、袁粲・劉秉・王蘊の三名はこれに協力せず、沈攸之は反乱をおこした。袁粲と王蘊はやぶれたが、沈攸之はまだ敵対していた。卞彬は、高帝の［宋簒奪の］もくろみは成功すまいとおもい、高帝にいった。

「最近、つぎのような謡言を耳にしました。それは、

可憐可念尸著服（あわれむべし、おもうべし、死体が喪服をきているぞ）

孝子不在日代哭（孝子がいなくなったので、日がかわりに哭しているぞ）

列管暫鳴死滅族（列管はしばし音をたてるが、なりやむと族滅じゃ）

というものですが、公はこの謡言をごぞんじですか」。

そのころ、王蘊は父の喪に服していたが、袁粲とともに、高帝に敗死した。だから「死体が喪服をきているぞ」といったのである。ここの「服」とは衣服をさす。「孝子がいなくなったので、日がかわりに哭しているぞ」とは、［高帝に味方する］褚淵の「褚」字のことをいっている。卞彬は、沈攸之が成功し、褚淵がやぶれるとおもっていた。だから「哭している」といったわけだ。「列管」（ならんだ管）とは、蕭［道成］をさしている。

これをきいた高帝は、不興だった。卞彬が退出すると、「あの謡言はどうせ、卞彬のやつがつくったのだろう」といった。

ここでいう「謡言」は、蕭道成が不興げに推測しているように、卞彬がつくったものにちがいない。この七言三句の謡言、字謎や音通のテクニックをつかって、遊戯文学ふうな体裁をとっている。右の『南史』でも、この三句の謎

ときをしてくれているが、もうすこしおぎないつつ解説しよう。
第一句「尸著服」の「尸」は、敗死した王蘊をさしている。つまり、「死んだ王蘊が喪服をきている」の意である。また第二句では、「褚」字を分解した字謎をつかっている。「褚」字の旁《つくり》の「者」は、「孝」字から「子」がぬけて、かわりに「日」がきた字である。だから「〈孝〉の〈子〉在らずして〈日〉代わる」（孝子不在日代）は「褚」字を意味し、つまり褚淵そのひとをさす。すると「孝子不在日代哭」句は、「褚淵が［高帝の敗死したのを］哭す」の意になろう。字謎をつかったあそびとしては、なかなか高度なものだといってよい。さらに、第三句は、音通を利用したあそびである。「蕭《しょう》」と「簫《しょう》」（管を横にならべてつくった笛）は音が通じる。すると、「列管（ならんだ管）→簫《ふえ》《しょう》→蕭《しょう》」と連想がつづき、つまり「蕭道成」（斉の高帝）を暗示するわけだ。卞彬は、こうした讖ふうの謡言をひろめて、蕭道成に「宋簒奪は失敗するから、やめたほうがよい」と、いやがらせをしているのだろう。
蕭道成にむけた卞彬のいやみは、なおもつづく。

後常於東府謁高帝、高帝時為斉王。彬曰、「殿下即東宮為府、則以青溪為鴻溝、鴻溝以東為斉、以西為宋」。仍詠詩云、「誰謂宋遠、跂予望之」。遂大忤旨。因此擯廃数年、不得仕進。乃擬趙壹「窮鳥」為「枯魚賦」、以喩意。

のち卞彬は、しばしば東府において高帝に拝謁した。高帝はそのとき、斉王になっていたが、卞彬はその高帝にむかって、「殿下は東宮を王府とされております。されば［東府の位置する］青溪が、いわば鴻溝（境界）の地ということになります。すると鴻溝以東を斉とし、鴻溝以西を宋にすればよいでしょう」といった。そして『詩経』河広の一節を吟詠し、「だれが宋をとおいというのか。つまさきだてば、すぐみえるじゃないか」とうたったのである。

これによって卞彬は、おおいに高帝の機嫌を損じてしまった。そのため、数年にわたり官位を剥奪され、仕官することができなかった。そこで卞彬は、後漢の趙壹の「窮鳥賦」を模して「枯魚賦」をつくり、おのが意を暗示したのである。

このとき、蕭道成は斉王になっていたのだから、宋を簒奪する直前のころだろう（『南斉書』は、蕭道成が践祚した直後とする）。鴻溝というのは、いまの河南省を東南にながれる川の名であり、漢楚がたたかったころ、その境界の地とされた。その故事をふまえ、さらに『詩経』河広の詩句をつかいながら、まもなく宋を簒奪しようとする蕭道成に、「やめたほうがよい。宋斉並立でいいじゃないか」と暗示をかけているわけだ。

それにしても、卞彬はなぜこれほどまで、蕭道成にたてつくのだろうか。宋朝への義理だてのためだろうか。それにしては、ただ、こうしたあてつけがましいことをするだけで、なんら実際行動にでようとはしなかった。さらに疑問なのは、簒奪後の卞彬である。「おおいに高帝の機嫌を損じてしまった」卞彬が、斉朝下で「数年にわたり官位を剝奪され、仕官することができなかった」のは、とうぜんだろう。ころされなかっただけでも、よしとせねばなるまい。ところがその後、卞彬はどうしたのかといえば、「後漢の趙壹の『窮鳥賦』を模して『枯魚賦』を作り、おのが意を暗示した」のだという。この「枯魚賦」は、どうやら斉朝での仕官を懇望した作だったらしい。すると、あれほど蕭道成に反抗していた卞彬が、なぜ斉朝での仕官をのぞんだのだろうか。卞彬の処世に対する疑問はつきないが、叙述のつごう上、あとまわしにしておこう。

二　斉朝下での日々

さて、「枯魚賦」をつづった効果があったのだろう、『南史』はそのあと、「［卞彬は］後に南康郡の丞と為れり」とつづけている。卞彬は斉朝下で、ぶじ仕官することができたのである。では、仕官したあと、どうなったかといえば、また奇矯ぶりを発揮している。以下、斉朝下での卞彬をみてゆこう。

後為南康郡丞。彬頗飲酒、擯棄形骸。仕既不遂、乃著「蚤虱」「蝸虫」「蝦蟆」等賦、皆大有指斥。其「蚤虱賦序」曰、「余居貧、布衣十年不製。一袍之縕、有生所託、資其寒暑、無与易之。為人多病、起居甚疏、縈寝敗絮、不能自釈。兼摂性懈墮、嬾事皮膚、澡刷不謹、澣沐失時。四体⿰寧毛⿰寧毛、加以臭穢。故葦席蓬纓之間、蚤虱猥流。淫癢渭濩、無時恕肉、探揣擭撮、日不替手。虱有諺言、『朝生暮孫』。若吾之虱者、無湯沐之慮、絶相弔之憂、晏聚乎久袴爛布之裳、復不懃於討捕。孫孫子子、三十五歳焉」。其略言皆実録也。

　のち、卞彬は南康郡の丞となった。彬はたいへんな酒好きで、身体をかまわなかった。仕官しても仕事に精ださず、「蚤虱」「蝸虫」「蝦蟇」などの賦をつくった。これらの作はどれも、他人をそしったものだった。「蚤虱賦序」にいう。

　余はまずしく、服など十年もつくったことがない。一着の古綿のどてら、これだけが余のたより。これで寒暑がしのげるので、きがえる必要もない。身体が病気がちなので、日常の生活もおっくうだ。ボロ綿のふとんにくるまって寝ても、どてらをぬぐこともできぬ。

　また摂生もせず、皮膚の手いれもおこたりがちだ。衣服の洗濯もしないし、風呂へはいるのも、かってきまま。四肢は一面に毛がはえて、くさくてきたない。だから、したは座布団から、うえは冠の紐まで、ここかしこに蚤《のみ》や虱《しらみ》がとびかっている。かゆみはあちこちひろがり、かたときも身体をらくにしてくれぬ。手でまさぐって蚤虱をつぶすが、一日とて手をやすませられぬ。虱に「朝にうまれ、暮には孫がいる」という諺があるが、余の身体に巣くっている虱などは、風呂にはいられる心配もないので、死ぬおそれもない。やつらは、余のふるい股ひきや下袴に安心してあつまり、つかまる心配もない。かくして子々孫々と繁栄しつづけ、いまや三十五年とあいなった。

この「蚤虱賦序」の大略は、すべて実録だろう。

ここに引用された「蚤虱賦序」が、卞彬の代表作だといえよう。かんじんの賦本文がなく、無韻の序文しかのこっていないが、それでも、卞彬の奇矯な性格やその真面目が、文面に躍如している。この賦序に対する検討はあとまわしにして、いまは本伝をおって、さきにすすもう。

又為「禽獣決録」。目禽獣云、「羊性淫而佷、猪性卑而率、鵝性頑而傲、狗性険而出」。皆指斥貴勢。其羊淫佷、謂呂文顕。猪卑率、謂朱隆之。鵝頑傲、謂潘敞。狗険出、謂文度。其険詣如此。「蝦蟆賦」云、「紆青拖紫、名為蛤魚」。世謂比令僕也。又云、「蝌斗唯唯、群浮闇水、唯朝継夕、聿役如鬼」。比令史諮事也。文章伝於閭巷。

卞彬はさらに「禽獣決録」（禽獣の伝記、の意）という文をつくった。この文では禽獣を品評して、

羊は性が淫乱でねじまがっている。猪は性がいやしく軽薄である。鵞は性が頑固で傲慢である。犬は性が陰険ででしゃばりである。

といっている。これらの文は、すべて当時の権力者たちをそしったものである。羊が淫乱でねじまがっているというのは、呂文顕のことをいい、猪がいやしく軽薄であるというのは、朱隆之のことをいう。また鵞が頑固で傲慢であるというのは、潘敞のことをいい、犬が陰険ででしゃばりであるというのは、呂文度のことをさしている。彼の毒舌ぶりは、かくのごときであった。

さらに卞彬の「蝦蟇賦」には、

身に青や紫の印綬をおびているが、これを蛤魚と名づける。

という一節がある。世間の人びとは、これを尚書令と僕射を暗示したものとかんがえた。さらに、

オタマジャクシはスイスイと、むれうかんで水面がくろくなるほどだ。朝から晩まで、鬼神のようにうごきまわっておるぞ。

という一節もあるが、これは令史（事務官）の仕事ぶりを暗示したものだろう。彼の文学作品は「貴顕の人びとのあいだではなく」、下町で伝誦された。

ここでは、「禽獣決録」と「蝦蟇賦」の概要を紹介している。こうした作をよむと、他人へのはげしい非難攻撃（動物になぞらえての非難を、得意にしていたようだ）は、卞彬の生来の持ちまえであり、蕭道成だけに対するものではなかったようだ。彼はいったん気にくわぬとなると、だれかれかまわず皮肉や嘲罵をなげつけるタイプだったのだろう。

『南史』はこのあと、つぎのような晩年のエピソードをつづって、卞彬の伝をとじている。

後歴尚書比部郎、安吉令、車騎記室。彬性好飲酒、以瓠壺瓢勺杬皮為具、著帛冠、十二年不改易。以大瓠為火籠、什物多諸詭異。自称卞田居、婦為傅蚕室。或謂曰、「卿都不持操、名器何由得升」。彬曰、「擲五木子、十擲輒鞬、豈復是擲子之拙。吾好擲、政極此耳」。後為綏建太守、卒官。

のち、尚書比部郎、安吉令、車騎記室などの官を歴任した。卞彬は酒をのむのがすきで、瓠壺、瓢勺、杬皮などで、酒器をつくった。また絹の冠をかぶり、十二年間もかえなかった。おおきな瓢箪で火鉢をつくり、日用品のたぐいも、かわったものがおおかった。彼は卞田居と自称し、その妻は傅蚕室と称した。

あるひとがいった。「そなたはまったく節操がないが、名誉や地位を、どうやってたかめるつもりかね」。卞彬はこたえた。「博打でサイコロをふって、十回ともまけてしまったとて、どうしてサイコロの投げかたがへただと、きめつけてよかろうか。私はサイコロをふるのがすきだから、このままの投げかたをつらぬくだけだ

よ」。のち、卞彬は綏建太守となり、その官のままで死去した。

酒がすきなのは、この種の人物では、めずらしいことではないが、酒器や日用品のたぐいも、かわったものを使用していたようだ。最後のサイコロ云々の話は、なにをいおうとしているのか、わかりにくい。しいて推測すれば、博打でサイコロをふったとき、賽の目がどうでて、かつか、まけるかは、しょせん偶然のことにすぎぬ。私は、博打でかつのが目的ではなく、サイコロをふることじたいが、すきなんだから、我流のふりかた（＝自分の生きかた）をつらぬくだけだよ――という意味だろうか。そう理解すれば、いかにも、でたとこ勝負で、すきかってな生涯をおくった卞彬の生きかたを、よく象徴しているといえよう。

こうした奇矯な言動をつらぬいたまま、卞彬は、その生涯を平穏におえている。こんな偏屈な人物でも、最後は綏建太守という地位につき、その官のまま死去したわけだから、運がよかったというべきだろう。

三　「蚤虱賦序」の解釈

さて、卞彬の生涯とその作品を、『南史』本伝によりながら紹介してきた。この卞彬、些少の文学作品をのこしたので、文学伝に編入されているが、もし偏屈列伝と称した巻でもあれば、そちらにはいるほうがふさわしかっただろう。それほどかたくなで、狷介な人物である。

ところで、この卞彬がのこした作品を、もういちど確認しておこう。まず「謡言」が一篇（『南斉書』本伝は、「童謡」とする）。これは逯欽立によって、『宋詩』に採録されており、卞彬の作だとみなされている。その措置でよかろう。また文章作品は、「蚤虱賦序」「蝦蟆賦」「禽獣決録」の三篇（いずれも完篇でない）。厳可均によって、『全斉文』に採録されている。謡言が『宋詩』に、文章が『全斉文』に、それぞれ採録されているのは、じっさいの創作時にあわせたのだろう。その他、本伝によると「枯魚賦」と「蝸虫賦」の二篇があったらしいが、これは佚している。したがって、以上の四篇が、残存する作のすべてということになろう。

まず「謡言」については、その執筆意図や寓意は明確である。さきにみたように、字謎や音通のテクニックを駆使して、なぞなぞふう外観をよそおっているが、じっさいは、蕭道成の宋朝簒奪を批判し、おもいとどまるよう諷した作だとみなしてよかろう。

つぎに、「蚤虱賦序」「蝦蟇賦」「禽獣決録」の三篇は、いずれも斉朝になってからの作だろう。『南史』はこの三篇について、「どれも、他人をそしったものだった」という。斉朝下でも、卞彬の偏屈ぶりはあいかわらずで、自分はろくに仕事しないくせに、他人批判の舌鋒だけは、あいかわらずするどかったのだろう。この三篇、辛口の他人批判をユーモアの糖衣で、かろうじてつつみこんだものといえようか。

ただ、おなじ他人批判の作でも、「蝦蟇賦」「禽獣決録」の二篇は、その批判の内容に疑問の余地はないが、「蚤虱賦序」については、その解釈がなかなかむつかしい。というのは、『南史』における引用のしかたが、あいまいであるからだ。すなわち『南史』は、この作を引用する直前に「他人をそしったもの」といいながら、引用したあとで、「この蚤虱賦序の大略は、すべて実録だろう」と評している。この「実録」（事実ありのままの記録、の意）の語は、賦序中の虱だらけの身体描写をさすと理解せざるをえないが、では、さきの「他人をそしったもの」との関係は、いったいどうなるのだろうか。この疑問は、「蚤虱賦序」が世俗批判の意もふくむのか（「他人をそしったもの」の語に暗示される）、ただの自虐的描写にすぎないのか（「すべて実録だろう」の語に暗示される）、その創作意図もからんで、なかなか判断がむつかしい。右のあいまいな引用のしかたからみると、どうやら『南史』の作者も判断を決しかねているようだ。
　こうした『南史』のあいまいさを継承してか、現代においても「蚤虱賦序」への解釈は一定していない。たとえば、譚家健「六朝詼諧文研究」（「まえがき」参照）における解釈をあげてみよう。譚家健氏は、この作を「純粋な遊戯文学である。社会諷刺や憤懣吐露の意図は、あまり明瞭ではない」作品群に分属し、自分で自分をからかった自嘲の文章だと規定している。そして卞彬を、ささいな礼節にこだわらぬ人間だったろう、と推測したうえで、
　この作が読者にあたえる印象は、第一にその貧窮ぶりであり、第二にその不精ぶりだろう。まずしいけれども、その貧窮さにあまんじる卞彬は、後漢の揚雄が「逐貧賦」で、貧乏神をおいだして窮境を改善しようとした態度とは、まったく似ていない。卞彬の不精ぶりにいたっては、突出したレベルにある。風呂にはいらず、衣服をかえず、身体じゅう臭気を発し、寝床は蚤虱だらけ。だが、蚤虱をつかまえることさえ、おっくうがるしまつ。それでも、恥とおもわず、ゆかいそうにかたっている。魏末の嵆康が虱をつかまえなかったのは、身体がよわかったからで、その精神まで不精だったわけではない。その嵆康にくらべると、雲泥の差だ。それゆえ、この「蚤虱賦序」については、社会的な意義はまったくない。ただ自分で自分をからかい、自嘲の言を発して、うさばらしをしているだけだ。
　ただ、六朝の人びとに虱がたかっていたのは、ごくふつうのことであって、当時の名士のおおくも、虱をつぶしながら談論していた。今日からみれば、不衛生きわまりないが、当時ではめずらしいことではなく、これこそ、肉体を超越した行為だと、みなされていたのである。（四一四頁）
とのべている。これからすると、譚家健氏は、身体が不潔で蚤虱がたかった描写が、「実録」だと理解しているようだ。そして「蚤虱賦序」は、ただ自嘲の言を発して、うさばらしをした作にすぎず、とりたてて社会的意義を有した

ものではないと、主張されている。

いっぽう、馬積高氏のほうは、卞彬「蚤虱賦序」を、世俗への諷刺をこめた作だと理解されている。すなわち、

『賦史』（上海古籍出版社　一九八七）において、

『南史』本伝は、卞彬「蚤虱賦序」を「すべて実録だろう」というだけで、具体的になにをそしっているかをいわない。魏晋南北朝のころは、おおざっぱな人物がおおかった。そのため、清潔さなど無視し、不潔で虱のおおいことが、脱俗の気風だともちあげられて、流行していた。ただ、この序の文からすると、「蚤虱賦」は、なにかの諷刺を意図していたようだ。すくなくとも、世俗蔑視の意だけは存している。……

漢末から西晋にかけて、辛辣な諷刺をした賦や、賦スタイルの文章作品が、いくつか出現したが、東晋や宋になると、この伝統は中断していた。ところが、孔稚珪の「北山移文」や卞彬のこの賦が、斉に出現したことによって、以前の諷刺ふう文学の伝統が、斉で復活したことをしめしている。卞彬は、小虫たる虱を叙して、世俗を諷刺し、いままでなかった新境地をひらいた。本伝によると、卞彬の作は「下町で伝誦された」そうだが、その影響のおおきさがうかがえよう。卞彬「蚤虱賦序」は、諷刺をこめた、唐以後の詠物小賦の発展に対しても、つよい影響をあたえた。李商隠「虱賦」や陸亀蒙「後虱賦」などは、その延長上にある作なのである。（二二八〜九頁）

とのべているのである。この馬氏、「実録」の解釈をめぐって、卞彬が不潔だったことは否定しないが、しかし「なにかの諷刺を意図していたようだ。すくなくとも、世俗蔑視の意だけは存している」や、「小虫たる虱を叙して、世俗を諷刺し、いままでなかった新境地をひらいた」とも主張している。すると、ただの自虐的描写ではなく、「蚤虱＝つまらぬ小悪党」であり、世俗の小悪党がすきかってにふるまっているのも、また「実録」であると理解しておられるのだろうか。

以上、卞彬「蚤虱賦序」の解釈がわれている一例として、譚家健氏と馬積高氏の見かたを紹介してみた。前者は、諷刺のないうさばらしの作だとし、いっぽう後者は、世俗諷刺をふくんだ作だとみなしている。このように、「蚤虱賦序」［や「実録」の語］の解釈をめぐっては、現代の研究者のあいだでも、なお見かたが一致しておらず、卞彬の本心をさぐるむつかしさをよくしめしている。

では、どちらの解釈を是《ぜ》とすべきなのだろうか。私見によれば、この「蚤虱賦序」の解釈については、さきにすこしふれた「枯魚賦」の執筆事情が、ヒントになるようにおもう。それゆえ、ここで「枯魚賦」の執筆事情をふりかえってみよう。すると、高帝の機嫌を損じてしまった卞彬は、数年にわたり官位を剝奪され、仕官することができなかった。そこで彼は、「趙壹の『窮鳥賦』を模して『枯魚賦』をつくり、おのが意を暗示した」のだった。では、その「枯魚賦」とはどんな作だったのだろうか。「枯魚賦」じたいは佚しているが、さいわいなことに、モデルとなった趙壹「窮鳥賦」は現存している。そこで「窮鳥賦」を検討しながら、卞彬「枯魚賦」の内容を推測してみよう。

「窮鳥賦」は、後漢の趙壹の手になった、四言二十八句の叙事的な小賦である。『後漢書』文苑列伝第七十下に引用されることによって、現在までのこっている。そこでの記述によると、作者の趙壹は、卞彬とよく似た「才を恃《たの》みて倨傲《きよごう》なり」という性格だったという。ところが、その趙壹、なにかの事情で罪をえて、あやうくころされかけたが、友人の尽力によってすくわれた。そこで、友人に助命された経緯を、みずからを死地におちいった窮鳥にたとえながら、「窮鳥賦」と題してつづったのである。その梗概を紹介すると、一羽の鳥が危地におちいった。その窮鳥、前方にはやぶさ、後方に［「繳《いぐるみ》をもった」人間がせまり、とぶにとべず、なくになけぬ絶体絶命のピンチである。ところが、そこへ大賢（＝友人）があらわれて、救いの手をさしのべてくれた。鳥（＝趙壹）はおろかではあるが、恩義をわすれない。大賢への感謝の思いを、心にきざみ、天につげようぞ——というものである。

このストーリーを亡佚した卞彬「枯魚賦」にもちこんで、その内容を推測したならば、一匹の枯魚（＝卞彬）が、仕官できず貧窮にくるしんでいる。そこで、大賢（＝友人）にむかって、「あの趙壹をすくった友人のように、この窮状から私をすくってくれ」と依頼した――ということになろうか。すると、卞彬伝中の「おのが意を暗示した」とは、高帝の怒りをといて、自分が仕官できるようにしむけてくれと、友人へ嘆願したことを意味することになろう。

『南史』卞彬伝の「趙壹の『窮鳥賦』を模して『枯魚賦』をつくり、おのが意を暗示した」が、こうした意味だったとすれば、卞彬は、はなはだ意外な転向をとげたことになる。自作の「謡言」や「鴻溝」云々の発言で、あれほど宋簒奪に反対していた卞彬が、斉朝成立後は、宋の遺民として隠棲することもなく、「枯魚賦」にかこつけて、とおまわしに「斉朝に」仕官させてくれ、と懇願しているのである（もし「枯魚＝卞彬、大賢＝蕭道成」とかんがえれば、より直接的な懇願だったことになろう）。これでは、以前の、奇矯ではあっても、それなりに筋のとおった偏屈ぶりとはまるでちがった、言行の不一致だといわれてもしかたあるまい(2)。

卞彬の出処進退がこうであるとすれば、卞彬という人物や「蚤虱賦序」を、あまりかいかぶってはいけないだろう。「蚤虱賦序」では、虱にたかられている自分を、自虐的かつユーモラスにえがいていた。しかし、だからといって、これによってすぐ、あの「虱が登場する著名な作の」阮籍「大人先生伝」や、嵆康「与山巨源絶交書」を想起して、卞彬の作を、権力への抵抗精神云々のことに、むすびつけてはなるまい。つまり、譚家健氏がいわれているように、身体じゅう蚤虱だらけという不潔な描写こそ「実録」だったのであり、さらに「嵆康が虱をつかまえなかったのは、身体がよわかったからで、その精神まで不精だったわけではない。その嵆康にくらべると、雲泥の差だ」ったと理解すべきだろう（前出）。いっぽう、「蚤虱賦序」に世俗諷刺をみる馬積高氏の解釈は、偏屈者を自由人として好意的にみなす、近現代的な逆転ふう発想に、影響されたものではないかとおもわれる(3)。

これを要するに、「蚤虱賦序」や「蝦蟆賦」「禽獣決録」などの作については、それほどふかい意図をもってかかれた諷刺文学だとは、かんがえないほうがよさそうだ。つまり卞彬は、権力への批判や抵抗の精神を、とくにもちあわせているわけではなかった。ただ、高位にいるやつが気にくわんとか、なんとなく虫がすかんとか、それだけの理由で、悪口雑言をならべたてるだけの、狷介にして節操なき人間にすぎなかったのだろう。だからこそ、自分の仕官がとざされたとなると、恐慌をきたしてコロッと態度をかえ、なんとか仕官させてくれと、懇願するようなこともできたのだとおもわれる。

四　醜女文学の変容

このように、卞彬や彼の文学に対しては、あまり過大な評価をしないほうがよさそうだ。仕官への態度をみるかぎり、彼を阮籍や陶淵明などと、同列におくわけにはいかない。じっさい、旧時の文学史においては、卞彬や彼の文学は、ほぼ黙殺されてきたといってよい。彼の作が、主要な選集に採録されることはなかったし、［管見のかぎりでは］有力な批評家によって、称賛されたこともなかった。

ところが、梁の『南斉書』や初唐の『南史』は、卞彬の伝を文学伝に編入し、その作品を引用していた。さらに『南史』は、「［卞彬の三賦は］どれも、他人をそしったものだった」といって、世俗批判の意を暗示していた（『南斉書』も「文多指刺」という）。おなじ文学伝でも、標題をあげるのみで引用されぬ作品はおおいし、文学伝に伝がたてられず、無名のまま歴史のかなたにきえてしまった文人は、さらにおおかったはずである。そうしたことを想起したとき、『南斉書』や『南史』の卞彬評価が、ひじょうに好意的だったことが浮きぼりになってくる。実体は［おそらく」偏屈者のやつあたりにすぎないのに、なぜ史書は卞彬の遊戯文学に世俗批判の意をこじつけ、過褒といってよいほどたかく評価したのだろうか。

こうした史書編纂者たちの好意的な扱いは、どうやら、当時の遊戯文学の動向と、ふかくかかわっていそうだ。その動向とは、諷刺ふう遊戯文学の衰微と、それに反比例する嘲笑ふう遊戯文学の盛行である。こうした六朝遊戯文学の動向を、的確に指摘したものとして、『文心雕龍』諧讔篇のつぎのような発言がある。

（原文は第三・四章を参照）

司馬遷は『史記』を編纂するさい、戦国の滑稽家（淳于髡や優旃、優孟など）の伝を列伝におさめた。彼らの言辞はけれんじみているが、最後には正道にみちびこうとしているからだ。ただ、彼らの言辞は、もともと典雅ではないので、末流の連中は堕落しやすい。……

魏の文帝がこっけいな話をもとにして『笑書』をあらわし、薛綜が宴席の場でわるふざけをした話などは、座興になることはあっても、時勢に役だつことはない。ところがりっぱな文人でも、「諷刺の」規範からはずれがちだった。潘岳「醜婦賦」や束皙「売餅賦」のごとき、価値なきふざけを非難しながら、じっさいはそれを模した作が、百篇ほどもあって、魏晋ではこっけいな文風が、さかんにあおりたてられたのだ。かくして、応瑒の鼻をくずれ卵にたとえたり、張華の頭を杵になぞらえたりするしまつ。これらは、下劣な文章であり、作者の品位のわるさをしめすものだろう。……

道義にかなない時勢に適したなら、［ふざけといえども］諷刺に効果があろう。だが、わるふざけだけにおわったならば、ことばの徳はおおいにそこなわれるだろう。

劉勰によると、魏晋のころになると、「最後には正道にみちびこうとし」た諷刺ふう遊戯文学が衰微し、逆に潘岳

「醜婦賦」や束晳「売餅賦」など、諷刺の正道をふみはずした遊戯文学が、盛行してきたという。ここで劉勰が指摘しているのは、魏晋のころの遊戯文学の動向であるが、じつは、その後の南朝期においても、こうした傾向は似たようなものだったのである(4)(「まえがき」も参照)。

本書第四章で、漢末魏初の遊戯文学を、(1)諷刺ふう遊戯文学、(2)嘲笑ふう遊戯文学、(3)社交ふう遊戯文学――の三種にわけておいた。ここでは(3)社交ふう遊戯文学はさておき、(1)諷刺ふう遊戯文学と(2)嘲笑ふう遊戯文学の盛衰をかんがえてみよう。じつはこの(1)と(2)とは、ともに批判性をうちにふくむという点で、共通した性格を有している。ただ(1)諷刺ふう遊戯文学のほうだけは、世俗や政治への批判を有するとして、儒教的文学観から好意的に評されやすかった。そうしたなか、西晋の一時期のみ、例外的に(1)の傑作が輩出してきた(第八章参照)。だが、やがて南朝期になると、その諷刺ふう遊戯文学は減少し、[卞彬の作のごとき]私的レベルのからかいや誹謗に終始した嘲笑ふう遊戯文学のほうが、おおくつくられてきたのである。

(1)の諷刺ふう遊戯文学が減少し、(2)の嘲笑ふう遊戯文学がおおくなった好個の例として、醜女をえがいた文学の変容があげられよう。そこで、議論がとおまわしになるのを承知のうえで、ここで醜女をえがいた文学の動向を、みわたしてみることにしよう。

まず時代をさかのぼると、先秦の宋玉「登徒子好色賦」が、美女とならんで醜女も活写した作品として、よくしられている。楚王のまえで、大夫の登徒子から、色好みだとそしられた宋玉、さっそく得意の弁舌をふるって反論する。天下の佳人といえば、楚国のおんな。楚国のおんなとくれば、わが里にすむ美女。わが里にすむ美女といえば、わが家の東隣の家のむすめ。このむすめ、わたくし玉をしたうこと三年にもなりますが、わたくしはまったく相手にしませぬ。ところが、登徒子のやつはちがいます。あやつの妻のみにくさたるや、

蓬頭攣耳、齞脣歴歯。旁行踽僂、又疥且痔。
蓬のようなみだれ髪につぶれた耳、くちびるがみじかくて歯がかくれず、その歯はまたまばら。よろよろあるきのまがった身体で、かさぶただらけの痔病もち。

でございます。それなのに登徒子のやつは、そんな醜女を気にいって、五人もの子どもをうませているのです……。宋玉の弁舌はなおつづくが、要するに、この「登徒子好色賦」は、宋玉らの、女性への対応ぶりをおもしろおかしく描写した、ユーモラスで娯楽的な作品なのである。

しかしながら、遊戯文学にほかならぬこの賦も、儒教的文学観によると、楚王に好色をいましめた作だということになってしまった。というのは、この宋玉の賦の末尾に、

因遷延而辞避……心顧其義、揚詩守礼、終不過差、故足称也。
こうして乙女は、私のもとからたちさりました。……心中ただしき道をおもい、詩をうたって礼儀をまもり、最後まであやまちをおかさなかったのです。だから、この乙女は称賛するにたります。

という部分があるからである。この部分は、賦全体からみれば、ほんのつけたしであって、表面上、諷刺をよそおったものにすぎない。それでも、この清節な乙女を登場させたことによって、宋玉のこの賦は、淫風にふけるのを批判した文学だと評されるようになった。すなわち、劉勰は諧讔篇で、

楚襄宴集、而宋玉賦好色。意在微諷、有足観者。
楚の襄王の宴席のつどいで、宋玉は「登徒子好色賦」をつくったが、その意図は君主を諷刺することにあり、よまれるべき価値を有している。

と評し、李善も

賦仮以為辞、諷于淫也。

この賦は仮託した文辞であって、淫風をとおまわしに諷している。

と、好意的に注している。すると、右のような醜女の描写も、すこし見かたがかわってきて、ただの嘲笑ではなく、淫風をとおざけることを意図した、諷刺の一環としての叙述だった印象をおびてこよう。

その他、『韓詩外伝』『列女伝』など説話の類でも、これと同様の姿勢がつらぬかれている。つまり、醜女をえがくことはあっても、そのかわり内面の徳はすぐれている。だから君子はこれをこのむ、といった内容がおおい（斉宿瘤女など）。いずれも、儒教ふう道徳に支配された女性観であり、その意味では、欺瞞的ではあっても、それなりに倫理的な読みものになりえていた。このように、曲解だろうが、欺瞞的だろうが、強引に貞順や節義の婦徳をこじつけて、「だから、この女性はすばらしい」と主張するのが、漢代以降に勢力をもった儒家の女性観なのであった。

ところが、六朝になると、それまでなかったような作品が発生してくる。それが、醜女のみにくさを強調し、そのみにくさを嘲笑する遊戯文学である。劉勰の指摘する潘岳「醜婦賦」は佚しているが、類似の作として、晋の劉思真に「醜婦賦」があり、さらに梁の張纘に「妬婦賦」がある。一例として、劉思真「醜婦賦」を引用してみよう。

人皆得令室、我命独何咎。
不遇姜任徳、正値醜悪婦。
才質陋且倹、姿容劇嫫母。鹿頭獼猴面、推額復出口。折頞厭樓鼻、両眼䫜如臼。
膚如老桑皮、耳如側両手。
頭如研米槌、髪如掘埽帚。
悪観醜儀容、不媚如鋪首。闇鈍拙梳髻、刻画又更醜。妝頰如狗舐、額上偏独厚。
朱脣加踏血、画眥如鼠負。

傅粉堆頤下、面中不偏有。
領如塩豉嚢、履中如和泥、爪甲長有垢。脚皸可容箸、熟視令人嘔。
袖如常拭釜。

世の男性諸氏はみな、美女を妻にしておられますのに、なぜ私だけ、かくもおんな運がわるいのでしょう。姜任（?）のごとき婦徳すぐれし女性にめぐまれず、みにくい女を妻にしてしまいました。

この妻たるや、才質がおとるうえにケチくさく、嫫母（黄帝の妃）よりもみにくいのです。鹿の頭に猿づら、へこんだ額にでっぱった口。おれた鼻筋は鼻をおしつぶし、両眼はくぼんで臼のよう。膚はしぼんだ桑皮だし、耳はそむきあった両手のよう。頭はまるで米とぎ槌で、髪の毛は箒《ほうき》がつったったかのようです。

こうした悪相のため、態度までわるくみえてしまい、色気のないことは、あたかも、鋪首（門扉の金輪）のごときです。鈍感で頭髪もみだれ、絵にかけばさらにみにくい。化粧した頬は狗がなめたようで、額だけあつぼったいのです。朱脣は踏血（?）をくわえたようで、眉にいたっては、まるでわらじ虫でございます。おしろいが頤のしたに堆積して、顔面まだらとなり、また首のあたりは塩豉の袋のようだし（?）、袖はみがきあげたお釜のようにテカテカです。靴のなかは泥だらけで、爪の甲はいつも垢まみれ。脚のひびわれは、箸もいれられるほどで、これを熟視すれば、おもわず吐き気をもよおすほどです。

俗っぽい語を使用しているせいか、意味をとりにくい箇所がおおいが、それでも、醜婦（みにくい妻）をからかった内容であるのは、明瞭である。こうした嘲笑的な醜女描写の奥に、婦徳重視の女性観をみいだすのは困難だろう。この作では、表面的な美貌よりも、内面の徳性を重視するという「たてまえふうではあるが、それはそれで崇高な理念を有した」儒教的道徳観は影をひそめ、ただ遠慮のない嘲笑意欲だけが、前面にでてきている。[5] 儒教道徳というと、いかにも頑迷固陋で封建的な抑圧といったイメージがつよいが、その掣肘から解放されると、こうしたあられもない記述も生じてくるのである。

五　弱者嘲笑と儒教的理想主義

以上、醜女を嘲笑した文学をみわたしてきたが、じつはからかう対象は、醜女だけにはかぎらなかった。劉勰の「潘岳『醜婦賦』や束皙『売餅賦』のごとき、価値なきふざけを非難しながら、じっさいはそれを模した作が、百篇ほどもあって、魏晋ではこっけいな文風が、さかんにあおりたてられた」という発言によれば、魏晋のころには、同種の嘲笑ふう遊戯文学が、かずおおく存在していたようだ。現在、そのおおくはほろんでいるが、つぎにしめす作などは、そのかろうじて残存するものだろう。

たとえば、晋の劉謐之の「龐郎賦」（「寵郎賦」「下也賦」とも）をあげてみよう。この劉謐之なる人物、経歴等はまったく不明だが、『芸文類聚』巻六十七に「晋の劉謐之『与天公牋』に曰く、……」として、「与天公牋」の断片をひいているので、晋のひととしてよかろう。

坐上諸君子、各各明君耳。聴我作文章、説此河南事。
其頭也、則中骼而上下鋭、額平而承枕四起。
頭戴鹿心帽、面傅黄灰沢、男女四五人、皆如焼蝦蟆。
足著狗皮靴。鬢插蕪菁花。

この座にいらっしゃる諸君子は、みなりっぱなかたにござりますれば、わたくしめが文をつづり、河南のできことをかたるのを、どうかおききくだされ。……

さて、龐郎の頭たるや、……二句未詳……

頭には鹿心帽をかぶり、足には狗皮靴をはき、顔には黄灰沢をぬり、髻には蕪菁花をさしております。男女四五人、みな蝦蟆《がま》をやいたよう（？）でございました。……

標題の「龐郎《ほうろう》」は、本文からすると、異形の面相をしたひとの意であるようだ（龐は、大ではなく、乱雑の意か。すると「龐郎」は、でたらめ野郎ぐらいの意だろう）。すると、この賦はどうやら、異形の面相をした人間を嘲笑した作なのだろう。右の文、いずれも類書にバラバラにひかれた断片であり、わかりにくい語句がおおいが、「其頭也、則中骼而上下鋭。額平而承枕四起」は、頭形の異様さを、揶揄したものとおもわれ、また「頭には鹿心帽をかぶり、足には狗皮靴をはき」云々は、彼らの奇妙な衣装や容姿を、嘲笑しているようにみえる。

さらに注目すべきは、冒頭「坐上諸君子」以下の四句だろう。ここでの「この座にいらっしゃる諸君子は、みなりっぱなかたにござりますれば、わたくしめが文をつづり、河南のできことをかたるのを、どうかおききくだされ」という言いかたは、あたかも説唱者の口上を想起させるものである。ひょっとすると、この賦は、唐宋以後の説唱文学のように、人びとの面前でかたられていたのかもしれない。

また、やはり晋のひとと目される朱彦時に、「黒児賦」という作がある。(6) これもわずか八句の断片しかのこらないが、

世有非常人、実惟彼玄士。稟茲至緇色、内外皆相似。
臥如驪牛驟、立如烏牛跱。
忿如鸜鵒闘、楽如鸕鶿喜。

世間にはめずらしい人間がおりますが、あの黒児こそは、まさにそれでございます。うまれつきまっくろで、表裏内外の区別もつきませぬ。横になっては、驪牛《りぎゅう》がねころんだようで、たっては、黒牛がうずくまったよ

う。おこっては、鸚鵠がけんかしているようで、よろこんでは、鸕鷀《ろじ》がうれしがっているようでございます。
という内容をもつ。標題や内容から判断して、この作もおそらく、くろい皮膚をした人間（たぶん南方出身の奴隷だろう）をめずらしがり、その格好や振るまいを嘲笑したものだろう。(7)

この二篇は、いずれも断片にすぎぬが、それでも、社会的な弱者や少数派の人びとをからかって、笑いをとろうとした作であるのはまちがいない。ここで確認しておきたいのは、この二篇、龐郎や黒児へのからかいをとおして、政治批判をしようなどという殊勝な意図は、まずありっこないということだ。魏晋の時代や、それ以後の南朝期には、こうした「下劣な文章であり、作者の品位のわるさをしめす」遊戯文学が、世上に氾濫していたのである。そうだとすれば、劉勰が「道義にかない時勢にあったなら、ふざけも諷刺に効果があろう。だが、わるふざけだけでおわったならば、ことばの徳は水泡に帰してしまうだろう」と、遊戯文学の諷刺性を強調していたのは、彼なりのつよい危機意識のあらわれだったのかもしれない。

さて、ずいぶんとおまわりをしてきたが、このあたりで、実体は偏屈者のやつあたりであり、嘲笑ふう遊戯文学にすぎぬ卞彬「蚤虱賦」や「蝦蟆賦」「禽獣決録」が、『南斉書』や『南史』で好意的にあつかわれていた理由について、ようやく回答がだせそうだ。それは、おそらく右にみてきたような、⑴諷刺ふう遊戯文学の減少と、⑵嘲笑ふう遊戯文学の増加とが、遠因にあったにちがいない。つまり、「醜婦賦」や「龐郎賦」のごとき作が蔓延する風潮のなかで、六朝史の編纂者たちは、政道に益するため、諷刺をふくんだ理想的な遊戯文学が存在していたことを、強調したいとねがったにちがいない。『南史』文学伝の冒頭におかれた序文には、そうした、政道に益する文学を切望する気もちが、よくあらわれている。

自漢以来、辞人代有。大則憲章典誥、小則申抒性霊。至於経礼楽而緯国家、通古今而述美悪、非斯則莫可也。是以哲王在上、咸所敦悦。故云「言之不文、行之不遠」。

かくて漢代以来、おおくの文人たちがあらわれ、「文学をつづることによって」おおきくは、聖人の教えをあきらかにし、ちいさくは、おのが想いを叙してきた。礼楽をととのえたり、国家をおさめたり、あるいは古今の事がらに通じたり、政治のよしあしをのべたりしようとすれば、この文学よりまさるものはない。そういうわけで、すぐれた王を上にいただけば、文人たちはよろこんで、その統治をほめたたえたのである。だから「ことばは文章にしるされなければ、行いは遠くへはつたわらない」(『左氏伝』襄公二十五年)というのだ。

ここでいう、文学は「聖人の教えをあきらかにし」たり、「礼楽をととのえたり、国家をおさめたり、あるいは古今の事がらに通じたり、政治のよしあしをのべたり」すべきだという文学観は、あきらかに政教に役だつ文学をよしとする、伝統的な儒教ふう考えかたである。こうした文学観を『南史』編纂者、李延寿がほんとうに有していたかは疑問だが、しかし史官の公式発言としては、やはりこうでなければならないだろう。

すると李延寿としては、すこしでも、諷刺ふう文学、すなわち「政治のよしあしをのべた」文学に該当しそうな作があれば、それを史書のなかに引用し、顕彰したくなったにちがいない。つまり、史官たちの脳裏に巣くっていた、「諷刺こそが文学の理想だ。その理想の諷刺文学が、存在していてほしい」という潜在的願望が、彼らの慧眼をくもらせ、卞彬の遊戯文学をじっさい以上に理想的な姿にみせた。それが結果的に、偏屈者のやつあたりにすぎぬ卞彬の諸作に、「どれも、他人をそしったものだった」という諷刺の幻影を生じさせた――ということではないだろうか。卞彬そのひとは、まえにもみたように人がらに問題があり、「蚤虱賦」や「蝦蟆賦」「禽獣決録」をつづった動機も、感心できるものではなかった。ただ、いまめく高官らへの批判精神だけは、「それが儒教的文学観でいう「諷刺」の精神に、合致しているかどうかはべつとして」まちがいなく当時、傑出していたのである。(8)

注

(1) 任昉の「為卞彬謝脩卞忠貞墓啓」(『文選』巻三九)は、任昉が卞彬のために代作した啓である。この作をよむと、卞彬の祖先に、晋の標騎大将軍たる卞壼なる人物がいたことがわかり、卞彬が任昉としたしかったことも推測できる。また文中に、「臣の門緒の昌《さか》んならざるは、天道の昧《くら》き所あればなり」や、「年世は貿《うつ》り遷《めぐ》り、孤裔は淪塞せり」の文言があるのも注目される。謙遜した表現なので、字義どおりにうけとるべきではないかもしれぬが、それでも当時、卞彬の家門があまり隆盛していなかったことが推測できよう。

(2) 『南斉書』の本伝には、「趙壹の『窮鳥賦』を模して『枯魚賦』をつくり、おのが意を暗示した」云々の記述がない。蕭子顕が『南斉書』の筆をとった梁代には、なお卞彬ゆかりの人物がおおくて、こういった名誉ならざる言動はかきにくかったのだろう。

(3) 卞彬の諸作に世俗諷刺をみいだすのは、近代の劉師培『中古文学史』あたりからではないかとおもう(第十一章を参照)。馬積高『賦史』の意見は、劉師培らの見かたを継承したものだろう。

(4) ただし、西晋の時期だけは例外的に、諷刺ふう遊戯文学の傑作が輩出している。本書第八章を参照。

(5) 劉思真「醜婦賦」の作は、本文に引用したのが、全篇とはかぎらない。それゆえ、うしなわれた部分に、醜婦のみにくさを弁護した箇所があった可能性もないではない。だが、劉勰の「魏晋滑稽」云々の意見も勘案すると、おそらくそうした部分はなく、ただ醜婦のみにくさを嘲笑しただけの作品だったろう。

(6) 厳可均『先唐文』巻一に、この朱彦時「黒児賦」をおさめる。厳可均は朱彦時なる人物について、「案初学記、編于晋劉謐之後、劉思真前。疑是晋人」という注記を付して、晋代のひとだろうと推測している。

(7) 「醜婦賦」「龐郎賦」「黒児賦」については、伏俊璉「敦煌本醜婦賦与醜婦文学」(『敦煌文学文献叢稿』所収　中華書局　二〇〇四　初出は「敦煌研究」二〇〇一―二)、同「漢魏六朝的詼諧詠物俗賦」(「まえがき」参照)の二篇が委細をつくしている。

（8）『南史』卞彬伝に、「彼の文学作品は［貴顕の人びとのあいだではなく］、下町で伝誦された」（文章伝於閭巷）とある。この記述は、卞彬の文学が、当時の庶民や下層の役人たちのあいだで、自分たちの鬱屈を代弁したものとして、好意的にうけとめられていたことを暗示していよう。

第十一章　諷刺精神の衰微

前章でみたように、卞彬の遊戯文学が『南斉書』や『南史』で好意的にあつかわれたのは、当時、諷刺ふう遊戯文学が衰微していたための、一種の反動だったとかんがえられる。では、そもそも南朝期において、なぜ諷刺ふう遊戯文学が衰微してしまったのだろうか。私見によれば、この諷刺ふう遊戯文学の衰微という現象こそ、南朝、いな六朝の遊戯文学全体の本質を、暗示するものではないかとおもわれる（諷刺ふう遊戯文学の傑作が輩出した西晋でも、じつは量的には少数派なのである。「まえがき」も参照）。そこで本章では、視野を六朝全体にひろげながら、諷刺ふう遊戯文学が衰微した現象を考察し、あわせて六朝遊戯文学の本質についても検討してゆくことにしよう。

一　諷刺の軽視

この諷刺ふう遊戯文学衰微の原因をかんがえるさい、まず留意しておかねばならないことは、諷刺ふう遊戯文学という存在じたいが、ほんらい矛盾したものだったということだ。というのは、遊戯文学で諷刺を重視すれば、けっきょく、遊戯性それじたいを軽視することに、つながりかねないからである。つまり、諷刺あっての遊戯文学というのでは、重視しているのは、政治や世俗への諷刺のほうであって、遊戯性それじたいに対しては、軽視することにつながりやすいのだ。じっさい、儒教の教えでは、あそびやおどけの類は、無用のものとされていた。ユーモアを解した孔子でさえ、夾谷の会での会盟のおりは、斉の景公が俳優や侏儒を席上にまねきいれるや、「匹夫でありながら諸侯をまどわすとは、罪、死にあたる」といって、役人に命じて俳優たちをきりころさせたという(『史記』孔子世家)。この象徴的な話柄からみても、儒教ふう倫理観においては、俳優やそのおどけのごときは、けっしてこのましいものではなく、むしろないほうがよいぐらいのものだったのだろう。

その意味で、六朝文人の遊戯文学観は、劉勰の

道義にかない時勢に適したなら、「ふざけといえども」諷刺に効果があろう。だが、わるふざけだけにおわったならば、ことばの徳はおおいにそこなわれるだろう。

という発言につきていよう(諧讔篇　前出)。彼らにとって、遊戯文学は「諷刺に効果があ」ることがだいじだったのであり、遊戯性のほうは、それをおおいかくす糖衣にしかすぎなかったのである。[1] こうした遊戯文学観は、前漢の司馬遷の「[こっけいな]談論であっても、すこしでも道理にあたっておれば、[六経とおなじように]きちんと世の紛争を解決できる」という発言からはじまる、伝統的な考えかたであった(『史記』滑稽列伝　前出)。劉勰の諷刺ふう遊戯文学を重視した発言は、それを継承したものだったといってよい。

こうした諷刺ふう遊戯文学(諷刺重視、遊戯軽視)をよしとする考えは、儒教の伝統的な鑑戒的文学観に、よく適合したものである。いわば正論だといえよう。だが問題は、こうした正論ふう文学観が、はたして六朝文人たちの共通認識だったのか、ということだ。たしかに劉勰は右のように、遊戯文学の諷刺性を強調していたし、また「六朝ではなく、初唐のひとだが」『南史』編者の李延寿も、「礼楽をととのえたり、国家をおさめたり、あるいは古今の事がらに通じたり、政治のよしあしをのべたりしようとすれば、この文学よりまさるものはない」といって、文学による経

世や美刺を主張していた（第十章に前出）。しかしそれらは、理念的な立場からのたてまえ発言にすぎず、一般の文人たちは、文学に諷刺をもりこむべきだなどとは、ほんとうにはかんがえていなかったのではないだろうか。

そもそも、文学による諷刺（諷諫、諷諭などともいう）は、漢代の経学者たちがあみだした理論であり、当時の中心的なジャンルだった賦の創作や、『詩経』解釈の場などで、とくに言あげされてきた。たとえば、

○［毛詩大序］上以風化下、下以風刺上、主文而譎諫、言之者無罪、聞之者足以戒。

政治家は民衆を詩で教化し、民衆は政治家を詩で諷刺する。詩をうたって諷諫するのだから、諷しても罪はないし、それをきく政治家のほうも自戒する。

○［漢書王褒伝］辞賦大者与古詩同義、小者弁麗可喜。……辞賦比之、尚有仁義風諭。

辞賦は、大にしては古詩と意義をおなじくし、小にしては口調がよく、ひとをよろこばすことができる。……また辞賦は、鄭衛の淫声などにくらべると、仁義や諷刺にもとんでいる。

○［班固両都賦］或以抒下情而通諷諭、或以宣上徳而尽忠孝。

［賦家は］民草のおもいを叙して天子に諷諭し、また天子の徳望ぶりをひろめて忠孝をつくさせた。

などが、それである。こうした諷刺によって、「文学は政治や教化に役だつべし」というのが、儒教の伝統的ともいうべき考えかただった。

しかしながら、時代がうつって六朝期となっては、そういった文学観は、あまり強調されなくなった。もとより、完全になくなったというわけではない。たとえば、梁の裴子野「雕虫論」では、

古者四始六芸、総而為詩。既形四方之気、且彰君子之志。勧美懲悪、王化本焉。後之作者、思存枝葉。繁華蘊藻、用以自通。

いにしえは、『詩経』の四始や六芸などがあり、いつも詩をつくっていた。詩によって、各地の風俗を反映させたり、君子の志を表現したりした。また善をすすめ悪をこらしめるなど、王者の風化もこの詩に依拠していたのだ。ところが後代の詩人たちは、瑣末なことに気をとられ、はでな文飾に意をそそいで、満足するようになっている。

という主張がなされている。この「善をすすめ悪をこらしめるなど、王者の風化もこの詩に依拠していた」の部分などをみると、あきらかに伝統的な政教に役だつ文学が鼓吹されており、そうした文学観がなお保持されていたことが、推測できよう。

だが、六朝期全体からみれば、こうした明確な伝統的文学観は、むしろ例外的な存在にすぎなかった。というのは、六朝期の主要な文学論として、右にあげたもの以外に、曹丕「典論」論文、陸機「文賦」、鍾嶸「詩品序」などがあげられるが、これらでは、文学による諷刺は［ないではないが］あまり強調されていないからである。たとえば、「典論」論文の「蓋《けだ》し文章は経国の大業にして、不朽の盛事なり」云々の部分は、すこし政治との関連にふれている。だがそれでも、この部分のあとでは、寿命や栄誉はほろびるが、文学の永遠さにはおよばない云々と、文学の不朽性のほうに発展してゆき、諷刺につながるような議論はない。このように、六朝の主要な文学理論では、多少は諷刺にふれることはあっても、それはごく軽微で、おざなりな言及にすぎないのだ。それはおそらく、「儒教国家である前近代の中国では儒家に限らず、いつの世でもいずれの処でも誰もがこうした文学の効用性についての発言をするのが普通」（古川末喜『初唐の文学思想と韻律論』知泉書館　二〇〇三　一五四頁）だったからだろう。つまり六朝においては、文学の諷刺性云々のことは、いちおう言及しておかないと具合がわるいので、かっこうだけでもふれておこう、という程度のものにすぎなかったのだ。それゆえ、六朝の文学批評の重点は、そうした表面的な諷刺ふう発言ではなく、それ以外の、［非諷刺ふう］情念の発露や修辞の効用を強調するほうへ、かたむいてゆきがちだったのである。

そうしたなか、とくに注目されるのが、昭明太子「文選序」における文学観である。この序文でも、やはり文学の諷刺性は強調されず、逆にふつうには軽薄なものとされがちな、ひとの耳目をよろこばせる娯楽的要素のほうが主張されている。

詩者、蓋志之所之也、情動於中而形於言。関雎麟趾、正始之道著、桑間濮上、亡国之音表。故風雅之道、粲然可観。自炎漢中葉、厥塗漸異。退傅有在鄒之作、降将著河梁之篇、四言五言、区以別矣。又少則三字、多則九言、各体互興、分鑣並駆。……衆制鋒起、源流間出、譬陶匏異器、並為入耳之娯、黼黻不同、倶為悦目之玩。作者之致、蓋云備矣。

詩は志の発露である。感情が心中でうごいて、ことばとして表現される。たとえば「関雎」や「麟趾」の詩には、人倫の道が表現され、「桑間」「濮上」では、亡国の音があらわれている。こうして風雅の正道は、明瞭にしめされていた。

ところが漢のなかごろから、この正道がしだいに変化してきた。隠退した大傅の韋孟は四言の「在鄒」をつくり、降将の李陵は五言の「河梁」をつくった。かくして四言詩と五言詩との区別が生じた。さらに三言の詩や九言の詩が発生して、方向をべつにしながら、それぞれ発展していったのである。……

かくして、もろもろの文章が簇出し、ジャンルの源流が輩出してきた。それらは、土笛と笙はべつの楽器だが、ともに耳をたのしませるものであり、黼《ふ》と黻《ふつ》とは色彩こそちがえ、ともに目をよろこばせる模様であるのに、たとえられようか。かくして文人たちの表現形式は、ここにそなわったのである。

昭明太子はここで、「毛詩大序」の「詩は蓋《けだ》し志の之《ゆ》く所なり」という、伝統的な文学観を引用し、「人倫の道（正始之道）や「風雅の正道」（風雅之道）に言及している。だが、これにつづく部分では、「毛詩大序にはあった」文学による教化や風化の問題に展開してゆかず、文学は発展、変化し、新ジャンルが簇生してきたというふうに、議論を転換させている。そして、かく発展し変化してきた文学について、太子は「それらは、土笛と笙はべつの楽器だが、ともに耳をたのしませるものであり、黼《ふ》と黻《ふつ》とは色彩こそちがえ、ともに目をよろこばせる模様であるのに、たとえられようか」とかたっているのである。

「文選序」のここの議論は、とくに注目すべきだろう。かつて小尾郊一氏は、この部分に注目され、つぎのように指摘された。

要するに文学作品の目的は娯楽に在ることをいったと解してよい。この発言は頗る重大な発言であると考える。詩を始めとして種々の文学は、人を楽しませる目的を持っているもので、いってみれば文学は娯楽の用に供するものであるというのである。鑑戒的に考えがちな従来の文学観に比べると、重大な転換である。（「昭明太子の文選序」『真実と虚構―六朝文学』所収　汲古書院　一九九四）

このご指摘にしたがえば、「文選序」は、文学に諷刺性のごとき、きまじめなものではなく、娯楽的なものをもとめていたようだ。このばあいの娯楽性とは、おそらくユーモアなどではなく、「耳をたのしませ」「目をよろこばせる」あでやかな修辞技巧をさしていよう。つまり謹直な文人であり、指導的な地位にいた昭明太子は、『文選』編集において、文学の諷刺性などではなく、娯楽性（あでやかな修辞技巧）のほうを重視していたのである。こうした考えかたは、けっして意外でも破天荒でもなく、修辞主義万能の当時にあっては、とうぜんのことだったとせねばならない(2)。逆に、さきの劉勰や裴子野の意見のほうこそ、ふつうの文人のふつうの文学観をかたったものではなく、当時の実感からとおざかった、公式的かつ理想主義的なものだったのだろう。

これを要するに、当時の文人たちは、諷刺を意図した文学には、遊戯性など、せいぜい糖衣程度のものにすぎないとかんがえていたし、さらに本音の部分では、文学による諷刺さえ重視していなかったのだ。六朝文人たちの文学観が、こうしたものだったとすれば、六朝の時期に諷刺ふう遊戯文学が盛行してくるはずはなかった。その衰微の原因は、じつは、こうしたところにあったのである。

二　他人批判と俳優ふうおどけ

そうした、遊戯性も諷刺も、ともに軽視する状況のなかで、それでもあえて諷刺ふう遊戯文学をつづろうとすれば、その創作の原動力は、つよい経世意欲や諷刺精神などではなく、べつのものであることがおおかった。それは、［卞彬のような］やつあたりや、いじましい俳優ふうおどけであり、要するに、他人批判と俳優ふうおどけの二つだとまとめてよかろう。じっさい、六朝にかかれた諷刺ふう遊戯文学中の「諷刺」を追究してゆけば、その実体はけっきょく、他人批判か俳優ふうおどけかであり、諷刺ふう遊戯文学とはいいがたい代物だった、ということがおおい。以下、実例をあげながら、みてゆこう。

まず、前者の他人批判については、第十章でみた卞彬の諸作が典型だが、さらに近代の劉師培が、具体的な事例をあげてくれている。劉師培は、その著『中古文学史』で六朝の「諧隠之文」に言及し、つぎのようにかたっている（「宋斉梁陳文学概略総論」）。

諧隠の作も、このとき盛行した。諧隠の作は古代に発生したが、宋代の袁淑のころより、その創作がさかんになった。宋斉以降、作者には軽薄なやからがおおくなったが、こうした風潮は宋初にはじまったようだ。（南史謝霊運伝、何長瑜寄書宗人何勗以韻語、序「陸展染白髪」。輕薄少年遂演之、凡人士並為題目、皆加劇言苦句、其文流行。是其証）。つづいては卞鑠、邱巨源、卞彬の徒があらわれ、彼らの詩文には譏刺の語がおおかった（南史文学伝、卞鑠為詞賦、多譏刺世人。邱巨源作秋胡詩、有譏刺語。卞彬擬枯魚賦喩意、又著蚤虱蝸虫等賦、大有指斥。永明中、諸葛勗為国子生、作、指祭酒以下、皆有形似之目）。

梁になると世風が軽佻になってきたので、嘲諷の文をつくる士人が輩出した（梁書臨川王弘伝、豫章王綜、以弘貪吝作銭愚論、其文甚切。又南史江徳藻伝、弟従簡、作采荷調以刺何敬容、為当時所賞。又何敬容伝、蕭琛子巡、頗有軽薄才、因制卦名離合詩嘲敬容）。これにより、その文体はますます下品になっていった。

この劉師培の意見は、遊戯文学やその作者をそしっているのか、ほめているのか、よくわからないのだが、いずれにしても、六朝に「諧隠之文」、つまり遊戯文学が盛行していたことを、指摘したものには相違ない。

ここで注目したいのは、劉師培が自注のかたちで引用している、具体的な事例（括弧記号でくくった部分）である。これらの事例を吟味してみると、劉師培のいう「諧隠之文」の実体は、けっきょくは他人批判ふう内容がほとんどだといってよさそうだ。たとえば、宋の何長瑜は、何勗にあてた書簡のなかで、押韻した文で主君（劉義慶）の幕僚の悪口をつづったという。それは、現存する「陸展は白髪を染めて、以て側室に媚《こ》びんと欲す」云々という品のわるい内容からしても、また「軽薄少年遂に之を演《の》べ、凡《すべ》ての人士並べて題目と為す」という反響からしても、政治諷刺などという高級な意図よりも、ただおもしろおかしく他人を嘲笑しただけの韻文だったろうと目される。いっぽう、卞鑠の詞賦と邱巨源「秋胡詩」のほうは（ともに佚）、世人を「譏刺」した語がおおかったという。すると、世俗諷刺の作だったようにみえる。だがこの「譏刺」の語、卞彬の作への「指斥」と同種の評語であり、実体は偏屈者のやつあたりに類したものだった可能性がたかい。また諸葛勗「雲中賦」（佚）は、国子監の祭主以下の人びとをからかった作だとあるので、これも個人的な非難攻撃を意図したものだろう。さらに、江従簡「采荷調」や蕭巡「離合詩」も、特定の個人（ともに何敬容）を批判し、嘲笑しようとした作品である。このように、劉師培が自注にひいた「諧隠之文」の事例のおおくは、卞彬の作と同類の［高級とはいいがたい］他人批判ふう内容であり、むしろ嘲笑ふう遊戯文学に属するといってよかろう。天下蒼生のために為政者を諷するとか、みだれた世俗を矯正するとかいうような、ほんらいの意味での諷刺文学ではないのである。(3)

つぎに、後者の俳優ふうおどけが感じられる例としては、後梁の韋琳（王琳ともいう）の手になる「䱉表」が、もっともふさわしいだろう。この韋琳「䱉表」は、『酉陽雑俎』巻七（酒食）(4)と『太平広記』巻二百四十六（詼諧二）におさめられている。成立がややはやい『酉陽雑俎』から、この作をひいてみよう。

後梁韋琳、京兆人。南遷于襄陽、天保中為舎人。渉猟有才藻、善劇談。嘗為䱉表以譏刺時人。其詞曰、

臣䱉言、伏見除書、以臣為粽熬将軍、油蒸校尉、臛州刺史、脯腊如故。粛承将命、含灰屏息、憑籠臨鼎、載戦載兢。

臣 美愧夏鱣、常恐鮐腹之譏、是以 嗽流湖底、
　 味慚冬鯉。懼貽鼈巌之誚。　　 枕石泥中。

不意 高賞殊臨、遂得 超昇綺席、爰厠玳筵、沢覃紫腴、
　　 曲蒙鈞抜。　　 忝預玉盤。猥頒象箸。恩加黄腹。

方当 鳴姜動椒、軽瓢纔動、則枢盤如烟、宛転緑虀之中、
　　 紆蘇佩欓。濃汁暫停。則蘭餚成列。逍遙朱唇之内。

銜恩噬沢、九殞弗辞。無任屏営之誠、謹詣銅鐺門、奉表致謝以聞。

詔答曰、省表具悉、卿池沼紳紳、穿蒲入荇、肥滑有聞、允堪茲選。無労致謝。
陂渠俊乂。

後梁の韋琳《いりん》は、京兆の人であった。南方の襄陽に移住し、天保［五六二―五八五年］のころ、舎人になった。雑学の持主で才藻があり、早口言葉が上手だった。かつて䱹《しょ》［たうなぎ］の上表文をつくって、当時の人々を諷刺したことがある。䱹の上表文は、つぎのとおりである――

臣、䱹、言上つかまつります。恐れながら除目を拝見しまするに、臣を粽熬《そうごう》将軍・油蒸校尉・臛《かく》州刺史に任命せられ、脯腊《ほろう》はもとのままとのおおせ故、つつしみてご沙汰をうけ、灰を含み、息をひそめ、籠《かご》によりかかって鼎［大鍋］に直面し、戦々兢々、恐れおののいております。臣は、夏の鱣《せん》のよさがくやしく、冬の鯉《こい》の味にひけ目を感じ、つねに鮐［ふぐ］腹の誚《そし》りを思い、いつも鼈巌《べつがん》の譏《そし》りをおそれ、それ故、湖の底で流れに嗽《くちすす》ぎ、泥の中で石を枕にしておりましたのに、思いがけなく、ひとかたならずお目をかけられ、なみはずれて鈎《と》りあげられるおあつかいをたまわり、とうとう華麗なる宴席にのぼり、かたじけなくも珠玉のような大皿に参列できました。かくして、玳瑁《たいまい》の筵《えん》にまじわって象牙の箸《はし》をわずらわせ、紫なす腴に光沢《つや》が出て、黄なる腹も御意にかない、まさに薑《きょう》を鳴らし、椒《しょう》を動かし、蘇《そ》［紫蘇］を紆《から》ませ、欓《とう》［食茱萸］をめぐらすとき、軽い瓢《ひさご》をそっと動かせば、枢［刺楡］の大皿は煙のようで、濃い汁がしばしとまりますれば、香りのよい料理がずらりとならび、緑の韲《せい》［細切り］のなかに身をまかせ、朱き唇のなかをさまよいます。恩をくわえ、沢をかみしめ、九回死のうともいといません。恐惶至極のあまり、つつしみて銅鐺門にまいり、表を奉呈して上聞に達します。

詔して答えられた。いわく、

上表文をみて、そちが池沼の紳士、河川の俊秀《エリート》であり、蒲《ほ》をくぐり、荇《こう》に入り、名代《なだい》の肥えてなめらかなものであり、この選抜の資格が充分あることをつぶさに知った。わざわざ感謝するには及ばない。（訳文は、今村与志雄『酉陽雑俎2』〈平凡社　東洋文庫　一九八〇〉によった）

すぐわかるように、この「䱒表」は、うなぎの一種である䱒《たうなぎ》を擬人化した作品である。その䱒は、もとは湖泥のなかにいたのだが、人間につりあげられて食卓にのぼり、いままさにたべられようとしている。そうした経緯を、当時じっさいにおこなわれていた表の上奏と、それへの詔答の形式にしたてて、ユーモラスにえがいたものである。この作は、擬人法はもとより、格調たかい上奏形式とこっけいな内容とのアンバランスが、まず読者の笑いをよびおこす。くわえて「粽熬将軍、油蒸校尉、臛州刺史」などの［料理用語をつかった］ふざけた官職や、「湖の底で流れに嗽《くちすす》ぎ、泥の中で石を枕にして」のごとき、すっとぼけた典故利用（「嗽流」「枕石」は、隠逸生活を暗示する語である。だが䱒が湖底で、隠逸生活をおくっていたはずがない）もあって、笑いのくふうにはことかかない。

だが、右の序文ふう部分の「当時の人々を諷刺した」（譏刺時人）のことばからみると、この作は、ただの遊戯文学ではなく、一種の諷刺作品でもあったようだ。ではこの作は、いかなる人びとを諷しようとしたのだろうか。「䱒表」を収録するもうひとつの書、『太平広記』巻二百四十六をひもといてみると、

後梁王琳、明帝時、為中書舎人。博学、有才藻、好臧否人物。衆畏其口、常擬孔稚珪。又為䱒表、以託刺当時。……時悪之、或以譏誚聞、孝明弗之罪也。其文伝於江表。

後梁の王琳は、明帝のときに中書舎人となった。博学で文辞にすぐれていたが、他人を品評するのがすきだった。人びとは王琳の品評をおそれ、いつも孔稚珪になぞらえていた。彼は「䱒表」をつくり、それに託して時政を諷刺した。…（䱒表）…当時の人びとはこの作をにくみ、朝政誹謗だと帝に上聞したが、孝明帝は王琳を

罰さなかった。彼の作品は江南にひろまった。

とある。これによると、この表が公開されたあと、当時の人びと（廷臣たちだろう）がこれをにくんで、孝明帝に上聞したという。すると、この作は「鮔が、釣られて料理され、食べられる過程を上表文の形式に綴って、当時おこなわれた上表文の空疏と虚妄を諷刺した」（今村同書三八頁）ものだったと理解してよさそうだ。だから廷臣たちがこの作をにくみ、朝政誹謗だと上聞する事態にいたったのだろう。

では、この韋琳「鮔表」は、諷刺ふう遊戯文学に属させるべきかというと、私にはそうはおもえない。というのは、第一に、後代の人びとが、「鮔表」を諷刺文学とみなしていないからだ。すなわち、この作は後代、文学作品を収録した『文苑英華』や『芸文類聚』ではなく、異聞や小説のたぐいをあつめた『太平広記』の、しかも「詼諧」（ユーモア）の項におさめられているのである（もうひとつの出典『酉陽雑俎』も、神怪な話をあつめた小説ふう書物である）。つまり、後代の人びとは「鮔表」に、諷刺のごとき高級な意図ではなく、「詼諧」というかるい要素しかみとめなかったのだ。こうした『太平広記』の「詼諧」の項への編入こそ、「鮔表」に対する率直な評価をものがたっていよう。(5)

第二に、作者の韋琳なる人物が、早口ことばがうまかったり、他人の悪口をいったりしていたなど、その言動が俳優めいている。こうした性癖や言動は、硬骨の争臣ではなく、宋玉や枚皋、東方朔などの幇間ふう文人を連想させるものである。

第三に、そのためか、「鮔表」における諷刺は、たとえば西晋の「銭神論」などにくらべると、はなはだ迫力にとぼしい（孝明帝が韋琳を罰さなかったのも、諷刺性が微弱だったからだろう）。それほど諷刺が微温的なので、諷刺性よりも遊戯性、つまり俳優ふうなおどけのほうがめだっている。たとえば、鮔が湖底からつりあげられたことを、「思いがけなく、ひとかたならずお目をかけられ、なみはずれて鈎りあげられるおあつかいをたまわり」などと攀援に擬し、また天子の食卓にのぼってたべられることを、「恩をくわえ、沢をかみしめ、九回死のうともいといません」などと感謝している。こうした鮑の口上は、「上表文の空疏と虚妄を諷刺した」というより、俳優ふうなおどけや自虐的気分のほうを感じさせよう。

これを要するに「鮑表」は、その序文にもかかわらず、諷刺の意図は微弱であり、むしろユーモラスな戯文（もしくは小説）だとみなすべきだろう。そうすれば、この作は、諷刺を寓した遊戯文学がおとろえてきたという、おおきな動向のもと、遊戯文学が諷刺の理念からはなれ、小説ふう読みものへ変質してきたことを、暗示したものではないかとかんがえられるのである。(6)

三　「誹諧文」の創作意図

右のように、六朝では諷刺ふう遊戯文学が衰微していたと主張したとすれば、とうぜん反論がでてくることだろう。すなわち、六朝期にも、他人批判や俳優ふうおどけではない、正真正銘の諷刺ふう遊戯文学が、かかれているではないか、と。たとえば、『文選』にも採録される孔稚珪「北山移文」は、その典型的な作だろう。この作は、一見すると「周子」（斉の周顒のこと）への個人攻撃を、おこなっているようにみえなくもない。しかしその実体は、当時はびこっていたにせ隠者や、それを賛美する欺瞞的な「朝隠」ふう隠逸観を批判したものであって、世俗諷刺をユーモアの糖衣でつつんだ作なのである（第十二章参照）。そのほか、西晋の左思「白髪賦」や魯褒「銭神論」など、あきらかに諷刺ふう遊戯文学のなかに属すべき作もないではない（第七・八章を参照）。

だが私見によれば、こうした明瞭な諷刺ふう遊戯文学は、六朝全体からみれば、少数派だというべきだろう。そうした作よりは、いっけん諷刺ふう遊戯文学のようにみえながら、そのじつ諷刺の意が確認できなかったり、また諷刺があったとしても、その意図が不明確だったりする作のほうが、おおいように感じられる。そこで、こんどは、いっけん諷刺ふう遊戯文学にみえる作品を考察しながら、ほんとうに諷刺の意が確認できるのか、さぐってみることにしよう。

まず、いかにも諷刺ふう遊戯文学とみなされそうな、宋の袁淑「誹諧文」をとりあげてみよう。この「誹諧文」は、単独の作品の名称ではなく、「驢山公九錫文」「鶏九錫文」「大蘭王九錫文」「常山王九命文」「勧進牋」の五篇の総称である。ここでは、比較的分量がおおい前三篇を紹介しよう。

まず「驢山公九錫文」は、標題からも想像できるように驢馬《ろば》を擬人化して、その驢馬にあたえた九錫文という形式をとった作である。

若乃三軍陸邁、糧運艱難、
┌謀臣停算、
└武夫吟歎。
爾乃
┌長鳴上党、
└慷慨応邗、
崎嶇千里、荷嚢致餐、用捷大勲、歴世不刊、斯実爾之功也。

音随時興、晨夜不黙。
┌仰契玄象、
└俯協漏刻。
応更長鳴、毫分不忒。雖挈壺著称、未足比徳、斯復爾之智也。

若乃
┌六合昏晦、
└三辰幽冥、
猶憶天時、用不廃声、斯又爾之明也。

┌青脊隆身、
└長頭広額、
┌脩尾後垂、
└巨耳双磔、
斯又爾之形也。

嘉麦既熟、実須精麪、負磨迴衡、迅若転電。恵我衆庶、神祇獲薦、斯又爾之能也。
爾有済師旅之勲、而加之以衆能。
是用遣中大夫閭丘騄加爾使銜勒大鴻臚・斑脚大将軍・宮亭侯、以揚州之廬江、江州之廬陵、呉国之桐廬、合浦之珠廬、封爾為驢山公。

わが軍が陸をすすむや、食糧運搬が難渋してしまった。謀臣はうつ手なく、将兵もなげくだけだった。ところが、なんじは高地の上党で鳴きごえをあげ、応邗の地で慷慨するや、千里のけわしき山道もものかは、荷ぶくろを背おい、食糧をはこんでくれた。かくして大功をあげたが、それは永遠に不滅である。これこそ、なんじの勲功なるぞ。

なんじの鳴きごえは、定時になりひびき、朝夕に声をあげぬことがない。うえは日月星辰の運行に一致し、したは時のうごきに一致しておる。五更に応じて鳴きごえをあげ、寸刻もたがうことがない。時間が正確だと称賛される挈壺《けっこ》の官も、そなたの精励ぶりにはおよばぬ。これもまた、なんじの叡知のあらわれなるぞ。

天地がくらくとも、日月星がかがやかずとも、なんじは天の時刻をきちんとおぼえていて、鳴きごえをあげることをわすれぬ。これもまた、なんじの明察のたまものなるぞ。

あおき背にもりあがった身体、ながい頭にひろい額、ながい尾はうしろにたれて、おおきな耳はふたつながら頭上にひろがっておる。これが、なんじのお姿なるぞ。

麦の穂がたわわにみのり、これをしらげる段ともなれば、なんじは臼をひき、さおをまわしてくれたが、それは迅雷のごとくはやかった。かくしてわが民衆に恵みをたれ、神がみも麦の供物をささげられた。これもまた、なんじのはたらきのおかげじゃ。

なんじは、軍旅をたすける勲功をあげ、さらに多大なはたらきもなしてくれた。そういうわけで、中大夫の閭丘騾を派遣して、なんじに使銜勒大鴻臚・斑脚大将軍・宮亭侯をくわえ、揚州の廬江、江州の廬陵、呉国の桐廬、合浦の珠廬の地をあたえ、さらになんじを驢山公に封ずることにするぞ。

この文は、「なんじを驢山公に封ずることにするぞ」でおわっているが、九錫文の定型からすれば、最後の部分は、「よって、なんじに九錫をくわう。以後も朕の命をつつしめよ」というような文言で、収束するはずである。おそらく脱落があるのだろう（冒頭にも、年月日や九錫をあたえるいわれを叙した文があるはずだが、それもない）(7)。ところで、この「驢山公九錫文」、荷をはこぶとか、定時に鳴きごえをあげるとかの習性を列挙しながら、驢馬の功績をたたえている。さらに、「閭丘騾」「使銜勒大鴻臚・斑脚大将軍」「廬江」「廬陵」「桐廬」「珠廬」などの、「驢」と同音や縁語ふうの字を多用するなど、こまかい技巧もみのがせない。なかなかこった遊戯作だといえよう。

つぎは、「鶏九錫文」をみてみよう。これも同種の遊戯文学だが、ここでは鶏を擬人化して、その鶏にあたえた九錫文という形式をとっている。

維神雀元年、歳在辛酉、八月己酉朔、十三日丁酉。帝顓頊遣征西大将軍・下雉公王鳳、西中郎将・白門侯扁鵲。
咨爾浚鶏山子。維君天姿英茂、乗機晨鳴。雖風雨之如晦、抗不已之奇声。
今以君為使持節・金西蛮校尉・西河太守、以揚州之会稽、封君為会稽公、以前浚鶏山為湯沐邑。
君其祇承予命、使西海之水如帯、国以永存、爰及苗裔。
　　　　　　　　浚鶏之山如礪。

神雀元年、辛酉の年、八月己酉の朔、十三日丁酉、帝顓頊は征西大将軍・下雉公の王鳳、西中郎将・白門侯の扁鵲をつかわす。

ああ、なんじ浚鶏山の子よ、なんじはうまれつき容姿うるわしきうえ、時機に応じて夜明けをつげる声をひびかせる。風雨はげしく、くらい朝でさえ、なんじのコケコッコーの妙音はやむことがない。よって、なんじを使持節・金西鸞校尉・西河太守に任じ、また揚州の会稽の地をあたえて会稽公に封じ、浚鶏山を湯沐の地におくろう。

なんじは朕のこの命をつつしみ、西海が帯のようにほそくなり、浚鶏山が礪石のようにちいさくなろうとも、なんじの封国をとわに存続させ、子孫にまでつたえてゆくように。

同種の九錫文であるが、やや「驢山公九錫文」よりみじかい。やはり脱落があるのだろう。例によって、「神雀」「辛酉」「丁酉」「征西」「下雉公」「王鳳」「西中郎将白門侯」「扁鵲」など、「鶏」や鳥に関連することばあそびもこらしている（西や白は、五行で酉（＝鶏）と一致する）。わかるひとには、わかる技巧である。

つぎは、「大蘭王九錫文」をみてみよう。ここでは大蘭王こと、豚にあたえた九錫文という形式をとっている。

大亥十年九月乙亥朔十三日丁亥、北燕伯使使者豪豨、冊命大蘭王曰、

咨惟君　稟太陰之沈精、
　　　　標群形於玄質、
体肥腯而洪茂、長無心以遊逸。資豢養於人主、雖無爵而有秩、此君之純也。

君昔封国殷商、号曰豕氏、葉隆当時、名垂於世、此君之美也。

白蹢彰於周詩、
渉波応乎隆象。
歌詠垂於人口、経千載而流響、此君之徳也。

君相与野遊、唯君為雄。顧群数百、自西徂東、
俯歛沫則成霧、
仰奮鬣則生風、
猛毒必噬、
有敵必攻。
長駆直突、陣無全鋒、此君之勇也。

大亥十年九月乙亥の朔、十三日丁亥、北燕の伯は、使者の豪豨をつかわして、冊書によって大蘭王に命をくだした。

なんじは、太陰の精気をうけて、くろき身体に各種の特徴を有しておられる。身体には肉がたっぷりついて長大なるも、つねに欲もなく、くつろいでおられる。君主より飼育の恩をたまわり、爵位はなくても、ごちそうだけはたっぷりいただける。これは、なんじの純真な心がけのためなるぞ。

なんじの祖先は、むかし殷の商の地に国を封じられ、豕氏と号されておった。当時に隆盛し、世に名声がひろまった。これは、なんじの美点なるぞ。

なんじの白蹄は『詩経』の周詩（漸漸之石）にうたわれ、「その詩での」「波を渉《わた》る」の語は、隆盛のしるしじゃった。かくして、その詩歌は人びとにうたわれ、千年後のいまもつたわっておる。これは、なんじの徳のあらわれなるぞ。

なんじがほかの動物といっしょに野であそべば、なんじだけが勇敢じゃ。ふりかえれば数百の群れとなって、西から東へ移動されておった。なんじが、うつむいて泡をふきだせば霧となり、あおむいて髭をふるえば風が生じる。そして猛毒があろうと、かならず口でガブッとかみつかれ、敵がいようと、かまわず攻撃をしかけられる。長駆して猪突猛進すれば、どんな陣営も無傷ではすまぬ。これは、なんじの勇気のあらわれなるぞ。

豚の活躍する場面をえがいただけで、封土や九錫文をあたえる云々の記述がないので、これも脱落があるのだろう。右二篇にくらべると、『詩経』の典故をつかったりして、すこし文飾の度がつよい作になっている。

以上、袁淑「誹諧文」を紹介してきたが、この一連の作は、いかにも諷刺がこめられていそうだ。じっさい、この作に対して、南宋の葉夢得が、

俳諧文雖出于戯、実以譏切当世封爵之濫。（『避暑録話』巻下）

この俳諧文は、あそび心から執筆されてはいるが、じつは当時における封爵の乱発ぶりを、そしったものなのである。

と指摘して以来、そうした見かたがひろまっている。

しかし、この葉夢得の見かたは、ほんとうに肯綮にあたっているのだろうか。葉夢得の推測にもかかわらず、袁淑に真に諷刺の意図があったのかどうかは、創作事情をしめす資料がない以上、確たることはいえない。じっさい、唐の孔穎達『春秋左伝正義』襄公二十八年では、

宋大尉袁淑、取古之文章令人笑者、次而題之名曰俳諧集。

宋の大尉の袁淑は、人びとをわらわす旧時の文をあつめて編纂し、『俳諧集』と名づけた。

と、「人びとをわらわす」諧謔味だけに言及して、諷刺のことにはふれていない。また明の張溥『漢魏六朝百三家集』袁忠憲集題辞でも、

陽源誹諧集、文章皆調笑。其於芸苑、亦博簺之類也。

袁淑『誹諧集』の文は、どれもユーモラスなものばかりだ。文苑では、遊戯文学の仲間にはいることだろう。

と指摘している。「博簺《はくさい》」とはすごろくのような遊戯をいう。そうしたすごろくの同類だというのだから、やはりあそびの文学だと理解しているのだろう。すると孔穎達と張溥の二人とも、袁淑「誹諧文」を諷刺をふくまぬ、純粋の遊戯文学だとみなしていたようだ。

現在においても、この作への見解は一致していない。たとえば、秦伏男「論漢魏六朝俳諧雑文」や譚家健「六朝詼諧文研究」（ともに「まえがき」参照）などは、諷刺の意があるとするほうにかたむき、いっぽう、銭鍾書『管錐編』

一三一一頁や、楊明「驢山公九錫文」（『古文鑑賞辞典』六四八～五〇頁　上海辞書出版社　一九九七）、朱迎平「漢魏六朝的遊戯文」（「まえがき」参照）などは、諷刺性のない戯文だとみなしている。このように、この袁淑「誹諧文」は、諷刺をふくむかもしれないが、しかし同レベルの可能性として、ただの戯文かもしれないし、個人的怨恨による意趣がえしの作かもしれないのである。(8)

四　「脩竹弾甘蕉文」の創作意図

もう一篇、やはり諷刺をこめていそうな、梁の沈約「脩竹弾甘蕉文」も検討してみよう。この作は、擬人化されたほそながい竹、つまり「脩竹」が、やはり擬人化された「沢蘭」と「萱草」の告発をうけ、陽光や水分を独占する「甘蕉」をぬきとるべしと、天子に奏弾した文章である。正統的な奏弾文の形式をかりて、検察官たる脩竹が沢蘭と萱草の証言を吟味しつつ、甘蕉の罪状をあきらかにして告発するところに、おもしろさがあるといってよい。まず、じっさいの文章を紹介しよう。

長兼淇園(1)貞幹(2)臣脩竹稽首。

臣聞
　芟夷蘊崇(3)、農夫之善法、未有蠹苗害稼、不加窮伐者也。
　無使滋蔓、翦悪之良図。

切尋蘇台前甘蕉一叢、
　宿漸雲露、擢本盈尋、階縁寵渥、鈴衡百卉。而与奪乖爽、毎叨天功、
　荏苒歳月(4)。垂蔭含丈。高下在心。以為己力。

風聞籍聴、非復一塗。猶謂愛憎異説、所以挂乎厳網(5)。

今月某日、有台西階、沢蘭萱草、到園同訴。

自称「雖慚杞梓、頗異蒿蓬。陽景所臨、由来無隔。今月某日、巫岫斂雲、臻楼開照。乾光弘普、罔幽不矚。

而甘蕉攢茎布影、独見鄣蔽。(6) 雖処台隅、遂同幽谷」。

臣謂偏辞難信、(7) 敢察以情。登摂甘蕉左近、（一句、脱落か？）杜若江離、依源弁覆。両草各処、異列同款。既有證拠、羌非風聞。

切尋甘蕉、出自薬草、本無芬馥之香、柯條之任、非有松柏後彫之心、蓋闕葵藿傾陽之識。馮籍慶会、稽絶倫等、
而得人之誉靡即、称平之声寂寞。遂使言樹之草、忘憂之用莫施、無絶之芳、当門之弊斯在。妨賢敗政、孰過於此。而不除戮、憲章安用。

請以見事、徙根翦葉、斥出台外。(8) 庶懲彼将来、謝此衆屈。


ながく淇園の貞幹の官をかねてきた臣、脩竹が、頓首してもうしあげます。臣は、雑草を剪除《せんじょ》するのは、農夫の適切な耕作法であり、蔓《つる》をはびこらせないのは、悪事を未然にふせぐ良策である、ときいております。よって、苗《なえ》をむしばみ稼《みのり》を害しながら、ぬきとられぬ悪草などありませんでした。

臣がおもいますに、蘇台前の甘蕉どもは、以前から水分たっぷりで、歳月をすごしてきました。おかげで茎《くき》のたけは一尋、樹影は一丈ほどになり、さらに、そのめぐまれた環境を笠にきて、百草の命運を自在にあやつっ

たのです。その褒貶はでたらめで、賞罰はかってきまま、おまけに天の恵みをぬすみとっては、自分の力だとおもいこむしまつです。

彼らに関するとかくのうわさが耳にはいりますが、その出所は一箇所どころではありません。しかし、愛憎の心は草木によってちがいますので、［無実の罪で］厳法にかけるケースもありうると、慎重にかんがえておりました。

ところが今月某日、蘇台の西階の沢蘭と萱草とが、わが竹園にきて告訴したのです。彼らは、つぎのようにうったえます。

「私たちは、高貴な杞梓にはおとりますが、つまらぬ蒿蓬などとはちがいます。ですから、これまで陽光のもとで、区別されることなく恵みをうけてきました。ところが今月某日、巫岫が雲をおさめ、朝日が秦楼をてらし、陽光があまねくそそがれ、どこも恵みをうけておりましたところ、甘蕉どもが、茎をのばして影をつくり、私たちはその影におおわれてしまったのです。かくして蘇台にいるといっても、幽谷にいるのとおなじになってしまいました」。

臣は、一方だけのうったえは信じがたいとかんがえ、おもいきって実情を視察することにしました。そこで甘蕉の左（東）側付近を踏査したところ、そこの杜若と江離は、まったくおなじ答弁をしたのです。沢蘭らと杜若らとは、べつの場所にはえており、列はべつですが、おなじく影になっていたのです。かくして、甘蕉どもの罪状証拠がそろいました。なんと、ただのうわさではなかったのです。

臣がおもいますに、甘蕉どもは薬草の出身で、もとより馥郁たる香《かおり》をもちあわせませんし、木材としても役にたちません。おまけに松柏のごとき節操もなく、葵藿のごとき忠信もありません。…八句未詳(9)…。

賢者をなやまし政道をあやまらせること、これ以上のことがありましょうか。この甘蕉どもを剪除せずして、どうして国法をあきらかにできましょう。どうか如上の罪によって、甘蕉どもの根をうつし、葉をきりとって、蘇台から追放していただきますよう。そして以後、ふたたび罪をおかさぬようこらしめ、また、これまでの草木たちの苦しみに謝罪するよう、おはからいください。

動物を擬人化するのはめずらしくないが、この「脩竹弾甘蕉文」では、動きのない植物を擬人化している。宋の范曄「和香方序」に、要路の人間を植物にみたてて、からかった事例があるが、それはただの比擬にすぎなかった。ところがこの作では、植物の脩竹や沢蘭、萱草らが、じっさいに証言したり弾劾したりしている。その意味でこの作は、より本格的な擬人化をおこなったものといえよう。

この擬人化手法が、「脩竹弾甘蕉文」の諧謔味をつよめている。たとえば、甘蕉を罷免することを、雑草をぬきとることに比擬したり（傍点(3)(8)）、甘蕉がわが世の春を謳歌するようすを、植物が水分をえて、はびこる状態とかさねあわせたり（傍点(4)）する表現。また甘蕉が成長して日光を独占した罪状を、丈のひくい沢蘭と萱草が、「茎をのばして影をつくり」云々と訴えるところ（傍点(6)）。また検察官たる脩竹が、甘蕉の罪をほぼ察知しながらも、一方的な訴えをすぐ信じることは冤罪のもとだと、もっともらしく自戒する部分（傍点(5)(7)）など、おなじ擬人法をつかった表現でも、「誹諧文」よりずっと手がこった手法である。さらに冒頭の「淇園」は、『詩経』衛風淇奥に「瞻彼淇奥、緑竹猗猗」とあるように、竹を産出する淇水の地をもじった地名であり（傍点(1)）、また「貞幹」は竹の異称で、いわば竹と縁語の関係にある（傍点(2)）など、ことばあそびに類したシャレもつかっている。こうしたあそびも、この作品の諧謔味をいっそう増幅させている。

こうした行文からすると、この作には、いかにも寓意や諷刺の意がありそうにおもわれよう。たとえば、権益をひとりじめし、能才の立身をさまたげる権臣を、正義の炎にもえた沈約が告発した、というような。じっさい、現代の研究者においても、

「脩竹弾甘蕉文」は新奇な寓言の文であり、なにかを寄託しているはずだ。『文昌雑録』では、「旧時の文集をみても、この文章に類した作はない。新奇な内容ではあるが、なにか寄託するものがあるのだろう」と評している。この文は、二つの典型的なイメージ、すなわち剛直な脩竹と賢人を嫉妬する甘蕉のイメージを、つくりだしている。そして比喩の手法をもちいながら、能才をおさえつけ賢人を嫉妬する権臣を批判しているのだ。着想は新奇にして、構想は精緻であり、一読にあたいする好文章である。(『中国古代散文鑑賞文庫　古代巻』五〇五頁　百花文芸出版社　二〇〇一)

のごとき解釈がなされることがおおい(執筆は諶東颷と李雯の二氏)。

だが、ざんねんながら、そうした見かたが、正鵠を射ているかどうかは、やはり確証がない。沈約がこの作を、いつ、いかなる意図でつづったかは、まったくわからないし、またこの作によって、当時の社会にいかなる波紋が生じたかについても、なんの資料ものこっていない。その意味で、権要にいる士人を諷刺したものか、ただの戯文としてつくったものなのか、それらはいっさい不明としかいえないのである。

この作についての唯一の言及として、清の譚献の

寓意甚顕、権要所不楽聞。然亦望而知為趨世之士、非有道者言。

寓意はたいへん明瞭である。権要にいる士人たちには、この作はおもしろくなかったことだろう。だが沈約の生涯をみれば、彼じしんが、時勢に便乗した士だったことがわかる。その意味で、この作は有道者の発言ではありえない。

という評言がのこっている（『駢体文鈔』中の案語）。これによると譚献は、この作を、権力者を諷した作だとみとめながらも、しかし沈約の「時勢に便乗した」世わたりからみて、自分の生きかたを棚にあげた議論にすぎないと、批判的にみているようだ。このように、この作はいかにも諷刺がありそうにみえるが、しかしその諷刺の内実は、「卞彬と同種の」手前勝手な批判かもしれないのである。これを要するに、この作も、権要にいる士人を諷刺したものか、利己的な批判文なのか、それともただの戯文にすぎないのか、それらはいっさい不明としかいえないのである。

だが私見によれば、こうした諷刺性確認のむつかしさは、やむをえないことだといってよい。そもそも、諷刺の有無の判定は、ほんらい微妙なものなのだ。あるといえばあるようにみえ、ないといえばないようにもみえる、ある状況では濃厚に生じるが、ある状況では跡かたもない、諷刺とはそういうものだろう。作者のほうも、「万が一の事態を考慮して」そうした微妙なところをねらって、つづっていたにちがいない。それゆえ、ときには諷された当人も気づかず、けっきょくは作者にしか、諷刺の意図がわからないというばあいもありえよう。

そうだとすれば、現代の我われが、ある作品を諷刺ふう遊戯文学かどうか判定するさいは、当時いかに受容されたかで判断するしかあるまい。つまり、その作品が公表された結果として、当時の社会になんらかの波紋（共感や喝采、あるいは被諷刺者の反発など）が生じておれば、その作は諷刺性を有していたとみなしてよかろう。逆に、そうした波紋をおこせず、まったく話題にならなかったら、作者の意図はどうであれ、その作は諷刺ふう遊戯文学とみとめられなかった（もしくは、諷刺ふう遊戯文学として機能しなかった）、とかんがえてよかろう。

そうしたわりきった判定法からすると、沈約「脩竹弾甘蕉文」は、当時の社会にいかなる波紋が生じたか、いっさい資料がのこっていない以上、諷刺ふう遊戯文学とみとめられなかった（もしくは、諷刺ふう遊戯文学として機能しなかった）と推定してよかろう。いっぽう、袁淑「誹諧文」のほうは、直接的な反応ではないが、その『宋書』本伝に、淑憙為誇誕、毎為時人所嘲。

袁淑は、ほら話やでたらめ話をするのがすきだったので、いつも世間の人びとから笑い物になっていた。

という記述がある。この「ほら話やでたらめ話をする」という行為が、「諧謔文」の執筆を意味するとすれば、この作は「世間の人びとから笑い物になっていた」という反応をまねいたわけで、つまり「諧謔文」は諷刺どころか、ばかばかしい戯文だとみなされたことになろう。すると、どうやら二篇とも、［作者の意向はどうあれ］諷刺ふう遊戯文学として機能しなかったのではないか、と推定してよさそうだ(10)。

五　自立できぬ遊戯文学

ところで、こうした六朝の諷刺ふう遊戯文学において、さらに注目したいことは、後代における評価のひくさである。六朝期に諷刺が軽視されたとはいえ、それ以後の時代では、六朝の諷刺ふう遊戯文学は、たかい評価をうけてもよかった。伝統的な文学観では、諷刺はやはり重視されるものであるからだ。

たとえば唐代を例にとれば、初唐の陳子昂が、「感遇」詩などによって、文学における諷刺性重視の文学観をうちだした。ややおくれて盛唐の李白が、風雅の精神を鼓吹した「古風」詩の連作をかき、またいわゆる社会派詩人とされる杜甫が、これにつづいた。そして中唐では、儒教の再興をモットーとした古文復興運動が発生し、さらに諷諭詩を得意とした白居易があらわれ、ふたたび文学における諷刺の重要さが、強調されるようになった。六朝とそれ以後の時代では、駢文と古文の対立など、文学史的におおきな断絶がよこたわっているが、それでも、こうした諷刺性重視の機運からすれば、唐代で六朝の諷刺ふう遊戯文学がみなおされ、再評価されてもよかったろう。しかし、なぜか唐代では（宋代以後も）、再評価されることはなかったのである。

すると、唐代以後の文人たちの、六朝諷刺ふう遊戯文学への冷淡ぶりには、それなりの原因があったとせねばならない。では、それはなにかといえば、おそらく、諷刺をユーモアでつつみこむという、諷刺ふう遊戯文学の本質への、根づよい違和感だったろう。つまり、ユーモアでつつんで、なにかを諷したとしても、それは次善のやりかたでしかない。士たるもの、ほんらい自分の命を賭してでも、正面から為政者に苦言や諫言を呈すべきだ。それなのに、それを実行する勇気がないので、しかたなくおどけながら諷刺している――という見かたである。後代の文人たちの脳裏には、こうした考えかたが、根づよく存していたのではないだろうか。

そうした考えかたからすれば、遊戯性よりも批判精神が旺盛な卞彬の諸作は、「偏屈者のやつあたりにすぎないとしても」まだ勇気ある諷刺文学として、高評価をあたえることができた。魯褒の「銭神論」も、おどけがおおいものの、それ以上に諷刺性が強烈なので、やはり高評価をあたえることができた。だが、それ以外の「韋琳「鉭表」や、袁淑「誹諧文」、沈約「脩竹弾甘蕉文」などの」諷刺が明瞭でない遊戯文学となると、遊戯性がゆたかなぶん、かえって俳優のおどけにちかかったり、直言をさけた印象がつよかったりして、肯定的な評価をくだしにくかったのだろう。

こうした、諷刺ふう遊戯文学への心理的抵抗感は、特定の守旧的な文人だけが有していたのではなく、どうやら進歩的と目された文人たちの脳裏にも、存在していたようだ。わかりやすい例として、唐代中期における遊戯文学の傑作「毛穎伝」をとりあげ、その評価をかんがえてみよう。

このユーモラスな韓愈「毛穎伝」が公表されるや、当時の人びとは、おおむね俳味がかった戯文だとして、冷淡な態度をとったようだ。それに対し、敢然と「毛穎伝」弁護の論をはったのが、柳宗元であった。その論が、彼の「読韓愈所著毛穎伝後題」である。関鍵の部分を引用してみよう。

且世人笑之也、不以其俳乎。而俳又非聖人之所棄者。詩曰、「善戯謔兮、不為虐兮」、太史公書有滑稽列伝、皆取乎有益於世者也。故学者終日討説答問、呻吟習復、応対進退、掬溜播灑、則罷憊而廃乱。故有「息焉游焉」之説。「不学操縵、不能安絃」、有所拘者、有所縦也。……韓子之為也、亦将弛焉而不為虐歟、息焉游焉而有所縦歟。

世人がこの「毛穎伝」を冷笑するのは、おどけがあるからだろう。だが、このおどけは、聖人がおすてになったものではない。『詩経』淇奥に「善く戯謔するも、虐を為さず」といい、『史記』にも「滑稽列伝」があるが、これらは、おどけが世道に有益な点をたかく評価したからだろう。

勉学する者は、一日じゅう討論し議論し、また呻吟しつつ復習する。さらに進退作法や家事しごとも——とくれば、疲労困憊してしまうだろう。ここにおいて、「休息し、あそぶ」（『礼記』学記）必要がでてくるのだ。「操作法をまなばないと、絃も安定できない」（『礼記』学記）ように、なにごとにも、おすと同時に、ひくことも必要なのである。

……韓愈のつくった「毛穎伝」は、「右のような意味での」気分をゆるめて、おどけようとしたものではないだろうか。休息し、あそんで、「緊張した精神を」ときはなとうとするものではないだろうか。

ここで、柳宗元は、「毛穎伝」を弁護するのに、『史記』滑稽列伝をひいて、「俳」（おどけ）にも世道への益があることをいう。そしてその具体的な効用として、緊張をときはなつ休息としての機能を強調している。しかし、こうした弁護は、「毛穎伝」の価値を認識したうえでの、必要にしてじゅうぶんな議論だったのだろうか。この柳宗元の「毛穎伝」弁護のしかたについては、川合康三氏に的確なご指摘があるので、それをひこう。

このように柳宗元は「毛穎伝」を緊張からの弛緩、休息、奇味として、その存在理由を認める論を立てている。韓愈が経書のことばを楯に逃げたかにみえるのに較べれば、単に経書を引いて事足れりとするのでなく、それにもとづいて「戯」のもつ功用性を多方面から説いていることは、より積極的な肯定と考えられよう。この柳宗元の文は遊びの意義を肯定する、貴重な資料に数えられるかもしれない。

> しかしながら柳宗元にあっても、それは初めの部分の「俳も又た聖人の棄つる所の者に非ず」という言い回しからもうかがえるように、否定されてはいないという形での肯定の枠から抜け出すことはできない。休息は文字通り息抜きとして許されるだけであって、勉学の方が中心に据えられていることは揺るがず、自立したそれじたいの意味はもちえないまま、付随的に「世に益有」る価値が認められているにとどまる。「毛穎伝」を「俳」とみなす世間の否定的評価を、柳宗元は反転させたわけだが、「俳」が正面を切った全否定ではないのと同様に、柳宗元の評価も許容しうるものとして肯定するにすぎないのである。（「戯れの文学―韓愈の戯をめぐって」『終南山の変容』所収　研文出版　一九九九）

このように、遊戯文学の価値という点では、唐代の柳宗元でさえ、世道への益をいうだけであり、せいぜい真摯な努力への休息ぐらいでしか、みとめていないのである。これでは、本質的には、司馬遷や劉勰らの伝統的な遊戯文学観と、かわりばえしないといわれてもしかたがあるまい。

そもそも遊戯文学の評価は、遊戯性じたいの価値をみとめないかぎり、たかまらないだろう。その意味で柳宗元は、世道への益や緊張からの休息などで、遊戯性を弁護するべきではなかった。むしろ遊戯性は、ひとの心を日常性から解放して、疲弊した精神を活性化させるものであり、それじたい、ひとが文化的生活をおくるには必須のものなのだと、積極的に主張すべきだった。遊戯性のそうした本質的価値をきちんと認識しておれば、韓愈「毛穎伝」への弁護も、もっと説得力がたかまったことだろう。だが柳宗元には、それができなかった。彼ら唐代文人たちは、遊戯性の価値を積極的に認識するには、「役人に命じて俳優をきりころさせるほど、俳優のおどけをきらった」孔子直伝のきまじめな儒者的気質が、あまりにつよすぎたのだろう。

　これを要するに、六朝遊戯文学への評価においては、［六朝の］作者じしんはもとより、後代の文人や批評家たちも、遊戯性の価値を積極的に認識することができなかったのである。そうだとすれば、六朝文人たちの心中には、諷刺を遊戯性の糖衣でつつむことの負い目が、おりのようにたまっていたにちがいない。そうしたなかで、諷刺ふう遊戯文学をつづったとしても、「ほんらい上奏して堂々と論ずべきなのに、おどけまじりでつづっている」といううしろぐらい思いが、脳裏をよぎらざるをえなかったろう。いきおい、彼らの創作精神は萎縮せざるをえず、その諷刺意欲も、天下国家をうれう意気軒昂な政治批判ではなく、ちまちました鬱屈ばらしや皮肉のほうに、むかわざるをえなかった。それがけっきょく、六朝の諷刺ふう遊戯文学に、［「醜婦賦」のような］底意地のわるさや［「鮔表」のような］いじましさ、さらには［卞彬の作のような］からつっぱりなど、要するに、じめじめした陰鬱な笑いしか、もたらさなかったのだろう。その意味で、諷刺ふう遊戯文学は、劉勰こそ理想的な遊戯文学だと強調したけれども、けっきょくは発育不全のまま自立できなかった、と評してよかろう。

六　追従ふう遊戯文学

　では六朝には、じめじめしていない、もっと明朗な遊戯文学はなかったのかといえば、それはないではなかった。すなわち、社交ふう遊戯文学［やかくれた遊戯文学］が、それにちかいといってよかろう。これらの文学については、本書の各所でなんどか論じたので（第四・十四・十七章など）、ここでは詳論しないが、要するに、六朝の集団文学における遊戯的な詩文創作が、それにあたるといってよい。六朝貴族たちは、文学サロンや詩会をひらいて、競争的即興、ごっこあそび、同題競采などの文雅なあそびをおこなったが、そうしたさいには、和韻や賦韻、さらに故意の断章取義、擬人法、錬字、押韻、平仄などの技巧を駆使しつつ、遊戯的な詩文を応酬して、たのしんでいたのである。
では、これら社交の場での遊戯文学は、なんの屈託もない、たのしいあそびの詩文だったのかといえば、ざんねんながら、そうともいえないようだ。というのは、当時の文学サロンは、有力者たちが主催したものであり、そこにつどう文人たちのおおくは、詩文の才腕を発揮して有力者に顔をうり、その攀援を期待していたからである。そのため、文学サロンでつくられた詩文は、どうしても、これみよがしの技巧作になったり、歯のうくような諂諛の文になったりしやすかった。ここでは、梁武帝の文学サロンに関する話柄を、二つほどあげてみよう。

［南史巻三九劉孝綽伝］武帝時因宴幸、令沈約、任昉等言志賦詩、孝綽亦見引。嘗侍宴、於坐作詩七首。武帝覧其文、篇篇嗟賞。由是朝野改観。累遷秘書丞。武帝謂舎人周捨云、「第一官当然当知用第一人」。故以孝綽居此職。

武帝は当時、宴席に出席したおり、沈約や任昉らに命じて、思いをのべたり詩をつくったりさせていたが、劉孝綽もまたその場によびだされていた。あるとき孝綽が宴にはべるや、その場で詩七首をつくった。武帝はそれをご覧になり、一篇一篇たいへんに感心した。これによって朝野の人びとは、孝綽をみなおしたのだった。やがて孝綽は累遷して秘書丞になった。そのとき武帝は、舎人の周捨に「［秘書丞のような清官たる］第一官には、第一級の者を任用すべきだ」といった。こうして、孝綽はそのポストについたのだった。

わかき劉孝綽は、梁武帝の文学サロンにおいて、沈約や任昉らの大家に伍しつつ、すぐれた詩の即興で武帝の称賛をあびた。その結果、「朝野の人びとは、孝綽をみなおした」という。そのきっかけとなった詩七首（佚）とは、どんなものだったのだろうか。おそらく、これみよがしの技巧を駆使しつつ、武帝の治世や功臣の有能ぶりを大仰に称賛した、追従ふうの内容だったろう。かくして、累遷した劉孝綽は、清官たる秘書丞のポストをえることができた。

そのときの、武帝の「第一官には、第一級の者を任用すべきだ」という称賛のことばは、劉孝綽の官界での出世レースに、強力なあとおしになったことだろう。

右の例は、遊戯性をふくんでいないが、こんどは、ユーモアと関わりがある事例を紹介しよう。

［南史巻五三蕭綸伝］綸鎖在第、舍人諸曇粲并主帥領仗身守視、免為庶人。経三旬乃脱鎖、頃之復封爵。後預餞衡州刺史元慶和、於座賦詩十二韻、末云「方同広川国、寂寞久無声」。大為武帝賞、曰、「汝人才如此、何慮無声」。旬日間、拝郢州刺史。

蕭綸は府邸にとらわれ、舍人の諸曇粲や軍将らが武装兵をひきいて監視し、蕭綸は庶人におとされた。やがて三旬をへてから、禁固から解放され、しばらくしてから封爵を回復したのである。

そののち、衡州刺史の元慶和を餞別する会に参加したとき、宴席で十二韻の詩をつくったが、その末尾を「方《まさ》に広川国と同じく、寂寞《せきばく》として久しく声無し」とむすんだ。これが武帝にたいへん称賛され、「なんじはこれほどの才腕があれば、どうして〈声無し〉を心配する必要があろうか」といわれた。旬日の間に、蕭綸は郢州刺史を拝したのである。

蕭綸が元慶和餞別の宴席でつくった十二韻の詩は、この末尾の二句以外は現存しない。だが推測するに、おそらく蕭綸は末尾の「声無し」（無声）に、「［元慶和が赴任する衡州の地は］しずかだ」の意と「［自分に］名声がない」の意とを、ひっかけているのだろう。武帝はそれに気づいて、即座に「なんじはこれほどの才腕があれば、どうして〈声無し〉を心配する必要があろうか」と応じたのである。つまり、蕭綸の詩は、双関による謎かけをしくんだ、遊戯ふう文学だったのだろう。この自嘲めいた詩末のおどけが、案のじょう、武帝の心をなごませ、同情心を喚起することができた。それによって、蕭綸は刑余の身でありながら、旬日の間に郢州刺史を拝するという、破格の厚遇を手にいれることができたのだった。

右の二例は、武帝の寛仁さをしめすものとして、称賛することもできようし、逆に、恣意的な昇進をおこなったものとして、非難できなくもないだろう。ただ、いずれにせよ、こうした話柄によって、権貴がひらく文学サロンやそこでの詩会が、たんなる文雅をたのしむだけの場でなかったことは、よく了解できよう。つまり、この種のサロンや詩会の場で、すぐれた詩文やユーモラスな文学がつくられたとしても、それは詩文を詩文として鑑賞したり、諧謔を諧謔としてたのしんだりするために、つくられたものではなかった。当時の文人（とくに寒門出身の文人たち）が、文学サロンに参加する窮極の目的は、

○由是朝野改観。

これによって朝野の人びとは、孝綽をみなおしたのだった。

のように立身のきっかけをつかんだり、

○旬日間、拝郢州刺史。

旬日の間に、蕭綸は郢州刺史を拝したのである。

のように、官位を手にいれたりすることにあったのである。その意味で、サロンにつどった文人たちは、けっきょく宋玉ふう宮廷文人の同類だったと理解して、大過ないだろう。そうであれば、彼らのつづる詩文が、遊戯文学というより、消閑文学やごますり文学の傾向をおびざるをえなかったのも、とうぜんのことだったろう。

かくして、六朝期では、諷刺ふう遊戯文学が重視されないのはもとより、社交の場での遊戯文学のほうも、邪念のない明朗なユーモアをもちあわさなかった。こうしたところが、遊戯文学の健全な成長がなされず、他人批判やおどけ文学になったり、また弱者からかい文学や消閑文学の傾向を、おびたりした原因だったとおもわれる。そして六朝

の遊戯文学が、後代たかく評価されなかったのも、けっきょくはこのあたりに理由があったのだろう。

注

（1）儒教ふう文学観では、遊戯性の評価がひくかったせいか、遊戯文学をあつめた選集も、六朝ではほとんど編纂されなかったようだ。『隋書』経籍志で、六朝期の遊戯文学の選集と目されるものをさがせば、巻三十五の「経籍志四集部総集類」のなかに、

『誹諧文』十巻（袁淑撰。梁有『続誹諧文集』十巻。又有『誹諧文』一巻、沈宗之撰。『任子春秋』一巻、杜嵩撰。『博陽秋』一巻、宋零陵令辛邕之撰。亡）。

がみつかったぐらいである。これらは、いずれも十巻以内の小著にすぎない。六朝期には『世説新語』のごとき逸話集や、『玉台新詠』のごとき艶詩の選集があまれながらも、それらに相当するような遊戯文学の選集がつくられなかったのは、私にはふしぎに感じられる。儒教ふうな鑑戒的文学観がよわまった六朝期においてさえ、やはり遊戯文学は価値のひくいものだとかんがえられていたのだろう。

（2）昭明太子は「陶淵明集序」において、

白璧の微瑕《びか》なる者は、惟《た》だ閑情の一賦に在り。揚雄の所謂「百を勧《すす》めて一を諷する」者にして、卒《つい》に諷諫無し。何ぞ必ずしも其の筆端を揺《ゆ》らさん。惜しいかな、是《これ》亡《な》くしても可なり。

とかたっている。この記述によるかぎりでは、太子は諷刺性を重視していたようにみえる。すると、諷刺性についてかたらぬ「文選序」との不整合さが、問題にされなくてはならない。この問題に対しては、たとえば、昭明太子が「閑情賦」を批判したのは、それが賦ジャンルだったから、とくに諷刺を重視したとか、昭明太子の文学観が、「陶淵明集序」のときと「文選序」のときとでは、変化していたとか、いろんなことが想定できよう。そうした想定のひとつとして、近時に指摘されている、『文選』編纂の真の主事者は昭明太子ではなかった、という議論もあげられよう。つまり、『文選』の編纂は、実質的には側近の劉孝綽がおこなったもので、昭明太子は名目上の立場にいたにすぎなかった、という説である。こうした考えか

たを敷衍すれば、「文選序」は昭明太子の作ではなく、劉孝綽らの代作だったと理解することも可能だろう。そうすれば、「文選序」と「陶淵明集序」とのあいだで、諷刺性に関する多少の不整合が生じていたとしても、それほどおかしいことではないことになる。なお後考を期したい。

(3) ただし、蕭綜「銭愚論」は、魯褒「銭神論」を模した作である。すると、単純な他人批判ではなく、ひろく世俗の拝金風潮を諷刺しようとした作だったかもしれない。第七章も参照。

(4) 『酉陽雑俎』の文は、『太平広記』巻二百三十四（食）にも、同書の出典を明記して、ひかれている。つまり『広記』は、巻二百三十四と巻二百四十六（詼諧二　こちらは出典明記せず）の二箇所に、「鮔表」を引用しているのである。

(5) 「鮔表」の文は、押韻がほどこされていないので、文学的見地からも、高級な作とはみなされなかっただろう。六朝のころ、「有韻の文＝高級な文学、無韻の文＝周縁ふう文学」の考えかたがあったことについては、第十五章を参照。

(6) 韋琳「鮔表」は、こっけいな内容や無韻のスタイルからみると、『啓顔録』や『世説新語』などのユーモラスな小説集のなかに、編入されていてもおかしくない。いっぱんに遊戯文学は、怪力乱神をかたることにちかづきやすいので、内容的には小説ジャンルに接近しやすい。じっさい、『文心雕龍』諧讔篇でも、遊戯文学と小説ジャンルとを、似たような位置にあると指摘している。私見によれば、ユーモラスな小説を、典故や対偶、押韻などの修辞技巧でかざりたてれば、劉勰がみとめるような「遊戯文学」の一篇に昇格するのではないかとおもう。

(7) 九錫文の構造については、拙稿「潘勗の冊魏公九錫文について」（『古田教授退官記念中国文学語学論集』　東方書店　一九八五）を参照。また六朝のひと、蔵彦（生没年未詳）にも「弔驢文」があり、どうやら「驢山公九錫文」を模しているようだ。

(8) 袁淑「誹諧文」の遊戯技法や創作意図については、松浦崇「袁淑の誹諧文について」（「日本中国学会報」第三一集　一九七九）にくわしい。

(9) 稀代麻也子『宋書のなかの沈約』第2章（汲古書院　二〇〇四）で、この沈約「脩竹弾甘蕉文」の全訳がなされている。同書は、難解なため訳を略した八句（……の部分）もきちんと翻訳し、しかもここには馮衍や嵆康らの典故があると主張して、沈約の秘めた寓意をさぐっておられる。だが、この部分、ほんとうにそうした典故が、ふまえられているのだろうか。私にはよくわからなかった。

（10）諷刺をユーモアでつつみこんだ文学を、遊戯文学の理想とするのは、いわば司馬遷以来の公式見解みたいなものだったろう。すると、沈約や袁淑、さらには韋琳らの脳裏には、「誹諧文」や「脩竹弾甘蕉文」等の文章をつづれば、おそらく周囲の者が諷刺性を云々してくれるだろう、という期待（あるいは甘え）があったのではないかとおもう。つまり六朝文人たちは、そうした期待（甘え）にもとづきつつ、いかにもそれらしい「諷刺めかした遊戯文学」を、つづっていたのではないだろうか。なんの根拠もないけれども、私は、沈約らの作は、そうした期待（甘え）によりかかった「諷刺めかした遊戯文学」であり、実質は諷刺性よりも遊戯性のまさった作だろう、と推測している。

第十二章　孔稚珪「北山移文」論

『文選』巻四十三に収録される孔稚珪の「北山移文」は、六朝における美文の名篇として、つとにしられている。この作品は、周顒《しゅうぎょう》という人物の変節を非難した文だが、ユニークなのは、周顒を弾劾するのに、いっぷうかわった手法をとっていることだ。すなわちこの文は、単純に作者が周顒を非難するのではなく、北山（鍾山ともいう）という建康近郊の山を擬人化し、その北山の精霊が、配下の草や木々に文書をふれまわして、周顒のにせ隠者ぶりを告発する、という設定をとっているのである。それゆえこの作品は、移文（官庁のふれぶみ）ふうの公的な要素と、戯文ふうの諧謔的な要素との、両様の性格を有するにいたっている。

そうした複雑な性格を有するためか、この作を文学史でいかに位置づけるかは、なかなかむつかしかったようだ。たとえば、六朝文学を代表する美文だと規定したり、にせ隠者を非難した真摯な諷刺作品だと論じたり、さらにはユーモアを意図した作だと主張したりというふうで、むかしからさまざまに評されてきている。本章は、この各様に理解しうる孔稚珪「北山移文」の本質をあきらかにし、あわせてその文学史的な位置づけをこころみようとするものである。(1)

一　孔稚珪の人となり

「北山移文」をかんがえるまえに、作者の孔稚珪《こうちけい》（四四七～五〇一）について、その人となりを概観しておこう。

孔稚珪の伝は、『南斉書』巻四十八と『南史』巻四十九におさめられている（『南史』では「孔珪」とするが、本書では「孔稚珪」で統一する）。この両書は、孔稚珪の伝記をつづるにさきだって、ともにその父親について記述している。それによると父の名は霊産、泰始中に晋安太守になったが、隠逸の志があったようで、

有隠遁之志、於禹井山立館、事道精篤。吉日於静屋四朝拝、涕泣滂沱。（『南史』本伝による。以下もおなじ）

［孔霊産は］隠遁の志があり、禹井山に学館をたてて、熱心に道教を信奉していた。吉日には静屋において四方に拝礼して、涙をポロポロとながしていた。

という逸話をのこしている。霊産は、また「星文を解し、術数を好」んだが、この特技によって蕭道成（四二七～四八二）こと、のちの斉の太祖と密接な関係をもった。すなわち昇明元年（四七七）、宋の無道の天子、後廃帝を弑殺して実権をにぎりかけた蕭道成に対して、宋の将軍沈攸之が挙兵した。蕭道成が企図した、権力奪取の命運を決定するもっとも緊要なこの時期に、霊産は

攸之の兵衆は強しと雖も、天時の冥数を以て観れば、能く為す無きなり。

といって、蕭道成をはげましている。蕭道成はこのとき、沈攸之の挙兵を鎮圧することに成功し、けっきょくは斉王朝樹立への関門を突破することができた。この一件から、孔霊産は斉の王室と、ふかい友好関係をもったことが想像され、それはおそらく、稚珪の立身にも、よい影響をあたえたことだろう。

さて、その孔霊産の息子の稚珪は、あざなは徳璋、会稽の山陰の出身である。わかくして学問にはげみ、誉れがあった。はじめは王僧虔や宋の安成王につかえたが、やがて昇明元年（四七七）、宋の後廃帝を弑殺した蕭道成が驃騎将軍となると、三十一歳の孔稚珪は彼の記室参軍となった。このころには、すでに文辞の才腕がみとめられていたようで、江淹とともに、蕭道成の幕下で辞筆をつかさどっている。やがて父霊産の死によって、兄の仲智とともに喪に服す。彼の官歴の中で空白の時期は、この時期だけであり、父の喪があけてからの孔稚珪は、司徒従事中郎をふりだしに、おおくの顕官を歴任し、最後には太子詹事となっている。途中、一度も免官のうきめにあったことがなく、暗黒の政治情勢がつづいた当時としては、彼はまず順当な生涯をおくったといってよかろう。

官人としての孔稚珪は、有能にして、気性のはげしい実務官僚だったと規定できよう。たとえば廷尉だった四十四歳のとき、律章の制定に関して「上新定律注表」を奏上し、また南郡太守となったときは、虜の南侵に対して「上和虜表」をたてまつっている。前者は刑罰を詳細に論じたものであり、また後者は北魏の連年の侵攻によって、民草がおおく死傷しているのをみて、融和政策を具申したものである。これらは、ともに時勢の動きをよく観察した議論であって、彼が当時の文人にはめずらしい、社会的関心も有した人物だったことをしめしていよう。だがこれらは、帝の嘉納するところとはならなかった。この「上和虜表」がとりあげられなかったさい、彼は侍中に任命されてもつかなかったという、気性のはげしさを発揮している。こうした進退には、相手の貴賤上下の別なく、筋をとおそうとする頑固さが感じられよう。

こうしたはげしい気性がよく発揮されたのが、彼が御史中丞についていたときであった。永明十一年（四九三）、孔稚珪四十七歳のとき、雍州刺史の王奐が、罪を捏造して劉興祖を投獄した。そして冤罪のまま撲殺し、しかもその死を自殺にみせかけるという事件をおこした。この事件が発覚するや、御史中丞の孔稚珪は斉の武帝（在位四八二～四九三）の意をうけ、王奐を弾劾する「奏劾王奐」をつづっている（『南斉書』巻四九）。また同年、武帝の死去のさいには、王融が蕭子良の即位をもくろんで、失敗するという事件をひきおこした。この事件においても、孔稚珪は鬱林王（在位四九三～四）の意にしたがって王融を弾劾する「奏劾王融」をかき、王融を害するのに一役かっている（『南斉書』巻四七）。こうした、御史中丞としての果敢なはたらきは、酷吏ふうの一面をしめすといえよう。

孔稚珪は私生活のうえでも、これに類する逸話をのこしている。それは、父の死去によって一時的に官位をさって、兄の仲智とともに喪に服していたときのことである。兄の愛妾の李氏が「驕妬無礼」だったため、孔稚珪は太守の王敬則に告発して、ころさせたという。『南斉書』『南史』ともに、この逸話をのせているが、いかに「驕妬無礼」だったにせよ、父の喪中に兄の愛妾をころすという行為は、やはり当時の人びとの耳目をそばだたせる行為だったに相違ない。この事件について史書はなにも論評しないが、史官はおそらく、この逸話を収録することによって、孔稚珪という人間の本質を、暗示しようとしたのではないだろうか。こうした、不正や「驕妬無礼」をきらい、しかもそれを果敢に糾弾するはげしい気性は、彼の持ちまえだったようだ。こうした気性は、「北山移文」をかいて周顒の変節を非難することとも、一脈つうじるところがあるようにおもわれる。

このように、孔稚珪は気性のはげしい法務官僚ふうイメージがつよいが、しかし彼の基本的立場は、やはり儒家的倫理にのっとったものであった。というのは、孔稚珪にはまた、つぎのような逸話があるからである。斉のとき、朱謙之というひとがいた。謙之のちいさいころ、母親が死んだ。母の遺体は田野の一隅に仮埋葬されていたが、その墓が、一族の朱幼方がつけた野焼きの火によって、やかれてしまった。これをうらんだ謙之は、長じるや朱幼方をころし、みずから出頭して獄につながれたのである。県令がこの事件を中央に報告しようとするや、別駕だった孔稚珪は、劉璡や張融らとともに、刺史の豫章王に「与豫章王牋請宥朱謙之」という牋をおくって、朱謙之の行為を弁護した。

この事件が天朝にとどくや、武帝は謙之の行いを義とし、そしてこれ以上の報復を禁じた。しかし、この事件はこのままでは大団円とはならず、やがて幼方の子が謙之をころし、さらに謙之の兄がまたその幼方の子をころすという、一族どうしの血なまぐさい仇討ちの応酬にひろがってゆく（『南斉書』巻五五）。

ところで、そうした後日談はさておき、孔稚珪らが朱謙之をすくうためにかいた「与豫章王牋請宥朱謙之」に注目してみよう。この牋のなかに、つぎのような記述がある。

礼開報仇之典、以申孝義之情、法断相殺之条、以表権時之制。謙之揮刃酬冤、既申私礼、繋頸就死、又明公法。今仍殺之、則成当世罪人。宥而活之、即為盛朝孝子。殺一罪人、未足弘憲、活一孝子、実広風徳。

礼は仇討ちの典範を規定して、孝義の情を推奨しており、また法は「仇討ちによる」相殺の条文を廃止して、臨機の制度といたしております。朱謙之が刃をふるって仇をころしたのは、私礼をおこなったわけであり、また自首して罪に伏そうとしているのは、公法をあきらかにしたものであります。この朱謙之、もし刑殺されれば、当世の罪人となりますが、もし罪をゆるされれば、盛朝の孝子となることでしょう。ひとりの罪人を刑殺したとて、法を世に徹底させることはできませんが、ひとりの孝子をいかせたなら、道義を世にひろげることができるのです。

この孔稚珪らの牋（『全斉文』は張融の作とする）には、［仇討ち禁止の］法は法として必要性をみとめるものの、それを超越したより高邁な価値として、儒教ふうな「孝義の情」をみとめる志向がよくあらわれている。こうした、仇討ちを義とする考えかたは、孔稚珪が、酷吏ふうの法務官僚的な立場ではなく、儒教思想にかたむいた人物だったことをしめすものだろう。

ただし、官僚としての立場をはなれると、孔稚珪はこうした処世とはことなった、道教ふうな側面をしめしている。

彼は私生活のうえでは、「風韻清疏にして、文詠を好み、酒を飲むこと七八斗」だったという。そして、外兄の張融や王思遠、何点・何胤兄弟たちとしたしく、「世務を楽しまず」だったと『南史』はかたっている。そうした生きかたと関連して、つぎのような逸話をのこしている。

居宅盛営山水、憑几独酌、傍無雑事。門庭之内、草莱不翦。中有蛙鳴、或問之曰、「欲為陳蕃乎」。珪笑答曰、「我以此当両部鼓吹、何必效蕃」。王晏嘗鳴鼓吹候之、聞群蛙鳴。曰、「此殊聒人耳」。珪曰、「我聴鼓吹、殆不及此」。晏甚有慚色。

孔稚珪は自分の邸宅のなかに、山水の趣を有した庭をつくった。そして机によりかかって独酌し、なんの雑事もないかのようだった。門庭の内は雑草がしげるにまかせ、蛙がないていた。ある人がたずねた。「[後漢の]陳蕃をきどっているのですか(2)」。すると稚珪はわらって、こたえた。「私は、蛙の鳴きごえを太鼓や笛の音だと、こころえている。どうして陳蕃をまねることがあろうか」。

王晏はかつて、太鼓や笛をならして、稚珪をでむかえた。そのとき蛙がしきりにないたので、「蛙の鳴きごえがうるさいなあ」といった。すると稚珪は、「私が耳にしている太鼓や笛の音は、この蛙の鳴きごえほどうるさくないよ」といった。王晏は、ひどくはじてしまった。

こうした「世務を楽しまず」という孔稚珪の態度は、彼の道家ふう側面とかかわっていよう。さきに、孔稚珪の父の霊産が、「隠遁の志があり、禹井山に学館をたてて、熱心に道教を信奉していた」ことを紹介したが、どうやら孔稚珪の家は、代々道教を信じていたようである。孔稚珪には、蕭子良と道仏の教えに関して議論した書簡「答竟陵王書」(『弘明集』巻一一)が残存している。その書簡の一節に、

民積世門業、依奉李老。以沖尽為心、以素退成行、迹蹈善万之淵、神期至順之宅。民仰攀先軌、自絶秋塵。而宗

心所向、猶未敢墜。

民《わたくし》の家は代々道教を奉じておりまして、心を虚しく静め、行を飾らず、ひかえめにし、振舞はすべて善の集るところを踏みおこない、心には最も素直な境地を望んで参りました。民も祖先の軌《きまり》にかしこみ従い、秋の塵ほどのけがれをもたちきりました。宗心の向うところ、いまなお失わずにおります。（訳文は牧田諦亮『弘明集研究』による　京都大学人文科学研究所）

とあり、自分の家が代々道教を奉じてきたことを告白している。

その他、孔稚珪の道教に関連した逸話として、剡の白石山に太平館をたてて隠遁していた道士の褚伯玉が死ぬや、その館のそばに碑文をたてたことや、またやはり道士である杜京産をたかく評価して、沈約や陸澄、虞悰、張融たちとともに「薦杜京産表」をたてまつって、朝廷へ推挙した話柄もあげられよう（ともに『南斉書』巻五四）。さらに『南史』顧歓伝に、

会稽の孔珪嘗《かつ》て嶺に登りて［顧］歓を尋ね、共に四本を談ず。

とあるように、孔稚珪は清談の重要なテーマだった、四本論を論ずることもあったようだ。これらの話柄は、彼の道家思想への傾倒が、かなりのものだったことをうかがわせる。

ただし、こうした道教や隠者への関心は、当時の流行的風潮であり、孔稚珪という人物をかんがえるうえでは、あまり重視すべきではなかろう。道家思想への共感をいかにしめしたとしても、さきにみたように、孔稚珪は現実には父の喪中以外のときは、生涯にわたって、ずっと官位にとどまりつづけたのだ。後述するが、当時は官位にありながら、「世務を楽しまず」というポーズをとることが流行しており、「朝隠」などという手前勝手な隠逸論さえ、となえられていた。それゆえ当時、官僚として活躍しながら、私生活のうえでは道家ふうな「世務を楽しま」ない態度をと

るという、矛盾した出処進退をおこなう人物は、めずらしくなかったのである。

　これを要するに、孔稚珪は当時の名流の一人として、政治的暗黒の時代を上手にのりきったひとであった。おそらくその背後には、父からはじまる斉室とのふかいつながりが、ものをいったことだろう。その人がらとしても、儒教的官僚主義がうかがえるかとおもえば、道教へのあこがれもみせるという、儒道兼修のいかにも六朝ふうな文人だったといえよう。

二　「北山移文」の内容

　さて、その孔稚珪の代表作というべき「北山移文」は、「移」というジャンルに属する作である。この移ジャンルは『文心雕龍』檄移篇によると、

　移者易也。移風易俗、令往而民随者。……意用小異、而体義大同、与檄参伍。

　「移」は「易《か》える」の意である。民衆の風俗を「移」し「易」えんとし、命令をゆきわたらせて、民衆をしたがわせるものである。……移文は［檄ジャンルと］内容や効用は多少ことなるが、本質的にはほぼおなじものであり、檄文とかさなりあっている。

というもので、要するに民衆を感化し、したがわせるふれぶみだったようである。ただ、通常のふれぶみではなく、檄ジャンルと相似した内容をもっていたようだ。この檄のジャンルは、戦争を開始するにさいして、自軍の大義を強調しつつ、敵軍の非をならすという、はげしい性格をもった文章である。それゆえ劉勰は、檄の叙法について、

　事昭而理弁、気盛而辞断。

事実は明瞭で筋道がとおり、また意気さかんで口調は断定的であるべきだ。

とのべている。すると、檄と類似した性格をもった移ジャンルも、ただのふれぶみではなく、はげしい口吻をともなって、つづられるべき文章だったとかんがえてよかろう。(3)

この檄移篇の説明にしたがって、「北山移文」（北山が発したふれぶみ、の意）を檄文の仲間だとかんがえてみると、たしかに納得できる面がある。というのは、この文は［先述したように］、擬人化された北山の霊が、その山中にはえる草や木々にむかって、周顒のにせ隠者ぶりを非難し、告発したという設定でつづられているからだ。つまり、周顒を非難するという点で、たしかにこの作は檄文ふうな性格をもっているのである。

それでは、右のような移文の性質を念頭におきながら、「北山移文」の内容をみてゆこう。まず冒頭の四句は、作品全体の序文ふうな部分である（『文選』巻四十三による。以下もおなじ）。

鍾山之英、　馳煙駅路、
草堂之霊、　勒移山庭。

北山の精霊と草堂の精霊とが、煙霧に命じて街道をはせめぐらせ、移文を北山の広場にきざんだ。

この冒頭四句は、だれが移文を布告するのかを叙したものである。ここは序文に相当するので、通常は押韻しないのだが、いかにも文飾にこったこの作らしく、ここでも韻をふんでいる。さて、第一句の「鍾山」とは、題にある「北山」のことであり、いまの南京市の東北に位置していた。この山は、仏教修行の場として有名だった廬山とならんで、神仙的雰囲気をもった霊山としてしられていた。また「草堂」とは、李善注によると、周顒が北山にたてた別荘だという。すると「鍾山之英」と「草堂之霊」とは、それぞれ「鍾山」と「草堂」の精霊の意となろう。布告する対象はここでは明示されていないが、あとの部分より判断すると、山中に自生する草や木々であることがわかる。つまりこの「北山移文」は、擬人化された北山と草堂の精霊による、山中の草や木々へのふれぶみという形態をとっているのだ。これによって、孔稚珪はこの作の仮構的性格を、まずあきらかにしているのである。

移文としての実質的な内容は、つぎの部分からとなる。いま、便宜的に五段にわけて概観してゆこう。まず第一段は、総論的な内容をもった部分である。

夫以 ┌耿介抜俗之標、┌度白雪以方絜、吾方知之矣。
　　 └蕭灑出塵之想、└干青雲而直上。

若其 ┌亭亭物表、┌芥千金而不眄、┌聞鳳吹於洛浦、固亦有焉。
　　 └皎皎霞外、└屣万乗其如脱、└値薪歌於延瀬、

豈期 ┌終始参差、┌涙翟子之悲、┌乍廻跡以心染、何其謬哉。
　　 └蒼黄翻覆、└慟朱公之哭。└或先貞而後黷。

嗚呼 ┌尚生不存、山阿寂寥、千載誰賞。
　　 └仲氏既往。

（要約）志かたく俗をぬきんでた高潔さをもち、清廉で塵土からはなれた清想を有し、また白雪よりもきよらかで、青雲をもつきぬけた隠逸の士のことは、このわし北山も、ようしっておるぞ。そうしたかたは、俗世や霞のそとで超然とし、千金の富も万乗の地位にも、まったく目をくれんものじゃ。

ところが、なんと、岐路にたって一貫せず、ころころ態度をかえるようなにせ隠者が、この世におるとは。なそやつは、隠遁しながら心が俗世にそまり、はじめは貞潔じゃったのに、あとで汚濁にまみれてしもうた。なんとひどいことか。ああ、おかげで、尚子平や仲長統のような真の隠者はいまはなく、わが北山は、すっかり

さみしゅうなってしもうた。

この第一段では、擬人化された北山が、隠者には本物もにせ者もいるもんじゃ、と述懐している。第二段以後において展開される、周顒批判の前提として、故事を多用しつつ、真偽両様の隠者を対比したものだろう。これによって孔稚珪は、のちに名をだす周顒こそ「はじめは貞潔じゃったのに、あとで汚濁にまみれてしもうた」(先貞而後黷)にせ隠者であることを、予告しているのである。

こうした総論的部分は、この移文全体からみれば、不可欠な部分とはいえない。この部分を省略して、周顒を非難するつぎの第二段から開始されても、それほど差しつかえはないだろう。もっとも、冒頭に修辞をこらした総論ふう文辞を布置することは、漢末魏初の陳琳「為袁紹檄豫州」「檄呉将校部曲文」(『文選』巻四四所収)でもおこなわれていた。それをうけて、斉の孔稚珪のころには、檄移などの実用文においても、こうした格式ばった叙法がひろまっていたのだろう。

つづく第二段から本題にはいり、周顒というにせ隠者を登場させる。そして、その人となりを説明し、この北山にやってきた当初の周顒が、いかにも隠者らしかったことを強調する。

世有周子、雋俗之士。既文既博、
亦玄亦史。

然而学遁東魯、偶吹草堂、誘我松桂、雖仮容於江皐、
習隠南郭。濫巾北岳。欺我雲壑。乃纓情於好爵。

其始至也、将欲排巣父、傲百氏、風情張日、或歎幽人長往、談空空於釈部、務光何足比、
拉許由、蔑王侯。霜気横秋。或怨王孫不遊。覈玄玄於道流。涓子不能儔。

（要約）周先生というひと、なかなかの才人じゃった。ひろく学問をし、玄史にもくわしかった。ところがその周先生、隠逸の道をまなんで、隠者のふうをし、わが北山の草堂や北岳にまぎれこんで、山中の松桂や雲谷をあざむきおった。なるほど、なりは山谷の隠者ふうじゃったが、その心は高爵にとらわれていたのじゃ。
その周先生、わが北山にきた当初は、巣父や許由もなんのその、諸子や王侯だって歯牙にもかけなかった。釈家の空を談じ、道家の玄を論じ、どんな仙人だってくらべようがないほど、隠者ぶりを発揮しておった。

まえの段で、一般論として「はじめは貞潔じゃったのに、あとで汚濁にまみれてしもうた」といっていたが、この第二段では、周顒の「はじめは貞潔じゃった」（先貞）部分が、具体的な事例をあげつつ説明されている。ここでは、「その周先生、わが北山にきた当初は、巣父や許由もなんのその」云々と、りっぱな隠者ぶりをたたえているが、この称揚のことばは、やがて後段の「あとで汚濁にまみれてしもうた」（後黷）云々のはげしい非難と、ぴたりと対応することになる。その意味でこの部分は、後段への伏線となっているのである。

つぎの第三段は、内容が一転して、間然とするところのない隠者だった周顒が、北山に天子の使者があらわれるや、意外にも態度を豹変してしまった、とのべる。

及其　鳴騶入谷、　形馳魄散、
　　　鶴書赴隴。　志変神動。

爾乃　眉軒席次、　焚芰製而裂荷衣、　風雲悽其帯憤、　望林巒而有失、
　　　袂聳筵上。　抗塵容而走俗状。　石泉咽而下愴。　顧草木而如喪。

至其　紐金章、　跨属城之雄、　張英風於海甸、
　　　綰墨綬、　冠百里之首、　馳妙誉於浙右、

道帙長殯、　敲牧扑囂犯其慮、　……　希蹤三輔豪、
法筵久埋、　牒訴倥偬装其懐。　　　　馳声九州牧。

（要約）ところが、この周先生、天子からお召しの使者がやってくるや、意外にもおおよろこび。うれしさのあまり、心はうつろで気もそぞろというしまつ。あっというまに菱《ひし》や蓮《はす》でできた隠者の着物をぬぎすてて、俗物へ大変身しおった。これをみて、わが北山の風雲はいきどおり、石泉は悲しみの声をあげた。山林はがっくり失望し、草木も気絶したかのようじゃった。

かくして周のやつは、わが北山から俗世にでて、金章や墨綬をおびた県令さまとなり、その威風は地をはらうこととなった。おかげで道家の書物は無用のものになりさがり、説法の筵《むしろ》もおはらい箱になってしもうた。いまとなっては、周は罪人を笞うったり訴訟を処理したりで、おおいそがしじゃ。……しかも、やつはさらなる出世をねらって、高位をうかがっているという。

この段では、「後躓」について叙している。前段の「先貞」の部分における「巣父や許由もなんのその」云々と対応して、「うれしさのあまり、心はうつろで気もそぞろ」と、周顒の「後躓」ぶりを強調している。前節との「先貞↔後躓」のコントラストが効果的で、誇張された叙述のうらにひそむ皮肉に、読者はおもわずニヤリとしてしまうことだろう。また、ここではあまりめだたないが、「風雲悽其帯憤」（わが北山の風雲はいきどおり）云々の部分は、あざむかれて愕然としている北山のようすを、擬人法によって巧妙に表現している。

つぎの第四段は、周顒がさったあとの寂寥たる北山のようすを叙し、さらににせ隠者にだまされた北山が、周辺の山に嘲笑されて、恥をかかされたことをのべている。ここは重要な部分なので、要約でなく全訳でしめしてみよう（ここだけは。を平声、・を仄声とする）。

使我　高霞孤映、青松落陰、磵戸摧絶無与帰、
　　　明月独挙。白雲誰侶。石逕荒涼徒延佇。
至於　還飆入幕、蕙帳空兮夜鵠怨、昔聞投簪逸海岸、
　　　写霧出楹、山人去兮暁猨驚。今見解蘭縛塵纓。
於是　南嶽献嘲、列壑争譏、慨遊子之我欺、
　　　北壟騰笑、攢峰竦誚。悲無人以赴弔。
故其　林慙無尽、秋桂遺風、……
　　　澗愧不歇。春蘿罷月。

〔周顒の裏ぎり者がさったあと〕高霞はさみしく夕日にはえ、明月もひとり空にうかんだまま。青松はむなしく陰をおとし、白雲はだれを友にすればよいのか〔だれもいない〕。谷道はすたれて、そこをあるくひともなく、石ころ道はあれはて、ただのびているだけ。旋風が〔周顒がすんでいた庵の〕帳にふきよせ、霧が柱のあいだからわきおこる。帳のなかはしんとして、夜鵠がうらめしくなき、周顒はいなくて、猿があけがたに鳴きごえをあげるだけ。むかし隠者が官を辞して東海に隠遁したそうじゃが、いまはにせ隠者が蘭の服をぬいで、塵界の冠のひもでしばられてしもうたわけじゃ。

〔わし（北山）が周にだまされたのをしるや〕南嶽はわしをあざけるし、北壟はおおわらい、谷川はきそって悪口をならべ、高峯もわしをなじってばかりじゃ。わしは、周にだまされたのがなさけなく、だれも同情してくれんのがかなしい。おかげで、〔わしのなかにすむ〕林の木々はずっと恥じつづけ、澗《たに》の清水もはずかしがっておる。秋桂は清風でその芳香をひろめることをやめ、春蘿も月光をあびるのを遠慮したほどじゃ。……

この段の前半では、巧緻な修辞的技巧を駆使しながら、周顒がさったあとの寂寥たる北山のようすが、抒情的にえがかれている。清麗な描写という意味では、とくに秀逸な部分だとみうけられる。なかでも、周顒にたちさられたあとの情景をえがいた「使我高霞孤映……山人去兮暁猨驚」の部分は、謝霊運の山水詩をおもわせる、清冽な語句がならんでいる。さらにこの部分では、洗練された錬字や色彩の対応、そして押韻はもちろんのこと、平仄まで諧和させるなど、あたかも詩賦をおもわせるような装飾がほどこされている（平仄の諧和は、この時期ではめずらしい）。宋の王安石は、ここの「高霞孤映」以下の四句をたかく評価して、「奇絶」と評したというが(4)、見識あるひとの見識ある評言というべきだろう。

また、後半の「南嶽献嘲……澗愧不歇」の箇所では、いままで遠慮がちにつかわれていた擬人法が、大々的に使用されているのにも注意したい。「南嶽献嘲……攢峰竦誚」は、近隣の山や谷が、だまされた北山をあざけっている部分、「慨遊子之我欺……澗愧不歇」は、だまされた北山の精霊たちが後悔している部分である。ここでは、「嘲」「笑」「譏」「誚」「慨」「悲」「慙」「愧」などの感情語を多用して、擬人的効果を最大限に発揮している。その切迫した表現やまじめくさった悲嘆ぶりに、読者もおもわず、感情をゆりうごかされそうになるかもしれない。だが、よくかんがえれば、これは擬人法なのだ。林や谷がなげくはずがない。それにふと気づいた読者は、ついつい「北山移文」のもつユーモアに、笑いをさそわれてしまうことだろう。

さて、つぎの第五段は、この移文の結尾である。移文らしい煽動的なうったえかけをしながら、一篇をとじている。

今又　促装下邑、　雖情投於魏闕、
　　　浪拽上京。　或仮歩於山扃。

豈可使　芳杜厚顔、　碧嶺再辱、　塵游躅於蕙路、
　　　　薜茘無恥、　丹崖重滓、　汚淥池以洗耳。

宜　扃岫幌、　斂軽霧、　截来轅於谷口、
　　掩雲関、　蔵鳴湍、　杜妄轡於郊端。

於是　叢条瞋膽、　或飛柯以折輪、　請迴俗士駕、為君謝逋客。
　　　畳穎怒魄、　乍低枝而掃跡。

（要約）そのにせ隠者の周が、任地から建康に上京しようとしている。やつは、心は朝廷にあるとはいえ、ひょっとすると、あつかましくもまたわが北山にたちよるかもしれぬ。こんなにせ隠者は、もはや二度とたちいらせるべきではない。

ものども、山への入口をとざして、周のやつがのった馬車を、わが北山にはいらせぬようにせよ。木の枝たち、草の穂たちよ、そなたたちも怒りをこめて、周の車の車軸をへしおり、けがらわしき車輪の跡をはききよめてくれ。そして周の馬車をひきかえさせ、わしのために周のやつのたちいりを拒絶してくれよ。

北山と草堂の精霊が、山中にすむ木の枝（叢条）や草の穂（畳穎）にむかって、周顒の入山を拒絶せよとよびかけている。だが、これも擬人法をつかっているので、そのまじめくさったところが、逆にユーモラスな効果をもたらしている。ここで、「宜《よろ》しく……べし」「請《こ》う……と」などの、命令や訴えかけの口調を採用したのは、移文らしい雰囲気をもたせるためだろう。さきにものべたように、移ジャンルは檄文と似た性質をもっていた。結尾をつよい命令口調でむすぶことによって、檄文の「意気盛んで口調は断定的」（気盛而辞断）なスタイルに模しているのである。

以上、「北山移文」の内容を概観してみた。この作品が周顒のにせ隠者ぶりを非難する文章でありながら、しかし

その行文は、擬人法をもちいたユーモラスな性格をもっていることが、あらためて了解できたようにおもう。

右の「北山移文」の概観は、内容を紹介することに主眼をおいたため、その修辞の卓越ぶりにはあまりふれられなかった。だが、この作品は全篇百二十八句のうち、百十六句までもが対偶を構成しており、しかも、その対偶も第四段で検討したように、ひじょうにこったものがおおい。そのうえ、この作は適宜に換韻しながら全篇に韻をふむという、移ジャンルではめずらしいくふうまでほどこしている。つまり、この作品は、「北山賦」と称されてもよいほど、高度な修辞的彫琢をほどこされているのだ。その意味でこの作は、移という実用的ジャンルに属しながらも、文学作品としての鑑賞にもたえうる、高度な完成度をもつにいたっているのである（「北山移文」の卓越した修辞性については、古田敬一『中国文学における対句と対句論』〈風間書房　一九八二〉第六章を参照）。孔稚珪が蕭道成の記室参軍となったとき、「江淹と対して辞筆を掌《つかさど》」り、また蕭道成の第二子であった豫章文献王嶷の死後、息子の子恪は、沈約と孔稚珪のふたりに碑文の文章を依頼したという（『南斉書』巻二二）。このように江淹や沈約と同格のあつかいをうけていたことは、孔稚珪の文学的評価がきわめてたかかったことをしめすが、この「北山移文」こそは、そうした彼の卓越した文学的能力を明確にしめしたものといえよう。

三　隠逸論争の反映

この、ユーモラスな性格と卓越した修辞性とをあわせもつ「北山移文」は、当時横行していたにせ隠者を、そしったものであるとされる。そして作品中で非難されている「周子」は、周顒（四三八？～四九〇？）あざなは彦倫をさすとされてきた。しかし、この「周子」が真に周顒をさすかについては、じつは疑問がないではない。

そもそも、「北山移文」が周顒をそしったものだとされてきたのは、『文選』五臣注（呂向注）に、つぎのような注釈があったからである。

蕭子顕斉書云、孔稚珪字徳璋、会稽人也。少渉学有美誉。仕至太子詹事。鍾山在都北。其先周彦倫隠於此山、後応詔出為海塩県令。欲却過此山。孔生乃仮山霊之意移之、使不許得至。故云北山移文。

蕭子顕『斉書』にいう。孔稚珪、あざなは徳璋。会稽の出身である。わかくして学問にはげみ、名声をえた。仕官して太子詹事にいたった。鍾山（北山）は都の北に位置する。以前に周顒がこの山に隠棲したが、のち、詔に応じて仕官し、海塩県の令となった。故郷へかえる途中、この鍾山にたちよろうとした。そこで孔稚珪は、鍾山の精霊の意向だと称して文書をふれまわし、周顒の入山をゆるさないよう企図したのである。だから、その文書を「北山の移しぶみ」と称した。

これによれば、「北山移文」の攻撃目標が周顒にあったことは明白だろう[5]。だがこの記述には、むかしから疑問が呈されている。というのは、この呂向所引『蕭子顕斉書』の内容が、現存する蕭子顕『南斉書』にみあたらないうえ、逆に齟齬しあうことがおおいからである（そもそも「蕭子顕斉書云」の引用がどこまでなのかも、はっきりしない）。たとえば、周顒は海陵国の侍郎になったことはあるが、海塩県の令になったことはないし、周顒が北山中の草堂におもむくのは、［現存の本伝によれば］休沐のためであって、隠遁のためではないのである[6]。

また、周顒を隠者とみなすことにも疑問がある。周顒は孔稚珪とどうよう、儒道を兼修し、さらに仏教にまでしたしんでいる。だが、諸資料を渉猟しながら周顒の生涯を丹念に考証した諏訪義純「南斉周顒の生涯とその宗教思想」（「愛知学院大学文学部紀要」第六号　一九七六）によると、周顒は「その生涯をみるに、仕官や世俗的な名声に関心が深く、少くともそれらに背を向けていたのではない。むしろときの権力者の知遇をえて、中央の宮廷に入り永明文学の推進者として活躍するのであった」という人物なのだ。つまり、周顒は仏教思想や道教へのあこがれを表明しながらも、じっさいには孔稚珪とおなじく、仕官をこばんで隠遁したわけではないのである。

それゆえ、この両人の生涯を客観的にみたばあい、周顒の事蹟は孔稚珪とよく似ており、むしろ同類の人物だったといってよい。しかも、この両人が直接接触した記事こそみあたらないものの、この二人はむしろ仲がよかったのではないかと、推測できる資料さえのこっている。(7) つまり、現存する資料によるかぎりでは、孔稚珪が周顒をにせ隠者として弾劾する理由はみあたらないし、また「周子」を周顒そのひとだと断定してよい根拠もありえないのだ。『文選』の五臣注がほかの箇所で、しばしば錯誤をおかしていることを考慮にいれれば、文中の「周子」をそのまま周顒に同定できないとする議論も、ゆえのないことではないのである。

だが逆に、如上の議論をもってしても、この作品が周顒をそしったものでないとする論拠とも、またなしがたい。そもそも、孔稚珪が周顒のにせ隠者ぶりをきらって、「北山移文」をつづったという記述が史書にみあたらないといっても、現存する資料に確証がえられないというにすぎない。資料がないというだけで、その事実を否定しさることは、もとよりできないだろう。

しかも「北山移文」をよんでみると、現存する『南斉書』周顒伝の記述と齟齬する部分もあるが、しかし逆に、周顒そのひとを暗示していると判断される部分も、またひじょうにおおい。諏訪氏は、前掲の論文のなかで周顒の生涯をおいかけながら、「北山移文」中の各部分の記述を周顒何歳ころのことと、比定されようとしている。そうした、周顒の生涯と「北山移文」の内容との比定が可能だということは、この「北山移文」中の記述が、周顒の生涯とかなりの部分で、かさなりあっていることをしめしていよう。すると、周顒伝と些少の齟齬があるというだけの理由で、「北山移文」が周顒を意識した文章でないと結論するほうが、むしろ蓋然性のすくない比定であるといってよかろう。

それゆえ、周顒をそしったものではないことを、明確にしめす新資料でも発見されないかぎりは、私は現時点では、この作品は周顒を念頭においてつづった作品だとして、大過ないだろうとかんがえる。

さて、「北山移文」は周顒を非難したものだと私はかんがえるが、では、そもそも周顒はなぜかくのごとく、孔稚珪から非難されねばならなかったのだろうか。孔稚珪「北山移文」の記述によれば、周顒がいったん北山に隠棲しておきながら、とつぜんに仕官したことが、非難の的になっている。周顒は孔稚珪に非難されるように、ほんとうに高位につられて、みずからの節操をけがしたのだろうか。それとも、それは彼なりの信念にもとづいた行動だったのだろうか。この問題はどうやら、当時の隠逸観がかかわっているようにおもわれる。そこで、ここで周顒当時における隠逸観をふりかえってみよう。

周知のように隠逸とは、ほんらい、みずからの政治的信念を保持したり、険悪な世相から生をまっとうしたりするために、山林にかくれることを意味している。だが、周顒のころは、こうした従来型の隠逸が変貌しつつあった。すなわち、当時の知識人たちのあいだでは、隠逸のポーズをとることによって名声をたかめ、逆に出世の糸口にしようとする欺瞞的な風潮がひろまっていたのだ。つまり、隠逸はかならずしも、政治的信念や乱世逃避のためになされるものではなく、知識人たちのいわば名声づくりのために、なされるようになっていたのである。『南史』巻三十に記録される、何尚之のつぎのような言動は、その著名な事例だといえよう。

二十九年致仕、於方山著退居賦以明所守。而議者咸謂尚之不能固志。文帝与江夏王義恭詔曰、「羊孟尚不得告謝。尚之任遇有殊、便当未宜申許」。尚之還摂職。羊即羊玄保、孟即孟顗。尚之既任事、上待之愈隆。

何尚之は元嘉二十九年（四五二）に官位を辞した。そして方山で「退居賦」をつづり、自分の信念を吐露した。だが議論好きな連中は、何尚之の隠遁はながつづきするまいとおもっていた。文帝が江夏王義恭に、「朕は羊や孟ですら辞職させなかった。尚之の地位や待遇は特別なので、辞職をみとめるわけにはゆかぬ」という詔をくだすや、［予想どおり］尚之は職に復した。羊は羊玄保、孟は孟顗のことである。尚之が官に任じられると、帝は以前にまして重用するようになった。

この何尚之の隠遁撤回は、おおくの文人たちに衝撃をあたえた。何尚之伝はこのあとに、「これによって、袁淑は、迹（隠遁の事迹）があって、名（名前）がつたわらぬ過去の隠者を記述して『真隠伝』をつくり、何尚之をあざわらった」（於是袁淑乃録古来隠士有迹無名者為真隠伝、以嗤焉）という記事をのせている。つまり袁淑（四〇八～四五三）は、「迹」（隠遁の事迹）がありながらも、名前がつたわっていない隠者の伝記「真隠伝」をつづった。そしてこれによって、逆に、たいした「迹」もないのに、隠逸のポーズをとることによって「名」（ここではたかい待遇）をえた何尚之を、「真隠」とはとてもいえぬにせ隠者だと婉曲にからかったのである。袁淑だけでなく、王僧達や沈慶之もこの件に批判的な言辞をもらしており（『南史』巻二一、『宋書』巻六六）、当時ではそうとう話題になっていたようだ。

ところが六朝においては、こうした何尚之の言動を正当化する隠逸観が、発生していた。それが、前漢の東方朔よりはじまり、魏晋のころからさかんになってきた「朝隠」という隠逸論である。その朝隠とは、かんたんにいえば、「山林や江海に隠遁するよりも、朝廷に仕官しながら道を修業するほうが、より高級ですぐれた隠逸だ」とするものである。これは、ほんらいの隠逸と似て非なる屁理屈にすぎないが、六朝期では、世俗的栄達への欲望と隠逸への憧憬という、相対立した心情を止揚する隠逸論として、ひじょうに流行したのだった。(8)

そうした朝隠ふう隠逸理論の有力な提唱者に、周顒と同時代の沈約（四四一～五一三）がいる。彼は『宋書』隠逸伝の序において、大要、真の隠逸はたんに政界からの逃避や、山林への隠棲を意味しない。そうした世俗との対応は問題ではなく、心のありかたこそが重要であり、精神が世俗を超越し、神仙世界に飛翔してさえおれば、それでよい

――と主張した。彼によると、仕官はかならずしも隠逸と対立するものではなく、極端にいえば、精神さえ世俗を超越しておれば、身は世俗のなかに沈淪していても、いっこうかまわないのである。(9) こうした隠逸観からすれば、孔稚珪が「北山移文」で非難する周顒の仕官のごときは、まったく問題ではなくなるだろう。このように六朝期、周顒がいきていた時期には、周顒の出処進退を正当化しえる隠遁理論が、すでに準備されていたのである。

右のような状況を考慮すると、孔稚珪「北山移文」における周顒非難は、じつは隠逸観をめぐる、論争の一環ではなかっただろうか（何尚之を周顒におきかえ、袁淑を孔稚珪に代置させれば、そのまま似た構図ができあがるだろう）。すなわち、「北山移文」では、周顒のとつぜんの仕官を「はじめは貞潔じゃったのに、あとで汚濁にまみれてしもうた」行為であるとして、つよく非難していた。すると、孔稚珪のかんがえる隠逸観は、袁淑と同様の、「山川へかくれる隠者こそ、ほんものの隠者である」という立場にたったものだったと推定できる。孔稚珪じしんも「風韻清疎にして、文詠を好み、酒を飲むこと七八斗」という、道家思想へのかたむきを有した人物ではあったが、史書によるかぎりでは、みずから隠者を標榜したことはなかった。

それに対し、周顒は［じっさいに隠遁こそしなかったものの］何尚之どうよう、隠逸への志向をにおわしていた、もしくは、そううけとられてもしかたがない言動を、一時期していたようだ。たとえば『南斉書』巻四十一本伝には、

顒於鍾山西立隠舎、休沐則帰之。

周顒は鍾山（北山）の西に隠舎を建立し、休沐をたまわるとそこにかえっていった。

という。これによると、周顒が北山に建立したのは、休沐にかえるための草堂（別荘）にすぎなかった。だが本伝は、その草堂を「隠舎」と称しているのだ。ここで、ふつうにつかわれる「墅」や「墅舎」でなく、「隠舎」の語を使用しているのは、周顒の行為が隠逸めいた行為だとおもわれていたことを、暗示しているのではあるまいか。さらに、

兼善老易、与張融相遇、輒以玄言相滞、弥日不解。

また〔周顒は〕『老子』や『易経』にもくわしく、〔道教信者の〕張融とであえば、そのたびに玄言でもって議論し、何日たっても決着がつかなかった。

という『老子』や『易経』への関心や、張融との「玄言」に関する熱心な議論も、道教ふう知識を有していたことをしめしている。さらに周顒は、熱心な仏教信者だった蕭恵開や竟陵王子良、何点何胤らとも仲がよかったようで、彼らとの清遊も、周顒の隠者的雰囲気をもりあげている。じっさい、周顒じしんの生活態度も、

清貧寡欲、終日長蔬食、雖有妻子、独処山舎。

清貧にして寡欲、まいにち菜食をつねとしていた。妻子はいたけれども、いつもひとりで山舎にすんでいた。

というものだったという。これでは彼がじっさいに隠遁しなかったとしても、清廉な隠者とみまがうような言動をしていたことは否定できないだろう[10]。

欺瞞的な朝隠ふう隠逸論をにがにがしくおもっていた孔稚珪には、そうした周顒の言動や進退は、にせ隠者の欺瞞的な行為だとうつったに相違ない（道家思想を奉じる家にうまれた孔稚珪は、逆ににせ隠者の欺瞞ぶりを、よくしっていたのかもしれない）。それが、孔稚珪の持ちまえのはげしい気性を刺激して、「北山移文」のごとき文章をかくにいたったのではないか、と推測されるのである。

四　おとなしい擬人化

以上の考察によって、「北山移文」の創作意図が、当時に流行していた朝隠ふうの隠逸論への、反発にあったこと

が推定できた。ところで、この「北山移文」の重要な特徴は、なんといっても、擬人法をつかったユーモラスな行文になっていることである。孔稚珪は周顒の変節（もしくは、当時ひろまっていた欺瞞的な隠逸論）を批判するのに、なぜ軽視されがちな遊戯ふう文章を採用したのだろうか。そして遊戯文学とみなしたとき、「北山移文」はどのように評価されるのだろうか。

右の疑問のうち、前者の、なぜ遊戯的な文章をつづったかについては、比較的こたえやすい。それは、おそらくつぎのような事情だったろう。すなわち、孔稚珪は、周顒のごときにせ隠者が、いまいましくおもえてならなかった。まがったことがきらいな孔稚珪にとって、周顒のごとき「はじめは貞潔じゃったのに、あとで汚濁にまみれてしもうた」存在は、どうしても非難されるべきだった。だが、隠逸観の対立というものは、法律上の争いでないため、弾劾文をかいて罪をとうわけにはいかない。くわえて、当時は朝隠ふうの隠逸論が流行しており、反論も予想される。すると、ここは正統的な奏弾文や論難文ではなく、もっと婉曲に諷刺する形式をとらねばならぬ。そこで、他人を非難するのにふさわしい檄移の文を利用し、しかもそれを戯文ふうにつづって周顒をからかってやろう――という事情である。もし孔稚珪がこうした事情で、「北山移文」の創作をおもいたったとすれば、そのさいには、蛙の鳴きごえを鼓や笛の音としゃれこむような、彼の飄逸とした性格も、あずかって力があったことだろう(11)。

「北山移文」が、こうした婉曲な諷刺を意識していたとすれば、作中に史実と合致しない部分があることも、ふしぎなことではなかろう。唐の白居易が彼の「長恨歌」を、「漢皇　色を重んじて傾国を思う」とかきはじめたように、諷刺文学においては多少の虚構をもちいることは常套だといってよい。孔稚珪にとっては、「北山移文」を一読したひとが、周顒やそれと同類のにせ隠者を想起し、「なるほど、この作はああいった連中を諷しているのだな」と推測できたなら、それでよかった。事実の真偽を吟味する弾劾文などではないから、移文の内容を厳密に事実に合致させることなどは、はじめからかんがえてなかったろう。すると「北山移文」中の内容が、史実と合致するかどうかなどと考証することじたい、こうした遊戯ふう文学へのふさわしい接しかたではないといってよかろう。

では、後者の、遊戯文学とみなしたとき、「北山移文」はどのように評価されるかについては、どうだろうか。すると、「北山移文」を六朝遊戯文学の諸作と比較したばあい、むしろ諧謔味がすくなく、ユーモア文学としてはあまりめだたない作品だといってよかろう。「北山移文」の諧謔味は、擬人法をもちいることによって生じる、ユーモラスな言いまわしに起因している。だが、そうしたユーモアは六朝の遊戯文学のなかにあっては、めずらしいものではなく、また突出したものともいえないのである。

たとえば、この作では、北山やその山中にはえる草や木々などが、擬人化されている。だが、山などの無生物を擬人化して、文学作品のなかに登場させることは、ふるくから例があることなのだ。『詩経』の比興や、『荘子』など先秦諸子中の寓話類は除外するとしても、『楚辞』九歌中の山鬼という作品に登場する「山鬼」は、擬人化された山(このばあいは、女性の山霊)のもっともはやい時期のものだろうし、またふるい神話や伝説をおおくふくむ『山海経』においても、そうした山の霊はよく登場している。さらには、巫山や洛水にすむ神女のたぐいもふくめれば、宋玉「高唐賦」や曹植「洛神賦」なども、擬人化手法をもちいた文学作品にいれてよいかもしれない。かくのごとく無生物の擬人化それじたいは、ふるくから枚挙に暇がないほどおおいのである。

六朝期にはいっては、これらにくわえて、小説のなかにおおくの山の霊が出現するようになった。たとえば、泰山の支配者たる泰山府君の例などは、山の擬人化とはすこしちがうかもしれないが、実在する山の精霊としては代表的な存在だろう。これら神や霊の存在は、仏教思想の流入にともなってさらに一般化し、六朝においては、神や霊に関する話柄は、つねに人びとの口の端にのぼっていたに相違ない。

そうした六朝小説のなかから、擬人化された無生物の精霊が登場する話を、いくつかぬきだしてみよう。

①『述異記』羅根生

豫章郡有盧松邨。郡人羅根生於此邨傍、墾荒種瓜、又于旁立一神壇。瓜始引蔓、清晨行之、忽見壇上有新板。墨書曰、「此是神地所游処。不得停止。種殖可速去」。根生拝謝跪咒曰、「窃疑邨人利此熟地生苗、容或仮託神旨、以見駆斥。審是神教、願更朱書賜報」。明早往看、向板猶存、悉以朱代墨。根生謝而去也。

預章郡に盧松村という村がある。郡に住む羅根生という人が、村はずれを開墾して瓜をうえた。また畑のそばに神の祭壇もつくった。瓜が蔓《つる》をのばしだしたので、ある朝、根生が畑にいったところ、畑中の神壇にまあたらしい木の板がたっている。その板には、墨で「ここは神が休憩する土地じゃ。ここにとどまってはならぬ。瓜畑をすぐ撤去せよ」とかかれていた。根生はひざまずき、祈願していった。「村人のだれかがこの地に苗をうえようと目をつけ、神のお告げをかたって、私をおいだそうとしているかもしれませぬ。まことに仰せのとおりでございますなら、あらためて朱でおかきくださって、おしめしください」。

翌朝はやく、根生がいってみると、木の板はそのままだったが、文字はすべて朱になっていた。根生は神にあやまって、その瓜畑をたちさったのである。

②『述異記』白道猷

章按県西有赤城。周三十里、一峯特高、可三百余丈。晋泰元中、有外国人白道猷居於此山。山神屢遣狼怪形異声往恐怖之、道猷自若。山神乃自詣之云、「法師威徳厳重。今推此山相与、弟子更卜所託峯」。……

章按県の西に赤城山があった。周囲三十里、一峯がとくにたかく三百余丈もあった。晋の泰元のころ、外国の白道猷という法師が、この山にすみついた。赤城山の神は、何度も狼をけしかけたり、異形をみせたり、奇声を発したりして、道猷をこわがらせようとしたが、彼は泰然自若としていた。そこで山の神はおそれいって、道猷のところにやってきて、「法師さまのご威徳は、まことにすばらしゅうございます。いまよりこの山をおゆずりし、私はべつの山に引越いたします」といった。……

両篇とも、斉の祖冲之（四二九〜五〇〇）の『述異記』からとった話である。①の話に登場するのは、山ではなく瓜畑の神である。つまり瓜畑を擬人化したものだろう。この瓜畑の神は、自分の土地に瓜をうえた村人に、「ここにとどまってはならぬ」と木の板に墨書して退去を命じている。こうした話は、「北山移文」中で「鍾山之英」と「草堂之霊」とが、ふたたびわが山中に周顒をたちいらせるな、と移文をふれまわすことと、よく似ている。また②の話では、「北山移文」と同様に山を擬人化させて、その山の神が「何度も狼をけしかけたり、異形をみせたり、奇声を発したりして」、法師をおいだそうとしている。この法師をおびやかす部分は、「北山移文」第五段で北山の精霊が、周顒のわが山へのたちいりを謝絶せよとよびかけ、

或飛柯以折輪、乍低枝而掃跡。

枝をとばして周顒の馬車の車軸をへしおり、枝をたらして車輪の跡をはききよめてくれ。

と煽動している部分を、想起させよう。

このように「北山移文」と類似した内容が、六朝小説のなかに散在するということは、「北山移文」の重要な特徴をなす山の擬人化が、当時めずらしいものではなかったことをしめしている。つまり、孔稚珪がいきていたころは、こうした山の精霊が登場する話は、日常茶飯にかたられていて、「北山移文」中の山の精霊などは、擬人化という技法をあまり意識させないほど、ありふれた存在だったのだろう。それゆえ、孔稚珪が「北山移文」を構想したさいには、当時すでに普遍化していた山の精霊のイメージが、すぐ念頭にうかんだに相違ない。

つぎに、「北山移文」中で、擬人化された北山やそのなかにすむ草木が、おこったりなげいたりする、大仰でユーモラスな表現（とくに第四段）についてかんがえてみよう。たしかにそうした表現じたいは、ユーモラスなものではある。だが、それも六朝のほかの遊戯作品と比較したならば、むしろ平凡なものであって、それほどおもしろみのあるものではない。たとえば、やはり六朝期の遊戯作品である袁淑「大蘭王九錫文」と、張敏「頭責子羽文」における、つぎのような表現とくらべてみよう。

③袁淑「大蘭王九錫文」

（原文は第十一章を参照）

なんじがほかの動物といっしょに野であそべば、なんじだけが勇敢じゃ。ふりかえれば数百の群れとなって、西から東へ移動されておった。なんじが、うつむいて泡をふきだせば霧となり、あおむいて髭をふるえば風が生じる。そして猛毒があろうと、かならず口でガブッとかみつかれ、敵がいようと、かまわず攻撃をしかけられる。長駆して猪突猛進すれば、どんな陣営も無傷ではすまぬ。これは、なんじの勇気のあらわれなるぞ。

④張敏「頭責子羽文」

（原文は第九章を参照）

泰始元年、子羽の頭が子羽をなじっていった。

私（頭）があなたに身を託して、あなたの頭となってから一万日（二十七年）あまりになるぞ。造物主は私に精神をくださり、［頭の］形体をくださった。そこで私は、あなたのために毛髪や皮膚をうえ、鼻や耳をすえつけ、眉や鬢をくっつけ、歯をさしこんでやったのだ。かくして、あなたの双眸は光をはなち、頬骨もりっぱに隆起することになった。

あなたが外出して、町中をあるくたび、道ゆく者は道をゆずり、すわっている者もひざまずいた。あるものは君侯さまとよび、あるものは将軍さまと称した。そして手をささげて敬礼し、たちどまってお辞儀した。彼らがこうするのは、なにをかくそう、私こと頭［の風貌］がりっぱだからなのだぞよ。

③袁淑「大蘭王九錫文」は、正統的な九錫文の形式をかりつつ、擬人化した豚の勇敢ぶりをたたえ、九錫をたまわるという戯文である。だが、おなじ擬人法でも、「北山移文」にくらべると、はるかに手がこんでいる。たとえば「北山移文」では、谷川や高峯が嘲笑したり、林の木々や澗の清水がはずかしがったりするだけだったが、この「大蘭王九錫文」では、大蘭王こと豚が泡をふいたり、かみついたりする動作を、敵軍との勇敢な戦いぶりにみたて、大仰に「これは、なんじの勇気のあらわれなるぞ」と称賛している。こうした精細な描写やおおげさな叙法は、「北山移文」にはみられないもので、諧謔味という点では、よりまさったものといえよう。

いっぽう、④張敏「頭責子羽文」は、人間の頭のみを擬人化させて、その頭が出世できない当人を批判する、という設定をとった遊戯文学である。こうした発想は、「北山移文」のごとき、自然物や無生物を擬人化させただけの平凡な発想とは、比較にならぬほど奇抜だといってよかろう。

以上、遊戯文学としての「北山移文」をかんがえてきた。それだけをみれば、諧謔味をおびたユニークな作品だとおもわれた「北山移文」も、六朝全体からみれば、それほど突出した遊戯作品とはいえないことが、わかったようにおもう。「北山移文」におけるユーモア感覚は、当時のおおくの遊戯作品とくらべると、むしろ地味であり、きまじめなものなのだ。それゆえ、純粋の遊戯文学としてみたときは、「北山移文」は諧謔味がすくなく、正統的文学作品にちかいものだといってよかろう。

五　諷刺・修辞・遊戯の三要素

さて、創作意図や遊戯文学としての評価についてかんがえてきたが、では、この「北山移文」の本質はどこにあり、いかに位置づけるべきだろうか。本章のおわりに、従前の批評もみわたしながら、「北山移文」の本質や位置づけをかんがえてみよう。

本書では遊戯文学を、(1)諷刺ふう遊戯文学、(2)嘲笑ふう遊戯文学、(3)社交ふう遊戯文学の三種にわけてかんがえてきた（第四章）。この三種類にあてはめると、「北山移文」は、(1)の諷刺ふう遊戯文学の典型的作品だといえよう。第十一章（第二節）でものべたが、当該の遊戯文学が(1)諷刺ふう遊戯文学なのか、(2)嘲笑ふう遊戯文学なのかは、区別しにくいことがおおい。だが「北山移文」のばあいは、いっけん「周子」ひとりを相手にしたようにみえながら、じっさいは、同類のにせ隠者たちを批判している。すると、この作の本質は世俗諷刺のほうにあり、たんなる個人攻撃ではないとせねばならない。つまりこの「北山移文」こそ、「道義にかない時勢に適したなら、［ふざけといえども］諷刺に効果があろう」（劉勰のことば）という、伝統的な遊戯文学観に適合した作だと評してよかろう[12]。

じっさい、「北山移文」はこらい、諷刺ふう遊戯文学の傑作だと評されてきた。そしてその諷刺性に対しては、旧時の批評家も称賛の言をささげてきている。そのいくつかをしめせば、

○語語為巧宦伝神、不似山中人面目。直令隠居終南者、真覚澗愧林慚、顧影自愧。至其琢句追章、自見高騫孤特。又確是山霊品致、非凡俗能道。（『古文評註全集』過商侯評）

一語一語、佞臣（周顒のこと）の様態をいきいき描写しており、［周顒は］山中の隠者ふう面目とは似ても似つ

かない。この作をよむと、終南山に隠居した者でも、澗にはじ林にはじ、さらにみずからをかえりみて、赤面することだろう。「北山移文」の彫琢した語句たるや、北山の孤高な雰囲気を、おのずからかもしだしている。こうした描写は、山霊の品致をよくうつしており、凡俗の作者のおよぶところではない。

○借物諷人、古有此法。此文益広其体、尤称絶妙。語語切北山、語語切周子、足令山林生色、俗士汗顔。(『南北朝文評註読本』王文濡評)

事物をかりてひとを諷するのは、ふるくからある手法である。この作は、その手法を拡大して、絶妙なほどだといってよい。一語一語が北山の実情にぴたりとあてはまり、また周子の言動にも適合している。おかげで、山林をいきいきと擬人化し、また俗士の顔にひや汗をうかばせるほどだ。

○孔稚珪北山移文、乃是別裁耳。文則古今伝誦。中有先貞後黷語、亦可為今之晩節不終者諷焉。(『六朝麗指』孫徳謙評)

孔稚珪の「北山移文」は別格の作品である。その文章は古今にわたって伝誦されてきた。そのなかに「先貞後黷」(はじめは貞潔じゃったのに、あとで汚濁にまみれてしもうた)ということばがあるが、これなど、当今の晩節をけがしてしまった者への諷刺にも、つかうことができよう。

○牙尖口利、骨騰肉飛、刻鏤尽態矣。傷厚之言、慎取一二。(『重訂文選集評』所引浦二田評)

[この作の諷刺は]牙がとがり口はするどく、骨がとびちり肉はまいとぶほどであり、字句を彫琢しつつ[にせ隠者の]様態を描写している。その褒貶のことばは、[後代の者は]慎重にその一、二を模するだけにすべきだ。

などがあげられよう。清代の過商侯や、近代の王文濡や孫徳謙の評言は、まだおとなしい称賛ぶりだが、清の浦二田の評は、孔稚珪の諷刺ぶりを「牙がとがり口はするどく、骨がとびちり肉はまいとぶほど」だと、つよい比喩をつかって評している。こうした、「北山移文」のなかに、「俗士の顔にひや汗をうかばせる」批判や諷刺をみいだす解釈は、唐代の呂向（『文選』五臣注　前出）からつづいてきたもので、いわば「北山移文」批評の原点に位置するものといってよかろう。

だが「北山移文」の特徴は、そうした諷刺性だけにあるのではない。この作の独自性として、文中の諷刺的発言が、修辞技巧によって華麗に彫琢されつつ、またユーモアの糖衣にもつつまれて、叙されていることをあげねばならない。なかでも、行文の彫琢ぶりたるや、当時は美文が流行したから、その影響をうけたという程度のものではなく、六朝の美文全体をとおしても、突出するほどの高度な装飾ぶりなのである（前述）。こうした高度な装飾は、③袁淑「大蘭王九錫文」や④張敏「頭責子羽文」などのもたない、「北山移文」だけの特徴だといってよかろう。

こうした、「北山移文」の卓越した修辞性への言及は、旧時の批評でもすくなくない（右の過商侯の評も、すこし文章の卓越にふれている）。さきの王安石の評言（前出）が、その尤なるものだが、それ以外に、つぎのようなものがある。

○酌文質之中、窮古今之変、駢文断推第一。（『評選四六法海』蔣士銓評）

［文章は］装飾性と質実さの中庸をえており、［内容は］古今の［にせ隠者の］変貌ぶりをつくしている。駢体文のなかでは、第一の名篇として推奨できよう。

○六朝雖尚雕刻、然属対尚未尽工、下字尚未尽険。至此篇則無不入髄、句必浄、字必巧、真可謂精絶之甚。此唐文所祖。（『重訂文選集評』所引孫月峯評）

六朝では彫琢を重視したが、対偶ではまだ技巧がじゅうぶんでなく、用字でも奇抜さをつくしてはいない。だが、この「北山移文」の措辞となると、どれも堂にいっており、句は清浄にして字は巧緻をきわめ、まことに卓越したものといえよう。この作風は、のちの唐代の文に祖述されていった。
○鑄辞最工、極藻絵、極精切。若精神喚応、全在虚字旋転上。（同右）
文辞の錬成がひじょうに巧緻であり、彫琢をきわめ、また布置も適切である。文章がいきいきと生動しているのは、虚字が適宜に活用されているからだろう。
○此六朝中極雕絵之作。錬格錬詞、語語精闢。其妙処尤在数虚字旋転得法。当与徐孝穆玉台新詠序、並為唐人軌範。（『六朝文絜』許槤評）
六朝中の彫琢をきわめた作だ。品格をねりあげ用語をくふうして、一語一語が精彩をおびている。その妙所はとりわけ、虚字の用法が所をえている点にある。徐孝穆の「玉台新詠序」とならんで、唐人によって模範とされたのもとうぜんだろう。

などである。ここで、孫月峯や許槤のいう「唐代の模範になった」の発言は、韓愈や柳宗元など古文系の文人たちが模範としたの意ではなく、初唐のころの駢体文の作者たちが、「北山移文」の文章をみならったということだろう。それにしても、彫琢の巧をきわめた徐陵「玉台新詠序」とならび称されるとは、たいへんな称賛ぶりだといってよい。これを要するに、おなじ諷刺をこめた作品だとはいっても、「大蘭王九錫文」や「頭責子羽文」はより諧謔味重視のほうへかたむき、「北山移文」はより修辞性重視のほうへかたむいているといってよいだろう。

さて「北山移文」は、こうした諷刺性と修辞性という特徴にくわえて、さらに遊戯性という糖衣もまとっていた。この遊戯性の糖衣は、さきにみたように、それほど突出したものではなかったが、そのことは、べつにこの作の価値をひくめるものではない。本書第十一章（第一節）でものべたように、六朝文人たちは、本音では諷刺文学に遊戯性などは必要ないと、かんがえていた。すると、遊戯性が突出せず、ほどほどのレベルにとどまっていたことは、「北山移文」の価値をひくめるどころか、かえって「北山移文」の評価をたかめたことだろう。

そうした事情もあったためか、「北山移文」の遊戯性に言及した批評は、それほどおおくない。遊戯性それじたいを評価したものとしては、

○俗調開山。(『駢体文鈔』所引譚献評)

俗っぽい文風をきりひらいた作だ。

があげられるが、よりおおいのは、諷刺性や修辞性を称賛したさい、あわせて遊戯性にも言及したものである。たとえば、

○結出責譲之意、以韻語写諧謔之意、風致絶佳。至其段落転円、詞諧調叶、已近徐庾一派矣。(『昭明文選』孫梅評)

結尾に周顒非難の意を表明しているが、[全体的には]韻文によってユーモラスな雰囲気をかもしだしており、その情趣はまことに絶妙である。内容の展開がなめらかで、用語や調子も適切になっているが、こうしたところは、徐陵や庾信らの作風にちかづいている。

○仮山霊作檄、設想已奇。而篇中無語不新、有字必雋。層層敲入、愈入愈精。真覚泉石蒙羞、林壑増穢。読之令人賞心留盼、不能已也。(『古文観止』呉調侯・呉楚材評)

山霊に仮託して[周顒を非難した]檄移の文をつくるとは、その構想はまことに奇抜である。篇中、どの用語も新奇だし、どの用字もすばらしい。一段一段と[内容が]ふかまってゆき、ますます精彩をはなっている。[周顒の変節によって]あたかも、ほんとうに泉石がはずかしがり、林壑が名誉をそこなったかのようだ。この作をよみだすや、読者はきっと夢中になって心ひかれ、途中でやめられなくなることだろう。

などがそれだろう。これらは、「北山移文」の批判精神や巧緻な修辞技巧をたたえながら、あわせて遊戯性にも好意

的に言及している。なかでも、呉調侯・呉楚材の「[周顒の変節によって]」あたかも、ほんとうに泉石がはずかしがり、林壑が名誉をそこなったかのようだ」は、擬人法によるおもしろさをかたったものだ。その意味で、これらの批評は、「北山移文」における諷刺・修辞と遊戯の融合ぶりを、よくみぬいたものといってよかろう。

以上、「北山移文」への従前の評価をみわたしてきた。従前の評価が一方向にむけられず、諷刺性、修辞性、遊戯性の三方向にわかれていたことがわかったようにおもう。それゆえ、この三方向のいずれに重点をおくかによって、「北山移文」評価のしかたが、微妙にかわってこざるをえなかった。そうした微妙なずれが、後代の人びとには評価の混乱とうつり、ひいては本章の冒頭でふれたような、「北山移文」の本質のみきわめにくさに、つながっていったのだろう。

しかし、従前の評価はどうあれ、この作の主調和音はやはり、当時ではめずらしい遒勁な諷刺精神のほうにあったと、理解すべきだろう。にせ隠者の「はじめは貞潔じゃったのに、あとで汚濁にまみれてしもうた」姿を鮮烈に形象化し、類型をとおりこして典型にまでたかめた表現力は、その遒勁な諷刺精神によってもたらされたといってよい。もっとも、賢明なことに孔稚珪は、その諷刺精神をストレートには表出しなかった。巧緻をきわめた修辞技巧で華麗に装飾しつつ、さらに擬人法という滑稽の糖衣でやわらかくつつみこんで、婉曲かつ優美ににせ隠者を諷したのである。「北山移文」が、同種の作を圧してたかく評価されてきたのは、諷刺性を中心にすえながらも、その周辺に修辞性と遊戯性とをうまくあしらった、巧緻にして卓越した叙法にあったにちがいない。

かくかんがえてくれば、まっすぐな批判精神をもちながら、江淹とならぶほどの文学的手腕を有し、しかも蛙の鳴きごえを鼓笛の音としゃれる洒脱な性格をもった孔稚珪が、六朝期を代表する諷刺ふう遊戯文学をうみだしたのは、むしろ自然のなりゆきだったといってよいであろう。

注

（1）孔稚珪「北山移文」に関する最近の論文として、譚家健「北山移文新議」（『六朝文章新論』所収　北京燕山出版社　二〇〇二）があげられる。この譚論文では、従前の研究史も概観してくれており、たいへん便利である。なお、この譚論文には、本章の初出時の拙稿も俎上にあがって、批評されている。本章は、このご批評も吸収したうえで、修正をほどこしたものである。なお、譚論文のほか、中国で刊行された各種の鑑賞辞典におさめられた解説も、適宜に参照した。それは、『古文鑑賞辞典』「北山移文」の条（曹明綱執筆　江蘇文芸出版社　一九八七）、『古代散文鑑賞辞典』「北山移文」の条（邱子釗執筆　農村読物出版社　一九八七）、『歴代名篇賞析集成』「北山移文」の条（蔣祖怡執筆　中国文聯出版公司　一九八八）などである。また、熊永謙『魏晋南北朝駢文選注』（貴州人民出版社　一九八六）の所説にも啓発されるところがおおかった。

（2）この部分は、『後漢書』列伝第五十六陳蕃伝の、

蕃年十五、嘗閑処一室、而庭宇蕪穢。父友同郡薛勤来候之、謂蕃曰、「孺子何不洒埽以待賓客」。蕃曰、「大丈夫処世、当埽除天下、安事一室乎」。勤知其有清世志、甚奇之。

陳蕃が十五歳のときのこと、一室に閒居していたが、庭や室内は乱雑なままだった。父の友人である同郡の薛勤がたずねてきて、陳蕃にいった。「ぼうや、どうしてきれいに掃除して、客人をもてなさないのかね」。すると蕃は、「大丈夫たるもの、世にでるや天下をこそきよめるべきです。この部屋の掃除なんか、どうでもいいでしょう」とこたえた。薛勤は蕃の済世の志をしって、たかく評価したのだった。

という話をふまえる。すると、孔稚珪の逸話は、彼が陳蕃の「天下をこそきよめるべきです」のごとき、儒教ふうな経世意欲をもっていず、道家ふうな「世務を楽しま」ない考えかたに、かたむいていたことをしめすものだろう。

（3）檄文は相手を非難する文章であるために、「事実は明瞭で筋道がとおり、また意気さかんで口調は断定的であるべきだ」（事昭而理弁、気盛而辞断）とされる。だが、じつは檄文は、時代によって包含する実質がことなってきており、確定的な定義づけはなかなか困難なジャンルなのである。拙稿「檄の文体について――陳琳の檄文二首を中心に――」（大修館書店「漢文

教室」第一五七・一五八号　一九八七）を参照。

（4）許梿『六朝文絜』の評「王介甫喜誦此四語、以為奇絶、可謂先得我心」による。

（5）『文選』李善注も、本文「世有周子、雋俗之士」のところに、「蕭子顕『斉書』曰、周顒、字彦倫、汝南人也。釈褐海陵国侍郎。元徽中出為剡令。建元中為長沙王後軍参軍・山陰令。稍遷国子博士。卒於官」と注し、「周子」を周顒と解釈している。だが、呂向注のような、「北山移文」創作に関した説明はおこなっていない。

（6）『文選旁證』巻三十六は、張雲璈の説を引用しながら、呂向注に対して、つぎのような疑問を呈している。「張氏雲璈曰、按南斉書周彦倫伝、解褐海陵国侍郎、出為剡令、草堂乃在官国子博士著作郎時、於鍾山築隠舎休沐則帰之。未嘗有隠而復出之事」。また、邱子釗氏や熊永謙氏も（注（1）参照）、「北山移文」が周顒その人を非難した作品であると断定することには、慎重である。

（7）それは、当時のひいでた隠逸の士の伝記をあつめた、『南斉書』巻五十四高逸伝の記事である。そのなかの杜京産伝に、つぎのような記事がある。

建元中、武陵王曄為会稽、太祖遣儒士劉瓛入東為曄講説。京産請瓛至山舎講書、傾資供待、子栖躬自屣履、為瓛生徒下食。其礼賢如此。孔稚珪・周顒・謝瀹並致書以通殷懃。

建元年間、武陵王蕭曄は会稽太守となった。斉の太祖は、儒者の劉瓛を東のかた蕭曄のもとへゆかせ、経書を講義させた。そのとき杜京産も、劉瓛に自分の山舎にきて講義してくれるようおねがいし、下にもおかぬもてなしをしたのである。息子の杜栖もあわててかけつけ、劉瓛の弟子となって食事の世話をした。杜京産父子が賢人を礼遇するのは、このようであった。孔稚珪、周顒、謝瀹の三人は杜京産に書簡をおくって、交際してくれるようもとめたのである。

これによると、斉の建元（四七九～四八二）中、孔稚珪は周顒や謝瀹とともに、杜京産に書簡をおくって交際をもとめたようだ。傍点を付した部分は、孔稚珪、周顒、謝瀹の三人が相談して、杜京産に書簡をおくったのか、それとも各人が相談なしに、それぞれ書簡をおくったのか、この文章だけでは判定しにくい。だが、すくなくともこの記事によって、孔稚珪と周顒とはほぼ同類の人物であり、建元中のころは二人の仲はよかったのではないか、と推測できよう（またこの二人は、交遊関係においても、共通した友人をもっている)。

(8) 六朝期における朝隠思想に関しては、小林昇「朝隠の説について―隠逸思想の一問題―」(『中国・日本における歴史観と隠逸思想』所収　早大出版部　一九八三)を、また袁淑「真隠伝」の成立や創作意図に関しては、松浦崇「袁淑の誹諧文について」(「日本中国学会報」第三一集　一九七九)を、それぞれ参照した。

(9) 以上の沈約の隠逸思想は、神塚淑子「沈約の隠逸思想」(「日本中国学会報」第三一集　一九七九)によって、私なりに要約したものである。

(10) 諏訪義純氏は前掲論文の中で、吉蔵(五四九~六二三)が「大乗玄論」や「中観論疏」などにおいて、周顒を隠士といっていることを指摘されている。つまり、周顒は一時期、周囲の人びとから隠士とみられやすい言動をしていたのだろう。周顒の隠逸思想については資料がなく、確定的なことはわからないが、やはり同論文のなかで諏訪氏は、周顒の「隠居については、古代の巣父、許由の如き、礼教を否定しひたすら山中の中に生活するという在り方とは凡そ異にするものであった。それは六朝の後半となり、門閥貴族社会が確立された時期にあらわれた新しい型の隠者、吉川忠夫氏のいわれる市朝の隠者というべきものかもしれない」と推測されている。すると周顒は、沈約と同種の朝隠ふう隠逸理論を有していたのかもしれない。そういえば、周顒と沈約とは、四声の詩文への導入を主張した永明文学の仲間でもあった。

(11) 王運熙「孔稚珪的北山移文」(『漢魏六朝唐代文学論叢』所収　上海古籍出版社　一九八一　ただし執筆は一九六一)は、孔稚珪と周顒は仲がよかったろうと推測したうえで、

「北山移文」は、文人が筆墨をもてあそんで、風趣を発揮したものにすぎない。友人へ冗談をいったものであり、ふざけてはいるが誹謗した作ではない(原文「対朋友開開玩笑、謔而不虐的文章」)と推測してよかろう。……もしこうした考証がなりたつなら、この作は、南朝士大夫が表面上は隠遁をいいながらも、じっさいは爵禄をほしがっていた生活状態や精神のありかたへ、ひとつの批判をおこなったものではあろうが、しかしその思想性という点では、過度に実際以上の評価をくだすべきではないとかんがえる。

と主張している。つまり、孔稚珪は周顒と合意のうえ、あそび気分で「北山移文」をつづったのであり、それほど突出した

思想性はもっていない、というのである。この王氏の説は、諷刺性よりも遊戯性のほうを重視すべしという立場であり、ひじょうにうがった見かただと称せよう。私じしんは、［本章第一節でみたように］孔稚珪のはげしい性格やまっすぐな気性からして、この作を本気でにせ隠者を嘲笑したものとかんがえるので、この説はとらなかったが、王氏の見かたもひとつの見識ではあろう。なお後考を期したい。

（12）劉勰（四六五？～五二〇？）は彼の方針によって、宋代以降の近代文学には言及するのを、慎重にさけている。だが、孔稚珪は劉勰より二十歳ほど年長の人物であり、おそらく劉勰はこの作品をしっていただろう。すると、放恣な想像ではあるが、劉勰はこの孔稚珪「北山移文」を念頭におきつつ、遊戯文学の理想を「道義にかない時勢に適したなら、「ふざけといえども」諷刺に効果があろう。だが、わるふざけだけにおわったならば、ことばの徳はおおいにそこなわれるだろう」（諧讔篇）とつづったのかもしれない。

第十三章　呉均「檄江神責周穆王璧」論

六朝梁に活躍した呉均（四六九〜五二〇）は、寒門から身をおこした文人としてしられている。文学史上では呉均体、すなわち「清抜にして古気有り」（『梁書』巻四九文学伝）という詩風で名だかい。そのためか、詩人とみなされることがおおいが、いっぽうで彼は、文章家としての側面も有している。呉均の文章作品のうち、後半生に力をそそいだ史書の著述は現存しないが、それでもなお、賦、表、書など十三篇の作品（連珠二首を一篇にかぞえる。なお、呉均作とされる『続斉諧記』は、仮託された可能性があるので、いまはかんがえない）が現存している。それらのなかでは、清麗な山水描写をふくむ書簡文が、とくに有名だといってよかろう。なかでも、「与施従事書」「与朱元思書」「与顧章書」の三篇は、六朝美文の精華とたたえられ、後代の選集にもしばしば採録されてきている。

ところが、あまりしられていないが、呉均は遊戯的な文章ものこしている。それは、「食移」「餅説」「檄江神責周穆王璧」の三篇である。この三篇という量は、すくないとおもわれるかもしれない。しかし、ほかの文人にこの種の作が、ほとんど現存しないことを考慮すると、現存十三篇のうち三篇が明白な遊戯文学だというのは、そうとうめずらしいことだといってよい。もしこうした面を重視したならば、「遊戯文学の名手」としての呉均像さえ想定でき、じゅうらいの「寒門詩人」とは、ちがった光をあてることもできよう。

もっとも本章は、呉均のしられざる側面にスポットをあてて、あらたな呉均像を提出しようというわけではない。

そうした本格的な呉均論はひとまずおき、呉均の遊戯文学のうち、とくに価値があると目される「檄江神責周穆王璧」をとりあげ、遊戯文学史上での位置づけをかんがえてみようとするものである。

一　「檄江神責周穆王璧」の内容

まず、「檄江神責周穆王璧」（以下、「檄江神」）の内容をみてみよう。標題中の「江神」とは、長江を擬人化したものであり、また「檄」とは、相手の罪悪をあげ、自軍の大義を主張する威嚇的な文書をさす。すると、一篇の内容も加味しつつ標題を説明すれば、「江神に檄文を発して、周の穆王が遺失した壁をかえすよう要求する」の意となろう。

みじかい作なので、全篇を口語訳つきでしめしてみよう。

昔穆王南巡、自郢徂閩、遺我文璧、僉曰此津。貫緯百紀、荐歴千春、念茲文璧、故問水浜。

江漢勗之、自求多益。反我名瑞、躍此華璧、則富有漢川、世為江伯。如有負穢心迷、懐釁情戚、

蔵玉泥中、匿珪魚腹、使公孫踊波而長呼、子羽済川而怒目、佽飛舞剣而東臨、菑丘躍馬而南逐、打素蛤而為粉、碎紫貝其如粥。

又有川人勇俊、処乎閩濮。水居百里、泥行万宿、右睨而河傾、左咤而海覆。

乃把昆吾之銅、被魚鱗之衣、
純鉤之鉄、赴螺蚌之穴。
引澍東隅、使蓬莱之根鬱而生塵、按驪龍取其頷下之珠、
移焦北島、瀛洲之足浄而可掃、搦鯨魚抜其眼中之宝。
皇恩所被、繁枯潤涸、願子三思、反此明玉。
威之所加、窮河絶漠。

そのむかし、周の穆王が南巡したさい、郢《えい》から閩《びん》へとゆかれたそうな。そのとき穆王は璧を遺失したのだが、それが、［なんじ江神が支配する］長江の渡し場あたりじゃったと、みながいうておるぞ。それから、百紀（千二百年）がたち、千たびの春がすぎたが、我われは、この穆王の璧をおもいつづけ、長江の水辺をさがしておるのじゃ。

長江とその支流の漢水の神たるなんじは、この経緯に思いをいたし、自分の利益をよくかんがえるように。わが瑞玉を返却し、華璧を川底からひろいあげたならば、なんじ江神は［支流の］漢水も所有できようし、世々、江伯の地位も安泰になろう。

だが、もし魔がさして心中まよい、欲をおこして躊躇し、璧を泥中にかくしたり、魚腹にしまったりしたならば、いったいどうなるか。我われは、［配下の］公孫接に命じて波をふみわたって長呼させ、子羽には江をわたって憤怒の目でにらみすえさせるぞ。また、佽飛《しひ》には剣をふるって、東へ進軍させ、菑丘《しきゅう》には馬をかけらせ、南へすすませるぞ。そして、なんじの素蛤《そこう》［の材でできた宮殿］をうちこわして粉とし、紫貝［の住居］をくだいて粥のようにしてやるぞ。

また［やはり配下の］勇敢な水辺の民が、閩濮の地にすんでおるが、彼らは百里のかなたまでひろがり、万泊をかさねて泥行できる。そやつらが、右に睥睨《へいげい》すれば河はかたむくし、左に叱咤すれば海もくつがえるだろう。また昆吾の銅刀と純鉤の鉄刀を手にもち、魚鱗の衣を身にまとい、螺蚌《らほう》の穴のなかまで足をはこぶぞ。彼らは、水を東海にながし、火を北島にうつし、そして蓬萊の根っこに、鬱蒼として塵をつもらせ、瀛洲《えいしゅう》の足さきを、きれいに掃除することもできる。また驪龍《りりょう》をおさえつけて頷下の珠をうばいとり、鯨魚をとらえて眼中の宝をとりだすこともできるのじゃ。

このように、天子さまの恩恵は、枯木を繁茂させ涸河に水を生じさせることもできるし、またそのご威光は、水源をきわめ砂漠のはてにもゆけるほどじゃ。そなた江神は、このことをよくかんがえ、周穆王が遺失された壁を返還するように(1)。

一読して、ユーモラスな檄文だとわかろう。周穆王が南巡した故事を利用しつつ、擬人化された江神（長江の神）にむかって、かつて穆王が長江の川底に遺失した璧を、返還せよとせまっている。なかでも、なんじがもし血まよって、璧をかえさなかったら、どうなるか。配下の公孫接らの強暴な連中に命じて、いたい目にあわせてやるぞ——と威嚇するところは、いかにも檄文らしい口吻だといえよう(2)。この大仰で居丈高なものいいが、逆にこの作にコミカルな印象をあたえ、読者の笑いをさそっている。明の張溥も、『漢魏六朝百三家集』呉朝請集の題辞で、

『文中子』云、「呉均孔珪、古之狂者也。其文怪以怒」。今叔庠集文鮮絶奇者。独「餅説」「責壁」二文、頗詭博不経、似得之枚叔「七発」、行以排調。

『文中子』のなかで、王通は「呉均と孔稚珪のふたりは、いにしえの狂者だろう。その文学は怪異であり、また憤怒の気がただよっている」といっている。だが、いまの呉均集には、そんな奇妙な作は、ほとんどのこっ

ていない。ただ彼の「餅説」と「檄江神責周穆王璧」の二作だけは、尋常ならぬ奇怪な文であり、前漢の枚乗「七発」のふざけた口調に、よく似ている。

といい、「檄江神」の遊戯ふう性格を指摘している。

この遊戯的な文章は、周穆王の南巡故事を基盤としている。だが管見では、この江神云々の話柄に、ぴたりと一致する故事は、みつからない（林家驪『呉均集校注』も、それらしい故事をあげていない）。周穆王が西征して、西王母に会見したという話は、『穆天子伝』等でしられているが、この江神云々の話題とは関係しないようだ。では、穆王南巡の話柄はないのかというと、穆王が越や九江を征伐するや、黿や鼉をしかりつけて橋梁にしたとか、君子は鶴に姿をかえ、小人は鴞になったとかの話が、類書などに断片的にのこっている。しかしこれらの話も、「檄江神」の内容とはつながりにくいだろう。

そうしたなかで、この南巡故事と関係ありそうな話柄として、『水経注』河水一所引『穆天子伝』の、つぎのような伝説が目についた。それは、

天子西征、至陽紆之山、河伯馮夷之所都居、是惟河宗氏。天子乃沈珪璧礼焉。

穆王が西征して、陽紆《ようう》の山にいたった。そこは河伯の馮夷《ひょうい》のすんでいた都であり、彼は河の支配者だった。穆王はそこで、珪璧を河にしずめて、河伯に礼をつくした。

という話である。これも断片としてのこるだけで、前後の事情がわからないのだが、すくなくとも、穆王が珪璧を水にしずめたという部分については、「檄江神」の内容によく似ている。(3) ただ、この話とて、穆王の南巡ではなく「西征」であり、また穆王の相手も、江神ではなく「河伯」であって、「檄江神」の話柄とは、すこしずれているのだ。

そうだとすれば、「檄江神」に吻合するような故事は、もともとなかった可能性もでてこよう。この推測は、登場

人物をしらべてみると、蓋然性がたかまってきそうだ。この「檄江神」には、江神以外に、その配下として、公孫接や子羽（澹台滅明）、佽飛《しひ》、菑丘《しきゆう》などが登場している。これらは、先秦の古書に登場してくる勇者や英雄たちだが、文中にひかれる彼らの故事は、伝説や小説に属するような奇怪な話柄がおおい（故事の具体的内容については、注（1）の注釈を参照）。それゆえ、信憑性という点ではおおいに問題があるが、逆にそのぶん、いろんな虚構の故事もまじえやすく、「檄江神」のごとき荒唐無稽な遊戯文学をつづるには、かえってつごうがよかっただろう。

これを要するに、この作は、真偽さだかならぬ伝説や小説ふう故事（南巡故事もそのひとつ）を、適宜に変化させたり、くみあわせたりして、ユーモラスな文章につづりあわせたものだろう（呉均は小説集『続斉諧記』の作者にも、擬されることに注意）。くわえて、四六の句形や対偶を多用し、さらには韻までふませるなど、[4]美文ふう装飾にもこと欠いていない。そうした装飾は、清麗な山水書簡をつづった才腕を、この「檄江神」にもそそぎこんだものといえ、文学作品としての格調をたかめるのに役だっているといってよかろう。

二　祈禱文のパロディ

この呉均「檄江神」は、ただの遊戯文学なのだろうか、それともなにか寓意を秘めているのだろうか。ざんねんながら、呉均がこの作品を、いつ、いかなる状況でつくったか、いっさい資料がのこっておらず、寓意の有無については、うかがうすべがない。しかも、管見のおよぶかぎりでは、旧時の文学批評で、この作品に言及した発言は、右の張溥のもの以外にしらない。そうした状況は、現在においても、似たようなものであり、遊戯的な文学だと言及することはあっても、内容の詳細な検討までは、おこなわれたことがないようだ。

ただ、ごく例外的な言及として、譚家健氏が「六朝詼諧文研究」(「まえがき」参照)という論文において、

この呉均「檄江神」は、神話の手法によって古代の伝説をあつかったものだ。この作によると、周の穆王が江漢の水辺にあそんだとき、江神が壁を要求したので、穆王は壁を長江にしずめたという。江神のこうしたやりかたは、渡し場を管理する役人が、渡河する旅人に金品を強要し、公然とゆすりをはたらくのに似ている。だから呉均は、ひじょうにいかってこの檄文をつづり、すみやかに壁を返却せよ、さもないと軍を発して討伐するぞと、江神に要求しているのだろう。

……この文章は遊戯文学めいてはいるが、役人のゆすり行為を、非難する意が寓されている可能性があろう。

とのべられている。なかなかおもしろい議論であり、なるほどとおもわれる。ただ、氏の議論も、明確な根拠があってのものではなさそうだ。だから、もし「この作品に、ほんとうにそうした含意があるのでしょうか。その証拠は、どこにあるのでしょうか」とたずねたなら、譚家健氏もおこまりになるのではないだろうか。

このように「檄江神」については、檄文のスタイルをとった遊戯的な作品ということがわかるだけで、創作意図や寓意の有無などについては、資料がのこってないので、いっさい不明というしかない。(5) ただ本章のねらいは、創作意図や寓意の解明にあるのではなく、この作を歴代の遊戯文学の流れのなかに位置づけることにある。そうした視点からながめてみると、この作品は暗黙のうちに、いろんなことを示唆してくれている。

まず、呉均がこの作を構想したとき、前代のどんな作品を脳裏にうかべていたのだろうか。つまり、呉均はこの作を、過去の作品X(複数かもしれない)のパロディとしてつづったと目されるが、そのXとは、具体的にはどのような作品だったのか、ということである。

ふつうにかんがえれば、この文章が檄ジャンルに属する以上、過去の檄文のいずれかが想定できよう。しかし管見

のおよぶところ、この「檄江神」は過去のどの檄文とも似ていないし（ただし、宋の釈宝林の「檄太山文」「檄魔文」などは、仏教関連の特殊な作なので、ここでは考慮にいれない）、さらに擬人法をつかい、押韻もほどこすなど、檄文の通例の叙法との相違もはなはだしい。パロディだとしても、文章スタイルがちがいすぎるのである。それゆえ私は、呉均「檄江神」のモデルとなった作品Xは、どうやら檄文ではなくて、過去の祈禱文だったのではないかとおもう。

ここでいう祈禱文とは、河川の神がみに、洪水などの災禍をもたらさぬよう、水辺でよみあげる文章のことである。古代では、この種の祭りが、しばしばおこなわれていたようで、『春秋左氏伝』などをよむと、そうした事例が頻繁にみえている。さらに、「適河」（「河にゆく」、もしくは「河にとつぐ」）ということばもあり、どうやらふるくは、人柱《ひとばしら》を黄河にしずめて安寧をこいねがう祭りも、とりおこなわれていたようだ。たとえば、『荘子』人間世に

人有痔病者、不可以適河。

痔をやんでいる人間は、河にゆかせるわけにはいかない。

とあるが、ここにいう「適河」とは、黄河に人柱をしずめて、神にささげることを意味している。また『風俗通義』の佚文には、

江水有神、歳取童女二人以為婦。不然為水災。

江水に神がいる。歳ごとに童女二人をめとって、自分の妻にしている。そうしないと、水災をひきおこすのである。

とあり、人柱を川底にしずめる祭りを、婚姻の儀礼になぞらえている。さらに、この種の祭りで、もっとも有名なのが、つぎの『史記』滑稽列伝中の話柄だろう。要約してしめす。

西門豹が、令として鄴に赴任した。すると、その地の長老たちが、「私たちは、〈河伯のためにに嫁をめとる〉こ

とで、くるしんでいます。毎年、村のうつくしい娘がひとり、黄河の水底にしずめられて、河伯の嫁にやらされるのです」とうったえた。

そこで西門豹は、その日になると、黄河の川岸へでむいた。そして、河伯の嫁入りを主導する巫女や三老たちにむかって、いった。「今年えらばれた娘は、うつくしくない。ひとつ、なんじらが黄河にはいって、河伯に〈うつくしい娘をさがしなおしますので、今年は娘をさしだすのがおくれます〉と報告してこい」。こういって、西門豹は巫女や三老たちを、ひとりまたひとりと、黄河の流れのなかになげこんだ。

これをみて、当地の吏民たちはおそれおののいた。そしてそれ以後は、河伯のために嫁をめとろうと主張する者は、ひとりもいなくなった。

こうした河川の神がみへの祭りは、ふるくは黄河流域が中心部だった関係で、まつられる神は、「河伯」（黄河の神さま）がおおかったようだ。やがて後代、南方の長江流域が開拓されるにしたがって、「江神」（長江の神さま）も登場してくるようになる。その意味で、江南梁王朝の呉均「檄江神」に、河伯でなく江神が登場してきたのは、時代的にも地理的にも、とうぜんのことだったろう。私は、こうした民俗ふう行事のときによみあげられた［はずの］、水神への祈禱文のたぐいが、「檄江神」のモデルになったのではないかと、推測するのである。

では、そうした祈禱文とは、どのようなもので、どのようにつかわれていたのだろうか。右の事例は、ふるい時代のものばかりだったが、もっと呉均にちかい時代から、さがしてみよう。すると、たとえば、『王隠晋書』方技伝（『芸文類聚』巻五二、『太平御覧』巻五九七）の、つぎのような話が注目されよう。

毛宝據郗、城陥。宝屍沈江不出。戴洋移告河伯諸神、使出宝屍。十余日乃出。

毛宝は郗にたてこもったが、ついに郗の町は陥落した。［ころされた］毛宝の死体は江にしずんだままで、うきあがらなかった。そこで戴洋が、告げぶみを河伯ら諸神にまわして、毛宝の死体を川底からうかびあがらせようとした。すると十余日で、宝の死体がうかびあがったのである。

この話では、方術家の戴洋が、河伯らに告げぶみ（祈禱文の一種とかんがえてよかろう）をふれまわし、その結果として、毛宝の遺体を川底からとりだすことができたことになっている。ここでの告げぶみは、おそらく口頭でよみあげられ、その後水中に投じられたのだろう。それは、木簡だったか紙だったかはわからぬが、墨書されたものであったにちがいない。

右の戴洋の話では、告げぶみはうしなわれているが、さいわいなことに、じっさいの文章がのこっているケースもある。それが、六朝宋の荀倫の手になる「与河伯牋」である。まず、ことのいわれをつづった劉敬叔『異苑』（『太平御覧』巻五九五）の記事を紹介しよう。

河内荀儒字君林、乗氷省舅氏、陥河而死。兄倫為文求尸、積日不得。設祭水側、又投牋与河伯。経一宿、岸側氷開、尸手執牋浮出。倫又牋謝之。

河内の荀儒、あざなは君林は、氷にのって舅氏の安否をうかがっていたが（？）、河におちて死んでしまった。兄の荀倫は祈禱文をつくって、河伯に弟の死体をかえすよう要求したが、何日たっても、死体はうきあがらなかった。そこで河辺に祭壇をもうけて、ふたたび牋を河伯のほうへ投じた。

一晩たつと、岸辺の氷結した川面がわれて、手に牋をもった弟の死体が、うかびあがった。そこで荀倫は、三たび牋を投じて、河伯に感謝したのである。

この話では、荀倫は黄河に「文」や「牋」（ともに祈禱文の一種とかんがえてよかろう）を投じ、その投じられた文章に感動した河伯が、荀儒の遺体を返還したことになっている。ところが、『初学記』巻六に、その荀倫がつづった

「与河伯牋」の断片が、引用されてのこっているのである。それは、

伏惟河伯府君、君侯┌潜曜霊泉、
　　　　　　　　　└翺翔神渚。┌発洪流於崑崙、
　　　　　　　　　　　　　　　└揚高波於砥柱。┌包四瀆以称王、
　　　　　　　　　　　　　　　　　　　　　　　└総百川而為主。

伏しておもうに、河伯府君どのは、霊泉にひかりかがやき、神渚にはばたいておられます。洪流を崑崙に発し、高波を砥柱《しちゅう》にあげられました。かくして、四瀆をしたがえて王となり、百川をおさめて君となられたのです。

というものである。荀倫はつごう三回にわたって、河伯に文章を投じている。この牋は、その何回目のものかわからないが、いずれにせよ、そのどれかの文［の冒頭の部分］だろう。はじめに「河伯府君」とよびかけ、なんじは四瀆の王にして、百川の君でございます、ともちあげている。おそらく、このあとに、「弟の遺体をかえしてくだされ」のごとき字句がつづいたのだろう。私は、こうした祈禱ふうの文章をモデルとして、それをパロディふう遊戯文学にしたてたのが、呉均「檄江神」だったのではないか、と推測するのである。

三　「詰咎文」の内容

では、祈禱文のパロディふう遊戯文学は、呉均「檄江神」以前に存在していたのだろうか。そうした目で、文学史をみわたしてみると、わずかではあるが、先蹤らしき作がないではない。まず、魏の曹植「詰咎文」（「詰咎文」ともいう）があげられよう。

五行致災、先史咸以為応政而作。天地之気、自有変動、未必政治之所興致也。于時大風、発屋抜木。意有感焉、聊仮天帝之命、以詰咎祈福。其辞曰、

上帝有命、風伯雨師。夫 風以動気、
　　　　　　　　　　　 雨以潤時、陰陽協和、庶物以滋。

亢陽害苗、伊周是過、
暴風傷條、在湯斯遭。
桑林既禱、慶雲克挙、偃禾之復、姫公走楚。

況我皇徳、承天統民、礼敬川岳、享茲元吉、鼇福日新。
　　　　　　　　　　祇粛百神、

至若 炎旱赫羲、嘉卉以萎、何谷宜填、何霊宜論、
　　 飆風扇発、良木以抜、何山応伐、何神宜謁。

於是 五霊振竦、招揺警法、
　　 皇祇赫怒、攙搶奮斧。

河伯典沢、右呵飛廉、息飆遏暴、元敕華嵩、慶雲是興、效厥年豊。
屏翳司風。顧叱豊隆。

遂乃 沈陰坱圠、雨我公田、爰曁予私、黍稷盈疇、霊禾重穂、生彼邦畿、年登歳豊、民無餒飢。
　　 甘沢微微、　　　　　　　　　　 芳草依依、

五行「の不順」による禍災について、過去の史書は、政治の良否に応じたものとみなす。だが天地の気には、それじたいに起因する変動もあるはずで、すべてが政治の良否に応じたものではあるまい。最近、大風がふいて屋根をとばし、樹木をひきぬいた。私はこれに感ずるところがあり、ここに天帝の命令に託して、咎をもた

らしたのをとがめ、福を希求することにした。その文は、つぎのとおり。

上帝が風伯と雨師に、命令をくだした。
風は［時期に応じて］気候をめぐらし、雨は時季ごとに［天下を］うるおす。陰陽が調和すれば、万物は繁栄するものじゃ。酷暑が禾苗をそこない、暴風が樹枝をいためることは、周の成王のときもあり、殷の湯王のときにもおこった。じゃが、湯王が桑林で天にいのれば、空に慶雲があらわれ、たおれた苗もふたたびたちあがり、そして周公も楚のほうへはしっていったという（?）。まして魏帝は徳があって、天命をうけて民草をおさめておられる。山川をうやまい、百神につつしんでいるので、天から大吉をたまわり、日々あらたに福をさずかっておった。

ところが、このたび猛烈な炎暑となり、突風がふきよせ、穀物はしぼみ、良木はふきとばされた。民草はいったいどの谷をうめて天にいのり、どの山の樹木をきって加護をこえばよいのか。どの霊にうったえ、どの神に謁見すればよいのか。かくして［この事態に］五霊はおどろき、神祇は憤激し、招揺《しょうよう》の星はびっくりし、攙《ざん》搶《そう》の星は奮斧して（?）おるぞ。

河伯（雨師）はしっかり雨を管理し、屏翳《へいえい》（風伯）は風をきちんと制御せよ。右をみては飛廉《ひれん》を一喝し、ふりかえっては豊隆をしかりつけるように。突風があばれまわるのをやめさせ、華山と嵩山に［風雨をとりしまるよう］勅令をくだせ。そして慶雲をよびよせ、豊年をもたらすように。そうすれば、密雲がひろがり、めぐみの雨がけぶって、わが公田をうるおし、わが私田もぬらすことだろう。黍稷は畑にみち、芳草は繁茂し、めでたい禾穀は穂をたれ、魏朝の土ですくすく成長することだろう。そして年々五穀豊穣し、民草は腹をすかすこともなかろう。

この曹植「詰咎文」は、天帝の命に仮託しつつ、風雨を支配する風伯や雨師（擬人化されている）にむかって、風や雨をあばれさせず、適切にめぐみをあたえ、民草をいじめないようにせよ、と祈念した文章である。その意味でこの作は、真摯な意図による真摯な祈禱文のように、みえるかもしれない。

だが曹植は、天帝の命に擬しながら、いっぽうで風伯や雨師にむかって、民草をなやますとは、けしからんじゃないか、とつめよっている。こうしたところは、むしろ曹植のあそび心を、髣髴とさせるものではないだろうか。とりわけ、「河伯（雨師）はしっかり雨を管理し、屏翳《へいえい》（風伯）は風をきちんと制御せよ。右をみては飛廉《ひれん》を一喝し、ふりかえっては豊隆をしかりつけるように」の部分は、擬人法が効果的につかわれていて、ユーモラスな行文になっている。

すると、この曹植「詰咎文」も、真摯な祈禱文ではなく、諧謔味を意図した遊戯ふう文章だと理解できよう。つまり、呉均どうよう、曹植も真摯な祈禱文を、パロディふうにもじって、この作品をつづったのではないだろうか。じっさい、この作にユーモラスな雰囲気がただよっていることは、すでに王運熙氏も「漢魏六朝的四言体通俗韻文」（「まえがき」参照）において、

> 曹植には「髑髏説」「詰咎文《ママ》」「釈愁文」などの作がある。これらは、「鷂雀賦」ほど通俗で生動していないが、しかし、そのスタイルは同類に属するものだ。……これらの諸作は、内容がユーモラスであるだけでなく、俳優が演技するようすにも似ている。また文章も押韻して、誦読にもつごうがよい。

と指摘するところである。対偶や押韻などで行文を装飾することも、呉均「檄江神」の先蹤たるにふさわしい。

つまり、不謹慎といえば不謹慎かもしれないが、すでに曹植のころから、真摯な祈禱文をユーモラスに変形させた文章が、かかれていたのだろう。したがって、この「詰咎文」は、曹植の諧謔ごのみの性格をしめすものだと理解す

べきだろう。逆に、この作を民衆への思いやりのあらわれだと主張して、理想の為政者としての曹植像を提起したとすれば、それは、好意的すぎる見かただとせねばなるまい。(6)

四　悲惨さをうったえる遊戯文学

曹植「詰咎文」にすこしおくれて、同種の作として、晋の劉謐之「与天公牋」と、宋の喬道元「与天公牋」の二篇がかかれている。この劉謐之と喬道元、文学史には登場しない無名の人物だが（劉謐之は「龐郎賦」の作もある。第十章参照）、その両人に、この「天公にあたえた牋」（「天公」は天を擬人化したもの）という、奇妙な標題の作品がのこっている。いずれも断片しかのこらず、意味もとりにくいが、比較的わかりやすい箇所を引用してみよう。

〔劉謐之与天公牋〕

昔申酉之際、遭湯旱流煙、
今子亥之歳、値堯水滔天。
火延焼其廬、
水突壊其園。
何小人兮。頓偸双船。由是
行無擔石、
室如懸磬。……
体戦身噤、脱衣凍坐。頼
詹公借袍、
南城送火。

まえの申酉の際には、湯王のときのような日照りで火災がおこり、こんどの子亥の歳には、堯のときのような洪水がおこりました。火はわが廬を延焼し、水はわが庭園を破壊しました。またいかなる小人でしょうか、わが二艘の船をぬすみおったのです。こういうわけで私は、でかけようにも食糧がなく、家のなかもからっぽになってしまいました。……

私は、身はおののき体はガタガタふるえ、衣をぬいでこごえながら坐しています。そして詹公（?）に袍を借用し、南城（?）に火をわけてもらうしまつです。

［喬道元与天公牋］道元居在城南、接水近塘、草木幽鬱、蚊虻所蔵。茅茨陋宇、纔容數牀。無有高門大戸、来風致涼。積汚累燻、体貌萎黄。未免夏暑、逆愁冬霜。

私は宮城の南にすみ、川や堤のちかくです。そこは草木がうっそうとしげり、蚊虻がひそんでおります。わがあばら家のせまいこと、かろうじてベッドがいくつかはいるだけです。りっぱな門や戸もないので、風は涼をはこんでくれますが、家のなかは、よごれやすすでいっぱいで、わが身はおとろえ顔もきいろくなっています。夏の暑さもこらえられず、冬の霜にくるしむばかりです。

冬則両幅之薄被、上有牽緜与敝絮。撤以三股之絲縦、袷以四升之粗布。狭領不掩其巨形、促縁不覆其長度。伸脚則足出、攣捲則脊露。

冬は両幅のうすい掛布団だけで、上には（?）ひきのばした綿とボロ絮があるだけ。その布団には、三股の絲縦などなく（?）、四升の粗布を裏うちしているだけです。布団のせまい領《えり》は私の巨体をおおえず、みじかい縁《ふち》は長身にはたりません。脚をのばせば足先が布団の外にで、身体をかがませば背中がはみでてしまいます。

劉謐之の作は、天災にあった苦しみをのべ、いっぽう、喬道元の牋は、自己の窮乏生活をつづっている。標題から想像すると、この二篇は、こうした悲惨な状況を天帝にうったえて、「どうしてこんな目にあうのでしょうか」とか、「なんとかしてくだされ」などと、哀訴しているのだろう。その意味で、江神や河伯にうったえた祈禱文と同種のものだとかんがえてよい。

だが、この種の、悲惨な状況を強調して、「なんとかしてくだされ」とうったえる文章は、じつは、前漢末の揚雄

「逐貧賦」以来の伝統があり、遊戯文学のひとつのパターンなのである。真摯な憂愁を叙したかにみえる曹植「釈愁文」も、そのパターンの作にいれてよいだろうし、また自嘲をこめた陸雲「牛責季友文」や左思「白髪賦」も、その延長上にある。要するに、悲惨さを誇大にうったえることによって、ユーモアやペーソスをかもしだそうとする手法だといってよかろう。(7)

この二篇のうち、喬道元の作は、以前から遊戯ふう性格をみぬかれている。清の李兆洛『駢体文鈔』が、喬道元の作を、遊戯文学をあつめた「雑文」のなかに、いれているのがそれである。この「雑文」のなかには、王褒「僮約」や陸雲「牛責季友文」、沈約「脩竹弾甘蕉文」などの遊戯文学が収録されているが、そのなかの一篇が、この喬道元「与天公牋」なのである。

さらに、現代の銭鍾書にいたっては、この二篇をとりあげて、

『全晋文』巻百四十三に、劉謐之「与天公牋」の作があるが、これと喬道元「与天公牋」の二篇は、ともに自分の窮乏したようすを描写して、それでユーモアをかもしだしている。「天公に与える」というのは、窮迫すれば天をよび、蒼穹に上訴するという意味にちがいない。両牋ともほんの断片がのこるだけで、天へのうったえの部分はうしなわれてしまっている。杜甫「山水障」詩に、「真宰《かみ》に上訴すれば天は応《まさ》に泣くべし」という。この両牋のばあい、天に上訴すれば、天は［泣くどころか］嘲笑してしまうのではないだろうか。

といっている（『管錐編』一三三二頁）。つまり銭鍾書氏は、この両篇中の悲惨な描写は、真摯なうったえではなく、悲惨さを強調して、笑いをとろうとしているにすぎない、とみなしているのである。

以上、わずかな例しかみつからなかったが、それでも、曹植「詰咎文」、喬道元・劉謐之「与天公牋」の三篇は、人間以外の天帝へのうったえという点で、呉均「檄江神」と共通しているし、また真摯なうったえではなく、ユーモ

ラスな難詰という性格も相似している。さらに押韻をほどこし、対偶を多用するという点でも、共通した文章スタイルを有するのだ。つまり、「檄江神」と同種の文章は、呉均以前にもかかれており、作例はすくないながらも、それなりの文学的伝統が存在していたのである。すると、呉均が「檄江神」を構想したさい、右のごとき先蹤（作品X）が脳裏にうかんで、それを模してつづったという推測は、じゅうぶん蓋然性があるといってよかろう。

五　「鱷魚文」の先蹤

呉均「檄江神」の遊戯文学史上の位置づけとして、もうひとつ重要だとおもわれるのが、後代の作品へあたえた影響である。後代への影響という視点から、文学史をながめわたしてみると、すぐ唐代のあの著名な遊戯作品との類似に気づくことだろう。そうである。この呉均「檄江神」は、韓愈の名篇「鱷魚文《がくぎょぶん》」によく似ているのである。

この韓愈「鱷魚文」は、『新唐書』で全文が引用されて以来、韓愈の手になる傑作として、よくしられてきた。韓愈は五十二歳のとき（八一九）、潮州に左遷された。その地に赴任するや、民衆から「当地には鱷《わに》がいて、家畜をたべてこまっています」と陳情をうけた。そこで韓愈は、鱷がすむ谷川まででかけ、属官に命じて一羊一豚を谷に投じさせた。そして、「鱷どもよ、この地からでてゆけ」とよみあげたのが、この「鱷魚文」なのである。周知の名篇であるが、ここにひいてみよう。

維年月日、潮州刺史韓愈、使軍事衙推秦済、以羊一豬一投悪谿之潭水、以与鱷魚食、而告之。曰、昔先王既有天下、列山沢、罔縄擉刃、以除虫蛇悪物為民害者、駆而出之四海之外。及後王徳薄、不能遠有、則江漢之間、尚皆棄之以与蛮夷楚越、況潮嶺海之間、去京師万里哉。識魚之涵淹卵育於此、亦固其所。今天子嗣唐位、神聖慈武、四海之外、六合之内、皆撫而有之。況禹跡所揜、揚州之近地、刺史県令之所治、出貢賦以供天地宗廟百神之祀之壊者哉。鱷魚其不可与刺史雑処此土也。刺史受天子命、守此土、治此民、而鱷魚睅然不安谿潭、據処食民畜熊豕鹿麞、以肥其身、以積其子孫、与刺史亢拒、争為長雄。刺史雖駑弱、亦安肯為鱷魚低首下心、伈伈晛晛、為民吏羞、以偷活於此邪。且承天子命以来為吏、固其勢不得不与鱷魚弁、鱷魚有知、其聴刺史言。潮之州、大海在其南、鯨鵬之大、蝦蟹之細、無不容帰以生以食、鱷魚朝発而夕至也。今与鱷魚約、尽三日、其率醜類南徙於海、以避天子之命吏。三日不能至五日、五日不能至七日、七日不能、是終不肯徙也、是不有刺史、聴従其言也。不然、則是鱷魚冥頑不霊、刺史雖有言、不聞不知也。夫傲天子之命吏、不聴其言、不徙以避之与冥頑不霊而為民物害者、皆可殺。刺史則選材技吏民、操強弓毒矢、以与鱷魚従事、必尽殺乃止。其無悔。

なん年なん月なん日、潮州の刺史韓愈、軍事衙推の秦済を使いに立て、羊一ぴきとぶた一ぴきを悪渓の淵の水に投げこんで、わにどもに食べさせ、そしてわにどもに告げる。

むかし、先王が天下を統治されたとき、山や沢を封じこめ、網や縄や銛《もり》や刃もので、住民に害を与える虫や蛇や悪い化けものをとりのぞき、それらを国外に追放された。後世の王に至り、徳が薄くて、遠方まで統治することができなくなると、長江や漢水のあたりでさえも、みな放棄されて、異民族の楚や越の国に与えられた。まして、潮州は、五嶺と南海のあいだ、首都から万里のところであるからなおさらのことである。わにどもがここに侵入し、卵を生みつけて繁殖したのも、なるほどもっともなことといえる。

現在、天子さまは唐の帝位をうけつがれ、神聖にして慈愛あり勇武である。四つの海の外、天地四方の内、すべてかわいがって統治される。まして、禹王の足跡のおよぶところ、揚州に所属する近い地域、刺史と県令が治めるところ、租税を出して天地や先祖の霊廟、ちよろずの神神の祭に提供する土地では、もとよりのことである。わにどもは刺史とこの土地にいっしょに住まいしてはならぬ。

刺史は、天子さまの命令を受けて、この土地を守り、この住民を治めている。それなのにわにがぎょろぎょろ目をむいておちつかず、谷の淵に住まいをかまえ、住民や家畜や熊やぶたや鹿やのろを食って、身を肥やし、子孫を繁殖させ、刺史とはりあって、どちらが親分となるか争っている。刺史は弱虫ではあるけれども、わにどものために、うなだれへりくだって、びくびくきょろきょろと、住民や役人に対してはずかしい思いをしながら、ここで日さえたてばよいというくらしをしようとは思わぬ。そのうえ天子さまの命令をうけたまわって官吏として赴任して来た。当然のこと、その事情からいってわにどもと決着をつけねばならない。わにどもに理性があるなら、刺史のことばに耳を傾けよ。

潮州という州は、大海が南にあり、鯨や鵬《おおとり》のような大きなものでも、えびやかにのような小さなものでも、なんでもとり入れて、生活させ養ってくれる。わにどもは、朝出発すれば、夕方には到着できる。いま、わにと約束する、まる三日のうちにその一族をひきつれて、南のかた海に移住して、天子さまから御命令を受けている官吏を避けよ。三日でできなければ、五日までとし、五日でできなければ、七日までとする。七日でできなければ、これはけっきょく移住を承知しなかったのである。これは刺史がいながらそのことばを聞き入れようとはしないのである。そうでなければ、わにどもは頑冥で神霊を欠《か》き、刺史がことばをかけても、聞こえず理解しないのである。

天子さま御命令の官吏を軽蔑し、そのことばを聞き入れず、移住して避けようとせぬものと、頑冥で神霊を欠き、住民や生物の害となるものは、いずれも殺すがよい。刺史は、うでまえすぐれた役人と住民とを選抜し、強い弓と毒矢を手にして、わにどもに対して処置をとらせ、かならずみなごろしにするまではやめないだろう。

後悔してはならぬぞ。(訳文は清水茂氏のものによった。『韓愈Ⅱ』 筑摩書房 一九八七)

擬人化されたワニへの威嚇的通告、居丈高な口調、天子の恩恵の強調、そしてなにより篇中にただようユーモアなど、呉均「檄江神」との類似性は、きわめて濃厚だといってよい。その意味で、この「鱷魚文」は、呉均の作をモデルにしてつづった、遊戯ふう祈禱文だと断じて大過ないだろう(ただし文章は古文ふうであり、韻はふまず対偶もすくない)。

韓愈には、このユーモラスな「鱷魚文」以外に、「潮州祭神文」「袁州祭神文」「祭竹林神文」「曲江祭龍文」などの、祈禱ふう文章がのこっている。いずれも、長雨や日照りをうれえて、当地の湖や竹林の神霊に、不順な天候の回復をいのったものである。当時の地方官の仕事のひとつとして、この種の行事の主催や参加が必須だったため、こうした文章がかかれたのだろう。それゆえ、これらの作は、「鱷魚文」とはちがって、ごくまっとうな祈禱文となっている。つまり、韓愈においては、前代の荀倫「与河伯牋」のごとき真摯な祈禱文と、曹植「詰咎文」や呉均「檄江神」のごときパロディふう祈禱文とが、その一身にながれこみ、併存していたのである。正統ふうとパロディふうと、両様の祈禱文をつづりえたという意味で、韓愈こそは祈禱文の硬軟二面を知悉した文人だった、といってよかろう。

韓愈「鱷魚文」の先行作品として、じゅうらいは、司馬相如「喩巴蜀檄」があげられた(曾国藩『求闕斉読書録』巻八)ぐらいで、呉均「檄江神」など六朝遊戯文学との関係は、まだじゅうぶん論じられていないようだ(8)。だが私は、韓愈が「鱷魚文」の執筆をおもいたったさい、その脳裏に、「檄江神」をはじめとする六朝の諸作が、想起されていたにちがいないと推測する。その意味で、この呉均「檄江神」の遊戯文学史上の最大の価値は、この韓愈の名作「鱷魚文」の先河をなしたことにあった、といってよいだろうか。

注

（1）「檄江神責周穆王璧」の翻訳にさいしては、趙振鐸『駢文精華』（巴蜀書社　一九九九）における注釈を参考にした。

（2）檄ジャンルの文学的伝統については、拙稿「檄の文体について―陳琳の檄文二首を中心に―」（大修館書店「漢文教室」第一五七〜八号　一九八七）を参照。

（3）秦始皇帝にも、南方に巡遊したとき、長江に璧をしずめて江神をまつったという話がある（『史記』秦始皇本紀三十六年を参照）。大河に璧をしずめて、安寧をこいねがうことは、古代からじっさいにおこなわれていたのだろう。

（4）檄文は、無韻の文でかくのが通常であり、呉均「檄江神」以前に、押韻した檄文の例をしらない。このことは、この呉均の作が実用文としてではなく、遊戯ふうな「文学」作品としてつづられたことを、側面からしめすものだろう。なお、押韻と文学性・遊戯性とがふかい関係を有することは、第十五章を参照。

（5）林家驪『呉均集校注』（浙江古籍出版社　二〇〇五）の「前言」は、「檄江神責周穆王璧」の創作意図をつぎのように推測する。

「檄江神」では、移檄のスタイルによりつつ、周穆王が南巡のさいに長江にしずめた玉璧を、江神からとりかえそうとしている。この作は、呉均の不平憤懣を吐露したものだろう。張溥『漢魏六朝百三家集』呉朝請集で、「餅説と檄江神の二作だけは、尋常ならぬ奇怪な文であり」（餅説責璧二文、頗詭博不経）というが、これは、王通『文中子』の「呉均の文学は」怪異であり、また憤怒の気がただよっている」（怪以怒）という評価と、よく符合している。

……王通の「怪異であり、また憤怒の気がただよっている」という評言は、呉均の詩文中にみえる、斉梁ではまれな不平憤懣の雰囲気をさしているのだろう。

これによると、林家驪氏は、呉均「檄江神」を、不平憤懣を吐露した作だとみなしているようだ。その論拠として、明の張溥と隋の王通との発言を引用している。この林氏の見かたは、呉均「檄江神」に、不平憤懣の意をよみとろうとするものである。このユーモラスな「檄江神」に不平憤懣をよみとるとは、なかなかするどい見かただと称せよう。

だが、林氏が提示される論拠には、やや問題があるようだ。というのは、林氏が引用される張溥の評言は、「餅説と檄江神の二作だけは、尋常ならぬ奇怪な文であり」のあとに、「枚乗七発のふざけた口調に、よく似ている」（似得之枚叔七発、行以排調）とつづいているからである。すると、張溥のいう「尋常ならぬ奇怪な」ということばは、どうやら不平憤懣ではなく、遊戯性（排調）のことを意味していたようだ。そうすれば、張溥の意見と王通の「怪異であり、また憤怒の気がただよっている」という評言とが、符合しあっているかは疑問であり、むしろ相違しているとみなさねばなるまい。

私じしんは、この遊戯ふうな文学にまで、「寒人 → 不遇 → 不平憤懣」の公式をあてはめて解釈するのは、旧套墨守な見かたにすぎるのではないかとおもうのだが、いかがなものだろうか。

（6）西晋の嵇含にも、「詰風伯」という類似した標題の作がある。「太康六年、狂風暴怒、騰逸相触、百川倒流、大山乃洈剥」（『北堂書鈔』巻一五一）という五句しかのこらないので、なんともいえないが、この作も、あるいは、同種のパロディふう文章だったかもしれない。

（7）喬道元「与天公牋」には、家奴の悲惨な状況を、おもしろおかしく描写した部分もある（引用は略）。こうした社会的弱者をからかう遊戯文学には、王褒「僮約」や石崇「奴券」、さらに劉謐之「龐郎賦」、朱彦時「黒児賦」などの事例がある。これらの文人のうち、晋の劉謐之という人物は、「与天公牋」にしろ「龐郎賦」にしろ、どうやら遊戯文学を得意としていたようだ。

（8）韓愈には、また「訟風伯」と題する作品があり、その作は、標題はもとより、内容的にも曹植「詰咎文」に酷似している。すると、この「訟風伯」にも、遊戯ふう意図がこめられている可能性があろう。これは、ほんの一例であるが、韓愈と六朝の遊戯文学との関連は、予想以上にふかいとせねばならないようだ。

※本章は、谷口匡氏からご寄贈いただいた、「韓愈『鱷魚文』の位置」（「中国文化」第六三号　二〇〇五）を拝読したことによって、おもいたったものである。もし谷口氏から同論をご寄贈いただかなければ、本章はかかれなかったかもしれない。谷口氏のご厚情に、あつく御礼もうしあげる。

Ⅴ　遊戯文学の精神と技法

第十四章　修辞主義とあそび

一　修辞への褒貶

六朝の文学は、修辞をこらすことを重視する。そのため六朝文学のことを、修辞主義の文学だと称することもあるほどだ。このばあいの修辞とは、典故や対偶、声律などの技法をさしている。これらの技法は、効果的に利用されると文学性をたかめることができるが、あまりに過度にわたると、作品が難解になったり、内容が空疎になったりしやすかった。そのため、文学史や入門書のたぐいでは、唐代の古文復興運動を叙するさい、修辞（とくに対偶）を多用した六朝の詩文を、貶価的にみなすこともおおかったのである。しかし現在の文学研究においては、六朝の修辞主義は、文学がみずからの独自性や存在価値を確立してゆく、必要にして不可欠なプロセスだったと、おおむね肯定的にみなされているようだ。

じっさい、六朝でくふうされ、錬磨された各様の修辞は、後代の文学におおきな恵みをあたえている。この時期における精力的な修辞技法の開拓や錬磨がなかったなら、唐代における近体詩の諸規則も未完成のままだったろうし、また古文家が目のかたきにした精妙な対偶技法も、そもそも存在していなかっただろう。そうすれば、唐代やそれ以後における文学史の展開も、そうとうかわっていたに相違ない。

ところで、こうした修辞技法の錬磨に対しては、じゅうらい、美的表現を追求したものとして、そのシリアスな姿勢が強調されてきた。たとえば前漢の司馬相如の、

合綦組以成文、列錦繡而為質。一経一緯、一宮一商。此賦之跡也。賦家之心、苞括宇宙、総覧人物。

［賦の創作をたとえていえば］くみひもをあわせて模様（文飾）をつくり、錦繡をつらねて生地（内容）にするようなものだ。たて糸をとおせば、つぎによこ糸をとおす。ある字を宮の音にすれば、つぎの字は商の音とする。これが賦作の原理である。賦家の精神は、宇宙をつつみこみ、人や事物のありようをみとおすのだ。

ということば（『西京雑記』巻二）は、困難な創作にたちむかう賦家の意気ごみをしめすものとして、つとに有名になっている。また、すこしおくれる揚雄の

（原文は第一章を参照）

［私は］賦を完成させるや、疲労困憊して床についてしまったのです。そのとき私は、自分の五臓が地面にとびだし、あわてて手でそれを腹のなかにいれるという夢をみました。目がさめると、喘息がちで動悸もはげしく、すっかり元気をなくして一年ほど病臥してしまったほどでした。

という話柄（『桓子新論』佚文）も、賦の創作に尽瘁する姿をかたったものとして、よくしられている。さらに、唐代の賈島と韓愈にまつわる推敲の故事も、やはり修辞に苦心したエピソードとして理解できよう。これらの話柄はいずれも、修辞の錬磨や、それを多用した詩文の創作は、真摯な努力をへてはじめて功をなすものだ、という考えかたが基本になっており、要するに、修辞やそれに苦心する文人たちへの、好意的な見かただといってよかろう。

しかしいっぽう、修辞をこらすことに対しては、はやい時期から批判もないではなかった。たとえば、賦作に尽瘁

した揚雄そのひとが、

○或問、「吾子少而好賦」。曰、「然。童子雕虫篆刻……壮夫不為也。……女工之蠹矣」。

あるひとが「あなたはわかいころ、よく賦をつくられましたね」とたずねた。私はこたえた。「そのとおり。賦をつくるは、子どもが虫書や刻符（古代のむつかしい書体）をまなぶようなものだった。……まともな大人だったら、賦などはつくらないだろう。……［修辞をこらした華麗な賦をつくるのは、手間がかかるので］女性の機織り仕事の邪魔になってしまうよ」。

○或問、「景差唐勒宋玉枚乗之賦益乎」。曰、「必也淫」。「淫則奈何」。曰、「詩人之賦麗以則。辞人之賦麗以淫」。

あるひとが「景差や唐勒、宋玉、枚乗らの賦は、効能があるでしょうか」とたずねた。私はこたえた。「それらは、みだらなものにすぎない」。「みだらとは、どういうことでしょうか」。「古代の『詩経』の詩人たちの賦は、［修辞的彫琢によって］美麗だが道義にかなっている。だが［景差や唐勒、宋玉、枚乗らの］辞人がつくった賦は、［修辞的彫琢によって］美麗だがみだらでよくない」。

などと、批判的なことをいっている（『法言』吾子）。揚雄は、賦文学が華麗な彫琢に終始して、諷諫の効能をともなわないことに幻滅し、こうした言いかたで疑念を表明したのだろう。それにしても、「機織り仕事の邪魔」や「みだらなもの」などの発言は、修辞に対するきびしい見かただといえよう。

また、六朝の斉に活躍した批評家、鍾嶸も「詩品序」のなかで、

顔延謝荘、尤為繁密、於時化之。故大明泰始中、文章殆同書抄。近任昉王元長等、詞不貴奇、競須新事。爾來作者、寖以成俗、遂乃句無虚語、語無虚字。拘攣補衲、蠹文已甚。……今既不被管絃、亦何取於声律邪。

顔延之や謝荘らはとくに典故を多用し、人びともそれにならった。おかげで宋の大明と泰始のころ、詩文は

ほとんど典故の抜きがき同然となった。最近、任昉や王融らは、独創性を重視せず、あたらしい典故を追求した。そのため文人たちは、それにかぶれて、一句一字とて典故をふまえぬものがなくなった。かく典故のつぎはぎにこだわったため、詩文はすっかりダメになってしまったのだ。

……いまとなっては、詩は音楽にのせたりしなくなっている。それなのに、どうして声律を詩にとりいれる必要があろうか。

とのべている。これは、当時の修辞（このばあいは、典故と声律をさす）過多の詩文にむけた批判である。こうした揚雄や鍾嶸の発言は、はなやかな修辞技法に対し、それはむなしき飾りにすぎないと、否定的にみなす考えかただといってよい。このように修辞にはこらい、褒貶相半ばする評価がくわえられてきた。揚雄の例などは、同一人物においても、修辞にひかれたり反発したりという、矛盾した感情が併存していたことをしめしている。こうした相反する評価こそ、修辞という技法が有する、魅力とうさんくささとの両面を、暗示したものだろう。

このように、修辞をこらすという文学的営為の奥には、「美的表現の追求」などというだけでは説明しきれぬ、複雑な要素や事情がひそんでいるようだ。わかりやすい例として、隋の李諤「上書正文体」のつぎのような意見をみてみよう。

（原文は第四章を参照）

とくに江左の斉・梁の時代に［修辞を追求した文学の］弊害がいちじるしく、貴賤も賢愚もただ吟詠にいそしむしまつだった。かくして道理をわすれて異ばかりをいいたて、また虚をたずね微をおいかけ［て些細な技巧を追求し］、一韻の奇抜さをきそい、一字の巧みさをあらそったのである。そのため、どの作品も月露の形態をうたい、机や箱にあふれた諸作は、すべて風雲のようすをえがいたものだった。世間はこうした能力をたかく評価し、朝廷もこの文学の能力で士を抜擢した。これによって、文学によって禄をえる路がひらかれ、文学愛好熱はますますたかまっていった。

この李諤の発言は、六朝文人たちにおける修辞の錬磨が、けっきょくは自分の立身や禄利につながる道でもあったことを喝破している。こうした見かたが、肯綮にあたっているかどうかはべつとして、この発言は、修辞という技法の一面の真実を、いいあてたものであるには相違ない。その意味で我われは、純粋な文学的立場のみから、修辞主義文学の意義を論じてゆくことには、慎重でなければならないだろう。

このように、修辞および修辞をこらすことについて、その意図や功罪を冷静にみすえていったならば、六朝の修辞主義文学に対しても、じゅうらいとは多少ちがった見解もうまれてくるかもしれない。本章では、こうした考えかたにたちながら、六朝期における文学と修辞との関係をあらいなおして、六朝修辞主義文学の本質とその実相とにせまってゆきたいとおもう。

二　説得力・文学性・遊戯性

修辞とは、辞書的にいえば、ことばや文章を修飾して、有効適切に表現する技術のことをいい、レトリックとも称する。西洋では、この技術は、古代ギリシャのレトリケ rhêtorikê に、端を発しているようだ。このレトリケは、しばしば雄弁術と訳されるように、ほんらいは弁論家のための技術だった。ギリシャの古代的民主制を背景としながら、アゴラ（中央広場）における評議や裁判のための説得術として、はなしことばのなかで発展してきたという。

同様に、中国における修辞技術も、当初は口頭のことばのなかで、発生してきたようだ。古代の中国において、はなしことばのなかで修辞を意識したのは、おそらく先秦の孔子あたりが、もっともはやかっただろう。彼のことばとつたえられる「言の文《あや》無きは、行われども遠からず」（『左氏伝』襄公二十五年）や、「巧言令色、鮮《すくな》し仁」（『論語』学而）などの発言は、広義の修辞にかかわる見解だとかんがえてよいだろうが、これらもおそらく、口頭での発言や弁論を想定したうえで、発せられたものだったに相違ない。

じっさい、彼の言行録とされる『論語』をひもとくと、孔子は種々の修辞技法を駆使して、弟子たちにかたりかけている。

> 子路問曰、「何如、斯可謂之士矣」。子曰、「切切偲偲、怡怡如也、可謂士矣。朋友切切偲偲、兄弟怡怡」（子路）。
>
> 子路が「どうすれば、士だといえるのでしょうか」とたずねた。すると孔子はいった。「たがいにはげましあい、なごやかであれば、士といってよかろう。友とははげましあい、兄弟とはなごやかにすることだな」。

古注によると、「切切偲偲」は「相《たがい》に切責する貌」（はげましあうさま、の意）とあり、「怡怡」は「和順の貌」（なごやかなさま、の意）とあるので、大意をとれば右のようになろう。しかし、このような翻訳では、孔子の返答のユニークさを、的確に表現したことにはならない。孔子の返答のユニークさは、「切切」「偲偲」「怡怡」などという擬態語を多用した言いかたにこそある。士の定義づけをたずねた子路への返答としては、もっと説明ふうな言いかたもあっただろう。しかし、孔子はそうした答えかたをせず、チエチエ（切切）、スースー（偲偲）、イーイー（怡怡）という「赤んぼのかたことのようないい方」（鈴木修次『文学としての論語』東京書籍　一七七頁）でもって、返答したのである。なぜ孔子がこんな言いかたをしたのか、後代の我われは真意を捕捉しがたいが、とにかく我われとしては、こうしたいっぷうかわった言辞のなかに、孔子のレトリックのくふうをみとめ、その意図を推測してゆかねばならないだろう。

斉景公問政於孔子。孔子対曰、「君君、臣臣、父父、子子」（顔淵）。

斉の景公が政治の要諦をたずねた。すると孔子は、お答えになった。「君主は君主らしくし、臣下は臣下らしくし、父は父らしくし、子は子らしくすることです」。

この一節は、儒教的秩序、つまり君臣や親子などの長幼の序を厳守するよう、主張したものとしてしられている。この発言でも、「君」や「臣」などの同字が連続しているが、ここでは擬態語ではなく、上字が主語、下字が述語という構造になっている（後代では、これを複畳とか複辞とか称して、修辞法のひとつとみなしている）。こうした構造は、それが四組連続していることからしても、けっして偶然ではなく意識した言いかただったはずだ。この、連続した同字で主述関係を構成するやりかたは、簡潔ではあるが、ぶっきらぼうともとれ、またあそびめいているとも理解できよう。いずれにしろ、やはりここにも、なんらかの修辞的意匠が存していたとかんがえてよかろう。

つぎに、中国でもっとも重視される対偶の修辞についてみてみよう。

古之学者為己、
今之学者為人。（憲問）

いにしえの学者は自分のためにまなび、いまの学者は他人にしられようとしてまなんでいる。

往者不可諫、
来者猶可追。（微子）

過去はどうしようもないが、未来はなんとでもできる。

この二例、「古↔今」や「往↔来」の対応がしめすように、反対《はんつい》ふうの言いかたである。過去と現在とを対比的にのべたところに、孔子の修辞意欲がうかがえよう。

学而不思則罔、
思而不学則殆。（為政）

まなぶだけで自分でかんがえることをせねば、視野がせまくなるし、自分でかんがえるだけでまなぼうとせねば、あぶなっかしくなろう。

これは、対偶のなかで「学」と「思」とを交錯させている。これも反対《はんつい》ふうの対偶だが、字を交錯させたところに、その技巧をみとめるべきだろう。

斉一変至於魯、
魯一変至於道。（雍也）

斉が一変すれば魯のごとき文明国になり、さらにその魯が一変すれば、道にいたるだろう。

ここでは、対をなす両句のなかで、しだいに高次なものへと歩をすすめている。こうした、内容をしだいに深化させてゆく句法は、修辞学では層逓法（もしくは漸層法）とよばれる。つまりこの二句は、対偶と層逓法とを合体させているのだ。その意味でこの二句は、なかなか高度な修辞技法をこらしているといってよかろう(1)。

さて、『論語』にみえる孔子の修辞を、ざっとみわたしてきた。この孔子の実践を筆頭として、諸子百家と称される古代の思想家たちは、意欲的に修辞をくふうしてきている。それは、彼らのおおくが遊説の士として世にたっており、各地に割拠する諸国の有力者たちへ、みずから積極的にはたらきかけていたからだろう。大は、おのが理想や政策を実現させるため、小は、自分や弟子たちの食いぶちを確保するために、彼らは諸国の有力者を感心させ、納得させ、そして説伏するための各様の「はなしことばの」技術、つまり修辞のテクニックをくふうし、錬磨していったのである。

彼らのそうした苦心の跡は、現在、書物のかたちでつたわっている。それが、『韓非子』や『戦国策』『墨子』などの戦国諸子の書物である。これらの書の原形は、おそらく『論語』がそうだったように、もともとは先師や、その後継者たちの口頭のことばであり、また弁論だったろう。それを後代に、弟子やその学団の継承者たちが文字に定着させて、一冊の書物という形態にまとめていったのである。こうした「口頭での弁論 → [後代での]文字への定着」という経緯をたどるうちに、古代中国の修辞技法も、口頭のレトリケから書面の修辞法へと、しだいに変化し発展をとげていったのだろう。

では、そうした修辞のテクニックは、いったいどのような機能を有しているのだろうか。さきに、修辞を「ことばや文章を修飾して、有効適切に表現する技術」と説明しておいたが、修辞テクニックによって「ことばや文章を修飾し」た結果として、どのような「有効適切」さが期待できるのだろうか。

すると第一に、説得力を付与する機能があげられよう。これは修辞学関連の書物をひもとけば、かならず第一にあげられるものである。じっさい、修辞のテクニックというものは、まずは、みずからの議論に説得力をもたせ、相手を説伏しやすくするものとして、くふうされたものなのだ。この説得力に関しては、誰にも異論はないだろうが、では修辞はそれ以外に、どんな機能を有するのだろうか。私見によれば、私は第二として、文学性をたかめる機能、そして第三として、遊戯性をかもしだす機能を、それぞれあげたいとおもう。論述のつごう上、第三の遊戯性をかもしだす機能のほうから、さきに説明してゆこう。

この遊戯性をかもしだす機能は、さきの『論語』中の「切切」「偲偲」「怡怡」の擬態語や、「君君」「臣臣」などの同字連用の修辞にも、感じられなくはなかった。ここでは、もっとわかりやすいものとして、先秦諸子の文章のなかにふくまれた、寓話や譬えばなしを想起してみよう。たとえば、「矛盾」「五十歩百歩」「蛇足」「漁父の利」などは、周知のように、それじたいが独立して存在しているのではなく、先秦諸子たちが口舌をふるった政治的議論のなかに、譬えばなしとして挿入されたものである。そうした一例として、『戦国策』燕策のなかにふくまれる「漁父の利」の話をみてみよう。

趙且伐燕。蘇代為燕謂恵王曰、「今者臣来、過易水。蚌方出曝、而鷸啄其肉。蚌合而拑其喙。鷸曰、〈今日不雨、明日不雨、即有死蚌〉。蚌亦謂鷸曰、〈今日不出、明日不出、即有死鷸〉。両者不肯相舍、漁者得而并禽之。今趙且伐燕、燕趙久相支、以弊大衆、臣恐強秦之為漁父也。故願王之熟計之也」。恵王曰「善」。乃止。

趙が燕を攻撃しようとしていた。そこで蘇代は燕の国のために、趙の恵王に説いていった。

「このたび私が趙国へまいる途中で、易水をとおりすぎました。そのとき、蚌《どぶがい》が水辺にでて腹をさらしておりますと、鷸《しぎ》がその肉をついばもうとしました。蚌は貝をあわせて、鷸の嘴《くちばし》をはさみました。鷸が〈今日も雨がふらず、明日もふらなかったら、たちどころに死んだ蚌のできあがりだよ〉といいますと、蚌も〈今日もだしてやらず、明日もだしてやらなかったら、たちどころに死んだ鷸のできあがりだよ〉といいかえします。たがいにゆずらないでいると、漁父が両方ともつかまえてしまいました。いま趙は燕を攻撃しようとしておりますが、燕と趙とが戦争をながびかせ、民を疲弊させてしまいますと、私は、強秦があの漁父にならないかと心配です。王さま、よくおかんがえくださいし」。

恵王は「なるほど」といって、燕の攻撃をとりやめた。

このように、「漁父の利」の話が文中に挿入されることによって、この政治論は具体的でわかりやすいものとなり、その説得力をつよめている。その意味で、この譬えばなしの挿入は、りっぱな修辞法だとかんがえてよかろう。

この譬えばなしの挿入は、説得力をつよめる機能とともに、その話柄の有するユーモアも、また我われの心をとらえる。この話では、鷸と蚌の擬人化が、あそびめいた興趣をかもしだしているのだが、さらに鷸と蚌が発することばにも着目してみよう。

（鷸）今日不雨、明日不雨、即有死蚌。

（蚌）今日不出、明日不出、即有死鷸。

両者の発言をみてみると、ともに同字重複がおおいものの、すべて四字句でできており、しかも両者で、きれいな排偶を構成していることに気づく。かくして、鷸が「今日も雨がふらず、明日もふらなかったら、たちどころに死んだ蚌のできあがりだよ」といえば、まけずに蚌も、「今日もだしてやらず、明日もだしてやらなかったら、たちどころに死んだ鷸のできあがりだよ」といいかえす――その意地のはりあいが、内容面だけでなく、同句法や同字による修辞的なくふうによっても、またみごとに具象化されているのである。このばあい、擬人化や同句法の連用（排偶）などの修辞は、この話に遊戯的な性格も付与している。だから、蘇代からこの議論をきかされた趙の恵王も、おそらくそのユーモアに苦笑しながら、「なるほど、たしかに蘇代のいうように、隣国と戦争しているばあいではないな」と納得したに相違ない。

三　説のユーモア

修辞が遊戯性醸成の機能をもつケースとして、こんどは文学作品のなかからも例をしめしてみよう。ここでは、宋玉「登徒子好色賦」中の「説」を紹介したい。これをよむと、修辞と遊戯性との関連が、よく了解できることだろう。まずは「登徒子好色賦」の冒頭を紹介してみよう。

大夫の登徒子は楚王のそばにはべっていたが、宋玉のことをそしっていった。「宋玉は男まえで、口もたっしゃですし、そのうえ色好みでもあります。ですから、王の後宮にいれてはなりません」。楚王がこの発言を宋玉につたえるや、宋玉はいった。「私が男まえなのはうまれつきですし、口だっしゃなのは師ゆずりです。色好みの非難については、でたらめもいいところです」。すると楚王がいった。「おまえは色好みではないというが、ではなにか説があるか。説があればよし、説がなければこの宮廷からでていってもらうぞ」。

こうしたまえがきふう部分があってから、いよいよ「玉曰く」として、宋玉の「説」がはじまる。この賦中の「説」は、登徒子の非難に対し、いや自分（宋玉）こそ謹直な人間で、むしろ登徒子のほうが色好みなのだ、と主張した反論である。では、この説にみられる修辞技法を、くわしく観察してゆこう。

まず、冒頭をしめしてみると、

玉曰、天下之佳人、莫若楚国、
楚国之麗者、莫若臣里、
臣里之美者、莫若臣東家之子。

宋玉がいった。天下の第一の美女といえば、楚国の女にまさる者はおりません。楚国の麗人といえば、私の里の女にまさる者はおりません。では、私の里での美人といえば、私の東隣りの家の娘におよぶ者はおりません。

というもので、句法からみれば、相似した句をならべた排比法を利用している。くわえて、各句末の「楚国」「臣里」「東家之子」の語が、尻取りふうにつぎの句頭にくることに注目すれば、頂真とか聯珠とかよばれる修辞にも相当する。さらにこまかくいえば、「うつくしい」意の字を、「佳→麗→美」というふうに変化させているのは、平板さをさけようとした避複の技法だといってよかろう。

いっぽう、内容の面からみれば、この六句は、相似した句法をくりかえすことによって、天下一の美女がいる場所を、「天下↓楚国↓臣里↓東家」のように徐々に限定してゆき、楚王の期待感をたかめている。この手法は、さきの『論語』の例でも採用していた層逓法（漸層法）とよばれるもので、文意を高潮させてゆくのにつごうがよい。

かく楚王をじらせた結果、宋玉によって天下一の美女だと認定されたのは、意外にも「東家之子」、つまり宋玉の東どなりの家にすむ娘だった。天下一の美女が、王侯貴族の邸宅の奥座敷にいるのではなく、庶民階級の陋屋のなかにいるという宋玉の意外な発言に、楚王はおどろくと同時に、またニヤリとせざるをえない。宋玉のやつ、また妙なことをいいおって、朕をたばかろうとしておるな。ようし、じっくりきいてやろうじゃないか。じゃが、いつもいつも、そううまくゆくとはかぎらぬぞ。楚王は苦笑いしながら、こう心中でつぶやいたかもしれない。

東家之子、増之一分則太長、著粉則太白、
　　　　　減之一分則太短、施朱則太赤。
眉如翠羽、腰如束素、嫣然一笑、惑陽城、
肌如白雪、歯如含貝。　　　　　迷下蔡。
然此女登牆闚臣三年、至今未許也。

東どなりの家の娘は、背が一分ませばたかすぎるし、一分けずればひくすぎます。白粉をつけるとしろすぎるし、紅をつけるとあかすぎます。眉は翡翠《ひすい》の羽の色のよう、膚は白雪のよう、腰は白絹をたばねたよう、歯は貝をふくんだようで、あでやかに一笑すれば、陽城の若者をまどわし、下察の貴人を魅了してしまいます。その娘が［この玉めをしたって］垣根にのぼり、私をうかがいみること三年にもなりますが、私はいままで、まったく相手にしていないのです。

ここの「東家之子」以降は、対偶を多用して、ととのった文辞に整斉している。その整然とした対偶にのっかかって、宋玉のたっしゃな口舌がつづいてゆく。その東家の娘のうつくしいこと、いまよりちょっとでも背がたかければ（ひくければ）、たかすぎる（ひくすぎる）し、ちょっとでもおしろい（口紅）をぬれば、しろすぎる（あかすぎる）――というのは、東家の娘の体格や顔色がちょうどよい、という意味なのだ。つまり、ちょうどよいと明確にいわず、とおまわしに理解させようとしているわけで、これも、婉曲とか暗示とか称される修辞法だといってよかろう(2)。

つづいて「眉如」以下では、「……の如し」の直喩をもちいて、東家の娘のうつくしさを叙している。さきの「増之」四句が、間接的な表現だったのに対し、ここでは直接的な美の描写である。この部分は、おそらく『詩経』衛風碩人の「手如柔荑、膚如凝脂、領如蝤蠐、歯如瓠犀、螓首蛾眉、巧笑倩兮、美目盼兮」を模しているのだろう。つまり、典故を利用しているわけだ。こうした美女の描写をしたあと、宋玉はぬけぬけと、「このきれいな東家の娘、この玉めをしたって、いつも垣根からのぞきこんでおりましたが、私はいっさい相手にしませんでした」という。ここで、自分（宋玉）のことは叙しおわり、一転してライバルである登徒子への反撃にうつる。

登徒子則不然。其妻蓬頭攣耳、旁行踽僂、又疥且痔。
　　　　　　　　齞脣歴歯。
登徒子悦之、使有五子。王孰察之、誰為好色者矣。

ところが、登徒子はちがいます。彼の妻は、蓬《よもぎ》のようなみだれ髪につぶれた耳、くちびるがみじかくて歯がかくれず、その歯はまたまばら。よろよろあるきのまがった身体で、かさぶただらけの痔病もちです。ところが、登徒子はそんな女をかわいがり、五人も子供をうませています。王、よくおかんがえください。いったいだれが色好みなのでしょうか。

「ところが、登徒子はちがいます」と論難相手の悪口をいいはじめ、そして、あやつの妻は、「蓬のようなみだれ髪につぶれた耳」をしていて云々と、醜女ぶりを誇張したひどい描写をつづける。この部分、東家の娘のうつくしさを叙した部分とじつに対照的であり、美醜のあざやかなコントラストが、この「説」につよいユーモアをもたらしている。もっとも、理屈からいえば、そうした醜女であっても、登徒子はその妻をこのんで、五人もの子どもをうませているわけだから、登徒子は表面上の美醜にとらわれぬ、篤実な愛妻家だと主張することも可能だろう。だが、この賦では、そうした論理展開はしない。宋玉の論理は、「そんな醜女にさえ、五人も子どもをうませているのだから、もっときれいな女にはいうまでもない」というふうに展開して、登徒子の好色ぶりを非難しているのだ。そして、宋玉はおわりに、こういうわけですから、「王、よくおかんがえください。いったいだれが色好みなのでしょうか」といって、「説」をとじているのである（賦じたいは、なおもつづく）。

このようにこの宋玉の「説」では、おおくの修辞技法を駆使しているが、それらの技法は、けっきょくはユーモアの醸成という効果に、帰着していることに注意したい。なかでも、頂真や層遞法をもちいたじらせふう表現や、「増之」四句の暗示的描写法、そして美醜に関する誇張や対比などは、楚王を説得するというよりも、楚王をわらわせ、愉快にさせようと意図したものだろう。「漁父の利」でもうかがえた遊戯性醸成の機能が、この「登徒子好色賦」ではより高レベルで駆使されている。これによって、宋玉の「説」は、相手を納得させ、説得する弁舌にとどまらず、相手をたのしませ、よろこばせる遊戯ふう作品になりえているのである。

この「登徒子好色賦」中で宋玉がかたる「説」について、近時、注目すべき論文が出現した。それが、小南一郎「語から説へ——中国における小説の起源をめぐって」（「中国文学報」第五〇冊　一九九五）である。この論文中で小南氏は、戦国期のこの種の「説」は、諸子百家の弁論や小説のジャンルと源流をおなじくするものだろう、と指摘されている。そして、この「説」とは「ある主題が前提として存在し、語り手が、それをわかりやすく説明して、聞き手を納得させる」かたりであり、また「一つの主題や目的を持った説得の技芸であり、それは、一方では諸子百家が展開する議論となると同時に、もう一方では芸能化する傾向を持っていた」とも指摘されている。

このご指摘は、ひじょうに興味ぶかい。たしかに、氏の例示される資料をみるかぎり、古代における「説」は、修辞による機智や遊戯性を活用した「説得の技芸」であり、「芸能化する傾向を持っていた」ジャンルだったとしてよさそうだ。「説」に対するこの種の見解は、じつはふるく六朝の『文心雕龍』においても提示されている。すなわち、劉勰はその論説篇で説ジャンルをとりあげ、

説者、悦也。兌為口舌、故言資悦懌。過悦必偽。

説《せつ》は「悦《よろこ》ぶ」の意である。『易』によれば、「悦」の旁《つくり》の「兌」は口舌をあらわすので、説は「口舌で相手をよろこばす」の意となる。ただ、そのよろこばせかたが過度にわたると、欺瞞的なものになってしまうだろう。

と指摘している。じっさい、戦国時代のころの諸侯の宮廷で、遊説家や幇間のたぐいが主君にとりいろうとすれば（本章で例示した蘇代や宋玉らが、まさにこうした立場にいる）、劉勰のいう「口舌で相手をよろこばす」かたり、つまり「説」をもちいて、主君の興味や関心をひきつける必要があったに相違ない。そうした、「説」のかたりをくふうしてゆく過程において、いろんな修辞技法が錬磨され、やがては芸能化していったり、遊戯的なものになったりしたのだろう。

ところで、この宋玉「説」中の修辞は、遊戯性をかもしだす（第三の機能）以外に、もうひとつ重要なはたらきもしていることに注意してほしい。それが修辞機能の第二にくる、文学性をたかめる機能であり、具体的には対偶や押

韻、典故などの修辞が、そうした役目をになっている。この「説」での対偶多用はすでに前述したが、それ以外にも、美醜を描写した部分（「眉如翠羽」以下と「蓬頭攣耳」以下）では、一句の字数を四言にととのえているし、また○や●等の印を付した箇所には韻もふんでいる。これらの修辞は、筋の展開をうながすとか、ユーモアを加味するとかの効果はあまりないが、文飾上での貢献はおおきい。つまり、これらの修辞で装飾することによって、この文章の表現が錬磨され、また読誦したさいの口調もよくなっているのだ（第十五章も参照）。こうした表現面からの洗練によって、この「説」の行文は、たんなる「おもしろい話」ではなく、「おもしろい文学」というべきものに、格あげされているのである。

これを逆にいえば、もしこの「説」に、表現を錬磨するような修辞がいっさい使用されず、ただ平板な行文でかかれているだけだったら、宋玉の「登徒子好色賦」は、「おもしろい話」ではあっても、「おもしろい文学」にはなれなかっただろう。文学史のうえでは、「漁父の利」がたんなる寓話としてあつかわれるのに対し、「登徒子好色賦」は文学としてあつかわれ、『文選』にも採録されている。そうしたちがいが生じた原因のひとつは、やはりこうした対偶や押韻の利用による、文飾の多寡にあったに相違ない。劉勰が

古来文章、以彫縟成体。

むかしから文学というものは、彫琢し装飾することによってなりたってきたのだ。

というように（『文心雕龍』序志篇）、六朝期ごろまでは「修辞による装飾　→　文学性がたかまる」の考えかたが、ふつうだったのである。このように修辞は、説得力や遊戯性だけでなく、当該作品を「文学」にまでたかめるという、広範にして霊妙な機能を有しているのである。

四　遊戯性の醸成

以上の考察によって、修辞技法には、説得力の付与（第一の機能）だけではなく、文学性の増加（第二の機能）や、遊戯性の醸成（第三の機能）というはたらきも、また存していることが、あらためて確認できた。もっとも、右の三機能のうち、説得力の付与や文学性の増加などは、じゅうらいから指摘されてきたことであり、とくに目あたらしいことではない。それに対し、のこる「遊戯性の醸成」のほうは、以前から気づかれてはいても、まだじゅうぶんに考究されていないようだ。そこで、この節からは遊戯性の醸成機能に焦点をしぼり、修辞と関わりがふかい六朝文学を主材料にしながら、修辞と遊戯性との相関を検討してゆくことにしよう。

さて、六朝文学における修辞と遊戯性との関わりといえば、すぐ民歌のたぐいが想起されよう。「子夜歌」「子夜四時歌」「読曲歌」など、無名の人びとのあいだで流行した民歌には、おおくのシャレふう修辞がつかわれている。

(1)［子夜歌］桐樹生門前、出入見梧子。

桐樹が門前にはえてくれば、そこに出入りするたびに梧子《きりのみ》（＝吾子。「あなた」の意をかける）がみられます。

(2)［子夜歌］霧露隠芙蓉、見蓮不分明。

霧や露が芙蓉（＝夫容。「あなたのお姿」の意をかける）をかくしているので、蓮（＝憐。「恋人」の意を掛ける）をみようとしても、よくみえません。

(3)［子夜春歌］黄檗向春生、苦心随日長。

黄檗は春になるとはえてきて、その苦《にが》い心《しん》は日ごとにのびてきます（そのように、私の苦心〈「くるしい恋心」の意をかける〉も、日ごとにつらくなってきます〉。

(4)［読曲歌］朝露語白日、知我為歓消。

朝露が白日にいう。私はあなたのために消〈「やせる」の意をかける〉えてゆくのをご存じか〈そのように私もあなたに恋して、やせほそっていますよ〉。

これらの(1)「梧子」、(2)「芙蓉」「蓮」、(3)「苦心」、(4)「消」などは、中国修辞学では双関と称される技法である。日本の掛詞に相当するこのあそびふう修辞は、民歌のごとき庶民的な文学のなかで、しばしばもちいられている。もっとも、これらはおおく無名氏の作であり、六朝文学のなかでは周縁に位置するものだとすれば、名のとおった一流の文人たちも、けっしてまけてはいない。当時のトピックな話題を満載した『世説新語』や、正史列伝などのたぐいをひもとけば、各様の修辞技法を駆使したユーモラスな話が散見している。

(5)［晋書習鑿歯伝］時有桑門釈道安、俊弁有高才。自北至荊州、与鑿歯初相見。道安曰、「弥天釈道安」。鑿歯曰、「四海習鑿歯」。時人以為佳対。

そのころ仏僧の釈道安というものがいたが、弁舌さわやかで、才識すぐれていた。道安が北方から荊州へやってきて、はじめて習鑿歯と会見した。道安が「天下の釈道安です」というと、鑿歯は「四海の習鑿歯です」と応じた。当時の人びとは、ふたりの名乗りをあっぱれだとおもった。

(6)［世説新語簡傲］王子猷作桓車騎騎兵参軍。桓問曰、「卿何署」。答曰、「不知何署。時見牽馬来、似是馬曹」。桓又問、「官有幾馬」。答曰、「不問馬。何由知其数」。又問、「馬比死多少」。答曰、「未知生、焉知死」。

王徽之は桓沖の騎兵参軍になった。桓沖が「君はどの部署にいるのかね」とたずねると、王徽之はこたえた。「どの部署かわかりません。ただ、ときどき馬がひかれてきますんで、馬をあつかう部署のようです」。桓沖がまた「役所には何頭の馬がいるのかね」とたずねると、王徽之は「『馬を問わず』（『論語』郷党）です。どうして馬の頭数など、しっておりましょう」。また「最近、何頭の馬が死んだかね」とたずねると、王は「『未だ生を知らず、焉《いずく》んぞ死を知らんや』（『論語』先進）ですよ」とこたえた。

(7)［文鏡秘府論天巻四声論］嘗縦容謂中領軍朱异曰、「何者名為四声」。异答云、「天子万福、即是四声」。衍謂异、「天子壽考、豈不是四声也」。以蕭主之博洽通識、而竟不能弁之。時人咸美朱异之能言、歎蕭主之不悟。

梁武帝こと蕭衍が、中領軍の朱异にむかって、のんびりと「どんなのが、四声というのかね」とたずねたことがあった。そこで朱异は、「天子万福というのが、まさにその四声でございます」とこたえた。すると蕭衍は、朱异に「天子寿考というのは、四声ではないのか」とたずねたのである。蕭衍ほどの博識さをもってしても、四声の弁別ができなかったのだ。当時の人びとは、朱异のとっさの返答をほめ、蕭衍の理解力の乏しさをなげいたのだった。

(5)は、釈道安と習鑿歯のふたりが、初対面のときにかわした名乗りである。道安が「天下の釈道安です」というと、「四海の習鑿歯です」と対偶で応じる鑿歯。才識すぐれし両人の、あっぱれな名乗りだといえよう。ここでは、「天下の……」「四海の……」という、ふたりの気おったあいさつが、ユーモラスな雰囲気をかもしだしている。複雑な技巧ではないが、そのきっぱりした発言が、的名対ふうの明快さもうんでいる。対偶とユーモアでかざられた両人の名乗りに、当時の人びとが感心したのもとうぜんだろう。

(6)は、『論語』中の周知の典故をつかった、ユーモラスな話である。桓冲の質問に、『論語』の語句をつかって、とぼける王徽之の返答は、いかにも当時の知識人らしい、衒学さとしゃれっ気とを感じさせよう。六朝期には、この種の古典をダシにしたユーモアはひじょうにおおく、これはほんの一例にすぎない。

また(7)は、梁武帝の蕭衍が四声を理解していなかったことをしめす、有名な話である。ここでは、四声を説明した「天子万福」が、まさに平上去入の順序をふまえていることに注意したい。これが、とっさに口をついてでたので、みごとな機智的発言として、「当時の人びとは、朱异のとっさの返答をほめ」たわけだ。以上の三例、いずれも修辞（(5)は対偶、(6)は典故、(7)は四声）のもつ遊戯性醸成の機能を、よくしめしたものといえよう。

もっとも、これらの話とてしょせん逸話のたぐいであり、文学作品ではないといわれるかもしれない。では、一流の文人による遊戯文学はないのかといえば、じつは枚挙にいとまがないほど、たくさん存在している。というのは、六朝期では有力者が主催する文学サークルで、しばしば五言詩が即興で競作されたが、そのおおくが、修辞のもつ遊戯性醸成の機能を駆使した、あそびの文学であったからだ。

この方面に、とくに詳細な考察をくわえられたのが、森野繁夫『六朝詩の研究』（第一学習社　一九七六）である。同書の第三章第二節「詩の制作に加えられた制約」によれば、斉梁のころの文学サークルにおける集団創作においては、故意にいろんな制約を課して、そのなかで詩を競作するあそびが流行していた。その作詩上の制約とは、たとえば内容的なものでは、サークルの主催者がある詩をつくると、同坐の参加者はそれと同趣旨の作を即興でつくらねばならないとか（「○の詩に奉和す」「○の詩に和す」）、また同坐の人びとが、周囲の器物や自然物、あるいは詩の一節などをわけあって、それを題目にして詩をつくるなど（「○を賦《ふ》し得《え》たり」「令に応じて○を詠ず」）が、あったという。さらに、形式や創作方法の方面では、あらかじめ句数や時間、韻をきめたうえで詩をつくる、という制約が主だったようだ。こうした種々の制約や条件を設定したうえで、六朝期の文人たちは、文学サークルの場で即興的に詩を競作し、その作詩のはやさや出来ぐあいをきそっていたのである。

そのほか、極端に巨大なものと極端に微細なものとを詠じる「大言・小言」や、あえて同字を多用した

新鶯始新帰　新蝶復新飛／新花満新樹　新月麗新輝／新望新盈抱　新水新緑浮／……（鮑泉「奉和湘東王春日詩」）

のごとき詩もあり、さらには、上からよんでも下からよんでも同内容になるという、回文の詩まであったという。

塩飛乱蝶舞　花落飄粉匳／匳粉飄落花　舞蝶乱飛塩（蕭綱「詠雪詩」）

この種のあそびふう文学の創作について、森野氏は「遊び以外の何物でもない。遊びの文学も、行きつくところまで行った、という感じである」（同書二六九頁）と指摘されているが、まことに同感というほかない。

こうした六朝期の遊戯的文学の実例は、森野氏の同書にたくさん例示されているが、ここでは、なるべく同書と重複しないものをいくつかしめしてみよう。

(8)［世説新語排調］晋武帝問孫皓、「聞南人好作爾汝歌、頗能為不」。皓正飲酒、因挙觴勧帝而言曰、「昔与汝為鄰、今与汝為臣。上汝一桮酒、令汝壽万春」。帝悔之。

晋の武帝は、［帰順してきた呉帝の］孫皓にたずねた。「南方の人間どもは、あんた［の語をつかった］歌をつくるのがすきなそうだが、君もつくれるかな」。孫皓はちょうど酒をのんでいたので、盃をあげて武帝に酒をすすめてうたった。「むかしはあんたと隣の王さまどうし、いまとなってはあんたの家来衆。あんたに一杯の酒をささげ、あんたの万歳でもとなえよか」。武帝はこれをきいて、後悔した。

(9)［世説新語言語］謝太傅寒雪日内集、与児女講論文義。俄而雪驟、公欣然曰、「白雪紛紛何所似」。兄子胡児曰、「撒塩空中差可擬」。兄女曰、「未若柳絮因風起」。公大笑楽。

謝安がさむい雪の日に身内の者をあつめ、子どもたちと文学の議論をしていた。そこへ急に雪がひどくなったので、謝公はよろこんで、「白雪の紛々たるさまは、なにに似るかな」といった。すると、兄の子の謝拠が「塩を空にまけば、すこし似ています」といい、兄の娘の謝道蘊は「柳絮が風にまうようすには、およびません」とこたえた。公はおおいにわらって、たのしんだのだった。

⑽［鮑照数詩］一身仕関西　家族満山東／二年従車駕　斎祭甘泉宮／三朝国慶畢　休沐還旧邦／四牡曜長路　軽蓋若飛鴻／五侯相餞送　高会集新豊／六楽陳広坐　組帳揚春風／七盤起長袖　庭下列歌鍾／八珍盈彫俎　綺肴紛錯重／九族共瞻遅　賓友仰徽容／十載学無就　善宦一朝通

一つの身が関西の都におつかえするや、その親族はさかえて山東の地にあふれだす。二つめの年にゃ天子の行幸にもお供でき、斎戒して甘泉宮の祭にも顔をだす。三つのめでたき朝の元旦に慶賀の式をすませれば、休みをもらって故郷に錦をかざれるぞ。四つの馬をしたてた馬車はぴかぴかで、車蓋はとぶ鴻のような軽やかさ。五つの侯さまが別れの宴をひらけば、故郷のほうでもまたおおさわぎ。六つの代《よ》の楽《がく》が広間になりひびき、垂れ幕は春風にまいあがる。七つの盤のうえで長袖の美女がまいおどり、庭では鐘の響きもにぎやかだ。八つの珍味は大皿に、きれいな料理もやまのよう。九つの親族は凱旋をまちのぞみ、親友も出世頭をあおぎみる。十《とお》の歳月すぎてもよ、学問さっぱりすすまぬが、世渡りうまい役人はあっというまにえらいさま。

⑻は、三国の呉が晋にほろぼされた直後の話である。かちほこる晋の武帝のまえにつれられてきた、亡国の君主たる孫皓。だが、うちしおれるどころか、「あんた［の語をつかった］歌を、つくれるか」という武帝に問いに、とっさの機転でユーモラスな五言詩でこたえている（各句に「汝《あんた》」字が使用されている）。対応のいかんによっては、みじめな場面になりそうなところだが、皮肉たっぷりの五言詩が亡国の君主の意地をしめしており、にがいユーモアがただよっている。

⑼は、いわば聯句の応酬に相当しよう。[3] 謝安の発言も、ふたりの子どもの返答も、ともに末字が yi の音で押韻している。一族の子どもが、押韻した七言句でみごとに応じてくれたので、謝安は「おおいにわらって、たのしんだ」

のだった。この話、できすぎの感がしないでもないが、『晋書』巻九十六にも同種の話柄をおさめるので、じっさいにあった話なのだろう。

⑽は、一種のかぞえ歌である。隔句の句頭に一、二、三……と数字をよみこんでいる。内容的には、出世した役人が故郷に錦をかざる経緯を、揶揄的に叙したものである。これを皮肉ととるか、本音（出世したものへの羨望）まじりととるか、なかなか微妙なところだろう。

鮑照には、もうひとつ「字謎」という詩［らしきもの］もある。たとえば、「龜」字を題材にした作は、

頭如刀　尾如鉤　中央横広　四角六抽　右面負両刃　左辺双属牛

頭は刀のよう。尾は鉤のよう。中央は横にひろがり、四すみは六つのとびだしがある。右には二つの刃を背おい、左には牛が二つならんでいる。

というものである。「龜」字の説明を、詩でおこなった作といえようか。一句の字数が、「三言 → 四言 → 五言」とふえているのも、技巧のつもりなのだろう。寒門ゆえの苦労がおおかったとされる鮑照だが、そんな彼にも、このような遊戯的な作品があったのである。この種の遊戯的なかぞえ歌や字解き歌のたぐいは、孤独のなかでつくってもしかたがないから、おそらく気らくな仲間たちとの宴席の場で、あそびでつくり、あそびで披露していたのだろう。寒門出身の鮑照とて、いつも苦虫をかみつぶしたような顔で、不遇をかこっていたわけではないのだ。

さて、遊戯ふう修辞をこらした六朝期の諸作をみわたしてきた。これらの諸作こそ、修辞の「遊戯性の醸成」機能が、フルに活用されたものといってよかろう。ほかにも、同種の事例を観察してゆけば、各様の修辞技法が、［からかい等もふくんだ広義の］機智や遊戯性を醸成するために、利用されていることがわかってくることだろう。ただ、こうした言語遊戯ふうな修辞技法の事例は、きわめておおく、六朝の詩文のなかから、それらをひとつひとつひろっ

てゆけば、枚挙に暇がない。それゆえ、そうした事例の網羅的な博捜はべつの機会にゆずり、ここでは、じゅうらい「美的表現の追求」などという、とおりのよいことばで説明されがちだった修辞技法が、かならずしもそうした目的のためだけでなく、遊戯性をかもしだすためにも使用されていたことを、確認しておくだけにとどめよう。

五　修辞価値の上昇

さて、六朝文学における修辞技法をかんがえるとき、本章がより注目したいのは、修辞技法それじたいの価値の上昇という現象である。この現象は、まず、修辞をこらした遊戯ふう作品の作者が、おおく一流どころの人物たちだった事実から、その浸透ぶりが確認できそうだ。

先秦や両漢の時期においては、遊戯性のまさった話題や修辞性ゆたかな詩文を提供する人びとは、宮廷にはべる幇間や宮廷文人たちにかぎられていた。淳于髡しかり、宋玉しかり、枚乗、王褒またしかり。だが、六朝期にあっては、遊戯ふう文学の作者は、右にみたように、きちんとした知識人であり、また［鮑照のように寒門出身の人物はいても］士人である。いやそれどころか、(8)の話で「あんた歌」（爾汝歌）をつくっているのは、国をうしなったけれども、かつての呉の天子そのひとだった。そうした一流の人物たちによって、巧緻な修辞でかざられた遊戯ふう文学が、多量に発生してきたわけだ。このように六朝期においては、遊戯ふう文学をつづったり、修辞技法をこらしたりすることは、幇間や宮廷文人だけのわざではなくなっているのである。

もうひとつ、遊戯ふう文学をつづることはさておいて、修辞技法をこらすほうに注目してみよう。すると、つぎの『世説新語』文学篇の話柄が、興味ぶかい情報を提供してくれそうだ。

楽令善於清言、而不長於手筆。将譲河南尹、請潘岳為表。潘云、「可作耳。要当得君意」。楽為述己所以為譲、標位二百許語。潘直取錯綜、便成名筆。時人咸云、「若楽不仮潘之文、潘不取楽之旨、則無以成斯矣」。

楽広は、清談はうまかったが、文辞をつづるのはへただった。彼が河南の尹の職を辞そうとしたとき、潘岳に［辞退をねがいでる］上表をかくようたのんだ。すると潘岳は「おつくりしましょう。ついては、貴兄の心中をおききする必要があります」といった。そこで楽広は、潘岳に自分が辞退する理由を説明し、二百語ばかり列挙した。潘岳はその発言を整理して、たちまち名文にしたてあげた。

当時の人びとは、みないいあった。「もし楽広が潘岳の〈文〉をからず、潘岳が楽広の〈旨〉をきかなかったら、こんな名文はできあがらなかったろう」。

この話によると、当時の人びとは、文学創作のプロセスを、「旨」（表現すべき内容）と「文」（文飾をほどこす手腕）とに二分して、理解していたようだ。そして、文学の「旨」つまり内容は、それはそれで、すぐれた頭脳によってかんがえだすべきであり、いっぽう「文」、つまりきらびやかに装飾して、美文に定着させる修辞手腕には、またべつの才能が必要である。すると、そのどちらかを得意とし、どちらかを苦手にするということは、じゅうぶんありえる——というふうにかんがえていたようだ。潘岳は、この内容と修辞手腕の両者のうち、後者のほうを得意にしていたのである。

この話、時人の「もし楽広が潘岳の〈文〉をからず、潘岳が楽広の〈旨〉をきかなかったら、こんな名文はできあがらなかったろう」という発言によれば、潘岳の「文」の才と楽広の「旨」の才とを、同等に評価しているかのようにみえる。だが、この話が文学篇に収録されることからして、重心はおそらく潘岳の「文」の才、つまり修辞手腕の卓越ぶりを、強調することのほうにあったろう。なぜなら、彼らがいきていた西晋の時代においては、「〈縟旨〉と

〈繁文〉が分離する場合、繁文のがわを代表することが、文人の名誉であった」(4)からである。じっさい、西晋にかぎらず、六朝期全体をとおしても、「繁文」つまりあざやかな修辞手腕は、「縟旨」すなわち充実した内容よりも、もっと重視されていた。「むかしからずっと文学というものは、彫琢し装飾することによってなりたってきたのだ」(『文心雕龍』序志篇　前出)や、

文擅彫龍。(任昉「宣徳皇后令」)

［蕭衍の卓越した］文学的能力たるや、雕龍が自由自在である。

の修辞重視の発言は、そうした「繁文」をおもんじる考えかたから生じてきたのだろう。

このように、修辞や修辞をほどこす手腕の価値が向上してくると、文学のための修辞ではなく、修辞のための修辞のほうが重視されてこよう。たとえば、つぎのような話をみてみよう。

(11)［梁書沈約伝］［沈］約嘗侍讌、値豫州献栗、径寸半。帝奇之、問曰、「栗事多少」。与約各疏所憶、少帝三事。出謂人曰、「此公護前。不譲即羞死」。帝以其言不遜、欲抵其罪。徐勉固諫乃止。

沈約が武帝のおそばに侍していたとき、半径が一寸半もある栗が豫州から献上されてきた。武帝はこれをめずらしくおもい、沈約に「栗の故事をどれほどしっているか」とたずねた。そこで、ふたりでしっている故事をかきだしたところ、沈約が三事すくなかった。沈約は退出してから、ひとにいった。「帝はまけずぎらいだから、勝ちをゆずらないと、メンツをつぶすだろうからね」。［このことばをあとで耳にした］武帝は、沈約を不遜だとして罪にとおうとした。だが徐勉がかたくいさめたので、それは沙汰やみとなった。

(12)［梁書王筠伝］約製郊居賦、構思積時、猶未都畢。乃要筠示其草。筠読至「雌霓連蜷」、約撫掌欣抃曰、「僕嘗恐人呼為霓」。次至「墜石磓星」及「冰懸埳而帯坻」、筠皆撃節称賛。約曰、「知音者希、真賞殆絶。所以相要、

政在此数句耳」。

沈約が「郊居賦」をつくったとき、時間をかけて構想をねったが、まだ完成にいたってなかった。そのとき、沈約は王筠にたのんで、自分の草稿をみてもらった。王筠が草稿の「雌霓連蜷」までよみすすんだとき、沈約は手をたたいてよろこんだ。「私はいつも、ひとが平声の〈霓《げい》〉によむんじゃないかと心配していたんだよ」と。つづいて「墜石磓星」と「氷懸埳而帯坻」までよみすすむと、王筠は手拍子をうちながら［沈約の賦を］称賛したのだった。そこで沈約は王筠にいった。「声律のわかる者はめずらしく、真に賞味できる者はごくまれだ。私が君に期待していたのは、まさにこの数句を正確に朗吟してもらうためだったんだよ」。

⒀［顔氏家訓文章］王籍「入若耶溪詩」云、「蟬噪林逾静、鳥鳴山更幽」。江南以為文外断絶、物無異議。簡文吟詠、不能忘之、孝元諷味、以為不可復得。

王籍「入若耶溪詩」に「蟬がなくと林はいよいよ静寂になり、鳥がなくと山はいっそうシンとしてきた」とある。江南の人びとは、この二句を文外断絶だと絶賛し、だれもそれに異議をとなえなかった。簡文帝はいつも朗吟して、この詩句をわすれることなく、元帝も味わうたび、とてもこんな詩句はつくれないとおもっていた。

⑾の栗の故事の話は、隷事のあそびに関する話柄である。隷事とは、周知のように典故技法の流行を背景とし、雑学的知識の多寡をきそうあそびである。この隷事のあそびは、たんなる物しり競争にすぎず、文学創作の本質とは関係のない、枝葉の事がらだといってよい。しかし、そんな枝葉の事がらで、佐命の臣たる沈約が、梁武帝の不興をかって、罪にとわれそうになったのだ。武帝ともあろうひとが、こんな子どもっぽい競争でむきになるとは、現代の我われは信じがたいことだが、当時はそれほど博識ということが、重視されていたのだろう。

また⑿王筠伝の話では、王筠が声律を理解して朗吟したことが、称賛の的になっている。賦中の「雌霓連蜷」句は、四字目の「蜷」字が平声であるため、沈約は二字目の「霓」字をゲイ（五鶏の反、平声）ではなく、ゲキ（五激の反、入声）によんでもらいたかったのだろう（意味は、どちらによんでもおなじ）。王筠は、そうした沈約の思いをしってかしらずか、まさにその期待どおりに朗吟したのである。ここでも、修辞技法のひとつたる四声の弁別能力が、沈約たちのあいだで重視されていたことが推察されよう。

また⒀の王籍の詩の話は、文学の評価や鑑賞に関する話柄である。ここでは、王籍の「入若耶溪詩」について、一篇全体ではなく、「蟬噪林逾静↕鳥鳴山更幽」という対偶だけが、当時の人びとの話題になっていることに注目したい。つまり、一篇の詩全体のできばえよりも、その一部にすぎぬ対偶の巧拙がとくに重視され、話題になっているのだ。

これら⑾～⒀の話柄において、典故や声律や対偶などの修辞技法は、たんなる作品装飾の小道具ではなく、むしろそれじたい価値あるものとされている。その結果、作品一篇の完成度よりも、部分的な修辞の巧拙のほうが注目されているのだ。いわば、修辞技法それじたいが独立し、ひとりあるきしているといえようか。こうした風潮は、潘岳の「文」の才がたかく評価された、さきの『世説新語』文学篇の話柄の延長上に発生したものとおもわれ、その意味で、潘岳の逸話は、修辞のための修辞、技法のための技法が重視される風潮を、さきどりしたものだったといってよかろう。

六　真戯融合の精神

こうした、修辞それじたいが価値をもち、しかも内容より優先しがちな状況においては、文学創作のしかたにも、影響がおよんでこざるをえない。その影響は、修辞のための修辞が錬磨された結果、詩文の表現が洗練をとおりこして、奇抜とか珍奇とか称すべきものになってしまい、しかもそうした表現が、［遊戯文学でない］通常の作品のなかまで侵入する——というかたちであらわれてきたのだった。すなわち、文学サロン内での遊戯ふう競作や、(1)〜(10)のような遊戯めいた作のなかで、奇抜な修辞や珍奇な表現が多用されることは、とうぜんのことであって、めずらしいことではなかろう。ところが、修辞重視の風潮がはびこってくるや、通常は真摯だとみなされる（もしくは、真摯でなければならぬ）作品にも、奇抜な修辞や珍奇な表現が出現するようになってきたのである。

こうした傾向を的確に指摘したのが、劉勰の『文心雕龍』定勢篇である。劉勰は、当時に流行した奇抜な修辞や珍奇な表現を「詭巧」（「ただしくない技巧」の意。「ごまかしのテクニック」とでも意訳できようか）と称して、つぎのようにかたっている。

自近代辞人、率好詭巧。原其為体、訛勢所変。厭黷旧式、故穿鑿取新。察其訛意、似難而実無他術也、反正而已。故文反正為乏、辞反正為奇。效奇之法、必顚倒文句、上字而抑下、中辞而出外、回互不常、則新色耳。……旧練之才、則執正以馭奇。新学之鋭、則逐奇而失正。勢流不反、則文体遂弊。秉茲情術、可無思耶。

近代の文人は、概して「詭巧」をこのむ。その本質をかんがえてみると、ゆがんだ調子が正常さを変質させたものだ。彼らは旧来の手法をいやがって、ことさらにあたらしい手法をくふうしがちだ。そのゆがみ具合を観察すると、いっけんむつかしそうだが、じつはなんでもないことで、正統的なやりかたを裏がえしたものにすぎぬ。つまり、正の字をひっくりかえせば乏の字になり、ふつうの字句をひっくりかえせば奇抜な表現になるのである。奇抜な表現にするためには、文句を顚倒させ、うえにあるべき字をしたにおき、句中の字句を外にほうりだす。語順がみだれていれば、それが新奇だというわけだ。……

練達の大家は、正統的手法によりながら奇抜さをねらうが、気鋭の新人は、奇抜さを追求して正道をふみはずしている。こうした傾向がつづけば、文学は衰微してしまうだろう。文学に従事する者は、こうしたことにふかく思いをよせなくてよかろうか。

これによると、劉勰は、当時の「詭巧」について、「ゆがんだ調子が正常さを変質させたもの」であり、「こうした傾向がつづけば、文学は衰微してしまうだろう」とかたっている。この劉勰の発言で注意したいのは、彼の批判は、一般的風潮としての「詭巧」批判であり、特定の遊戯文学の「詭巧」にむけられたものではないということだ。いいかえれば、「旧来の手法をいやがって、ことさらにあたらしい手法をくふうしがち」な傾向は、遊戯性をねらった特定の文学だけではなく、練達の大家や気鋭の新人たちがつづった、遊戯文学でない通常の詩文にも、蔓延していたのである。

では、劉勰の批判する「詭巧」とは、具体的にはどのような修辞や表現をさしているのだろうか。この問題については、清末民初の孫徳謙が、『六朝麗指』第三十七節で具体例をしめしつつ論じている。そこでの意見も参考にしながら、劉勰のいう「詭巧」の内実について、私なりにかんがえてみよう。

まず、右の「ふつうの字句をひっくりかえ」すとか、「文句を顚倒させ……語順がみだれていれば、それが新奇だというわけだ」などの説明から判断すれば、劉勰はどうやら、倒置的表現を「詭巧」だとかんがえているようだ。すると、つぎのような例がそれに該当するだろう。

⒁［鮑照石帆銘］君子彼想、祇心載惕。

あの［古代の］君子たちをおもえば、彼らは心中につつしみ、自戒していたことだろう。

⒂〔庾信梁東宮行雨山銘〕　草緑衫同、
花紅面似。

彼女の肌着は草の緑色とおなじで、その顔色は花の紅色にそっくりである。

この二例は、倒置法に気づかなかったら、意味がとれないだろう。⒁の前句は、ほんらい「想彼君子」（彼《か》の君子を想《おも》う）の語順だったろうし、また⒂の二句も「衫同草緑、面似花紅」（衫《さん》は草の緑に同じく、面《かお》は花の紅に似たり）の語順だったに相違ない。いずれも、奇抜な効果をねらって、故意に字句の順序を転倒させたのである。

このほか、つぎのような事例も、劉勰のいう「詭巧」であり、「旧来の手法をいやがって、ことさらにあたらしい手法をくふうし」た結果ではないか、とかんがえられる。いずれも、ふつうでは解釈しがたい奇妙な修辞技法がほどこされている。

⒃〔陸機君子有所思行〕　淑貌色斯升、
哀音承顔作。

美人はその色香によって貴人のおそばにのぼるが、やがて哀音が容色の衰えに応じてなりはじめる。

⒄〔傅亮為宋公修張良廟教〕張子房　道亜黄中、
照鄰殆庶。

張良はその道は君子につぎ、徳の輝きは顔回に肩をならべるほどである。

⒅〔謝霊運過始寧墅詩〕　白雲抱幽石、
緑篠媚清漣。

白雲は幽石を抱きかかえ、緑篠は清流に媚びている。

⒆［江淹別賦］心折骨驚。
　心はおどろき骨はおれてしまう。

まず⒃では、「色斯」の語に注目しよう。この語は、『論語』郷党の「色斯挙矣、翔而後集」にもとづき、ふつう「官を辞する」意の雅語としてもちいられる。ところが、ここでは例外的に、「美人の色香」の意で使用されているようだ。初唐の李善によると、この二句は「淑貌は色を以て斯《ここ》に升《のぼ》せられ、哀音も亦た顔の衰うるを承《う》けて作《おこ》る」と解すべきだという（『文選』巻二十八の陸機「君子有所思行」への注）。この李善注の解釈どおりだとすれば、「聖人孔子の言葉を集めた『論語』の文意を女性のなまめかしさの意に変えて使用するとは、大胆な修辞であ(5)る」と、たしかにいうべきだろう。この種の奇抜な意義変換は、経書を人倫の書として尊崇した両漢の時代だったら、おそらくありえなかったに相違ない。

⒄は、「黄中」と「殆庶」の語が特殊である。この二語はともに、断語とよばれたりする、特殊な典故利用法をおこなっている。まず前者は、『易経』坤卦文言伝の「君子黄中通理」（君子は黄色のように中央にいて理に通じている、の意）をふまえて、「君子」の意でもちいている。また後者は、『易経』繫辞下伝の「顔氏之子、其殆庶幾乎」（顔氏の子はそれにちかいな、の意）をふまえて、「顔氏之子」（→顔回）の意でもちいている。これらの語は、字句の形態と意味とが一致していないので、典拠や当該文章をそうとう慎重に吟味しないと、真の意義には到達しにくいだろう。

⒅の二句は、謝霊運の、いや六朝でも屈指のすぐれた山水描写として、人口に膾炙している名句である。ここでは、情詩を連想させるような「抱」「媚」字による擬人的表現が、ひとの意表をついている。「白雲抱幽石」句は、白雲が山奥の岩石のまわりをとりまいている情況をあらわし、「緑篠媚清漣」句は、緑の篠竹がさざなみだつ清流のなかで、枝をたれているようすを表現したものである。そうした情景を「抱く」「媚《こ》びる」と擬人化、しかもつやっぽく擬人

化した表現は、南朝叙景詩の洗練のきわみというべきものであり、まことに絶妙というほかない。

また⒆は、李善注の「互文なり。左氏伝に〈衛太子禱《いの》りて、骨を折る無かれと曰う〉と」(『文選』巻一六)という指摘によれば、ほんらい典拠にしたがって「心驚骨折」とつづらねばならなかった。ところが、江淹は故意に「折」と「驚」とをいれかえて、「心折骨驚」とつづっているのである。

以上、劉勰のいう「詭巧」に属するとおもわれる、奇抜な修辞や珍奇な表現をいくつかあげてみた。どれもこれも、巧緻をきわめた技巧であり、字句を錬磨しようとする真摯な修辞意欲が、こうした卓抜な表現をうみだしたといってよかろう。

しかしながら、ここからがだいじなのだが、私は、こうした卓抜な表現をうみだした創作精神の奥には、真摯な修辞意欲とはべつの志向も、よこたわっていたのではないかとおもうのだ。それはなにかといえば、遊戯性、つまりあそびへの志向である。そしてさらにいえば、そうしたあそび志向があればこそ、右のような表現も、可能になったのではないだろうか。

たとえば、⒆の江淹「心驚骨折→心折骨驚」の例を、もういちどみてみよう。李善は、この字をいれかえる珍奇な表現を「互文」とよび、そして同様の表現をおこなった「恨賦」において、「江〔淹〕氏は奇を愛すれば、故《ことさら》に互文して以て義を見《しめ》せり」と解説している。だが、この表現は、銭鍾書『管錐編』一四一三頁が指摘するように、あのユーモラスなこじつけ話である「枕石漱流→枕流漱石」と、原理的にはおなじ手法をとったものなのだ。すると、江淹がこのんだという「奇」のなかには、ただ奇抜さだけではなく、「枕流漱石」の語をあみだしたのと同様の、機智やあそびをよろこぶ気分もふくまれていた可能性がたかかろう。つまり、この句をつづったときの江淹の脳裏には、真摯な修辞意欲とともに、字をいれかえてあそぼうとする遊戯的な気分も、また同居していたのではないかとおもわれるのである（第十六、十九章も参照）。

さらに典型的な事例が、⒅の謝霊運「白雲抱幽石、緑篠媚清漣」の二句だろう。この「抱」「媚」による擬人的表現は、清艶とでも称すべき魅力できわだっているが、この表現に関して注目したいのは、謝霊運詩のほかの叙景にも、しばしば同種の叙しかたが出現しているということである。

［登池上楼］潜虯媚幽姿。

水底にひそむ龍は、そのきよらかな姿をうつくしくたもっている。

［悲哉行］松蔦歓蔓延、樛葛欣虆縈。

松の蔦《つた》はのびるのがすきで、曲枝の葛《つた》はまといつくのをこのむ。

［会吟行］両京媿佳麗。

あの洛陽と長安の街も、華麗さでは会稽にかなわないとはずかしくおもう。

［会吟行］鷁首戯清沚。

鷁首《げきしゅ》でかざった舟が、きれいな渚《なぎさ》でたわむれている。

このように、謝霊運詩における叙景には、擬人的手法が散見しているのだが、じつはそれは、当時の遊戯文学においても、また多用されている手法なのだ。たとえば、鶏に九錫文をさずける袁淑「鶏九錫文」、そして北山の精霊が配下の草や木々にふれぶみをまわして、「にせ隠者をわが山中にふみいれさすな」と命ずる孔稚珪「北山移文」、脩竹が甘蕉を弾劾する沈約「脩竹弾甘蕉文」など。これら六朝の著名な遊戯文学は、いずれも擬人的手法を駆使して、ユーモアをかもしだしている。なかでも、「北山移文」中にでてくるつぎのような句は、叙景と擬人法とを融合させたものであり、⒅「白雲抱幽石、緑篠媚清漣」二句との親近性を、つよく感じさせよう。

○青松落陰、白雲誰侶。

青松はむなしく陰をおとし、白雲はだれを友にすればよいのか［だれもいない］。

○林慙無尽、澗愧不歇。秋桂遺風、春蘿罷月。

林の木々はずっと恥じつづけ、澗《たに》の清水もはずかしがっておる。秋桂は清風でその芳香をひろめることをやめ、春蘿も月光をあびるのを遠慮したほどじゃ。

このように、謝霊運詩の叙景表現と六朝の遊戯文学とは、擬人的手法の活用という点で、奇妙に一致している。このことは、謝霊運の創作精神のなかに、遊戯文学をつづるときと同種の、あそび志向が存していた可能性をうかがわせよう。じっさい、「白雲は幽石を抱きかかえ、緑篠は清流に媚《こ》びている」という擬人的描写は、真摯な修辞意欲いっぺんとうでは、とうていおもいつけなかったに相違ない。この種の、きよらかさとつややかさとを兼備した情詩ふう表現は、あそび志向をまじえてこそ、可能になったのではないだろうか[6]。

いっぽう、(16)の陸機「色斯」のばあいは、典拠の『論語』とはことなった意で使用することによって、奇抜さをねらった表現であった。しかしこの語は同時に、聖人孔子に由来することばに、つやっぽいニュアンスをふきこんでいるわけであり、こうしたとっぴな意義変換に、あそび志向が垣間みえているようにおもう。陸機は、じゅうらい言志が重視されてきた詩に対して、「情に縁《よ》りて綺靡なり」（文賦）と縁情や綺靡の側面を主張していたが、彼のいう「綺靡」なる表現のなかに、「美人の色香」の意をもった「色斯」の語も、ふくまれるのだろうか。

また(17)の傅亮「黄中」「殆庶」は、断語と称されることばである。だが、字句の形態と意味とが一致していないので、よむ者になぞかけをしているような印象がある。その意味で、このことば、高度な修辞的表現であるのはまちがいないが、しかし同時に、典故を舞台とした遊戯的技巧だと称することも、またできるのではないだろうか[7]。さらに

⒁鮑照や⒂庾信の倒置的表現も、通常ではつかわない異例な語順にすることによって、読者をあっけにとろうとするあそび志向が、存していたとかんがえられる。

くわえて、これら奇抜な修辞をほどこされた作は、［すくなくとも外見上は］遊戯ふうの文学ではないことを注意しておきたい。たとえば、⒄傅亮「為宋公修張良廟教」は教というジャンルに属しており、詔勅文に準ずるような公の文章なのだ。また⒅謝霊運「過始寧墅詩」や⒆江淹「別賦」も、［通常では］真摯な意図でつくられた作だと理解されている。じっさい、これらの作者たちは、右のような字句をあそびめいた措辞だとは、おもっていなかったに相違ない。しかしそれにもかかわらず、客観的にみれば、それらの措辞は「詭巧」と称されかねない、珍奇にして遊戯的な表現になってしまっているのである。こうした現象は、⑴〜⑽のような意図的な遊戯文学のばあいとはちがって、作者の真摯な修辞意欲のなかに、本人も気づかないまま、無意識のうちにあそび志向が侵入したものといえようか。

後代の詩話のたぐいでは、景物と心情の一致、つまり景情融合が価値ある詩境だとされて、しばしばたかく評価されてきた。それになぞらえていえば、右のような措辞は、真摯さと遊戯性とが一致した、いわば真戯融合の表現だといってよかろう。いやむしろ、真摯さと遊戯性が融合した創作精神であればこそ、こうした奇抜な表現が可能になったのではないだろうか。私見によれば、こうした、本人も自覚せぬ遊戯性の侵入こそ、六朝修辞主義文学の本質を暗示するもののようにおもわれ、記憶されておいてよい（後述）。

七　娯楽ふう文学創作

ここまでの考察によって、六朝期の文学には、いっけん真摯な作のようにみえても、じっさいは遊戯ふうの修辞や表現がまじっており、どうやら［作者も気づかぬうちに］、真摯な修辞意欲のなかに、あそび志向が侵入しているらしいことが推測できた。では、そうした真摯さと遊戯性とが一致した真戯融合の精神は、いったいいつごろから発生したのだろうか。

私見によれば、それはあんがいはやく、漢末魏初の曹丕あたりからではないかとおもう。漢末魏初における、いっけん真摯だが奥に遊戯性を秘めた創作については、第四章において「かくれた遊戯文学」と称して紹介しておいた。くわしくはそこでふれたので、ここでは詳論しないが、かんたんにいえば、同題競采という競争的創作と、悲しみごっこ文学という代作ふう創作とのふたつであった。このふたつの「かくれた遊戯文学」をささえるものこそ、真戯融合の精神だったといってよかろう。この真戯融合による作は、内部に遊戯的な傾向を包含するものの、表面上は真摯な文学にみえるので、ややもすれば「かくれた遊戯文学」になりやすいのである。

第四章の記述をすこしおぎなえば、曹丕らにおいては、真戯融合の精神をささえるものとして、たのしみとして文学をつくり、また享受するという態度があったようだ。そうした態度は、彼らが交換しあった書簡文をよむと、了然としてこよう。

(20)［曹丕与呉質書］昔日遊処、行則連輿、止則接席、何曾須臾相失。毎至觴酌流行、絲竹並奏、酒酣耳熱、仰而賦詩。当此之時、忽然不自知楽也。

むかし貴兄らと行楽にでかけたおりは、すすめば車をつらね、とまれば席をならべ、しばらくもはなれたことがありませんでした。酒がくみかわされ、音楽が奏されるや、よっぱらって耳があつくなり、感激して詩をつくったものです。そのときは気もそぞろで、たのしいということも気づきませんでした。

(21)［曹丕同右］頃何以自娯、頗復有所述造不。東望於邑、裁書叙心。

ちかごろ、どうやってたのしまれていますか。なにか詩文をつくられましたか。東をのぞんではさびしさにたえず、お手紙をかいてわがおもいを叙するしだいです。

(22)［曹植与呉季重書］得所來訊、文采委曲、曄若春栄、瀏若清風。申詠反覆、曠若復面。

お便りを拝読いたしますと、文采はきめこまかく、春の華のようにかがやき、秋の風のようにさわやかです。くりかえしよみますと、あなたにまたお目にかかったかのようです。

(23)［楊脩答臨淄侯牋］損辱嘉命、蔚矣其文、誦読反覆。雖諷雅頌、不復過此。

かたじけなくも［曹植からの］ご書簡をいただきましたが、その文章のすばらしいこと、くりかえして誦読いたしております。『詩経』の雅や頌でも、これほどではありますまい。

右の四例のうち、(20)と(21)で創作することのたのしみをかたり、(22)と(23)では書簡文を鑑賞するよろこびを強調している。これらをよむと、曹丕や曹植らにとっては、詩文の創作はいうまでもないが、書簡をつづったり、それをやりとりしたりすることも、行楽や飲酒や音楽と同レベルのたのしみごとだったようだ。これらはまさに、娯楽や遊戯まじりの創作だといえるのではないか（とくに(20)で、そうした傾向が顕著である）。

もちろん、だからといって、曹丕らのつくる文学が、すべてあそびまじりの「かくれた遊戯文学」だと、主張したいわけではない。ただ曹丕たちにおいては、「文学は政教に役だつべきだ」とか、「経国の大業である」とかのような、大上段からふりかぶった考えかたは希薄であり、むしろ詩文を娯楽やたのしみとみなす、趣味的文芸観とでも称すべき態度のほうがつよかったことは、みとめてもよいようにおもう。楊脩は、さきにもあげた(23)「答臨淄侯牋」において、

若乃不忘経国之大美、流千載之英声、銘功景鐘、書名竹帛、斯自雅量、素所畜也。豈与文章相妨害哉。

経国という大義をわすれず、千載まで名声をのこし、功績を景公の鐘にきざみ、名を史書にとどめることについては、あなた（曹植）の度量として、ほんらいおもちのものです。それは、詩文の創作と矛盾するものではありません。

とものべている。ここで楊脩がいうように、詩文の創作は、経国の大事とはことなった［趣味や娯楽の］次元にあるものであり、妨害しあうものではなかったのである。つまり、曹丕や楊脩らは詩文の創作や鑑賞を、経国の大事と同列のものとはみなしておらず、高尚ではあるが、しかしやはり趣味や娯楽の一種にすぎない、とおもっていたようなのだ。こうした見かたは、右に指摘した真戯融合の源流的位置にあるものだといってよかろう[8]。

この曹丕らにつづいて、魏のなかごろから、詩ができねば罰として酒をのますという、あの有名な文学のあそびがはじまっていたようだ。すなわち、蕭繹の『金楼子』雑記篇に、

高貴郷公賦詩、給事中甄歆陶成嗣、各不能著詩、受罰酒。……斯無才之盛也。

［魏の］高貴郷公が、詩を賦す集いをひらいたとき、給事中の甄歆と陶成嗣は詩ができなかったので、罰酒をのまされてしまった。……これらは、よき詩才にめぐまれなかったからなのである。

とある。これによると、魏の高貴郷公のころから、金谷や蘭亭の宴の先蹤ふう催しが、すでに開始されていたことがわかる。これは、曹丕らがおこなった同題競采という競争的創作に、いっそうの遊戯性をくわえたものといってよかろう。

この高貴郷公の催しについては詳細が不明だが、これをうけた両晋の石崇や王羲之らの集いについては、そのようすが比較的よくわかっている。というのは、主催者たる石崇の「金谷詩序」や王羲之の「蘭亭集序」などが、現在にまでのこっているからである。この両集序をよんでみると、あそびのたのしさではなく、むしろ悲観的な人生短促の

嘆きのほうが強調されている。たとえば、「金谷詩序」には、

感性命之不永、懼凋落之無期。

命が永遠ではないことに感慨をもよおし、いつ死ぬかわからぬことに心ふるえる。

ということばがあり、また「蘭亭集序」には、

古人云「死生亦大矣」、豈不痛哉。毎覧昔人興感之由、若合一契、未嘗不臨文嗟悼、不能喩之于懐。

古人が「死と生とは、深刻な問題だ」といったが、これはなんといたましい発言だろうか。古人の感じた無情のなげきが、いまの私のなやみとおなじだと気づくと、私は書物をまえにして悲嘆にくれてしまい、心中で達観することができないのだ。

という発言がある。

やや意外な感がするだろう。しかし、すでにおおくのご指摘があるように、宴集の序にこうしたネガティブな文辞をつづることは、当時の慣例的な書きかたであったようで、あまり本気にしなくてもよさそうだ。それらは、ゆかいな宴席の雰囲気に、意図的に陰翳をあたえることによって、そのたのしさにいっそうの感興を、そえようとしたものにすぎない(9)。それゆえ、彼らの詩文創作の動機としては、やはりあそびが主体だったと理解してよい。金谷や蘭亭の宴での詩文は、たとえ真摯な作のようにみえようと、やはり真戯融合ふうの文学に属しているのである。

いったい、遊戯性というものは、ユーモアが明瞭な文学だけに存在しているのではない。ばあいによっては、さきにみた謝霊運の詩や江淹「別賦」のような、いっけん真摯な意図でつくられたと目される作にも、「一部ではあっても」ふくまれていることがありえるし、また創作されたときの状況や享受の場などから、遊戯性の存在が想定されることもありえよう。たとえば高橋和巳氏は、西晋の潘岳をめぐる論考「潘岳論」において、社交の場における詩の創

作に注目し、つぎのようにのべられている。

普通、講座ののちにもうけられる、くつろぎの宴席で、遊戯詩は作られ廻覧されたのであろう。……そして、集会の席で詩の作られる機会のおおいことは、必然的に競技的意識を詩人たちに芽萌えさす結果を生んだにちがいない。想像を逞しくすれば、詠史詩や招隠詩なども、講座のあとの宴席などで競技的に作られたのではないかとすら思われてくる。

「想像を逞しくすれば」という前提つきではあるが、高橋氏は、西晋の詠史詩や招隠詩のごとき詩も、社交の場でのあそびとして（このばあいは競技として）つくられたのではないか、と指摘されているのである。このように、作品の公表や享受までかんがえると、六朝における真戯融合の精神は、我われが想像する以上にひろまっていたのではないかと推察される。すると、文学サロンで量産された公讌や贈答の詩、さらには模擬詩や楽府の作りかえなども、相当数が真戯融合による「かくれた遊戯文学」だとみなされる可能性があろう。なぜなら、公讌や贈答の詩のたぐいは、おおく文学集団のなかで競技ふうにつくられ、また享受されていたものであるし、また模擬詩や楽府の作りかえは、模擬という手法じたいに、あそびの要素がふくまれているからだ（第四章第九節参照）。これらの真戯融合ふう創作は、本章でのべてきた遊戯ふう修辞や表現と調和するのはもちろん、さらに賦得のあそびや艶詩の創作にも、つながってゆくのである（後述）。

八　ひまつぶしの文学

さて、如上の考察によって、真戯融合の精神は、漢末魏初のころから発生していたらしいことがうかがえた。もっども、この判断はなお推測にとどまる。というのは、右のような状況でつづった詩文を、曹丕や王羲之たちが、真戯融合の文学だと自覚していたか、明確でないからである。じっさい、彼らのだれひとりとして、「私はあそび半分で詩文をつづっています」と告白しているわけではないのだ。

　しかしながら六朝も後期となると、自分の創作精神のなかに、あそび志向があることを自覚し、しかもそのことを文章で表明した文人があらわれた。それが、江淹と徐陵のふたりである。この両人の発言は、六朝における真戯融合の精神を実証するうえでは、ひじょうに重要だといってよい。まずは、時代的にはやい江淹の発言から、紹介してみよう。

　この江淹は、彫琢のかぎりをつくした「恨賦」や「別賦」などでよくしられているが、自分の文集への序文とおぼしき「自序」の末尾部分で、つぎのようにかたっている。

> 淹嘗云、人生当適性為楽。安能精意苦力、求身後之名哉。故自少及長、未嘗著書。惟集十巻、謂如此足矣。重以学不為人、交不苟合。又深信天竺縁果之文、偏好老氏清浄之術。仕所望不過諸卿二千石、有耕織伏臘之資、則隠矣。常願幽居築宇、絶棄人事、苑以丹林、池以緑水、左倚郊甸、右帯瀛沢。青春爰謝、則接武平皐。素秋澄景、則独酌虚室。侍姫三四、趙女数人。不則逍遙経紀、弾琴詠詩、朝露幾間、忽忘老之将至。淹之所学、尽此而已矣。
>
> 　私は「ひとは、自分の本性にかなったやりかたが、いちばんたのしい。どうして［文学の創作に］鋭意努力して、死後の名声をもとめたりしようか」といつもおもってきた。だから、わかいころからいまにいたるまで、一冊の書物とてかきあらわしたことがない。ただ文集十巻が編纂できただけだが、これでじゅうぶん満足している。
>
> 　学問をして、ひとにしられようとおもわず、気にいらぬ者とも交際しないよう心がけてきた。また天竺の因

縁を説いた仏典を信じ、老子の清浄なる道をこのんできた。仕官しても、ただ卿の地位と二千石の禄があればよく、もし日々の暮らしをたて、夏冬の祭ができるほどの蓄えがあれば、すぐにでも隠遁したいものだ。いつも夢みるのは、幽居に庵をむすんで人界と縁をきること。庭には紅葉、池にはあおみがかった清水。左側には郊外がつづき、右側には沼地が帯のようにひろがる。春ともなれば平坦な岸辺を散歩し、すみきった秋には家のなかでひとり酒をくもう。侍姫は三四人、趙の美女は数人というところか。これがだめなら、気ままに行商の旅でもし、琴を弾じ詩を詠じることにしよう。そうすれば朝露《あさつゆ》ほどのはかなき命だろうと、老《おい》のちかづいたこともわすれてしまうにちがいない。私が到達した結論は、こうした生きかたにつきる。

ここで注目したいのは、自己の文学創作についてかたった、「自分の本性にかなったやりかたが、いちばんたのしい。どうして［文学の創作に］鋭意努力して、死後の名声をもとめたりしようか」ということばである。このことばは、なんとわりきった発言ではないだろうか。ここには、儒教の伝統にそった「文学は政教に役だつべきだ」という、理想主義的な考えかたはない。ましてや、司馬相如のごとき「賦家の精神は、宇宙をつつみこみ、人や事物のありようをみとおすのだ」という壮大な意気ごみも、まったくない（『西京雑記』巻二）。ただ自分のしたいようにするだけ、死後の名声などどうでもよいという、名教至上主義者がきけばびっくりするようなことを、江淹は平気でいいはなっているのである。この発言がどこまで本気なのかはわからぬが、江淹は右の後半部分で、自分の隠遁志向に言及している。すると、このときの江淹は、道教ふう思想の影響下にあったようで、そうした思想傾向が、こうした大胆な発言をさせたのだろうか。

私はかつて、江淹の代表作「恨賦」をとりあげ、真摯な修辞意欲と遊戯的な精神とがあいまって、はじめてつづることができたのではないか、とのべたことがある（「江淹の恨賦について」　本書第十九章に収録）。だがここでは、私よりずっとまえに、江淹の文学創作に機智や遊戯性がひそむことを指摘された、高橋和巳氏のことばに耳をかたむけるべきだろう。すなわち、高橋氏は卓論「六朝美文論」において、江淹の文学観について、

> 江淹が言っているわけではないが、意を以て補えば、次のような考えが江淹そして美文家たちにはある。表現活動は、交友関係を中心とする人間の平和な意識交流のよろこばしき糧であり、また文化的動物たる人間に当然許されてよい美意識満足の恐らくはもっとも幅広い手段でもあるはずだと。

とのべられた。私は、この高橋氏のするどい発言におおいに共感するのだが、同時に、つぎのようなことばを、さらにおぎないたいとおもう。

> そうした表現活動のなかでも、とくに奇抜な修辞をこらし、そのなかであそぶことは、美意識を満足させる最高最善の文化的な営みだといってよい。これによって、我われは高度な精神的愉悦を感受できるし、また交友のたのしみも満喫できるのだから。

と。そうである。江淹にとって、「心折骨驚」のごとき奇抜な修辞をこらすことは、おのが美意識を満足させる営みであると同時に、精神的愉悦や交友のたのしみも満喫できる、よろこばしきあそびでもあったのだ。だからこそ江淹は、自分の文学創作のなかにあそび志向があることを自覚し、「自分の本性にかなったやりかたが、いちばんたのしい。どうして「文学の創作に」鋭意努力して、死後の名声をもとめたりしようか」というような、わりきった発言もおこなったのだろう。

さらに、六朝修辞主義の最盛期ともいうべき梁代にいたって、真戯融合の精神の自覚という観点からみて、ひじょうに注目すべき文学論があらわれた。それが、徐陵の手になる「玉台新詠序」である。

周知のように『玉台新詠』という書物は、古今の情詩や艶詩をあつめた選集である。その序文たる「玉台新詠序」

は、ほんらいなら同書の編纂事情を考究するさい、もっとも重視されるべきはずだが、これまでは信頼できるものとみなされず、軽視されがちだった。そのかわり注目されたのが、三百年ものちの、中唐期の劉肅『大唐新語』中の記述である。そこでの、

梁簡文帝為太子、好作艶詩、境内化之、浸以成俗、謂之宮体。晩年改作、追之不及、乃令徐陵撰玉台集、以大其体。（巻三公直第五）

梁の簡文帝は太子となるや、しばしば艶詩をつくるようになった。この影響をうけて、世間でも流行するようになり、この艶詩のことを宮体と称するようになった。簡文帝は晩年に艶詩を改作し、これをおうもおよばなかった（?）。そこで徐陵に命じて『玉台新詠』を編纂させ、その体をおおいにさせた（?）のだった。

という記事によって、『玉台新詠』は、皇太子蕭綱に命じられた徐陵によってあまれたと推察された。さらに、編纂を命じた動機についても、右のうちの「晩年改作、追之不及」や「以大其体」の部分が、解釈をめぐって異論をまきおこしながらも、つねに問題にされ、検討の対象になってきたのだった。

しかしながら私見によれば、これまで軽視されがちだった徐陵「玉台新詠序」とて、けっして無視されてよいものではない。いや、それどころかこの序文は、画期的な発言をおこなった文学論として、文学史のうえでもっと重視されるべきだとおもわれる。では、この「玉台新詠序」においては、どんな主張が展開されているのかというと、徐陵はまず前半で、この種の集序の定型をやぶり、宮中に奥ぶかくにすまう麗人たちの姿を、装飾した美文でえがく。いわく、宮中にすまう麗人は、見目うるわしいのはもとより、詩や礼の方面にもあかるく、立ちいふるまいも優雅そのものである。そのうえ、音楽や文学の才も抜群にすぐれている。ところがこの麗人たち、宮中にばかりすんでいるので、ややもすれば時間をもてあまし、退屈でたまらない――こう叙したあと、後半になってようやく『玉台新詠』

の編纂に言及し、つぎのようにのべる。

無怡神于暇景、惟属意于新詩。可得代彼萱蘇、微蠲愁疾。但往世名篇、当今巧製、分諸麟閣、散在鴻都。不藉篇章、無由披覧。於是然脂暝写、弄墨晨書、撰録艶歌、凡為十巻。曾無参于雅頌、亦靡濫于風人、涇渭之間、若斯而已。……孌彼諸姫、聊同棄日。猗与彤管、無或譏焉。

［麗人たちは］退屈なときは心をまぎらすものもないので、新体の詩の創作に想いをよせる。そうすれば、あの萱蘇《こうそ》の草のかわりに、すこしでも愁《うれ》いをのぞくことができるからだ。

ところが、往時の名篇や当今の傑作は、宮廷の文庫や宮殿の図書館にばらばらに所蔵されている。それらの作を一冊の書にまとめなければ、てがるに披覧することもできない。そこで麗人たちは、灯油をもやして夜までうつし、墨を手にとって朝までつづり、かくして艶歌ばかりを筆録して、すべて十巻にまとめた。この選集たるや、『詩経』の雅頌とまじることもなく、また国風の詩人たちにそむくものでもない。それは、にごった涇水ときれいな渭水とのちがいのようなものだ。……

うつくしい麗人たちが、これでひまつぶしをするのだから、さても、赤筆の女史とて、これをしかりつけることはなかろう。

この序文の記述をそのまま信用すれば、この『玉台新詠』は、退屈をもてあました麗人たちが、ひまつぶしのために編纂したことになる。序文の内容にそいつつ、もうすこしていねいに編纂事情を説明すれば、宮中での生活は退屈なので、新体の詩をつくってひまな時間をつぶしたい。だが、その［参考にする］ために必要な、往時の名篇や当今の妙作は、宮廷図書館にねむっていて手元にない。そこで、閲覧の便宜のために、艶歌ばかりをかきうつして、この選集を編纂してみた――ということになろう。この「ひまつぶしのために編纂した」という発言は、まさに真戯融合の精神の存在を裏うちするものといえ、きわめて大胆な意見表明だとせねばならない。政治や教化を重視する文学観はもとより、曹丕たちの趣味的文芸観や、陸機の縁情主義ともことなるものであり、画期的といっていいほど、きばったところのない率直な表白である。

ただ、あまりにも率直、あまりにも大胆すぎたせいだろうか、これまで、この徐陵の発言をそのまま信用した研究者は、ほとんどいなかった。というのも、この選集の編者は宮中の麗人に仮託されているので、じゅうらいは徐陵が韜晦して、かりそめにこうのべているにすぎない［したがって序文中の発言も信用できない］と、かんがえられたからだろう。そのため、この「玉台新詠序」は画期的な発言だったにもかかわらず（いや画期的すぎたから、というべきか）、本気でとりあげられることはなかったのである。

しかしながら、前述した、曹丕以来の真戯融合ふう創作の流れをふまえたなら、この「ひまつぶしとしての文学」は、じゅうぶん発生しうるのではないだろうか。じっさい、曹丕は「酒がくみかわされ、音楽が奏されるようになると、よっぱらって耳があつくなり、感激して詩をつくったものです」といって、宴席の場で飲酒や音楽とならべて、あそびとして詩をつくっていた。また江淹も、「ひとは、自分の本性にかなったやりかたが、いちばんたのしい。どうして［文学の創作に］鋭意努力して、死後の名声をもとめたりしようか」といって、「性に適《かな》う」ことを重視する、わりきった文学観を主張していた。そうだとすれば、それらの延長上で、徐陵の脳裏に、ひまつぶし文学という考えかたが発生したとしても、けっしてふしぎではあるまい。その意味で、「玉台新詠序」中の発言は、ひまつぶし文学［や、それをささえる真戯融合の創作精神］の存在をうらづけるものとして、もっと注目されてよいようにおもう(10)。

ただ留意すべきなのは、序文中の発言は［率直なものではあっても］、あくまであそび半分でのそれであり、当時の文壇に一石を投じようというような、たからかな文学的宣言ではなかったということだ。それは、ひまつぶしのためにつくられたという、へりくだったものいいからして、おのずと推察されよう。つまり当時において、『玉台新詠』のごとき作風は、「たとえ当時の宮廷詩人たちの間で圧倒的な人気を博していたとしても、かの『文選』に展開された堂々の文学とは全く異なり、人々の面前に晴れがましく公開することが些か躊躇されるような、いわば日蔭の姫妾的文芸[11]」だったのである。

もっとも、人びとの面前にだしにくい日蔭の姫妾的文芸ではあったが、いっぽうで、皇太子綱が艶詩をこのんだという、有利な状況も存在していた。だから徐陵は、皇太子の蕭綱［やその周辺］の後おしをえながら、しかも麗人に仮託しながらではあったが、彼らの真戯融合ふうの文学観を叙することもできたのである。これを要するに、徐陵は、自分が編纂した艶詩のたぐいを、遊戯性をおびたひまつぶし文学だと認識し、「日蔭の姫妾的文芸」にすぎないと自覚していた。そしてそのうえで、「でも、それはそれでたのしいものですよ」と弁明しているのだろう[12]。

九　「戯れ」の艶詩

蕭綱や徐陵たちの脳裏に、真戯融合の精神が存在していただろうという推測は、なによりも、『玉台新詠』に収録された詩のかずかずが、その妥当さをものがたっている。さきにものべたように、六朝、なかでも斉梁の文人たちは、文学サロンのなかで詩文を競作していたが、蕭綱が主催するサロンのなかでとくに人気があったのは、この『玉台新詠』に収録されるような、艶詩や情詩のたぐいだった。それは、さきの『大唐新語』が「梁の簡文帝は太子となるや、しばしば艶詩をつくるようになった。この影響をうけて、世間でも流行するようになり、この艶詩のことを宮体と称するようになった」とのべていたとおりだろう。また、

○［梁書徐摛伝］摛文体既別、春坊尽学之。「宮体」之号、自斯而起。

徐摛の詩風は特別なものとみなされ、東宮の人びとは、みなその詩風をまねるようになった。かくして「宮体」の呼称は、ここからはじまったのである。

○［周書庾信伝］［徐］摛子［徐］陵及［庾］信、並為抄撰学士。父子在東宮、出入禁闥、恩礼莫与比隆。既有盛才、文並綺艶、故世号為徐庾体焉。当時後進、競相模範。毎有一文、京都莫不伝誦。

徐摛の子の徐陵と庾信は、ともに抄撰学士となった。庾信父子は、東宮におつかえして、禁中に出入し、その厚遇ぶりは比類なかった。この徐陵と庾信はともに才能すぐれ、詩文は綺艶だったので、世間の人びとは、そのスタイルを徐庾体とよんだ。当時の若者たちは、このスタイルを模範とし、庾信が一作つくるたびに、都に伝誦しないものはなかった。

なども、当時の艶詩流行の雰囲気をよくつたえたものといえよう。

では、『玉台新詠』のなかから、艶詩流行の中心にいた皇太子蕭綱の作を、いくつか例示してみよう。

(24)［美人晨装］北窗向朝鏡　錦帳復斜縈／嬌羞不肯出　猶言粧未成／散黛随眉広　燕脂逐臉生／試将持出衆、定得可憐名

北むきの窓べで朝の鏡にむかい、錦の帳《とばり》はななめにたれている。美人ははじらってでてこず、お化粧がまだよというばかり。眉には墨がよくえがけ、紅も顔にきれいにぬられている。この美しさで仲間からぬきんでれば、きっとかわいいとの浮名がたつことだろうよ。

(25)［孌童］孌童嬌麗質　践董復超瑕／羽帳晨香満　珠簾夕漏賖／翠被含鴛色　雕牀鏤象牙／妙年同小史　姝貌比朝霞／袖裁連璧錦　牋織細橦花／攬袴軽紅出　迴頭双鬢斜／嬾眼時含笑　玉手乍攀花／懐猜非後釣　密愛似前車

／足使燕姫妬　弥令鄭女嗟

この稚児のなまめかしいこと、かつての董賢にまさり弥子瑕《びしか》もかなわぬほど。朝は羽飾りの帳に薫香がみち、夜は玉の簾《みす》に水時計の音がひびく。翡翠《ひすい》もようの布団は鴛鴦色であり、彫刻したベッドには象牙がはめこまれている。稚児のういういしさは周小史もかくやとおもわせ、その美貌は巫山の神女に匹敵しよう。まとった上着の両袖は連璧のような錦でつくられ、裳裾《もすそ》は細橦花《さいとうか》でつむいだもの。袴《はかま》をめくればうすい紅の下着がみえ、首をまわせば鬢《びん》の毛がななめにたれる。この稚児、色目をつかってニッコリほほえみ、玉のような手で花をひきよせる。龍陽君のようにみすてられることもなく、弥子瑕のように寵愛ぶりはふかい。それは、燕の美姫を嫉妬させ、鄭の美女をなげかせるほどだ。

(26)［怨詩］秋風与白団　本自不相安／新人及故愛　意気豈能寛／黄金肘後鈴　白玉案前盤／誰堪空対此　還成無歳寒

秋風としろい団扇《うちわ》とは、もともと共存できませぬ。あたらしい恋人とふるい恋人とが、どうしてなかよくなれましょう。肘《ひじ》のうしろには黄金の鈴、お膳のうえには白玉のお皿。でも、どうしてたえられましょう。いっしょに膳をかこみ、寒さをしのぐ相手もおらぬ寂しさに。

(27)［愁閨照鏡］別来顦顇久　他人怪容色／只有匣中鏡　還持自相識

あのかたとお別れしてやつれるばかりで、他人がふしぎがるほどです。化粧箱には鏡がひとつ、それを手にすれば、私のやつれた顔をうつしてくれました。

これらは、当時の典型的な艶詩だといってよい。徐陵は「玉台新詠序」のなかで、麗人の口をかりて、「退屈なときは心をまぎらすものもないので、新体の詩の創作に想いをよせる。そうすれば、あの萱蘇《こうそ》の草のかわりに、すこしでも愁《うれ》いをのぞくことができるからだ」とのべていた。ここで徐陵がいう、ひまつぶしのための「新体の詩」が、まさに右のような艶情の詩だったのだ。ここでは、右の蕭綱の艶詩におけるあそびふう修辞を検討しながら、当時の真戯融合の創作の実態をうかがってゆくことにしよう。

まず、㉔は朝化粧をする女性の姿を描写した詩であり、「朝鏡」や「嬌羞」などの艶麗な語を使用して、つやっぽい雰囲気をだしている。だが、いっぽうで「試将持出衆」や「定得可憐名」という口語ふう表現によって、遊冶郎ふうな「この美しさで仲間からぬきんでれば、きっとかわいいとの浮名がたつことだろうよ」という、からかいの口吻を模していることにも注目したい。艶麗な語とからかいの口吻とを混用させて、遊戯ふうな気分をかもしだしたところに、この詩の技巧をみとめるべきだろう。

また㉕は、男色の相手たる稚児の美しさをたたえた詩である。この稚児の美しさという主題たるや、「文学は政教に役だつべきだ」の儒教的理念から、なんととおざかってしまったことか。その意味でこの作こそ、六朝文人たちのあそび志向が躍如したものといえよう。この稚児をうたった詩、例によって、艶麗な語彙や巧妙な対偶が多用されているが、なかでも、

攬袴軽紅出　袴《はかま》をめくればうすす紅の下着がみえ
迴頭双鬢斜　首をまわせば鬢《びん》の毛がななめにたれる

という対句や、また

嬾眼時含笑　色目をつかってニッコリほほえみ
玉手乍攀花　玉のような手で花をひきよせる

の対句は、稚児のコケティッシュな魅力をえがいて余蘊がない。こうした色気たっぷりな修辞的表現こそ、真戯融合、

つまり真摯な修辞意欲とあそび志向とが融合した作風の、もっとも成功した部分だといってよかろう。

さらに(26)は、古詩「怨詩」(班婕妤の作ともいう)に模したもので、いわゆる棄婦の怨を叙した作である。また(27)は、おもう男性とわかれてうれいにしずみ、容色までおとろえてきた女性の姿を叙したものである。つまりこの両詩では、作者たる蕭綱は、みずから女性の立場にたって、棄婦の怨や閨怨の情をうたっており(そうしたさいは、(26)のように古詩を模したり、また楽府題をかりたりすることがおおい)、代作(物まね)ふう創作だといってよい。

ところで、第四章第八節でも指摘したが、(26)や(27)のような女性へのやつしや物まねの背後には、「ごっこあそび」とでも称すべき、遊戯的な気分がこめられているようにかんがえられる。たとえば、近代の代表的な修辞学の書、陳望道『修辞学発凡』をひもといてみると、陳氏はそこで「仿擬」という項をたてて、

滑稽や嘲笑の意をかもしだすために、故意にある種の形式に模擬する。これを仿擬とよぶ。……この仿擬は、わざと冗談めかしているわけであり、通常の模倣とおなじものではない。

といっている(積極修辞)。そして陳氏がしめす例文をみると、この「仿擬」なる技法は、どうやら遊戯的意図をもった模擬手法に相当するようだ。すると、この陳氏の議論にしたがえば、文学サロンの場で、みずからを女性(妓女であることがおおい)の身にやつして、棄婦の怨や閨怨の情をうたうことを、「滑稽や嘲笑の意をかもしだすため」の行いであり、また「わざと冗談めかし」たごっこあそびだったと理解することも、じゅうぶん可能であろう。いや、陳氏のご指摘によるまでもなく、そもそも大のおとなが、なんの寄託するところもなく、みずから棄婦や怨婦に身をやつして、綺羅脂粉の詩をつくることじたい、あそびでなくてなんであろうか。私は、蕭綱らの艶詩への熱中を、カラオケのマイク片手に、女心をうたった演歌を思いいれたっぷり熱唱している姿に、かさねあわせたい誘惑をおさえきれないのである。

この蕭綱の作にみるように、『玉台新詠』に収録された艶詩には、巧妙な修辞技法がたくさんもちいられている。ところが、それらの修辞技法のおおくは、説得力をたかめることではなく、艶情や遊戯性をかもしだすほうに役だっているのだ[13]。かくして、当時の艶詩のほとんどは、つやっぽい雰囲気やあそびの傾向をおびた作となり、「人々の面前に晴れがましく公開することが些か躊躇されるような、いわば日蔭の姫妾的文芸」になってしまっているのである。じっさい、『玉台新詠』にふくまれる作には、「戯れに作る」「戯れに作る謝恵連体」「戯れに麗人に贈る」「筆を執りて戯れに書す」「戯れに艶詩を作る」「淇上の人、蕩子の婦に戯る」（巻七・八）など、「戯れ」であることを明示した詩題もおおい。もっとも、では標題に「戯」字のない詩は真摯な作だったのかといえば、それはけっしてそうではない。要するに、艶詩においては、標題に「戯れ」を明示しようとしまいと、けっきょく、その創作はなべて「戯れ」であり、ひまつぶしであり、またあそびだったといって、ほぼ大過ないであろう[14]。

以上、六朝の修辞主義文学について、おもうことをのべてきた。散漫につづってきたここまでの議論をまとめてみれば、つぎのようになろう。［第一節］修辞には、説得力を付与するはたらき以外に、遊戯性をかもしだす機能も存している。［第二節］宋玉「登徒子好色賦」は、そうした遊戯的機能を駆使した、はやい時期の文学作品だといえよう。［第三節］六朝期の文学にも、修辞と遊戯性とのふかい関わりが散見しているが、［第四節］より注目すべきは、修辞じたいの価値が上昇し、内容よりも重視されがちになってきたことだろう。［第五節］そのため作者も気づかぬうちに、作中に遊戯ふう修辞が侵入することもあったが、それはわるいことばかりではなく、謝霊運の叙景詩のごとき傑作もうんだ。［第六節］その真戯融合の精神は、漢末魏初の曹丕あたりから源流が生じており、六朝では我われの想像以上のひろがりをもっていたようだ。［第七節］徐陵「玉台新詠序」でいう「ひまつぶしとしての文学」は、そうした真戯融合の精神を率直に表明したものといえ、［第八節］じっさい、艶詩中の修辞を検討してみると、六朝における「戯れ」重視の傾向が、明確に確認できるのである。

十　玩物喪志の文学

さて、六朝の修辞主義文学を主要資料とした考察の結果、修辞と遊戯性とのあいだには、予想以上のふかい関連が存していたことがわかってきた。もっとも、こうした修辞と遊戯性との関係は、六朝期になってとつぜん発生してきたわけではない。先秦の孔子が発したことばにおいてさえ、「切切偲偲、怡怡如也、可謂士矣。朋友切切偲偲、兄弟怡怡」や、「君君、臣臣、父父、子子」の例にみるように、すでにいくぶんか両者の関連が感じられていた（本章第一節を参照）。このように修辞は、本質的にあそび志向をふくんでいるのだ。すると、かりに「修辞はことばのあそびにすぎない」といいきったとしても、全面的に否定することはむつかしいだろう。

そうだとすれば、六朝期の文学が、多彩な修辞技法で装飾されている以上、あそびの傾向をおびてくるのは、とうぜんのことだったといってよい。さらに当時の文学のおおくが、娯楽や社交の一環として、サロンで競技的に創作されていたことも勘案すれば、六朝の修辞主義文学の重要な部分は、真戯融合の精神によってささえられていたといってよかろう。『玉台新詠』中の艶詩は、それが極端にまでいたったケースだとかんがえられる。

こうした六朝の修辞主義文学は、はやくも隋や初唐のころから、批判をうけるようになる。その典型的な批判が、隋の李諤による「上書正文体」であるが、これは本章の冒頭で引用したので、ここでは初唐の『隋書』文学伝からひこう。

梁自大同之後、雅道淪缺。漸乖典則、争馳新巧。簡文湘東、啓其淫放、徐陵庾信、分路揚鑣。其意浅而繁、其文匿而彩、詞尚軽険、情多哀思。格以延陵之聴、蓋亦亡国之音乎。周氏呑併梁荊、此風扇於関右。狂簡斐然成俗、流宕忘反、無所取裁。

梁では大同以後、文学の道がすたれた。しだいに経書の道にそむき、きそって新奇な技巧にはしった。梁の簡文帝や湘東王（後の元帝）が淫靡な文風の先鞭をつけ、徐陵や庾信たちがその後につづいた。その内容たるや浅薄で煩雑、その修辞たるや迂遠でけばけばしい。またその文藻たるや軽薄かつ難解、その心情たるや哀しげな思いでいっぱいである。音楽の聴きじょうずの延陵だったら、亡国の音だといったにちがいない。北周が梁州と荊州を併呑してからは、この文風が函谷関以西でも盛行した。はでに世俗に流行して、とどまるところをしらず、まったくなすすべがなかった。

ここでは、梁の大同（五三五～五四六）以後の、蕭綱や徐陵らの艶情文学が批判されている。この文をすこしていねいによめば、「きそって新奇な技巧にはしった」や、「その修辞たるや迂遠でけばけばしい」などの発言からみて、当時の修辞主義ふう傾向も、また非難の的になっていたことが推測できよう。これを具体例でしめしたならば、⒁⒂の倒置的表現や、⒃の聖人孔子に由来する「色斯」の語を、「美人の色香」の意で使用した典故技法、さらには「珠簾」「翠被」「雕牀」などの艶麗な語彙の使用などが、それに相当しよう。こうした六朝修辞主義への批判を、さきに引用した斉梁のころの

○［文心雕龍序志篇］むかしからずっと文学というものは、彫琢し装飾することによってなりたってきたのだ。

○［任昉宣徳皇后令］［蕭衍の卓越した］文学的能力たるや、雕龍が自由自在である。

などの擁護的発言と比較してみれば、隋の李諤や初唐の魏徴・長孫無忌（『隋書』の編者）においては、修辞主義に対する評価がおおきく転換しはじめていることがわかろう。

こうした六朝の修辞主義文学への批判は、これにつづく唐宋の時期において、古文復興運動の展開や儒教精神の復興という、文学や思潮のおおきな変化ともかかわりながら、さらにトーンをたかめてゆく。とくに、宋代になって厳格な程朱の学が発生してくると、道学者たちは道徳の涵養ばかりを主張するようになった。その結果、文辞のくふうに努力することは玩物喪志にすぎず、道徳修養の邪魔になるという極端な意見さえ、口の端《は》にのぼるようになってしまったのである。程頤『二程全書遺書』巻十八にみえる、

問、作文害道否。曰、害也。凡為文不専意則不工、若専意則志局於此。又安能与天地同其大也。『書』云「玩物喪志」、為文亦玩物也。……

質問していった。

——文辞の創作は、道徳修養を阻害するのでしょうか。

おこたえがあった。

——阻害する。およそ文辞を創作するには、それに専心しなければうまくつくれぬものじゃ。じゃが専心すれば、文辞のくふうに気をとられてしまう。これでは、どうして天地と大きさをおなじくできようか（＝道徳を完成できようか）。『書経』に「物を玩《もてあそ》べば志を喪《うしな》う」というが、文辞を創作するのも、その物を玩ぶことのひとつなのじゃ……。

という発言は、そのもっとも極端なものだろう。このように唐宋、とくに程朱の学が発生してから以後になると、文学はいちじるしく［儒教］道徳とむすびついてしまった。そうした道学者の立場からすると、遊戯性をも拒否しない六朝修辞主義文学は、『玉台新詠』中の艶詩に代表されるごとく、あきらかに道徳の敵であり、堕落したものとみなされがちだったのである。(15)

これを要するに、六朝の修辞主義文学は、真戯融合の精神によってささえられていた。くわえて艶詩の流行などで、ややもすればそのなかの遊戯的性格が強調されがちだった。そのため後代、韓愈や二程などゴリゴリの儒教主義者たちは、道徳的に頽廃した不まじめなものとして、六朝修辞主義文学を排斥するようになってしまった——とまとめてよいだろうか。ただ、こうしたおおきな視野からみた文学史的考察については、他日に詳細を期さねばならない。本章はとりあえず、このあたりで筆をおくことにしよう。

注

（1）『論語』に記載されたとおりの整然とした文言を、孔子がほんとうに口から発していたかは、じつはよくわからない。しかし孔子の死後、弟子たちが師のことばを文字に定着させたさいには、師の発言をこのように整理しようとする意識があったのはまちがいない。

（2）「増之一分則太長」以下の表現手法について、近人の金性尭氏は、宋玉「神女賦」にも「穠不短、繊不長」という同種の言いかたがあり、おそらくは「民間的常語」だったろう、と指摘している（『歴代小品大観』所収　上海三聯書店　一九九一）。

（3）この聯句のあそびは、漢の武帝による柏梁詩にはじまったとされるが、六朝でも四十余篇の作例が残存している。向島成美「六朝聯句詩考」（大修館書店「漢文教室」第一四一号　一九八二）を参照。

（4）高橋和巳「潘岳論」（『作品集9　中国文学論集』所収　河出書房新社　一九七二）からの引用。なお、本書中での高橋論文の出典は、すべて同書。

（5）富永一登「文選李善注の活用—注引論語から見た文学言語の創作—」（『岡村貞雄博士古稀記念　中国学論集』所収　白帝社　一九九九）からの引用。

（6）「白雲抱幽石、緑篠媚清漣」をはじめとする霊運詩の擬人法については、ふるくからいろんな論及がある。そうしたなかで、とくに注目されてきたのは、志村良治「山水詩への契機—謝霊運の場合—」（『中国詩論集』所収　初出は一九七三年）だろう。この論文は、霊運詩の擬人法は、謝混や慧遠の詩句から影響をうけているとし、あわせて彼の山水詩と、仏教の「物我一如」の思惟との関連にも言及した秀逸な論である。この志村論文は、のちの霊運詩研究にもおおきな影響をもち、これ以後の霊運詩関連の論文は、仏教や「理」との関連など、思想面からの追求がおおくなっている。ただ、対象が思想的著作でなく文学作品である以上、霊運詩の擬人法に関しては、思想との関連性を突出させず、ユーモア（遊戯文学との関係）や艶情（情詩や民歌との関係）との関連もふくめた、トータルな文学的立場からの考察が必要だろう。

（7）拙著『六朝美文学序説』（汲古書院　一九九八）の一七六〜一八四頁を参照。

（8）曹丕や曹植らの文学観については、古川末喜『初唐の文学思想と韻律論』（知泉書館　二〇〇三）の第二章「建安・三国文学思想の新動向」を参考にした。「趣味的文芸観」という語も、同書によったものである。なお、曹丕「典論」論文中の「蓋文章経国之大業、不朽之盛事」云々における「文章」の語が、詩文の類ではなく、一家言的な著述をさしていることについては、岡村繁「曹丕の典論論文について」（「支那学研究」二四・二五合併号　一九六〇）を参照。

（9）川合康三『中国のアルバ―系譜の詩学』（汲古書院　二〇〇三）の「うたげのうた」を参照。

（10）徐陵「玉台新詠序」中の内容を、検討にあたいする文学観の表明だとみなして、真剣に分析した論考は、じゅうらいほとんどなかった。だが最近になって、序文の内容を利用して『玉台新詠』の成立や文学意識を論じる論考が、とみにふえているようだ。そこで、この注の場をかりて、二篇ほど注目すべき論考を紹介しておこう。
まず一篇は、許雲和「南朝宮教与玉台新詠」（「文献」一九九七―三）である。許氏は、この論の冒頭で、『玉台新詠』は宮教読本、つまり後宮の女性たちのための教育用書物だったと、明快に断定されている。そして、『周礼』天官冢宰の条を論拠にひきながら、古代から宮女用の教育システムが存在していたとのべ、その教科書として、おおくの書物がかかれたという。ふるくは、曹大家『女誡』、諸葛武侯『女誡』、劉向『列女伝』、劉歆『列女伝頌』、繆襲『列女伝賛』、さらに無名氏の『女訓』『女鑑』『女箴』『貞順志』など。また六朝期では、『玉台新詠』以外に、宋の殷淳『婦人集』『婦人詩集』、梁の徐勉『婦人集』などをあげる。そして、これらの書物は宮教読本として、後宮の女性たちに、婦礼や婦徳をはじめとする広義の文化的教養をさずけていた、と主張されるのである。

この許氏の論考でユニークなのは、そうした後宮内の女性教育を実施するさい、『論語』陽貨中の「腹いっぱいたべ、一日中なにもかんがえないというのは、なかなかむつかしい。博奕《ばくち》があるではないか。これをするのは、なにもしないよりはましだ」(飽食終日、無所用心、難矣哉。不有博奕者乎。為之猶賢乎已)という孔子の発言が、その思想的バックボーンになっていたのではないかと、推測されていることだ。つまり氏は、徐陵の『玉台新詠』編纂に関して、大要つぎのように主張されている。あの孔子だって、「博奕であっても、なにもしないよりは、したほうがよい」とかたっておられる。されば、たとえ艶詩であっても、よんでひまつぶしすることは、[博奕のばあいとどうよう]なにもしないよりはましだろう(すこしは教養の向上に役だつ)。そこで私(徐陵)は、後宮の女性たちの教育のために、この『玉台新詠』を編纂したのだ——と。

右の許雲和氏の説は、いっけん奇矯なようにみえる。だが、じっさいに氏の論考をよんでみると、徐陵「玉台新詠序」に対する丹念な読解を基礎にしつつ、ほかのおおくの資料も駆使して主張を補強しており、なかなかつよい説得力をもっていることがわかってこよう。私じしんは、なお許氏の議論に同意しかねる部分もおおいのだが、しかしそれでも許氏の論考は、『玉台新詠』という奇書に対するユニークな新見解として、一読されるべき価値があるようにおもう。

もう一篇は、復旦大学の章培恒教授の手になる「玉台新詠為張麗華所〝撰録〟考」(「文学評論」二〇〇四—二)という論考である。章氏はこの論考において、やはり徐陵「玉台新詠序」の内容に注目しつつ、許氏とはまたちがった意味で、大胆な新説を提起されている。その説の大要は、『玉台新詠』は徐陵がその序文で明確にいうように、文字どおり後宮の「麗人」によって編纂されたものだろう。では、徐陵が序文でいう、『玉台新詠』を編纂した「麗人」とは、いったいだれのことをさすのか。すると、諸資料によって判断するかぎり、どうやら陳後主の寵妃だった張貴妃こと、張麗華という女性であった可能性がたかい——というものである。そして章氏は、この大胆な論考の最後を、つぎのようにむすばれている。「最近は外国の影響をうけて、女性文学の研究が、日に日に重視されるようになってきた。これはもちろんよいことではあるが、ただ、研究に供すべき女性文学の資料、とくに古代の女性文学の資料は、早急に発掘されねばならない。そうでないと、ごく少数の女性作家がくりかえし研究されるだけで、さびしい感じがまぬがれないからだ。かりに『玉台新詠』が、ほんとうに張麗華の撰になるものだったら、女性文学の研究にとって、おおいに意義があることになろう。さらには、六朝文学へのあたらしい考えかたや議論をも、惹起することになるかもしれない」。

章氏はこの自説に対して、みずから「私のこの説はおそらく、ひじょうに奇怪な議論に属することだろう。それゆえ、関係の専門家や読者たちには、忌憚のないご批評をしていただくよう、お願いするしだいである」とのべられている。たしかに章氏の議論は、前人未発の奇説というべきものであり、本人もみとめるように、「ひじょうに奇怪」だと称されてよいかもしれない。そうではあるが、この章氏の論も、やはり許雲和氏の論考とおなじく、徐陵「玉台新詠序」などの諸資料を丹念に検討されたうえでの立論であり、奇説だからといって無視しさってよいものではない。じゅうらい等閑に付されがちだった「玉台新詠序」中の記述に、真摯にたちむかったならば、こうした、いっけん奇怪そうな議論も、じゅうぶんなりたつ可能性があるだろう。

この章論文が公表されるや、はたして学界の注目をひきつけ、たちまちにして賛否の両論がうずまくようになった。管見にはいった範囲で、現在まで［章培恒氏の再論もふくめ］つぎのような関係論文が発表されている。談蓓芳「玉台新詠版本考―兼論此書的編纂時間和編者問題」（『復旦学報』二〇〇四―四）、樊栄「玉台新詠撰録真相考弁――兼与章培恒先生商榷」（『中州学刊』二〇〇四―六）、鄔国平「玉台新詠張麗華撰録説献疑―向章培恒先生請教」（『学術月刊』二〇〇四―九）、胡大雷「玉台新詠為梁元帝徐妃所〝撰録〟」（『文学評論』二〇〇五―二）、章培恒「再談玉台新詠的撰録者問題」、談蓓芳「玉台新詠版本補考」（ともに『上海師範大学学報』二〇〇六―一）。章論文の公表後、わずか二年たらずのあいだに、これだけ関係論文があいついだことは、もって同論文の衝撃力のつよさをものがたるものだろう。この画期的な章論文に関しては、これからもさまざまな議論が展開されてゆくにちがいない。

中国の六朝文学研究においては、近時、『文選』研究が活況を呈している。国際的な研究大会の開催があいつぎ、また「文選学研究集成」という叢書など、充実した研究書の刊行もひんぱんである。こうしたなかにあって、『文選』と同時期にあまれた『玉台新詠』に対しても、右のように、じゅうらいとちがった視点にたった刺激的な論考が、あらわれてきているのだ。しかも、章培恒氏ほどの斯界の大家が、こうした意欲的な論考を発表されるとは、まことにもって、おどろきの一語につきる。こうしてみると、今後は『玉台新詠』をめぐる研究のほうも、『文選』研究にひっぱられるようにして、活発になってく

るかもしれない

(11) 岡村繁『文選の研究』第二章「『文選』と『玉台新詠』」(岩波書店　一九九九)からの引用。本章における『玉台新詠』への見解は、この岡村氏の説から摂取したものがおおい。

(12) 徐陵が、艶情の文学をあそびだと自覚していたとすれば、「玉台新詠序」末尾の二句「猗与彤管、無或譏焉」には、またべつの含意がふくまれる可能性もあろう。この二句、字句の異同もあって、なかなか問題がおおい(一本は「無或譏焉」を「麗矣香奩」につくる)。だが、かりにこの二句の訳が、「うつくしい麗人たちが、これでひまつぶしをするのだから、さても、赤筆の女史とて、これをしかりつけることはなかろう」でよいとすれば、私は、この部分は、艶詩に批判的だった梁武帝[や、その周辺の人びと」にむけて、「こんな艶詩集をつくりましたが、しょせんあそびなんですから、本気にうけとって、おこったりしないでくださいよ」と、婉曲にそしてユーモラスに、予防線をはったものではないか、とおもわれてならない。じっさい、『梁書』徐摛伝によれば、梁武帝は艶詩の流行に怒りを発して、艶詩の第一人者だった徐陵の父の徐摛をよびつけて、叱責しようとしたという。つまり『玉台新詠』ふうの艶詩は、当時でも、武帝のような良識ある人びとから叱責されかねないほど、品のわるいものだったのである。

(13) これら六朝末の艶詩における注目すべき修辞技法として、声律の諧和ぶりにもふれておこう。たとえば(26)「怨詩」をみればわかるように、二四不同の原則が正確にまもられており、近体詩のルールにちかづいている。当時の人びとたちは、こうした声律を諧和させた詩を、文学サロンのなかでたがいに唱和しあっていたのである。最近出現した興膳宏「五言八句詩の成長と永明詩人」(「学林」二八・二九合併号　一九九八)は、六朝後期に盛行した五言八句の詩が、声律の美を追求していたことにふれ、「これは詩作が、詩人たちの社交の具としての一種の知的なゲームでもあった側面を物語るものであろう」と指摘されている。そうだとすれば、声律美の追求は、一種の知的なあそびとして、おこなわれていた可能性もあろう。すると、この声律を諧和させるという行為も、「あそびとしての修辞」や「あそびとしての文学」の一環とみなしてよいのかもしれない。なおこの興膳論文は、『玉台新詠』所収の詩の遊戯性についても言及しており、あわせよんでいただければさいわいである。

（14）真戯融合の精神は、六朝に盛行した小説、たとえば『世説新語』や『捜神記』、さらには［散逸した］『解頤』『談薮』のような書物のなかにも、みうけられるように（または、みうけられたはずだと）おもわれる。これらの書物はいずれも、事実と虚構のはざまで誕生し、そして当時の人びとから、真摯さと遊戯性とが融合した「おもしろい読みもの」として受容され、したしまれていたろうと目されるからだ。さらには、文学の方面のみならず、当時の人びとの思想や行動様式をかんがえるさいにも、この真戯融合という観点を導入すると、じゅうらいとちがった解釈や見解を、みいだすことができるのではないかとおもう。これらの問題については、なお後考を期したい。

（15）六朝文学と程朱の学（宋学）との対立については、吉川幸次郎「六朝文学史研究への提議一則」（全集第二七巻）においても、文学的語彙に対する好尚のちがいを例にして、くわしく論及されている。

第十五章　押韻とあそび

『文心雕龍』に「諧讔」という篇がたてられるほど、漢魏六朝の時期には、遊戯的な文学が盛行していた。現存するそれらの諸作を一瞥してみると、奇妙な特徴があることに気づく。それは、どういうわけか、遊戯文学には、押韻、つまり韻をふんだ文がおおいということである。つぎに、漢魏六朝期における主要な遊戯文学のリストをしめそう。

〔前漢〕王褒「僮約＊」「責髯鬚奴辞＊」、東方朔「答客難＊」、揚雄「逐貧賦＊」「酒賦（箴）＊」「解嘲＊」

〔後漢〕蔡邕「短人賦＊」「青衣賦＊」、崔駰「博徒論＊」、載良「失父零丁＊」、繁欽「嘲応徳璉文」

〔魏晋〕曹植「鷂雀賦＊」「釈愁文＊」、麋元「弔夷斉文＊」「譏許由＊」、陸雲「牛責季友文＊」、左思「白髪賦＊」、石崇「奴券＊」、張敏「頭責子羽文＊」、魯褒「銭神論＊」、束皙「餅賦＊」「勧農賦＊」「近遊賦＊」

〔南朝〕呑道元「与呑公牋＊」、袁淑「勧進牋＊」「鶏九錫文＊」「驢山公九錫文＊」「大蘭王九錫文＊」「常山王九命文＊」、孔稚珪「北山移文＊」、韋琳「䱉表」、沈約「脩竹弾甘蕉文」、呉均「餅説＊」「食移＊」「檄江神責周穆王璧＊」、陶弘景「授陸敬遊十賚文」、卞彬「蝦蟇賦＊」「蚤虱賦序」

右のリストのうち、＊印をつけたものは、すべて韻をふんだ作品である。またジャンルをあらわす字句には、傍点を付しておいた。ジャンルに注目すると、賦が比較的おおいことに気づくが、賦が押韻するのはとうぜんだろう。ところが、このリストをみると、ふつうは韻をふまない論や九錫文、移文、檄文などの作でも押韻している。つまり、ふつうなら押韻しないジャンルであっても、内容が遊戯性をふくむときは、なぜか韻をふんでいるのである。(1) どうやら、押韻と遊戯性とのあいだは、なにか関連がありそうだ。

だが、押韻と遊戯性との関連については、現代の王運熙氏がつとにお気づきになって、「漢魏六朝的四言体通俗韻文」（「まえがき」参照）という画期的な論考をかかれている。この王論文の眼目は、漢魏六朝期には、「四言体」（四字句を中心とする）、「通俗」（内容が俗っぽい）、「押韻」（韻文でかかれる）の三特徴をもった、「四言体通俗韻文」（王氏の命名による）なる作品群がかかれ、それらは後代の通俗唱本の前駆となった——という点にあるのだが、本章との関係で注目されるのは、論考中で枚挙される「四言体通俗韻文」の作例が、右リストであげた諸作と、ほぼかさなっているということである。つまり、王氏の提起される四言体通俗韻文なるものは、実質的には、漢魏六朝の遊戯文学を包含しているのだ（「通俗」の特徴が、遊戯性につながりやすいのだろう）。すると王氏の論考は、漢魏六朝の遊戯文学が、「四言体通俗韻文」、つまり四言・通俗・押韻という三つの特徴と密接なかかわりがあることを、べつの方面から指摘されたことになろう。

ただこの論考中、王運熙氏は、四言体通俗韻文の実例捜求や性質解明の方面では、卓抜な手腕を発揮されているが、四言・通俗・押韻の三特徴をもった諸作が、なぜ遊戯的な性格を有するのかについては、ざんねんながら、あまり明確に説明してくれていない。このことにすこし疑問をおぼえた私は、以前、この三特徴のうちの「四言」について、遊戯性といかなる関連を有しているのか、若干の私見をのべてみたことがある（拙稿「漢末魏初の遊戯文学」　本書では第四章に収録）。本章では、それにつづけて「押韻」と遊戯文学との関係、すなわち「遊戯文学は、なぜ押韻されるのか」について、いささかの推測をのべてみたいとおもう。(2)

一　遊戯文学と押韻

まず、漢魏六朝の遊戯文学のなかから、押韻した事例をしめしてみよう。

（1）［王褒僮約］捶鉤刈芻、結葦躐纑。汲水酪、佐酣䤈。織履作粗、黏雀張烏。結網捕魚、繳雁弾鳧。登山射鹿、入水捕亀。後園縦養、鴈鶩百余。駆逐鴟鳥、持梢牧猪。種姜養芋、長育豚駒。糞除堂廡、餧食馬牛。鼓四起坐、夜半益芻。

鎌をきたえてワラをかれ。葦をむすんで布をつくれ。水をくんで乳酪をねり、おいしいチーズをつくれ。履物をあみ、わらじもつくれ。雀はとりもち、カラスは網でつかまえろ。網をつくって魚をつかまえ、雁は射おとし、鴨はパチンコでうちおとせ。山にのぼって鹿をうち、水にもぐって亀もとれ。荘園に池をほり、鴨とあひるを百種かえ。フクロウはおっぱらい、竹竿ふるって豚もふとらせろ。生姜をうえ芋をつくり、子豚や子馬もおおきくしろ。小屋をしっかり掃除して、馬と牛に餌をやれ。四更にはおきだして、夜中にまぐさをわすれるな。

（2）［陸雲牛責季友文］今子之滞、年時云暮。而冕不易物、車不改度。子何不使玄貂左弭、華蟬右顧、令牛朝服青軒、夕駕軺軨、望紫微而風行、践蘭塗而安歩。而崎嶇隴坂、息駕郊牧、玉容含楚、孤牛在疾。何子崇道与徳、而遺貴与富之甚哉。

［牛が主人の季友を難詰して］いま、そなた（季友）は立身もかなわぬまま、歳月だけがすぎてゆく。［出世できないので］冠冕もむかしとかわらず、馬車も以前のままだ。どうして［冠をかぶって］貂尾を左にたら

し、蟬羽を右方にみるほど［の高官］になれぬのか。この牛たる私に命じて、朝は青車に身をつなぎ、夜は貴人の車をひかせればよい。王宮をめざしていそがせ、蘭の道をゆうゆうとすすませればよい。

それなのに山の坂でいきなやみ、郊外で一息いれさせるとは。そなたのお顔がくるしげにゆがむと、孤牛たる私も病気になってしまいそうだ。なんとまあ、そなたは道と徳だけをたっとんで、高位や財富をかろんじられることか。

(3)［張敏頭責子羽文］今子上不希道徳、中不效儒墨、塊然窮賤、守此愚惑。察子之情、観子之志、退不能為処士、進無望于三事。而徒翫日労形、習為常人之所喜、不亦過乎。

ところが、いま、そなたときたら、うえは道家の道徳の教えも指向せず、なかは儒墨の教えにもしたがわず、ひとりで貧賤な暮らしのなかにいつづけ、おろかな考えをまもっている。そなたの心を察し、そなたの志をみてみるに、隠居して処士になるわけでもなく、仕官して三公になるわけでもない。ただ日々をもてあそび身体をくるしめ、凡人の楽しみにひたっているだけ。なんとまあ、なさけないことではないか。

(4)［袁淑驢山公九錫文］若乃三軍陸邁、糧運艱難、謀臣停算、武夫吟歎。爾乃長鳴上党、慷慨応邘、崎嶇千里、荷囊致餐。用捷大勲、歴世不刊。斯実爾之功也。

わが軍が陸をすすむや、食糧運搬が難渋してしまった。謀臣はうつ手なく、将兵もなげくだけだった。ところが、なんじは高地の上党で鳴きごえをあげ、応邘の地で慷慨するや、千里のけわしき山道もものかは、荷ぶくろを背おい、食糧をはこんでくれた。かくして大功をあげたが、それは永遠に不滅である。これこそ、なんじの勲功なるぞ。

(1)「僮約」は、なまいきな家奴をからかった嘲笑ふう文学である。(2)「牛責季友文」と(3)「頭責子羽文」の二篇は、諷刺ふう遊戯文学である。また⑷「驢山公九錫文」は、「誹諧文」と題される遊戯文集のなかの一篇である。⑵～⑷は牛や頭、驢馬などを擬人化することによって、諧謔味をだしている。

右の四例、いずれもユーモラスな文章のなかで、韻をふんでいることがわかろう。もっとも、私は音韻学の素養にとぼしいので、これらの押韻した字をみても、とくになにも気づかない。ただ、ごく初歩的な気づきとして、押韻のしかたがあまり規則的でない、ということだけは指摘できそうだ。つまり、通常なら隔句末字に規則的に押韻するのだが、この原則に忠実なのは⑷ぐらいで、それ以外の例はかなりルールからずれている。たとえば、連続して押韻したり（⑴の文）、途中から無韻になったり（⑵の文）、また不規則な韻の踏みかたをしたりしている（⑶の文）。よくいえば融通無礙だが、わるくいえば混乱ぎみだといえよう。

ところで、ここで修辞法としての押韻について、その定義を確認しておこう。近時にでた修辞解説書のなかで、とくに詳細な内容を有する『漢語辞格大全』（広西教育出版社　一九九三）のなかから、「押韻」の項を紹介してみよう（拙訳でしめす）。

韻文中において、句の末尾に韻母がおなじ、もしくはちかい字を、規則的に布置することをいう。たとえば、…（例は略）…のようなものをいう。この押韻の作用としては、語音を和諧させることが主であり、口にのぼせばおぼえやすく、また声韻が回環するような美しさがかもしだされてくる。［説明］この押韻は韻文の特徴であり、一定のやりかたがあるのだが、ふつうには修辞法とみなさない。（五二九頁）

押韻をあらためて説明すれば、右のようになろう。ただ、この押韻は、あまりにも普遍的すぎたためだろうか、右の説明でも「ふつうには修辞法とみなさない」とあるように、あまり修辞法とは意識されなかったようだ。そのため、近現代の修辞学の書物では、修辞の「技法」としてとりあげられることは、むしろすくなかった。右の解説は、めずらしい例なのである。それは、水やお茶は、レストランでは料理としてメニューにのっていないのと、おなじことだといってよかろう。

だがいっぽうで、水やお茶がどこでものまれるように、この押韻は、古代の各種文献において、意外なほどの広範囲で活用されている。清の杜文瀾『古謡諺』におさめる、民間に流布した古謡や古諺のたぐいは、そのおおくが韻をふんでいるし、また思想的な内容をもった書物、たとえば『老子』や『墨子』『易経』の一部などでも、まま押韻されている。伝達手段が口頭によることがおおかった古代では、この「口にのぼせばおぼえやす」い押韻は、口誦や記憶のさいに効果的だったのだろう（押韻の第一の効果）。この効果をもっとも活用したのは、もちろん文学作品であった。『詩経』など、古代の詩歌のたぐいはもちろん、賦や頌のジャンルでも、口誦や記憶を便ならしめる技法として、ひろい範囲で活用されてきたのである。

くわえて、六朝期の文人たちになると、押韻のなかに、文学性をたかめるはたらきも、みとめたようである。『文心雕龍』総術篇に、

今之常言、有文有筆。以為無韻者筆也、有韻者文也。

いま世間でいわれることばに、「文」と「筆」とがある。おもうに、韻をふまぬものが筆で、韻をふむものが文なのだろう。

というように、当時はあらゆる文学を、有韻の「文」と無韻の「筆」との二種にわけてかんがえていた。六朝文人たちは、そのうちの有韻の「文」を高級な純文学とみなして、実用的な無韻の「筆」とは、一線を画すべきだとかんがえていたようだ(3)。おそらく、押韻がもたらす「声韻が回環するような美しさ」が、「文」に属する諸作に高雅な印象を付与したのだろう。すると押韻には、文学性をたかめるはたらきも、あったといってよいであろう（押韻の第二の

効果）。

　このようにかんがえると、遊戯文学が「文」（有韻の文→高級な純文学）の仲間にはいっている理由も、わかってきそうだ。つまり遊戯文学は、ややもすれば軽視されやすかったので、韻をふませることによって、その文学的価値をたかめようとしたのだろう。当時の遊戯文学の作者たちの脳裏では、多少ともそうした心理がはたらいたのではないかと推測される。

二　ごろあわせふう押韻

　だが、漢魏六朝の遊戯文学が押韻しているのは、それだけが理由ではない。ここから本論にはいってくるのだが、私は、右の二効果以外、押韻には遊戯性をかもしだすはたらきもあり（押韻の第三の効果）、遊戯文学の作者たちは、それをしっておればこそ、意識して韻をふませたのではないか、とかんがえるのである。

　この仮説にしたがって、まずは上古から事例を検討してゆこう。すると、最初の文学作品とされる『詩経』の詩において、すでに遊戯的な押韻をしているのに気づく。たとえば、亡き鈴木修次氏は、『詩経』周南芣苢の詩をとりあげて、そこでの押韻は、ごろあわせの興味によるもの、つまり遊戯ふう意図による押韻だったろうと推測されている。

(5)［中国古代文学論］

采采芣苢　　おおばこ　つもう
薄言采之　　さあさ　つもうよ
采采芣苢　　おおばこ　つもう

薄言有之　さあさ　とろうよ（以上、第一章）
采采芣苢　おおばこ　つもう
薄言掇之　さあさ　ひろおう
采采芣苢　おおばこ　つもう
薄言捋之　さあさ　もごうよ（以上、第二章）
采采芣苢　おおばこ　つもう
薄言袺之　さあさ　つつもう
采采芣苢　おおばこ　つもう
薄言襭之　さあさ　つまばさもう（以上、第三章）

［この詩は］「采之」「有之」（複合語）を、「掇《てっ》之」「捋《らっ》之」に、また「袺《けっ》之」「襭《けっ》之」に変え、つみとるということばに関連したことばを、ごろあわせのゲームのようにつぎからつぎへと選んで、ちょっとした変化を楽しんでいる。

このうたよりも素朴な様式のうたは、もはやほとんどありえないと思えるほど、きわめて素朴な作品である。いわばこれは、ごろあわせの遊戯だ。押韻のごく素朴な段階は、ごろあわせの興味にあったと考えられるが、その原始の姿を模式的に示す作品である。韻のひびきあいのくふうだけにおいて、やっと文学に仲間いりしたともいうべき、幼いうたである。（角川書店　一九七七　七九～八一頁）

もうひとつ、詩歌に準じる民間のふるい韻文として、謡言とか謡辞とかよばれるものがある（前出）。これは世間にひろまっているうわさや、それにもとづくはやし歌などをさす。これらでの押韻は、さきの『詩経』の詩ともども、口誦や記憶の便のためという理由がおおい（第一の効果）。だが同時に、庶民のうさばらしという性格もあわせもっているので、諷刺を内蔵したからかいふう押韻も、ままみうけられる。

(6)［春秋左氏伝宣公二年］［宋］城者謳曰、「睅其目、皤其腹、棄甲而復。于思于思、棄甲復来」。［注］睅、出目。皤、大腹。棄甲、謂亡師。于思、多鬚之貌。○于思、如字。又西才反。

宋の労働者たちは［敗亡してきた華元を］はやしたてた。「［華元の大将は］お目めがでっかいぞ、お腹がぶっといぞ。よろいをすててトンズラぞ。お鬚《ひげ》はもじゃもじゃ、お足はトンズラじゃ」。

戦争でまけてかえってきた華元に対し、労働者たちが諷したからかいふうはやし歌である。傍点を付した「于思于思」の「思」字は、注釈によると「又西才反」とあるから、シだけでなくサイの音もあったようで、したがって「于思于思」は、ウサイウサイともよめるようだ。すると、この謡言は、目・腹・復が押韻し、思と来とが ai の韻をふんでいることになる。この押韻をいかして、右はシャレふうに訳してみたが、要するに、ここでは、ごろあわせふう押韻によって、諷刺を意図しているようだ。

さらに、つぎの(7)の魯の謡言ともなると、これはもう降参で、とてもシャレふうに翻訳できないが、やはり謡言の各所でごろあわせふうの押韻をして、戦にやぶれ多数の兵士を死なせた臧紇を諷している。

(7)［春秋左氏伝襄公四年］［魯］国人誦之曰、「臧之狐裘、敗我於狐駘。我君小子、朱儒是使。朱儒朱儒、使我敗於邾」。［注］臧紇時服狐裘。襄公幼弱、故曰小子。臧紇短小、故曰朱儒。

魯国の人びとは［戦敗した臧紇を］はやしたてた。「臧紇《ぞうこつ》さん狐裘《こきゅう》をきて、狐駘《こたい》の地でまけたとさ。おさない襄公さま、ちいさな臧紇さんをつかったが、ちいさなちいさな臧紇さん、邾《しゅ》の国にまけたとさ」。

この、民間に由来するごろあわせふう押韻を、本格的に活用した人びとが、先秦や前漢に活躍した幇間や宮廷文人たちだった。以下にしめすのは、先秦の⑻淳于髠の弁舌と、⑼宋玉「登徒子好色賦」の一節である。

⑻［史記滑稽列伝］斉の威王は、長夜の宴をこのんでいた。あるとき後宮で酒宴をひらくや、威王は淳于髠にも酒をたまわり、「先生はどれくらい酒をのめば、よっぱらうか」とたずねた。すると淳于髠は、威王にむかってつぎのように弁じたのである。

……若乃州閭之会、男女雑坐、行酒稽留、六博投壺、相引為曹、握手無罰、目眙不禁、前有墮珥、後有遺簪。髠窃楽此、飲可八斗、而酔二参。日暮酒闌、合尊促坐、男女同席、履舄交錯、杯盤狼藉、堂上燭滅、主人留髠而送客、羅襦襟解、微聞薌沢。当此之時、髠心最歓、能飲一石。故曰「酒極則乱、楽極則悲」。万事尽然。言不可極、極之而衰。

……村里の集会で、男女がいりまじってすわり、酒をのんでひきとめあう。また六博や投壺をしてあそび、たがいに仲間となる。相手の手をにぎってもしかられず、ジッとみつめてもよい。まえには耳飾りがおち、うしろには簪《かんざし》がおちている——こんな状態になると、私はよろこんで、八斗ほども酒をのみ、すこしよっぱらってきます。日暮れとなって酒がゆきわたり、酒だるをあつめ膝をつきあわす。男女が同席し、履物《はきもの》がいりまじる。杯や食器がちらかり、堂上の明かりもきえた。主人の美女が私だけをひきとめ、ほかの客人はおくりだす。美女のうすい下着の襟《えり》ははだけ、ほのかに香りがただよってくる——こうしたときになって、私はもっともうれしく感じ、一石の酒ものんでしまいます。ですから「酒がすぎるとみだれ、楽しみがすぎるとかなしくなる」というのです。万事はこのようであり、物事というものはすぎてはならない、すぎるとダメになるというわけです。

⑼［宋玉登徒子好色賦］登徒子則不然。其妻蓬頭攣耳、齞脣歴歯。旁行踽僂、又疥且痔。登徒子悦之、使有五子。

王孰察之、誰為好色者矣。

ところが、登徒子はちがいます。彼の妻は、蓬《よもぎ》のようなみだれ髪につぶれた耳、くちびるがみじかくて歯がかくれず、その歯はまたまばら。よろよろあるきのまがった身体で、かさぶただらけの痔病もちです。ところが、登徒子はそんな女をかわいがり、五人も子供をうませています。王、よくおかんがえください。いったいだれが色好みなのでしょうか。

この二例、いずれも品のわるいユーモアにみちているが、ここでも押韻が利用されていることに注意しよう。ここでの押韻は、ごろあわせというより、シャレといったほうがいいかもしれない。なかでも、(9)「好色賦」でのシャレはおもしろい。耳と歯の yi 音につづけて、お尻の病気たる痔（やはり yi 音）をつづけたあたりは、意表をついた韻のふみかたであり、当時の人びとはおそらく、この部分でドッと笑いごえをあげたことだろう。このように、品のわるいシャレを乱発して笑いをとるのが、幇間や宮廷文人たちの得意技だったのである。

そして、その種のシャレの空前絶後の天才が、前漢武帝期の宮廷で活躍した「滑稽の雄」、東方朔であった。

⑽［漢書東方朔伝］上令倡監榜舎人、舎人不勝痛、呼謈。朔笑之曰、「咄、口無毛、声謷謷、尻益高」。舎人恚曰、「朔擅詆欺天子従官、当棄市」。上問朔、「何故詆之」。対曰、「臣非敢詆之、乃与為隠耳」。上曰、「隠云何」。朔曰、「夫口無毛者、狗竇也。声謷謷者、鳥哺鷇也。尻益高者、鶴俛啄也」。舎人不服。因曰、「臣願復問朔隠語、不知、亦当榜」。即妄為諧語曰、「令壺齟、老柏塗、伊優亜、狋吽牙。何謂也」。朔曰、「令者、命也。壺者、所以盛也。齟者、歯不正也。老者、人所敬也。柏者、鬼之廷也。塗者、漸洳径也。伊優亜者、辞未定也。狋吽牙者、両犬争也」。舎人所問、朔応声輒対。変詐鋒出、莫能窮者、左右大驚。上以朔為常侍郎、遂得愛幸。

そこで主上（武帝）は倡監に命じて舎人を鞭うたせた。舎人はいたさにたえず、ホウとさけんだ。朔がわらって、「へへッ、口に毛もないのに、声だけは嚻々《ごうごう》、尻は［うたれるたびに］ますますたかくなるぞ」というと、舎人がおこって、「朔は天子の従官たる臣をからかいました。さらし首にすべきです」といった。主上が朔に「なぜからかったのか」とたずねると、朔は「臣はからかったのではなく、なぞかけをしただけです」といった。主上が「そのなぞかけとは、どういうものか」というと、朔は「はい。〈口に毛もない〉とは、狗のくぐり穴であります。〈声だけは嚻々《ごうごう》〉というのは、鳥がひなに餌をやることです。〈尻はますますたかくなる〉とは、鶴がうつむいて餌をついばむことです」といった。

舎人はこれに納得せず、「臣のほうからも、朔になぞかけをさせていただきたい。もしこたえられなかったら、朔も鞭うたれねばなりません」といった。そしてすぐ、でまかせのごろあわせを口にした。「令壺齟《れいこさ》、老柏塗、伊優亜、狋吽牙《ぎごうが》。これはなんのことか」。すると朔は、「令は命令です。壺は物をもるもの。齟は歯がくいちがうこと。老はうやまわれるもの。柏は鬼がいる松柏の庭。塗はじめじめした径。伊優亜は、まだことばになっていない音声。狋吽牙は二匹の犬のうなり声です」と応じた。

このように、朔は舎人のなぞかけに、うてばひびくように応対した。その機略たるや、じつにするどく、これをとっちめられる者はだれもいなかったので、左右の者はおおいにおどろいた。かくして主上は、朔を常侍郎に任命し、寵愛されるようになったのだった。

右の例、各所に韻母がおなじ字がちりばめられており、まさに滑稽の雄だけに可能な、シャレの饗宴だといってよい。即興によるでまかせでも、これだけのシャレことばを発せられるのは、やはり希有な才能にちがいない。ただ、この東方朔の発言、くわしく検してみると、内容はこじつけがおおいし、韻のふみかたも不規則で、おなじ韻をそろえさえすればよい、という程度のものにすぎない。つまり、この期の帮間らの押韻は［整然とした後代の詩歌の押韻とはちがって」、手あたりしだいのシャレであり、おどけであり、そしてあそびであったといってよかろう。

三　からかいふう押韻

六朝期にはいっても、あそびふう押韻の事例がたくさんのこっている。六朝の押韻のあそびというと、すぐ和韻の詩が連想されよう。すなわち六朝貴族たちは当時、文学サロンのなかで、あそびとして五言詩を同作しあっていたが、そのさい、故意に特定の韻をふんだり、また同一の韻をつかったりしていた。彼らは、こうした和韻の詩を唱和することによって、たのしんだり、相互の連帯感をふかめたりしていたわけだ。ただ、これらの押韻のあそびについては、すでに先学に詳細なご研究があるので、いまさら贅言を弄するまでもなかろう(4)。

ただ、先学が主要な題材とされた五言詩の事例は、あそびとはいっても、やや高級なものに属する。本章では、それらよりあそびの度がつよい事例を、書面のものと口頭のものとを区別せず、ランダムに紹介してみよう。

(11)［晋書文苑伝］桓玄時与［顧］愷之同在［殷］仲堪坐、共作了語。愷之先曰、「火焼平原無遺燎」。玄曰、「白布纏根樹旒旐」。仲堪曰、「投魚深泉放飛鳥」。復作危語。玄曰、「矛頭淅米剣頭炊」。仲堪曰、「百歳老翁攀枯枝」。有一参軍云、「盲人騎瞎馬臨深池」。仲堪眇目、驚曰、「此太逼人」。

桓玄は顧愷之とともに、殷仲堪が主催する座にいたとき、みなで「了語」であそんだ。顧愷之がさきに「火が平原をやきはらい、やかれぬところがなくなった」といった。すると桓玄が「白布で棺桶をつつみ、弔いの旗をたてた」といった。殷仲堪は「魚を深淵ににがし、飛鳥を空にはなった」といった。

また「危語」もやった。まず桓玄が「矛の先で米をとぎ、剣の先で米をたく」といった。殷仲堪も「百歳の老人が、枯れえだによじのぼる」と応じた。するとひとりの参軍が、「盲人が盲馬にまたがって、ふかい池にちかづく」といった。殷仲堪は片目だったので、この句におどろき、「こいつはグサッとくるな」とうめいた。

ここの了語とは、了の韻で押韻し、かつ全体に「すっかり〜になった。もうどうしようもない」などの意味をもたせるあそびをいう。おなじく危語とは、危の韻で押韻し、かつ全体に「あぶない」という内容をもたせるあそびである。この話の眼目は、ある参軍が口にした危語「盲人が盲馬にまたがって、ふかい池にちかづく」が、片目だった殷仲堪の弱味を、みごとについた点にある。だから、殷仲堪は「こいつはグサッとくるな」とうめいたのである。この参軍の発した句は、押韻のおもしろさはもちろんだが、「危険なもの」という主題、即興による競作、そして七言の定型などの条件を、きちんとふまえていて、口頭のあそびとしては、こった部類に属していよう。

また、つぎの⑿も、⑾とおなじく口頭での会話である。

⑿「世説新語言語」鍾毓、鍾会少有令誉。年十三、魏文帝聞之、語其父鍾繇曰、「可令二子来」。於是敕見。毓面有汗、帝曰、「卿面何以汗」。毓対曰、「戦戦惶惶、汗出如漿」。復問会、「卿何以不汗」。対曰、「戦戦慄慄、汗不敢出」。

鍾毓と鍾会の兄弟は、幼時から評判がたかかった。兄が十三歳のとき、魏の文帝（曹丕）がそれを耳にし、父親の鍾繇に「二人をつれてこないか」といった。そこで勅によって、お目どおりすることになった。「お目どおりしたとき」兄の鍾毓は、顔に汗をかいていたので、文帝が「お前はどうして汗をかいているのか」とたずねた。すると、鍾毓は「戦々惶々として、汗がながれるのです」とこたえた。こんどは、文帝は、鍾会に「お前はどうして汗をかかないのか」とたずねた。すると、鍾会は「戦々慄々として、汗もでないのです」とこたえた。

ここでは、鍾毓と鍾会の兄弟は緊張しながらも、文帝の質問に対して、韻をふみながらユーモラスにこたえている。少年ながら、あっぱれな名回答であるとして、同座の人びとをうならせ、その場の雰囲気をなごませたことだろう。ふたりの回答は、押韻にくわえて、『詩経』小旻「戦戦兢兢、如臨深淵、如履薄冰」の典故をつかっているのが、こっていて、なかなかうまい（うますぎるので、かえって真偽に疑念がでてくるほどだ）。

右の二例は、押韻の技法を、ただごろあわせやシャレとしてだけ、利用しているのではない。聯句ふうに応酬したり、典故を併用したりしており、全体として修辞的レベルがたかくなっている。

もっとも、遊戯性の内容に留意してみると、右の二例はいずれも、あまり邪気を感じさせないユーモアであって、押韻をつかった遊戯ふう文学としては、まだおとなしい部類に属する。六朝期では、こうしたものばかりではなく、火花をちらすような機智の応酬や、からかいや皮肉をふくんだ辛辣なユーモアも、すくなくない。たとえば、つぎの⒀の例をみてみよう。

⒀［晋書陸雲伝］［陸］雲与荀隠素未相識。嘗会［張］華坐、華曰、「今日相遇、可勿為常談」。雲因抗手曰、「雲間陸士龍」。隠曰、「日下荀鳴鶴」。鳴鶴、隠字也。雲又曰、「既開青雲覩白雉、何不張爾弓、挟爾矢」。隠曰、「本謂是雲龍騤騤、乃是山鹿野麋。獣微弩強、是以発遅」。華撫手大笑。

陸雲と荀隠のふたりは面識がなかったが、張華が主催する宴席で、ばったりであった。張華は「なんじらは今日、たまたまであったわけだが、月なみなあいさつをしてはならんぞ」といった。

そこで、陸雲が手をあげて「雲間にいる陸士龍であります」というと、荀隠は「天のしたなる荀鳴鶴でありますと」と応じた。鳴鶴は隠のあざなである。陸雲が「青雲がひらいて白雉の姿がみえたのに、なぜ弓をはり、矢をつがえないのか」というと、荀隠は「雲間の龍はつよいとおもっていたが、意外にも山野の鹿のたぐいだった。獣はよわく弓はつよい。だから矢をはなつのをためらったのさ」と応じた。張華は手をたたいて、おお笑いした。

「月なみなあいさつをしてはならんぞ」という張華のことばをふまえて、陸雲と荀隠のふたりは、真剣に機略をきそいあっている。なかでも、ふたりの

雲間陸士龍
日下荀鳴鶴

という名乗りは、姓名を配した巧緻な対偶であるが（とくに「龍」と「鶴」の対応がうまい）、同時に声律まで対応させている（。平声、・仄声）ことも、しばしば指摘されてきたことである。また「既開青雲覩白雉」以下では、たがいに相手をからかいながらも、句末に韻をふませて、おのが発言にユーモラスな響きをもたせるのをわすれない。まことに丁々発止の名勝負というべきであり、張華が「手をたたいて、おお笑いした」のも、とうぜんだったろう。

さらに、つぎの⒁の例も、なかなかの傑作である。

⒁［南史文学伝］孫抱為延陵県、爽又詣之、抱了無故人之懐。爽出従県閤下過、取筆書鼓云、「徒有八尺囲、腹無一寸腸、面皮如許厚、受打未詎央」。爽機悟多如此。……抱善吏職、形体肥壮、腰帯十囲、爽故以此激之。

孫抱は延陵県の令となった。高爽がおとずれたところ、抱は旧友の情をまったくしめさなかった。そこで爽は退出して、県の役所をとおりすぎるや、筆をとって鼓のうえに、つぎのような字句をつづった。「太鼓（＝孫抱）はひとまわり八尺（２ｍ）もありながら、腹には一寸（３㎝弱）の腸もなし。面の皮がかくもあつければ、うたれたとて平気の平左」。高爽の機略縦横ぶりは、このようだった。

……孫抱は事務能力にすぐれていたが、身体が肥大していて、身につける腰帯は十囲（１ｍ余）もあった。

だから高爽は、この文句をつづって、かれを諷したのである。

この話は、立身していばりちらしている孫抱を、旧友の高爽がからかったものである。「徒有八尺围」四句は、「五言の」詩とも、「押韻した」文とも解することができ、じっさい、逯欽立『梁詩』にも、厳可均『全梁文』にも、ともに採録されている。この四句の眼目は、肥満した孫抱のお腹を太鼓にみたてた機智にあり、高爽の機略縦横ぶりをものがたっている。だがそれと同時に、「腸」と「央」とが同韻をひびかせて、からかい気分をいやましていることにも注意したい。この比擬と押韻とが、友情をうらぎられた無念やさみしさ、そして抗議の気もちなどを、ユーモラスに表現している。これでは、からかわれた孫抱のほうも、おこるにおこれず、苦笑いをうかべるしかなかったことだろう。このように押韻は、たんなる諧謔味だけではなく、ときにはからかいや皮肉等をふくんだ、にがいユーモアをもたらすことができるのである。

右に紹介した事例は、概して即興的につくられた短句にすぎない。だが、こうした短句をふくらませてゆけば、魯褒「銭神論」や袁淑「驢山公九錫文」のような、まとまった量をもった遊戯文学になってゆくのだろう。すると、「遊戯文学は、なぜ韻文でかかれるのか」という疑問に対して、どうやら、つぎのようにこたえられそうだ。すなわち、むかしの文人たちは経験的に、押韻がときに、遊戯的効果（ごろあわせやシャレのおもしろさ、さらに、からかいや皮肉等もふくんだにがいユーモアなど）をもたらすことに気づいていた。だから、ユーモアをかもしだしたいときは、押韻させる必要がないジャンルであっても、あえて韻をふませるようにした。その伝統が結果的に、遊戯文学の押韻多用につながっていったのではないか――と。(5)

四　機能と三つの効果

このように押韻とユーモアが関連するとすれば、逆に押韻の現象から、作品や発言の遊戯性を推定してゆくことも、できるかもしれない。そうした例として、つぎの文章をみてみよう。

(15)［南史何遜伝］薦之武帝、与呉均倶進倖。後稍失意。帝曰、「呉均不均、何遜不遜。未若吾有朱异、信則異矣」。自是疏隔、希復得見。

何遜は梁武帝に推薦され、呉均とともに親近した。だがその後、寵をうしなった。武帝はいった。「呉均は偏向しているし、何遜は謙遜ではない。朕に朱异がいるのには、およばぬ。まったくちがっているなあ」。何遜はこれ以後とおざけられ、ほとんどお目どおりすることが、かなわなくなった。

この場での梁武帝は、べつに韻をふんで発言する必要はなかったろう。それなのに、「均」「遜」「异（異）」を二度くりかえして、シャレめかした言いかたをしている。すると、この発言は、三臣下（呉均、何遜、朱异）への好悪の情をのべたものというより、名前にひっかけた、かるい冗談だったのではないか。ふつうなら避諱するはずなのに、本名「均・遜・异」を直言しているのも、三臣下に対する武帝の親近ぶりを暗示しているかのようだ[6]。

武帝が冗談をいって、臣下とたわむれるケースは、じつは、このときだけにかぎらない。当時の史書等をみると、ほかにも、いくつか記録されている。一例として、到漑へのたわむれをあげてみよう。そこでは、武帝は老臣の到漑に、「貽厥《いけつ》」（「孫《まご》」の意。『詩経』文王有声にもとづく）という特殊な語（断語）をつかって、つぎのような冗談をいっている。「そちの孫の到藎は、じつに才子である。そちが朕の詩に和した作も、貽厥に手つだってもらったんじゃないのかな」(『南史』巻二五)。「貽厥」という隠語ふうの語をつかいながら、武帝は、聡明な孫にめぐまれた老臣の到漑を、とおまわしに、そしてユーモラスにからかっているのである(7)(拙著『六朝美文学序説』一八一〜二頁も参照)。

何遜伝における「呉均不均」云々の発言も、これと同種の、臣下にむけたかるい冗談だった可能性がたかい。だが、現代でもそうだが、冗談は、とくに武帝のような至尊の者が発した冗談は、ジョークではすまないことがおおい。武帝がこの発言をしたときの、周囲の反応はどうだったのだろうか。

これについて、私はつぎのように推測する。武帝がこの発言をしたとき、武帝の周辺にいた臣下のおおくは、名にひっかけたおもしろいジョークだとおもってわらったことだろう。だが、なかには、ジョークにしても、ちょっときついなあと、心中にヒヤリと感じた者もいたかもしれない。このように、おなじ話者のおなじ発言(冗談)であっても、聴者の立場によって「あるいは、その発言を記録する後代史家の理解のしかたによっても(8)」、当該発言への反応のしかたや、その意味づけは、さまざまにちがってくるものなのである。ユーモアの有無の判断や、遊戯文学の的確な理解がむつかしいのは、このあたりにあるといってよい(本書「あとがき」中の毛沢東の事例も参照)。

この種の事例は、六朝期の文献をひもとけば、あちこちでお目にかかることだろう。それらの押韻した発言に対し、いちいち遊戯性がこめられているかどうか推測してゆくのは、なかなか困難な作業だろう。そうではあるが、如上の考察から判断するかぎり、ごくおおざっぱな弁別法として、押韻が不必要であるにもかかわらず、あえて韻をふんでいるばあい、そこには、遊戯ふうな気分がいくぶんなりとも、まじっている可能性がたかい——と理解しておいてよかろう。

この押韻をはじめ、修辞技法について議論するばあいは、その技法がほんらい有する基本的な機能と、結果的に生じてくる副次的な効果とを、区別してかんがえたほうがよさそうだ(松浦友久「対偶表現の本質」を参照。『著作選Ⅰ』一〇～一一頁 研文出版 二〇〇三）。すると、押韻の基本的機能としては、もちろん口調のよさがあげられよう。そして、その機能の結果として、副次的に、口誦や記憶につごうがよいという第一の効果が発生し、また文学性をたかめるという第二の効果もでてき、さらには、本章が注目する、遊戯性（ごろやシャレのおもしろさだけでなく、皮肉や嘲笑、諷刺等のにがいユーモアもふくんだ、広義の遊戯性）をもたらすという第三の効果もありうる、というふうにかんがえられる。

基本的機能　副次的効果

口調のよさ

①口誦や記憶につごうがよい
②文学性をたかめる
③遊戯性をもたらす

押韻した作品は、この三つの効果を、強弱さまざまに有している。たとえば、⑷袁淑「驢山公九錫文」を例にとると、押韻三効果の割合は、①の口誦や記憶のつごうのほうはすくなくて、②の文学性をたかめるや、③の遊戯性をもたらすほうがつよいとおもわれる。いっぽう、⑽東方朔の例などは、ほとんど文学とはいえないので、①の口誦や記憶のつごうや、③の遊戯性の効果のほうがずっとつよかろう。また⒁高爽の太鼓落書きは、孫抱を諷刺したいのだから、③の遊戯性（ただし、皮肉等もふくんだ広義の遊戯性）をもたらす効果を、とくに重視していたはずだ。さらに、本章ではふれなかった高級な和韻の詩（「奉和～詩」や「賦韻」など）だと、②の文学性はとうぜんとして、あんがい③遊戯性も意図していたのではないだろうか。

この押韻三効果のうち、①の口誦や記憶につごうがよいことと、②の文学性をたかめる効果とは、ときに指摘されることもあったが、③の遊戯性をもたらす効果については、これまであまり注目されてこなかったようにおもう。だがこれからは、押韻にはこの種の遊戯的要素があることも、留意しておいたほうがよさそうだ。

もっとも、こうした修辞の遊戯的な利用は、じつは、この押韻だけにかぎられるものではない。押韻以外の修辞、たとえば典故や錬字や声律なども、よく観察してみると、遊戯的に利用されているケースが散見する。たとえば、⑿鍾兄弟における『詩経』の引用などは、遊戯的な典故の利用だといってよかろう。また、⒀の陸雲と荀隠の名乗りにしくまれた平仄の対応も、声律発展史の好資料であるにはちがいないが、しかし直接的には、あそびを意図した技巧だったことを、わすれてはならない。

こうした、修辞を遊戯的に利用した事例は、第十四章「修辞とあそび」でもみたように、いっけん真摯にみえる作品のなかにも、みいだすことができた。その意味で、六朝の修辞主義文学とよばれる作品群も、真摯いっぽうではなく、あそびふう要素ももちながら、つづられていたと推定してよかろう。

注

(1) 詩ジャンルはとうぜん有韻だし、また小説ジャンルはとうぜん無韻なので、それらはリストから除外している。本書における「遊戯文学」の定義や、よりくわしいリストは、「まえがき」を参照。

(2) 李士彪『魏晋南北朝文体学』第二章第九節「俳諧、体裁中的寄居蟹」(上海古籍出版社　二〇〇四)は、本章とおなじ関心をもって、遊戯文学と押韻との関連を検討しており、おおいに啓発された。なお本章で使用した文例は、主として『文心雕龍』諧讔篇に挙例されたものや、他章であげたものにあおいだ。それゆえ、本章の文例は他章とかさなるものがおおいが、ここでは読者の便宜もかんがえて、あえて重複して原文と訳文とをかかげておいた。

（3）六朝においては、押韻をほどこした「文」が、ほどこさぬ「筆」よりも文学的で、高級だと意識されたことについては、拙稿「六朝美文の詩化に関する一考察—詩と文のあいだ—」（『中京大学文学部紀要』第二九—二号　一九九四）を参照。ただ、詩賦にしろ、頌賛や碑銘にしろ、なぜ押韻するのか、押韻するとどんな文学的効果が発生してくるのか——等の本質的な議論をしてゆけば、そうとうむつかしいことになってこよう。

（4）森野繁夫『六朝詩の研究』（第一学習社　一九七六）第三章第二節「詩の創作に加えられた制約」、鈴木修次「六朝・唐代の和韻詩の変遷」（『未名』第三号　一九八三）、同「六朝時代の懺悔詩」（『小尾博士古稀記念中国学論集』　一九八三）など。

（5）唐代に目を転じれば、初唐の娯楽ふうな小説『遊仙窟』［の一部］や、中唐の遊戯ふうな韓愈「送窮文」「進学解」などの作も、押韻した文章でかかれている。こうした唐代文学の事例も、押韻と遊戯性との相関を暗示するものだろう。

（6）この武帝の発言、前半の「呉均不均、何遜不遜」だけなら、ふたりに対する拒絶の意と解することも、可能かもしれない。だが後半の［称賛の意をふくんだ］「异」と「異」のシャレ（両者は異体字の関係にある）もあわせかんがえれば、やはり名前にひっかけた、かるい冗談だったろうとおもわれる。清水凱夫氏も、「『南史』に見える武帝の『呉均不均、何遜不遜』という一言は、どちらかと言えば、そんなに重大なものではなく、名に託つけた軽口の揶揄と判定してもよいほどのものではなかろうか」と指摘されている（『新文選学—文選の新研究—』三七七〜八頁　研文出版　一九九九）。ただ、後半の「未若吾有朱异、信則異矣」については、「异」と「異」で押韻しているとはいえないのではないか、という見かたもあろう。しかし私は、「均」「遜」で押韻した以上、武帝は「异・異」でも同韻をひびかせて、シャレようとしたはずだとおもう。それゆえ、この部分は「矣」がなく、「異」が文末にきてこそ、同韻のおもしろさがよく了解できたはずだった。ところが後代の李延寿（『南史』の作者）は、「异」と「異」によるシャレに気づかないで、文末に語気詞の「矣」字を付してしまったのだろう。なお、この武帝のシャレまじりの発言「呉均不均、何遜不遜」は、当時の人びともおもしろがっていたようで、『太平広記』巻二百四十六の「詼諧二」の項には、この場面を脚色した話柄が収録されている（出典は『談藪』）。

（7）武帝の到漑への発言においては、前後に「因りて［到漑に］絹二十疋を賜えり」や、「上は輒《すなわ》ち手づから詔して［到］漑に戯れて曰く」等の語句があるので、はっきり冗談、しかも好意的な冗談だとわかる。だが、もし『南史』にこれらの周辺事情が記録されていなかったら、この武帝のユーモラスなからかいも、到漑への軽侮の情をのべたものと、みなされてしまうかもしれない。

（8）『南史』作者の李延寿は、「呉均不均」云々の発言のあとに、「［何遜は］是より疏隔せられ、復た見《まみ》ゆるを得ること希《まれ》なり」とつづけているのだから、武帝の発言は冗談ではなく、本心からのものだったと理解していたようだ。ただ、そうした後代の史官の理解が、肯綮にあたっているかどうかは、またべつの話である。じっさい、何遜についてはしらず、呉均のばあいは、このあとも武帝に任用されて、死のまぎわまで史書『通史』の編纂にとりくんでいたのだから、すくなくとも呉均については、［結果的に、ではあるが］この発言はかるい冗談だったことになろう。

　こうした矛盾に、李延寿が気づかぬはずはなく、武帝の発言を冗談とみなすべきか本心とみなすべきか、判断にくるしんだことだろう。だが李延寿はけっきょく、本心からのものとみなした。それは、どのような理由からだろうか。私は李延寿の執筆心理を、つぎのように推測する。すなわち、この武帝の発言は、冗談なのか本心の吐露なのか、確定しにくい。そうではあるが、この発言を利用すると、何遜後半生の不遇の理由がうまく説明できて、何遜伝をつづるにはつごうがよい。では、呉均の矛盾には目をつぶって、武帝の発言を本心の吐露だと解し、何遜伝で、後半生の不遇と関連づけて叙することにしよう――と。

第十六章　即興とあそび

六朝の文学批評家、鍾嶸は、文学の創作をめぐって、

若夫春風春鳥、秋月秋蟬、夏雲暑雨、冬月祁寒、斯四候之感諸詩者也。（詩品序）

春の風や春の鳥、秋の月、秋の蟬、夏の雲、炎暑の雨、そして冬の月や冬のさむさなど、これら四季の風物は、ひとの心に詩情をよびおこすものだ。

といっている。たしかに自然の風物は、閨怨や政治的鬱屈などとならんで、文人に詩情をおこさせる代表的な題材だったといってよい。だが、文学創作の場において、もっとも必要とされるものは、なんといってもインスピレーションだろう。いくら眼前に、明月がのぼって清風がふきよせようと、美女が空閨のうれいにしずもうと、インスピレーションがわかなければ、ひとは筆をもったまま、むなしくその場にたちすくむしかない。

この文学創作に必須なインスピレーションのことを、六朝文人たちは天機とよび、神助とよび、また応感とも称した。だがこの重要な天機を、いかにしてよびだすかとなると、これという決めてはなかったようだ。陸機は、この気まぐれな天機について、正直に

雖茲物之在我、非余力之所勠。故時撫空懐而自惋、吾未識夫開塞之所由。（文賦）

詩文は自分からうみだすものであるが、自力ではコントロールできぬ。だから、ときにむなしく胸をなで、わ

れながらなさけなくなる。私は、なぜ霊感がひらめいたり、ひらめかなかったりするのか、よくわからないのだ。

といって、匙をなげるだけだった。

その点、文学批評の大御所、劉勰は

陶鈞文思、貴在虚静。（神思篇）

文学創造力を涵養するには、虚静をこころがけるべきだ。

と明快に断じている。ここでいう「虚静」の語は、『荘子』天道に由来し、どうやら精神を平静にたもつことをさすようだ。だが、いかにすれば精神を平静にたもてるのか、精神を平静にたもてば、ほんとうに天機がわくのか、などとつきつめてゆくと、はなはだこころもとなくなってくる。だいいち、かくいう劉勰本人に、『文心雕龍』のごとき理論的著作はあっても、歴史にのこる詩や賦の傑作がないことからみて、あまり効果があったともおもえない。卓越した学識や鋭敏な批評眼を有していても、かんじんの文学創作の場で役だたなかったのは、やはり天機のとらえどころのなさをしめすものだろう。

だが、天機のおとずれなどという、神秘的な議論がなされるいっぽうで、六朝文人たちは、文学サロンのなかで、いともかんたんに詩文を即興しあっている。そうした場では、天機うんぬんではなく、いかに手っとりばやくつくるかのほうが、たいせつだったようだ。じっさい、六朝文人たちの文学創造のようすを観察してみると、書斎でひとり苦吟して天機をまつよりも、仲間どうしでワイワイと応酬しあうほうがおおく、どうやらサロンでの即興が、当時の大勢だったようだ。本章は、この六朝の即興創作に焦点をしぼり、そのメカニズムや創作史上の功罪について、いささかの推測をのべてみようとするものである。

一　立身とあそび

六朝の文学創造の現場にたちあってみると、あんがい短時間に、さっと完成させている。曹植の「七歩の詩」のエピソードがその典型だが、ここでは、創作のようすが具体的にえがかれた、東晋の桓玄の話柄をしめそう。

［世説新語文学］桓玄嘗登江陵城南楼云、「我今欲為王孝伯作誄」。因吟嘯良久、随而下筆。一坐之間、誄以之成。

桓玄はあるとき、江陵城の南楼にのぼって、「いますぐ王恭のために誄をかこう」といった。しばらく口のなかで吟じていたが、そのままさっと筆をおろした。すると、たちまちのうちに誄ができあがった。

桓玄が口で吟じていたのは、韻をあわせていたのだろう。ここで完成した誄は、序の十七句（韻文）が現存するだけだが、本文もふくめると、かなりの分量だったはずである。そのかなりの分量を、楼上でさっとつくったことになる。時間と分量とを換算すれば、桓玄の誄創作のスピードは、七歩あるくあいだに詩をつくった曹植に、おさおさとらなかったといってよい。

こうした即興創作は、六朝よりまえでは、あまりみられないものだった。両漢で文学の中心だったのは賦ジャンルであり、しかも漢代の賦は大賦と称されるほど、大作がおおく、いきおい、ながい時間をかけ、心身を尽瘁させてつくるべきものだったからである。前漢の司馬相如は遅筆で有名だったし、揚雄も「甘泉賦」に苦心するや、腸がとびだす夢をみて寝こんでしまった。また後漢の張衡も、「二京賦」をかきあげるのに十年かかったという（ただし例外もあり、枚皐は「詔を受ければ輒ち成る」と称されるほど、筆がはやかった）。

だが、六朝期にはいると、その種の話はせいぜい、左思が「三都賦」をかきあげるのに、構思十年を要したという話ぐらいで、むしろ「筆を操《と》るや立ちどころに成る」ことを、たたえる話がおおい。じっさい、『世説新語』や六朝をあつかった史書をみれば、ひとの俊才ぶりを称賛することばとして、「下筆立成」「受詔便就」「受詔立成」などが、常套句のようにつかわれている。詩文を瞬時につづれることは、当時では、かがやかしき才のあらわれとして、もっともわかりやすい現象だったのだろう。

そうした「下筆立成」の才腕があれば、とうぜん、立身にも有利になってこよう。たとえば、さきの曹植の

［世説新語文学注引魏志］陳思王植字子建……善属文。太祖嘗視其文曰、「汝倩人邪」。植跪曰、「出言為論、下筆成章。顧当面試、奈何倩人」。時鄴銅雀台新成、太祖悉将諸子登之、使各為賦。植援筆立成、可観。……太祖寵愛之、幾為太子者数矣。

陳思王の曹植、あざなは子建は……詩文がうまかった。あるとき、父の曹操はその詩文を一読して、「他人に代作してもらったのか」といった。植はひざまずき、「私は口をひらけば論となり、筆をとれば詩文になります。面前でおためしください。どうして、他人にたのんだりしましょうか」とこたえた。ときあたかも、鄴都の銅雀台が落成したばかりだったので、曹操は息子たちをつれて台にのぼり、各自に賦をつくらせた。植は筆をとるとすぐに完成させたが、りっぱな出来だった。……曹操は植を寵愛し、太子にしようとおもったこともしばしばだった。

という話などは、典型的な事例だといえる。彼の七歩の詩のエピソードも、こうした話をもとに創作されたのだろう。この話によると、「出言為論、下筆成章」（口をひらけば論となり、筆をとれば詩文になります）や「援筆立成」（筆をとるとすぐに完成させた）の才が、父の曹操に好意的にうけとめられ、一時は兄の曹丕をおさえて、太子にしようかとおもったほどだったという。曹植の即興の才は、魏太子の地位さえよびよせかねないほどの、かがやかしき能力だったので

ある。

だが、即興創作が重視されたのは、もうひとつ理由があった。それは、社交的なサロンの場で、即興創作が高雅なあそびとして、このまれたということである。わかりやすい例として、西晋石崇の金谷や、東晋王羲之の蘭亭における、詩のあそびがあげられよう。これらの両宴への参加者は、おのおの詩をつくることを命じられ、もし詩ができねば罰として酒をのまされたという。そもそも罰酒というルールじたいがあそびめくが、主催者の王羲之も「蘭亭集序」において、

所以游目騁懐。足以極視聴之娯。信可楽也。

目をよろこばせ、思いをはせて、耳目のたのしみをきわめよう。これは、まことにたのしいことだ。

といって、その催しがあそびだったことを明言している。

もっとも、蘭亭の宴は、ほんらい上巳の節句にかかわる禊《みそぎ》の一環であり、多少とも、宗教儀礼めいた要素がなくはなかった。それゆえ、愉悦のことばにまじって、ときに

向之所欣、俛仰之間、已為陳迹、猶不能不以之興懐。況修短随化、終期於尽。

さきのたのしみも、あっというまに過去のものになってしまい、ふかい感慨にとらわれざるをえない。まして命の長短は運しだいだし、さいごは死ぬときまっている。

などという、人生の短促をなげくことばもでてくるのだろう。つまり、彼らにとって蘭亭の宴は、あそびではあるが、それでも一期一会の、厳粛なあそびだったといってよかろう（第十四章第七節も参照）。

だが、おなじころ、それよりはもっと小規模で、気らくなつどいも、日常的におこなわれていた。そこでは、人生の短促をなげくことはなく、あそびの要素がもっと濃厚にでてきている。たとえば、金谷の宴とほぼ同時期（西晋）

のできごととして、

［世説新語言語］諸名士共至洛戯。還、楽［広］令問王夷甫曰、「今日戯楽乎」。王［衍］曰、「裴僕射善談名理、混混有雅致。張茂先論史漢、靡靡可聴。我与王安豊説延陵子房、亦超超玄箸」。

［上巳の節句に］名士たちは、ともに洛水にいってあそんだ。洛水からかえるや、楽広が王衍に「今日のあそびは、たのしかったかな」とたずねた。すると王衍はいった。「裴顧は名理の弁がうまくて、つきぬ雅致があったし、張華は史記や漢書を論じて、ききものだった。私は王戎とともに、季札や張良を論じたが、超然として妙趣があったよ」。

という話柄がのこっている。ここでは、玄学が流行していた時代らしく、清談や史書などが話題になっているが、この種のつどいでは、とうぜん詩作もおこなわれたろう。王衍らの洛水行も、上巳の禊がきっかけになっているが、一期一会の感慨などはなく、純粋に行楽がてらの気らくなあそびだったようだ。だからこそ、楽広も「今日の戯は楽しきや」と、「戯」字をつかっているのだろう。このようにみてくると、六朝における即興創作は、才腕を顕示でき［それによって立身のきっかけをつかめ］るという実益（社会的動機）と、それじたいがあそびとしてたのしい（遊戯的動機）という二つの動機によって、ささえられていたといってよさそうだ。

二　文学サロンでの競作

右の洛水行や蘭亭宴は、室外［や半室外］でのつどいであるが、これが六朝も後期になると、室内でのサロンが即興創作の舞台となってくる。つまり、六朝文人たちが一種の文学サロンをつくって、そのなかで、社交として詩文を唱和したり、競作しあったりするわけだ。いわゆる六朝の集団文学である。

この集団文学と即興創作とは、どちらが原因か結果かはわからぬが、とくに六朝後期の時期に、たがいに関連しつつ、活発におこなわれた。すなわち、サロンにおいて集団で詩文をつくりあう以上、その文学創作はややもすれば、即興創作の腕くらべにながれやすくなる。かくして、サロンでの集団創作は、当初は単純な詩の唱和からはじまったものの、やがて賦得や賦韻のごとく、題材や韻を指定しての作詩へとすすんでゆき、さらには三刻など時間をかぎっての競争的創作まで、流行してくるにいたったのである。たとえば、

［南史謝微伝］魏中山王元略還北。梁武帝餞於武徳殿、賦詩三十韻、限三刻成。［謝］微二刻便就、文甚美、帝再覧焉。

北魏の中山王元略が北にかえることになった。梁武帝は武徳殿で餞別の宴をひらき、参加者に三十韻の詩を三刻のうちにつくるよう命じた。すると謝微は二刻で完成させ、またすばらしい出来だったので、武帝は何度もよみかえした。

などのように。六朝文人たちは、このように、あえて困難な条件を課することによって、おのが即興創作の才腕を、きわだたせようとしたのである。

もっとも、即興創作が盛行したとはいっても、ただはやければよい、というわけではなかった（右の逸話にも、「文甚美」とあることに注意）。たとえば、宋の文帝が楽府の擬作を命じたとき、顔延之は「詔を受ければ便《すなわ》ち成る」だったが、謝霊運のほうは「之を久しくして乃《ようや》く就《な》る」だった。それでも、このふたりは「名を斉《ひと》しく」したという（南史巻三四）。さらに劉勰も、「駿発の士は機敏なので、すばやく詩文をつくり、沈思のひとは熟考するので、時間をかけて作品をねる。両者それなりの難易があるが、ともに博識と精錬を必要とする」とのべ（神思篇）、駿発の士と沈

思のひととを対等にあつかっている。このように駿発と沈思とは、それぞれ長短があり、どちらかをよしとするわけではなかったようだ。だが、すくなくとも集団での競争的即興ともなれば、慎重な沈思のひとよりも、敏捷な駿発の士が有利になってくるのは、自明のことだろう。

この集団での即興創作が、当時のサロン文学の枠ぐみを、規制することになった。たとえば六朝では、長篇の賦がはやらず、短篇の五言詩が流行したが、これなどは、即興創作のやりやすさと、関係があったにちがいない。また内容も規制する。サロンでの即興の作は、座興に供するものであって、名山に蔵して後代の君子をまつようなものではない。だから、たとえば阮籍の詠懐詩や杜甫の律詩のごとき沈鬱な作をつくったなら、はなはだ場ちがいなものとして、不評をかったことだろう。サロンでの作は、もっと軽妙で、たのしいものでなければならない。かくして、艶情、詠物、公讌、そして楽府［のかえうた］等の、かるい題材や内容が盛行することになる。これらのかるい詩作のいちいちに、その創作状況が推測できるわけではないが、それでも、そのおおくはサロンでの即興だったとかんがえてよかろう。そもそも、架空の恋情をうたった艶詩や、クジであたった題材を叙した詠物詩などは、サロンでの即興だからこそ興じてつくれるわけで、もしそうした環境がなかったら、ばかばかしくてつくる気もしなかったことだろう。

さらに、即興という概念を、七歩あるくあいだや三刻ではなく、二三時間、あるいは一両日まで拡大したなら、贈答や遊覧、行旅など、当時の主要な詩分野のほとんどが、即興の作にふくまれるに相違ない。たとえば、謝霊運が遊覧詩「登池上楼」で苦吟していたおり、仮眠中の夢に謝恵運があらわれ、とたんに妙句をおもいついた。霊運はこれを神助だとおもったという話（『詩品』中品謝恵運）があるが、ここで霊運が苦吟した時間は「竟日」、つまりわずか一日だけなのだ。この竟日の詩作を、即興とよべるかどうかは微妙だが、とにかく左思「三都賦」の構思十年とは、ずいぶん差があるといってよい。

こうしたサロンでの即興の作は、現代的な文学観では、どうしても軽視されやすい。いかにもあそびめき、まにあわせの感がつよいので、軽薄な印象をまぬがれにくいのだろう。それかあらぬか、残存する即興の詩をみてみると、類型的でありふれた内容のものが、たくさん目につく。「そこでは（社交的な文学サロンの場――引用者注）、各人がいかに個性的であるかという評価よりも、いかに一つの調和ある雰囲気を参加者の共同作業として作り出すかの喜びに、目的意識が収斂される。どの詩も同じ調子で統一されていることは、当事者の意識からすれば、むしろ願わしいことであった」（興膳宏「五言八句詩の成長と永明詩人」「学林」第二八・二九号）という事情があったにせよ、やはり無個性という批判には、あまんじなければならないだろう。

さらに、サロンの主催者が、詩才をほこる人物だったばあいは、参会者はそのひとを凌駕するような詩をつくらぬよう、べつの配慮も必要になった。じっさい、鮑照は、主催者に遠慮して、わざとへたな詩をつくったという。サロンでの作は、この種の制約がともないやすく、その意味でも、文人の能力を十全には発揮しにくい場であった。

三　競争と創作意欲

だが、サロンの舞台は、マイナス面しかなかったわけではない。むしろ、そこでの即興創作は、逆に文人たちの創作力をきたえたと推測される。というのは、サロンでの創作では、なによりも短時間に詩文をつくる必要がある。そこでだいじだったのは、瞬時のひらめきであり、直感であり、つまりは駿発《しゅんぱつ》の才であった。そうしたさい、劉勰のいう「虚静」のごとき、天機の湧出に、多少は効果があったかもしれない。しかしじっさいは、そうした高尚なものよりも、サロンでの競作という環境じたいが、文人たちに駿発の才を錬磨させ、その創作意欲を活性化したのではないだろうか。つまり、サロンにおける即興的競作が、攀援の期待やあそびのたのしみなどをエネルギーとしつつ、参会者たちの負けん気を刺激し、結果的に、天機のマグマを誘発させたのではないかとおもわれるのだ。

　そうした即興創作のようすを、ヴィヴィッドにつたえてくれる資料は、なかなかみつからない。だが、つぎにしめす話柄などは、ややそれにちかいものといってよかろう。

［世説新語文学］支道林・許［詢］・謝［安］盛徳、共集王［濛］家。謝顧謂諸人、「今日可謂彦会、時既不可留、此集固亦難常。当共言詠、以写其懐」。許便問主人有莊子不。正得漁父一篇。謝看題、便各使四坐通。支道林先通、作七百許語。叙致精麗、才藻奇抜、衆咸称善。於是四坐各言懐畢。謝問曰、「卿等尽不」。皆曰、「今日之言、少不自竭」。謝後麤難、因自叙其意、作万余語。才峯秀逸、既自難干、加意気擬託、蕭然自得、四坐莫不厭心。支謂謝曰、「君一往奔詣、故復自佳耳」。

　支道林や許詢、謝安らの名士が王濛の家にあつまった。謝安が仲間に「今日は名士のつどいだといえよう。時はとどめがたく、こうしたつどいは、何度もひらけない。ともに議論し詩を詠じて、懐いをつくそうではないか」といった。許詢が王濛に『莊子』があるかとたずねると、ちょうど漁父篇があった。謝安は標題をみるや、すぐ同座のメンバーに文章をかかせた。最初に支道林が、七百語ほどの文を完成した。その叙述は精密にして華麗、卓越した美文だったので、みな称賛した。こうして同座のメンバーは、おのおの懐いをのべつくした。謝安が「諸君らは、懐《おも》いをつくされたかな」ときくと、みな「今日はほとんど懐いのたけをつくしました」とこたえた。

　謝安はその後、メンバーの文を批評し、自分の意見をのべつつ、一万余語の文をつづった。その文は才気秀逸で、スキがなく、また気概がこめられながら、さっぱりしていたので、同座の人びとは、みな感心した。支道林は謝安にいった。「君はいっさんに本質にせまっていく。だからよい文ができるんだね」。

これも、東晋らしく清談のつどいだったようだが、談論のみに終始せず、文辞もつづっている。この話によりつつ、サロンでの即興創作のようすをうかがってみよう。この場のおおまかな流れは、(1)名士が一堂に会するという、理想的な環境がととのった。(2)たまたまあった『荘子』漁父篇を題材にして、各自が文辞をつづりあった。(3)支道林がさきに完成し、ほかの者もつづいた。(4)おわりにリーダー格の謝安が、一万語あまりの文にまとめた——ということだったようだ。

右の資料でわかるのは以上だが、以下、私なりに、このときの即興創作に、推測をくわえてみよう。私見によれば、このときの参会者たちは、同座するメンバーの動静が、その「ジッと思念をこらす」表情やひたいによったシワまで、手にとるように看取できたことだろう。そうした、仲間の息づかいまで感じとれるなか、謝安のたくみなリードにうながされて、まず支道林が即興の文（漁父篇を解釈した文だろう）をかきあげ、みなのまえでよみあげる。それにつられるように、ほかの者もつぎつぎと即席の文をよみあげてゆく。奇抜な新解釈を披露するたびに、どっと嘆声や賛美の声があがり、またときには、嘲笑やさげすみの視線もとびかったことだろう。かく昂揚したサロンの熱気や興奮は、参会者の競争心や負けん気をさらに刺激し、その即興精神はいやがうえにもたかまってゆく——という状況だったろう。

そして、最後に、支道林の口から、注目すべきことばが発せられている。それが、

君一往奔詣、故復自佳耳。

の二句である。このうち、かりに「いっさんに本質にせまっていく」と訳しておいた「一往奔詣」句は、よくはわか

らぬものの、おそらく、意識がある対象に集中することによって、一気に感興がたかまってくるようすを、こうのべているのだろう。すると、この「一往奔詣」こそ、天機のマグマが噴出する状況を、かたったものかもしれない。もとより抽象的なことばではあるが、即興創作のメカニズムを説明したものとして、貴重な資料だといえよう。

くわえて、支道林の二句が、「故」をはさんで因果関係を構成するとすれば、「一往奔詣」だから、すぐれた文ができる（復自佳耳）ということになろう。つまり即興だからこそ、りっぱな文学がつくれるということになる。こうした即興創作をよしとする考えかたは、おそらく［この話じたいが、そうであるように］当意即妙の機略をおもんじた清談の論じかたに、由来するものだろう。本章では、くわしくふみこめないが、六朝の即興創作と清談とは、おそらくどこかで通底しているにちがいない。

四　即興創作の功罪

こうした即興的創作は、文学史的にみれば、どのように評価できるのだろうか。六朝の即興による創作活動について、その功罪をざっとみわたしてみよう。

どうやら、じゅうらいは即興創作の〝罪〟のほうが、おおく指摘されてきたようだ。そもそも即興創作は、ひらめきや直感がいのちである。だから、おもいついた感興をそのまま口にのぼせ、筆をはしらせることになりやすい。必然的に沈思や推敲にはとぼしく、措辞にミスや瑕疵がでることもおおかろう。それらのミスや瑕疵のいくつかは、劉勰や顔之推ら当時のうるさがたが、こまかく指摘し、またきびしく批判している。それらの非難をよんでみると、たしかに典故の誤用や、比喩や語句の不穏当な使用が確認できて、なるほどと納得できよう（『文心雕龍』指瑕篇、『顔氏家訓』文章篇）。

だが、見かたをかえれば、それらの指摘は、意地のわるい、あとだしジャンケンではないかと、感じられなくもない。たしかに六朝の詩文には、推敲不足や勘ちがいゆえの、蕪雑な措辞がすくなくない。一例をあげれば、斉の劉絵「有所思」（沈約ら五人の文人が、楽府題をわりあてて、唱和しあった詩の一種）に、

別離安可再　　別離安んぞ再びすべけん
而我更重之　　而るに我は更に之を重《かさ》ぬ

という一節がある。ここの傍点を付した箇所などは、詩というよりは、文章にちかい措辞であって、蕪雑だと評されてもしかたないだろう。だがこの詩は、沈思や推敲をゆるされぬ状況のなかで、即興的にひねりだされたものなのだ。そうだとすれば、この種の蕪雑さは、果敢な即興創作ゆえの向こうきずとして、弁護されてもよいのではあるまいか。

さらに注目したいのは、六朝期には、向こうきずゆえの斬新な修辞技巧や語彙も、うまれてきていることである。たとえば、つぎのふたつの話柄をみてみよう。

(1)「顔氏家訓文章第九」陸機「与長沙顧母書」述従祖弟士璜死、乃言「痛心抜脳、有如孔懐」。……何故方言有如也。観其此意、当謂親兄弟為孔懐。『詩』云「父母孔邇」、而呼二親為孔邇、於義通乎。

陸機「与長沙顧母書」中で、従祖弟の陸士璜の死をのべて、「痛心抜脳、有如孔懐」（心をいため頭をなやますのは、「孔懐」であるかのようだ）といっている。……どうして「有如」が必要なのだろうか。陸機の意図をくみとってみると、彼は「孔懐」をじつの兄弟の意でつかっているのだろう。『詩経』周南汝墳には「父母孔邇」（父母がやってくるのはもうすぐだ、の意）という句だってある。すると父母のことを「孔邇」と表現して、はたして意味が通じるだろうか。

(2)［世説新語排調］孫子荊年少時欲隠。語王武子「当枕石漱流」、誤曰「漱石枕流」。王曰、「流可枕、石可漱乎」。孫曰、「所以枕流、欲洗其耳。所以漱石、欲礪其歯」。

孫楚はわかいころ、隠遁をかんがえた。そこで王済に「石に枕し流れに漱《くちすす》ぐべし」といおうとしたが、「石に漱ぎ流れに枕す」といいちがえてしまった。王済が「流れは枕にできるかな。石は漱いだりできるかな」というと、孫楚はいった。「流れに枕するのは、耳をあらうということで、石に漱ぐのは、歯をみがくことだよ」。

(1)では、顔之推が、陸機の書簡中の「孔懐」という語（陸機は、『詩経』小雅常棣の「兄弟孔懐」〈兄弟はたいへんにおもいあう、の意〉によって、「兄弟」の意でつかっている）を、典故の誤用だと断じて、批判している。この陸機書簡中の典故利用、誤用だといわれればたしかにそのとおりで、誤用を否定すべくもない。だがそうではあっても、六朝ではこの種の誤用、いやひねった典故の使いかたが流行し、「友于」（兄弟の意）、「則哲」（人をしるの意）、「殆庶」（顔回の意）など、現代の我われが断語とよぶ、高度に修辞的な語彙をうみだしているのだ。近人の孫徳謙は、こうした故意の典故誤用を「課虚成実」（虚字に意味を課して実字にする→意味をなさぬ語に、べつの意味を付与する、の意）と称して、一種の修辞技法だとみとめているのである（『六朝麗指』第六〇節）。

また(2)では、西晋の孫楚が、隠遁生活をいう常套のことば「枕石漱流」を、「漱石枕流」といいちがえて、とっちめられている。しかし、ここでの孫楚の発言も、たんなるミスとしてすませるわけにはいかない。というのは、近人の銭鍾書氏が、「枕石漱流→漱石枕流」の言いちがいを、互文とよばれる斬新な修辞技巧「心驚骨折→心折骨驚」（江淹「別賦」）と、関連づけて論じておられるからである（『管錐編』一四一三頁）。

孫徳謙や銭鍾書氏の指摘にしたがうとすれば、この種の典故誤用・言いちがいと修辞技法とのあいだには、おそらく、ふかい関連があるものと推測され、誤用や即興ゆえの向こうきずは、意外なところで、新奇な修辞技巧（断語や互文）の開拓につながっているといってよい（本書第十四、十九章も参照）。くわえて、後者の話柄では、孫楚がミスをみとめず、けんめいに抗弁していることにも、注目する必要があろう。こうした、白を黒といいくるめる負けん気や強情さは、おそらくサロンにおける即興創作の腕くらべと、おなじ情熱の所産だろうと推測されるからである。このようにみてくると、この漱石枕流の話柄は、即興創作の功と罪とを、みごとに体現したものだといってよかろう。

ところで、即興創作によるミスの話にもどれば、いいちがいからうまれた「漱石」や「枕流」の語も、従前なかったという意味では、新語だと称してもよいだろう。そして六朝には、これと同種のあたらしい語彙が、たくさん発生してきているのだ。たとえば、「賞味する」の意をもつ「賞」による「賞識」「鑑賞」「賞愛」などの語がそれである（小尾郊一『中国文学に現われた自然と自然観』五三〇～五九頁を参照）。こうした新奇なことばは、ときに生硬だったり意味不明だったりして、当時の識者から顰蹙をかうこともあったようだ。たとえば、劉勰は右のような「賞」の使用法に対し、「賞」字はほんらい「褒賞する」の意であり、「賞味する」の意はないと批判している（指瑕篇）。たしかに、もとの字義にしたがうかぎりでは、「賞」を「賞味する」の意で使用するのは、誤用だといってよかろう。

だが、それでも六朝文人たちは、その種の批判はまったく意に介さず、どしどし新語を開拓していった。現存する六朝の詩文にひそむ、おびただしい量の新語は、彼らの活発な開拓ぶりをものがたっている。そうした新語は、六朝期の文人たちが、おのが感覚やひらめきを、古典中の手あかのついた語ではなく、実感をともなう語で表現しようとした意欲の、たまものだったといってよかろう。その結果、現代の我われも感嘆するような、卓抜な詩語がたくさんうまれてきている。これまでよく指摘されてきた例をしめせば、謝朓の「和徐都曹出新亭渚」詩の

日華川上動　　日のかがやきが川面にきらめき
風光草際浮　　風のきらめきは岸辺の草中にただよう

があげられよう。ここでの「日華」や「風光」などは、たしかに従前なかったことばであり、六朝文人の洗練された感覚をまって、はじめてくふうされ、創造された詩語だといってよい。

さらに私見によれば、それらの新語は、即興的に創作されたとおぼしい作品のなかにこそ、たくさん登場してくるように感じられる。じっさい、さきの謝朓の詩は、徐勉の詩に和した作であり、そして和した作である以上、サロンでの即興だった可能性がたかい。精確な論証は、他日を期さねばならないが、六朝新語のおおくは、ひとり書斎のなかで、構思十年の努力をかさねて、つくりだされたというより、むしろ仲間との「あそびふう」応酬や、自然との交感のなかで、即興的にうみだされたものではなかっただろうか。

もうひとつ、即興だったからこそ可能になった表現として、六朝文学の白眉というべき、清麗な山水描写もあげてよかろう。たとえば、さきの謝朓詩の「日華は川上に動き、風光は草際に浮かぶ」という繊細な感覚、さらに謝霊運「過始寧墅」における、「白雲は幽石を抱き、緑篠は清漣に媚《こ》びる」のごとき清艶な擬人法（本書第十四章参照）。こうした卓抜した表現についても、私は構思十年の努力ではなく、即興やあそび感覚のほうに、その功をささげたいとおもうのだが、いかがなものだろうか。

六朝における即興創作のメカニズムや功罪については、なお検討をふかめねばならない。本章は、その第一歩をしるしたにとどまる。大方のご批正をたまわれば、さいわいである。

Ⅵ　かくれた遊戯文学

第十七章　庾信「燈賦」論

本書の「Ⅰ　前漢の遊戯文学」から「Ⅳ　南朝の遊戯文学」までの十三章は、遊戯文学の流れを時代順に考察していったものである。これらの章では、主として、諧謔味のつよい作をとりあげて考察をくわえ、遊戯文学の歴史のなかに位置づけようとしてきた。そうした叙述のなかで「遊戯文学」といったばあい、その内実は諧謔ふう文学、もしくは一部に諧謔ふう要素をふくむ文学と理解してさしつかえない（「まえがき」参照）。

だが、ここにいう「諧謔ふう要素」を、内容上のユーモアに限定せず、もっと広義に解釈したならば、遊戯文学の篇数は格段にふえることだろう。じっさい、本書では「かくれた遊戯文学」ということばを使用しながら、遊戯文学の範疇を拡大させてきた。すなわち、文学サロンでの同題競采や即興的競作、ごっこ文学とでも称すべき代作や模擬的手法によった詩文、そして架空の恋愛をうたった艶詩などに対しても、広義の遊戯文学といえるのではないかとかんがえ、その遊戯性をさぐってきた（第四章や第十四、十六章など）。これらの詩文には、わらい興じるような諧謔味はない。だが、創作時の状況や受容のされかたもかんがえると、作詩のはやさや出来の優劣をきそっている、フィクションふう内容を有している、社交の場で「戯れ」でつくっている――などの点で、広義の遊戯文学（かくれた遊戯文学）に属させることも可能だとおもわれるからである。

このようにかんがえると、六朝において遊戯的な文学のしめる地位は、我われが想像する以上におおきかったようだ。もっとも、こうしたかくれた遊戯文学は、［標題に「戯れでつくった」と明示したものはべつとして］一読してすぐそうと気づくものではないので、どこがどう遊戯的なのかをみぬき、弁別してゆくのは、かんたんではない。けっきょく創作時の状況や、作品内容を克明に調査分析して、「この作は、表面上は真摯な外見をもっているが、しかしじっさいは遊戯性をおびた作だろう」と、推定してゆくしかあるまい。このように、遊戯性の確認がかんたんではないという意味でも、これらは「かくれた遊戯性」であり、また「かくれた遊戯文学」なのである。

本章では、そうした意味での「かくれた遊戯文学」の一篇として、庾信の「燈賦」という作品をとりあげてみたい。そして庾信「燈賦」が、なぜ「かくれた遊戯文学」だとみなせるのか、この種の文学がなぜ盛行したのか――などの問題について、私見をのべてみたいとおもう。

一 「燈賦」の内容

庾信「燈賦」は、燈という日常的な小道具を、詠物ふうにえがいた作品である。この賦は、その艶麗な内容からみて、渡北後の作とはかんがえにくい。おそらく、わかいころ、梁の簡文帝蕭綱の［皇太子時代の］東宮につかえて、徐庾体の名手として活躍していたころの作だろう。ではその内容を、三段にわけつつ概観してみよう(1)。

第一段（日がくれて、寝る準備をする時刻になった）。

九龍将暝、三爵行栖。
瓊鉤半上、若木全低。
窗蔵明于粉壁、柳助暗于蘭閨。

翡翠珠被、　舒屈膝之屏風、　巻衣秦后之床、
流蘇羽帳。　掩芙蓉之行障。　送枕荊台之上。

［西北の遠地にすむ］九龍が眼をとじて空がくらくなり、［太陽のなかにすむ］三足の雀（烏）もねぐらにかえってゆく。月は半分ほどのぼり、日はすっかりしずんだ。窓には白壁をてらす月光がさしこめ、柳はその樹影で女性の部屋をくらくした。その女性は翡翠《ひすい》をぬいこんだかけ布団、五色のかざりのついた帳《とばり》を用意し、またおりたたまれた屏風をひろげ、芙蓉でかざりをつけた衝立《ついたて》をとじる。そして秦王のベッドに衣服をしまいこみ、楚王が巫山の神女とちぎった台に枕をはこぶ。

第二段（室内の燈火は、あかるくもえている）。

乃有　百枝同樹、　香添燃蜜、　燼長宵久、
　　　四照連盤。　気雑焼蘭。　光青夜寒。
秀華掩映、　動鱗甲于鯨魚、　蛾飄則碎花乱下、
蚖膏照灼。　焔光芒于鳴鶴。　風起則流星細落。

室内には、百枝のごとき燈火がもえ、また四辺をてらす連盤がある。蜜蠟がもえて芳香をただよわし、香草がやけて空気にまじりあう。余燼がくすぶり夜もふけ、燈火はあおざめ肌ざむくなってきた。燈火はチラチラし、蛇油のあかりはあざやかだ。鯨魚燈の鱗甲のような光がゆらめき、鳴鶴燈の光芒がもえあがる。蛾《が》がちかづくと花びらがとびかい、風がふきよせると流星がサッとながれおちる。

第三段（蘇秦なら、この燈光を他人にわけるだろう）。

況復　上蘭深夜、中山酳清。
　　楚妃留客、韓娥合声。
　　低歌著節、遊絃絶鳴。
　　輝輝朱燼、焰焰紅栄。
　　乍九光而連彩、或双花而並明。
寄言蘇季子、応知余照情。

さらに、漢の上蘭観の夜ふけのように、中山郡の美酒がならぶ。楚妃は客人をとどめ、韓娥も声をあわせてうたっている。低音の歌ごえは拍子がよくとれ、「遊絃」の曲の響きも絶妙だ。あかあかとした余燼、もえたつあかい火花。九光燈がかがやくと、双花燈もまたあかるくなった。あの蘇秦にこの燈火のことをつたえたら、余光を他人にわかちあたえる思いやりを、わきまえているにちがいない。

右が「燈賦」のすべてである。一見して、四六句や対偶のおおさに気づくが、六朝後期の作ともなれば、そうした修辞多用のスタイルはとうぜん予想されよう。私見によれば、こうした修辞多用の作風は、この賦が「かくれた遊戯文学」とみなせることと、ふかくかかわっているようにおもわれ、そちらのほうが注目されねばならない。そこで、まずはこの賦の修辞技巧を検討してみよう。

はじめに第一段からみてみよう。冒頭の対句「九龍将瞑↔三爵行栖」は、要するに「日がくれた」の意にすぎない。だが、庾信はその意をあらわすのに、古書からの典故をもちいて、とおまわしに表現している。すなわち、前句「九龍が目をとじる」は、『山海経』大荒北経の「〔西北海のかなたにすむ人面蛇身の〕燭龍は、目をとじればあたりがくらくなり、目をあければあかるくなる」という話柄をふまえて、「くらくなる」の意になる。また後句「三雀がねぐらにかえる」も、『淮南子』精神訓の「日のなかにすむ三足烏が、ねぐらへかえってゆく」という典拠にしたがえば、「夕暮になる」の意となろう（注1の恵淇源の注による）。この部分、典故の利用はとうぜんとして、とおまわしな言いかたをしているので、さらに婉曲とか委婉とかよばれる修辞法をつかっているとも解せよう。いずれにしても、美文をよみなれぬ者には、なかなか真意を了解しがたい叙しかたである。

つづく「瓊鉤半上↕若木全低」の対句も、なかなか意味がとりづらい。上句の「瓊鉤」は、逐語的には「宝玉製の鉤《かぎ》」の意だが、転じて弦月の意でつかっている。また下句の「若木」は、太陽がのぼる場所にはえるという伝説上の木のことだが、ここでは転じて太陽の意でつかっている（こうした技法は、修辞学では借代とよばれる）。こうした比擬がわかれば、むつかしそうなこの二句も、要するに「月がのぼり、日がしずんだ」の意にすぎないことがわかってこよう。清の許槤は、この二句を「烘染《こうせん》して蘊藉《うんしゃ》なり」（ひきたっていて含蓄がふかい、の意）と評するが（『六朝文絜』巻一）、それは、こうした借代の手法によって、日没の意がひきたち、また含蓄ゆたかな表現になっているといいたいのだろうか。いずれにしろ、この対句もこった言いまわしである。

こった表現は、なおもつづく。次聯の「窗蔵明于粉壁↕柳助暗于蘭閨」は、ともに擬人法をつかっている。意味をとりにくいが、上句は「窓は白壁に月あかりを蔵する　↓　窓に白壁をてらす月光がさしこむ」、下句は「柳は女性の部屋に暗やみをおしひろげる　↓　柳はその樹影で女性の部屋をくらくする」の意だろう。また、すこしあとの「舒屈膝之屏風」句も、「膝を屈した屏風をひろげる　↓　おりたたんだ屏風をひろげる」の意だろうから、これも擬人法めいた表現である。

すこしとんで、第一段おわりの「巻衣秦后之床↕送枕荊台之上」の対句では、どうやら「一生一熟」と称される巧妙な典故利用を、おこなっているようだ。この一生一熟とは、対偶をなす両句に、故意に難解な典故（生）と平易な典故（熟）を対置させる技巧をいう。「熟」の典故が了解できれば、おのずから「生」の意味も推定できるというしくみである。すなわち、上句「巻衣秦后之床」には、僻典というべき「秦王が自分の衣服を愛する女におくった」という楽府「秦王巻衣」が使用されていて、意味がとりにくくなっている。(2) だが、下句「送枕荊台之上」にふまえられた有名な「高唐賦」の故事（「朝雲暮雨」の語でよくしられる）によって、上句も「出典がわからなくても」なんとか意味が推測できるだろう。こうした、「生↔熟」の典故を対置させることによって、意義不通の欠点をまぬがれるしくみは、おそらく庾信の意識したものだったろう。(3)

以上を要するに、複雑な修辞をときほどいてみれば、この第一段は「日がくれて、寝る準備をする時刻になった」の意味にすぎない。それだけのたわいもない内容を、右のような麗々しい表現でつづっているのである。六朝美文がじゅうらい、修辞過剰で内容にとぼしいと批判されてきたのも、このあたりに原因があったのだろう。もっとも、この時代では、この種の、こった装飾とたわいない実体との乖離は、やむをえない。過剰なまでの修辞をこらして、もってまわった書きかたをするのが、この時期の理想的な文学創作法だったのであり、そしてそうした創作法の「たぶん最高の」名手が、この「燈賦」の作者、庾信だったのである。

さて、つづく第二段は、室内で紅炎を発する燈火をえがいている。ここでは典故はつかわず、もっぱら白描ふうの描写に徹している。これらの対句、分析的にいえば、「百枝」云々の聯は視覚的に、「香添」云々の聯は嗅覚的に、それぞれ燈火をえがいたものであり、また「燼長」云々の聯は、夜がふけてきたという時間の経過を暗示していよう。さらに「秀華」以下の三聯では、燈火がもえるようすが、巧妙かつ精細にえがかれている。なかでも、「蛾《が》がちかづくと花びらがとびかい、風がふきよせると流星がサッとながれおちる」の部分は、燈の火花がこぼれおちる一瞬を、蛾や風の動きによってとらえた、秀逸な描写だといえよう。「碎花」と「流星」の語が、こぼれおちる火花の比喩として使用されているのが、とくに巧妙である。清の許槤もこの二句に注目して、「風致灑然《さいぜん》たり。句法は唐人の祖とする所と為《な》れり」と評する。

第三段では、どういうわけか場面が急に転換して、にぎやかな宴席のようすが叙されている。漢の上林苑にあった宮殿たる上蘭観、漢の中山郡が産する美酒、さらに楚の美女や韓の歌姫の姿が、典拠（博物志、石崇楚妃歎、列子湯問、嵇康琴賦、漢武内伝）による多様な陰翳をともないながら点綴《てんてい》され、管弦や歌声つきの宴会が髣髴としてくるかのようだ。つづく「輝輝」云々と「乍九光」云々の二聯では、ふたたび燈火に焦点がもどされ、宴席をいろどる華麗な照明が、印象づよくえがかれる。

そして最後の「寄言」二句では、戦国の遊説家だった蘇秦の典故（『戦国策』秦策）をもちいている。それは、「秦から逃亡中の甘茂が、秦に入国しようとしていた蘇秦と、偶然であった。そこで甘茂は、〈貧乏で燈も手にいれられぬ女が、富裕な女に燈光をわけてくれるようたのんだ〉という話をして、困窮した自分をたすけてくれと嘆願した。すると蘇秦は、それを了承した」という話柄である。庾信は、この教訓的な典故を使用して、一篇を諷諫ふうにむすんでいるのである。

二　創作状況からみた遊戯性

さて、「燈賦」における修辞技巧を考察してきた。この作品には、対偶や典故、平仄などはとうぜんとして、それ以外にも、婉曲や借代、擬人法、比喩など、おおくの技巧が駆使されていたのが、了解されたことだろう。では、本論にもどって、この庾信「燈賦」はいかなる点で、「かくれた遊戯文学」だとみなされるのだろうか。まずは、創作時の状況に注目しながら、遊戯性がふくまれる可能性を検討してみよう。

前述したように、この「燈賦」は艶麗な内容からみて、庾信が蕭綱の東宮につかえていたころの作であることは、ほぼまちがいなかろう。この賦を収録する『芸文類聚』巻八十（「燈」の項）をひもといてみると、この作以外にも、燈を詠じた詩賦がたくさんあつめられている。すると、燈のような日常的な生活道具を題材にするのは、庾信にかぎらず、南朝文壇の全時期をおおう流行的風潮だったようだ。

ところで、「かくれた遊戯文学」の可能性という見地からみると、まず注目すべきなのは、庾信「燈賦」など当時の燈を詠じた各賦が、同時同所の唱和だった可能性はないか、ということである。庾信ら六朝文人たちが、有力者のサロンのなかで遊戯的な五言詩を唱和したり、競作したりしていたのは、もはや常識だといってよい。それと同様なことが、賦ジャンルでもおこなわれていたのだろうか。もしそうだとすれば、文学サロンのなかで遊戯的かつ競技的につくられたという意味で、この賦も「かくれた遊戯文学」だとみなすことができよう。

もっとも、じつは当時の賦の唱和の実態について、詳細に考究した研究が、すでにいくつかあらわれている。なかでも、曹明綱『賦学概論』（上海古籍出版社　一九九八）が、この問題を正面からとりあげて、明快な解答を提示してくれている。そこで以下、曹氏の同書によりつつ、庾信「燈賦」が創作された状況をあきらかにしてゆこう。

曹明綱氏は『賦学概論』の第六章において、「賦的作用」という標題をかかげ、そのしたに「娯楽」「政治」「社交」「伝世」の四項をあげている。つまり賦や、賦をつくる効用のなかに、「娯楽」と「社交」とをあげているのである。そしてさらに、「娯楽」のひとつに「同娯」、つまり主客が宴席に同坐し、賦詠してともにたのしむ形態があったとして、建安のころの禰衡に関する『後漢書』文苑伝下の記述をひく。

［黄］射時大会賓客、人有献鸚鵡者。射挙卮於［禰］衡曰、「願先生賦之、以娯嘉賓」。［禰］衡攬筆而作。文無加点、辞采甚麗。

黄射は賓客をまねいて、盛大な宴席をひらいた。そのとき、鸚鵡《おうむ》を献上したものがいたので、黄射は禰衡のほうに盃をあげて、「先生、この鸚鵡を賦して、客人をたのしませていただけませんか」といった。禰衡が筆をとって賦をつくるや、その文は訂正すべき箇所が、まったくなかった。

この記事にくわえて、曹氏はさらに、曹植「娯賓賦」の「遂衎賓而高会兮、丹幃曄以四張。弁中廚之豊膳兮、作斉鄭之妍倡。文人騁其妙説兮、飛軽翰而成章」や、成公綏「延賓賦」の「延賓命客、集我友生。高談清宴、講道研精。誾誾侃侃、娯心肆情」などの同種の事例を提示する。そして、娯楽や社交のために唱和された賦の実例として、曹操父子による「登台賦」や、曹丕と王粲による「寡婦賦」の同作などをしめしている（第四章参照）。このようにして曹氏は、漢末魏初のころから、主客が宴席に同坐して、即興的に賦を詠じあってたのしむ風潮があったろうと、推測されるのである。

こうした記述につづけて、曹氏はさらに、君臣や主客が賦を唱和した事例を、晋や斉の文献のなかからさがしだし、たとえば斉の竟陵八友たちのあいだでも、それがおこなわれていたと証明されている。そして、君臣による賦唱和の典型的なケースが、庾信も参加した梁朝の文学サロンだったとのべ、そのサロンで唱和された賦作の実例として、つぎのようなものをあげている。すなわち、蕭綱・蕭繹・庾信・徐陵の四人に共通して残存する「鴛鴦賦」、蕭綱・蕭繹・庾信の三人に共通して残存する「対燭賦」、蕭綱「晩春賦」と蕭繹・庾信の二人に残存する「春賦」、そして本章が問題にしている庾信「燈賦」と、蕭綱「看燈賦」「列燈賦」である。

曹氏があげる事例のうち、「鴛鴦賦」と「対燭賦」は標題が各自おなじなので、同時の唱和だった可能性はたかかろう。いっぽう、春や燈を映じた賦は、標題がちがうので、はたして唱和かどうか疑問がないではない。だがこれについても、曹氏は「[梁朝の君臣間での賦の唱和は]鄴下の七子たちが唱和した賦がおおく同題だったのと、すこしちがっている。庾信らが唱和したときの諸賦は、おなじ対象を詠じたものだが、標題のほうはことなる名称にしているのだ」とのべ、やはり唱和したものだとされている（以上、『賦学概論』二七二～三頁、二九九～三〇〇頁）。

この曹明綱氏の議論は、妥当なものだろう。文学の唱和は、五言詩だけではなく、賦ジャンルでもおこなわれていたのだ。具体的にいえば、まず建安のころに、主客があいつどって賦を唱和しあう遊宴がはじまり、それが晋や斉にひきつがれ、そして梁の君臣間において、もっとも高潮したのだった。(4) すると、本章が問題にしている「燈賦」の創作状況にもどれば、庾信が皇太子蕭綱の東宮に侍していたとき、［厳密に同時だったかどうかは、べつとして］蕭綱の「看燈賦」や「列燈賦」に和してつくったものだと推定してよかろう。くわえて、厳密にいえばちがいがあるだろうが、「燭」も「燈」と同種の照明用あかりである以上、蕭綱、蕭繹、庾信の三人による「対燭賦」も、おそらく似たような時期に、似たような状況で唱和されたものだろう。

このように庾信「燈賦」は、皇太子蕭綱の主催する文学サロンにおいて、複数の者のあいだで、遊戯的かつ競技的につくられた可能性がたかい。そうだとすれば、まず創作時の状況としては、あそびでつくられた同題競采の文学、すなわち「かくれた遊戯文学」だったと推測してよかろう。

三　内容からみた遊戯性

つづいて、「燈賦」の内容面から、「かくれた遊戯文学」の可能性をさぐってみよう。すると私は、この賦における主題のあいまいさ、つまり一篇全体の筋みちがたどりにくく、結果的に庾信がこの賦でなにをいおうとしているか、よくわからなくなっていることが、この賦のもつ遊戯ふうな性格と、かかわっているのではないかとおもう。

まず、一篇の筋みちがたどりにくいことから指摘すれば、第二段と第三段とのあいだで、意味的に飛躍があって、筋がとおりにくくなっている。すなわち、第二段末の「風起則流星細落」句までは、夜になったので女性が寝る準備をし（第一段）、そして室内（おそらくは女性の寝室）で燈火があかあかともえていた（第二段）。ところが、第三段では、とつぜん時空が、漢代の上林苑にあった上蘭観の夜ふけに転換し、さらに中山郡の美酒や、古代の楚や韓の美妓がならぶ、宴席の描写がつづいている。いったい、どうしてこんなに場面が変化するのか、よむ側にはさっぱりわからない。私見によれば、この部分は「あかるい燈火　→　盛大な宴席」の連想に由来する典故の羅列であり、いわば挿入句ふうの内容だと理解すべきだろう。それゆえ賦の本筋としては、これらをとびこして、結尾の「寄言蘇季子、応知余照情」に直結してゆくとかんがえねばならない。だがそうした筋みちは、この賦を再読三読してはじめて了解できることであり、当時の人びとには、わけのわからない場面転換だとうつったにちがいない。

このように一篇の筋みちが明瞭でないため、賦の主題、つまり庾信がなにをうったえたいかも、はっきりしない。結尾の二句「寄言蘇季子、応知余照情」に、蘇秦に関する典故をもちいているので、これによってなんらかの諷諫めいた発言をして、一篇をとじようとしていることは推測がつく。だが、ここで問題なのは、蘇秦の典故をしったとしても、それでも意味がよくわからないことだ。この二句で、「あの蘇秦にこの燈火のことをつたえたら、余光を他人にわかちあたえる思いやりを、わきまえているにちがいない」といっていることは、もちろん理解できなくはない。だがそれでも、作者たる庾信が、余光をわかちあたえることに、いかなる寓意をふくませ、いかなる主張をのべようとしているのか、典故の内容をしったとしても、依然として明瞭ではないのである。だれに、なんのために、余光をわけあたえるのか。そもそも、余光をわけあたえるとは、いかなる意味を寓しているのか。「まずしい民衆に、余光（富）をわけあたえるべきだ」という政治的具申なのか、「我われ臣僚に、これからも余光（恵み）をわけあたえてください」という個人的なおねだりなのか、それとも、またべつの寓意があるのだろうか。

私がおもうに、この蘇秦の典故をふまえた二句は、現代の我われが意味を把握しにくいだけでなく、庾信当時の人びとも、よくわからなかったのではないか。たとえば、六朝のひとではないが、清代の許槤は、この「寄言蘇季子、応知余照情」二句に対し、「収束は妙にして含蓄有り」と評している。だが、その「含蓄」の内容じたいについては、なにもいわない。おそらく許槤も、よくわからないのだろう。

しかし庾信にとっては、それでもかまわなかったにちがいない。というのは、彼にとっては、自分の賦の末尾に［漢賦の「曲終奏雅」の伝統をおそって］、諷諫めいた字句を布置しさえすれば、それでじゅうぶんだったとおもわれるからだ。つまり当時の人びとが、蘇秦の典故やこの二句を、どういうふうに解しようが、またその解釈が、自分の意図とおなじだろうがちがおうが、そんなことはどうでもよかった。ただ、当時の人びとから「賦の最後を、諷諫ふうのことばで、ビシッときめている。ああ、さすがは庾信だなあ」と感心してもらえれば、それでよかったのである。

さらに留意したいのは、この庾信「燈賦」は、一篇全体の筋みちや主題がわかりにくいからといって、当時の人びとから評判がわるかったのかといえば、おそらくそうではなかったろうということだ。当時の人びとは、筋みちが混乱し、主題もはっきりしていなくても、この賦のもつ雰囲気や美感はきちんと感得して、じゅうぶん文学的感興をあじわうことができたにちがいない。なぜなら、この種の作品の価値は、明快な筋みちや主題などではなく、一篇中にただよう雰囲気や情緒にあったのであり、それさえ感受できれば、じゅうぶん享受できたとおもわれるからだ。

では、その雰囲気や情緒とはなにかといえば、それは要するに、宮体ふうの艶情だったといってよかろう。じっさい、この「燈賦」には、宮体ふうのあだっぽい雰囲気が濃厚にただよっている。たとえば、この賦中、燈下の女性については、とくになんの説明もないが、しかし当時の人びとだったら、その女性がどういう人物なのか、すぐ了解できたことだろう。つまりその女性は、きれいに着かざり、また化粧もほどこして、ひたすらよきひと（夫・おもいびと・結婚相手）の訪れをまちつづける、いちずな麗人にきまっている。その麗人は、蕩子の妻だったり、空閨をなげく怨女だったりするが、要するに宮体詩に描出されるような妖艶な美女だと理解してさしつかえない。

くわえて、この賦中には、宮体ふう雰囲気をかもしだす典故や用語が、あちこちに散在している。たとえば、「送枕荊台之上」句は「高唐賦」の典故を介して、男女の情交を暗示しているし（「巻衣秦后之床」もおなじ）、また「楚妃留客↕韓娥合声」や「低歌著節↕游弦絶鳴」の対句は、美姫や美妓がつどう、にぎやかな宴席の場を想起させよう。その他、「蘭閨」「翡翠」「珠被」「羽帳」などの語も、女性とのかかわりを連想させ、綺麗でつやっぽい雰囲気をかもしだしている（これらは修辞的には、用字を洗練させる錬字技法に相当する）。これらの典故や用語によって醸成されたあだっぽい雰囲気、それがこの「燈賦」の魅力なのだろう[5]。つまり当時では、筋みちや主題はなんだかよくわからないが、しかし艶情に関する典故や女性的な用語の列挙によって、宮体ふうの雰囲気がただよい、あだっぽい情緒が感じとれれば、もうそれだけで好評を博したのである。

このようにこの賦は、事実上は宮体ふうの文学だといってよい。私は第十四章で、宮体など艶情ふうの詩はなべて、文学サロンの場であそびとしてつくられ、あそびとして享受された遊戯文学だったろう、と推測しておいた。つまり宮体の「○○」詩は、いわば「戯作○○」（戯れに○○を作る）と解すべきあそびの文学なのだ。すると「燈賦」が、あだっぽい情緒をおびた宮体ふう文学であるとすれば、その実体はやはり、あそびでつくった遊戯ふう文学だったと推測してよかろう。そうだとすれば、この賦の主題があいまいだったり、筋みちがたどりにくかったりしたのも、おのずから説明がついてこよう。つまり庾信にとっては、あだっぽい情緒を醸成して遊戯ふう文学にしたてあげれば、それでじゅうぶんだったのであり、賦の主題や筋みちを明確にすることなどは、どうでもよかったのである。

四　雕虫とあそび心

以上、庾信「燈賦」を「かくれた遊戯文学」とみなしうる可能性について、創作状況や内容の方面からさぐってきた。この節では、さらに庾信の創作精神を検討することによって、「燈賦」の「かくれた遊戯文学」たるゆえんを論証してゆこう。

まず庾信からすこしはなれて、ふるく戦国の時代、諸侯のあいだを往来した遊説家や、宋玉など幇間ふう宮廷文人たちのケースをかんがえてみよう。この両者における弁舌や賦作の目的は、ほぼ似かよっている。遊説家たちの弁舌は、諸侯を説得することを第一の目的としていただろうし、また宋玉たちの賦作は、主君をよろこばせ、たのしませることが、もっともだいじだったろう。だが、そうした相違はあっても、彼らはともに、「よし」とみとめられれば、まずはそれでよかった。諸侯に自分の主張をうけいれてもらえ、主君のご機嫌をとりむすぶことができれば、すくなくとも、彼らの弁舌や賦作の第一義は、達成できたのである。

ところが、庾信における「燈賦」創作のばあいは、やや事情がちがっていたようだ。もとより庾信とて、文学の才で官場にポストをえている以上、おのが才腕を皇太子や同僚の文人たちにみせつけ、地位や名声を維持する必要があったにはちがいない。そのために、「燈賦」のごとき巧緻な修辞技巧を駆使した作をつくって、人びとに感嘆の声をあげさせることは、ひじょうに有効だったろう。その点では、「燈賦」の創作は、宋玉が賦をつくった状況と相似している。だが庾信は、そうした功利的な目的だけでは、満足できなかったようだ。「燈賦」の創作においては、庾信はもっと内面的な動機によっても、つきうごかされていたようにおもわれる。では、その内面的な動機とはなにかといえば、すこし妙な言いかただが、みずからすすんで困難な雕虫《ちょうちゅう》にいどみ、しかもその困難さのなかにずっと没頭していたい、という意欲だといえようか。
周知のように、雕虫とは、正確には雕虫篆刻とか雕虫小技とかよばれ、賦作における過度の彫琢をいうことばである。このことばは、前漢の揚雄が、賦の鋪陳技法やはでな装飾ぶりを批判するために使用しているが、その批判されるべき雕虫の熟達者が、ほかならぬ賦聖とも称された司馬相如であった。だが、その司馬相如にあっても、雕虫をほどこした賦の創作は、そうとう困難なものだったようだ。司馬相如における賦の創作に関して、つぎのような話がつたわっている（『西京雑記』巻二）。

（原文は第一章を参照）

司馬相如が「子虚上林賦」をつくるにさいし、彼は精神を冷静にたもち、外事との関係をいっさいたった。そして「心中に」天地をひきよせ、古今に想いをはせ、急にねむったかとおもえば、はっきりと目ざめたりした。この状態が何百日かつづいて、ようやく完成できたのである。
雕虫をほどこした賦の創作は、司馬相如にとっても、「［心中に］天地をひきよせ、古今に想いをはせ、急にねむったかとおもえば、はっきりと目ざめたりした」（原文「控引天地、錯綜古今、忽然如睡、煥然而興」）というほど、極度の精神集中を必要とした。そうした日々を何百日もかさねて、やっと「子虚上林賦」を完成させることができたのである。
また、揚雄じしんにも、賦の創作で尽瘁した同種の逸話がのこっている。それは『桓子新論』佚文中の、

（原文は第一章を参照）

揚雄はまた、つぎのようにいった。「成帝のとき……帝は詔をくだし、私に賦をつくるようお命じになりました。

忽々につくらねばならなかったので、私はひどくくるしみ、賦を完成させるや、疲労困憊して床についてしまったのです。そのとき私は、自分の五臓が地面にとびだし、あわてて手でそれを腹のなかにいれるという夢をみました。目がさめると、喘息がちで動悸もはげしく、すっかり元気をなくして一年ほど病臥してしまったほどでした」。こうしたことからみれば、賦をつくることは、本人の思慮をつくし、精神を疲弊させるほどの難事なのである。

という話である。賦の創作に尽瘁した揚雄は、「自分の五臓が地面にとびだし、あわてて手でそれを腹のなかにいれる」（原文「五蔵出在地、以手収而内之」）という壮絶な夢をみてしまい、一年ほど病臥してしまったという。こうした話柄は、雕虫をほどこした賦の創作は、司馬相如や揚雄のごとき大才においてさえも、至難だったことをよくしめしている。

いっぽう、庾信の「燈賦」のばあいは、雕虫、つまり漢賦の特徴たる鋪陳技法や難字奇字を列挙する手法は、時代性のゆえもあって、もはやみられない。そのかわり、さきにもみたように、対偶や典故、平仄はもとより、婉曲や借代、擬人法、比喩などの［漢賦では必須ではなかった］雕虫が多用されていた。その意味では、庾信の賦作においても、司馬相如や揚雄のばあいとどうよう、苦難にみちた創作のプロセスがあってもおかしくはない。ところが庾信にとっては、そうした雕虫ふうの賦作は、苦難どころか、むしろあそびにちかいものだったようだ。さきにもみたように「燈賦」は、文学サロンのなかで仲間といっしょに、遊戯的かつ競技的雰囲気のなかでつづったと推測されるからである。そのときの庾信は、おのが詩嚢からあふれでてくる美辞や麗句の洪水のなかで、自分の才腕に陶酔していたかもしれない。彫心鏤骨などということばは、庾信には無縁なものであった。

こうしたちがいは、もとより天分の多少を意味するのではない。また、散体大賦特有の創作の困難さ（壮大な鋪陳技法や難字奇字の列挙などは、極度にむつかしく、完成させるのに時間がかかる。また散体大賦は、六朝賦にくらべて長大である）のみに、由来するものでもない。そうしたものより、賦に対する理念の相違が、右のような創作の難易や遅速のちがいをうんだ、とかんがえるべきだろう。

というのは、前漢の賦家たちにとって、賦は雕虫のかぎりをつくすべきではあるが、しかしそれは前段階の作業にすぎず、最終的には政治的諷諫のほうへ、話題をもってゆく必要があった。もちろん、じっさいは、そのとおりにはいかなかったが、すくなくとも理念としては、諷諫が賦作の最終目的であるべきだった。じっさい、司馬相如は「子虚上林賦」をつくったが、その意図は、

空藉此三人為辞、以推天子諸侯之苑囿。其卒章帰之於節倹、因以風諫。

［子虚・烏有先生・無是公の］三人物を仮設して文辞をつづり、天子や諸侯の苑囿のさまを描写してゆく。だが結尾部分で、節倹のことに話題をもどし、それによって天子を諷諫する。

というものだったのである（『史記』巻一一七）。

ところが、現実はしばしば、彼らの理念をうらぎった。賦中にくりひろげられる壮大な描写が、天子を感嘆させ、よろこばせることはあったものの、かんじんの諷諫の意図には、あまり気づいてもらえなかったのだ。そのため、漢賦の良心的な作者たちは、賦作の理念と現実との乖離に、くるしまざるをえなかった。

前述の揚雄こそ、こうした乖離にもっともくるしんだ賦家であった。篤実な人がらでもあった彼は、その乖離からくる葛藤や苦悩について、

雄以為賦者、将以風也、必推類而言、極麗靡之辞、閎侈鉅衍、競於使人不能加也、既乃帰之於正、然覧者已過矣。往時武帝好神仙、相如上大人賦、欲以風、帝反縹縹有陵雲之志。繇是言之、賦勧而不止明矣。

私（揚雄）がおもうに、賦とは天子を諷諫するものである。かならず類似のものを列挙し、壮麗な字句をきわめつくすが、そのさいは巨大かつ宏壮につづり、だれもかなわぬほどの才腕をふるわねばならぬ。こうしておいてから、［賦の結尾部分で］内容を正道（諷諫）にひきもどすのだ。だが、いったん賦［の壮麗な描写］をよんだ者は、すっかり勘ちがいしてしまう。

かつて武帝が神仙をこのんだので、司馬相如は「大人賦」をたてまつって、神仙好みを諷諫しようとした。だが武帝は［賦をよむや］、かえって飄々と雲をしのいで登仙しようとおもいたったのだ。こうした点からいえば、賦は、［天子の］欲望を勧誘するだけで、［諷諫して］とどめることができないのは、はっきりしている。

と、率直にかたっている（『漢書』巻八七下）。この話で、揚雄が例にだす司馬相如「大人賦」のようなケースが、じっさいはおおかったのだろう。こうした理念どおりにゆかぬ現実が、揚雄や司馬相如のような良心的な賦家の創作を、いっそう困難なものとさせ、ひいては、前述のような創作の苦痛をもたらしたのである。

ところが時代がくだって、六朝後期のころともなると、庾信らは、賦ジャンルでは諷諫せねばならぬとか、政教に役だつべきだとか、そんなこむずかしい理念は、まったく歯牙にもかけていない。六朝後期の文人たちは、そうした賦への誇大な期待からは、解放されていたのである。庾信にとって賦作は、「疲労困憊して床につ」くような困難な仕事では、けっしてなかった。いやそれどころか、主君や同僚におのが才腕を誇示できるかっこうの舞台であり、忘我の境にさまよえる愉しみごとでもあったろう。それゆえ「燈賦」をつづったときの彼は、なんの葛藤や苦悩も感じることなく、欣然として雕虫に従事していたにちがいない。むしろ雕虫が困難であればあるほど、愉しみはたかまったろう。

そのときの庾信は、たとえてみれば、現代の子どもたちが嬉々として、精巧な戦車のプラモづくりに熱中している姿にみたてれば、ちかいだろうか。この放恣な見たてをさらにつづければ、もし、まじめな性格の揚雄（子ども）だったら、戦車、ひいてはそれが連想させる戦争の災禍と悲惨さとに想いをいたし、［プラモといえども］自分がそれをつくる道義的責任について、真剣におもいなやんだかもしれない。しかし現代っ子の庾信などは、そんなことはまったく考えもしない。ただ夢中になって設計図にみいり、戦車をくみたててゆくだけだろう。

こうした庾信らの創作の奥には、［前述の］おのが才腕に自信をもちつつ、ほんらい苦難であるはずの雕虫にすすんでいどみ、その営みのなかにずっと没頭していたい――という意欲が、存していたように感じられる。それは宮体詩など、架空の艶情にうつつをぬかしている貴族にふさわしい、高雅なあそび心とでもいえようか。そうした、卓越した雕虫能力と高雅なあそび心とが合体した創作精神は、六朝後期になってからはじめて生じてきた傾向であって、いわば真摯さと遊戯性とが融合した、真戯融合の精神と称してよかろう（くわしくは第十四章を参照）。私は、こうした真戯融合の精神によってつづられた諸作、具体的には文学サロンのなかで、遊戯的かつ競技的につくられた五言詩や、詠物ふうの賦（庾信「燈賦」をふくむ）を、「かくれた遊戯文学」と称することは、じゅうぶん可能ではないかとかんがえるのである。

五　軽妙な文学

「燈賦」中にただよう艶情ふうの雰囲気は、その実体たるや、まことにはかないものである。それは、六朝後期の遊戯的な文学サロンにおいてだけ価値をもち、珍重されるものにすぎない。こうした艶情の文学を、たとえば『文選』所収の真摯な諸作とくらべてみれば、文学としての価値は、雲泥の差があるといえよう。だが、六朝後期にそれが盛行したのは、まぎれもない事実なのである。その盛行ぶりについて、『隋書』文学伝は、つぎのように記述する。

梁では大同以後、文学の道がすたれた。しだいに経書の道にそむき、きそって新奇な技巧にはしった。梁の簡文帝や元帝が淫靡な文風の先鞭をつけ、徐陵や庾信がその後につづいた。その内容は浅薄で煩雑だし、修辞は迂遠でけばけばしい。その文藻は軽薄かつ難解だし、心情は哀切な思いでいっぱいだ。音楽にくわしい季札だったら、亡国の音だと称したことだろう。だが北周が梁州と荊州を併呑してからは、函谷関以西でもこの文風が盛行した。はでに世間に流行して、とどまるところをしらず、まったくなすすべがなかったのである。

（原文は第十四章を参照）

ここでは、梁の大同（六三五～五四六）以後の、簡文帝や元帝たちが盛行させた文風が俎上にあがっているので、おそらく宮体ふうの艶情文学が批判されているのだろう。だが、右の文がものがたっているように、いくら批判されても、流行してやまず、その文風は北方までひろまっていったのである。

では、なぜこうした文風が流行したのだろうか。それはおそらく、そうした文学を創作するのが、当時では必須の教養であり、しかも、それが立身の道にもつながっていたからだろう。すなわち当時は、有力な貴族がみずから文学サロンをひらいて、詩文の競作の場を主催していた。その有力貴族のもとにつどう文人、とくに寒門出身の文人たちにとっては、そうした場で気のきいた詩文を即興して、主君からお褒めのことばにあずかるのが、てっとりばやい立身の道だったのだ。それゆえ、当時の文人たちは、なによりも当時の有力貴族たちがこのむ文風を身につける必要があった。その文風を体現した文学が、如上の真戯融合の精神によってつづられた「かくれた遊戯文学」であり、また宮体詩なのであった。

六朝後期のこうした風潮は、逆に、当時みとめられず、不遇のままおわった文人たちに想いをいたせば、その実態が浮きぼりになってくるだろう。たとえば、梁の何遜のばあいをとりあげてみよう。

揚都論者、恨其舞病苦辛、饒貧寒気、不及劉孝綽之雍容也。

建康の人びとは、何遜の詩風について、辛苦な印象があって、さむざむした雰囲気がたちこめている。劉孝綽の詩のもつおおらかさにはおよばない――と批判していた。

この『顔氏家訓』文章篇の記事によると、何遜においては、その詩風に「辛苦な印象がある」ことや、「さむざむした雰囲気がたちこめている」ことが、都の人びとのあいだで不評となる原因だったようだ。この「辛苦な印象」「さむざむした雰囲気」という地味な詩風は、劉孝綽の「おおらかさ」はもとより、本章でとりあげてきた庾信「燈賦」や宮体詩などの艶情の文学にくらべると、［風雅な都人士の目には］たしかに娯楽性にとぼしくて、魅力に欠けたものにうつったことだろう。

こうした「辛苦な印象」や「さむざむした雰囲気」は、文学の世界だけにとどまらず、官場での出世にも微妙にかかわってきたようだ。その典型例が、やはり梁のひと、劉峻、あざなは孝標のケースだろう。北朝の奴隷という下層身分から身をおこした劉孝標は、「書淫」とよばれた猛烈な努力で博大な知識を身につけ、ようやく官場の一隅に席をえることができた。立身の意欲旺盛な彼は、さらなる飛躍を期してだろうが、さらにツテをたどって、梁武帝のサロンに出入りをゆるされたのである。

ところが、その首尾はどうだったかといえば、

高祖招文学之士。有高才者、多被引進、擢以不次。［劉］峻率性而動、不能随衆沈浮。高祖頗嫌之、故不任用。

（『梁書』巻五〇）

梁武帝は文学の士を宮中にまねいた。才ある者は、どしどし朝廷にめされたが、それは順番など関係なしの抜

擢であった。だが劉孝標はすきかってに行動して、他人と調子をあわせることができなかったので、武帝は「才があっても」彼をきらい、任用しなかったのである。

という結果におわってしまったのだ。具体的にどうしたのかは不明だが、劉孝標は「すきかってに行動して、他人と調子をあわせることができなかった」という性癖がたたって武帝にきらわれ、結果的に出世の機会をのがしてしまったのである。さらに『南史』巻四十九には、つぎのような話もある。

武帝毎集文士策経史事。時范雲、沈約之徒皆引短推長、帝乃悦、加其賞賚。会策錦被事、咸言已罄。帝試呼問［劉］峻、峻時貧悴冗散、忽請紙筆、疏十余事、坐客皆驚、帝不覚失色。自是悪之、不復引見。

武帝はいつも周辺に文人をあつめて、経史に関する問題を課していた。范雲や沈約らはみな、主君の苦手な分野をださず、得意の分野を話題にしたので、帝はよろこび、ほうびをあたえていた。たまたま帝が錦被《きんひ》の問題をだしたところ、みな「もうこれ以上はおもいだせません」とこたえた。そこで帝は、劉孝標をよんで質問してみた。劉孝標はそのとき、貧窮して不遇をかこっていたので、紙筆をもとめるや、「錦被に関する」記事を十余条もかきつけた。これに座中の客人はおどろき、帝もおもわず顔色をかえたのである。武帝はこのことから劉孝標をきらうようになり、ふたたび引見しなかった。

ここでも劉孝標は、当時の常識ある臣下なら、とうぜんわきまえておかねばならぬ、気くばりや自制心が不足していたのだろう。范雲や沈約らは、「主君の苦手な分野をださず、得意の分野を話題に」して、武帝の顔をたてるよう配慮していた。それはもとより、臣下としてのつとめだったろう。だが劉孝標だけは、そうした気くばりができず、君臣相和すたのしい雰囲気を、ぶちこわすようなしかたで、おのが博識を披露してしまった。そのため、「座中の客人はおどろき、帝もおもわず顔色をかえ」てしまったのだ。立身にはやりすぎて、つい功をあせってしまったのだろうか。もっとも、この記事によれば、彼がそのとき「貧窮して不遇をかこっていた」状況にあったのが、そうした礼を失した言動の原因だったことになる。いずれにしても、立身へのあせりや、貧窮生活による精神のすさみが、武帝たちのたのしい社交的雰囲気に水をさし、しらけさせてしまったのだろう。

この劉孝標の「すきかってに行動して、他人と調子をあわせることができなかった」や「貧窮して不遇をかこっていた」の言動は、さきの何遜の「辛苦な印象」「さむざむした雰囲気」なる詩風と[6]、どこかで一脈通じあっているようだ。どこが通じあっているのかというと、要するに、洗練されぬ粗野な傾向という点である。協調性がとぼしくて、サロンの雰囲気をぶちこわしたり（劉孝標）、詩風が貧乏くさくて、さむざむとした印象をあたえたり（何遜）するのも、つまりは、そうした洗練されぬ粗野な傾向の、しからしめた結果だったのだろう。

何遜と劉孝標の両人に共通するこうした傾向は、当時の人びとがいかなる文学をこのんでいたかを、浮きぼりにしている。つまり、庾信がいきていた六朝後期は、詩風にせよ、言動にせよ、「辛苦な印象」「さむざむした雰囲気」や、「すきかってに行動して」、「貧窮して不遇をかこっていた」のごときは、不粋であり粗野だとしてきらわれた。それに対し、「他人と調子をあわせる」や「おおらかさ」「主君の苦手な分野をださず、得意の分野を話題にした」のほうは、協調性があり、また洗練されているとして、よろこばれた時代だったのである。そして、本章で考察してきた「燈賦」こそ、「他人と調子をあわせる」や「おおらかさ」の要素をもった、時宜にかなった文学だったのだろう。辛苦な印象をあたえず、軽妙で洗練されており、そしてあそび心をもった社交ふう文学——それこそが、真戯融合の精神によってつづられた「かくれた遊戯文学」であり、また当時の人びとにこのまれた文学だったのである。

注

（1）「燈賦」の翻訳にあたっては、清の倪璠の注以外に、恵淇源『歴代抒情小賦品匯』（安徽教育出版社　一九九五）や曹明綱『六朝文絜訳注』（上海古籍出版社　一九九九）、史海揚・李竹君『六朝文絜』（華夏出版社　一九九九）等の注釈を参考にした。

（2）梁の呉均「擬古四首」で、楽府「秦王巻衣」を典故として使用しているが、それ以前には使用例をみない。僻典だといってよかろう。

（3）一生一熟の典故利用法については、于景祥『精美典雅的六朝駢文』（遼海出版社　一九九八）一三二頁を参照。

（4）管見にはいった賦の唱和の例を、二例ほどしめしておこう。

○［宋書謝荘伝］［元嘉］二十九年、除太子中庶子。時南平王鑠献赤鸚鵡、普詔群臣為賦。太子左衛率袁淑文冠当時。作賦畢、齎以示［謝］荘。荘賦亦竟。淑見而歎曰。「江東無我、卿当独秀。我若無卿、亦一時之傑也」。遂隠其賦。

○［梁書張率伝］［天監］四年三月、禊飲華光殿。其日、河南国献舞馬、詔［張］率賦之、曰、「……」。時与到洽、周興嗣同奉詔為賦。高祖以率及興嗣為工。

（5）「燈賦」の有する遊戯性や宮体ふう性格については、許東海『庾信生平及其賦之研究』（文史哲出版社　一九八四）一一八〜一二五頁がくわしい。

（6）もっとも何遜には艶情の詩もあって、『玉台新詠』に収録されている。何遜のつくる詩が、すべて「辛苦な印象」や「さむざむした雰囲気」の傾向をおびているわけではない。

第十八章　劉孝標「広絶交論」論

劉峻、あざなは孝標（四六二〜五二一）は、南朝梁代に活躍した人物であり、『世説新語』の注釈者として著名である。くわえて文辞の創作にも、卓越した手腕を発揮し、文人としての声誉もたかい。文人としての彼は、どうやら当時ではめずらしく、詩ではなく、無韻の文のほうを、得意としていたようだ。『文選』にも、詩ではなく無韻の文、すなわち「重答劉秣陵沼書」「弁命論」「広絶交論」の三篇が採録されている。

『文選』に採録された右三篇のうち、「弁命論」「広絶交論」の二篇は、いずれも論というジャンルに属している。この論のジャンルは、『文心雕龍』論説篇が「おおくの文辞を統御しつつ、ひとつの道理をきわめてゆく」（弥綸群言、研精一理）というように、精確なことばで特定のテーマを分析し、道理を究明してゆくもので、硬質な論理性を特徴としている。賈誼「過秦論」や陸機「弁亡論」などを想起すれば、そうした論ジャンルの硬質な性格が推測できよう。じっさい、劉孝標の「弁命論」は、みずからの不遇に感じつつ、いかに運命に対処すべきかを論じた大作であり、『文選』に採録されたのもとうぜんだったろう。

ところが、もう一篇の「広絶交論」は、どういうわけか、そうした正統的な論のスタイルに背をむけている。この文は、主客による問答体で議論をすすめ、内容にも論ジャンルに不似あいな諧謔さをおりこんでいるのだ（後述）。そうした作風は、論ジャンルというよりも、むしろ遊戯性のこい東方朔「答客難」などに源流をもつ、設論ジャンルのほうにちかづいている。そうだとすれば、この「広絶交論」も、遊戯ふう要素をもった「かくれた遊戯文学」の一篇だと、みなすこともできるかもしれない。本章は、こうした仮説に立脚しながら、「広絶交論」へのあたらしい見かたを、提示してみようとするものである。

一 「広絶交論」の内容

この「広絶交論」は、任昉（四六〇～五〇八）の遺族のためにかかれた。その執筆事情は、『梁書』巻十四任昉伝にくわしい。それによると、任昉は交際をこのみ、とくに年わかい者をひきたてて、高位の者に推薦してやっていた。いっぽう、自分の生活には無頓着で、すむべき家すらないほど、まずしかった。その任昉が死んだ。するとおさない子どもたちは、たちまち生活に窮してしまった。ところが、任昉にとりたててもらった連中（『文選』李善注によると、到漑・到洽兄弟らをさすという）は、いまやおしもおされぬ政界の重鎮になっているのに、任昉遺族の窮状にしらぬふりをきめこんで、いっこうに援助の手をさしのべようとしない。これをみた劉孝標は、義侠心を発揮して、この「広絶交論」をあらわし、恩しらずの連中を諷したのだという。(1)劉孝標が「広絶交論」の執筆を決心した場面については、『南史』巻五十九のほうがくわしいので、その記事を紹介しよう。

有子東里、西華、南容、北叟、並無術業、墜其家声。兄弟流離、不能自振。生平旧交莫有收卹。西華冬月著葛帔練裙、道逢平原劉孝標。泫然矜之、謂曰「我当為卿作計」。乃著「広絶交論」、以譏其旧交曰。

任昉には東里、西華、南容、北叟という息子がいたが、みな功業とてなく、［任昉の死後は］任家の名声をおとしてしまった。兄弟らは世間をさすらい、自分たちでは再興できなかった。だが任昉の生前の旧友たちは、だれも彼らを援助しなかった。

［任昉の息子の］西華が、冬にボロ服を身にまとっていたところ、道ばたで平原の劉孝標にであった。劉孝標は、はらはらと涙をこぼして気のどくがり、「あなたがた兄弟のために、なにか策を講じてあげますよ」といった。そこで彼は「広絶交論」をつづって、任昉の旧友たちをそしったのだった。


このようにみると、「広絶交論」は恩しらずな連中を非難した、一種の諷刺文学だとみなしてよさそうだ。では、その劉孝標「広絶交論」について、まずは概要を紹介してゆこう。この作品は内容からみて、三つの部分に大別できる。そこで以下では、三段にわけながら概観してゆこう（テキストは『文選』巻五十五による）。

第一段は、導入ふうの部分である。ここでは「客」の質問が中心になっており、第二段以後の中心的議論（「主人」の長広舌）をよびおこす、誘いみずの役わりをはたしている。


客問主人曰、「朱公叔絶交論、為是乎、為非乎」。

主人曰、「客奚此之問」。

客曰、「夫　草虫鳴則阜螽躍、故　絪縕相感、霧涌雲蒸、是以　王陽登則貢公喜、且　心同琴瑟、言鬱郁於蘭茝、
　　　　雕虎嘯而清風起。　　　嚶鳴相召、星流電激。　　　　罕生逝而国子悲。　　道叶膠漆、志婉孌於塤篪。

聖賢以此　鏤金版而鐫盤盂、若乃　匠人輟成風之妙巧、　范張款款於下泉、　駱駅縦横、　巧歴所不知、
　　　　　書玉牒而刻鐘鼎。　　　伯子息流波之雅引、　尹班陶陶於永夕、　煙霏雨散、　心計莫能測。

而朱益州　汨彝敘、　捶直切、　比黔首以鷹鸇、　蒙有猜焉、請弁其惑」。

　　　　　粤謨訓、　絶交游、　媲人霊於豺虎。


（要約）客が主人に、「朱穆の絶交論を、あなたはおみとめになりますか」とたずねた。主人が「どうして、

そんな質問をされるのですか」というと、客はつぎのようにいった。
「草虫がなけば、バッタがはね、虎がほえると、清風がおこるものです。このように自然界のできごとは、たがいに呼応しあうものですが、ひとと ひととの友情も、それとおなじで、たがいに心がふかくむすびついております。ですから古代の聖賢たちも、この交遊の道をたいせつにしました。ところが、朱穆は絶交論をつづって、この天の憲章をみだし、聖賢の教えをやぶって、友との交遊の道をたちきってしまいました。そして人間を、鷹《たか》や隼《はやぶさ》や豺狼とおなじにみなしたのです。朱穆はなぜ交遊を否定したのか、その理由をお教えいただけませんか」。

まず「客」が、劉孝標じしんとおぼしき「主人」に質問を発する。それに対し、「主人」がなぜそんな質問をするのかと反問し、客がさらに質問の趣旨を説明している。こうした主客による問答体は、［漢賦は除外するとして］論ジャンルでは、ごく初期、たとえば東方朔「非有先生論」や王褒「四子講徳論」などではみられたが、六朝期にはいっては、あまり例をみないものである。六朝の論作品は、一人称による論述形式をとるのが通例であり、右のような主客問答体は、論ではなく、両晋のころに盛行した設論ジャンルが常用するものだった。その意味で、この劉孝標「広絶交論」は、おもてむきは論の標題を冠しているものの、じっさいは設論ふうのスタイルに、ちかづいているといってよい。

なお、この段で話題になっている「絶交論」とは、後漢のひと、朱穆（一〇〇～一六三）、あざなは公叔の手になった作品のことをいう。この作については、のちほど紹介するが、李善が、

感俗澆薄、慕尚敦篤、著絶交論以矯之。

［朱穆は］世俗の軽薄な風潮をいたんで、篤実な生きかたをのぞんだ。そこで「絶交論」をつづって、世俗の

軽薄さを矯正しようとしたのである。

と注するように、世俗の軽薄さを矯正する意図をもった作だったようだ。

さて、つづく第二段は「主人听然として笑いて曰く」とはじまり、以下、［第三段もふくんで］篇末まで、主人の長広舌がつづいてゆく。この作が「広絶交論」、つまり朱穆「絶交論」の内容を敷衍する、と題されているのは、名目的にせよ、以下の議論が、朱穆「絶交論」の執筆意図を説明するという形式をとって、展開されているからである。(2)

主人听然而笑曰、「客所謂┌撫弦徽音、未達燥湿変響、
　　　　　　　　　　　└張羅沮沢、不睹鴻雁雲飛。

蓋聖人┌握金鏡、龍驤蠖屈、従道汙隆。┌日月連璧、賛亹亹之弘致、┌若五音之変化、……
　　　└闡風烈、　　　　　　　　　　└雲飛雷薄、湿棣華之微旨。└済九成之妙曲。

┌風雨急而不輟其音、斯則賢達之素交、歴万古而一遇。
└霜雪零而不渝其色、

逮叔世民訛、狙詐飆起、┌渓谷不能踰其険、競毛羽之軽、
　　　　　　　　　　　└鬼神無以究其変、趨錐刀之末。

於是┌素交尽、天下蚩蚩、鳥驚雷駭。然則┌利交同源、較言其略、有五術焉。……
　　└利交興、　　　　　　　　　　　　└派流則異。

凡斯五交、義同賈鬻、故┌桓譚譬之於闤闠、
　　　　　　　　　　　└林回喩之於甘醴。……

因此五交、是生三釁、
　　敗徳殄義、禽獣相若、一釁也。
　　難固易携、讎訟所聚、二釁也。
　　名陷饕餮、貞介所羞、三釁也。

古人
　　知三釁之為梗、故　王丹威子以檟楚、有旨哉。有旨哉。
　　懼五交之速尤。　　朱穆昌言而示絶。

（要約）主人はわらっていった。

あなたは、交遊の道も、時勢によってかわることを、ご存じないようですね。賢人たちの交遊は、仁義や道徳にもとづいています。いかに風雨があれくるい、霜雪がひどくても、なきやまぬ鳥、色をかえぬ松葉のごとく、交遊は不変です。それが素交であり、万年に一度あるかどうかというものです。ところが末世となるや、友情はうらぎられ、利益だけが目的の交遊がはじまります。それが利交です。この利交には、さらに五種があります。

利交の五種（勢交、賄交、談交、窮交、量交）は、利益を追求する点で、商売の道にひとしいものです。この五種の交遊をつづけていると、三悪が生じます。徳義を破壊する、交誼がやぶれ離反する、貪欲になる——の三つです。古人はこの三悪をにくんで、利交の五種を忌避しました。朱穆が「絶交論」をつづったのも、このためだったのです。

右の主人の論述は、いかにも論ジャンルにふさわしい、論理ただしき議論だといってよい。とくに交遊の道を、賢人たちの「素交」と小人たちの「利交」とに二分し、さらに「利交」を勢交、賄交、談交、窮交、量交の五種にわけて、詳細に説明してゆく論述（引用は略）は、なかなか分析的である。しかも、その分析的な論述は、［本章では詳論をさけるが」各所に典故をまじえつつ、整然とした駢体文でつづられており、その彫琢ぶりたるや、六朝駢文の精華と称すべきだろう。こうした議論展開の巧妙さや、文章の秀逸さについては、後代の批評家によって、
○撰語絶工妙、不慌不忙、逐節鋪叙、皆得其神、蓋議論中之賦。（『重訂文選集評』孫月峯の評）
ことば遣いはきわめて巧妙である。またあわてずいそがず、一節一節と論述をすすめていて、ともに神韻の域に達している。議論文のなかに、賦をおりこんだものといえようか。
○研錬之中、自極遒宕。由其風骨高騫、故華而不靡。（『評選四六法海』蔣士銓の評）
錬成されたなかにも、力づよさや放逸さがある。風骨ぶりが卓越しているので、華麗だが、淫靡にはおちいっていない。

などと評されており、文章史上でも卓越したものといってよかろう。

ここまでなら、主人の口舌という形式をのぞけば、論ジャンルの文章として、特段の違和感があるわけではない。ところが、つぎの「近世有楽安任昉」以下の第三段からは、論理的で冷静だった行文がとつぜん趣をかえ、任昉とその遺族に関する、なまなましい話題にきりかわる。そして、任昉の遺族をかえりみない連中に対し、「忘恩の徒ではないか」と指弾してゆくのである。もっとも、劉孝標の意図からすれば、恩しらずの「旧交を譏《そし》る」のが目的なのだから、むしろこの段こそが本論だというべきかもしれない。

近世有楽安任昉、海内髦傑。
早綰銀黄、夙昭民誉。
遒文麗藻、方駕曹王、
英跱俊邁、聯横許郭。
類田文之愛客、
同鄭莊之好賢。
見一善則盱衡扼腕、
遇一才則揚眉抵掌。
雌黄出其脣吻、
朱紫由其月旦。

於是冠蓋輻湊、衣裳雲合、輜軿擊轊、坐客恒滿。蹈其閫閾、若升闕里之堂。入其隩隅、謂登龍門之阪。至於顧盼增其倍価、翦払使其長鳴、彯組雲台者摩肩、趨走丹墀者畳迹。莫不締恩狎、結綢繆、想荘恵之清塵、庶羊左之徽烈。及瞑目東粤、帰骸洛浦、繐帳猶懸、墳未宿草、門罕漬酒之彦、野絶動輪之賓。藐爾諸孤、朝不謀夕、流離大海之南、寄命嶂癘之地。自昔把臂之英、金蘭之友、曾無羊舌下泣之仁、寧慕郈成分宅之徳。嗚呼、世路険巇、一至於此。太行孟門、豈云嶃絶。是以耿介之士、疾其若斯、裂裳裹足、棄之長騖。独立高山之頂、歓与麋鹿同群、皦皦然絶其雰濁。誠恥之也、誠畏之也」。

（要約）最近のこと、任昉という人がおりました。このひとは天下の英傑で、つとに高位につき、人びとの称賛の的でした。文才や学識の卓越ぶりは、いうまでもありませんが、なかでも、有能な人材の抜擢に熱心でした。そのため攀援をもとめて、おおくの人びとが任昉のまわりに雲集し、馬車どうしこみあうほどでした。そして任昉の推挙によって、つぎつぎと仕官し、立身していったのです。

ところが、その任昉がなくなりました。するとそれらの連中は、だれも任昉の家をおとずれなくなり、墓参のひとさえ、いなくなってしまいました。おかげで遺族は生活にくるしみ、辺地にながれていきました。生前に任昉の厚情にあずかった人びとは、いったいどこへいったのでしょうか。

ああ、世間の冷たさは、これほどになっています。廉潔の士（劉孝標）は、こんな世間をにくみ、すっかりいやになりました。そこで、世をすてて高山に隠遁しようとおもいたったのです。

この段では、

○嗚呼、世路険巇、一至於此。(3)

ああ、世間の冷たさは、これほどになっています。

○誠恥之也、誠畏之也。

こんな世間は、はずべきだとおもうからです。こんな連中は、おそろしいとおもうからです。

などの、つよい言いかたをまじえながら、任昉の遺族に救いの手をさしのべぬ、恩しらずな連中をそしっている。第二段の論理的で冷静な行文にくらべると、ここの文章は、劉孝標じしんの思いがつよくうちだされた、主情的な行文になっているといってよかろう。後代におけるつぎのような評語、

○蓋雲雨反覆、雖賢者亦有時而難以情恕理遣也。噫。(『義門読書記』第四九巻)

反覆つねなき連中には、いくら人徳者(劉孝標)であっても、ときには、情の面でも理の面でも、やりきれなくなることもあろう。ああ。

○以刻酷攄其憤懣、真足以状難状之情。(『駢体文鈔』李兆洛の評)

酷烈な行文で「恩知らずな連中への」憤激をのべており、叙しがたい憤懣のおもいを、じつに明確に叙している。

は、こうした劉孝標のつよい口調を指摘したものだろう。

二　「絶交論」を模した理由

以上、「広絶交論」を概観してきた。これによって、この作が一部に論らしい行文（第二段）をもちながらも、しかし全体の枠ぐみは主客の問答に依拠し、実質的には設論ふうスタイルに接近していることがわかった。では、劉孝標はなぜ論と題しながら、主客問答の設論ふう文章をつづったのだろうか。その理由は、きわめて明白である。「広絶交論」の原作である朱穆「絶交論」が、主客問答体をとっていたからだ。その朱穆「絶交論」にのっとった劉孝標「広絶交論」が、主客問答の設論スタイルにちかづいたのは、とうぜんすぎるほど、とうぜんのことだったとせねばならない。

では、「広絶交論」のもとになった朱穆の作は、どんな内容だったのだろうか。ここで朱穆の作を概観してみよう。朱穆の「絶交論」は、『後漢書』列伝第三十三朱穆伝に「〔朱穆の『崇厚論』とおなじく〕亦た時を矯《た》める作なり」と評され、その文じたいは、李賢注に引用されている。ただ、李賢注所引の文はすこしよみにくいので、ここでは、『芸文類聚』巻二十一などの佚文と校合した、『全後漢文』巻二十八所引のテキストによって、朱穆「絶交論」の大体（完篇ではないようだ）を紹介してみよう。

或曰、「子絶存問、不見客、亦不荅也、何故」。曰、「古者進退趨業、無私遊之交。相見以公朝、享会以礼紀、否則朋徒受習而已」。曰、「人将疾子、如何」。曰、「寧受疾」。曰、「受疾可乎」。

あるひとがたずねた。「あなたは交遊をやめて、客人ともあわぬし、なんの応酬もしようとしないが、いったいどうしてですか」。私はこたえた。「いにしえは、ひたすら臣事にはげみ、私的交遊はしませんでした。顔をあわすのは朝廷だったし、宴席にでるのも礼にしたがったものです。それ以外は、徒党のまじわりにすぎないからです」。あるひと「そんなことでは、世人からきらわれますよ。どうされるつもりですか」。私「あえてきらわれましょう」。あるひと「きらわれても、いいのですか」。

こうした「或るひと」と朱穆との対話をへてから、以下で本論ともいうべき、朱穆じしんの議論が、つぎのように展開される。

世之務交遊也久矣。不敦于業、不忌于君、犯礼以追之、背公以従之。其愈者、則孺子之愛也。其甚者、則求蔽過窃誉、以贍其私。利進義退、公軽私重、居労于聴也。……而吾不才、焉能規此。実悼無行。子道多闕、臣事多尤。思復白圭、重考古言、以補往過。時無孔堂、思兼則滞。匪有廃也、則亦焉興。是以敢受疾也、不亦可乎。

世人が私的交遊に熱心になってから、もうずいぶんになります。なすべき仕事もせず、君主をおそれもしない。礼を無視して交遊をおい、公儀にそむいて交遊に夢中です。まだまともなのは、子どもの友情のごときものですが、ひどい私的交遊ともなると、罪過をかくして声望をぬすみ、私欲を満足させるだけです。こうして、利をおい義がすたれ、公儀がかるく私交がおもい風潮は、わが耳にききあきるほどです。……

それなのに、この私は不才で、こうした風潮を是正することができません。ただ世間によき交遊の道がないのを、かなしむだけです。いまの世は、子としての道が欠け、臣下のつとめもでたらめです。私は、『詩経』白圭の詩を復唱し、古言に想いをいたして、世人の過誤をただしたいと念じています。ですが、昨今は孔子の教えが衰微しており、正道にしたがわそうとしても、うまくゆきません。孔子の教えが廃されたわけではありませんが、復興させることはできそうにないのです。こういうわけなので、私が「あしき私的交遊をこのむ」世人からきらわれるのも、やむをえぬ仕儀というべきでしょう。

以上である。意味をとりにくい箇所もないではないが、それでもこの文は大要、「時を矯《た》める作」だと理解してよいであろう。

この朱穆「絶交論」が発表されるや、さっそく当時の識者から反響があったようだ。そうした反響については、『後漢書』本伝の「論に曰く」がくわしい。

朱穆見比周傷義、偏党毀俗、志抑朋游之私、遂著「絶交」之論。蔡邕以為穆貞而孤、又作「正交」而広其致焉。……穆徒以友分少全、因絶同志之求。党侠生敝、而忘得朋之義。蔡氏「貞孤」之言、其為然也。

朱穆は、悪グループが正義をそこない、徒党をくむ連中が世俗をけがすのをみて、私欲による交遊を禁ずべきだとおもって、「絶交論」をつづった。蔡邕は、この朱穆の作を、ただしいが［世間からは］孤立している、とみなした。そこで彼も「正交論」をつづって、朱穆「絶交論」の意図をひろめようとしたのである。……朱穆は交遊の道がまっとうされにくいので、同志との交際をたち、遊侠たちとの交遊は弊害がおおいとして、友情のよさをわすれてしまった。蔡邕が「ただしいが［世間からは］孤立している」と評したのは、まったくとうぜんのことではないか。

この范曄の「論に曰く」によると、朱穆は私欲による交遊をにくみ、それを禁じようとして、この「絶交論」をかいたようだ。その結果、当時の識者、とくに蔡邕の共感をえたが、しかしいっぱんには、「ただしいが［世間からは］孤立している」と敬遠されていたようである。

この范曄の意見に多少のおぎないをすると、朱穆「絶交論」に対しては、蔡邕だけでなく、さらに孔融も注目していたようだ。孔融は、ときの実力者だった曹操にむけて、友人の盛孝章の助命を嘆願した書簡文をつづったが、そのなかで「もし盛孝章を助命できねば、私は朱穆が絶交した、あの恩しらずの連中とおなじになってしまいます」とのべて、朱穆の「絶交論」に言及しているのである（『文選』巻四一「論盛孝章書」）。すると漢末では、識者たちのあいだで、そうとうしられていたのだろう。

劉孝標は、こうした朱穆の作を敷衍したわけである。ただ、両篇をよみくらべるとわかるが、劉孝標は、朱穆「絶交論」の構成や行文を、それほど忠実には敷衍していない。そもそも朱穆の作は、自分の立場や意見をのべるのに急で、劉孝標の作のように、交遊を二大別し、さらに「利交」を五種にわけるという分析的記述は、おこなっていない（朱穆の作は完篇ではないが、おそらくじっさいになかったろう）。くわえて両篇では、内容的にも、強調したい論点が、ややずれている。朱穆の作は、「時を矯《た》める」ことに重点があった。それに対し、劉孝標「広絶交論」のほうは、「時を矯める」よりも、任昉の遺族を援助せぬ恩しらずの連中を非難することに、真の目的があった。第一・二段における五交や三悪などの分類も、その真の主題を強調するための、前提にすぎなかったのである。

このように劉孝標「広絶交論」は、朱穆の作を独自の見地で敷衍したものであり、通常の意味での解説や模擬作品ではない。両篇のこうした同床異夢ぶりは、結果としてそうなったのではなく、劉孝標がもとから意図したものだったにちがいない。つまり劉孝標は、便宜的に朱穆「絶交論」の外皮をかりたにすぎず、もともとオリジナルな作品をつづるつもりだったのだろう。

では、つぎに問題になるのは、便宜的だったにしても、劉孝標は、なぜ朱穆の作の外皮をかりる必要があったのか、ということだ。恩しらずな連中を非難するのだったなら、朱穆の作の敷衍などではなく、あらたに賦のジャンルでつづってもよかっただろうし、また作例はすくないながら、ひとを非難するためのジャンル、たとえば「嘲」や「責」の文などもないではなかった。にもかかわらず劉孝標は、朱穆「絶交論」を敷衍する形態を選択した。それは、どういう理由があったのだろうか。

するると、第一に、朱穆「絶交論」の内容や形態が、外皮をかりるのにつごうがよかったことがかんがえられよう。まず内容からいえば、さきにもみたように、朱穆「絶交論」は、「時を矯める」ことに重点があり、劉孝標「広絶交論」のほうは、任昉の遺族を援助せぬ恩しらずの連中を非難することに、主要な関心があった。このように微妙に主題がずれているが、それでもこの両者は、私利追求の交遊を批判するという主題、それらの連中と絶交しようとする結論、この二点でおなじ方向をむいている。ただ私利追求に狂奔する世相を批判するとか、俗人と絶交するとかだけなら、ほかにも類似の作がないではない。たとえば、『漢書』芸文志がいう「賢人失志賦」系統の諸作は、おおく前者に該当するだろうし、後者でも、有名な嵆康「与山巨源絶交書」などがすぐ想起されよう。だがそれでも、この二点を兼備したものとなると、朱穆「絶交論」以外には、なかなかおもいつかない。つまり、私利追求の交遊を批判するという主題、そして絶交を宣言するという結論、この二点をあわせもっているという特徴が、外皮をかりるのにつごうがよかったのだろう。

さらに、朱穆「絶交論」の無韻の文という形態も、劉孝標にはつごうがよかったとおもわれる。というのは、現存する作品をみるかぎり、劉孝標には押韻した文章作品は一篇もなく、すべて書、志、啓、序など無韻の文ばかりである。押韻したものとしては、ただ四篇の五言詩があるのみであり（賦は一篇も残存しない）、これは当時の文人としては、かなりめずらしい例だといってよい。なぜ劉孝標には、これほど押韻した作品がすくないのか。それは、ひとつには、五言詩を競作するような文学サロンの場へ、彼があまり出入りできなかったからに相違ない。そしてもうひとつは、劉孝標の資質が、即興や感覚に依拠する詩の形式よりも、論理的整合さを重視する無韻の文のほうに、より適合したものだったからだろう。その意味で、彼の作が「絶交詩」や「絶交賦」でなく、また設論ジャンル（有韻）の「答客問」でもなく、無韻の文たる「広絶交論」という形態で結実したのは、むしろ必然のなりゆきだったといってよかろう。

第二に、劉孝標の作風が、斬新な発想をくりだすのではなく、前例を踏襲しつつ議論してゆくタイプだったことがあげられよう。たとえば、もう一篇の論の名作「弁命論」でも、彼は王充『論衡』の議論や司馬遷の「天道は是《ぜ》か非《ひ》か」、さらには李康「運命論」中の議論などを勘案しつつ、みずからの意見を開陳している。また彼の「自序」でも、後漢の馮道の事例をひきあいにだしながら、みずからの出処進退のありかたをかたっている。こうした、前例を踏襲しながらの議論展開は、劉孝標だけが得意にしていたわけではなく、該博な知識を有していた六朝文人たちには、かきやすいスタイルであったようだ。なかでも、『世説新語』に注したり、類書『類苑』を単独で編纂したりするほど、当時でも突出した知識量をもった劉孝標には、とくになじんだ書きかただったのだろう。

さらに第三の理由は、朱穆「絶交論」が設論ジャンルに接近していたことと、かかわりがある。すなわち、朱穆の作は主客問答体をとるという点で、設論ジャンルにちかづいていたが、その設論の特徴のひとつに、ユーモラスな遊戯精神を有するということがあった。じっさい、設論ジャンルに属する東方朔「答客難」や揚雄「解嘲」、さらに「設論に属するかどうかは、議論の余地があるだろうが」魯褒「銭神論」、張敏「頭責子羽文」などの作は、世俗批判を展開しながらも、その批判の牙は、文中にただよう遊戯性によって、やわらかくつつまれている。後述するが、劉孝標「広絶交論」にも、これと同種の遊戯性の糖衣が存しているようにおもわれ、どうやら劉孝標は、批判の牙を遊戯性でつつみこむ手法を、設論ジャンルの諸作から、まなぼうとしたのではないかと推察される。その意味でも、設論にちかづいた朱穆「絶交論」は、「広絶交論」のかっこうの外皮だったろうとおもわれるのである。

三　にがいユーモア

では、劉孝標「広絶交論」中に存する遊戯性の糖衣とは、いかなるものだろうか。こうした、「広絶交論」の遊戯ふう性格については、じゅうらいの研究ではあまり強調されてこなかった。その意味では、しるひとぞしる側面だといってよい。そこで「広絶交論」中にひそむ遊戯性をさぐってみよう。

「広絶交論」中にひそむ遊戯性とは、誇張や比喩によって醸成された、皮肉や嘲笑まじりのユーモアをさす。一言でいえば、ブラックユーモアといえようか。たとえば、つぎのような部分が、それである。

則有窮巷之賓、冀宵燭之末光、魚貫鳧躍、分雁鶩之稲粱、銜恩遇、
　　縄樞之士、邀潤屋之微沢。颯沓鱗萃、霑玉斝之余瀝。進款誠。

陋巷にすむ窮民やあばら家の貧者は、［金もちたちの］余光を期待し、おこぼれをほしがります。そして［金もちの周辺に］魚や鳧《かも》のようにむらがり、鱗のように殺到するのです。もし雁や鶩《あひる》のえさをわけてもらい、玉杯の余滴をいただいたら、その恩遇を胸にきざみ、忠誠をちかっています。

これは、賄交（金銭をもとめての交遊）を叙した部分である。ここの、貧者が金もちにむらがる描写は、おそらく実写ではなく、意図的な誇張だろう。なかでも、「［金もちの周辺に］魚や鳧のようにむらがり、鱗のように殺到するのです」の部分は、金銭をほしがる貧者を、えさにむらがる魚や鳥になぞらえる比喩によって、誇張の度をつよめている。さらには、貧者が金もちから恵みをもらうことを、「雁や鶩のえさをわけてもらい」とつづるにいたっては、劉孝標のかくしきれぬ侮蔑の情が、ついあらわになってしまったかのようだ。

おなじく、談交（攀援をもとめての交遊）を叙した部分には、

於是有弱冠王孫、綺紈公子、道不挂於通人、声未遒於雲閣。攀其鱗翼、丐其余論、附騏驥之旄端、軼帰鴻於碣石。

わかい王族や貴公子たちは、まだ徳望はみがかれず、名声も朝廷にとどいておりません。されば彼らは、大官にとりすがり、ほめことばをほしがります。そして駿馬の尾にとまったり、鴻鳥にすがったりして立身をねがうのです。

のごとき文章がみえる。ここでも、攀援を期待する者が要路の人物にとりすがるようすが、揶揄的に誇張されている。とくに「駿馬の尾にとまったり、鴻鳥にすがったりして立身をねがうのです」の部分には、駿馬や鴻鳥（ともに、権威ある者の喩）にすがって立身しようとする姿が、いかにも皮肉っぽくえがかれている。こうした誇張や比喩によって、利交のあさましさを強調した行文は、よむ者の心中に、にがい笑いをひきおこさずにはおかない。この部分をよんだ人びとは、自分の周辺にいるあさましい連中（あるいは自分じしん）を想起しながら、心中にわきおこってきたさまざまな思い（欣快、冷笑、にがにがしさ、不快感など。ひとや立場によって、思いの内容はことなる）を、ジッとかみしめたことだろう。

こうしたブラックユーモアは、「広絶交論」の各所にみえるが、そのもっとも成功したのが、つぎの部分だろう。ここは、量交（相手の軽重によって態度をかえる交遊）を揶揄しているのだが、誇張や比喩による皮肉がきわだっており、劉孝標も、とくに力をいれてかいた部分だと想像される。

馳騖之俗、澆薄之倫、無不操権衡、秉纖纊。衡所以揣其軽重、纊所以属其鼻息。

若衡不能挙、雖顔冉龍翰鳳雛、舒向金玉淵海、視若游塵、莫肯費其半菽、
　纊不能飛、　曾史蘭薫雪白、卿雲黼黻河漢、遇同土梗、罕有落其一毛。
若衡重錙銖、雖共工之蒐慝、南荊之跋扈、皆為匍匐逶迤、金膏翠羽将其意、
　纊微彯撇、　驩兜之掩義、東陵之巨猾、折枝舐痔、脂韋便辟導其誠。

利をおう俗人や軽薄な連中は、秤《はかり》をもち細綿《ほそわた》を手にせぬ者はおりません。秤でひとの権力の軽重をはかり、細綿でひとの鼻息の強弱をしるのです。もし秤がうごかず、細綿が鼻息でとばなかったら、その人物が、顔淵や冉耕のような君子、曾参や史魚のような廉潔の士、また董仲舒や劉向のような学者、司馬相如や揚雄のような文人だったとしても、彼らは塵や泥人形のようにみなし、半豆の食べものもあたえず、一毛さえめぐみません。

ところが、秤がちょっとでもうごき、細綿がすこしでもゆれたなら、その人物が、共工のごとき悪党、驩兜のごとき偽善者、また南楚であばれた荘蹻、東陵をあらした盗跖のような連中だったとしても、彼らははいつくばってちかづき、アンマをし、痔をなめ、さらには金丹や翡翠《ひすい》の羽をおくって意をむかえ、こびへつらって誠実さをうりこむのです。

ここでは、相手が自分の利益になるかどうかを、よくみきわめてから、態度を自在にかえる連中を揶揄している。「秤《はかり》でひとの権力の軽重をはかり、細綿《ほそわた》でひとの鼻息の強弱をしる」とは、まことに強烈なからかいだろう。じっさいに秤や綿を手にもって、相手の力量をうかがう者など、いるわけがない。その意味で、この部分はユーモラスな誇張表現にすぎないが、それでも、その奥にひそむ批判の牙は、するどくとんがっている。

この「広絶交論」は、つぎのような文章で一篇をむすんでいる。

（原文は前出）

ああ、世間の冷たさは、これほどになっています。あの太行や孟門の山のけわしさなど、問題になりません。かくして廉潔の士（劉孝標）は、こんな世のなかをにくみ、衣服をやぶって草履《ぞうり》とし、世俗をすてておくへゆくことにしました。そして高山のいただきにたって鹿の仲間となり、濁世ときっぱり縁をきることにしました。こんな世間は、はずべきだとおもうからです。こんな連中は、おそろしいとおもうからです。

こんな軽薄な世間にはあいそがつきたので、高山のかなたに隠遁してしまおうと、啖呵をきっている。だが、この「高山のいただきにたって鹿の仲間となり、濁世ときっぱり縁をきることにしました」の発言は、本気ではない。劉孝標はこれからあとも、武帝の弟の安成王秀の招きに応じて、荊州の地で戸曹参軍の職についているからである。つまり、劉孝標は隠遁するつもりなど毛頭ないのに、故意にこういっているわけで、これも意図した誇張表現であり、一種のユーモアだと理解すべきだろう。

以上、私が気づいた範囲で、「広絶交論」中にひそむ遊戯性を指摘してみた。注意ぶかくよまなければ、みおとしてしまいかねないが、文中の各所に、からかい、皮肉、揶揄等を主体とする、毒々しい笑いがちりばめられていることが、了解できたことだろう。

では、劉孝標はどうして「広絶交論」に、こうしたブラックユーモアをちりばめたのだろうか。私見によれば、それは、作者たる劉孝標と、作中で諷された忘恩の徒たち（到漑・到洽兄弟たち）とのあいだに、歴然とした位階の差があったことが、かかわっているのではないかとおもう。

これよりまえ、劉孝標はささいな理由（休暇をとって、青州刺史だった兄の孝慶のもとにでかけたさい、都から禁制品をもちだしたという理由）によって、官位を免ぜられている。すると、「広絶交論」をつづったときの劉孝標は、どうやら無官の身に転落していた可能性がたかい。そうした無官の劉孝標にとって、いまをときめく高位高官たちを忘恩の徒だと諷するのは、そうとう勇気がいったはずだ。そうしたとき、［軋轢を生じやすい］批判の牙をかくすものとして、遊戯性という糖衣がひらめいたのではないか。さきにみたように、揚雄「解嘲」や魯褒「銭神論」、張敏「頭責子羽文」などは、主客問答がかもしだすユーモアで、諷刺の牙をつつみこんでいたし、また左思「白髪賦」や孔稚珪「北山移文」なども、擬人法を使用することによって、諷刺される側の反発をやわらげようとしていた。このように従前の文学史をふりかえってみると、諷刺の文学、とくに弱者から強者へむけた諷刺の文学では、遊戯性を利用して、予想される反撃を未然にふせごうとするのは、常套の手段であった。劉孝標も、そうした慣例を踏襲したのだろう。

この「広絶交論」にひそむ遊戯性を、目ざとくみぬいた具眼の士が、これまでいなかったわけではない。そのもっともはやい人物として、宋の洪邁があげられよう。彼は『容斎随筆（五筆）』において、西晋の張敏がかいた「頭責子羽文」をとりあげて、

極為尖新。古来文士皆無此作。

ひじょうに斬新である。過去の文人には、こうした文章をつづった者はいなかった。

と、その独創性をたかく評価する。そしてこの作との関連で、劉孝標の「広絶交論」にも言及して、

其文九百余言、頗有東方朔客難、劉孝標絶交論之体。

この九百余言の張敏「頭責子羽文」は、東方朔「答客難」や劉孝標「広絶交論」の風格を有している。

とのべているのである。ここで引きあいにだされた東方朔「答客難」は、いうまでもなく、ユーモラスな内容をふくんだ設論の名篇である。すると洪邁は、どうやら「広絶交論」を、東方朔「答客難」や張敏「頭責子羽文」と同類の遊戯文学だとみなしていたようだ。

さらに、清朝の李兆洛も「広絶交論」に対して、

送窮乞巧、皆其支流也。

韓愈「送窮文」や柳宗元「乞巧文」は、ともに劉孝標「広絶交論」の後裔だろう。

と評している（『駢体文鈔』巻二〇）。つまり彼は、劉孝標の「広絶交論」を、唐代の韓愈「送窮文」や柳宗元「乞巧文」などの遊戯文学の、本流的位置にあるとみなしているのである。

右二評はいずれも、概括的な批評だといってよい。だが、おなじ概括的な批評であっても、清の邵子湘の

説尽末世交情、令人痛哭、令人失笑。（于光華『重訂文選集評』所収の評言）

末世における交遊の情を喝破しており、読者を痛哭させるかとおもうと、また失笑させることだろう。

となると、「広絶交論」の勘どころをおさえた、すぐれた評言だといってよい。じっさい、この邵子湘の評言は、仮借ない行文で読者を痛哭させるかとおもえば、大仰な誇張や比喩で読者を失笑させる、劉孝標の巧妙な筆づかいを、みごとにいいあてている。これを要するに、「痛哭」（真摯な批判）と「失笑」（遊戯性）とが交錯したところに、この「広絶交論」の本質があるといってよいであろう。

四　失敗した遊戯文学

このように私は、劉孝標「広絶交論」は、諷刺の意を遊戯性の糖衣でつつみこんだ作だったろう、と推測する。「かくれた遊戯文学」は、ふつう社交ふう遊戯文学に属することがおおいので、その意味では、かなり例外的な作だといってよかろう。では、そうした劉孝標の意図は、はたして成功したのだろうか。

まず、諷刺の意図からかんがえてみよう。そもそも、世俗もしくは特定の人びとを諷した文学のばあい、「成功した」と称せるのは、どのようなケースをさすのだろうか。ふつうにかんがえれば、諷された世俗の人びと（もしくは特定のひと）が、その作品をよんでふかく反省し、行いをあらためたり改心したりしたなら、「成功した」といってよかろう。そこまでいかなくても、世間で多少とも話題になれば、［相手の反省や改心がなくても］それなりに効果はあったといえよう。だが現実には、そうしたケースは、おおくはあるまい。大多数のばあいは、かきっぱなし、無視されっぱなしのままだろう。むしろ逆に反撃をくらって、手きびしいしかえしをされることも、おおかったに相違ない。

では、この劉孝標「広絶交論」のばあいは、どうだったのだろうか。『南史』任昉伝は、「広絶交論」公表後の反響について、

到漑見其論、抵几於地、終身恨之。

到漑はこの「広絶交論」をよむや、［くやしさのあまり］几《ひじかけ》を地面になげつけた。そして終身、劉孝標をうらんだのである。

としるしている。この作をよんだ到漑が「［くやしさのあまり］几を地面になげつけた」というからには、すくなくとも到漑をおこらせる効果はあったようだ。さらに「終身、劉孝標をうらんだ」ともあるので、「広絶交論」の諷刺は、そうとう到漑の骨身にこたえたのだろう（もっとも、この「広絶交論」をよんで、自分のことを批判したのか、と気分をわるくした者は、おそらく到漑ひとりではなかったろう）。

だが、到漑がかく、反省するどころか、死ぬまで劉孝標をうらみつづけたことが、はたして任昉の遺族にとって、さらには劉孝標じしんにとっても、満足すべきことであり、よろこぶべきことだったかどうかは、おおいに疑問だろ

う。『南史』は、これ以上の反響はしるさぬが、任昉の遺族が、「広絶交論」執筆をよろこんだという記事は、すくなくとものこっていない(4)。

また劉孝標じしんも、この「広絶交論」が原因かどうかはわからないが、この「広絶交論」執筆と前後する天監七年(五〇八)に、都の建康から地方へでていかざるをえなかった。すなわち、どんな事情だったのかよくわからないが、[この時期、おそらく無官だった]劉孝標は、同年に武帝の弟の安成王秀の招きに応じて、荊州におちていったのである。そして、それ以後は二度と中央政界に復帰することなく、やがて安成王のもとでの戸曹参軍の職も辞して、けっきょく隠棲を余儀なくされたのだった。結果論でいえば、劉孝標は、この「広絶交論」執筆の時期を境として、都から地方へとおいだされ、終生かえることができなかったのである。これは、当時の官場生活としては、左遷であり、不運な境遇におちこんだものだといってよい。もし、こうした後半生の不遇と関係があったとすれば、この「広絶交論」の執筆は、劉孝標にとって、たかいものについたというべきだろう。

では、「広絶交論」が意図した遊戯性のほうは、いかに評価されるのだろうか。これは、到溉をしておこらせ、あまつさえ終生うらませたわけだから、明確に失敗したといってよかろう。諷刺の意を遊戯性の糖衣でつつんだとすれば、被諷刺者たち、とくに矢面にたった到溉に、「これは一本とられたな」と苦笑させ、さらに「敵ながらあっぱれ」と、感心させるくらいでなければならない。それができなかったというのは、遊戯性をねらった文学として、成功したとはいえないだろう。

なにがわるかったのかといえば、要するに諷刺にくらべて遊戯性がよわすぎた、ということだろう。劉孝標としては、さきにみた大仰な誇張や比喩表現などに、せいいっぱいユーモアをこめたつもりだったかもしれない。だが、一篇中の強烈な諷刺精神にくらべれば、ユーモアの糖分はあまりにもすくなすぎた。

私見によれば、遊戯性をもたせるために、劉孝標はひそかに魯褒「銭神論」や孔稚珪「北山移文」などを、モデルにしたのではないかと推察される(5)。ともに諷刺を蔵した作でありながら、その鋭鋒をユーモアでやわらかくつつんでいるからだ。じっさい、これらの作では、巧妙な擬人法や比喩を駆使して、批判の牙を遊戯性の糖衣でうまくかくしている。たとえば、西晋の魯褒「銭神論」では、

（原文は第七章を参照）

洛中の朱衣をまとった富豪や、いまをときめく貴人が、わがアニキ（銭）を愛することは、とどまることがありません。アニキの手をとり、ずっとだきしめたままです。才の優劣や歳の上下も関係ありません。客人はアニキのもとにおしかけ、門前はいつも市《いち》をなすいきおいです。

という一節がある。この部分、お金の力や魅力が、人びとの心をとらえ、支配していることを諷しているのだが、文面にすっとぼけた味わいがただよっていて、よむ者を苦笑させずにはおかぬユーモアがある。また斉の孔稚珪「北山移文」でも、

（原文は第十二章を参照）

［周顒の裏ぎり者がさったあと］高霞はさみしく夕日にはえ、明月もひとり空にうかんだまま。青松はむなしく陰をおとし、白雲はだれを友にすればよいのか［だれもいない］。……

［わし（北山）が周にだまされたのをしるや］南嶽はわしをあざけるし、北壟はおおわらい、谷川はきそって悪口をならべ、高峯もわしをなじってばかりじゃ。わしは、周にだまされたのがなさけなく、だれも同情してくれんのがかなしい。おかげで、［わしのなかにすむ］林の木々はずっと恥じつづけ、澗《たに》の清水もはずかしがっておる。秋桂は清風でその芳香をひろめることをやめ、春蘿も月光をあびるのを遠慮したほどじゃ。

のような描写がみえている。この部分では、清麗な山水描写とこっけいな擬人法とが一体となっていて、いかにも遊戯文学ふうな風趣をかもしだしている。

以上、「銭神論」と「北山移文」の一節をあげてみたが、いずれも、「広絶交論」の辛辣な笑いにくらべると、格段にユーモラスであることに気づくだろう。両篇とも諷刺を蔵してはいるのだが、諧謔味でつまれることによって、そのとげとげしさが緩和されているのである。こうした、柔和なユーモアにつつまれた諷刺では、諷刺されたほうも、あまり本気で反撃するのは、おとなげないような気がして、正面だっての逆襲や反論はしにくいだろう。それが、魯褒や孔稚珪のねらったところでもあったに相違ない。その点、ざんねんながら「広絶交論」には、この種の柔和な遊戯性がとぼしかったのである。

「北山移文」の作者である孔稚珪は、蛙の鳴きごえを鼓笛の音としゃれる、洒脱な性格の持ちぬしだったという（『南斉書』巻四十八。第十二章も参照）。それに対し、劉孝標のほうは狷介な性格で、「すきかってに行動して、他人と調子をあわせることができなかった」うえ、さらに「錦被」事件までひきおこして、梁武帝さえもおこらせてしまった（『南史』巻四十九。第十七章も参照）。さらに後年にも、「弁命論」をつづって、自分に対する武帝の狭量さをあてこすっている（李善は「辞《ことば》に憤激する多し」と評する。武帝やその周辺に対する「憤激」だろう）。他人と調子をあわせられないといっても、ときの天子にむけて批判めいた言動をなすとは、その狷介さは、はんぱなものではない。まさに筋金いりの狷介さであり、反骨ぶりだったというべきだろう。

このようにみてくると、けっきょくは彼の狷介な性格が、「広絶交論」の表現をストレートで鋭角的なものにしてしまい、到漑らの怒りを惹起してしまった、といってよかろう。不器用で、手かげんすることをしらぬ劉孝標は、批判の牙をユーモアの糖衣でつつみこむような芸当は、しょせんできなかったのである。その意味で彼の「広絶交論」

は、遊戯文学としては、失敗作だったといってよいだろう。

注

（1）『文選』李善注でも、「広絶交論」の「自昔把臂之英」云々の箇所に、

劉孝綽（もと、あやまって「劉孝標」につくる。『胡氏校異』によってあらためた）「与諸弟書」曰、「任［昉］既仮以吹嘘、各登清貫。任云亡未幾、子姪漂流溝渠。［到］洽等視之、攸然不相存贍。平原劉峻疾其苟且、乃広公叔絶交論焉」。

と注している。ここにひかれた劉孝綽書簡からすると、劉孝標「広絶交論」の執筆事情は、当時の人びとのあいだでも、よくしられていたようだ。

（2）「広絶交論」の標題は、「朱穆の絶交論を敷衍する」の意である。もしジャンルの所属を明確にするのなら、「広絶交論論」（朱穆の絶交論を敷衍した論）という標題にしたほうが、もっと適切だったろう。では、なぜそう名づけなかったのかといえば、おそらく、「絶交論」を敷衍した作なら、論ジャンルに属するのはとうぜんのことなので、「論」字の重複をさけて、「広絶交論」という名称にしたのだろう。

（3）「広絶交論」中の「世路険巇、一至於此」は、任昉「弾劾劉整」中の「人之無情、一何至此」に、［とくに傍点を付した部分が］よく似ている。たんなる偶然なのかもしれないが、劉孝標が故意に任昉の文に模した可能性もないではない。

（4）隋の王通『文中子』中説第一は、「広絶交論」における到兄弟批判について、

惜乎、挙任公而毀也。任公於是乎不可謂知人矣。

おしいことだ。劉の論は、任昉を称揚しようとして、かえってそしることになってしまった。任昉はこれによって、「知人」（ひとの価値をみぬける）とはいえなくなってしまったからだ。

といっている。右の後半は、［劉孝標が「広絶交論」中で］到兄弟の忘恩ぶりをそしることによって、逆に、兄弟の本質をみぬけなかった任昉の不明ぶりを、暴露してしまったからだ――の意である。この王通の発言は、逆説的な見かたではあるが、「広絶交論」の執筆は、亡き任昉にとっても、よい結果をうまなかったことを指摘している。

（5）「広絶交論」と「銭神論」との相関については、『歴代駢文名篇注析』（黄山書社　一九八八）中の「広絶交論簡析」（執筆は雷徳栄・龍建国）が、つぎのように指摘している。

西晋の末期に、はやくも勢利につられる連中を、譴責した作品がかかれている。魯褒「銭神論」や王沈「釈時論」が、それである。劉峻の「広絶交論」は、これらの作に多少は影響をうけたかもしれないが、思想や芸術的方面では、まちがいなくそれらの作を超越している。その意味で、劉峻の作は駢文発展史において、第一におされるべき名作だと称せよう。

また、「広絶交論」と「北山移文」との相関については、明末の顧炎武が『日知録』巻十九直言で、

孔稚珪北山移文、明斥周顒。劉孝標広絶交論、陰譏到漑。袁楚客規魏元忠、有十失之書。韓退之諷陽城、作争臣之論。此皆古人風俗之厚。

孔稚珪「北山移文」は明瞭に周顒を批判し、劉孝標「広絶交論」はこっそり到漑をそしった。また唐の袁楚客は魏元忠をいさめて、十の失政を叙した「規魏元忠書」をつづったし、韓愈も陽城を諷して、「争臣論」をつくった。これらの事例は、すべて古人のよき風俗のあらわれなのである。

とのべている。顧炎武は、「古人のよき風俗」の例として、両篇を並挙しているにすぎない。ただ孔稚珪「北山移文」が遊戯的性格を有した作なので、ひょっとすると顧炎武は、並挙した「広絶交論」のほうも、ユーモアまじりの作だとみなしていたのかもしれない。

第十九章　江淹「恨賦」論

「Ⅵ　かくれた遊戯文学」では、六朝における「かくれた遊戯文学」として、庾信「燈賦」や劉孝標「広絶交論」をとりあげて、その遊戯性をさぐってきた。この章では、やはりかくれた遊戯文学に属する「可能性がある」作として、江淹（四四四〜五〇五）、あざなは文通の「恨賦」をとりあげてみよう。

この「恨賦」は、六朝でも屈指の名篇としてしられている。この作が名篇とされる事由は、たとえば清の許槤が

　通篇奇峭有韻。語法倶自千錘百錬中来、然却無痕迹。（『六朝文絜』巻一）

　一篇全体が雄健で調べがととのっている。行文は千錘百錬されているが、鏤骨の痕跡を感じさせない。

と評するように、千錘百錬（千たび錘《きた》え百たび錬《ね》る）の修辞的彫琢にあったようだ。六朝の美文創作においては、修辞をこらすのは通常のことであるが、「恨賦」においてはその彫琢ぶりが、とくにきわだっていたのだろう。

この「恨賦」は、ふつうには、遊戯性が存するとはかんがえられていない。だが私見によれば、この賦中の修辞はいっぷうかわっており、そしてそうした修辞をほどこす江淹の創作精神には、あそびふうな傾向（真戯融合の精神。第十四章を参照）がひそんでいるように感じられる。もしそうだとすると、じゅうらい真摯な作とみなされてきた「恨賦」も、「かくれた遊戯文学」に属させてよい可能性がでてくるだろう。本章では、いっぷうかわった修辞法や、江淹の創作精神に注目しながら、「恨賦」のあたらしい解釈をさぐってみたいとおもう[1]。

一　「恨賦」の内容

「恨賦」（『文選』巻十六所収）という標題は、「恨みを叙した賦」の意だろうが、この「恨み」とは具体的にはなにを意味するのだろうか。それは『文選』の五臣（李周翰）注の

　古人遭時否塞、有志不申。而作是賦也。

　古人には、時勢にめぐまれなくて、志《こころざし》をはたせなかった人びとがいる。そこで江淹は、「そうした古人にかわって」この賦をつくったのだろう。

という記述から判断すれば、志をとげぬまま世をさった古人たちの無念の情をさす、とかんがえられる。そもそも「恨」は、解決不可能な事態に対する無念の情を意味しており、おなじ「うらみ」でも、挽回が可能だと意識される「怨」よりも、つよい不遇や無念のニュアンスをもっている。(2)すると「恨賦」は、志をとげぬまま世をさった無念の情を、江淹が古人になりかわって表白した賦だと理解してよかろう。

　では、まず江淹「恨賦」の内容を概観しておこう。この賦は、おおきく三つの部分にわけられる。第一段は、いわば全体の序文ふう部分であるが、ここでも韻をふんでおり、美文らしい装飾ぶりだといえよう。つづく第二段は中心部、そして第三段は結びの部分であり、いずれも押韻がほどこされている。

　第一段（序）

試望平原、蔓草縈骨、人生到此、天道寧論。
　　　　　拱木斂魂。

於是僕本恨人、心驚不已。直念古者、伏恨而死。

平原［の墓場］をながめると、蔓草が人骨にからみ、大木に魂魄があつまっている。人間がこうなるとおもえば、天道をあげつらってもしかたないことだ。こうおもうと、うらみっぽい人間である私は、心さわいでやまぬ。さればわが思いは、無念の情をいだいて死んでいった古人のほうにむかってゆくのだ。

第二段（中心部）

(1)至如秦帝按剣、諸侯西馳。削平天下、同文共規。華山為城、紫淵為池。
雄図既溢、武力未畢。方架黿鼉以為梁、巡海右以送日。一旦魂断、宮車晩出。

(2)若迺趙王既虜、遷於房陵。薄暮心動、昧旦神興。別艶姫与美女、喪金輿及玉乗。置酒欲飲、悲来填膺。千秋万歳、為恨難勝。

(3)至如李君降北、名辱身冤。抜剣撃柱、弔影慚魂。情往上郡、心存鴈門。裂帛繫書、誓還漢恩。朝露溘至、握手何言。

(4)若夫明妃去時、仰天太息。紫台稍遠、関山無極。揺風忽起、白日西匿。隴鴈少飛、代雲寡色。望君王兮何期、終蕪絶兮異域。

(5)至乃敬通見抵、罷帰田里。閉関卻掃、塞門不仕。左対孺人、顧弄稚子。脱略公卿、跌宕文史。齎志沒地、長懐無已。

(6)及夫中散下獄、神気激揚。
濁醪夕引、素琴晨張。
秋日蕭索、浮雲無光。
欝青霞之奇意、入脩夜之不暘。

(7)或有孤臣危涕、孽子墜心。
遷客海上、流戍隴陰。
此人但聞悲風汨起、血下霑襟。亦復含酸茹歎、銷落湮沈。

若乃騎畳跡、車屯軌。
黄塵匝地、歌吹四起。
無不煙断火絶、閉骨泉裏。

（要約）秦の始皇帝は、剣によって天下を平定したが、それでも武威をおさめず、四方を巡遊していた。ところがその始皇帝、忽として魂がきえさり、あの世に旅だってしまった。国をほろぼされた趙王遷は、悶々とくるしみつづけ、死ぬまでうらみをわすれなかった。匈奴にくだった李陵は、漢朝の恩をかえそうとしたが、にわかに死んでしまった。匈奴に嫁した王昭君は、なげきつつ西域へわたり、異域の地で絶命してしまった。隠棲を余儀なくされた馮衍は、志をはたさないまま閉居し、そのまま死んでしまった。下獄した嵆康は、心さわぎ酒をのんだが、ついには刑場の露ときえてしまった。そのほか、孤臣、妾腹の子、蘇武、婁敬、貴族の子たちも、「貴賤をとわず」みな死んでしまい、骨を地下にうずめるばかりだった。

第三段（結び）

已矣哉。
春草暮兮秋風驚、秋風罷兮春草生。
綺羅畢兮池館尽、琴瑟滅兮丘壟平。
自古皆有死、莫不飲恨而呑声。

ああ。春草がかれると秋風がたち、秋風がやむと、また春草がはえてくる。「かく自然はふたたびめぐってくるが」栄華をほこった人間が死ぬや、その池端の館もくずれおち、琴瑟の音がとだえると、墓地さえわからなくなってしまう。かくむかしから、死はひとしくおとずれてきた。無念のおもいをのみこみ、嘆きの声をしのばなかったものは、だれもいなかったのだ。

二　故事列挙の手法

この江淹「恨賦」には、いっぷうかわった修辞技法がほどこされている。冒頭でものべたが、そのいっぷうかわった修辞は、この賦の遊戯性ともかかわっているように感じられる。そこで、「恨賦」中の特徴的な修辞技法を三つほどとりあげ、それぞれ検討してゆこう。

第一に、「恨賦」の独特な構成法に注目しよう。これについてはすでにおおくの指摘があるが、要するに一篇全体が故事の列挙で終始している、ということである。冒頭の序文ふう部分で、江淹はまずいう。「平原［の墓場］をながめると、蔓草が人骨にからみ、大木に魂魄があつまっている。人間がこうなるとおもえば、天道をあげつらってもしかたないことだ。こうおもうと、うらみっぽい人間である私は、心さわいでやまぬ。さればわが思いは、無念の情をいだいて死んでいった古人のほうにむかってゆくのだ」。この部分、自分をうらみっぽい人間だと自認するなど、いっぷうかわった内容だが、しかしここまでは、まだ通常の出だしだといってよい。

ふつうなら、このあとに「恨み」に関する種々の考察が提示され、作者、江淹の感慨が表白されてゆくことだろう。じっさい、「恨賦」に類した内容をもつ陸機「歎逝賦」や潘岳「懐旧賦」などは、近親の人びとと死別した経験をかたり、それにみちびかれて、死に対するおのが感慨を吐露していた。ところがこの「恨賦」では、そうした内容は展開しない。つづく中心部では、悔いをいだきつつ死んでいった古人の話柄が、ひとつまたひとつと列挙されてゆくだけなのである。秦の始皇帝のばあいはしかじか、戦国の趙王遷のばあいはしかじか、漢の李陵のばあいはしかじか、というふうに。そして最後の結びにいたっても、「かくむかしから、死はひとしくおとずれてきた。無念のおもいをのみこみ、嘆きの声をしのばなかったものは、だれもいなかったのだ」という、ため息のごとき詠嘆がつづられるのみで、とくに結論めいた言辞も布置されない。このように、この「恨賦」は、故事の提示とそれへのみじかい感想だけで、構成されているのである。

事物を列挙するのは、賦の常套的な修辞法であり、けっして珍奇な技法ではない。だが、この賦で列挙されるのは、具体的な形態をもたぬ「恨み」の話柄であり、しかも江淹じしんの体験ではなく、古人の「恨み」故事がちりばめられるだけなのだ。おそらく江淹は、古人の「恨み」故事を列挙することによって、悔恨の情を喚起しようとしているのだろう。こうしたねらいをもった賦の構成法は、明の孫月峯が

借古事喩情、固自痛快。此亦是文通創作。(『重訂文選集評』所収)

故事をかりておのが思いをつたえるのは、たしかに痛快なものだ。こうした手法もまた、江淹がはじめたものだろう。

と指摘するように、おそらくこれ以前にはなかったもので、江淹が創始したものだといってよかろう(3)。

江淹がはじめたこのユニークな賦構成法は、この「恨賦」では成功したようであった。たとえば、清の許槤は先述の評につづけて、

至分段事叙、慷慨激昂、読之英雄雪涕。

一話また一話と、ひとつずつ故事を叙してゆくやりかたは、読者を慷慨させ、また激昂させる。この文をよめば、英雄だって涙をながすだろう。

という。この評言は、「一話また一話と、ひとつずつ故事を叙してゆく」手法が、強烈な慷慨や激昂の感情をよびおこし、「英雄だって涙をながす」迫力をうみだした、というのだろう。つまり、悔恨に関する故事をいちずに列挙してゆく構成は、作者が自己の嗟嘆や繰りごとをかたってゆくよりも、無念の情緒を喚起するのに、ずっと効果的だったのである。この「恨賦」が六朝賦の名篇とうたわれ、『文選』にも採録されるにいたった原因は、もとより千錘百錬の彫琢にもとめられようが、しかし列挙に徹しきった単純な構成と、それがかもしだす［予想外に］強烈な情緒も、「恨賦」好評の一因だったといってよかろう。

「恨賦」における特徴的な修辞法の第二として、列挙される故事の配列のしかたがあげられよう。というのは、「恨賦」で列挙される故事の配列を検討してみると、故事はランダムに羅列されるのではなく、周到な配慮にもとづいて、ならべられているようなのだ。「恨賦」には、おおきくみれば七人（こまかくみれば十一人）に関する故事が提示されているが、列挙される順に、その故事の主人公をあげれば、

(1)秦の始皇帝
(2)戦国の趙王遷
(3)前漢武帝期の李陵
(4)前漢元帝期の王昭君
(5)後漢の馮衍
(6)晋の嵆康
(7)孤臣・孽子・蘇武・婁敬・栄貴之子

ということになる。すると、まとめて提示される(7)の五人をのぞけば、ほぼ時代順になっていることがわかろう。こ

の時代順の配列は、通常の並べかただといってよく、べつに珍奇なものではない。

だが、いっけん時代順にみえる「恨賦」の故事配列には、もうひとつべつの意図もひそんでいるようだ。それはこの配列によって、史書の構成を模そうとする意図である。すなわち「恨賦」中の故事は、『史記』ふうにいえば、(1)は天子の本紀、(2)は諸侯の世家、そして(3)～(7)は個人の列伝とかんがえることができよう。つまり「恨賦」中の故事は、時間的にも過去から現在へとながれてきているし、また階層的にも上は天子から下は無名の士まで、きれいにカバーしている。すると、この「恨賦」では故事が、時間と階層の双方にわたって、計画的に配列されていることになる。私はこの配列は、偶然ではないとおもう。この配列によって、江淹はひとの悔恨の情が、特定の時代や階層に限定されるのでなく、いわば普遍性をもった感情であることを、よむ者にうったえようとしているのだろう。こうした故事配列の奥に秘められた作者の意図、これも「恨賦」の特徴的な修辞法のひとつだといってよかろう。(4)

三　虚構故事の利用

つづいて、「恨賦」における特徴的な修辞法の第三として、右のように列挙される故事のなかに、通常しられている史実とは一致しないものを混入させている、ということがあげられよう。たとえば、江淹が故事の第三番目にあげるのは前漢の李陵の話柄なのであるが、それはつぎのように叙されている。

至如李君降北、名辱身冤。(1)抜剣撃柱、(2)弔影慚魂。情往上郡、心存鴈門。(3)裂帛繋書、(4)誓還漢恩。朝露溘至、
握手何言。

李陵は北方の匈奴に降伏し、名誉も身体もはずかしめられた。彼は(1)剣をぬき柱にうちつけては、(2)わが影を

あわれみ心中はじいり、その情は［漢の］上郡までとび、その思いは［漢の］鴈門にいたった。そこで、⑶帛をさいて手紙を雁の足にくくりつけ、⑷漢朝の恩をかえそうとちかった。だが、朝露のごとく死がせまっていたので、蘇武と手をにぎりあっても、どうしようもなかったのだ。

傍点を付した部分に注目してみよう。李善注によれば、まず⑴は漢の高祖につかえた群臣たちの故事をふまえ（『漢書』叔孫通伝）、また⑵は曹植「上責躬応詔詩表」と『晏子春秋』不合経術者による表現であり、ともに李陵がこうした行為をなしたわけではない。したがって⑴⑵の記述は史実とはいえないが、しかしこれは江淹が李陵の立場をおもいやりつつ、「こんなこともあったろう」と推測してかくつづったのであり、誤解をあたえやすいものの、典故利用法としてはとくに問題ではない。

問題とすべきは、⑶と⑷の記述である。⑶は有名な雁書の典拠であるが、これは周知のように李陵ではなく、その友人、蘇武に関する故事なのである。また、⑷の李陵が漢朝に恩義を感じていた云々の話柄は、たしかに李陵の「答蘇武書」にみえる。だが、その書簡の当該部分をよんでみると、「天子の恩義にむくいようとおもったが、そのやさき私の家族が漢朝にころされた。そんな刻薄な漢に私はもう帰国するつもりはない」とのべており、李陵はむしろ刻薄な漢朝をうらんでいたのだ。ところが、⑶⑷の二句をそのままよんだならば、「李陵は雁に手紙を託して、漢恩にむくいようとちかった」と理解せざるをえない。つまりきびしくいえば、この⑶⑷では江淹は史実にそむく虚構の故事を捏造し、それをあたかも事実であるかのごとく記述しているのである。

もうひとつ例をしめそう。それは故事としては五番目にくる後漢の馮衍の話柄である。

至乃敬通見抵、罷帰田里。閉関卻掃、塞門不仕。左対孺人、顧弄稚子。脱略公卿、跌宕文史。齎志沒地、長懐無已。

馮衍は後漢の明帝に立身をはばまれるや、官を辞して故郷にかえった。そしてかんぬきをかけ門をとざして、仕官をあきらめたのである。左にむいては妻をみやり、うしろをみては子どもとたわむれ、公卿の地位を軽視し、学問に耽溺した。だが、けっきょく志をもったまま冥土へゆき、その無念はやむことがなかった。

馮衍は『蒙求』にも「馮衍帰里」と題して、主君にみとめられず郷里で不遇のままおわった話がおさめられており、いわば志をえなかった人物として著名である。その意味では「恨賦」にふさわしい人物なのだが、ここで問題になるのは傍点を付した二句である。この部分は前後から判断して、郷里隠棲後における妻子とのおだやかな生活をのべていようが、事実はこの二句とはそうとうことなる。すなわち『後漢書』馮衍伝によれば、妻の任氏は気がつよくて嫉妬ぶかく、子供たちもみずから家事を余儀なくされた。その結果、馮衍は老年になって、妻を離縁せざるをえなかったのである。[5] すると、この傍点部も虚構の故事だといえよう。

「恨賦」には、こうした虚構故事の使用にくわえ、また独得な人物解釈がみられる。たとえば江淹は始皇帝を、悔恨をのこして死んだ人ととらえるが、六朝の文献をみわたしてみると、破天荒の権力者や暴虐の君主と理解するほうがおおいようだ。また嵇康も、無念のひととするよりは、達観し従容《しょうよう》として死についたイメージのほうがつよかろう。このように「恨賦」が挙例する話柄のなかには、当時としては、いっぷうかわった故事利用や人物解釈が、散見しているのである。

こうした「恨賦」中の故事に疑問を感じたのは、もちろん私がはじめてではない。はやくも初唐のころに同種の疑問をいだいた人物がいる。それは『文選』五臣注の注者のひとり、呂向である。彼は右の李陵の(4)の記述に、とくに疑問を感じたようで、この部分に、

〔李〕陵図報漢徳、終而不成。為恨固已多也。然此皆随淹賦意而言。事不如此。且陵自降匈奴、漢誅其族、便怨

於漢、没身匈奴中。非有報恩之意。按此乃淹文之誤矣。

李陵は漢朝の恩義にむくいようとしたが、はたせなかった。だから、無念の情がつよかったのである。しかしながら、如上は「恨賦」の意図にしたがった解説にすぎず、事実はこのとおりではなかった。そもそも、李陵が匈奴にくだるや、漢朝は彼の家族をころしたのだ。だから、李陵は漢をうらんだまま、匈奴の領地で死んでしまったのであって、そんな李陵に、漢朝の恩義にむくいようとする気もちなど、あろうはずがない。私がおもうに、これは「恨賦」の事実誤認だろう。

と注している。注釈は通常は正文の記述を弁護するものだが、呂向は「事実誤認だろう」といって、江淹の誤用だと断じているのである[6]。

だが、「恨賦」中のこうした故事利用が、真に誤用なのかといえば、おそらくそうではあるまい。なぜなら、江淹ほどの大知識人（彼は『斉史』も編纂し、歴史には造詣がふかかった）が、かかる故事の誤用をくりかえしたとはかんがえにくいし、また当時の詩文では、この種の虚構故事の利用がよくおこなわれていて、典故運用法の一種として公認されていたようなのだ。

後者のほうの例をあげれば、宋の謝荘「月賦」に

陳王初喪応［瑒］・劉［楨］、端憂多暇……抽毫進牘、以命［王］仲宣。（『文選』巻一三）

陳王（曹植）は、応瑒と劉楨に死なれた当初、気落ちして、なにも手につかなかった。……［ところがある日のこと］曹植は王粲に紙筆をあたえて、［賦をつくるよう］命じたのである。

という一節がある。ここでの、応瑒と劉楨の死後、陳王（曹植）が王粲に一詠を命じたという話柄は、史実としてはありえず、虚構の記述にすぎない。じっさいは、王粲は応瑒と劉楨の二人にさきだって死去していたし、曹植もこの

ときは、まだ陳王ではなかったはずだ。

ところが、李善はこの部分に「陳王・応・劉を仮設して、以て賦端を起こす」と注している。つまり、李善はここの虚構故事を誤用だとせず、「賦端を起こす」つまり賦の枠ぐみを設定するための、便宜的な故事の「仮設」だと認定しているのである。(7) これをうけて、後代、明末の顧炎武も、やはり「月賦」の同箇所を例にあげながら、

> 古人為賦多仮設之辞。序述往事以為点綴、不必一一符同也。子虚亡是公烏有先生之文、已肇始於相如矣。後之作者実祖此意。(『日知録』巻二一「仮設之辞」)
>
> 古人は賦をつくるさい、虚構の措辞をよくつづっている。彼らは故事を叙して、ほどよくつづりあわせるが、その記述は、すべてがすべて事実どおりではない。じっさい、子虚、亡是公、烏有先生のごとき「虚構の」人物が登場する「子虚上林賦」が、すでに司馬相如によってつづられている。後代の文人たちは、この作から虚構の措辞をまなんだのだろう。

とのべている。これらからすると、この種の虚構は、どうやら司馬相如のころから、修辞技法のひとつとして存在していたようだ。とすれば、「恨賦」における虚構故事の使用も、そうした伝統にのっとった修辞の一環だと理解すべきであり、あながちに故事の誤用だときめつけてはならないだろう。

四　架空事実の再構成

では、「恨賦」においては、江淹はどんな意図で右のごとき故事の「仮設」をおこなったのだろうか。謝荘「月賦」とはちがって、「恨賦」では「賦端を起こす」必要はない。では江淹はなんのために、虚構故事を導入したのだろう

か。この問題をかんがえるには、まず「恨賦」における虚構故事のありかたを検討することから、はじめなければならない。

すると、この「恨賦」中の虚構故事は、「過去の史実によりそいつつも、すこしずれた架空の事実を再構成したもの」と規定してよかろう。このように規定したとき、その「すこしずれた架空の事実を再構成」する性格は、六朝に盛行した楽府「の替えうた」の創作に、よく似ていることに注目したい。ここで、「恨賦」から虚構故事の事例をもうひとつしめすと、前漢の王昭君に関する話柄があげられる。これは「恨賦」では、さきにあげた李陵の話柄のつぎに布置されている故事である。

若夫明妃去時、仰天太息。紫台稍遠、関山無極。揺風忽起、白日西匿。隴鴈少飛、代雲寡色。望君王兮何期、終蕪絶兮異域。

王昭君が漢土をさるとき、天をあおいで嘆息した。宮殿はとおざかり、関所のある山やまは、つきることがなかった。つむじ風がふいにおこり、白日は西にしずんでゆく。隴山には雁もあまりとばず、代の地には灰色の雲がひろがるだけ。とおく漢の天子をのぞみみても、どうしておあいできようか。かくして王昭君は、けっきょく匈奴の遠地で死んでしまったのである。

ここでは「明妃」(王昭君)は、いやいや漢土をさり、北方の地で元帝をしたいつづけた、悲劇的な女性としてえがかれている。だが周知のように、そうした悲劇的女性としての王昭君像は、後代の楽府や小説などの脚色されたイメージであって、虚像にしかすぎない。李善が典拠として『琴操』(佚書)の

王昭君者、斉国王襄女也。年十七、献元帝。会単于遣使請一女子。帝謂後宮、欲至単于者起。昭君喟然而歎、越席而起。乃賜単于。

王昭君は、斉国の王襄の娘である。十七歳のときに元帝の後宮に献ぜられた。たまたま匈奴の単于《ぜんう》が、元帝に使者を派遣して、ひとりの女性を匈奴の地につかわせてほしいとねがった。元帝は後宮の女性たちに、「匈奴の単于のもとへゆきたい者は、たちあがれ」といった。すると、王昭君はふうと嘆息しながら、席からたちあがったのである。こうして王昭君は、匈奴の単于にあたえられたのだった。

という記事をしめすように、また『後漢書』南匈奴伝という信頼できる史書が、やはり同種のことをしるすように(8)、じっさいは王昭君はみずからのぞんで、北地に嫁したのである。そうした王昭君が、未練たらしく「天をあおいで嘆息した」り、「とおく漢の天子をのぞみ」みたりしたとは、どうもかんがえにくい。このばあい、江淹が真の史実をしらないはずがなく、彼は「王昭君＝悲劇的女性」が虚構イメージであることをしったうえで、あえてこうした描きかたをしているのだろう。

こうした悲劇的女性としての王昭君像は、江淹以前からひろまっており、楽府のジャンルではかっこうの素材となっていた。たとえば晋の石崇の楽府「王明君詞」などは、あきらかにそうした虚構の王昭君像をえがいている。『文選』巻二十七から引用すると、

我本漢家子　将適単于庭　　私はもと漢朝の娘ですが　匈奴の単于にとつぎます
辞訣未及終　前駆已抗旌　　あいさつもそこそこに　先駆けは旗をあげて出発します
僕御涕流離　轅馬悲且鳴　　侍従は涙をながし　馬もかなしげにいなきます
哀鬱傷五内　泣涙湿朱纓　　悲しみで五臓もよわり　涙は玉ひもをぬらすのです

というものである。このばあいの石崇も、「王昭君＝悲劇的女性」が虚構であることをしったうえで、こうした悲劇的イメージをえがいているのだろう。すると、「恨賦」における王昭君の描きかたは、楽府や小説（『西京雑記』巻二、

『世説新語』賢媛）など、多少のフィクションを前提とした文学での描きかたと、相似しているといってよい。

このようにみてくれれば、「恨賦」中の虚構故事は、楽府の創作と相似した意図で、つづられたと推測できよう。もしそうだとすれば、李陵を漢への忠誠心をもちつづけたとしたり、晩年の馮衍を家庭的にめぐまれていたとしたりする、誤りと目されかねない故事使用も、特異な現象とはいえないことになる。それは、石崇の楽府「王明君詞」が、虚構の王昭君像（＝悲劇的女性）をえがいたのとおなじことであり、文学的発想にもとづく、意図的なイメージの改変だといってよかろう。つまり「恨賦」中の故事は、歴史的事実として提示しているのでなく、自由な解釈や多少の変容も許容しうる、気らくな文学的素材としてとりあげられているのである。このように「恨賦」中の故事が、文学的な素材にすぎないとすれば、それが史実と合致せぬ虚構のものであっても、いっこうかまわない。それは、後代の楽府作品（＝「恨賦」中の故事）が、本歌の内容（＝史実）に多少の変更をくわえても、べつにさしつかえないこととまったく同断なのだ。

五　創作プロセスの遊戯性

以上、江淹「恨賦」における特徴的な修辞法を三つほど指摘してきた。故事列挙による感情喚起、故事の巧妙な配列、虚構故事の使用の三つである。これらはたんなる修辞というよりも、むしろ修辞的な仕かけというべきかもしれない。冒頭で紹介した「千錘百錬」の評語も、おそらくこうした仕かけとかかわっていよう。これほどの卓越した修辞的仕かけは従前ではあまりみられぬものであり、六朝文学全体をおおう修辞主義的風潮と、江淹の卓抜した才腕とが両両あいまって、はじめてうみだされたものだといってよかろう。

ところで、この特徴的な修辞法で注目したいのは、こうした巧妙な仕かけは、はたして修辞主義的な意欲だけによって、くふうされたのだろうかということである。この疑問は、「恨賦」の創作意図ともからんでくるのだが、私見によれば、如上の諸特徴は修辞主義的な意欲に、ある種の遊戯的な発想をまじえることによって、はじめて可能になったのではないかとおもわれる。このことを明確に論証することはむつかしいのだが、私は以下、三つの方面から説明したいとおもう。

第一に、「恨賦」にみえるような故事の列挙が、隷事のあそびや詠物詩の創作に近似していることをとりあげたい。まず隷事のほうから説明すれば、これは、特定の主題の故事をならべることをいう。ただし、漫然とならべるのではなく、一定のルールのもとに、競技的にならべるのである。すなわち、主催者がある事物を出題し、参加者はその事物に関連する故事を、おもいつくかぎり列挙してゆく。そうやって列挙された故事、およびその故事を列挙してゆく行為そのもの、これらをともに隷事とよぶのである。

この隷事のあそびは、それほどふるいものではなく、斉の王倹が創案したものだという。その典型として、王倹が主催した隷事のようすを、つぎに紹介しよう。

［南史巻四九王摛伝］倹嘗使賓客隷事多者賞之、事皆窮、唯廬江何憲為勝、乃賞以五花簟、白団扇。坐簟執扇、容気甚自得。［王］摛後至、倹以所隷示之、曰、「卿能奪之乎」。操筆便成、文章既奥、辞亦華美、挙坐撃賞。摛乃命左右抽憲簟、手自掣取扇、登車而去。倹笑曰、「所謂大力者負之而趨」。

王倹はあるとき、客人たちに隷事をやらせ、いちばんおおくの故事を披露した者に、景品をやることにした。［隷事が進行して］みな故事をおもいつかなくなったが、廬江の何憲だけはおもいつけたので、勝ちとなった。そこで王倹は、［景品として］何憲に五花簟と白扇子をあたえた。何憲はその五花簟にすわり、白団扇を手にもって、満足げなようすだった。
そこへ、王摛が遅刻してやってきた。王倹が、みなが披露した故事をしめし、「何憲が手にした五花簟と白団扇、なんじはうばいとれるかな」といった。すると、王摛はすぐ筆をもって、サラサラと［あたらしい故事を］かきあげた。その故事たるや深奥で、文辞も華美だったので、座にいた人びとは、みな拍手して賞賛したのだった。そこで王摛は左右の者に命じて、何憲がすわっていた簟《むしろ》をぬきとらせ、また自分で白団扇をとりあげて、馬車にのってたちさったのである。王倹はわらって、「［荘子大宗師にいう］大力の者が背おって、かえっていった、というやつじゃな」といった。

これによって、隷事の遊戯的な性格がよくわかろう。この話で注目したいのは、この隷事の実体が、特定の主題の故事を列挙するという点で、「恨賦」の創作とよく似ていることだ。「恨賦」を隷事ゲームにたとえれば、出題されたのは「恨み」であり、それに関した故事を江淹が列挙し、それを巧妙に配列したのが、「恨賦」ということになろう。ただし、隷事のばあいは、相互に脈絡のないただの素材にすぎないが、「恨賦」はその素材に彫琢をくわえて、一篇の賦作品にととのえている（ただ、右の王摛のばあいは、「文辞も華美だった」だったという）。つまり、この隷事から他人との競争という要素をのぞき、文辞の彫琢を加味してゆけば、「恨賦」の創作にちかづいてゆくといってよい。このように「恨賦」の創作プロセスが、あそびである隷事ゲームに似ていることは、「恨賦」の遊戯性を暗示するものではないだろうか。

また詠物詩の創作も、やはり「恨賦」に似ている。この詠物詩については先学の研究もおおいので、詳細は省略するが、やはりあそびめいた創作プロセスをもっていることが注目される。すなわち、詠物詩においては、しばしば複数の参加者が、その場で個々に事物を指定されて、それを題として即興的に詩をつくる。その題には、琴、琵琶、篪などの楽器、梧桐、竹、薔薇、落梅などの植物、幔幕、席、簾などの室内具など、さまざまだった。ところが、じっさいに現存する詠物詩をみてみると、それは、琴なら琴に関する語句や故事を想起し、それを五言の韻文に表現しなおして、一篇につづりあわせたものなのだ。つまり詠物詩の創作も、やはり故事の知識を前提としつつ、それを加工してゆくというプロセスをもっていたようであり、「恨賦」の創作によく似ているのである。

以上、隷事と詠物詩をみわたしてきた。故事を列挙して勝ち負けをきそう隷事は、もちろん明白なあそびだし、またそうした故事を、修辞でみがきあげ、一篇の五言詩にしたててゆく詠物詩も、やはり遊戯的な創作だといってよかろう。すると、それらと似たような創造プロセスをもった「恨賦」にも、同種のあそびめいた発想がひそんでいた可能性が、じゅうぶんあるのではないだろうか(9)。

六　悲しみの一般性

「恨賦」の創作に遊戯的な発想もかかわっているのではないか、と推測する第二の理由として、「恨賦」中の「私」、つまり作者の影が希薄であるということをとりあげたい。すなわち、「恨賦」の主要部分が故事列挙で構成されているのは、さきにみたとおりだが、おかげで、賦の主人公というべき「私」(江淹)が、故事の影にかくれがちになっている。そのため一篇全体が、「私がどうだ」という内容ではなく、漠然と「むかしのひとは……」「世間一般では……」と叙している印象が、つよまっているのである。

そもそも典故という修辞じたいが、これを多用すれば間接的な表現になって、直接的な肉声がとぼしくなりやすい傾向をもっている。ところがこの「恨賦」では、主体たる「私」が、故事の影にかくれてみえにくくなっているので、なおさら直截的な訴えかけがよわまっているのだ。つまり「恨賦」には、悔恨の情緒こそ、濃厚にただよっているのだが、それはあくまで「私」をはなれた悔恨一般にすぎず、江淹個人の体験に裏うちされた、実感的な悔恨の情ではないのである。それゆえ、もし後世の読者が「恨賦」をよんで涙をながすとすれば、それは江淹個人に同情したからではなく、個々の故事［の主人公］の悔恨のために、そしてそれによって読者の胸中に喚起される、さまざまな「恨み」の連想のために、涙をながすのだと理解すべきだろう。(10)

こうした「私」の希薄さは、もし「恨賦」を江淹の切実な思いを表白した作品だとすれば、どうにも納得しがたい。真に悔恨の情を吐露したければ、間接的な故事などを利用せず、もっと率直に自己の想いをつづろうとするはずだ。それなのに、江淹が故事列挙などという技巧にたよってしまったのは、じつは「恨賦」でうったえる悔恨の情が、それほど切実なものではないことを、暗示するのではないだろうか――とうたがわれてくるのである。というのは、六朝も後期になると、この種の［故事多用のため「私」が希薄になった］美文がしばしばつづられ、しかもそれらがおおく、遊戯的な意図でかかれているからだ。たとえば、つぎにしめす庾信「為梁上黄侯世子与婦書」などは、そうした美文の典型だといえよう。

(1)昔仙人導引、尚刻三秋。(2)神女将梳、猶期九日。未有龍飛剣匣、鶴別琴台。莫不銜怨而心悲、聞猿而下涙。人非新市、何処尋家。別異邯鄲、那応知路。想鏡中看影、当不含啼。欄外将花、居然倶笑。分杯帳裏、却扇牀前。故是不思、何時能憶。当学海神、逐潮風而来往。勿如織女、待填河而相見。（『庾子山集注』巻八）

むかし、仙女は若者を案内しようとして、秋にまたやってきますと約束し、人間とちぎった神女が、男のもとをたちさろうとするや、九日の日にまたおあいしましょうと、ちかったという（このように、いったんわかれても再会できる希望があった）。また［剣が化した］龍が［つがいを求めて］剣の鞘《さや》よりとびあがったり、鶴がいやいや琴台をはなれたりするなど［そんな気のどくなことは］、あったためしがないぞ。［もしそんなことがおこれば］うらみをだいて、かなしまない者はなく、猿の哀声をきいて涙をこぼさない者はいないだろう。ところが私のばあいは、［長安の］新市の出世した三人の息子たちとはちがい［とおく北方の地で囚われの身］、いったいどこにかえってゆく家があろう。我われ夫婦の別離は、慎夫人が故郷の邯鄲の家をはなれているのとはちがい、帰路とてようわからぬ（再会できる希望がないのだ）。鏡にうつった自分の姿を、つれあいだと勘ちがいした鸞鳥のことをおもうと、私はおもわず涙ぐまずにはおれん。手すりの外にでて花にちかづいても、花はおだやかにさくだけだ。

我われがかつて結婚式をあげたころ、帳のなかで杯をわけ、ベッドの前でおまえの顔をおおった扇子をとったものじゃ。私はもう、そんなことかんがえもしないし、そのことも、いつまでおぼえておられることやら。海神をみならって、潮風をおいかけていきたいもの。烏鵲が天の河をうめてくれるのをまってから、こいしいひととあうという、織女星のような真似はしてほしくないものだ。

この庾信の書簡文は、事情あって遠地にいる夫が、はるかな妻にむかって別離の悲しさをうったえたものである。この文、別離の悲しみがよく表現されており、それなりによむ者の胸をうつといってよい。清の倪璠も、この書中の悲しみの情について、

此書摸暫離之状、写永訣之情。茹恨呑悲、無所投訴、殆亦哀江南賦中「臨江愁思」之類也。

この書簡文は暫時の別離のさまを模しながら、じつは永別の情をつづったものだ。恨みをこらえ悲嘆にたえるだけで、［じかに相見して］うったえるすべもない。そうした心情は、「哀江南賦」のなかの「江に臨んで愁思する」こととよく似ている。

と、好意的に評している。

ところが、この書簡の内容をよく検討してみると、ここでも江淹「恨賦」とどうよう、一篇のおおくが故事の列挙でしめられているのに気づく。その故事を一、二あげれば、⑴は杜蘭香と張伝にかかわる情話であり、また⑵も成公知瓊と弦超のロマンスである（ともに『捜神記』巻一）。以下、典拠の詳細な指摘は倪璠の注釈にゆずるが、いずれも男女の愛情にかかわった故事がならんでいる。つまりこの書簡は、「恨賦」とどうよう、そうした故事を重畳させることによって、悲しみの情を喚起しているのであり、作者じしんの痛切なうったえは、むしろ希薄になってしまっているのである。

そのためか、この書簡での悲しみの情は、宛名をかえればだれにも通用するような、一般的なものになってしまっている。それもそのはずで、じつはこの書簡は、［題にも明示するごとく］梁の上黄侯の世子だった蕭愨のために、庾信が代作したものなのである。やはり倪璠の注釈によれば、蕭愨は、梁元帝の江陵政権が滅亡したさい（五五四年）に、西魏の長安に連行されたというから、そのときに妻と生きわかれになってしまったのだろう（ただし、天保中〈五五〇～五六〇〉に北斉にうつる）。これよりすこしまえから西魏に抑留され、長安にすんでいた庾信は、おくれてやってきた蕭愨（おそらく旧知のあいだがらだったのだろう）のため、彼の妻への手紙を代作してやった、それがこの「為梁上黄侯世子与婦書」なのである(11)。

それにしても、いかに旧知とはいえ、他人のために、その妻へ「お前に、はやくあいたい」などという手紙を代作するとは、いったいどういうことだろうか。それは、かつて別稿（「六朝書簡文小考」『中国文章論　六朝麗指』所収　汲古書院　一九九〇）でのべたように、庾信が前半生をおくった梁朝では、宴席の場でたわむれに題をあたえて、詩文を競作させるあそびが流行していた（そうしたさい、艶情ふう内容がよくつづられ、架空の惜別や恋情が叙されることもおおかった）。庾信のこの代作書簡は、それと似たような感覚で代作を依頼して、かかれたのではないかとかんがえられる。そうだとすれば、書簡中に実感的な悲しみがとぼしい理由もよくわかるし、また庾信の創作態度に、多少とも遊戯的な発想がひそんでくることも、またとうぜんのことだといってよい。

さて、ずいぶん遠まわりをしてきたが、これと同様な事情が、江淹「恨賦」についても、あてはまるのではないだろうか。⑴故事列挙の構成によって特定の感情を喚起している、⑵「私がどうだ」ではなく、「むかしのひとは……」「世間一般では……」のような叙しかたにかたむいている、⑶そのため、切実な心情表白ではないのではないか、とうたがわれる（くわえて、「恨賦」を江淹が古人のために悔恨の情を代弁した作とみなせば、両篇とも代作ということになる）――こうした点において、庾信書簡と「恨賦」とは相似している。とすれば、「恨賦」をつづる江淹の脳裏に、遊戯的な発想が存在していた可能性はじゅうぶんあるといってよかろう。

七　遊戯ふう修辞

さて、「恨賦」の創作に遊戯的な発想もかかわっているのではないか、と推測する第三の理由として、ことばあそびめいた字句が、「恨賦」のなかに混入していることがあげられる。これによって、真摯な意図でかかれたはずの「恨賦」中に、ややもすれば、あそびや機智をおもしろがる傾向のあることが確認できよう。つぎにしめす「恨賦」中の二つの対句が、それである。

○┌孤臣危涕、　孤臣は涙をながし
　└孽子墜心、　孽子《げっし》は心がびくびくする

○春草暮兮秋風驚　　春草がかれると秋風がたち
　秋風罷兮春草生　　秋風がやむとまた春草がはえてくる

この「恨賦」中のふたつの対句は、ともに高度な修辞技巧がほどこされている。まず前者であるが、李善は典拠として『孟子』尽心上の「孤臣孽子、其操心也危、其慮患也深」と、王粲「登楼賦」の「涕横墜而弗禁」をあげ、そのうえで

心当云危、涕当云墜。江氏愛奇、故互文以見義。

「心」は「危《あや》ぶます」とかくべきで、「涕《なみだ》」は「墜《お》とす」とかくものだ。だが、江淹は奇抜な表現をこのんだ。だから故意に字を交換し、「心を危ぶます」を「心を墜《あや》ぶます」とかき、「涕を墜とす」を「涕を危《お》とす」とかいたのである。

と解説している。つまり、傍点部は典拠にしたがえば「危心」「墜涕」となるべきだが、江淹は奇抜な表現をこのんだため、故意に字をいれかえて（以下、互文と称する）、「危涕」「墜心」という新奇な語を考案したのだという。

また、後者の対句では「春草」と「秋風」が、句中での位置をかえつつ二度布置されている。これによって第一句で〈春→秋〉、第二句で〈秋→春〉という季節の循環をしめし、［人界とはことなる］自然の無限性を暗示しているのだろう。こうした対句は、『文鏡秘府論』東巻「二十九種対」で迴文対と称されるものに相当し、やはり高度に技巧的なものだといえよう。

この二対句にみえる互文や迴文対の修辞には、美的表現の追求という真摯な側面があることはまちがいない。しかし同時にこの二例には、多少とも機智や遊戯の要素が存在することも、また否定しがたいのではないか。たとえば互文の「危心墜涕　→　危涕墜心」という表現について、李善は、江淹が「奇抜な表現をこのんだ」ための技巧的措辞

だという。だがいっぽうで、この例は有名な「枕石漱流→枕流漱石」とおなじ字句構成をもっており、むしろ遊戯性のまさった措辞ではないだろうか（『管錐編』一四一三頁　また第十四・十六章も参照）。また迴文対のほうも、高度に技巧的なものではあるが、しかし修辞学の常識では、遊戯的な対句だとみなすのがふつうだろう。

　そもそも修辞は、ほんらい機智や遊戯の要素を背後に有している。ところが美的表現を追求した六朝美文においては、新奇さをてらうあまり、通常は背後にかくされている機智や遊戯性が、文辞の表面にあらわれてきがちだった。劉勰はそうした新奇さ志向について、

（原文は第十四章を参照）

> 近代の文人は、概して詭巧をこのむ。その本質をかんがえてみると、ゆがんだ調子が正常さを変質させたものだ。彼らは旧来の手法をいやがって、ことさらにあたらしい手法をくふうしがちだ。そのゆがみ具合を観察すると、いっけんむつかしそうだが、じつはなんでもないことで、正統的なやりかたを裏がえしたものにすぎぬ。つまり、正の字をひっくりかえせば乏の字になり、ふつうの字句をひっくりかえせば奇抜な表現になるのである。奇抜な表現にするためには、文句を顚倒させ、うえにあるべき字をしたにおき、句中の字句を外にほうりだす。語順がみだれていれば、それが新奇だというわけだ。（定勢篇）

と批判している。つまり修辞を追求すればするほど、通常の文法的約束や規律を遵守するよりも、むしろそれを度外視した破格な表現、あるいはその破格さがうみだす機智や遊戯性のほうに、親近してゆきやすいのである。

　このようにかんがえれば、「恨賦」中の互文や迴文対は、劉勰のいう「詭巧をこの」んだ結果であり、「ふつうの字句をひっくりかえせば奇抜な表現になる」行為を、実践したものとみなせよう。いっけん江淹の切実な思いが反映し、かつ高度に技巧的な修辞をこらしたようにみえる「恨賦」も、一皮めくれば、そのしたには、破格な表現をよろこぶ

遊戯的な発想が、みえかくれしているのだ。私は、こうした破格な表現をよろこぶ遊戯的な発想こそ、「恨賦」の地《じ》金《がね》が露呈したものではないかとかんがえるのである。

八　美文と遊戯性

以上、「恨賦」の創作には修辞主義的な意欲とともに、遊戯的な発想もかかわっているのではないかと推測する理由を、三つの方面から説明してきた。「恨賦」に右のごとき遊戯的発想がみとめうるとすれば、これまでのべてきた「恨賦」の特徴的な修辞法についても、またべつの見かたが可能となろう。

たとえば、故事列挙による感情喚起の手法や、史書構成を模した故事配列などは、たしかに高度な修辞的仕かけだといってよい。だがこれらも見かたをかえたなら、やはり遊戯的な発想にもとづいた技巧だといえないだろうか。また、李陵を漢への忠誠心をもちつづけたとしたり、晩年の馮衍を家庭的にめぐまれていたとしたりする、誤りと目されかねない故事使用や人物解釈も、従前にない意外なイメージを提示することによって、読者の意表をつこうとする、機智的なテクニックだったのではないだろうか。これを要するに「恨賦」においては、修辞主義的意欲と遊戯的発想とがたがいに表裏一体の関係をたもちつつ、その高度な修辞的仕かけをささえていたと、かんがえられるのである。

こうした「恨賦」への見かたは、従前の「恨賦」解釈にそうとうの修正をせまることになろう。従前の「恨賦」解釈を私なりにまとめてみれば、江淹は前半生の不遇な体験（寒門の生まれ・入獄・左遷など）によって悲観的人生観を形成し、その結果、「恨賦」のごとき作品がうまれた。[12]「恨賦」の有する強烈な悔恨の情緒は、彼と同類の不遇な人びとの思いを代弁しており、それが後代の人びとにも伝誦される原因となった——ということになろうか。[13]こうした

「恨賦」解釈は、「恨賦」の内容を正面からとらえたものといえ、それなりの説得力をもっている。

だが私見によれば、こうした解釈は「恨賦」中の強烈な情緒に眩惑されて、あまりにも無批判に「恨賦」［の故事］中の人物を、江淹にダブらせすぎているようにおもう。「恨賦」に潜在する遊戯的発想からみて、賦［の故事］中の人物と作者とを同一視することには、もっと慎重でなければならない。それは楽府詩の主人公を、無批判に作者とダブらせてはならないのとおなじことなのだ。「うらみっぽい人間」だと自称する人物が、ほんとうにうらみっぽいとはかぎらない。ひょっとすると江淹は、内心たのしみながら、無念の故事を彫琢していたのかもしれないのである(14)。

こうした江淹の創作態度は、感情の奔流に身をまかせて、おのが思いをむきだしに噴出させようとするものではない。江淹にかぎらず六朝期の文人たちは、おのが思いを表白するにしても、直截的には表現しない。その思いをいったん、古典の教養によって濾過し、修辞技巧や遊戯的発想でじゅうぶん精錬したうえで、字句のうえにのぼせようとする。感情的ではあるが、その感情を冷静に吟味し、洗練して表現するだけの余裕をもっているのである。こうした創作態度は、彼らの文学に高度な修辞的色彩をおびさせるとともに、ややもすれば真摯な心情表白とは一歩距離をおいた、遊戯的な性格も付与させやすいだろう。

江淹は、自己の文学創作について、

（原文は第十四を参照）

私は「ひとは、自分の本性にかなったやりかたが、いちばんたのしい。どうして［文学の創作に］鋭意努力して、死後の名声をもとめたりしようか」といつもおもってきた。だから、わかいころからいまにいたるまで、一冊の書物とてかきあらわしたことがない。ただ文集十巻が編纂できただけだが、これでじゅうぶん満足している。

とかたったという（自序）。この発言は、江淹のみならず六朝文人たちの文学への姿勢を、端的にいいえたものといえよう。あまり強調されないが、私は六朝（とくに後期）の文人たちのあいだには、修辞主義と相表裏して、この種の「自分の本性にかなったやりかたが、いちばんたのしい」という余裕ある創作態度が、そうとうひろまっていたのではないかと推測している。そうだとすれば、彼らにとって技巧過多の美文の創作は、身をけずるがごとき彫心鏤骨というよりも、むしろ「本性にかなった」楽しみごとだったといってよかろう（第十四・十七章参照）。

こうした遊戯的性格を排除しない美文創作の傾向は、おそらく当時の人びともうすうす気づいていたことだろう。じっさい六朝後期ごろから、すでに美文に対して内容がとぼしいという批判がおこっている。そうした批判は、もちろん主要には文飾過多による美文の不自由さにむけられているのだが、それとともに、いっけんシリアスそうな文面の奥にひそむ、ある種の遊戯的性格にもむけられていたのではないだろうか。私がこの小論をおもいたったのも、真摯な内容が予想された「恨賦」のなかに遊戯的な雰囲気を感じて、意外におもったことに端を発していることを、最後にもうしそえておきたい。

注

（1）「恨賦」の修辞を総合的に考察したものとして、何沛雄「江淹別賦・恨賦論析」（『漢魏六朝賦論集』所収　聯経出版事業公司　一九九〇）があり、その注⑦ではかんたんな「恨賦」研究史の俯瞰がおこなわれている。

（2）松浦友久「詩語としての怨と恨」（『詩語の諸相』所収　研文出版　一九八一）による。

（3）ただし、故事列挙によって感情を喚起する手法は、賦以外のジャンルではこれ以前にも、前漢の鄒陽「獄中上書自明」などの政治的文書で採用されている。また江淹はもともとこうした手法を得意とし、わかいころの「詣建平王上書」でも採用していた。こうしたことについては、拙稿「上奏文の文体について」（『日本中国学会報』第三五集　一九八三）・「江淹の詣建平王上書について」（『中国詩文論叢』第十集　一九九一）参照。

（4）おなじ江淹の「雑体詩」の連作でも、古人の作への模擬詩を時代順にならべ、一種の文学史ふう配列にしている。江淹文学の特色のひとつとして、こうした同類事物の配列の妙も、あげてよいかもしれない。

（5）馮衍の家庭生活については、沼口勝「馮衍の生涯とその文章について」（『中国文史哲学論集加賀博士退官記念』所収　一九七九）がくわしい。

（6）近人の研究は、「恨賦」における特殊な故事使用にはあまりふれていないが、例外的に『古文鑑賞大辞典』（「恨賦」の項目執筆は顔応伯氏　浙江教育出版社　一九八九）が虚構故事の使用を、藤原尚「恨みの賦の基盤」（「支那学研究」第三四号　一九六九）が独特の人物解釈を、それぞれ指摘している。

（7）この部分、五臣注でも「仮設以為辞」と注し、李善注とおなじ見かたをしている。なお、『文選』中における「仮設」の事例は、富永一登「李善注に見られる修辞学的用語――言語表現への拘り」（『文選李善注の研究』所収　一九九九）に網羅されている。

（8）『後漢書』南匈奴伝巻八十九には、「［王］昭君は宮に入ること数歳、御《ぎょ》せらるるを得ずして、悲怨を積む。乃ち掖庭令に請《こ》いて行かんことを求む」とある。

（9）何詩海「斉梁文人隷事的文化考察」（「文学遺産」二〇〇五―四）も、隷事ゲームと故事列挙の詩との相関を主張している。

（10）「恨賦」にただよう悔恨の情緒は、「私」の存在が希薄であるぶん、逆にだれにでも通用するような一般的性格をもっている。そうした悔恨の情緒を、一般的なものから普遍的な高みにまで押しあげたことが、「恨賦」が後代に伝誦された一因だといってよかろうが、そうした普遍性の獲得は、やはり江淹の卓越した文学的才腕によるだろう。

（11）倪璠はこの「為梁上黄侯世子与婦書」を庾信北周時の作とするが、書簡文のなかからは確証をえられない。在梁時における遊戯的書簡である可能性もないではない。

（12）「恨賦」の創作年代も、江淹の不遇な実体験に関連させて建安呉興令への左遷時におくのが通説だが（曹道衡「江淹作品写作年代考」など）、これも再考の余地があろう。

（13）こうした従前の「恨賦」解釈は、主として曹道衡「江淹及其作品」（『中古文学史論文集』所収）、曹道衡・沈玉成『南北朝文学史』(人民文学出版社　一九九一)、および最近おおく刊行される名作鑑賞辞典の類によった(とくに注(6)にあげた『古文鑑賞大辞典』と『歴代賦辞典』〈遼寧人民出版社　一九九二〉の、「恨賦」に関する記述はたいへん参考になった)。いっぱんに、中国の研究者に、「恨賦」を真摯な意図でつくられたとする者がおおいようだ。とくに『南北朝文学史』は、「過去および現代の学者たちの研究成果を、可能なかぎり参照した」(後記)というものであり、いわば現時点での中国の代表的見解だとかんがえてよかろう。ただし日本の研究者はかならずしもこれに同調せず、高橋和巳「江淹の文学」(『作品集9　中国文学論集』河出書房新社　一九七二)は「恨賦」の遊戯的性格を暗示し、また森博行「江淹雑体詩三十首について」(『中国文学報』第二七冊　一九七七)もそれに賛同されている。本章はこれら日本人研究者の議論を支持しつつ、より説得力のある論証をめざしたものである。

(14)　もっとも、この「恨賦」が江淹の資質や生活体験とまったく関係なく創作されたのかといえば、そうではあるまい。江淹の作品中でとりあげられた感情が、「恨賦」「別賦」「泣賦」など不健康なものがおおいというのは、やはり江淹じしんの資質や生活体験ともかかわっていよう。こうしたことについては、後考を期したい。

付論　蕭綱「悔賦」からみた「恨賦」

梁の簡文帝こと蕭綱（五〇三〜五五一）は、好文の天子としてしられている。文学史上では、宮体詩の提唱者として著名になっているが、その蕭綱に「悔賦」という謹厳な作品が現存している。この「悔賦」は、『文苑英華』巻九十一に採録されて現在につたわっているが、じゅうらい、あまり熱心によまれなかったようだ。後代の批評家に注目されることもなかったようで、この賦への批評や注釈のたぐいも現存しない。そうした状況は、現代でもほぼ同様であり、管見の範囲では著名な文学史や名作集に、この「悔賦」がとりあげられるケースは、ほとんどないといってよかろう。いや、そもそも、この「悔賦」に言及することじたいが、［後述のわずかな指摘をのぞいて］めずらしいことではなかろうか。その意味で、この「悔賦」はややつよい言いかたをすれば、文学史のなかに埋没した作品だといってよかろう(1)。

だが、このあまりめだたぬ蕭綱「悔賦」は、ひとつだけ注目すべき特徴を有している。それは、この作品が、六朝賦の傑作である江淹「恨賦」を模してつづられている、ということである。すなわち、「悔賦」への希少な言及である銭鍾書『管錐編』一三八七頁によれば、

簡文帝悔賦。按謀篇与江淹恨賦同、惟増前言往行為鑑戒一層命意。文筆則遠不逮也。

簡文帝「悔賦」は、構成法が江淹「恨賦」とおなじである。ただ、［恨賦よりも］古人の前言往行の事例をふ

やして、この作の「鑑戒」という趣意をいっそう強調している。だが文章じたいは、とおく「恨賦」におよばない。

とされている。つまり銭鍾書氏は、「悔賦」は「謀篇」(作品の構成法)が「恨賦」とおなじだ、と指摘しているのだ。第十九章でみたように、「恨賦」の特徴のひとつに、故事を列挙するという独特の構成法があった。すると、その独特の構成法を模した「悔賦」は、明確には銘うってないけれども、ひろい意味で「恨賦」の模擬作だとかんがえてよかろう(2)。

いっぽんに、文学作品の当時の評価をしろうとすれば、文学批評でいかに評されているかとか、各種の文学選集にどの程度採録されているかなどで、ほぼ推測できるが、もうひとつ、その作品の模擬作がかかれたかどうかも、世評をうかがう有力な判断材料になるだろう。その点、「恨賦」は『文選』に採録されているし、また江淹といれかわるように梁の盛世に活躍した蕭綱によって、「悔賦」のごとき模擬作品がつくられているのだ。これによって、「恨賦」が当時すでに人口に膾炙し、名篇としての地位を確立していたことがうかがえよう。

「恨賦」に模擬した作品としては、この「悔賦」よりも、唐の李白の「擬恨賦」のほうが、もっとしられているかもしれない。しかしながら「悔賦」のばあいは、「擬恨賦」とちがって、「恨賦」と時代がちかいという特質がある。この時代がちかいという特質こそ、蕭綱「悔賦」のつよみだといってよかろう。というのは、この「悔賦」の模擬のしかた(「恨賦」のいかなる特徴を、いかに模しているか)を検討することによって、当時における「恨賦」の理解のしかたが、あきらかになってくるからである。あるいはまた、文学史に埋没した「悔賦」と比較することによって、逆に「恨賦」が人口に膾炙したゆえんが、浮きぼりにされてくるかもしれない。本章はそうしたもくろみをもちつつ、じゅうらい注目されてこなかった「悔賦」について、考察をすすめてみようとするものである。

一　「悔賦」の内容

それでは、「恨賦」との比較を念頭におきながら、さっそく「悔賦」を概観してゆこう。

まず「悔賦」という標題じたいが、「恨賦」との相関を連想させやすい。この「恨」と「悔」の両字は、字書や注釈の類では「恨、悔也」や「悔、恨也」のように、互訓で説明されることもおおく、両者の明確な区別は、なかなかむつかしい。だが、この両賦の標題に関しては、上記の書で銭鍾書氏が端的にのべられるように、「恨」は「遺恨」で、「なそうとして、なせぬままおわったことを恨む」ことであり、「悔」のほうは「追悔」で、「なしてしまったことを、なさねばよかったと悔やむ」ことだとかんがえてよかろう[3]。このように「恨」と「悔」は、「遺恨」と「追悔」とで好一対をなしているのだが、これはもちろん、偶然ではあるまい。蕭綱が意識して、「恨賦」に模した標題をつけたのである。このとき蕭綱が、「擬恨賦」という模擬を標榜した名称にせず、「悔賦」というヒネった標題をつけたのは、やはり彼なりに、たんなる模擬作ではなく、なんらかの新味をもった作品をつくろうとしていたからだと、かんがえてよかろう（後述）。

さて、蕭綱「悔賦」は、つぎのような無韻の序からはじまる（『文苑英華』巻九一）。

夫┌機難預知、知機者上智。故『易』曰、「吉凶悔吝、生乎動者也」。
　└智以運己、迷己者庸夫。

又曰、「悔吝者、憂虞之象也」。『伝』云、「九徳不愆、作事無悔」。是以┌鄭国盗多、太叔之恨表。……
　└衛風義失、宣公之刺彰。

余以固陋之資、┌竊服楚王之対、触類而長、乃為賦曰、
┌慎履氷之誡、┌毎徴后稷之詩。

時機は察しにくいので、察しうる者は知者である。知恵は自己をのばすので、自己にまよう者は凡人である。だから、『易経』繋辞下伝に「吉凶悔吝《かいりん》は、事物の変動から生じる」というのだ。また繋辞下伝に「悔は、うれえおそれる徴《しるし》である」とあり、『左氏伝』昭公二十八年にも「九つの徳をあやまらなければ、事をなしても悔はない」という。だから、鄭国に盗賊がはびこって、太叔が後悔するはめとなり（『孔子家語』正論解）、衛の国で徳義がうしなわれて、宣公をそしる歌が出現したのである（『詩経』衛風氓）。……

私はおろかな人間なので、薄氷をふむかのごとき慎重さを心がけて、ひそかに楚王の応対ぶりをまなび、いつも后稷の詩をしらべている。そして、こうした過去の「悔い」の事例を敷衍しながら、この賦をつくってみた。

時機は察しにくいが、知恵は自己をのばす。私はおろかな人間なので、いつも薄氷をふむかのごとき慎重さを心がけてきた。そして、過去の「悔い」の事例にかんがみて、この賦をつくってみた——という。蕭綱は、大要かくのごとき内容をつづるのに、『易経』や『左氏伝』から、悔いに関する古言を引用し、また『孔子家語』や『詩経』にもとづく故事をならべている。そのためこの序文は、真摯な内容と格調たかい雰囲気をもつにいたっている。さらに、「私はおろかな人間なので、薄氷をふむかのごとき慎重さを心がけて」いるという謙遜な発言ともども、淫靡な艶詩の鼓吹者とは似てもにつかぬ、謹厳実直な蕭綱の姿が、ここに提示されているのである（なお江淹「恨賦」には、この種の韻をふまぬ序文はついていない）。

これにつづき、賦の本文がはじまる。賦の本文は「恨賦」とおなじく、三段にわけられるようだ。まず第一段は、

作者の蕭綱が、過去の歴史にかんがみれば、人生には悔やみごとがおおい、と自戒している部分である。

黙黙不怡、恍若有遺。

四壁無寓、三階寡趣。月露澄暁、風柳悲暮。庭鶴双舞、檐烏独赴。

岸林宗之巾、憑南郭之几。玄徳之毦聊縈、子安之嘯時起。静思悔吝、鋪究前史、弔古傷今、驚憂歎杞。成敗之蹤、得失之理、莫不関此、令終由乎謀始。棄夸言於頓丘、重前非於蓬子。躓夫覆車之戒、豈止一途而已。

なにもたのしいこともなく、ぼうっとしてものわすれをしたかのよう。四壁のみの茅屋でくつろぐこともなく、三つの階段には趣きもない。月下の露は暁天にすみわたり、風にそよぐ柳は夕ぐれにかなしげだ。庭の鶴は二羽で空をまい、軒下の烏が一羽だけやってきた。郭林宗の巾をおしあげ、南郭子綦の几《ひじかけ》によりかかる。劉備の毦《けかざり》をまとい、成公綏の嘯《しょう》の声がきこえてくる。

こうしたなか、追悔について沈思し、過去の歴史を渉猟していると、古今の失敗例がいたましく、憂慮や慨嘆がやまない。成否の事由や得失の道理を把握できるかは、この前例の考察にかかっており、有終の美をかざれるかは、当初の計画のよしあしにかかっている。誇大なことばは頓丘にすて、過去の失敗を隠者からまなぼう。覆車《ふくしゃ》の戒《いまし》めを考究するのは、ただひとつの事蹟だけでは不じゅうぶんなのだ。

露が月光にひかる暁、柳が風にそよぐ夜。私はひとり悔いについて、おもいをめぐらせ、前史に記録された事例をふりかえってみた。すると古今のできごとが心にしみいり、悲嘆の情がおしよせてくる。成功と失敗の分かれめは、この悔いや前史からいかにまなぶかにかかっており、有終の美をかざれるかどうかは、当初の計画の良否しだいだ

――という。この第一段でも、蕭綱の謹直な態度はきわだっている。彼はしずかな夜に、ひとり「追悔について沈思し、過去の歴史を渉猟して」、自戒しようとしているのだ。

こうした真摯な態度や、「成否の事由や得失の道理」を歴史からまなぼうとする意欲は、一文人としてのものというより、為政者とくに皇太子としての立場によるものとかんがえられる。「悔賦」の創作年代は不明だが、現代の任重氏は、賦中（とくに第二段）にみえる国事へのつよい関心からみて、侯景の乱の勃発時に蕭綱が皇太子としての責任を自覚して、こうした謹直な作品をつくったのではないか、と推測されている（注（1）参照）。侯景の乱の勃発時かどうかは疑問がないではないが、たしかに、自戒を強調する内容からみて、「悔賦」は蕭綱の皇太子時代の作だとかんがえてよかろう。

さて、為政者あるいは皇太子としての蕭綱は、賦の第一段で明確に「自戒」という意図をうちだしているが、それに対し、この賦のモデルとなった江淹「恨賦」のほうはどうだろうか。「恨賦」の冒頭部分をみてみると、江淹は、

平原［の墓場］をながめると、蔓草が人骨にからみ、大木に魂魄があつまっている。

とのべ、はるかにひろがる平原のなかに不気味な墓列を見いだす。そして、つづいて、

人間がこうなるとおもえば、天道をあげつらってもしかたないことだ。こうおもうと、うらみっぽい人間である私は、心さわいでやまぬ。さればわが思いは、無念の情をいだいて死んでいった古人のほうにむかってゆくのだ。

とかたるだけなのである。つまり、「悔賦」のような明確な自戒ふう発言は、いっさいしていないのだ。このあたりの両賦のちがいは、記憶されておいてよい（後述）。

つづいて、賦の主要部分をなす第二段にはいる。江淹の「恨賦」では、賦の主要部分を故事の列挙がしめるという、独特の構成法をとっていたが（第十九章参照）、「悔賦」の主要部たる第二段でも、過去の歴史から取材された「追悔」

の事例が列挙されている。銭鍾書氏が、「恨賦」との相似を指摘されていたのは、まさにこの部分であり、このひたすらな故事列挙こそが、「恨賦」への模擬を端的にしめしていよう。

(1)至如秦　兼四海之尊、　混一車書、　胡亥之寄己危、　阿衡失責成之所、
　　　　　握天下之富。　鞭笞宇宙。　万代之祀難構。　趙高秉棟梁之授。
拒諫逞刑、　矜上林之戯馬、　囁呫禁中之言、
戮宰誅守。　嘉長楊之射獣。　欺侮山東之寇。
及其　祠崇涇水、　徒希与祭祀伍、　信殪絶於凶醜、
　　　作釁夷宮、　下願与黔首同、　何前謀之不工。

(2)至如下相項籍、才気過人。　抜山靡類、　声駕盛漢、　鉅鹿有動天之卒、
　　　　　　　　　　　　　　扛鼎絶倫。　勢圧余秦。　轅門有屈膝之賓。
既刓有功之印、　唱鶏鳴於垓下、　抱烏江之独愧、……（中略）……
亦疑奇計之臣。　泣悲歌於美人。　分漢騎之余身。

(9)壮武英逸、才為時出。　陸離儒雅、　江東啓呑併之籌、
　　　　　　　　　　　　照爛文筆。　幽州著懐遠之術。
運鍾毀冤、　鋪鳴水澗、　劉下之謀不決、　台燿之災雖啓、
時属傾顛。　日黒山遷。　忠良之戮己纏。　鵜鶘之賦徒然。

(10)士衡文傑、綽有余裕。　気含珠璧、　志闕沈隠、
　　　　　　　　　　　　情蘊雲霧。　心耽進趣。

倔茲猛衆、臨此勁兵。▽
抗言孟玖、肆此孤貞。▽
牋辞己切、墨幔徒栄。▽
形隕河上、心憶華亭。▽
……（中略）……亦足以
魂驚神爽、悔結嫌彰。▼

（要約）⑴秦が四海の王となり、天下の富を一手におさめてからは、車軌のながさや書体を統一し、天下をきびしくおさめた。ところが二世皇帝の胡亥となると、李斯は宰相の任務をとかれ、趙高が権力をにぎった。胡亥は放埒《ほうらつ》な政治をおこなったので、反乱をまねいてしまった。胡亥は最後に、涇水の神をまつり望夷宮で斎戒して、妻子とともに民草になりたいと希望したが、ゆるされず、ころされてしまった。

⑵項羽は才気ひとにすぎ、山をぬき鼎《かなえ》もあげるほどだった。その名声は漢をしのぎ、勢威は秦を圧倒した。天をどよもす強兵を指揮し、諸将が羽の軍門にはいると、膝行する者ばかりだった。ところが、有能な家臣を追放したのがたたって、垓下で虞美人とともに涙をながすことになった。かくして、烏江の地で江東の子弟を死なせたことをはじ、その身は漢の騎馬武者たちに、バラバラにされたのである。

……（中略）……

⑼張華は俊才で当時に卓立していた。学問も文筆もかがやかしく、呉征討の秘策をねり、幽州では蛮族を懐柔した。ところが、西晋王朝は、時運つたなく、劉卞の謀も採用できないまま、張華はころされてしまった。

⑽陸機は文学に傑出していた。ただ沈着さがなく、功をあせっていたので、強兵をひきいて軍にのぞんだが、孟玖に讒言された。かくして、華亭の鶴の鳴きごえもきくことなく、黄河のほとりでころされてしまった。

……（中略）……これら十四件は、いずれも魂おののき心がいたみ、悔いがのこり怨みのつきぬ事例なのである。

最初の二人（⑴胡亥と⑵項羽）と中間の二人（⑼張華と⑽陸機）の故事だけをあげた。これ以外に、十人の故事（⑶郭君・⑷楚王・⑸甯喜・⑹商鞅・⑺李斯・⑻梁冀・⑾揚惲・⑿灌夫・⒀周顗・⒁裴綽）が列挙されているが、ながくなるので省略している。この部分では、「恨賦」と同様に、胡亥（秦の二世皇帝）はこれこれのことをなし、かくなる悔いをのこした。項羽はこれこれのことをなし、かくなる悔いをのこした……と「追悔」の事例が列挙されている。そのおおくは、国事への失態や政治的な野心が、身の破滅をまねいたという話である。「悔賦」のこうした悔いの事例列挙に対し、馬積高氏は、

「悔賦」は各種の悔いの事例をあつめて、古今の「成否の事由や得失の道理」を具体的に提示している。その意味でこの作は、一篇の文芸化された政治論だと称せよう。

とのべられている（『賦史』二二二頁　上海古籍出版社　一九八七）。この「文芸化された政治論」ということばは、「悔賦」のもつ謹直な性格を、よくいいあてたものだろう。たしかに、蕭綱は悔いに関する故事を渉猟することによって、おのが政道に役だたせようとする意図があったのかもしれない。

なお、この第二段に登場する故事の主人公は十四人にのぼり、「恨賦」の七人（こまかくみれば十一人）よりもおおくなっている。句数も百十六句で、七十四句の「恨賦」より拡大している。銭氏は「〔恨賦よりも〕古人の前言往行の事例をふやして」いると指摘していたが、たしかに量的には「恨賦」より拡充されている。

さて、最後に一篇のまとめというべき第三段にはいる。従来の賦でいえば、「乱」に相当する部分である。この部分、「恨賦」でも「已矣哉」で開始されていたが、蕭綱もそれをおそって、おなじ語句ではじめている。

已矣哉。波瀾動兮昧前期、不遠而復幸無嗤、建功立徳有常基。胸馳臆断多失之、前言往行可為師。
庸夫蔽兮多自欺。

ああ。世は変動がおおくて、将来をみとおせないし、愚人は視野がせまいので、だまされやすい。失敗してもすぐあらためれば、他人から軽蔑されることはないが、功をたて徳をたてるには、きちんとした見識が必要だ。臆断でおこなうと失敗がおおいので、古人の前言往行をおのが師となさねばならぬ。

最後の「古人の前言往行をおのが師となさねばならぬ」が、この「悔賦」の主題を明示していよう。第一段と対応するかのように、為政者（あるいは皇太子）としての自戒が強調されている。悔いについて思いをめぐらせ、前史をかんがみた結果、蕭綱がたどりついた最終的な認識が、この末句に凝縮されているといえよう。この部分、「悔賦」のモデルとなった「恨賦」のほうでは、「かくむかしから、死はひとしくおとずれてきた。無念のおもいをのみこみ、嘆きの声をしのばなかったものは、だれもいなかったのだ」という、ため息のごときつぶやきでおわるだけだった。このあたりの両賦のちがいも、留意しておこう。

二　鑑戒の有無

江淹「恨賦」との比較を念頭におきながら、蕭綱「悔賦」を概観してきた。標題や構成法の点で、両賦が相似していることが確認できたようにおもう。両賦の構成をかんたんにまとめておくと、ほぼつぎのようになろう。

江淹「恨賦」（九〇句）	蕭綱「悔賦」（一七一句）
	〔序文〕二四句。過去の事例をかんがみてこの賦をつくった。

〔第一段〕九句。恨みっぽい私は、古人の無念をおもいやる。 〔第二段〕七四句。遺恨の故事の列挙。 〔第三段〕七句。古より死あり。	〔第一段〕二四句。前史を考察すれば悔いがおおい。自戒せよ。 〔第二段〕一一六句。追悔の故事の列挙。 〔第三段〕七句。前言往行を師となそう。

右の概観によって、両賦の標題や構成法の相似が確認できたのだが、しかし両賦の比較で注目したいのは、むしろ双方の相違しているところなのだ。というのは、両賦の相違する点こそが、当時における「恨賦」の理解のしかたや、「恨賦」が卓越したゆえんを、あきらかにしてくれる可能性があるからである。

そうした見地からこの両賦をながめてみると、たとえば「悔賦」は、「恨賦」の内容を拡充して二倍ちかくの篇幅になっているとか、「恨賦」にない無韻の序をもっているとかの相違点が目につく。だが、より注目すべき相違点としては、両賦を一読しての印象がまるでことなっている、ということをあげるべきだろう。つまりさきにみたように、両賦はともに不遇な故事を列挙するという特徴をもっているが、「悔賦」のほうは、銭鍾書氏の言をかりれば、賦全体が「鑑戒」ふうな印象を呈しているのだ。そうである。この「悔賦」は、鑑戒ふう内容に傾斜するという点で、「恨賦」と明確に相違しているのである。

そうした「悔賦」の鑑戒ふうな内容は、故事を列挙した第二段よりも、序文や第一・三段のほうで強調されている。たとえば、序文の

私はおろかな人間なので、薄氷をふむかのごとき慎重さを心がけて、ひそかに楚王の応対ぶりをまなび、いつも后稷の詩をしらべている。そして、こうした過去の「悔い」の事例を敷衍しながら、この賦をつくってみた。

という発言は、あきらかに「余」つまり蕭綱が「覆車の戒めを考究」(第一段)しようとして、この賦をつくったと理解できる。あるいは、第一段の

追悔について沈思し、過去の歴史を渉猟していると、古今の失敗例がいたましく、憂慮や慨嘆のおもいがやまない。成否の事由や得失の道理を把握できるかは、この前例の考察にかかっており、有終の美をかざれるかは、当初の計画のよしあしにかかっている。

や、第三段の

臆断でおこなうと失敗がおおいので、古人の前言往行をおのが師となさねばならぬ。

なども、おなじ方向の発言だろう(「悔賦」が「恨賦」の二倍ちかくの篇幅になっているのも、ひとつにはこうした鑑戒ふう発言のおおさに原因がある)。このようにみてくれれば、蕭綱が「悔賦」を鑑戒的作品としてつくったことは、もはや否定しがたいだろう。

「悔賦」のモデルとなった「恨賦」のほうはといえば、周知のように、従前では鑑戒用作品とは理解されてこなかった。すくなくとも、そうした理解は主流ではなかった。かく両賦の創作態度が明確にことなるとすれば、「悔賦」をたんなる「恨賦」の模擬作とみなすのは、すこし具合がわるくなってくるだろう。私は、こうしたところに、同時代人である蕭綱の「恨賦」理解が、うかがえるのではないかとおもう。その理解とは、蕭綱が「恨賦」を、鑑戒的作品だと解釈していたのではないかということだ。あるいは一歩ゆずって、そう解釈していなかったとしても、蕭綱は[彼なりの文学観によって]そうあるべきだとかんがえ、その方向へ修正して解釈しようとした可能性はじゅうぶんありえるだろう。いや、むしろそのように修正解釈した(曲解した)からこそ、自己の模擬作「悔賦」を鑑戒ふう作品にしたてあげたのではないだろうか。こうした蕭綱の「恨賦」解釈は、両者の生涯が近接しているために、六朝当

時における「恨賦」の受容のしかた［の一例］をしめすものとして、興味ぶかく感じられる。

これに関連して、両賦の相違点として第二に注目したいことは、賦中への作者の顔の出しかたがちがっている、という点である。というのは、第十九章でも指摘したが、江淹「恨賦」では、作者が賦の前面にあまり顔をだしていなかった。江淹は、「恨賦」第一段においてこそ、

うらみっぽい人間である私は、心さわいでやまぬ。さればわが思いは、無念の情をいだいて死んでいった古人のほうにむかってゆくのだ。


と自己の思いを率直にかたっていたが、第二段にはいると、あまり積極的には「私がどうだ」とはかたろうとしない。ただひたすら故事を列挙してゆくだけで、「私」のほうは故事の影にかくれて、その姿をみいだしにくくなっていた。そのため「恨賦」では、作者たる江淹の存在感が希薄になって、「私（＝江淹）がどうだ」というより、漠然と「むかしのひとは……」「世間一般では……」と叙しているような印象を、よむ者にあたえがちだったのである。

ところが、「悔賦」では「恨賦」とちがって、「私」が積極的に前面にでてきている。主格はつねに「私」たる作者であり、賦全体が作者たる蕭綱のモノローグというかたちで、叙述されている。たとえば、序文の「私はおろかな人間なので」云々では、はっきりと「余」、つまり蕭綱本人を正面にだしているし、また第一段の「追悔について沈思し」云々、あるいは第三段の「臆断でおこなうと失敗がおおいので」云々も、ともにその主語は明示されないものの、作者たる蕭綱の発言であることは瞭然としている。それゆえ、故事を列挙した第二段においても、作者が悔いの事例として歴史上の話柄を列挙したと理解でき、「悔賦」の主体はあくまで蕭綱本人にあるという印象はかわらない。そうした点では、故事の主人公が前面におどりでてしまって、作者の影がうすくなってしまった「恨賦」とは、一線を画しているといってよい。

両賦における、こうした「私」の濃淡のちがい。これは、どうかんがえればよいだろうか。私は、これもやはり蕭綱の「恨賦」解釈が、反映しているのではないかとおもう。つまり蕭綱からみれば、「恨賦」は「私」が前面にでようがでまいが、作者たる江淹の真情を吐露したものだと、うつったのだろう（あるいは、そうあるべきだと理解したのだろう）。すると、「恨賦」で強調される、個々の故事における「遺恨」の情は、そのまま江淹じしんの「遺恨」の情でもある、ということになる。そうした「恨賦」解釈をしたからこそ、蕭綱は自分の「悔賦」でも、「追悔」の情を自己にひきよせて叙しがちだったのであり、結果として、「悔賦」を自戒ふう作品にしたててしまったのだろう。

現代においても、「恨賦」解釈においては、この蕭綱のように故事の主人公と江淹とをダブらせ、故事の主人公の恨みは、また作者たる江淹の恨みでもある、すくなくとも作者の恨みが反映している、という見かたがなされることがおおい[4]。すると、蕭綱の「恨賦」解釈は、現代にまで連綿とつづく、故事の主人公と江淹とをダブらせる見かたの、嚆矢をなすものだった、といってよいかもしれない。

以上、両賦の相違点を検討してみることによって、蕭綱による「恨賦」の理解のしかたについて、気づいたことをのべてみた。もとより如上は、いずれも推測にとどまるもので、こうだと断定できるものではない。だが、模擬作品の効用というものは、こうした当時における原作理解がうかがえるところにもあるのであり、その意味で蕭綱「悔賦」は、「恨賦」の受容史をかんがえるための有力な資料となるだろう。

三　感性的迫力

ところで、この「悔賦」は、「恨賦」が人口に膾炙したゆえんをかんがえるのにも、有益な資料となるようにおもう。というのは、冒頭でものべたように、「恨賦」が当初から傑作としてたかく評価されたのに対し、この「悔賦」のほうは、いわば文学史のなかに埋没してしまって、あまり人々の口の端《は》にのぼることはなかった。すると、この原作と模擬作の関係にある両者を比較することによって、なぜ「恨賦」だけが傑作とみなされたのか、その理由が浮きぼりになってくるかもしれないからだ。いったいこの両篇は、相似した作品でありながら、いかなる理由によって、凡作(5)(=悔賦)と傑作(=恨賦)とにわかれてしまったのだろうか。

銭鍾書氏は、「悔賦」の凡作たるゆえんについては、「文章じたいは、とおく恨賦におよばない」と指摘されるにすぎない。だが、「悔賦」の文章がふるわぬ具体的な説明が省略されているので、やや説得力にかけるうらみがある。たしかに「恨賦」は、巧緻な修辞を駆使した作品であるが、しかし「悔賦」のほうも典故や対句を多用していて、なかなかの美文ぶりをしめしているし(6)、そもそも「恨賦」がいくら巧緻な修辞を駆使しているといっても、ただそれだけの理由で人口に膾炙しつづけたはずがない。「恨賦」が六朝賦の名篇とうたわれ、「悔賦」がそうでなかったという従前の評価には、やはりたんなる文章の巧拙をこえた、もっと本質的な理由があったにちがいないのである。そこで以下、主観的な見かたになるかもしれないが、「悔賦」が凡作とされ、「恨賦」が傑作とされた理由について、私見をのべてみよう。

私見によれば、「恨賦」の有する文学性は、賦中にみなぎる「恨み」の感情の強烈さに、起因しているといってよい。そして、その強烈な「恨み」の情は、故事をひたすら列挙してゆくという、独特の構成に由来している。これでもかこれでもかと、くりかえし列挙されるうらめしき故事。その、くりかえしによって重畳され、高潮されてゆく「恨み」の感情は、まさに「この文をよめば、英雄だって涙をながすだろう」(清の許槤の評。『六朝文絜』巻一)というほど強烈だといってよい。しかも、その高潮された「恨み」の感情は、賦中でこれといった解決策が提示されないため、いよいよ濃密になって一篇中に充満してゆく。比喩的にいえば「恨賦」では、「恨み」という感情がゆき場所のないまま密度をたかめ、いわば爆発寸前の状態にまでいたっているのである。そうした、一篇中に充満した高濃度の「恨み」の感情が、強烈な迫力となって読者の胸をゆさぶってくるわけだ。蕭綱が「恨賦」の模擬作をつくろうとしたのも、そうした感性的迫力に心をうたれたからにちがいないと、私はおもう。

だから蕭綱も、自分の「悔賦」第二段では百十六句にわたって、追悔の故事を列挙する。そして「恨賦」とおなじく、強烈な「悔い」の感情をかもしだすのに成功している。ところが「悔賦」においては、蕭綱は故事列挙の前後に、

○私はおろかな人間なので、薄氷をふむかのごとき慎重さを心がけて［いる］。（序文）

○成否の事由や得失の道理を把握できるかは、この前例の考察にかかっており、有終の美をかざれるかは、当初の計画のよしあしにかかっている。（第一段）

○古人の前言往行をおのが師となさねばならぬ。（第三段）

などの語句を布置して、賦全体を鑑戒ふうな性格に一変させてしまった。これによって、故事列挙によって醸成された強烈な「悔い」の感情が、「だから、後悔しないよう気をつけましょう」という卑近な教訓によって、あっさり解決されてしまったのだ。いわば、ひたすらな故事の列挙によって、爆発寸前まで充満してゆくはずだった「悔い」の感情が、あちこちにあけられた穴（鑑戒的発言）によって、一篇中からシュウーとぬけてしまったのである。

それにくわえ、「悔賦」に鑑戒的発言をまじえることによって、賦中に「私」を積極的にだしてゆかざるをえなくなってしまった。なぜなら、責任ある鑑戒的発言をするためには、「私」が奥にかくれたままでは具合がわるいからだ。「私」が前面にでてこないと、うわすべりした一般論になりやすく、鑑戒に重みがでてこないだろう。しかしながら、作者たる蕭綱は、梁王朝の皇太子である。彼が賦中で「私」を前面にうちだしてしまえば、その立場上あまり

無責任な発言はしにくい。しかも彼がものをいおうとする舞台は、気らくな発言がゆるされる、かるい五言詩のジャンルではなく、賦という当時ではおもいと意識されていたジャンルなのだ（しかも、悔いというシリアスな主題である）。このような諸条件がかさなって、蕭綱は教訓めいたことをいわねばならなくなり、けっきょく「悔賦」は自戒的内容のほうに傾斜していったのだろう。

このようにかんがえてくれば、江淹「恨賦」が傑作とされた理由も、おのずから理解されてこよう。すなわち、「恨賦」が魅力ある文学作品になりえたのは、おそらく「悔賦」とは逆に、一篇中に鑑戒的発言をいっさいまじえなかった点にあったろう。かりに「恨賦」が、故事を列挙したあと、「かく人生には恨みごとがおおいので、気をつけましょう」のごとき鑑戒的発言でむすばれておれば、強烈な「恨み」の感情が霧消してしまって、一篇のもつ感性的迫力もとぼしくなっていたにちがいない。だが、江淹は「恨賦」を、「かくむかしから、死はひとしくおとずれてきた。無念のおもいをのみこみ、嘆きの声をしのばなかったものは、だれもいなかったのだ」という、ため息のような詠嘆でおえただけだった。そこに余情効果がうまれ、読者の心につよい印象をあたえることができたのである。けだし、蕭綱は、江淹「恨賦」の構成のおもしろさは、よく理解していただろう。しかし、かんじんの、故事列挙がかもしだす感性的迫力のほうには、じゅうぶん気づいていなかったのではないか。だからこそ、「悔賦」に鑑戒ふう発言をまじえてしまって、強烈な迫力を台なしにしてしまったのだろう(7)。

それでは、江淹は「恨賦」に、なぜ鑑戒的発言をまじえなかったのだろうか。これについては、江淹が賦中に「私」をださなかった点が、重要なポイントだったのではないかとおもわれる。寒門出身の江淹は、蕭綱ほど貴顕の身ではない。しかし、彼とても六朝貴族の一員である以上、もしこの種のシリアスな主題をもった賦中に、「私」をだしてしまったならば、多少とも鑑戒的な発言をせざるをえなかったかもしれない。その点、江淹は賢明にも、列挙した故事の影に「私」をかくして、第三者的立場をよそおいつづけた。おかげで自分の立場が自由になって、鑑戒めいた発言をしなくてもよかったのだ。その意味で私は、「恨賦」における「私」の存在の希薄さは、けっして偶然などではなく、江淹が熟慮したすえの設定だったろうと推測するのである。

四　硬軟二面の作風

以上、江淹「恨賦」と蕭綱「悔賦」が原作と模擬作の関係にありながら、なぜ前者が傑作とされ、後者が凡作とされたのかについて、私見をのべてきた。要点をまとめると、両者の評価がわかれた主因は、故事列挙による強烈な感性的迫力を保持するかしないかにあり、そしてそれはけっきょく、賦中に鑑戒的発言をまじえるかまじえないかにかかっていた——ということになろう。

だが、それにしても、ほぼ同時期の文人が、ほぼ同類の賦をかくのに、一方は鑑戒的な発言をまじえ、もう一方はまじえなかった。こうした相違がでてきた背景には、上記のごとき創作上の事由もさることながら、やはり江淹と蕭綱の文学観のちがいといったようなことも、関係しているのではないだろうか。それゆえ本章のおわりに、江淹が非鑑戒ふうな「恨賦」をつづり、蕭綱が鑑戒ふうな「悔賦」をかいた原因について、両者の文学観の相違といった方面から、かんがえてみることにしよう。

まず、江淹が非鑑戒ふうな「恨賦」をかいたことについては、比較的わかりやすい。江淹は自己の文学創作について、

（原文は第十四章を参照）

私は「ひとは、自分の本性にかなったやりかたが、いちばんたのしい。どうして［文学の創作に］鋭意努力して、死後の名声をもとめたりしようか」といつもおもってきた。だから、わかいころからいまにいたるまで、一冊の書物とてかきあらわしたことがない。ただ文集十巻が編纂できただけだが、これでじゅうぶん満足している。

（自序）

とかたっている。つまり、本性にかなった生活こそが、自分のたのしみ。精意苦力して、死後の名声をもとめたりしないぞ——これが、江淹の人生態度だったのである。この「自序」（自分の文集への序文としてかかれた）には、江淹のさまざまの擬態や韜晦がふくまれていて、そのまま信用できぬ記述もおおいのだが、この部分に関しては彼の本音だったろうと、私はおもう。この「自分の本性にかなったやりかたが、いちばんたのしい」という、ひらきなおったような態度（真戯融合の精神にも通じよう。第十四章を参照）が、「恨賦」を鑑戒的内容におちいることからすくったのだろう。江淹は、文学に道義的効能をもとめず、「しょせん、なぐさみごとさ」という、さめた態度をとることができた人物だったのである。

いっぽう理解しにくいのが、蕭綱とその「悔賦」のほうである。彼は文学史上では、淫靡な艶詩を鼓吹したことによって、軟派ふうの文学傾向をもった文人だとされている。また「文章は且《まさ》に須《すべか》らく放蕩なるべし」（誡当陽公大心書）という発言も、よくしられている。そうした彼が、鑑戒ふうな「悔賦」をかいたということは、通常しられた軟派イメージからすれば、なにかそぐわない印象があるからである。

しかし、近時に出現した岡村繁氏の御論「『文選』と『玉台新詠』」（『文選の研究』所収　岩波書店　一九九九）は、そうした従前の蕭綱イメージをくつがえすものであった。この岡村氏の所説を、本章の論旨にひきつけて要約すれば、蕭綱は兄の昭明太子と相似した、きまじめな正統的文学観の持ちぬしであり、けっして軟派文学の鼓吹者ではなかった。彼が熱中したとされる「宮体」詩というのは、当時においては裏側の文芸であり、『文選』所収の作品とはとうてい比較にならぬ、日陰の存在だった。つまり六朝の文人たちは、『文選』ふう文学と『玉台新詠』ふう文学との、いわば硬軟二面の創作をおこなっていたのであり、当時の正統的文学はやはり『文選』ふうの作品だったのである――ということになろう。この岡村氏の御論が出現する以前では、『玉台新詠』を『文選』と同等の重みをもった文学選集だと理解し、さらに前者（あるいは前者の作風）のほうを進歩的なものとして、優位におきがちだった。岡村氏の御論は、そうした近時の見かたをみごとにくつがえされたものである。とくに、「宮体」詩などは要するに裏側の文芸であり、当時でもやはり『文選』ふう作品こそが、正統的文学だと理解されていた、というご指摘には、文学研究における「常識」のたいせつさを痛感したものであった。

この岡村氏の御論を参照すれば、蕭綱が鑑戒ふうな「悔賦」をかいたということは、まったく矛盾することはなくなるだろう。きまじめな正統的文学観を有し、しかも兄をついで皇太子という尊位にたった蕭綱が、江淹「恨賦」の模擬作をかこうとすれば、鑑戒ふうな内容になるのは、むしろとうぜんのことだったのである。

注

（1）ただし、現代の『歴代辞賦鑑賞辞典』（安徽文芸出版社　一九九二）はこの蕭綱「悔賦」を収録し、注釈と解説をほどこしている（担当は任重氏）。

（2）銭鍾書氏は「簡文帝の悔賦は、謀篇を按ずれば江淹の恨賦と同じなり」というだけで、「悔賦」を「恨賦」の模擬作だと断じておられるわけではない。もっとも、「作品Aは作品Bの模擬作品である」ということを、いかにして判定するかは、なかなか微妙である。たとえば、当該作品の標題に「擬○○」「倣○○」「学○○」などとあれば、内容はどうあれ、まずは作品○○の模擬作であるとかんがえてよかろう。だがそれでは、その種のことばがなければ模擬作ではないのかといえば、これはそうではあるまい。「擬○○」などの語がなくても、実質上は○○の模擬作というケースもじゅうぶんありえよう。本章では「悔賦」と「恨賦」の関係を、その後者のばあいだと認定し、以下、蕭綱「悔賦」を「恨賦」の［広義の］模擬作だとして議論をすすめることにする。

（3）蕭綱「悔賦」の「悔」字は、仏教との関わりを連想させやすい。たしかに、当時の思想状況からかんがえれば、発想的には関連があるかもしれない。だが文辞のうえでは、すくなくとも私には、この賦と仏教との関わりは感じられない。

（4）たとえば、曹道衡「江淹及其作品」（『中古文学史論文集』所収）は、「この恨賦でもっとも感動的なところは、李陵、馮衍、王昭君の三人に関する部分である。この三人は、江淹じしんの影を反映している。……もし江淹じしんに同種の経験がなかったなら、この種の心情を、これほど迫真的につたえることはできなかったろうし、さらにみじかい字句で、失意や貧困になやむ封建社会中の知識人の苦しみを表現することも、またできなかったはずだ」（二四六～七頁）と指摘している。また、第十九章の注（13）も参照。

（5）この「凡作」の語、いささか語気がつよすぎるが、「従来あまり注目されてこなかった」という意味で、便宜的に「悔賦」に対して使用する。

（6）たとえば、「悔賦」の対句率は七十三％（百七十一句中の百二十四句）で、「恨賦」の五十三％（九十句中の四十八句）をうわまわっている。

（7）誤解なきようことわっておくが、私は、「悔賦」の有する鑑戒的内容じたいが、即に非文学的だといっているわけではない。いや、むしろ鑑戒的な内容のほうが、「文学は政教道徳に資するべし」とする儒家的文学観にそっていて、ふるい中国ではたかく評価されるものなのだ。注（1）所掲の『歴代辞賦鑑賞辞典』も、そうした視点から「悔賦」を論じて、「その風格たるや、慷慨し悲壮であって、風骨ぶりが発揮されている。これは、建安文学の後継者というべきものであって、南朝文壇ではえがたい作品である」と、好意的に評している。私はただ、江淹「恨賦」のもつ感性的迫力が、あそびふう感覚をぬきにしては、なりたちにくかっただろうということを、指摘したかったのである。

あとがき

『六朝の遊戯文学』という書物を出版できることになった。もとよりありがたく、うれしいことではあるが、あそびや笑いに関心があったわけでもない私が、こうした標題の書をだすことになった奇縁に、自分でも少々おどろいている。

本書の内容を構想したのは、ちょっとした偶然からであった。私は、一九九五年の春に江淹の「恨賦」に関する論文（第一九章）をかいたが、そのさい、真摯な作だとされていた「恨賦」中に、意外にも、遊戯ふうな修辞がほどこされているのに気づいた。そのことから、六朝の装飾された美文は、いっけんシリアスな外貌をもっていても、その奥にはあそびふう精神を存しているのではないかと、おもいたったのである。そうかんがえれば、対偶にそろえたり、典故をつかったりする行為のなかにも、真摯な修辞意欲だけでなく、あそびふうな意図がまじっているようにおもわれた。

だが、それだけでは、どうしようもない。六朝の詩文に、断語や擬人法などのあそびふう修辞が散在するのをしってはいたが（第一四章参照）、そうした断片的資料をつみあげても、断片は断片でしかなかった。けっきょくこのテーマは立ち往生してしまい、そのままほうっておかざるをえなかったのである。

ところが、そうこうしているうち、私は勤務校（中京大学）の好意で、一九九九年春から一年間、北京大学へ在外研修にゆかせてもらった。そして、北京大学図書館で各種の文献を渉猟しているうち、王運熙氏の「漢魏六朝的四言体通俗韻文」という論文に（「まえがき」参照）、ふと目がとまったのである。標題の「漢魏六朝」の文字が目について、なにげなくよみだしたのだが、途中から、この論文は自分にすごく重要なものだとおもいだした。そしてよみおわるや、なぜかわからないが、「これだ！」と直感したのだった。これが、本書を構想するきっかけであった。

本書でもふれたが（第四章第六節）、王運熙氏の御論は、漢魏六朝の通俗的な四言韻文に着目し、それらは民間文学に由来するもので、後代の通俗唱本の前駆となった、と論じられたものである。そうした論を展開するため、王氏は通俗的な四言韻文の事例を博捜されたのだが、みつかった事例のおおくが、じっさいは遊戯的な作品なのだった。つまり王氏の論文は結果的に、漢魏六朝に魅力的な遊戯文学が存在していることを、私におしえてくださったのである。いまからおもえば、そのご教示が、なかばわすれていた過去のテーマを、脳裏の底からよみがえらせてくれたのだった。つまり私はこのとき、真摯な作の奥にひそむあそびの精神を、王氏が摘出された遊戯文学とリンクさせれば、あそびと文学の相関をうまく説明できるのではないかと、おもいついたのである。比喩的にいえば、私が「恨賦」中でみつけたのは、柱の素材にすぎなかった。だが、王氏に梁《はり》の存在をおしえてもらうことによって、私は、柱と梁をタテヨコにくみあわせれば、建物がたてられることに気づいたのだ。それが右の「これだ！」つまり、これでなんとかなりそうだという直感に、つながったのだろう。

それ以後、私は北京で遊戯文学関連の資料をあつめながら（「まえがき」中であげた、暗闇の灯たる六篇の論文のうち、帰国後に発表された譚家健・伏俊璉両氏の論文以外は、すべて北京大学で収集したものである）、本書の内容を構想し、章立てをかんがえ、目次までつくった。そのせいか、二〇〇〇年春に帰国するや、すぐ執筆にうつることができ、当初の構想をほとんど変更することなく、順調に筆をすすめることができた。本書の執筆期間中は、勤務校の学部改組など多忙な校務がつづいたが、当初に詳細な計画をたてていたので、校務のあいまの寸刻も無駄にせず、持続的に執筆できたのはさいわいであった。また、改組にともなうカリキュラム変更により、漢文講読のような専門的な講義だけでなく、比較文学や比較文化など、間口のひろい講義も担当せねばならなくなったが、あそびや笑いなどは、そうした講義のテーマにふさわしいとかんがえ、よけいに気合いがはいった。

こうして完成したのが、本書である。本書がどれだけの成果をあげたかは、およみくださったかたのご批評をまつしかないが、私個人としては、遊戯文学という未開の荒野に、はじめて一書として鍬入れできたのは、冥利につきることであった。なかでも、「神烏賦」のような新出資料や、「逐貧賦」「銭神論」「白髪賦」のような魅力的な遊戯文学を、拙訳をそえて紹介できることをうれしくおもう。

とりわけ、西晋の魯褒「銭神論」は、現代でも金銭の異称として通用する「孔方兄」の語をうんでおり、金銭の有する抗しがたい魅力を、皮肉っぽく、かつユーモラスにえがいた傑作である（第七章）。そのため馬積高氏は、「銭が神にも通じるという、銭神論があばいた状況は、当時の社会の病弊をついただけでなく、今日の世界においても、なお諷刺の意義をうしなっていない」（『賦史』一六八頁）とのべ、「銭神論」の時空をこえた諷刺意義を強調されている。こうした諷刺ふう遊戯文学は、「向前看」（前むきにかんがえる、の意）をもじった「向銭看」（銭のほうをむく、つまり拝金主義の意）の語がとびかう現代においてこそ、ふりかえられる価値があるであろう。

さらに本書の宣伝をしておけば、ご記憶のかたもおおいだろうが、一九九一年三月の「人民日報」に、「元宵」と題する七律が掲載された。ところが、この横書きされた七律の詩（ただし無韻なので、じっさいは詩とはいえない）を、右上から斜め左に一字ずつよむと、「李鵬下台平民憤」（李鵬が辞任すれば、民衆の怒りはおさまるだろう、の意）という字句がおりこまれていたのである。また、すこし時代をさかのぼれば、毛沢東の冗談を誤解した例も有名だろう。すなわち、文革さかんなりしころ、エドガー・スノーと会見した毛沢東は、「和尚打傘」という冗談をいった。この語、ほんらい「和尚打傘、無法無天」の下句を略した歇后語であり、「坊主が傘をさす→髪（「法」と同音）がなく天もみえない→オレは法も天もなく好きかってにやっている」という意の、ことばあそびふうのジョークにすぎなかった。ところが、そのかるいジョークが、通訳の無知とスノーの独自な解釈とによって、「破れ傘を手にもつ孤独な修行僧」という、なにやら深遠そうな意に誤訳されて、世界中にひろまってしまったのである。中国の伝統的な遊戯ふう修辞を知悉しておけば、この種の判じ物やジョークもすぐ了解できるはずであり、これも遊戯文学研究の必要性をしめしていよう。

なお、本書で遺憾とすることは、「遊戯とはなにか」「笑いの本質はなにか」のような、遊戯や笑いへの理論的な究明ができなかったことである。本書の内容を構想した当初、遊戯や笑いへの心理学的、哲学的、また社会学的な方面からのアプローチも必要だとかんがえ、日本語でよめる遊戯論や笑い理論の書を、何冊か手にとってみた。だが、私に素養がないためだろうが、さっぱり理解できなかった。内容が理解できないのならともかく、文章じたいが難解で、最後までよみとおせなかったのには、我ながらがっかりしてしまった（ただし、カイヨワ『遊びと人間』だけはなんとか理解でき、すこし利用した。第四章第九節参照）。一読すれば、たちどころに大笑いできる小咄や笑話が、そのおかしみの生じる由来を理屈で説明しようとすると、なんとむつかしいことになってしまうのか。あそびや笑いを理論で説明することの困難さを、あらためて痛感したものであった。

そこで本書では、基本的にそうした理論的な説明はさけ、私が遊戯的だとおもった作品をとりあげて、せいぜい生《なま》のままで（原文に拙訳をそえて）紹介するようつとめた。そして、そのうえで遊戯や笑いのくふうを解説し、その奥にひそんだ諷刺や諂諛の意をさぐってゆくことに、重点をおいた。それゆえ、あそびや笑いの理論的究明を期待された向きには、不満足に感じられるかもしれないが、ご寛恕いただきたい。

それにしても、「恨賦」で気づいた疑問を、もしわすれてしまっていたら、北京大学図書館で、もし王運熙論文にであわなかったら、そしてであったとしても、もしなにもおもいつかなかったら——などと、「もし」をかぞえあげてゆくと、本書はいろんな奇縁によって完成したということを、あらためて痛感させられる。そもそも、王運熙氏の御論は日本でも入手していたのだが、怠惰な私はその価値に気づかず、よみもしないで放置していたのだった。在外研修という特殊な環境にいたからこそ、すすんでさがしだし、またよむ気になったのだろう。その意味で、私の在外研修を許可してくれた勤務校関係者や、こころよくうけいれてくれた北京大学中文系の褚斌杰教授に感謝もうしあげたい。ところがその褚先生は、昨年（二〇〇六）の秋に忽焉と逝かれてしまった。いまとなっては、先生の名著『中国古代文体概論』を訳して上梓し（『中国の文章—ジャンルによる文学史』汲古書院　二〇〇四）、よろこんでいただいたことだけが、せめてもの慰めである。つつしんで、ご冥福をお祈りもうしあげる。

本書は、汲古書院の坂本健彦相談役のご好意によって、刊行していただけることになった。汲古書院からの出版は、共訳書もふくめれば本書で四冊目となる。採算がとれない書物を刊行していただける幸せを痛感し、つきなみなことばながら、あつく御礼もうしあげたい。

なお、本書の出版にあたって、平成十九年度科学研究費補助金（研究成果公開促進費）の交付をうけた。感謝の意を表する。

平成十九年七月

福井佳夫

著者略歴

福井　佳夫（ふくい　よしお）

1954年、高知市生まれ。現在、中京大学文学部教授。中国中世文学専攻。著訳書に『中国文章論　六朝麗指』（古田敬一氏とともに）、『六朝美文学序説』、『中国の文章―ジャンルによる文学史』（以上、ともに汲古書院より刊）。

六朝の遊戯文学

二〇〇七年一〇月三〇日　発行

著者　福井佳夫

発行者　石坂叡志

整版印刷　富士リプロ㈱

発行所　汲古書院

〒102-0072 東京都千代田区飯田橋二-五-四

電話　〇三（三二六五）九七六四

FAX　〇三（三二二二）一八四五

ISBN978-4-7629-2826-0　C3098

索　引

凡　例

主要な人名・作品名・事項などを、適宜に取捨しながら五十音順に配列した。人名・作品名では、著書以外は人名を優先し、その下に作品名をならべた。また事項の類では、文芸用語を中心に採取し、節題も積極的にひろいあげた（節題には＊をつけた）。なおゴシック体の数字は、「まえがき」中の頁数であることをしめす。

れ

ろ

わ